Hobbit Presse
im Ernst Klett Verlag, St

T. H. WHITE

DER KÖNIG AUF CAMELOT

ERSTES BUCH:
DAS SCHWERT IM STEIN
ZWEITES BUCH:
DIE KÖNIGIN VON LUFT UND DUNKELHEIT
DRITTES BUCH:
DER MISSRATENE RITTER
VIERTES BUCH:
DIE KERZE IM WIND

T. H. WHITE
DER KÖNIG AUF CAMELOT

2

DRITTES BUCH:
DER MISSRATENE RITTER
UND
VIERTES BUCH:
DIE KERZE IM WIND

HOBBIT PRESSE IM ERNST
KLETT VERLAG, STUTTGART

Aus dem Englischen übersetzt von Rudolf Rocholl / Die Verse hat H. C. Artmann übertragen / Graphische Gestaltung: Heinz Edelmann / Die Originalausgabe erschien unter dem Titel „The Once and Future King" bei William Collins Sons & Co Ltd, London / Printed in Germany 1976 / Gesamtherstellung: Hieronymus Mühlberger KG, Augsburg /

ISBN 3-12-908730-3

DER MISSRATENE RITTER

„Nein", sagte Sir Lanzelot,
„denn einmal beschämt,
ist für immer entehrt."

INCIPIT LIBER TERTIUS

KAPITEL 1

Im Schloß zu Benwick betrachtete der junge Franzose sein Gesicht in der blankgescheuerten Wölbung eines Eisenhutes. Der blinkte im Sonnenschein mit dem kalten Glanz von Metall. Er unterschied sich kaum von einem Stahlhelm, wie ihn die Soldaten noch heute tragen; und er gab keinen sehr guten Spiegel ab, doch ein besserer war nicht zur Hand. Der Knabe drehte die Kopfbedeckung hin und her, in der Hoffnung, trotz den mancherlei Verzerrungen, die durch die Dellen entstanden, sich ein ungefähres Bild von seinem Gesicht machen zu können. Er versuchte dahinterzukommen, wer er war, und er fürchtete sich vor dem Ergebnis.

Der Junge war der Meinung, mit ihm stimme etwas nicht. Sein ganzes Leben hindurch — sogar dann noch, als er ein großer Mann war, dem die Welt zu Füßen lag — sollte er diese Lücke verspüren, diesen Riß: im Innersten war da etwas, dessen er sich bewußt war und dessen er sich schämte, das er jedoch nicht fassen konnte, nicht begriff. Es besteht für uns keine Veranlassung, dieses Rätsel lösen zu wollen. Wir brauchen nicht in dem herumzustochern, was er selber lieber im Dunkeln lassen wollte.

Die Rüstkammer, in welcher der Junge stand, war mit allerlei kriegerischem Gerät ausstaffiert. Die letzten zwei Stunden hatte er ein Paar Hanteln geschwungen, die er ›Gewichte‹ nannte, und dabei etwas vor sich hin gesungen, das weder Worte noch eine rechte Melodie hatte. Er war fünfzehn. Er war gerade aus England zurückgekehrt, wo sein Vater, König Ban von Benwick, dem englischen König beim Niederschlagen einer Rebellion geholfen hatte. Arthur wollte, wie erinnerlich, die Ritter seiner Tafelrunde schon in jungen Jahren heranziehen und war beim Fest auf Lanzelot aufmerksam geworden, da dieser die meisten Spiele gewann.

Lanzelot schwang seine Hanteln, summte seinen Singsang und dachte dabei unentwegt an König Arthur. Er war regelrecht verliebt in ihn. Deshalb auch hantierte er mit den Gewichten. Er erinnerte sich genau der wenigen Worte, die er mit seinem Helden gewechselt hatte.

Als sie sich nach Frankreich einschifften, hatte der König ihn zu sich gerufen — nachdem er König Ban zum Abschied geküßt hatte —, und allein waren sie in einen Winkel des Schiffes gegangen. Den Hintergrund ihrer Unterhaltung bildeten die wappengeschmückten Segel von Bans Flotte und die Matrosen in der Takelage und die armierten Türme und die Bogenschützen und die schneeflockenweiß umherwirbelnden Möwen.

»Lanz«, hatte der König gesagt, »komm einmal her, ja?«

»Sir.«

»Ich habe dich auf dem Fest bei den Spielen beobachtet.«

»Sir.«

»Du hast wohl die meisten gewonnen.«

Lanzelot blickte schräg zu Boden.

»Ich möchte viele junge Menschen, die sich bei Wettkämpfen hervortun, um mich scharen, damit sie mir bei der Verwirklichung einer bestimmten Idee helfen. Das soll geschehen, sobald ich wirklich der König bin und das Land geordnet habe. Würdest du mir helfen, wenn du alt genug bist?«

Der Junge hatte sich ein wenig gewunden und dann den Mann, der zu ihm sprach, plötzlich mit aufblitzenden Augen angesehen.

»Es geht um Ritter«, fuhr Arthur fort. »Ich will einen Ritterorden gründen, ähnlich dem Hosenbandorden, der die Gewalt bekämpft. Möchtest du dazugehören?«

»Ja.«

Der König sah ihn forschend an, ohne feststellen zu können, ob er freudig, ängstlich oder nur aus Höflichkeit zugestimmt hatte.

»Begreifst du, worum es geht?«

Lanzelot nahm ihm den Wind aus den Segeln. Er erklärte: »In Frankreich nennen wir's *Fort Mayne.* Der Mann mit dem stärksten Arm wird zum Oberhaupt der Sippe und kann tun und lassen, was er will. Deshalb nennen wir's *Fort Mayne.* Ihr wollt dem ›starken Arm‹ ein Ende setzen, indem Ihr eine Schar von Rittern um Euch versammelt, die nicht an Stärke um der Stärke willen glauben, sondern an Gerechtigkeit. Ja, ich würde sehr gern dazugehören. Ich muß zunächst mal großwerden. Habt Dank. Jetzt muß ich mich verabschieden.«

So hatten sie dann England verlassen. Der Junge stand vorne am Schiffsbug und warf keinen Blick zurück, da er seine Gefühle nicht zeigen wollte. Schon am Abend des Hochzeitsfestes hatte er sich in Arthur verliebt, und im Herzen trug er mit sich heim nach Frankreich das Bild dieses strahlenden nordischen Königs, der da tafelte, umglänzt von Kriegsruhm.

Hinter den schwarzen Augen, die so fahndend in den spiegelnden Eisenhut starrten, drängte sich ein Traum, den er in der letzten Nacht gehabt hatte. Vor siebenhundert Jahren — nach Malorys Datierung mögen es auch fünfzehnhundert gewesen sein — nahmen die Menschen ihre Träume so ernst, wie das heute die Psychiater tun, und Lanzelots Traum war recht verwirrend gewesen. Nicht durch seine Bedeutung wirkte er verwirrend — der Junge hatte nicht die mindeste Ahnung, was er bedeuten mochte —, sondern dadurch, daß er das Gefühl hinterließ, als habe er etwas verloren. Was er geträumt hatte, war dies:

Lanzelot und sein jüngerer Bruder, Ector Demaris, saßen auf zwei Stühlen. Sie erhoben sich und befanden sich auf zwei Pferden. Lanzelot sagte: »Laß uns denn suchen, was wir nicht finden werden.« Das taten sie. Doch ein Mensch oder eine Macht jagte hinter ihm her, schlug ihn nieder und beraubte ihn und steckte ihn in eine andere Kleidung, die voller Fransen war, und zwang ihn, nicht auf seinem Pferd, sondern auf einem Esel zu reiten. Dann erschien ein wunderschöner Brunnen mit dem klarsten Wasser, das er je gesehen hatte, und er stieg von seinem Esel, um daraus zu trinken. Es kam ihm vor, als könne es auf der Welt nichts Schöneres geben, als aus diesem Brunnen zu trinken. Sobald er jedoch seine Lippen dem Wasser näherte, versank es. Es sank in den Brunnenschacht hinab, immer tiefer, so daß er es nicht erreichen konnte. Er fühlte sich verlassen und einsam, weil das Wasser des Brunnens sich ihm entzog.

Arthur und der Brunnen und die Hanteln, die ihn Arthurs würdig machen sollten, und die Armschmerzen, die vom Stemmen herrührten — all dies spielte in die Gedanken des Jungen hinein, während er den blechernen Kopfschutz in seinen Händen bewegte. Mehr als all dies aber setzte ihm etwas anderes zu: das Gesicht im Metall und die Vermutung, daß irgend etwas tief im Innern verquer gegangen sein mußte, wenn ein solches Gesicht herauskam. Er war kein Mensch, der sich selbst etwas vormachte. Er wußte genau, daß er den Helm wenden und drehen mochte, wie er wollte: es würde stets aufs gleiche hinauslaufen. Er hatte bereits beschlossen, daß er sich, wäre er erst ein ausgewachsener Ritter, einen melancholischen Namen zulegen würde. Er war der älteste Sohn, würde also auf jeden Fall zum Ritter geschlagen werden, doch wollte er sich nicht Sir Lanzelot nennen. Er würde sich den *Chevalier Mal Fet* nennen, den mißratenen Ritter.

Soweit er es zu erkennen vermochte — und er hatte das Gefühl, daß es dafür irgendwo irgendeinen Grund geben müsse —, war das Gesicht des Knaben so häßlich wie die Fratze eines der Ungeheuer in der königlichen Menagerie. Er sah aus wie ein afrikanischer Affe.

KAPITEL 2

Lanzelot wurde schließlich zum besten und berühmtesten Ritter in König Arthurs Diensten. Er war eine Art *superman*, der seine gewöhnlichen Mitstreiter turmhoch überragte. Tristan und Lamorak kamen erst an zweiter und dritter Stelle.

Doch man sollte bedenken, daß kein Meister vom Himmel fällt. Das Tjostieren war damals eine Kunst, wie es heute etwa das Kricketspiel ist. Es ähnelte dem Kricket sogar in mehrfacher Hinsicht. Bei einem Turnier gab es ein Schiedsrichterzelt mit einem Unparteiischen darin, der auf seinem Pergament die erzielten Punkte notierte, genau so, wie das ein Unparteiischer auch heutigen Tages tut. Die Leute, die in ihren besten Roben zwischen Tribüne und Erfrischungsbude hin und her wandelten, haben die Kämpfe wohl nicht anders beobachtet als wir unsere modernen Rasenspiele. Alles dauerte entsetzlich lange — Sir Lanzelots Gänge nahmen nicht selten den ganzen Tag in Anspruch, wenn er gegen einen guten Ritter kämpfte —, und alle Bewegungen gingen, des Gewichts der Rüstungen wegen, gleichsam im Zeitlupentempo vor sich. Wenn der Schwertkampf begann, standen die Kombattanten einander auf dem grünen Rasen gegenüber wie beim Kricket *batsman* und *bowler* — mit dem Unterschied, daß die Entfernung nicht so groß war —, und vielleicht fing Sir Gawaine mit einem *in-swinger* an, den Sir Lanzelot mit einem prachtvollen *leg-glide* parierte; dann konterte Lanzelot mit einem *yorker* unter Gawaines *guard* (dies wurde ›*foining*‹ genannt), und alle Zuschauer auf dem Rasen klatschten. Vielleicht wandte König Arthur sich im Pavillon an Ginevra und meinte, die Fußarbeit des Champion sei ausgezeichnet wie eh und je. Die Ritter hatten hinten an ihren Helmen kleine Vorhänge, um das Metall vor der Sonnenhitze zu schirmen, wie heute Kricketspieler bisweilen Taschentücher am hinteren Mützenrand anbringen, um das Genick zu schützen.

Der ritterliche Kampf war also eine Kunst, wie's das Kricket heute ist, und Lanzelot unterschied sich von einem Sportplatzstar vielleicht nur dadurch, daß er mehr Anmut zeigte. Er brauchte sich nicht wie Bradman über den Schläger zu beugen und dem Ball nachzuhüpfen. Er war mehr wie Woolley. Aber man wird nicht wie Woolley, indem man bloß dasitzt und die Daumen dreht.

Die Rüstkammer, in welcher der Knabe stand, aus dem später Sir Lanzelot werden sollte, war der größte Raum im Schloß zu Benwick. In diesem Raum mußte der Knabe während der kommenden drei Jahre die meiste Zeit zubringen.

Die Räume der Hauptburg — die er vom Fenster aus sehen konnte — waren zumeist klein, da man sich keinen Luxus leisten konnte, wenn es darum ging, eine Festung zu bauen. Rings um das innere Fort mit seinen kleinen Gemächern befanden sich ausgedehnte überdachte Pferche, in die man, wenn eine Belagerung drohte, das Weidevieh trieb. Diese Pferche aber wurden umschlossen von einer hohen Mauer mit Türmen, und an der Innenseite dieser Mauer waren die großen Räume, die als Vorratslager, Scheunen, Unterkünfte und Ställe genutzt wurden. Einer dieser Räume war die Rüstkammer. Sie befand sich zwischen dem Marstall, für fünfzig Pferde, und den Kuhställen. Die besten Rüstungen — jene Erbstücke, die tatsächlich in Benutzung waren — wurden in einem kleinen Raum innerhalb der eigentlichen Burg aufbewahrt, und in der Rüstkammer befanden sich nur die Waffen der Reisigen, die Ersatzteile für die Rüstungen des Burgherrn und seiner Angehörigen sowie all jene Dinge, die zur körperlichen Ertüchtigung und zum kriegerischen Training gebraucht wurden.

Am Dachgebälk hing oder lehnte eine Sammlung von Bannern und Wimpeln mit dem Wappen der Ban — heute *France Ancient* geheißen —, die bei mancherlei Gelegenheiten gebraucht wurden. Die Wände entlang waren Tilte-Lanzen gelagert, waagrecht auf Pflöcken liegend, damit sie sich nicht warfen. Sie sahen aus wie Barren in einer Turnhalle. In einer Ecke standen alte Lanzen, die schon verkrümmt oder sonstwie schadhaft waren, vielleicht aber doch noch zu irgend etwas taugten. Ein Gestell, das die gesamte Länge der zweiten Hauptwand ausfüllte, beherbergte die Ausrüstung für das Fußvolk: Panzerhemden, Halsbergen, Fausthandschuhe, Speere, Helme und Bordeaux-Schwerter. König Ban konnte von Glück sagen, daß er in Benwick lebte, denn die Bordeaux-Schwerter gab es nur hier in der Gegend, und sie waren besonders gut. Harnischfässer standen da, in denen die Rüstungen, sorgfältig mit Heu verpackt, für Expeditionen nach Übersee aufbewahrt wurden. Ein paar Fässer waren von der letzten Ausfahrt her noch voll: eine äußerst seltsame Mischung. Onkel Dap, dem die Rüstkammer unterstand, hatte eines dieser Fässer geöffnet, um Inventur zu machen, und war verzweifelt davongeeilt, als er zehn Pfund Datteln und fünf Zuckerhüte darin entdeckte. Es mußte sich wohl um eine Art Honigzucker handeln, falls es nicht richtiger Zucker war, ein Mitbringsel von den Kreuzzügen. Er hatte seine Liste neben dem Faß liegenlassen; in ihr war unter anderem aufgeführt: i Schallern mit Gold verzürt, iii Paar Pantserhandschuh, i Gewandt, i Mäßbuch, i Umbhang, i Paar Keddenhembder, i Pyßnapf von Sylber, x Leibhembder fir meinen Herrn, i Läderwams und i Beitel Schachfyguren. In einem von den Harnischfässern gebildeten Alkoven befand sich ein Regal, das die Klinik für blessierte Rüstungen darstellte. Auf den Borden standen riesige Flaschen mit Olivenöl — heutzutage benutzt man fürs Kriegsgerät lieber Mineralöl, doch solch feine Unterscheidungen waren zu Lanzelots Zeiten noch unbekannt —, daneben Kästen mit feinem Sand zum Polieren, Beutel mit Kettenhemd-Schuppen, Nieten, Ersatzringen für Halsbergen, Lederstücke für Riemen und Knieschutz-Unterlagen — sowie tausend andere Dinge, die heute kaum mehr bekannt sind, damals jedoch wichtig waren. Es fanden sich da gefütterte Wämser, ähnlich denen, die ein Hockey-Torwart oder ein amerikanischer Footballspieler trägt. Um in der Mitte der Halle freien Platz zu gewinnen, hatte man allerlei Sportgerät in die Ecken verbannt: Stechpuppen und dergleichen mehr. Onkel Daps Schreibpult war gleich neben der Tür postiert. Auf diesem Pult vermischten sich kunterbunt Federkiele, Löschsand, Stöcke (für die Züchtigung Lanzelots, wenn er sich dumm anstellte) und Notizen in unsäglichem Wirrwarr. Mit Krickelkrakel war vermerkt, welche Wämser letzthin an wen verpfändet worden waren (das Verpfänden wertvoller Ausrüstungsstücke war gang und gäbe), welche Helme auf modischen Hochglanz gebracht worden waren, wessen Armschienen repariert werden mußten ...

Drei Jahre sind für einen Jungen gewiß eine sehr lange Zeit, wenn er sich stets in ein und demselben Raum aufhalten muß und ihn nur zum Essen und Schlafen und Lanzenstechen verlassen darf. Es ist schon schwierig, sich vorzustellen, daß ein Junge überhaupt so etwas tut. Doch man sollte von vornherein wissen, daß Lanzelot kein treuherzig verschwärmter Romantiker war. Tennyson und die Präraffaeliten hätten schwerlich den rechten Blick für dieses verdrossene und verdrießliche Kind mit dem häßlichen Gesicht gehabt, das keinem zu erkennen gab, daß es von Träumen und Gebeten lebte. Möglicherweise hätten sie fassungslos staunend gefragt, warum ein so junger Mensch mit solch wütender, ausdauernder Heftigkeit gegen sich selber kämpfte, um so früh schon den eigenen Körper zu bezwingen. Sie hätten herumgerätselt, weshalb er denn wohl so sonderbar war.

Anfänglich mußte er die tristen Monate damit zubringen, daß er, einen Speer ohne Spitze unter den Arm geklemmt, gegen Onkel Dap anrannte. Dieser saß, *cap-à-pie* gewappnet, auf einem Hocker, und Lanzelot stürmte mit seinem abgestumpften Speer wieder und wieder auf ihn los, um zu lernen, welche Stellen an der Rüstung für einen direkten Stoß am besten geeignet waren. Dann brachte er viele einsame Stunden mit Körperübungen zu, andere draußen auf dem Platz, wo er, ehe man ihm überhaupt erlaubte, richtige Waffen zu berühren, im Werfen unterwiesen wurde und den Umgang mit Schleuderstange und Wurfspieß zu erproben hatte. Nach einem Jahr der Plackerei durfte er sich am *pel-quintain* versuchen. Das war ein aufrecht im Boden steckender Stab, gegen den er mit Schwert und Schild kämpfen mußte — ein Training, das dem Schattenboxen oder der Arbeit am Sandsack ähnelt. Bei diesen Übungen mußte er Waffen tragen, die doppelt so schwer waren wie ein normales Schwert und ein normaler Schild. Sechzig Pfund sollte beides zusammen wiegen. Auf diese Weise wurde dafür gesorgt, daß er später, wenn er schließlich normale Waffen in die Hand bekam, diese mit Bravour handhaben konnte. Sie erschienen ihm dann vergleichsweise leicht. Den Abschluß einer anständigen Vorschulung bildeten die Scheingefechte. Nun endlich durfte er, nach all den Mühen, mit seinen Brüdern und Vettern Kämpfe austragen, die fast schon richtigen glichen. Diese Kämpfe fanden nach strengen Regeln statt. Geschah die Eröffnung etwa durch einen Streich mit dem stumpfen Speer, so mußten sieben Schläge mit einem abgerundeten, stumpfen Schwert folgen — ›ohne Handgemenge, was nach Maaßgabe der amtierenden Schiedsrichter soll geahndet werden‹. Auch der direkte Stoß galt in solchen Kämpfen als regelwidrig. Endlich gab es das große ›Bramarbasieren‹, das heißt: der in Fahrt geratene Junge durfte seinen Kontrahenten mit Schwert und Schild ungestüm bedrängen.

Wer einmal mit den altmodischen Taucheranzügen unter Wasser gewesen ist, die bei der Royal Navy in Gebrauch waren, ehe die Froschmänner aufkamen, der weiß, weshalb Taucher sich so langsam bewegen. Ein Taucher vom alten Schlag hat vierzig Pfund Blei an jedem Fuß und zwei Bleiplatten am Leib, eine auf dem Rücken und eine auf der Brust, und jede wiegt noch einmal fünfzig Pfund. Hinzu kommt noch das Gewicht des Anzugs und des Helms. Wenn der Mann nicht unter Wasser ist, hat er also das Doppelte seines Normalgewichts zu tragen. Muß er über eine Trosse oder einen Luftschlauch an Deck steigen, so bedeutet das eine schwere Anstrengung, als müßte er über eine hohe Mauer klettern. Gibt man ihm von vorn einen Stoß, kann es leicht geschehen, daß er das Übergewicht bekommt und nach hinten kippt. Umgekehrt ist's das gleiche. Geübte Taucher gewöhnen sich an solche Tücken und können mit ihren Vierzig-Pfund-Schuhen relativ behend die Schiffsleiter auf- und niedersteigen, einen Amateur indessen bringt schon die einfachste Bewegung schier um. So erging es auch Lanzelot: wie ein Taucher mußte er lernen, sich gegen die Schwerkraft zu behaupten.

Ritter in voller Rüstung glichen einem Taucher in mehr als einer Hinsicht.

Mit ihm hatten sie nicht nur Helme, Lasten und Atemschwierigkeiten gemein — wie er waren sie außerstande, ohne die Hilfe von freundlichen und verläßlichen Assistenten in ihre Panzerung hineinzukommen. Sie waren darauf angewiesen, daß diese Gehilfen ihre Arbeit mit größter Sorgfalt verrichteten. Ein Taucher gibt sein Leben in die Hände der Matrosen, die ihm seine Ausrüstung anlegen. Diese jungen Leute — Pagen oder Schildknappen vergleichbar — bemuttern ihn mit großer Umsicht und Gewissenhaftigkeit und mit einer Art fürsorglichen Respekts. Sie reden ihn stets mit seinem Titel an, nie mit seinem Namen. Sie sagen: »Setzen Sie sich, Taucher«; oder: »Jetzt den linken Fuß, Taucher«; oder: »Taucher Zwei, können Sie mich über die Ei.-V. hören?«

Es tut gut, anderen Menschen sein Leben anvertrauen zu können.

Drei volle Jahre dauerte das. Den anderen Jungen machte es nichts aus, denn sie dachten dabei an mancherlei andere Dinge; doch für den Häßlichen war's ein ganzes, dunkles und mystisches Leben. Er mußte, Arthur zuliebe, vollkommen werden: als einer, der bei den Turnieren sich gut zu schlagen wußte; und er mußte, noch nachts im Bett, über die Theorie des Rittertums nachsinnen. In Hunderten von strittigen Fragen mußte er eine eigene, fundierte Meinung erwerben — mußte über die angemessene Länge von Waffen Bescheid wissen, über den Schnitt eines Umhangs, über die Gelenkführung eines Schulterpanzers; auch darüber, ob Zedernholz für Speere besser ist als Esche, wie Chaucer angenommen zu haben scheint.

Hier sei ein kleines Beispiel für die Probleme des Rittertums angeführt, die er sich in jungen Jahren durch den Kopf gehen ließ. Es gab mal einen Ritter namens Reynaud de Roy, der sich mit einem anderen Ritter, John de Holland geheißen, im Lanzenstechen maß. Reynaud befestigte seinen Tiltehelm — diese riesige, strohgefütterte Trommel, die bisweilen sogar über den eigentlichen Helm paßte — absichtlich derart, daß er leicht abging. Als John de Hollands Speer diese Blechtonne traf, purzelte sie einfach herunter. Statt daß Reynaud vom Pferde fiel, fiel also nur der Helm von Reynaud. Ein wirksamer Trick, wenngleich nicht ungefährlich. Die gesamte Ritterschaft debattierte darüber lange Zeit; einige sagten, es sei unsportlich; einige meinten, es sei zwar fair, doch zu riskant; und wieder andere hielten es für eine gute Idee.

Drei Jahre strengster Disziplin machten aus Lanzelot kein sonniges Gemüt, allzeit bereit für Tandarei und Tralala. Sechsunddreißig Monate seines Lebens, das aus der Sicht seines Alters allenfalls nach Wochen zu messen war, opferte er der Idee eines anderen Mannes, die er ins Herz geschlossen hatte. Unterdessen hielt er sich mit Tagträumen aufrecht. Er wollte der beste Ritter der Welt werden, so daß Arthur seinerseits ihn lieben würde; und er wollte noch etwas anderes, das dazumal noch möglich war.

Er wollte, kraft seiner Reinheit und Außerordentlichkeit, die Fähigkeit erlangen, irgendein übliches Wunder zu vollbringen — einen Blinden zu heilen, beispielshalber.

KAPITEL 3

Die großen Familien, die mit Arthurs Verhängnis unmittelbar zusammenhingen, hatten ein gemeinsames Merkmal. Alle drei verfügten über einen Hausgenius — eine Mischung von Hauslehrer und Vertrauensmann —, der prägend auf den Charakter der jeweiligen Kinder einwirkte. In Sir Ectors Schloß war's Merlin gewesen, der auf Arthurs Leben den größten Einfluß ausübte. Im einsamen und fernen Lothian war es St. Toirdealbhach, dessen kriegerische Philosophie am Clan- und Klüngelkult von Gawaine und seinen Brüdern gewiß beteiligt war. Und in König Bans Schloß gab es einen Onkel von Lanzelot namens Gwenbors. Wir kennen ihn bereits als »Onkel Dap«, sein Taufname war jedoch Gwenbors. Bei der Namenswahl für Kinder verfuhr man damals meist so, wie man's heute hält, wenn man einen Namen für Jagdhunde oder Pferde aussucht. War man Königin Morgause und hatte man vier Kinder, so bekamen sie alle ein *G* in ihren Namen (Gawaine, Agravaine, Gaheris, Gareth); und wessen Brüder Ban und Bors hießen, der bekam unweigerlich den Namen Gwenbors. Auf diese Weise konnte man sich leichter merken, wer man war.

Onkel Dap war der einzige in der Familie, der Lanzelot ernstnahm, und Lanzelot war der einzige, der Onkel Dap ernstnahm. Es war leicht, den Alten *nicht* ernstzunehmen, denn er gehörte zu den Sonderlingen, über die dumme Menschen sich gerne lustigmachen: ein echter *maestro*. Das Spezialgebiet seiner Gelehrsamkeit war das Rittertum. In Europa gab es kein Stück Rüstung, über das Onkel Dap nicht seine Theorie gehabt hätte. Der neue gotische Stil mit seinem Gefältel, seinen Rillen und Rüschen, seinen Kammuschel-Mustern machte ihn rasend. Er hielt es für lachhaft, eine Rüstung mit derart vielen Einkerbungen zu tragen, da logischerweise in jeder Vertiefung die Spitze eines Speers oder einer Lanze Halt finden mußte. Der einzige Zweck einer guten Rüstung sei es, so sagte er, den *point* einer Angriffswaffe abgleiten zu lassen. Und wenn er an die Deutschen und deren entsetzlichen Furchenstil dachte, schnappte er fast über. Auch in der Heraldik gab es nichts, was er nicht gewußt hätte. Wenn jemand einen gröberen Fehler beging — indem er etwa Metall auf Metall setzte oder

Farbe auf Farbe —, geriet er außer sich. Die Enden seines langen weißen Schnauzbarts vibrierten gleich Fühlern, mit dem Ausdruck leidenschaftlichster Erregung preßte er seine Fingerspitzen zusammen, und er wedelte mit den Armen, sprang auf und nieder und wackelte mit den Augenbrauen, und es war ein Wunder, daß er nicht schnaubte und zischte. Man kann wohl kein *maestro* sein, ohne von solchen Erregungen gepackt zu werden. Deshalb nahm Lanzelot es auch selten krumm, wenn er bei einer *mêlée* etwas ins Gesicht bekam, beim handgreiflichen Disput um Schilde *à bouche,* um Sinn oder Unsinn einer *guige* am Schild. Bisweilen wurde Onkel Dap derart aufgebracht, daß er um sich schlagen mußte. Aber auch das ertrug Lanzelot. Dazumal tat man so etwas.

Ein Grund dafür, Onkel Daps Entgleisungen nicht übelzunehmen, war die Tatsache, daß der Junge alles von ihm lernen konnte, was er wollte. Onkel Dap war nicht nur eine unüberbietbare Autorität im weiten Bereich seiner Spezialinteressen, sondern auch einer der besten Schwertkämpfer Frankreichs. Und dies war der eigentliche Grund, warum sich der Junge ihm so eng angeschlossen hatte. Es kam ihm darauf an, unter dem brutalen Regiment dieses Genies alle Fertigkeiten und Finten der Fechtkunst zu erlernen — auch wenn er manchmal, bei einem Ausfall, das schwere Schwert so lange mit ausgestrecktem Arm halten mußte, bis er meinte, er breche zusammen, worauf Onkel Dap nur die Schwertspitze faßte und daran zog, um die Spannprobe grausam zu verlängern.

So weit er zurückdenken konnte, hatte es diesen erregten Mann mit den stahlblau blitzenden Augen gegeben, der auf und nieder sprang und mit den Fingern schnippte und so laut schrie, als hinge das Leben davon ab: *»Doublez! Dédoubles! Dégagez! Un! Deux!«*

An einem schönen Spätsommertag saß Lanzelot bei seinem Onkel in der Rüstkammer. Im großen Raum tanzte der Staub in den Sonnenstrahlen, der Staub, den sie kurz zuvor aufgewirbelt hatten. An den Wänden waren die polierten Rüstungen und die Gestelle mit den Speeren und die Pflöcke mit den Ritterhelmen und Eisenhüten. Daneben die *misericordes* (Dolche, mit denen ein Ritter seinem Gegner den Gnadenstoß gab) und Harnische und Geschirre und die verschiedenen Banner und Wimpel, geschmückt mit den Wappen-Streitrossen der Ban.

Die beiden Fechter hatten sich hingesetzt, um von einem anstrengenden Kampf auszuruhen, und Onkel Dap war erschöpft. Lanzelot war jetzt achtzehn Jahre alt. Er war ein besserer Fechter als sein Lehrmeister. Onkel Dap mochte dies natürlich nicht zugeben, und sein Schüler tat taktvoll, als sei dem nicht so.

Ein Page kam herein, während sie keuchend dasaßen, und meldete, daß seine Mutter ihn zu sprechen wünsche.

»Worum geht's?«

Der Page sagte, ein Herr sei gekommen, der mit ihm reden wolle, und die Königin habe gesagt, er solle sofort erscheinen.

Königin Elaine saß im Söller, wo sie mit der Arbeit an einem Gobelin beschäftigt gewesen war, und ihre beiden Gäste saßen rechts und links neben ihr. Es war nicht die Elaine der Cornwall-Sisters. Dieser Name war damals weit verbreitet, und mehrere Frauen in der *Morte d'Arthur* hießen so, was teils wohl auch daher kommt, daß die Quellentexte durcheinander geraten sind. Die drei Erwachsenen an dem langen Tisch wirkten in dem halbdunklen Raum wie Untersuchungsrichter. Der eine Gast war ein älterer Herr mit weißem Bart und spitzem Hut, der andere ein hübsches junges Mädchen mit dunklem Teint (die Härchen der Augenbrauen hatte sie sich ausgezupft). Alle drei sahen sie Lanzelot an, und der alte Herr ergriff das Wort.

»Hm!«

Sie warteten.

»Ihr nanntet ihn Galahad«, sagte der alte Herr. —

»Sein erster Name war Galahad«, fügte er hinzu, »und jetzt heißt er Lanzelot, seit er gefirmt ist.«

»Woher wißt Ihr das nur?«

»Läßt sich nicht ändern«, sagte Merlin. »Gewisse Dinge weiß man eben, und damit hat sich's. So, und nun laßt mich mal überlegen, was ich Euch sonst noch sagen sollte.«

Die junge Dame ohne Augenbrauen hielt sich die Hand vor den Mund und gähnte anmutig wie eine Katze.

»In dreißig Jahren wird sich sein Herzenswunsch erfüllen, und er wird der beste Ritter der Welt.«

»Werde ich's noch erleben?« fragte Königin Elaine.

Merlin kratzte sich den Kopf, klopfte mit den Knöcheln an seinen Schädel und erwiderte:

»Ja.«

»Wirklich«, sagte die Königin, »das ist ja alles wunderbar. Hast du gehört, Lanz? Du wirst der beste Ritter der Welt!«

Der Junge fragte: »Kommt Ihr von König Arthurs Hof?«

»Ja.«

»Ist alles wohlauf?«

»Ja. Er läßt dich grüßen.«

»Ist der König glücklich?«

»Sehr glücklich. Ginevra läßt dich ebenfalls grüßen.«

»Wer ist Ginevra?«

»Da soll doch einer —«, rief der Zauberer. »Hast du das denn nicht gewußt? Nein, natürlich nicht. Ich hab' mich da ein bißchen verwirren lassen.«

Hier blickte er auf die hübsche Dame, als sei sie an der Verwirrung schuld — was sie in der Tat war. Es war Nimue, und er hatte sich schließlich und endlich in sie verliebt.

»Ginevra«, sagte Nimue, »ist Arthurs neue Königin. Sie sind schon eine ganze Weile verheiratet.«

»Ihr Vater ist König Leodegrance«, erklärte Merlin. »Er hat Arthur einen runden Tisch zur Hochzeit geschenkt und hundert Ritter dazu. Am Tisch ist Platz für einhundertfünfzig.«

Lanzelot sagte: »Ach so.«

»Der König hatte es dir mitteilen wollen«, sagte Merlin. »Vielleicht ist der Bote auf der Überfahrt ertrunken. Es kann ja ein Unwetter gewesen sein. Aber er hat's dir mitteilen wollen, bestimmt.«

»Ach so«, sagte der Junge zum zweiten Mal.

Merlin erkannte die Peinlichkeit der Situation und beeilte sich, weitere Erklärungen nachzureichen. Lanzelots Gesicht ließ nicht erkennen, ob er verletzt war oder immer so aussah.

»Bis heut hat er nur neunundzwanzig gefunden«, sagte Merlin. »Jetzt ist immer noch Platz für einundzwanzig. Jede Menge Platz. Der Name eines jeden Ritters steht da in goldenen Lettern geschrieben.«

Es entstand eine Pause. Niemand wußte, was er sagen sollte. Dann räusperte sich Lanzelot.

»Als ich in England war«, sagte er, »da gab es so einen Jungen. Gawaine hieß er. Ist der ein Ritter der Tafelrunde geworden?«

Merlin blickte betroffen drein und nickte.

»Am Tage von Arthurs Heirat.«

»Ich verstehe.«

Wieder entstand eine lange Pause.

»Diese junge Dame«, sagte Merlin, um das Schweigen zu überbrücken, »ist Nimue. Ich liebe sie. Wir sind grad in den Flitterwochen, sozusagen — wenn auch verzaubert — im magischen Honigmond —, und nun müssen wir nach Cornwall. Ich bedaure, daß wir nicht länger verweilen können.«

»Mein lieber Merlin«, sagte die Königin erschreckt. »Ihr werdet doch wohl über Nacht hierbleiben?!«

»Nein, nein. Danke. Danke ergebenst. Wir haben's grad ziemlich eilig.«

»Wollt Ihr nicht schnell noch ein Gläschen trinken?«

»Nein, danke. Es ist sehr freundlich von Euch, aber wir müssen uns sputen. Wirklich. Wir haben in Cornwall eine gewisse Magie zu verrichten.«

»Solch ein kurzer Besuch . . .« begann die Königin.

Merlin unterbrach sie, indem er aufstand und Nimue bei der Hand nahm.

»Auf Wiedersehn, also«, sagte er mit Entschiedenheit — und mit einigen Kreiselbewegungen waren sie entschwunden.

Ihre Leiber waren entschwunden — des Zauberers Stimme jedoch hing noch, hörbar, in der Luft.

»Das war *das*«, konnten sie ihn erleichtert sagen hören. »Und nun, mein Engel? Was hab' ich dir da von Cornwall erzählt? Wie war das mit der Zauberhöhle?«

Langsamen Schritts ging Lanzelot zu Onkel Dap in die Rüstkammer zurück. Vor seinem Onkel blieb er stehen und biß sich auf die Lippe.

»Ich geh' nach England«, sagte er.

Onkel Dap sah ihn verwundert an, sagte jedoch nichts.

»Und zwar heute abend noch.«

»Ein bißchen plötzlich«, sagte Onkel Dap. »Deine Mutter entscheidet sich für gewöhnlich nicht so schnell.«

»Meine Mutter weiß nichts davon.«

»Willst du etwa weglaufen?«

»Wenn ich's meiner Mutter und meinem Vater sagen würde, gäb's bloß ein großes Getue«, sagte er. »Ich lauf' ja nicht weg. Ich komme wieder. Aber jetzt muß ich so schnell wie möglich nach England.«

»Soll ich's deiner Mutter beibringen?«

»Ja.«

Onkel Dap kaute auf den Enden seines Schnauzbarts und rang die Hände.

»Wenn sie erfahren, daß ich's hätte verhindern können«, sagte er, »dann macht Ban mich einen Kopf kürzer.«

»Sie werden's nicht erfahren«, sagte der Junge gleichmütig und ging, um seine Sachen zu packen.

Eine Woche später saßen Lanzelot und Onkel Dap auf einem sonderbaren Schiff mitten im englischen Kanal. Das Schiff hatte an beiden Enden eine Art Burg. In halber Höhe des einzigen Mastes war eine weitere Burg, die an einen Taubenschlag erinnerte. Vorn und hinten waren Flaggen. Das Segel trug ein Krückenkreuz, während an der Mastspitze ein gewaltiger Wimpel flatterte. Das Schiff hatte acht Ruderer, und die beiden Passagiere waren seekrank.

KAPITEL 4

Der Heldenverehrer ritt mit schwerem Herzen nach Camelot. Er war achtzehn, und es war nicht leicht, sein Leben einem König verschrieben zu haben, der einen vergessen hatte. Es war nicht leicht, diese schrecklichen Stunden mit den gewichtigen Waffen im Staub der Rüstkammer zugebracht zu haben, wenn Sir Gawaine als erster zum Ritter geschlagen wurde. Am schwersten jedoch war es, sich für das Ideal des älteren Mannes geplagt und geschunden zu haben — nur um feststellen zu müssen, daß diese herausgeputzte Dame hergelaufen kam und im Handumdrehen ihm dessen Liebe vor der Nase wegschnappte. Lanzelot war eifersüchtig auf Ginevra. Und gleichzeitig schämte er sich dessen.

Onkel Dap ritt stumm hinter dem bekümmerten Knaben einher. Er wußte, was der andere noch nicht wissen konnte: daß er den vorzüglichsten Ritter Europas herangezogen hatte. Wie eine aufgeregte Meise, die einen Kuckuck großgezogen hat, so trabte Onkel Dap hinter seinem Schützling her. Er trug dessen Rüstung bei sich, aufs beste verpackt und festgeschnallt, nach allen Regeln, die er selbst ertüftelt hatte. Von nun an sollte er nämlich Lanzelots Schildknappe sein.

Im Wald stießen sie auf eine Lichtung, die ein kleiner Fluß durcheilte. Eine Furt fanden sie, wo das Wasser klingelnd über die reingewaschenen Steine spülte, nur wenige Handbreit tief. Die Sonne schien auf die Lichtung hernieder. Ein paar Ringeltauben gurrten verträumt, und jenseits des musikalischen Wasserlaufs wartete ein riesiger Ritter in schwarzer Rüstung mit Tiltehelm. Er saß reglos auf einem schwarzen Schlachtroß; sein Schild steckte noch im Überzug, und sein Wappen war nicht zu erkennen. Still und stattlich verharrte er dort, in seiner eisernen Rüstung, den großen blinden Helm über den Kopf gestülpt, so daß er kein Gesicht hatte. Er sah zum Fürchten aus. Man wußte nicht, was er dachte oder zu welcher Handlungsweise er sich entschließen würde. Er war eine leibhaftige Drohung.

Lanzelot hielt an; Onkel Dap desgleichen. Der schwarze Ritter trieb seinen Gaul sacht ins seichte Wasser und zügelte ihn vor den beiden Reitern. Er hob seine Lanze zur Begrüßung und wies dann mit ihr auf eine Stelle hinter Lanzelot. Entweder wollte er damit andeuten, daß sie sich heimscheren sollten, oder aber er zeigte auf eine passende Örtlichkeit, wo sie ihren Kampf austragen könnten. Wie dem auch sei: Lanzelot grüßte mit seinem Stulphandschuh, machte kehrt und ritt zu der angegebenen Stelle. Er nahm einen seiner Speere von Onkel Dap entgegen, zog seinen Tiltehelm nach vorn — er hatte an einer Kette im Rücken gehangen — und befestigte die stählerne Haube auf dem Kopf. Nun war auch er ein Mann ohne Gesicht geworden.

Die beiden Ritter standen einander auf der kleinen Waldblöße gegenüber. Dann legten sie ihre Speere ein, obwohl noch keiner ein Wort gesagt hatte, gaben ihren Gäulen die Sporen und griffen an. Onkel Dap zog sich sicherheitshalber hinter einen Baum zurück und konnte sein Entzükken kaum bezähmen. Er wußte, was dem schwarzen Ritter bevorstand, und fing an, mit den Fingern zu schnalzen.

Tut man etwas zum ersten Mal, ist es oft recht aufregend. Wenn man zum ersten Mal allein ein Flugzeug besteigt, nimmt es einem fast den Atem. Lanzelot hatte bisher noch nie ernsthaft tjostiert. Er hatte zwar Hunderte von Quintain-Rennen geritten und tausendmal beim Ringstechen mitgemacht, jedoch noch nie um sein Leben gekämpft. Im ersten Augenblick des Angriffs sagte er sich: Nun denn, auf geht's; jetzt kann mir nichts mehr helfen. Beim zweiten Atemzug jedoch besann er sich automatisch auf das Gelernte und ging so vor, wie es ihm an der Stechpuppe und an den Ringen beigebracht worden war.

Die Spitze seines Speers traf den schwarzen Ritter an genau der richtigen Stelle unterhalb der Kante seines Schulterharnischs. Sein Gaul war in gestrecktem Galopp, und der des schwarzen Ritters befand sich noch im Handgalopp. Der schwarze Ritter und sein Pferd machten eine Wende, verließen gemeinsam in einer hübschen Parabel den Boden und kamen krachend wieder herab. Lanzelot sah im Vorüberreiten, wie sie sich auf der Erde wälzten; das Pferd zertrampelte die Lanze des Ritters, und mit seinem blitzenden Hufeisen riß es den Überzug vom Schild. Mann und Pferd verhedderten sich. Jeder hatte Angst vor dem anderen, und jeder trat gegen den andern, um sich zu befreien. Dann erhob sich das Pferd auf der Vorderhand und stemmte sich in die Höhe; der Ritter setzte sich auf und hob einen Eisenhandschuh, als wolle er sich den Schädel reiben. Lanzelot zügelte sein Pferd und ritt zu ihm zurück.

Für gewöhnlich verlor der Ritter, der durch einen Lanzenstoß abgeworfen worden war, die Seelenruhe, machte schimpfend sein Pferd für den Sturz verantwortlich und bestand darauf, zu Fuß mit dem Schwert weiterzukämpfen. Die gebräuchliche Ausrede lautete: »Diese Schindmähre hat mich im Stich gelassen — meines Vaters Schwert indessen wird dies mitnichten tun.«

Der schwarze Ritter jedoch unternahm nichts dergleichen. Er war offenbar ein umgänglicherer und fröhlicherer Mensch, als man aus der Farbe seiner Rüstung hätte schließen können, denn er setzte sich aufrecht hin, blies durch den Schlitz in seinem Helm und ließ einen Laut vernehmen, der nach Verblüffung und Bewunderung klang. Dann nahm er den Helm ab und wischte sich die Stirn. Sein Schild, dessen Überzug der Pferdehuf abgerissen hatte, zeigte einen drohend aufgerichteten roten Drachen auf goldenem Grund.

Lanzelot warf seinen Speer in ein Gebüsch, stieg eilends vom Pferd und kniete neben dem Ritter nieder. Sein Herz war jählings wieder voller Liebe. Es war typisch für Arthur, daß er nie die gute Laune verlor, typisch auch, wie er da auf der Erde hockte und Laute der Bewunderung von sich gab, nachdem er eben erst mit Glanz und Gloria abgeworfen worden war.

»Sir«, sagte Lanzelot und nahm mit demütiger Gebärde seinen Helm ab; er beugte sein Haupt nach französischer Manier.

Der König sprang in höchster Erregung auf die Beine.

»Lanzelot!« rief er aus. »Jau, es ist der junge Lanzelot! Du bist der Sohn des Königs von Benwick. Wir haben uns gesehn, als er zur Schlacht von Bedegraine herüberkam. Was für ein Abwurf! So was hab' ich noch nicht erlebt. Wo hast du das gelernt? Einfach phantastisch! Kommst du an meinen Hof? Wie geht's König Ban? Wie geht's deiner bezaubernden Mutter? Wirklich, mein Freund: das ist ja phantastisch!«

Lanzelot blickte zu dem atemlosen König auf, der ihm beide Hände entgegenstreckte, um ihn aufzurichten, und seine Eifersucht und sein Kummer waren verflogen.

Sie bestiegen ihre Pferde und ritten zum Schloß, ohne an Onkel Dap zu denken. Sie hatten sich so viel zu erzählen, daß sie beide die ganze Zeit sprachen. Lanzelot richtete imaginäre Grüße von König Ban und Königin Elaine aus, und Arthur berichtete, daß Gawaine eine Dame getötet habe. König Pellinore sei seit seiner Heirat derart mutig und draufgängerisch geworden, daß er bei einem Turnier aus Versehen König Lot von Orkney getötet habe, und mit der Tafelrunde gehe es voran, wie erwartet, wenn auch sehr langsam, und jetzt, da Lanzelot gekommen sei, werde sich alles im Handumdrehen einrenken.

Am ersten Tag wurde er zum Ritter geschlagen — schon seit zwei Jahren hätte er irgendwann zum Ritter geschlagen werden können, doch er hatte darauf bestanden, daß es durch Arthur geschehen müsse —, und noch am Abend desselben Tages wurde er Ginevra vorgestellt. Es geht die Sage, ihr Haar sei gelb gewesen, aber das stimmt nicht. Es war so schwarz, daß es Aufsehen erregte, und in ihren blauen, so tiefen wie klaren Augen lag eine Furchtlosigkeit, die nicht minder bestürzte. Des Jünglings verzerrtes Gesicht überraschte sie, aber es ängstigte sie nicht.

»Hier«, sagte der König und legte ihre Hände ineinander. »Das ist Lanzelot, von dem ich Euch erzählt habe. Er wird der beste Ritter sein, den ich habe. Er hat mich aus dem Sattel gehoben, daß es nur so eine Pracht war. Ich möchte, daß Ihr nett zu ihm seid, Gin. Sein Vater ist einer meiner ältesten Freunde.«

Kühl küßte er der Königin die Hand.

Er bemerkte nichts Besonderes an ihr, da seine Gedanken noch voll der früheren Bilder waren, die er sich von ihr gemacht hatte. Für ein Bild dessen, was sie wirklich war, gab es keinen Raum. Für ihn war sie allein der Mensch, der ihn beraubt hatte, und da Räuber hinterlistig, ränkevoll und herzlos sind, mußte sie all dies sein.

»Wie geht es Euch?« fragte die Königin.

Arthur sagte: »Wir werden ihm erst einmal erzählen müssen, was sich seit seiner Abreise alles ereignet hat. Was für eine Menge gibt's da zu erzählen! Womit sollen wir beginnen?«

»Beginnt mit der Tafel«, sagte Lanzelot.

»Oh je!«

Die Königin lachte und blickte den neuen Ritter belustigt an.

»Arthur denkt die ganze Zeit daran«, sagte sie. »Nachts träumt er sogar davon. Da wird er eine Woche lang erzählen müssen.«

»Es macht sich«, sagte der König. »Man kann natürlich nicht erwarten, daß es stets reibungslos verläuft. Die Idee ist da, und die anderen begreifen sie allmählich, und das ist die Hauptsache. Es wird schon werden. Bestimmt.«

»Wie steht's mit der Orkney-Partei?«

»Die werden sich fügen.«

»Ist das Gawaine?« erkundigte sich Lanzelot. »Was ist mit der Orkney-Partei los?«

Der König blickte bedrückt drein. Er sagte: »Der eigentliche Grund ist ihre Mutter, Morgause. Die hat sie mit so wenig Liebe oder Sicherheit großgezogen, daß es ihnen jetzt schwerfällt, warmherzige Menschen zu begreifen. Sie sind mißtrauisch und verängstigt. Sie kapieren die Idee nicht, wie ich's gern hätte. Drei von ihnen haben wir hier: Gawaine und Gaheris und Agravaine. Es ist nicht ihre Schuld.«

»Im Jahr unserer Heirat«, erklärte Ginevra, »schickte Arthur seine Ritter erstmals aus zur Suche nach guten Aventiuren. Er wollte sehen, wie sich die Idee bewähre. Als sie zurückkamen, hatte Gawaine einer Dame den Kopf abgeschlagen, und sogar dem lieben alten Pellinore war es nicht gelungen, ein Fräulein aus der Bedrängnis zu erretten. Arthur war außer sich.«

»Es ist nicht Gawaines Schuld«, sagte der König. »Er ist ein netter Kerl. Ich hab' ihn gern. Jenes Weib da, das ist schuld.«

»Hoffentlich haben sich die Dinge seither gebessert?«

»Doch, ja. Es geht natürlich langsam voran, aber ich möchte behaupten, daß sich die Dinge seither gebessert haben.«

»Hat Pellinore Buße getan?«

Arthur sagte: »Pellinore hat Buße getan, ja. Aber es gab nicht viel abzubüßen. Er war halt mal wieder in Schwierigkeiten geraten. Und das Dumme ist: seit er die Tochter der Königin von Flandern geheiratet hat, ist er so tapfer, daß er jetzt ernsthaft tjostiert und ziemlich häufig gewinnt. Ich habe dir ja erzählt, wie er König Lot getötet hat, als sie einen Übungsgang ausfochten. Das hat allerhand böses Blut gemacht. Die Orkney-Kinder haben geschworen, den Tod ihres Vaters zu rächen, und jetzt sind sie auf dem Kriegspfad und trachten dem guten alten Pellinore nach dem Leben. Ich hab' die größten Schwierigkeiten, sie im Zaum zu halten.«

»Lanzelot wird Euch helfen«, sagte die Königin. »Es ist doch schön, wenn man einen alten Freund hat, der einem hilft.«

»Stimmt. Und jetzt, Lanz, wirst du wohl dein Zimmer sehen wollen.«

Es war in der zweiten Hälfte des Sommers, und in Camelot bemühten sich die Amateurfalkner, ihren Wanderfalken den letzten Schliff zu geben. Ein gewitzter Falkonier versteht es, seinen Beizvogel frühzeitig flugfähig zu machen. Ein weniger begabter macht unweigerlich Fehler — mit dem Ergebnis, daß die Abrichtung ins Stocken gerät. Alle Falkner in Camelot waren also bestrebt, ihr Können zu beweisen, indem sie ihre Falken so schnell wie möglich abtrugen. Wohin man auch ging — überall stieß man auf mißvergnügte Falkoniere, die ihre langen Leinen hielten und sich mit ihren Gehilfen stritten. Die Falknerei entfacht Leidenschaften, wie James der Erste bemerkt hat. Das kommt daher, daß Falken furiose Vögel sind, und dies wirkt ansteckend auf Menschen, die sich mit ihnen abgeben.

Arthur machte Sir Lanzelot einen fast ausgewachsenen Gerfalken zum Geschenk, was ein großes Kompliment war, da Gerfalken normalerweise nur Königen zustanden. So jedenfalls berichtet die Äbtissin Juliana Berners — vielleicht unzutreffend. Einem Kaiser wurde ein Adler zugestanden, einem König ein Gerfalke; danach gab's den Wanderfalken oder Peregrin für einen Grafen, den Zwergfalken oder Merlin für eine Dame, den Habicht für einen Freisassen, den Sperber für einen Priester, und die Muskete für einen Küster. Lanzelot freute sich über sein Geschenk und machte sich eifrig daran, mit den anderen Falknern in Wettbewerb zu treten, die vollauf damit beschäftigt waren, sich gegenseitig zu kritisieren, mit Sendschreiben hin und her einander süßes Gift zu servieren und grüngelb anzulaufen vor Wut und Neid.

Der Gerfalke, den Lanzelot geschenkt bekommen hatte, war noch nicht ganz aus der Mauser. Er war, wie Hamlet, fett und knapp bei Puste. Das lange Eingesperrtsein im Mauserkäfig hatte ihn reizbar und eigensinnig gemacht. Daher mußte Sir Lanzelot ihn etliche Tage an der *créance* fliegen lassen, ehe er damit rechnen konnte, daß der Falke ›ködersicher‹ war.

Wer jemals einen Falken an der *créance* hat fliegen lassen (einer langen Leine, die am Fußriemen des Vogels befestigt ist, so daß er nicht ausreißen kann), der weiß, wie vielerlei Verdruß das einbringen mag. Heutzutage bedient man sich einer Angelschnur, die sich leicht auswerfen und einrollen läßt, doch zu Lanzelots Zeiten gab es keine guten Winden, weshalb man die *créance* wie Bindfaden per Hand aufwickeln mußte. Greulich war dabei vor allem zweierlei: erstens, daß jede Schnur beim Aufwickeln eher zu einem wirren Knäuel als zu einem ordentlichen Ball wird; und zweitens, daß die Leine, wenn man nicht auf einer sorgfältig gemähten Wiese trainierte, sich in Disteln oder Grasbüscheln verfing, was die Falken verstörte und dem Abrichten nicht zuträglich war. So umkreiste Lanzelot also Camelot mit all den andern gereizten Männern in einer unerfreulichen Atmosphäre von Knoten und Konkurrenz und flatternden Falken.

König Arthur hatte seine Frau gebeten, nett zu dem jungen Mann zu sein. Sie liebte ihren Gemahl, und sie merkte, daß sie zwischen ihn und seinen Freund geraten war. Natürlich kam es ihr nicht in den Sinn, Lanzelot dafür büßen zu lassen — so albern war sie nicht; außerdem hatte sie selber an ihm Gefallen gefunden. Sie mochte sein verunglücktes Gesicht, trotz der seltsamen Verschlossenheit; und Arthur hatte sie ja gebeten, nett zu ihm zu sein. In Camelot fehlte es an Gehilfen bei der Falknerei, da es so viele Falkner gab. Also fing Ginevra an, mit Lanzelot aufs Feld zu gehen, um ihm beim Schnurwickeln zu helfen.

Er schenkte der Frau keine große Beachtung. »Da kommt die Person«, sagte er vor sich hin, oder: »Da geht sie weg.« Die Falknerei hatte ihn bereits völlig gefangengenommen, und weil Frauen dabei nur eine geringe Rolle spielten, dachte er auch sonst nur selten an sie. Trotz seiner Häßlichkeit hatte er sich zu einem Jüngling von Anmut und Eleganz entwickelt, und er besaß zu viel Selbstbewußtsein, um Bagatellen lange nachzuhängen. Seine frühere Eifersucht hatte sich verwandelt zur absichtslosen Nichtbeachtung ihrer Existenz. Er fuhr fort, seinen Falken abzurichten, und dankte ihr höflich für ihre Hilfe, die er mit höfischer Artigkeit akzeptierte.

Dann kam ein Tag, an dem es besonders großen Ärger mit einer Distel gab, und überdies hatte er tags zuvor die Futtermenge falsch berechnet. Der Gerfalke war in gereizter Stimmung, und Lanzelot ließ sich davon anstecken. Ginevra, die mit Falken nicht gut umgehen konnte und sich nicht sonderlich dafür interessierte, bekam es mit der Angst zu tun, als sie seine gerunzelte Stirn sah, und weil sie es mit der Angst bekommen hatte, wurde sie schusselig. Sie strengte sich rührend an, ihm nach besten Kräften behilflich zu sein, aber sie wußte, daß sie für die Falknerei nicht viel Talent besaß. So gerieten ihre Gedanken durcheinander. Äußerst hingebungsvoll und sorgsam und mit bester Absicht wickelte sie die *créance* völlig falsch auf.

Mit einer Bewegung, die schon fast grob war, entriß er ihr das Knäuel.

»Das taugt doch nichts«, sagte er und spulte verärgert, mit hastigen Fingern, die Leine wieder ab, die sie so gutwillig aufgerollt hatte. Seine Brauen waren zum Fürchten gerunzelt.

Einen Augenblick lang stand alles still. Ginevra verharrte, zutiefst verletzt. Lanzelot spürte es und hielt ebenfalls inne. Der Falke hörte auf, mit den Flügeln zu schlagen, und kein Blatt regte sich.

In diesem Augenblick wußte der junge Mann, daß er einen wirklichen Menschen, so alt wie er selbst, gekränkt hatte. In ihren Augen sah er, wie überrascht sie war, wie erschreckt, wie bitter enttäuscht. Sie hatte ihm Freundlichkeit und Güte entgegengebracht, und er hatte es ihr mit Unfreundlichkeit und Härte gedankt. Das Entscheidende aber war, daß er's mit einem wirklichen, lebendigen Menschen zu tun hatte. Sie war kein flatterhaftes Ding, war nicht hinterlistig und ränkevoll und herzlos. Sie war die hübsche Jenny, die denken und fühlen konnte.

KAPITEL 5

Die beiden ersten, die es merkten, daß Lanzelot und Ginevra sich ineinander verliebten, waren Onkel Dap und König Arthur selbst. Merlin — der dank der wankelmütigen Nimue nun bereits hinter Schloß und Riegel in seiner Höhle hauste — hatte Arthur gewarnt, und Arthur hatte es im Unterbewußtsein befürchtet. Aber er hatte niemals wissen wollen, was die Zukunft bringen würde, und es war ihm gelungen, jeden Gedanken in dieser Richtung aus seinem Kopf zu verbannen.

Onkel Dap reagierte auf die Entdeckung, indem er seinen Zögling ins Gebet nahm, als sie wieder mal bei dem Gerfalken im Mauserkäfig standen.

»Bei Gottes Füßen!« sagte Onkel Dap, und ließ noch ein paar Ausrufe von ähnlicher Machart folgen. »Was geht hier vor? Was hast du im Sinn?

Will der beste Ritter Europas vielleicht alles wegwerfen, was ich ihm beigebracht hab', nur um der schönen Augen einer Dame willen? Die dazu noch verheiratet ist!«

»Wovon redet Ihr?«

»Wovon? Davon! Herr und Heiland!« schrie Onkel Dap. »Von Ginevra red' ich — wovon sonst? Ehre sei Gott, dem Allmächtigen!«

Lanzelot packte den alten Herrn bei den Schultern und drückte ihn auf eine Truhe nieder.

»Hört einmal zu, Onkel«, sagte er entschieden. »Ich wollte ohnehin mit Euch sprechen. Ist's nicht an der Zeit, daß Ihr nach Schloß Benwick zurückreist?«

»Benwick!« schrie der Onkel, als habe man ihm einen Dolchstoß versetzt.

»Ja, Benwick. Ihr könnt doch nicht ewig meinen Schildknappen spielen. Zunächst mal: Ihr seid der Bruder zweier Könige; und zum anderen: Ihr seid dreimal so alt wie ich. Es wäre gegen das Dienstreglement.«

»Dienstreglement!« schrie der alte Mann. »Pffft!«

»Mit Pffft kommen wir nicht weiter.«

»Und ich, der ich dir alles beigebracht hab', was du kannst — ich soll nach Benwick zurück, ohne gesehn zu haben, wie du dich überhaupt bewährst? Du hast noch nicht einmal dein Schwert unter meinen Augen geschwungen, dein *Joyeux*! Das ist Undankbarkeit, Perfidie, Verrat! Ich will verdammt sein! Meiner Treu! Beim himmlischen Blau!«

Und der aufgebrachte Alte ließ etliche gallische Sentenzen folgen, unter anderem den sogenannten Wilhelm-der-Eroberer-Fluch *Per Splendorem Dei* sowie ein Exempel dessen, was der imaginäre König Louis der Elfte unter einem Scherz verstand: *Pasque Dieu.* Inspiriert und animiert von diesen königlichen Gedankengängen, fügte er die frommen Kraftworte von Rufus, Henry dem Ersten, John und Henry dem Dritten hinzu, welche der Reihenfolge nach lauteten: Beim Heiligen Gesicht von Lucca, Bei Gottes Tod, Bei Gottes Zähnen und Bei Gottes Haupt. Der Gerfalke, dem diese Darbietung zu gefallen schien, spreizte genüßlich rüttelnd das Gefieder — was so ähnlich aussah, wie wenn ein Hausmädchen vor dem Fenster einen Mop ausschüttelt.

»Na gut. Wenn Ihr nicht gehen wollt, dann laßt Ihr's eben«, sagte Lanzelot. »Aber sprecht bitte nicht von der Königin. Ich kann's nicht ändern, daß wir uns gernhaben, und es ist doch nichts dabei, wenn zwei Menschen sich mögen, oder? Schließlich tun wir ja nichts Böses, die Königin und ich. Wenn Ihr mir ihretwegen Vorhaltungen macht, könnte man ja auf den Gedanken kommen, wir täten etwas Unrechtes. Das klingt, als ob Ihr schlecht von mir dächtet oder meine Ehre anzweifeln wolltet. Bitte, erwähnt dieses Thema nicht mehr.«

Onkel Dap verdrehte die Augen, raufte sich die Haare, ließ seine Knöchel knacken, küßte sich die Fingerspitzen und machte allerlei andere Gesten, um seine Meinung zu verdeutlichen. Doch kam er nie wieder auf die Angelegenheit zurück.

Arthurs Reaktion auf das Problem war nicht eindeutig. Merlins Warnung, seine Dame und seinen besten Freund betreffend, war in sich selbst widersprüchlich gewesen, denn ein Freund kann schwerlich ein Freund sein, wenn er einen gleichzeitig betrügt. Arthur bewunderte und liebte seine rosenblütige Ginevra ob ihres feurigen Schwungs, und vor Lanzelot hatte er instinktiv eine gewisse Hochachtung, aus der bald Zuneigung werden sollte. Es fiel also schwer, die beiden zu verdächtigen, und ebenso schwer, sie nicht zu verdächtigen.

Er kam zu dem Schluß, das Problem lasse sich am besten dadurch lösen, daß er Lanzelot auf den Römischen Feldzug mitnahm. Zumindest wurde der Junge auf diese Weise von Ginevra getrennt, und andererseits mußte es eine Freude sein, einen Gefolgsmann um sich zu haben, der ein so ausgezeichneter Soldat war — ganz gleich, ob Merlins Warnung nun berechtigt war oder nicht.

Der Römische Feldzug war ein kompliziertes Unternehmen, das sich seit Jahren zusammengebraut hatte. Es braucht uns nicht lange zu beschäftigen. In gewisser Weise war es die logische Konsequenz von Bedegraine — die Fortsetzung jener Schlacht, auf europäische Verhältnisse übertragen. Die feudale Vorstellung vom Krieg, der um des Lösegeldes willen geführt wird, war zwar in Britannien zerschlagen worden, nicht jedoch außer Landes, und nun hatten es die Lösegeld-Jäger auf den frisch etablierten König abgesehen. Ein Gentleman namens Lucius war Diktator von Rom (interessanterweise nennt auch Malory ihn einen *dictator*) und hatte Gesandte zu Arthur geschickt, um Tribut zu fordern. (Vor einer Schlacht nannte man's ›Tribut‹, hinterher ›Lösegeld‹.) Der König hatte, nach Rücksprache mit seinem Parlament, kund und zu wissen getan, daß er nicht tributpflichtig sei. Daraufhin hatte Diktator Lucius ihm den Krieg erklärt. Auch hatte er — wie Lars Porsena bei Macaulay — seine Boten in alle Himmelsrichtungen entsandt, um Alliierte zu gewinnen. Nicht weniger als sechzehn Könige aus den verschiedensten, entlegensten Ländern marschierten mit ihm von Rom nach Oberdeutschland, um den Engländern eine Schlacht zu liefern.

Während jener Wochen, da Lanzelot sich in Ginevra vernarrte, wurde es Zeit, daß Arthur den Kanal überquerte, um seinem Feind in Frankreich entgegenzutreten, und er beschloß, den Jüngling in diesen Krieg mitzunehmen. Natürlich war Lanzelot noch nicht der oberste Ritter der Tafelrunde, sonst hätte man ihn auf jeden Fall mitgenommen. Bisher hatte er nur eine Tjoste ausgetragen, mit Arthur, und der anerkannte Hauptmann der Ritter war Gawaine.

Lanzelot ärgerte sich, daß man ihn von Ginevra trennte, weil er darin einen Mangel an Vertrauen sah. Außerdem wußte er, daß man Sir Tristan in einer ähnlichen Lage bei der Gemahlin König Markes von Cornwall zurückgelassen hatte. Er sah nicht ein, weshalb es ihm da nicht auch gestattet sein sollte, bei Ginevra zu bleiben.

Es besteht keine Veranlassung, genauer auf den Römischen Feldzug einzugehen, obschon er mehrere Jahre währte. Es war ein Krieg wie andere Kriege auch: Auf beiden Seiten wurde geschubst und geschrien, gewaltige Streiche wurden ausgeteilt, viele Männer gefällt, und jeden Tag gab es Glanzleistungen an Tapferkeit, Kühnheit und Heldenmut. Es war Bedegraine in größerem Maßstab — Arthur weigerte sich auch diesmal, das Ganze als sportliches oder kommerzielles Unternehmen aufzufassen —, doch mangelte es dabei nicht an gewissen charakteristischen Besonderheiten. Der rotschopfige Gawaine verlor die Beherrschung, als er zu Verhandlungen ausgeschickt wurde, und tötete einen Mann. Sir Lanzelot lieferte einen prächtigen Kampf, in dem seine Mannen drei zu eins unterlegen waren. Er erschlug den König Lyly und drei große Lords mit Namen Alakuke, Herawd und Heringdale. Im Verlauf der Kampagne wurden auch drei berüchtigte Riesen zur Strecke gebracht — zwei von Arthur persönlich. In der letzten Auseinandersetzung schließlich versetzte Arthur dem Kaiser Lucius einen solchen Schlag aufs Haupt, daß Excalibur ihm den Schädel spaltete, bis hinab zur Brust. Unter den Getöteten fand man den Sultan von Syrien und den König von Ägypten und den König von Äthiopien — einen Vorfahren von Haile Selassie — sowie siebzehn andere Könige aus diversen Gegenden und sechzig Senatoren von Rom. Arthur packte ihre Leichen in prachtvolle Särge — nicht zum Hohn — und ließ sie dem Oberbürgermeister von Rom überbringen: anstelle des geforderten Tributs. Dies bewog den Oberbürgermeister und fast ganz Europa, ihn als obersten Lehnsherrn anzuerkennen. Die Konvention der feudalen Kriegführung war endgültig erledigt, auf dem Kontinent genauso wie in England.

Im Lauf dieses Kriegszuges wurde Lanzelot seinem Herrn lieb und wert, und als sie heimkehrten, schenkte Arthur der Prophezeiung Merlins keinerlei Glauben mehr. Er hatte sie völlig verdrängt. Lanzelot war anerkanntermaßen der großartigste Kämpfer im Heer. Beide hatten beschlossen, daß Ginevra sie nicht entzweien dürfe, und so waren die ersten paar Jahre ohne Unheil verstrichen.

KAPITEL 6

Was für ein Bild nun macht man sich von Sir Lanzelot? Vielleicht hält man ihn für einen häßlichen Jüngling, der sich bei Kampfspielen hervortat. Aber er war mehr. Er war ein Ritter des Mittelalters, ein Mann mit ausgeprägtem Ehrgefühl.

In ländlichen Gegenden kann es einem auch heute noch passieren, daß man einen Satz zu hören bekommt, der ein gut Teil dessen ausdrückt, was er im Sinn haben mochte. Ein Bauer in Irland etwa sagt, wenn er jemanden rühmen will: »Der So-und-so *has a Word.* Wenn er was versprochen hat, dann hält er's auch.« Also: Ein Mann, ein Wort.

Lanzelot versuchte, Wort zu halten. Das erachtete er — wie manche unwissende Leute auch heute noch — als den wertvollsten Besitz: ein Wort, das gilt.

Das Seltsame jedoch war, daß der Firstbalken seiner Treue gegenüber sich selbst und anderen eine Wesensart deckte, die voller Widerspruch und keineswegs heilig war. Sein Wort war ihm wichtig und wertvoll — nicht nur, weil er gut war, sondern auch, weil er schlecht war. Schlechte Menschen brauchen Prinzipien, um in Schranken gehalten zu werden. Einerseits machte es ihm Vergnügen, anderen Menschen wehzutun. Eben seine Grausamkeit war jedoch merkwürdigerweise der Grund dafür, daß der arme Kerl niemals einen Mann tötete, der um Gnade bat, und niemals eine grausame Tat beging, die er hätte vermeiden können. Einer der Gründe, weshalb er sich in Ginevra verliebte, war der, daß er ihr gleich zu Anfang wehgetan hatte. Vielleicht hätte er sie nie als leibhaftige Person beachtet, wenn er nicht den Kummer in ihren Augen gesehen hätte.

Es sind sonderbare Motive, die Menschen zu Heiligen werden lassen. Ein Mann, der in puncto Anstand nicht unbedingt den höchsten Ehrgeiz entwickelte, wäre möglicherweise einfach mit der Frau seines Heldenidols durchgebrannt. Vielleicht wäre es dann nie zu der Arthur-Tragödie gekommen. Ein Durchschnittsmensch, der sich nicht sein halbes Leben lang damit abquälte, herauszufinden, was das Rechte ist, um so seine Neigung zum Falschen bezähmen zu können, hätte möglicherweise den Knoten durchgehauen, der ihnen zum Verhängnis wurde.

Als die beiden Freunde vom Römischen Feldzug nach England heimkehrten, landete die Flotte in Sandwich. Es war ein grauer Septembertag: die blauen und kupferfarbenen Schmetterlinge flatterten über dem Grummet hin und her, die Rebhühner riefen wie Heimchen, die Brombeeren färbten sich schwarz, und die Haselnüsse zogen ihre kleinen und noch geschmacklosen Kerne in wolligen Wiegen auf. Königin Ginevra war am Strand, um sie willkommen zu heißen, und als sie den König geküßt hatte, wußte Lanzelot sofort, daß sie, trotz allem, durchaus noch zwischen sie kommen konnte. Er machte eine Bewegung, als schnürte sich ihm das Eingeweide zusammen, begrüßte die Königin ehrerbietig, legte sich im nächsten Gasthaus sogleich ins Bett und lag die ganze Nacht wach. Am nächsten Morgen bat er um Urlaub vom Hof.

»Aber Ihr seid doch kaum bei Hofe gewesen«, sagte Arthur. »Weshalb wollt Ihr schon so schnell wieder fort?«

»Es wäre das Beste.«

»Wäre das Beste?« fragte der König. »Was wollt Ihr damit sagen: Es wäre das Beste?«

Lanzelot ballte die Faust, daß die Knöchel scharf hervorsprangen, und sagte: »Ich möchte auf eine Queste gehn. Ich möcht' eine Aventiure suchen.«

»Aber, Lanz —«

»Dafür ist die Tafelrunde doch gedacht!« rief der Jüngling. »Die Ritter sollen auf Queste gehn, hab' ich gedacht, auf die Hohe Suche, um gegen die Gewalt zu kämpfen. Weshalb also wollt Ihr mich zurückhalten? Darum geht's doch einzig und allein, oder?«

»Nun kommt«, sagte der König. »Ihr braucht Euch doch nicht so aufzuregen. Natürlich könnt Ihr gehen, wenn Ihr gehen wollt. Ich hab' nur gedacht, es wäre schön, Euch eine Weile bei uns zu haben. Seid doch nicht eingeschnappt, Lanz. Ich weiß wirklich nicht, was in Euch gefahren ist.«

»Kommt bald zurück«, sagte die Königin.

KAPITEL 7

Damit begannen seine berühmten Questen. Sie hatten nicht den Zweck, ihm Ruhm oder Vergnügen zu verschaffen. Sie waren ein Versuch, von Ginevra loszukommen. Er unternahm diese Anstrengungen, um seine Ehre zu retten, und nicht, um Ehre zu erringen.

Eine dieser Questen werden wir im einzelnen beschreiben müssen, um zu zeigen, auf welche Weise er sich abzulenken suchte und was sein Ehrbegriff bewirkte. Dabei wird man auch einen Eindruck von den Zuständen bekommen, die damals in England herrschten und die König Arthur nötigten, seine Theorie der Gerechtigkeit durchzusetzen. Arthur war kein schulmeisterlicher Sittenrichter — nein, in seinem Lande Gramarye herrschte eine solch rasende Anarchie, daß es einer Idee wie jener der Tafelrunde bedurfte, um überhaupt seinen Fortbestand zu sichern. Die wilden Kriegszüge der Leute vom Schlage Lots waren zwar unterbunden worden, nicht aber das erbarmungslose Treiben der Freiherrn, die auf ihren Gütern wie Gangster hausten. Es gab Barone, die den Juden die Zähne ausbrachen, um an deren Geld zu kommen, oder Bischöfe brieten, die ihnen widersprachen. Die Leibeigenen, die bösen Herren gehörten, wurden über kleinem Feuer langsam geröstet oder mit geschmolzenem Blei besprenkelt oder gepfählt oder des Augenlichts beraubt und qualvoll zum Tode befördert. Auch konnte man Hörige sehen, die auf Händen und Knien einherkrochen, weil ihnen die Sehnen durchschnitten worden waren. Geringfügige Fehden führten zur Vernichtung der Armen und Hilflosen — ein Ritter hingegen, der in einem Kampf vielleicht vom Pferd gezerrt wurde, war derart gut gepanzert, daß nur ein Experte ihm Schaden zufügen konnte. In der legendären Schlacht von Bouvines, zum Beispiel, wurde Philipp Augustus von Frankreich aus dem Sattel gehoben und umzingelt — doch die arme Infanterie konnte den Herrn im Eisenfrack nicht mal pieksen; bald darauf wurde er gerettet und kämpfte fürderhin nur noch besser, weil man ihn in Wut gebracht hatte. Aber die Geschichte von Lanzelots erster Queste zeugt selber beredt genug von jenem wirren Zeitalter der Gewalt.

An der Grenze von Wales lebten zwei Ritter mit Namen Sir Carados und Sir Turquine. Sie waren keltischen Ursprungs. Diese beiden konservativen Barone hatten sich Arthur nicht unterworfen, und das Gesetz der Gewalt war für sie die einzig denkbare Regierungsform. Sie hatten starke Burgen und bösartige Gefolgsleute, die sich unter ihrer Herrschaft besser austoben konnten, als dies in einer geordneten Gesellschaft möglich gewesen wäre. Sie trieben's wie die Adler, das heißt: sie lebten von den schwächeren Mitgeschöpfen, denen sie nachstellten. Es ist unfair, sie mit Adlern zu vergleichen, denn viele dieser Vögel sind noble Wesen, was man jedenfalls von Sir Turquine nicht behaupten kann. Würde er heute leben, wäre er vielleicht in einer Irrenanstalt gelandet; ganz gewiß aber hätten ihm seine Freunde dringend geraten, sich einer psychoanalytischen Behandlung zu unterziehen.

Eines Tages, als Sir Lanzelot sich ungefähr einen Monat auf seiner Aventiure befand — und sich immer weiter von dort entfernte, wo er am liebsten gewesen wäre, so daß jeder Schritt seines Pferdes ihm zur Qual wurde —, begegnete er einem gewappneten Ritter, der auf einem gewaltigen Rosse saß. Quer über seinem Sattelknauf lag, in Banden, ein anderer Ritter. Der gefesselte Ritter war ohnmächtig. Er war blutbeschmiert und verdreckt, und sein Kopf, der an der Seite herabhing, hatte rote Haare. Der zu Pferde sitzende Ritter, der ihn überwältigt hatte, war ein Hüne von Gestalt.
Lanzelot erkannte ihn an seinem Wappen: es war Sir Carados.

»Wer ist Euer Gefangener?«

Der riesige Ritter hob den Schild des Gefangenen, der hinter ihm hing. Er zeigte auf goldnem Grund einen roten Sparren zwischen drei grünen Disteln.

»Was macht Ihr mit Sir Gawaine?«

»Kümmert Euch um Eure eigenen Angelegenheiten«, sagte Sir Carados.

Gawaine mußte zu sich gekommen sein, als der Gaul stehenblieb, denn seine Stimme sagte, von unten herauf: »Mann, seid Ihr das, Sir Lanzelot?«

»Welche Freude, Gawaine. Wie steht's mit Euch?«

»Nicht zum besten«, sagte Sir Gawaine, »es sei denn, Ihr hülfet mir. Wenn Ihr mich nicht rettet, wüßt' ich mir keinen Ritter, der solches vermöchte.«

Er sprach formell in der Hochsprache des Rittertums; in jenen Tagen gab es nämlich zwei Sprechweisen, die sich etwa so unterschieden wie das normannische Französisch und das saxische Englisch.

Lanzelot sah Sir Carados an und sagte in der gewöhnlichen Umgangssprache: »Wollt Ihr den Mann niederlegen und statt dessen mit mir kämpfen?«

»Ihr seid ein Narr«, sagte Sir Carados. »Euch wird's bloß genauso ergehn.«

Alsdann legten sie Gawaine auf den Boden — gebunden, so daß er nicht entkommen konnte — und machten sich zum Kampf bereit. Sir Carados hatte einen Schildknappen bei sich, der ihm seinen Speer reichte. Lanzelot hingegen hatte darauf bestanden, daß Onkel Dap daheim bleibe. Er mußte sich allein behelfen.

Der Kampf war anders als der, den er mit Arthur ausgetragen hatte. Die Kräfte beider schienen diesmal fast gleich, und in der Tilte, mit der es begann, wurde keiner aus dem Sattel gehoben. Ihre Eschenholzspeere zersplitterten, aber beide blieben im Sattel, und ihre Gäule hielten dem Anprall stand. In dem nun folgenden Schwertkampf erwies sich Lanzelot als der Bessere. Nach etwas über einer Stunde heftigen Schlagwechsels gelang es ihm, Sir Carados einen solchen Hieb auf den Helm zu versetzen, daß dessen Hirnschale barst — und da, während der Tote noch im Sattel schwankte, packte er ihn beim Kragen, zog ihn unter die Hufe seines Pferdes, sprang im gleichen Augenblick ab und trennte ihm den Kopf vom Rumpf. Er befreite Sir Gawaine, der ihm aus vollem Herzen dankte, und ritt weiter durch die wilden Wälder Englands, ohne an Sir Carados einen Gedanken zu verschwenden. Er begegnete einem seiner Cousins, dem jungen Sir Lionel, und gemeinsam begaben sie sich auf die Suche nach Abenteuern, um Unrecht wiedergutmachen zu können. Doch war es nicht klug von ihnen, Sir Carados zu vergessen.

Eines Tages, als sie schon geraume Zeit geritten waren, kamen sie zu einem Wald. Der Mittag war schwül, und Lanzelot war vom inneren Kampf um die Königin wie auch vom Wetter so mitgenommen, daß er meinte, nicht weiter zu können. Lionel war ebenfalls müde, so daß sie beschlossen, sich bei einer Hecke unter einen Apfelbaum zu legen. Sie banden ihre Pferde an verschiedene Äste, und Lanzelot schlief sogleich ein. Aber das Surren der Fliegen hielt Sir Lionel wach, und während er dalag, bot sich ihm ein ungewöhnliches Schauspiel.

Drei gewappnete Ritter galoppierten um ihr Leben, verfolgt von einem einzelnen Ritter. Der Boden erbebte unter den Hufen der Pferde — es war höchst sonderbar, daß Lanzelot nicht aufwachte —, bis der gewaltige Verfolger seine Opfer, eins nach dem andern, niederritt, aus dem Sattel hob und einzeln verschnürte.

Lionel war ein ehrgeiziger Knabe. Er meinte, seinen berühmten Cousin übertreffen zu können. Lautlos stand er auf, richtete seine Rüstung und ritt los, um den Sieger herauszufordern. In weniger als einer Minute lag auch er auf der Erde, gefesselt und bewegungslos, und ehe Lanzelot erwachte, war der ganze spukhafte Aufzug verschwunden. Der geheimnisvolle Sieger in diesen vier Kämpfen war Sir Turquine, ein Bruder von Carados, den Lanzelot kürzlich getötet hatte. Er hatte die Gepflogenheit, seine Gefangenen in sein düsteres Schloß zu schleppen, wo er ihnen sämtliche Kleider auszog und sie nach Herzenslust verprügelte, nur so zum Spaß.

Lanzelot schlief noch immer, als ein neuer Aufzug des Weges kam. In der Mitte war ein grünseidener Baldachin, von vier Rittern in prächtiger

Gewandung auf vier Speeren getragen. Unter diesem Baldachin ritten auf weißen Maultieren vier Königinnen mittleren Alters und boten einen malerischen Anblick. Sie kamen gerade an dem Apfelbaum vorüber, da brach Lanzelots Streitroß in ein scheppperndes Wiehern aus.

Queen Morgan le Fay, die älteste Königin unter den vieren — lauter Hexen —, ließ die Prozession anhalten und ritt zu Sir Lanzelot hinüber. Der sah gefährlich aus, wie er da in voller Kriegsrüstung im hohen Grase lag.

»Das ist ja Sir Lanzelot!«

Nichts macht so schnell die Runde wie eine Skandalgeschichte — insonderheit bei übernatürlichen Wesen —, daher wußten die vier Königinnen, daß er in Ginevra verliebt war. Desgleichen war ihnen bekannt, daß man ihn mittlerweile für den stärksten Ritter der Welt hielt. Aus diesem Grunde waren sie auf Ginevra eifersüchtig. Und sie waren entzückt von der Gelegenheit, die sich ihnen bot. Sogleich fingen sie zu streiten an, wem er zu Zauberzwecken überlassen werden solle.

»Wir brauchen uns nicht zu zanken«, sagte Morgan le Fay. »Ich werde ihn mit einem Zauber belegen, so daß er nicht aufwacht, ehe sechs Stunden vergangen sind. Wenn wir ihn erst sicher in meinem Schloß haben, kann er selber wählen.«

So geschah es. Der schlafende Held wurde von den Reisigen auf seinem Schild ins Castle Chariot getragen. Das Schloß war nun nicht mehr ein Feenpalast aus Fressalien, sondern eine gewöhnliche, ganz alltägliche Festung. Hier wurde er, fest schlafend, in einen kalten, kahlen Raum gebracht. Dort sollte er bleiben, bis er aus seinem Zauber aufwachen würde.

Als Lanzelot erwachte, wußte er nicht, wo er war. Der Raum war dunkel und schien ganz aus Stein gemacht, wie ein Verlies. Er lag im Finstern und fragte sich, was nun geschehen werde. Danach dachte er an Königin Ginevra.

Ein junges Fräulein kam mit Essen für ihn und erkundigte sich nach seinem Befinden.

»Wie geht's Euch, Sir Lanzelot?«

»Ich weiß nicht, schönes Fräulein. Ich weiß nicht, wie ich hergekommen bin, also weiß ich auch nicht recht, wie es mir geht.«

»Ihr braucht keine Angst zu haben«, sagte sie. »Wenn Ihr ein so großer Mann seid, wie man behauptet, kann ich Euch morgen früh vielleicht helfen.«

»Dank Euch. Ob Ihr mir helfen könnt oder nicht — seid mir wohlgesinnt.«

Und das schöne Fräulein verschwand.

Am nächsten Morgen klapperten Riegel und quietschten rostige Schlösser, und mehrere Reisige in Kettenpanzern betraten das Verlies. Sie nahmen zu beiden Seiten der Tür Aufstellung, und hinter ihnen kamen, im Sonntagsstaat, die Zauber-Königinnen herein. Jede Königin machte einen Knicks vor Sir Lanzelot. Er erhob sich höflich und verbeugte sich vor jeder Königin. Morgan le Fay stellte sie vor: die Königinnen von Gore, Northgalis, Eastland und den Außen-Inseln.

»So«, sagte Morgan le Fay, »wir wissen über Euch Bescheid, vergeßt das nicht. Ihr seid Sir Lanzelot Dulac, und Ihr habt eine Affäre mit Königin Ginevra. Ihr sollt der beste Ritter der Welt sein, und deshalb ist die Frau vernarrt in Euch. Aber damit ist es jetzt vorbei. Wir vier Königinnen haben Euch in unsrer Gewalt, und Ihr müßt wählen, welche von uns Ihr zur Geliebten nehmen wollt. Am besten ist es natürlich, Ihr wählt selbst — aber eine von uns müßt Ihr nehmen. Wer soll es sein?«

Lanzelot sagte: »Wie kann ich denn auf so etwas überhaupt antworten?«

»Antworten müßt Ihr.«

»Zuerst einmal«, sagte er, »stimmt es nicht, was Ihr von mir und der Frau des Königs von Britannien behauptet. Ginevra ist die treueste Gemahlin unter dem Himmel. Wenn ich frei wäre und meine Rüstung hätte, würde ich gegen jeden Ritter kämpfen, den Ihr vorschlagt, um das zu beweisen. Und zum zweiten nehme ich keine von Euch zur Geliebten. Es tut mir leid, wenn das unhöflich ist, aber mehr kann ich nicht sagen.«

»So!« sagte Morgan le Fay.

»Ja«, sagte Lanzelot.

»Ist das alles?«

»Ja.«

Die vier Königinnen knicksten mit frostiger Würde und marschierten aus dem Raum. Die Posten machten saubere Kehrtwendungen; ihr Panzerzeug klirrte auf dem Steinboden. Die Lichter wurden hinausgetragen, die Tür schlug zu, der Schlüssel quietschte, und die Riegel fuhren knarrend in ihre Halterungen.

Als das hübsche Fräulein mit der nächsten Mahlzeit kam, ließ sie erkennen, daß sie mit ihm zu sprechen wünsche. Lanzelot bemerkte, daß sie recht kühn war und vermutlich sehr darauf bedacht, jeweils ihren eigenen Kopf durchzusetzen.

»Ihr habt gesagt, Ihr könntet mir vielleicht helfen?«

Das Mädchen sah ihn prüfend an: »Ich kann Euch helfen, wenn Ihr der seid, für den man Euch hält. Seid Ihr wirklich Sir Lanzelot vom See?«

»Ich fürchte, der bin ich.«

»Ich helfe Euch«, sagte sie, »wenn Ihr mir helft.«

Dann brach sie in Tränen aus.

Solange das Fräulein weint — sie tat es recht reizend und ziemlich entschlossen —, sollten wir uns einen Begriff von den Turnieren machen, wie sie zur damaligen Zeit in Gramarye stattfanden. Was man in jenen Tagen ›Turnier‹ nannte, war nicht das gleiche wie eine Tjoste. Bei der Tjoste kämpften zwei Ritter gegeneinander, mit Lanze oder Schwert, und zwar um einen Preis. Das ›Turnier‹ aber war mehr ein Freistil-Kampf zwischen zwei Scharen von Rittern, sagen wir zwanzig oder dreißig auf jeder Seite, die mit Speer und Schild wild gegeneinanderpreschten. Diese Massenkämpfe, auch Buhurte genannt, wurden als wichtig erachtet. Wer, zum Beispiel, seinen Obolus für den Buhurt entrichtet hatte, durfte damit auch an den Tjosten teilnehmen; wer hingegen nur für die Tjoste bezahlt hatte, war vom Buhurt ausgeschlossen. Bei diesen Handgemengen konnte man leicht zu Schaden kommen. Solche Veranstaltungen waren nicht in Bausch und Bogen zu verwerfen — vorausgesetzt, daß sie ordnungsgemäß beaufsichtigt wurden. Nur wurden sie zu Anfang leider meist überhaupt nicht beaufsichtigt.

Merry England zu Pendragons Zeiten ähnelte ein wenig dem *Poor Ould Ireland* von O'Connell. Es gab Parteien. Die Ritter einer Grafschaft oder die Bewohner eines Distrikts oder die Gefolgsleute eines Edelmannes — irgendeine Partei entwickelte Animositäten und haßte plötzlich die Nachbarpartei. Aus diesem Haß wurde eine Fehde, und der König oder Anführer der einen Gruppe forderte den Führer der anderen zu einem Buhurt heraus — und beide Parteien zogen mit dem festen Vorsatz ins Turnier, es den andern bei dieser Gelegenheit gründlich heimzuzahlen. Das nämliche war's später mit Papist und Protestant oder Stuart und Orangeman, wenn man mit Knütteln in den Händen und Mordgelüsten im Herzen aufeinander losging.

»Weshalb weint Ihr?« fragte Sir Lanzelot.

»Och je«, schluchzte das Fräulein. »Dieser ekelhafte König von Northgalis hat meinen Vater auf nächsten Dienstag zu einem Turnier herausgefordert, und er hat drei Ritter von König Arthur auf seiner Seite, und da muß mein armer Vater ja verlieren. Ich hab' Angst, daß ihm was zustößt.«

»Ich verstehe. Und wer ist Euer Vater?«

»König Bagdemagus.«

Sir Lanzelot erhob sich und küßte sie artig auf die Stirn. Er wußte bereits, was von ihm erwartet wurde.

»Nun gut«, sagte er. »Wenn Ihr mir aus diesem Gefängnis heraushelft, werde ich am nächsten Dienstag auf der Seite von König Bagdemagus kämpfen.«

»Oh danke«, sagte das junge Mädchen und wrang ihr Taschentuch aus. »Jetzt muß ich aber wohl gehn, sonst vermissen sie mich unten.«

Selbstverständlich wollte sie der Zauber-Königin von Northgalis nicht behilflich sein, Sir Lanzelot gefangenzuhalten — wenn ausgerechnet der König von Northgalis gegen ihren Vater kämpfte.

Am Morgen, ehe die Schloßbewohner sich erhoben, hörte Lanzelot, wie sich die schwere Tür leise öffnete. Eine weiche Hand legte sich in die seine, und er wurde hinausgeführt in die Dunkelheit. Sie durchschritten zwölf magische Türen, bis sie in die Rüstkammer gelangten, und hier lag seine eigene Rüstung bereit, vollständig, blitzblank. Als er sie angelegt hatte, gingen sie zum Stall, und da stand sein Streitroß und schlug ungeduldig Funken aus den Pflastersteinen.

»Denkt daran.«

»Natürlich«, sagte er. Und er ritt hinaus über die Zugbrücke ins Morgenlicht.

Während sie durch die Gänge von Castle Chariot geschlichen waren, hatten sie einen Treffpunkt verabredet. Lanzelot sollte zu einem nahegelegenen Kloster der weißen Mönche reiten und dort das Fräulein erwarten, das nun natürlich vor Königin Morgan fliehen mußte, nachdem es ihn heimlich freigelassen hatte. In diesem Kloster wollten sie sich aufhalten, bis auch König Bagdemagus zur Stelle sein würde, und dann wollte man die Vorbereitungen für das Turnier treffen. Unglücklicherweise lag das Castle Chariot im Forest Sauvage, und Lanzelot konnte das Kloster nicht finden. Er und sein Pferd irrten den ganzen Tag umher, prallten gegen Äste, verfingen sich in Brombeergestrüpp und wurden beide recht unwirsch. Gegen Abend stießen sie auf ein rotes Zelt. Es war niemand darin.

»Das ist aber ein sonderbares Zelt«, sagte er bekümmert vor sich hin, denn in Gedanken war er bei Ginevra. »Doch ich werde hier wohl übernachten können. Entweder dient es zu irgendeinem Abenteuer, wozu ich gerne bereit bin, oder die Besitzer sind auf Urlaub gegangen, und in diesem Fall werden sie mir's nicht verübeln, wenn ich hier für eine Nacht Unterschlupf suche. Wie dem auch sei: ich habe mich verirrt, und mir bleibt gar nichts andres übrig.«

Er nahm seinem Pferd das Geschirr ab und legte ihm Fußfesseln an. Dann entledigte er sich seiner Rüstung und hängte sie ordentlich an einen Baum, den Schild zuoberst. Danach aß er von dem Brot, mit dem das Mädchen ihn versorgt hatte, trank Wasser aus dem Bach, der am Zelt vorbeifloß, reckte seine Arme, bis die Ellbogen knackten, gähnte, schlug dreimal mit der Faust gegen seine Schneidezähne und ging zu Bett. Die Lagerstatt war gar prächtig und hatte, passend zum Zelt, eine mit rotem Zindelsaft gefärbte Decke. Lanzelot wickelte sich hinein, drückte seine Nase ins Seidenkissen, küßte es in Gedanken an Ginevra und fiel sogleich in tiefen Schlaf.

Als er erwachte, schien der Mond, und auf seinem linken Fuß saß ein nackter Mann, der sich die Fingernägel säuberte.

Lanzelot, jäh aus seinem Liebestraum gerissen, fuhr auf im Bett, als er das Gewicht des Mannes spürte. Der Mann, durch diese unvermutete Bewegung seinerseits verschreckt, sprang auf und griff nach seinem Schwert. Lanzelot sprang auf der anderen Seite aus dem Bett und lief zu dem Baum, an dem seine Waffen hingen. Der Mann kam hinter ihm hergelaufen, schwang die Klinge und versuchte, von hinten einen Hieb anzubringen. Lanzelot erreichte den Baum unverletzt, nahm sein Schwert und stellte sich dem Gegner. Sie boten ein unglaubliches Bild, phantastisch und furchterregend: beide waren splitternackt, und ihre Schwerter glänzten silbern im Licht des Herbstmonds.

»So«, schrie der Mann und holte zu einem kraftvollen Schlag aus, gegen Lanzelots Beine. Im nächsten Moment jedoch hatte er das Schwert fallen lassen, hielt sich mit beiden Händen den Bauch und stürzte gekrümmt und kreischend zu Boden. Aus der Wunde, die Lanzelot ihm beigebracht hatte, quoll Blut, das im Mondschein schwarz aussah, und etwas vom geheimen Innenleben des Bauches wurde sichtbar.

»Erschlagt mich nicht«, rief der Mann. »Gnade. Erschlagt mich nicht. Ihr habt mich getötet.«

»Das tut mir leid«, sagte Lanzelot. »Ihr habt nicht einmal gewartet, bis ich mein Schwert zur Hand hatte.«

Der Mann jammerte weiter. »Gnade! Gnade!«

Lanzelot stieß sein Schwert in die Erde und machte sich daran, die Wunde zu examinieren.

»Ich werd' Euch nichts tun«, sagte er. »Ist ja schon gut. Laßt mal sehn.«

»Ihr habt meine Leber bloßgelegt«, sagte der Mann vorwurfsvoll.

»Freilich — ich hab' doch gesagt, daß es mir leid tut. Mehr kann ich nicht sagen. Ich weiß überhaupt nicht, weshalb wir eigentlich kämpfen. Lehnt Euch auf meine Schulter, und wir bringen Euch zu Bett.«

Als er den Mann ins Bett gebracht und die Blutung unterbunden hatte und zu der Überzeugung gelangte, daß die Verletzung nicht tödlich war, erschien eine wunderschöne Dame in der Öffnung des Zelts. Sie hatten eine

Sturmlaterne angezündet, so daß sie sofort sah, was geschehen war. Sie brach in lautes Wehklagen aus, eilte zu dem Verwundeten, beschuldigte Lanzelot des Mordes und machte einen erheblichen Aufruhr.

»Hör' auf mit dem Geheul«, sagte der Mann. »Er ist kein Mörder. Wir haben uns bloß geirrt.«

»Ich habe im Bett gelegen«, sagte Lanzelot. »Da ist er hereingekommen und hat sich auf mein Bein gesetzt, und wir sind beide so erschrocken, daß wir zu den Waffen griffen. Ich bedaure sehr, ihn verwundet zu haben.«

»Aber das ist doch unser Bett«, rief die Dame wie einer der Drei Bären im Märchen. »Wie kommt Ihr denn in unser Bett?«

»Es tut mir leid«, sagte er. »Wirklich. Es war keiner im Zelt, als ich herkam, und ich hatte mich verirrt und war müde, und da habe ich gedacht: weshalb soll ich hier nicht über Nacht bleiben?«

»Weshalb auch nicht?« sagte der Mann. »Ihr seid über Nacht willkommen, und meine Verwundung scheint gar nicht so schlimm zu sein. Dürfte ich Euern Namen erfragen?«

»Lanzelot.«

»So was!« rief der Mann aus. »Da siehst du's, meine Liebe, mit wem ich gekämpft habe. Kein Wunder, daß es einen Kratzer abgesetzt hat. Und ich hab' mich schon gefragt, warum man mich so ohne weiteres am Leben läßt.«

Also bestanden sie darauf, daß er über Nacht bleibe, und am nächsten Morgen zeigten sie ihm den richtigen Weg zum Kloster der weißen Mönche.

Diese Begegnung hatte weiter keine Folgen — mit Ausnahme der Tatsache, daß Lanzelot den Ritter, der Belleus hieß, in die Tafelrunde einführte, sobald dieser wieder wohlauf war. Belleus gehörte zu jenen großmütigen Menschen, wie Arthur sie brauchte, und Lanzelot versuchte, die von ihm verursachte Aufregung dadurch wiedergutzumachen, daß er ihm einen Platz an der Tafel verschaffte.

Im Kloster der weißen Mönche wartete das hübsche Fräulein in ziemlicher Erregung. Sie hatte schon befürchtet, er könne sie im Stich gelassen haben. Kaum klapperten die Hufe seines Pferdes auf dem gepflasterten Hof, da eilte sie aus ihrem Turmzimmer herbei und begrüßte ihn überschwenglich.

»Vater kommt heute abend!« rief sie. »Ach, ich bin ja so froh, daß Ihr da seid! Ich hatte schon Angst, Ihr hättet's vergessen.«

Lanzelots Mund verzog sich bei diesen Worten zu einem Grinsen. Dann nahm er ein Bad, zog Zivilkleidung an und wartete auf König Bagdemagus.

»Das ist schon ein verrücktes Leben in Gramarye«, sagte er zu sich und war bemüht, nicht an die junge Königin zu denken. »Alles geht so hopplahopp. Man weiß die halbe Zeit nicht, wo man überhaupt ist; und da gibt's ja auch noch meinen Cousin, der unter dem Apfelbaum einfach verschwunden ist: darum müssen wir uns noch kümmern. Zauber-Königinnen und Partei-Turniere und Leute, die nachts zu einem ins Bette steigen, und die halbe Familie verschwindet spurlos — da soll sich einer noch zurechtfinden.«

Daraufhin bürstete er sich die Haare, glättete sein Gewand und ging nach unten, um sich König Bagdemagus vorzustellen.

Es bedarf keiner langen Beschreibung des Turniers. Malory liefert sie. Lanzelot wählte zu seiner Begleitung drei Ritter aus, die ihm das schöne Fräulein empfahl, und entschied, daß sie alle vier einen *vergescu* tragen sollten, den weißen Schild der jungen, noch unreifen Ritter. Diese Abmachung hielt Lanzelot deshalb für richtig, weil er wußte, daß drei seiner Genossen von der Tafelrunde auf der Gegenseite kämpfen würden. Er wollte nicht erkannt werden, da dies bei Hofe unfreundlich aufgefaßt werden mochte. Andererseits aber fühlte er sich durch das dem Fräulein gegebene Versprechen verpflichtet, gegen sie zu kämpfen. Der König von Northgalis, der die Gegenpartei anführte, hatte einhundertsechzig Ritter zur Verfügung, König Bagdemagus hingegen nur achtzig. Lanzelot ging auf den ersten Ritter der Tafelrunde los und renkte ihm die Schulter aus. Den zweiten ging er so hart an, daß der arme Kerl koppheister über den Schwanz seines Pferdes stürzte und seinen Helm etliche Zoll tief in die Erde bohrte. Dem dritten versetzte er einen Schlag auf den Schädel, daß ihm die Nase blutete und sein Gaul mit ihm durchging. Als er dann noch dem König von Northgalis den Oberschenkel gebrochen hatte, kam man allgemein überein, der Sinn und Zweck des Turniers sei erfüllt. Der Kampf war zu Ende.

Das nächste Ereignis war, daß Lanzelot auszog, um zu erkunden, was aus Lionel geworden war. Nun endlich konnte er sich dieser Aufgabe widmen. Vorher war ja nicht dran zu denken, denn seit dem Verschwinden seines Cousins war er entweder eingesperrt gewesen, bei den bösartigen Königinnen, oder heftig damit beschäftigt, seinen Verpflichtungen gegenüber dem jungen Mädchen nachzukommen, das ihn befreit hatte. Noch ehe er davonritt, wurde König Bagdemagus mit dem Turnier-Preis ausgezeichnet, und das Fräulein war vor Dankbarkeit fast zu Tränen gerührt. Man beteuerte reihum, sie alle wollten immerdar gute Freunde sein, und wenn einer den anderen brauche, solle er nur Bescheid geben; ein jeder sei für jeden zu jeder Zeit bereit. Dann bestieg Lanzelot sein Pferd, orientierte sich, indem er ein paar Bauern fragte, wo er sei, und ritt endlich zum Wald mit dem Apfelbaum, wo er seinen Vetter verloren hatte. Wenn er die Stelle, wo er ihn zuletzt gesehen hatte, in weitem Umkreis Schritt für Schritt absuchen würde, könnte es ihm — so dachte er — vielleicht gelingen, die Fährte wieder aufzunehmen, wenn sie auch kalt war.

Im Wald mit dem Apfelbaum, und zwar unmittelbar am Fuß des gesuchten Baumes, begegnete er einer Dame auf weißem Zelter. Der Apfelbaum galt als Zauberbaum — deshalb herrschte da solcher Verkehr.

»Meine Dame«, sagte er, »wißt Ihr von Aventiuren in diesem Walde?«

»Jede Menge«, sagte sie, »wenn Ihr Manns genug seid, Euch darauf einzulassen.«

»Ich könnt's versuchen.«

»Kräftig seht Ihr aus«, sagte die Dame. »Auch blickt Ihr kühn drein, obwohl Eure Ohren furchtbar abstehen. Wenn Ihr wollt, führe ich Euch zu dem grimmigsten Baron, den es auf Erden gibt. Aber er wird Euch gewißlich töten.«

»Das macht nichts.

»Ich bringe Euch nur hin, wenn Ihr mir Euern Namen sagt. Wenn Ihr kein berühmter Ritter seid, wär's schierer Mord.«

»Ich bin Lanzelot.«

»Hätt' ich mir denken können«, sagte die Dame. »Da haben wir Glück gehabt. Wenn es stimmt, was man sich von Euch erzählt, dann seid Ihr wahrscheinlich der einzige Ritter auf der Welt, der den schlagen kann, zu dem ich Euch führe. Es ist Sir Turquine.«

»Gut.«

»Manche behaupten, er sei irre. Er hält vierundsechzig Ritter gefangen, die er im Einzelkampf besiegt hat, und er macht sich einen Zeitvertreib daraus, sie mit Dornen zu schlagen. Wenn er Euch bezwingt, wird er Euch ebenfalls schlagen, und zwar nackicht.«

»Klingt aufregend. Mit dem Manne werd' ich kämpfen.«

»Es ist eine Art Konzentrationslager.«

»Darauf bin ich vorbereitet«, sagte Sir Lanzelot. »Dafür hat Arthur die Tafelrunde gegründet — um so etwas unmöglich zu machen.«

»Wenn ich Euch zu ihm bringe, müßt Ihr mir versprechen, hinterher etwas für mich zu tun — wenn Ihr gewinnt, heißt das.«

»Worum handelt es sich?« fragte er vorsichtshalber.

»Ihr braucht keine Angst zu haben«, sagte die Dame. »Es geht darum, einen weiteren Ritter unschädlich zu machen, der jungen Fräulein auflauert.«

»Das will ich gern versprechen.«

»Also gut«, sagte die Dame. »Gott allein weiß, ob Ihr's schafft, aber ich werde für Euch beten, während Ihr kämpft.«

Als sie eine Weile geritten waren, gelangten sie zu einer Furt, ähnlich der, an welcher er seinen ersten Kampf mit König Arthur ausgetragen hatte. An den Bäumen in der Umgebung hingen rostige Helme und melancholische Schilde: vierundsechzig Stück insgesamt. Ihre Schrägbalken und Sparren und springenden Hechte, ihre Falken, gespreizten Adler und schreitenden Löwen, die das Haupt dem Betrachter zuwandten, sahen trostlos und verlassen aus. Die Lederriemen, an denen sie baumelten, waren grünlich verschimmelt. Man hatte den Eindruck, ein Wildhüter habe sich da als Henker betätigt.

In der Mitte der Lichtung, am höchsten Baum, hing ein gewaltiges Kupferbecken, triumphal über den geschlagenen Schilden gleißend. Der jüngste dieser Schilde war der von Lionel: roter Schrägbalken auf silbernem Grund, mit einer Art Kranzleiste, dem Signum der Abstammung von einer jüngeren Linie.

Lanzelot wußte, was es mit dem Becken auf sich hatte, und handelte dementsprechend. Er rückte seinen Helm zurecht, ritt durch die triefenden Blätter zum Becken hin und schlug mit dem Schaft seines Speers dagegen, bis der Boden herausfiel. Dann verharrte er mit der Dame still im Wald, der nach dem entsetzlichen Getöse vor Schreck verstummt zu sein schien.

Niemand kam.

»Sein Schloß ist dort drüben«, sagte die Dame.

Schweigend ritten sie vors Burgtor und warteten eine halbe Stunde. Lanzelot nahm seinen Helm ab und zog sich die Stulphandschuhe aus, runzelte die Stirn und kaute ungeduldig auf den Fingernägeln.

Als eine halbe Stunde verstrichen war, kam ein gigantischer Ritter durch den Wald geritten. Er sah Sir Carados — dem Ritter, den er bei Gawaines Rettung erschlagen hatte — derart ähnlich, daß Lanzelot erschrak. Er hatte nicht nur die gleiche Statur, sondern schleppte ebenfalls einen gefesselten Ritter mit sich, der quer über dem Sattelknauf seines Gauls lag. Am seltsamsten war, daß der Schild des gebundenen Ritters die drei Disteln und den Sparren zeigte, mit einem roten Feld. Tatsächlich: der zweite der riesigen Ritter hatte Gaheris gefangengenommen, den Bruder von Gawaine. Lanzelot beobachtete ihn kritisch.

Es sollte vielleicht angemerkt werden, daß ein guter Stilkenner einen Ritter häufig auch dann erkannte, wenn dieser verkleidet war und den *vergescu* trug. Im späteren Leben mußte Lanzelot bisweilen in Verkleidung kämpfen, weil sonst niemand gegen ihn angetreten wäre. Und doch erkannten ihn Arthur und andere gewöhnlich an seiner Reithaltung. Heutzutage können die Leute gewisse Kricketspieler erkennen, selbst wenn sie deren Gesicht wegen der Entfernung noch nicht sehen; und so ähnlich war's damals auch.

Lanzelot war, dank seinem langen Training, zu einem ausgezeichneten Stilexperten geworden. Kaum hatte er Sir Turquine ins Auge gefaßt, da konstatierte er eine leichte Schwäche im Sitz. Er flüsterte der Dame zu, daß es ihm — falls Turquine nicht besser sitze — wohl schon gelingen werde, die gefangenen Ritter zu befreien. Wie sich herausstellte, saß Turquine tadellos, als es zum Lanzenstechen kam. Die Detailkritik erwies sich als hinfällig — doch sie wirft ein Schlaglicht auf das Tjostieren und ist deshalb vielleicht der Erwähnung wert.

Auf das Reiten kam's an. Hatte ein Mann den Mut, im letzten Moment vor dem Zusammenprall sich mit voller Wucht in den Galopp zu werfen, war ihm der Sieg gemeinhin sicher. Die meisten zögerten ein klein wenig, so daß sie nicht den größtmöglichen Schwung hatten. Aus diesem Grunde gewann Lanzelot stets seine Tilten. Er hatte das, was Onkel Dap *élan* nannte. War er verkleidet, so ritt er bisweilen absichtlich unbeholfen an, lässig im Sattel hoppelnd. Im allerletzten Augenblick jedoch kam jedesmal das Losjagen, so daß die Zuschauer, und häufig auch sein armer Gegner, aufschrien: »Ah, Lanzelot!« — noch ehe die Lanze ihr Ziel traf.

»Edler Ritter«, sagte er, »legt den Verwundeten nieder und laßt ihn eine Weile ruhn. Dann können wir beide unsre Kräfte messen.«

Sir Turquine ritt auf ihn zu und sagte durch die Zähne: »Wenn Ihr ein Ritter der Tafelrunde seid, wird es mir ein Vergnügen sein, Euch zuerst aus dem Sattel zu heben und hernach zu verprügeln. Desgleichen würde ich mit Eurer gesamten Tafelrunde verfahren.«

»Ihr habt Euch nicht wenig vorgenommen.«

Dann zogen sie sich, wie üblich, auf ihre Ausgangspositionen zurück, legten die Speere ein und gingen wie ein Donnerwetter aufeinander los. Im letzten Augenblick bemerkte Lanzelot, daß er sich, was Turquines Sitz anging, beträchtlich getäuscht hatte. Turquine war der beste Tilter, dem er je begegnet war; er kam mit demselben Schwung an wie er selber, und seine Lanzenhaltung war absolut sicher.

Die Ritter duckten sich und visierten ihr Ziel an; die Speere prallten im selben Moment auf; die Pferde, in vollem Lauf gezügelt, bäumten sich und überschlugen sich rücklings; die Speere zersplitterten und flogen hoch in die Luft, wo sie lustig umherwirbelten, wie von einer gewaltigen Explosion in den Himmel gejagt. Die Dame auf dem Zelter wandte die Augen ab. Als sie wieder hinschaute, lagen beide Gäule mit gebrochenem Rückgrat am Boden, und die Ritter rührten sich nicht.

Zwei Stunden später kämpften Lanzelot und Turquine noch immer, jetzt mit dem Schwert.

»Halt«, sagte Turquine. »Ich möchte mit Euch reden.«

Lanzelot hielt inne.

»Wer seid Ihr?« fragte Sir Turquine. »Ihr seid der beste Ritter, mit dem ich jemals gekämpft habe. Nie sah ich einen Mann mit solch langem Atem. Ich habe vierundsechzig Gefangene auf meiner Burg, und mehrere Hundert andere habe ich getötet oder verstümmelt, aber keiner war so gut wie Ihr. Wenn Ihr Frieden gebt und mein Freund sein wollt, lasse ich meine Gefangenen frei.«

»Das ist gütig von Euch.«

»Ich werd's für Euch tun — wenn Ihr nicht grad der Eine seid. Wenn Ihr der seid, gibt's kein Pardon.«

»Wer ist das?«

»Lanzelot«, sagte Turquine. »Wenn Ihr Lanzelot seid, darf ich mich nicht ergeben und kann keine Freundschaft schließen. Er hat meinen Bruder Carados getötet.«

»Ich bin's.«

Ein Zischen kam aus Sir Turquines Helm, und listig schlug er zu, ehe sein Gegner darauf gefaßt war.

»Sieh mal einer an«, sagte Lanzelot. »Ich hätte nur vorzugeben brauchen, ich sei nicht ich, und schon wären die Gefangenen frei gewesen. Aber nun versucht Ihr, mich heimtückisch zu töten.«

Sir Turquine zischte noch immer.

»Die Sache mit Carados tut mir leid«, sagte Lanzelot. »Er wurde in fairem Kampf getötet. Er hat sich nicht ergeben. Keinen Augenblick war er mir auf Gnade und Verderben ausgeliefert. Mitten im Kampf wurde er getötet.«

Sie kämpften weitere zwei Stunden. Die Klinge war nicht die einzige Waffe, welche die gepanzerten Ritter benutzten. Manchmal stießen sie sich mit den Kanten ihrer Schilde, manchmal schlugen sie mit dem Knauf ihrer Schwerter aufeinander ein. Das Gras um sie her war mit ihrem Blut besprenkelt — mit kleinen Tupfen, wie auf einer Forelle, aber jeder Tupfen hatte gleichsam ein Schwänzchen, wie eine Kaulquappe. Bisweilen stolperten sie übereinander, wegen ihres Gewichts. Die schweren, strohgefütterten Helme der Ritterschaft hatten derart kleine Atemlöcher, daß sie nahe am Ersticken waren. Ihre Schilde hingen kraftlos herab und deckten nicht mehr richtig.

In einer Sekunde war's geschehen. Keiner sprach. Lanzelot ließ in einem günstigen Augenblick sein Schwert fallen und packte Turquine bei der Helmschnauze. Sie überkugelten sich, und der Helm war ab. Sie zückten ihre Dolche zum letzten Stoß. Turquine tat einen Satz und erschauerte und war tot.

Später, als Gaheris und die Dame ihm Wasser zu trinken gaben, sagte Lanzelot: »Er war ein tapferer Kämpe — da kann man sagen, was man will. Schade, daß er sich nicht ergeben hat.«

»Aber denkt doch an die verstümmelten Ritter und an das Prügeln.«

»Er gehörte zur alten Schule«, sagte er. »Der müssen wir Einhalt gebieten. Als Kämpfer aber hat er trotz allem der alten Schule Ehre gemacht.«

»Er war ein Unhold«, sagte die Dame.

»Möglich. Jedenfalls hing er an seinem Bruder. — Gaheris, leiht Ihr mir Euer Pferd? Ich will weiter, und meins ist tot. Schade drum. Wenn Ihr mir Euer Pferd leihen würdet, könntet Ihr Lionel und die anderen im Schloß freilassen. Sagt Lionel, er soll zum Hof zurück und soll sich nicht albern anstellen. Ich muß mit dieser Dame weiterreiten. Wollt Ihr das tun?«

»Natürlich könnt Ihr mein Pferd haben«, sagte Gaheris. »Ihr habt uns beide gerettet. Immer wieder rettet Ihr die Orkneys! Das letzte Mal war's Gawaine. Und Agravaine befindet sich dort im Schloß. Selbstverständlich könnt Ihr mein Pferd haben, Lanzelot, das ist doch klar.«

KAPITEL 8

Lanzelot bestand etliche andere Abenteuer im Verlauf seiner ersten Queste — die ein Jahr dauerte —, doch sind vielleicht nur zwei davon einer ausführlichen Schilderung wert. Beide hatten mit dem konservativen Sittenkodex der *Force Majeure* zu tun, gegen die der König seinen Kreuzzug begonnen hatte. Es war die ›alte Schule‹, die Einstellung der normannischen Barone, die damals für Abenteuer sorgte — denn kaum jemand kann so erbittert und mit soviel Selbstgerechtigkeit hassen wie die Angehörigen einer herrschenden Kaste, die gestürzt werden soll. Die Ritter der Tafelrunde wurden gegen die *Fort Mayne* ins Feld geschickt, und die jähzornigen Barone, die von eben dieser *Fort Mayne* lebten, nahmen den Kampf mit dem Mute der Verzweiflung auf. Sie hätten an *The Times* geschrieben, wenn es damals eine solche Zeitung gegeben hätte. Die besten unter ihnen sahen sich in der Überzeugung bestärkt, daß Arthur sich in eine Neuerungssucht verrannt habe und daß seine Ritter, gemessen am Mannestum der Väter, degenerierte Weichlinge seien. Die schlimmsten unter ihnen ersannen üble Schimpfnamen, übler noch als ›Bolschewiken‹, — und erlaubten es der im eigenen Busen nistenden Brutalität, sich mit beharrlicher Entrüstung an der Vorstellung von Ungeheuerlichkeiten zu weiden, die sie den Rittern andichteten. Es entstand eine aberwitzige Situation: Greuelmärchen wurden geglaubt von Greueltätern. Viele jener Barone, die Lanzelot niederwerfen mußte, hatten sich aus lauter Angst, ihre angestammte Macht zu verlieren, in solche Wahnzustände hineingesteigert, daß sie ihn für eine Art Giftgas-Mann hielten. Sie bekämpften ihn mit solcher Skrupellosigkeit und solchem Haß, als sei er der Antichrist selber, und bildeten sich tatsächlich ein, sie seien die Verteidiger des Rechts. Es wurde ein Bürgerkrieg der Ideologien.

Eines schönen Sommertages ritt er durch einen Schloßpark, der ihm fremd war. Auf einer Wiese standen einzelne Bäume — große Ulmen und Eichen und Buchen —, und Lanzelot dachte mit kummervollem Herz an Ginevra. Bevor er sich von der Dame getrennt hatte, die ihn zu Sir Turquine führte — sein Versprechen hatte er schon eingelöst —, waren sie auf das Heiraten zu sprechen gekommen, was ihn sehr in Erregung brachte. Die Dame hatte gesagt, er müsse entweder eine Gemahlin oder eine Geliebte haben, und Lanzelot war wütend geworden. »Ich kann niemanden daran hindern, nach Belieben daherzureden«, hatte er gesagt, »aber die Umstände machen eine Heirat unmöglich — und mir eine Geliebte zu halten, das finde ich nicht gut.« Sie stritten noch eine Weile und trennten sich dann. Seither hatte er mehrere Aventiuren bestanden, und dennoch dachte er noch immer über den Ratschlag der Dame nach, und es war ihm erbärmlich zumute.

Da erklang Schellengeläut in der Luft. Sofort blickte er auf.

Ein schöner Wanderfalke flatterte über ihm auf die Krone einer Ulme zu; seine Glöckchen klingelten hell im Wind, und seine *créance* flatterte hinter ihm her. Der Peregrin war aufgebracht. Sobald er die Ulmenkrone erreicht hatte, ließ er sich nieder und blickte sich mit wütenden Augen und keuchendem Schnabel um. Die lange Leine wickelte sich dreimal um den Ast. Als er merkte, daß Sir Lanzelot auf ihn zugeritten kam, machte er einen verzweifelten Versuch, wieder davonzufliegen. Die *créance* fing ihn ab. Nun hing er kopfüber an der Leine und schlug mit den Flügeln. Dem Ritter pochte das Herz im Hals vor Angst, der herrliche Vogel könne sich einige Federn brechen. Wenig später hörte das Geflatter auf; verkehrt an der Leine hängend, drehte sich der Peregrin langsam um sich selbst. Das zornige Tier sah dabei seltsam entwürdigt und grotesk aus. Sein Haupt reckte sich in die Höhe wie der Kopf einer Schlange.

»Oh, Sir Lanzelot! Sir Lanzelot!« rief eine unbekannte feine Dame, die geschwind auf ihn zuritt und offensichtlich bemüht war, die Hände zu ringen, trotz Zaum und Zügel. »Oh, Sir Lanzelot! Ich habe meinen Falken verloren.«

»Da oben ist er«, sagte er, »in dem Baum dort.«

»Ach du meine Güte! Ach du meine Güte!« rief die Dame. »Ich wollte ihn ja nur ein wenig fliegen lassen, aber da ist die Leine gerissen! Mein Mann bringt mich um, wenn ich ihn nicht wiederbekomme. Er ist sehr hitzig und ein gestrenger Falkner.«

»Aber er wird Euch doch nicht gleich umbringen?«

»Doch, bestimmt! Nicht mit Absicht, aber er tut's! Er ist sehr, sehr hitzig.«

»Vielleicht könnte ich ihn daran hindern.«

»Oh, nein«, sagte die edle Dame. »Das würde gar nichts helfen. Ihr könntet ihn vielleicht verwunden. Es wäre mir gar nicht recht, wenn meinem lieben Mann ein Leids geschähe. Meint Ihr nicht, es wäre besser, wenn Ihr auf den Baum stieget und versuchen würdet, meinen Falken herunterzuholen?«

Lanzelot sah die Dame an und blickte den Baum hinauf. Alsdann tat er einen tiefen Seufzer und bemerkte, wie Malory berichtet: »Nun denn, edle Frau, da Ihr schon meinen Namen wißt und mich als Ritter bittet, Euch beizustehen, werde ich alles daransetzen, Euren Falken einzufangen. Aber ich bin ein schlechter Kletterer, und der Baum ist reichlich hoch, und es sind der Äste wenige, mir in die Höhe zu helfen.«

Er hatte seine Jugend damit zugebracht, das Kämpfen zu erlernen. Es war ihm keine Zeit geblieben, auf die Bäume zu steigen und Vogelnester auszunehmen, wie andere Knaben dies taten. Das Ansuchen der vornehmen Dame, das Arthur oder Gawaine nicht im mindesten in Verlegenheit gebracht hätte, bereitete ihm also einige Schwierigkeiten.

Bekümmert legte Lanzelot seine Rüstung ab, maß zwischendurch den entsetzlichen Baum mit einem schrägen Blick, bis er in Hemd und Hose dastand. Dann nahm er mannhaft den ersten Ast in Angriff, während die Dame unter ihm umherlief und von Falken und Ehemännern erzählte und vom schönen Wetter, das derzeit herrsche.

»Aber gewiß doch«, sagte er, heimlich die Stirn runzelnd, während Rindenbrösel ihm in die Augen rieselten. »Aber gewiß doch. Aber gewiß doch.«

Im Wipfel des Baumes hatte sich der Falke derart in seiner *créance* verfangen — er hatte sich die Leine um Hals und Flügel geschlungen, wie üblich, und wähnte sich nun von ihr angegriffen —, daß Lanzelot ihn auf die bloße Hand steigen lassen mußte. Der Vogel krallte sich wütend fest; Lanzelot jedoch befreite ihn geduldig aus seiner Verschlingung, ohne sich um die Dolchstiche der Falkenfänge zu kümmern. Ein Falkner macht kein Aufhebens davon, wenn sein Falke ihm wehtut: er ist viel zu sehr bei der Sache.

Als er den Peregrin behutsam aus dem Gewirr der Zweige gelöst hatte, machte Lanzelot sich klar, daß er nicht einhändig hinabklettern konnte. Zu der Dame, die sich am Fuß des Baumes recht klein ausnahm, schrie er daher hinab: »Paßt auf. Ich werde ihn mit dem Fußriemen an einen schweren Zweig binden, wenn ich einen abbrechen kann, und ihn dann hinunterwerfen. Ich werd' ihn ein bißchen hinausschleudern müssen, damit er sich nicht wieder verfängt.«

»Oh, aber gebt nur gut acht!« rief die Dame.

Als Lanzelot sein Vorhaben ausgeführt hatte, begann er vorsichtig mit dem Abstieg. Er mußte ein paar schwierige Stellen überwinden, wo alles davon abhing, ob er das Gleichgewicht halten konnte. Als er ungefähr zwanzig Fuß vom Erdboden entfernt war, galoppierte ein fetter Ritter in voller Rüstung herbei.

»Ha, Sir Lanzelot!« schrie der fette Ritter. »Jetzt hab' ich Euch da, wo ich Euch haben wollte.«

Die feine Dame nahm den Falken und machte Anstalten, sich zu entfernen.

»Edle Frau!« rief Lanzelot, rätselnd, woher bloß alle Welt seinen Namen wußte.

Der feiste Mann schrie: »Die laßt Ihr schön in Frieden, Ihr Mörder. Das ist mein Weib, bittschön. Sie hat nur getan, was ich ihr aufgetragen habe. War ein Trick. Haha! Jetzt habe ich Euch, ohne Eure berühmte Rüstung — und ich werd' Euch töten, wie man eine Katze ersäuft.«

»Das ist nicht gerade ritterlich«, sagte Lanzelot und schnitt eine Grimasse. »Ihr könntet doch wenigstens warten, bis ich meine Waffen habe, und dann fair mit mir kämpfen.«

»Warten, bis Ihr Eure Waffen habt, Ihr Laffe? Wofür haltet Ihr mich? Mit diesem neumodischen Schnickschnack hab' ich nichts im Sinn. Wenn ich jemanden erwische, der gebratene Kinder frißt, dann bring' ich ihn um, wie das ganze Geschmeiß, zu dem er gehört.«

»Nun aber ...«

»Kommt runter! Kommt runter! Ich hab' keine Lust, den ganzen Tag zu warten. Kommt runter, wenn Ihr Manns genug seid, Eure Quittung in Empfang zu nehmen.«

»Ich versichre Euch, daß ich keine Kinder brate.«

Der fette Ritter wurde puterrot im Gesicht und brüllte: »Lügner! Lügner! Teufel! Kommt sofort runter.«

Lanzelot setzte sich auf einen Ast, ließ die Füße baumeln und kaute auf den Fingernägeln.

»Soll das etwa heißen«, fragte er, »daß Ihr den Falken absichtlich mit der Leine habt davonfliegen lassen, um mich ermorden zu können, wenn ich nackicht bin?«

»Kommt runter!«

»Wenn ich runterkomme, geht's Euch an den Kragen.«

»Possenreißer!« rief der fette Ritter.

»Na schön«, sagte Lanzelot. »Ihr seid selber schuld. Wer andern eine Grube gräbt ... Zum letzten Mal: gebt Ihr mir Gelegenheit, mich zu bewaffnen?«

»Nicht im Traum.«

Lanzelot brach einen verdorrten Ast ab und sprang hinter seinem Gaul auf die Erde, so daß er das Pferd zwischen sich und seinem Gegner hatte. Der fette Ritter stürmte los und versuchte, ihm mit einem schwungvollen Hieb den Kopf vom Rumpf zu trennen, wobei er sich über das zwischen ihnen stehende Pferd lehnte. Lanzelot parierte den Hieb mit seinem Ast, und das Schwert blieb im Holz stecken. Da entriß er dem Ritter das Schwert und stach es ihm in die Kehle.

»Geht«, sagte Lanzelot zu der vornehmen Dame. »Laßt das Jammern sein. Euer Gemahl war ein Narr, und Ihr geht mir auf die Nerven. Es tut mir nicht leid, daß ich ihn getötet habe.«

Aber es tat ihm doch leid.

Beim letzten Abenteuer ging es ebenfalls um Verrat und um eine Dame. Der junge Mann ritt traurig durch das Schlickland — das man dazumal noch nicht trockengelegt hatte und das wahrscheinlich die unwegsamste Gegend von ganz England war. Nur die von Uther Pendragon unterworfenen Sachsen kannten die geheimen Pfade durch die Marschen, und die endlose, nach Meer riechende Ebene war ein einziges gewaltiges Quaken unter dem tiefhängenden Himmel. Die Rohrdommeln dröhnten, und die Rohrweihen glitten übers Schilf, und Millionen von Pfeifenten und Stockenten und Reiherenten flogen in vielfältig gewinkelten Keilformationen umher, was aussah, als brausten Schwärme von Champagnerflaschen, gewiegt und getragen von Sagenflügeln, durch die Luft. Die Salzmarschen waren von grasenden Gänsen aus Spitzbergen bevölkert, die ihre Hälse auf die ihnen eigentümliche Weise verdrehten und denen die Schlickmänner mit Fallen und Netzen nachstellten. Die Schlickleute hatten gefleckte Bäuche und

Schwimmhäute zwischen den Zehen — zumindest glaubte man das im übrigen England. Fremde brachten sie für gewöhnlich um.

Während Lanzelot einen geraden Weg entlangritt, der nirgends hinzuführen schien, sah er zwei Reiter im Galopp auf sich zusprengen. Wie sich herausstellte, handelte es sich um einen Ritter mit seiner Dame. Die Dame jagte wie eine Wilde daher, und der Ritter verfolgte sie. Sein Schwert blitzte vor dem eintönigen Himmel.

»Holla! Holla!« rief Lanzelot und ritt ihnen entgegen.

»Hilfe!« schrie die Dame. »Rettet mich! Er will mir den Kopf abschlagen.«

»Mischt Euch nicht ein! Aus dem Weg!« brüllte der Ritter. »Sie ist mein Weib und hat Ehebruch begangen!«

»Habe ich nicht«, jammerte die Dame. »Ach, Herr, rettet mich vor ihm. Er ist ein grausamer Unhold. Er ist eifersüchtig, bloß weil ich meinen leibhaftigen Vetter gernhabe. Weshalb sollt' ich meinen leibhaftigen Vetter nicht gernhaben?«

»Sündiges Weib!« schrie der Ritter und versuchte, sich auf sie zu stürzen.

Lanzelot ritt zwischen die beiden und sagte: »Was soll das? Ihr könnt doch eine Frau nicht derart bedrängen. Wessen Schuld es auch ist: Ihr könnt eine Frau nicht einfach ermorden.«

»Seit wann?«

»Seit König Arthur König ist.«

»Sie ist meine Frau«, sagte der Ritter. »Sie geht Euch überhaupt nichts an. Haltet Euch raus! Und sie kann sagen, was sie will: sie ist eine Ehebrecherin.«

»Nein, bin ich nicht«, sagte die Dame. »Aber Ihr seid ein Tyrann. Und trinken tut Ihr auch.«

»Und wer hat mich dazu gebracht, daß ich trinke? Außerdem ist Trinken nicht so schlimm wie Ehebruch.«

»Seid still«, sagte Lanzelot. »Alle beide. Das ist ja unerträglich. Ich werde zwischen Euch reiten müssen, bis Ihr Euch beruhigt habt. Wie wär's, Herr, wenn Ihr mit mir kämpftet, statt diese Dame umzubringen?«

»Ich denke nicht daran«, sagte der Ritter. »Ich seh' an Eurem Wappen, daß Ihr Lanzelot seid, und ich bin doch kein Narr, mit Euch zu kämpfen — und schon gar nicht wegen so einer Hure. Was geht Euch das überhaupt an, zum Teufel?«

»Ich mache mich aus dem Staub«, sagte Lanzelot. »Nur müßt Ihr mir zuvor Euer Ritterwort geben, daß Ihr der Dame nichts zuleide tut.«

»Ich verspreche nichts.«

»Das sieht Euch ähnlich«, sagte die Dame. »Und wenn Ihr's versprächet, würdet Ihr's ohnehin nicht halten.«

»Da kommen ein paar Reisige aus dem Schlickland«, sagte der fremde Ritter. »*Cap-à-pie* gewappnet. Dreht Euch mal um.«

Lanzelot zügelte sein Pferd und blickte zurück. Im selben Augenblick hob sich der Ritter aus dem Sattel, beugte sich hinüber und hieb der Dame den Kopf ab. Als Lanzelot sich wieder umwandte, ohne irgend welche Reisige gesehen zu haben, saß die Dame neben ihm — ohne Kopf. Langsam wankte sie zur Seite, entsetzlich bebend, und fiel zu Boden. Sein Pferd war über und über mit Blut bespritzt.

Lanzelot erblaßte.

Er sagte: »Das kostet Euch den Kopf.«

Sogleich sprang der Ritter von seinem Gaul und warf sich auf die Erde. »Tötet mich nicht!« sagte er. »Gnade! Sie war eine Ehebrecherin.«

Lanzelot stieg aus dem Sattel und zog sein Schwert.

»Steht auf«, sagte er. »Steht auf und kämpft, Ihr, Ihr —«

Der Ritter kroch auf allen Vieren heran und umschlang Lanzelots Schenkel. Dadurch machte er es dem Rächer unmöglich, sein Schwert zu schwingen. »Gnade!« bettelte er winselnd.

»Steht auf«, sagte Lanzelot angewidert. »Steht auf und kämpft. Ich werd' sogar meine Rüstung ablegen und nur mein Schwert behalten.«

Der Ritter aber brachte nur »Gnade! Gnade!« hervor.

Lanzelot schauderte es. Nicht wegen des Ritters, sondern wegen der Grausamkeit, die er in sich selbst aufsteigen fühlte. Angeekelt hielt er sein Schwert hoch und stieß den Ritter von sich.

»Seht Euch das Blut an«, sagte er.

»Tötet mich nicht«, sagte der Ritter. »Ich ergebe mich. Ich ergebe mich. Ihr könnt keinen Mann töten, der sich ergibt.«

Lanzelot steckte sein Schwert ein und tat ein paar Schritte rückwärts — als wiche er vor sich selbst zurück. Grausamkeit und Feigheit: beides war da, und beides war der Grund für seine Tapferkeit und Güte.

»Steht auf«, sagte er. »Ich tu' Euch nichts. Steht auf. Geht.«

Der Ritter sah ihn an, auf allen Vieren kauernd, wie ein Hund, und erhob sich, geduckt, unsicher und ängstlich.

Lanzelot ritt davon. Ihm war übel.

Bei den Rittern der Tafelrunde hatte sich die Sitte herausgebildet, daß diejenigen, die auf Queste ausgezogen waren, sich zu Pfingsten in Carlion einfanden, um von ihren Abenteuern zu berichten. Arthur war es nicht entgangen, daß sie mit größerer Hingabe und Kühnheit für das Recht fochten, wenn sie hinterher Rechenschaft ablegen mußten. Die meisten brachten Gefangene mit — als Belegstücke und Zeugen für ihren Rapport. Es war ungefähr so, als würde der Generalinspekteur der Polizei im hintersten Winkel Afrikas seine Offiziere anweisen, sich in den Dschungel zu begeben und an Weihnachten mit denjenigen Buschpotentaten zurückzukehren, denen sie Rechtschaffenheit beigebracht hatten. Zumindest wurden die Häuptlinge aus dem Urwald von der großen Hofhaltung beeindruckt, und oftmals zogen sie reformierten Sinnes nach Hause.

Das auf Lanzelots erste Queste folgende Pfingstfest war beinahe ein Fiasko. Ein paar schäbige Riesen, die es mit dem ›Starken Arm‹ hielten, waren von den Orkney-Mannen gefangengenommen worden. Sie erschienen bei Hof und huldigten dem Herrscher. Aber Lanzelots Kontingent brach wie eine Überschwemmung herein. »Wessen Mann seid Ihr?« »Lanzelots.« »Und wessen Mann seid Ihr, guter Freund?« »Lanzelots.« Bald gab die ganze Runde lauthals die Antwort. Sagte Arthur: »Willkommen in Carlion, Sir Belleus, und darf ich fragen, welchem meiner Ritter Ihr Euch unterworfen habt?« — dann brüllte die Tafelrunde im Chor: »Lanzelot!« Und Sir Belleus errötete leicht, weil er sich fragen mußte, ob ihm das Gelächter gelte, und sagte dann kleinlaut: »Ja, ich habe mich Sir Lanzelot ergeben.«

Sir Bevidere kam und gestand, daß er seinem ehebrecherischen Weib den Kopf abgeschlagen habe. Er hatte ihn mitgebracht und wurde aufgefordert, ihn der Buße halber dem Papst zu überbringen — wonach er äußerst fromm wurde. Gawaine erschien mürrisch und schilderte in schottischem Englisch, wie er vor Sir Carados errettet worden war. Gaheris berichtete als Oberhaupt einer Abordnung von vierundsechzig Rittern mit rostigen Schilden über seine Rettung vor Sir Turquine. Die Tochter von König Bagdemagus beschrieb in flammender Begeisterung den Buhurt mit dem König von Northgalis. Des weiteren kam zahlreiches Personal aus Abenteuerszenen, die wir ausgelassen haben — hauptsächlich Ritter, die sich Sir Lanzelot ergeben hatten, wenn er als Sir Kay verkleidet aufgetreten war. Kay konnte, wie wir aus dem ersten Buch wissen, seine Zunge nicht im Zaume halten und machte sich dadurch recht unbeliebt. Lanzelot hatte ihn auf der Queste vor drei Rittern retten müssen, die ihn verfolgten. Damit Kay unbehelligt an den Hof zurückkehren konnte, vertauschte Lanzelot in der Nacht, während Kay schlief, ihrer beider Rüstung — woraufhin alle Ritter, die sich mit Lanzelot anlegten (in dem Glauben, sie hätten es mit Kay zu tun), ihr blaues Wunder erlebten, während jene Ritter, die auf den in Lanzelots Rüstung steckenden Kay trafen, vorsichtshalber einen weiten Bogen um ihn machten. Zur letztgenannten Sorte gehörten Gawaine,

Uwaine, Sagramour, Ector de Maris sowie drei andere. Auch kam ein Ritter namens Sir Meliot de Logres, der unter übernatürlichen Umständen errettet worden war.

Sie alle unterwarfen sich — nicht König Arthur, sondern Ginevra. Lanzelot hatte sich ein ganzes Jahr lang ferngehalten, doch auch seine Standhaftigkeit war begrenzt. Die ganze Zeit hatte er an sie gedacht, nichts anderes hatte er sich gewünscht, als bei ihr sein zu können, und so hatte er sich diese eine Befriedigung gestattet: er hatte seine Gefangenen angewiesen, ihr zu Füssen zu fallen. Das sollte sich als verhängnisvoll erweisen.

KAPITEL 9

Es ist schwierig, Ginevras Verhalten zu erklären — es sei denn, man kann zwei Menschen gleichzeitig lieben. Wahrscheinlich ist es nicht möglich, zwei Menschen auf die gleiche Weise zu lieben; doch es gibt verschiedene Arten von Liebe. Frauen lieben gleichzeitig ihre Kinder und ihre Ehemänner — und Männer denken oftmals mit Begier an eine Frau, während ihr Herz an einer anderen hängt. So ähnlich war es mit Ginevra, die sich in den Franzosen verliebte, ohne daß ihre Liebe zu Arthur darunter litt. Die beiden — Ginevra und Lanzelot — waren kaum über das Kindesalter hinaus, als es begann, und der König war ungefähr acht Jahre älter. Einem Zweiundzwanzigjährigen kommt ein Dreißigjähriger beinahe wie ein Greis vor. Die Heirat von Ginevra und Arthur war eine sogenannte ›arrangierte‹ Ehe. Das heißt, sie war durch König Leodegrance vertraglich vereinbart worden; um die Meinung des Mädchens hatte man sich dabei nicht gekümmert. Es erwies sich als eine gute Verbindung, wie dies bei Vernunftehen nicht selten der Fall ist; und solange Lanzelot nicht aufgetaucht war, hatte das junge Mädchen bewundernd zu ihrem berühmten Gemahl aufgeblickt, obwohl er schon so alt war. Sie empfand Achtung vor ihm, und hinzu kamen Dankbarkeit, Güte, Liebe und das Gefühl, wohlbehütet zu sein. Sie hatte noch weit mehr empfunden. Vielleicht könnte man es so ausdrücken: Sie hatte alles für ihn empfunden — nur keine romantisch-überschwengliche Leidenschaft.

Und dann kamen die Besiegten. Auf dem Thron eine junge, errötende Königin, knapp über zwanzig Sommer alt, und vor ihr die ganze von Fakkeln erleuchtete Halle voll adliger Ritter, kniend zu ihren Füßen. »Wessen Gefangener seid Ihr?« »Ich bin der Königin Gefangener, auf Gedeih und

Verderb, geschickt von Sir Lanzelot.« »Wessen Ihr?« »Der Königin, durch Lanzelots Arm.« Sir Lanzelot — immer dieser Name auf aller Lippen: der beste Ritter der Welt, alle übertreffend, sogar Tristan —, Sir Lanzelot, der Höfische, der Gnädige, der Häßliche, der Unbesiegbare. Und er hatte sie alle zu ihr geschickt. Es war wie eine Geburtstagsfeier — so viele Geschenke! Es war wie im Märchen.

Ginevra saß sehr aufrecht da und nickte den Gefangenen königlich zu. Sie begnadigte alle. Ihre Augen leuchteten heller als ihre Krone.

Lanzelot kam als letzter. Unter den Fackelträgern an der Tür entstand Bewegung, und in der Halle erhob sich ein Raunen. Das Klirren von Messern und Tellern und Krügen, die freundlichen Zurufe, die eben noch wie das große Stelldichein von Seevögeln auf St. Kilda geklungen hatten, die Bitten um Hammelfleisch oder Met — alles verstummte, und das Gewimmel weißer Gesichter wandte sich auf einmal zur Tür. Dort stand Lanzelot; diesmal nicht in voller Rüstung, sondern in prächtigem Samtgewand. Er zögerte in der dunklen Umrahmung, furchterregend und freundlich, verwundert ob des plötzlichen Schweigens. Dann wandten sich die Gesichter wieder ab, die Seevogel-Vollversammlung nahm ihren Fortgang, und Lanzelot kam herbei, um des Königs Hand zu küssen.

»Fürwahr, Lanz«, sagte Arthur fröhlich, »hier ist was los, kann man wohl behaupten. Jenny kann kaum stillsitzen — bei all den vielen Gefangenen.«

»Sie waren für sie bestimmt«, sagte Lanzelot. Die Königin und er sahen einander nicht an. In dem Moment, da er die Schwelle überschritt, hatten sich, wie zwei Magnete, die zusammenschießen, ihre Blicke getroffen.

»Ein wenig werden sie auch für mich gewesen sein, möchte ich meinen«, sagte der König. »Alles in allem habt Ihr mir da ungefähr drei Grafschaften zum Geschenk gemacht.«

Lanzelot hatte das Gefühl, er dürfe jetzt keine Pause aufkommen lassen. Hastig redete er drauflos.

»Drei Grafschaften sind nicht viel«, sagte er, »für den Kaiser von ganz Europa. Ihr sprecht, als hättet Ihr nicht den Diktator von Rom besiegt. Wie geht's mit Euren Dominions voran?«

»Es geht voran, wie Ihr's bewirkt, Lanz. Es hätte keinen Sinn gehabt, den Diktator zu besiegen, wenn Ihr nicht mit den anderen das Zivilisieren besorgtet. Was für einen Zweck hat es, der Kaiser von Europa zu sein, wenn alles ein blutiger Wirrwarr, ein einziges Schlachtfeld ist?«

Ginevra unterstützte ihren Helden in dem Bemühen, kein Schweigen eintreten zu lassen. Es war ihre erste Übereinkunft, ihre erste Gemeinsamkeit.

»Arthur«, sagte sie, »Ihr seid ein sonderbarer Mensch. Die ganze Zeit kämpft Ihr und erobert Länder und gewinnt Schlachten — und dann sagt Ihr, Kämpfen sei von Übel.«

»Es ist von Übel. Es ist das Übelste auf der Welt. Ach, Gott, müssen wir das noch einmal klären?«

»Nein.«

»Was machen die Orkneys?« fragte der Jüngere geschwind. »Wie kommt Eure berühmte Zivilisierung voran? Macht für das Recht? Ihr dürft nicht vergessen: Ich war ein Jahr lang fort.«

Der König stützte den Kopf in die Hände und starrte mißmutig auf den Tisch zwischen seinen Ellbogen. Er war ein gütiger, gewissenhafter, friedliebender Mann, dem in seiner Jugend ein genialer Hauslehrer zuteil geworden war. Die beiden hatten gemeinsam eine Theorie ausgearbeitet: Daß es schlecht sei, Menschen zu töten oder als Tyrann über sie zu herrschen. Um mit derartigem ein für allemal Schluß zu machen, hatten sie sich die Sache mit der Tafel ausgedacht — eine vage Idee, so vage wie ›Demokratie‹ oder ›Fairness‹ oder ›Moral‹ —, und nun steckte er selbst, weil er der Welt Frieden geben wollte, bis über beide Ellbogen in Blut. Solange er sich wohlauf fühlte, bekümmerte ihn dies nicht allzu sehr, da er wußte, daß das Dilemma unausweichlich war — in schwachen Augenblicken jedoch plagten ihn Scham und Unentschlossenheit. Er war einer der ersten Männer im Norden, die das zivilisierte Leben erfanden — oder zumindest den Wunsch hegten, anders zu handeln, als es Attila, der Hunnenkönig, getan hatte —, und der Kampf gegen das Chaos schien bisweilen aussichtslos. Oft wollte ihm scheinen, als sei es schade um all seine toten Soldaten — als wäre es besser, wenn sie lebten, und sei es unter Tyrannei und Wahnsinn, statt unwiderruflich tot zu sein.

»Die Orkneys machen mir Kummer«, sagte er. »Auch mit der Zivilisierung ist's nicht weit her — Euern Anteil hier ausgenommen. Ehe Ihr kamt, war mir, als sei ich der Kaiser von nichts. Jetzt fühle ich mich als den Kaiser von drei Grafschaften.«

»Was ist mit den Orkneys los?«

»Ach, Gott, müssen wir darüber reden, wo wir grad so glücklich sind, daß Ihr zurückgekehrt seid? Nun ja, müssen wir wohl.«

»Es ist wegen Morgause«, sagte die Königin.

»Teils. Seit Lot tot ist, hat Morgause jede Menge Liebesaffären. Wäre doch König Pellinore bloß nicht das Mißgeschick passiert, ihn zu töten! Es wirkt sich auf ihre Kinder sehr ungünstig aus.«

»Wie meint Ihr das?«

Der König kratzte an der Tischplatte und sagte: »Ich wollte, Ihr hättet

Gawaine nicht befreit, damals, da Ihr als Kay verkleidet wart. Fast wollte ich, es wäre Euch nicht so bewundernswert gelungen, ihn und seine Brüder aus den Händen von Carados und Turquine zu retten.«

»Wieso.«

»Diese Tafelrunde«, sagte der Ältere langsam, »war eine gute Sache, als wir sie einführten. Es war nötig, den Streitern eine Möglichkeit der Selbstdarstellung zu bieten, die keinen Schaden anrichten würde. Ich weiß nicht, wie wir es anders hätten machen können, als durch Ankurbeln einer Mode. Um sie zum Mitmachen zu bewegen, mußten wir eine Art Bande bilden, wie das die Schulkinder tun. Wer dazugehört, muß einen heilig-unheimlichen Eid schwören, einzig und allein für unsere Ideen zu kämpfen. Man könnte auch sagen: für die Zivilisation. Was ich unter Zivilisation verstand, als ich das einführte, war bloß dies: daß die Menschen keine Schwachheit ausnutzen sollten — keine Jungfrauen schänden und keine Witwen berauben und keinen Mann töten, der hilflos ist. Die Menschen sollten gesittet sein. Und herausgekommen dabei ist eine Art von Sport. Merlin hat immer gesagt, Sport sei der Fluch der Welt, und so ist es tatsächlich. Mein Vorhaben läuft schief. All diese Ritter machen jetzt einen Götzendienst daraus. Sie verzerren das Ganze zu einem Wettbewerb. Merlin hat das ›Spielwut‹ genannt. Jeder klatscht und quatscht und tratscht, wer wen aus dem Sattel gehoben hat und auf wessen Konto die meisten geretteten Jungfrauen kommen und wer der beste Ritter der Tafelrunde ist. Ich habe die Tafel rund gemacht, um genau dies zu verhindern; aber es hat nichts geholfen. Die Orkneys treiben es am aberwitzigsten. Ich nehme an, das Gefühl der Unsicherheit gegenüber ihrer Mutter zwingt sie dazu, sich eine Spitzenposition in der Liga zu sichern. Sie müssen sich hervortun, um mit ihr ins reine zu kommen. Deshalb wollte ich, Ihr hättet Gawaine nicht übertrumpft. Im Grunde ist er ein ganz anständiger Kerl, aber er wird's nicht verwinden. Ihr habt ihm den Punktestand im Lanzenstechen versaut — der gehört zum Image, und das ist für meine Ritter mittlerweile wichtiger als das Seelenheil. Wenn Ihr nicht aufpaßt, habt Ihr die Orkneys am Hals. Sie werden Euch ebenso nach dem Leben trachten wie dem armen Pellinore. Eine üble Lage. Die Menschen sind nun einmal zu den niedrigsten und gemeinsten Dingen fähig, wenn's um ihre sogenannte Ehre geht. Ich wollte, ich hätte das alles nie erfunden: Ehre oder Sportsgeist oder Zivilisation.«

»Was redet Ihr da!« sagte Lanzelot. »Macht Euch keine Sorgen. Die Orkneys tun mir schon nichts, auch wenn sie mir nach dem Leben trachten. Und daß Euer Vorhaben schiefläuft — das ist doch Unsinn. Die Tafelrunde ist das Beste, was je auf die Beine gestellt worden ist.«

Arthur, der seinen Kopf noch immer in die Hände gestützt hielt, blickte auf. Er sah, daß sein Freund und seine Frau sich vernarrt in die weit aufgerissenen Augen starrten. Schnell wandte er sich seinem Teller zu.

KAPITEL 10

Onkel Dap drehte den Helm in seinen Händen und sagte: »Dein Überwurf ist zerschnitten und zerrissen. Wir müssen dir einen neuen besorgen. Es ist zwar ehrenhaft, Schnitte im Mantel zu haben, doch unehrenhaft, ihn so zu lassen, wenn man die Möglichkeit hat, ihn auszuwechseln. Solches wäre Prahlerei.«

Sie befanden sich in einer kleinen Kammer mit einem Nordfenster. Hier war es kalt und grau, und das blaue Licht lag wie gefrorenes Öl auf dem Stahl.

»Ja.«

»Wie hat sich Joyeux bewährt? Ist's noch scharf? Liegt's gut in der Hand?«

Joyeux war von Galand geschmiedet worden, dem besten Schwertschmied des Mittelalters.

»Ja.«

»Ja! Ja!« schrie Onkel Dap. »Kannst du denn nichts andres sagen als immer bloß Ja? Beim Tod meiner Seele, Lanzelot: Man fragt sich wahrhaftig, ob du noch recht bei Troste bist. Was ist denn neuerdings in dich gefahren?«

Lanzelot glättete den Federbusch, der als Schmuck und Erkennungszeichen zu dem Helm gehörte, den Onkel Dap in Händen hielt. Die Zier war abnehmbar. Das Kino und komische Anzeigen in den Zeitungen scheinen heute alle Welt davon überzeugt zu haben, daß Ritter in voller Rüstung durchwegs Straußenfedern trugen, die wie Büschel von Pampasgras wippten. Dies ist nicht der Fall. Kays Panasch etwa hatte die Form eines steifen, flachen Fächers, dessen Kanten nach vorn und hinten zeigten. Er war kunstvoll aus den Augen von Pfauenfedern gefertigt, und es sah aus, als habe man ihm einfach einen Pfauenfächer aufs Haupt gepflanzt. Das war kein Federbusch, und er nickte nicht. Eher ähnelte er einer protzigen Fischflosse. Lanzelot, dem alles Auffallende widerstrebte, trug ein paar mit Silberfäden zusammengebundene Reiherfedern, die gut zum Silber auf seinem Schild paßten. Er hatte sie gestreichelt. Jetzt warf er sie unwirsch in eine

Ecke und stand auf. Mit abgehackten Schritten ging er in dem schmalen Raum hin und her.

»Onkel Dap«, sagte er, »erinnert Ihr Euch noch, daß ich Euch gebeten habe, etwas Bestimmtes nicht zu erwähnen?«

»Doch, ja.«

»Ist Ginevra in mich verliebt?«

»Das solltest du sie selber fragen«, erwiderte sein Onkel mit französischer Logik.

»Was soll ich tun?« fragte er schreiend. »Was muß ich tun?«

Ist es schon schwierig zu sagen, wie Ginevra zwei Männer gleichzeitig lieben konnte, so ist es geradezu unmöglich, Lanzelots Verhalten zu erklären. Zumindest wäre es heutzutage unmöglich, da jedermann so frei von Aberglaube und Vorurteilen ist, daß wir alle nur noch zu tun brauchen, was uns gerade beliebt. Weshalb ging Lanzelot nicht mit Ginevra ins Bett? Weshalb brannte er nicht mit der Frau seines Helden durch, wie es heute jeder aufgeklärte Mann täte?

Einer der Gründe für sein Dilemma war die Tatsache, daß er Christ war. Die moderne Welt vergißt nur allzu leicht, daß in jener fernen Vergangenheit etliche Menschen Christen waren, und zu Lanzelots Zeiten gab es keine Protestanten — mit Ausnahme von John Scotus Erigena. Seine Kirche, in der er erzogen worden war — und es ist schwierig, sich der eigenen Erziehung zu entziehen —, verbot ihm klipp und klar, die Frau seines besten Freundes zu verführen. Ein zweites Hindernis, das ihm verwehrte, schlicht nach Lust und Laune zu handeln, war eben die Vorstellung von Rittertum oder Zivilisation, die Arthur eingeführt und seinem jungen Geist aufgeprägt hatte. Ein übler Baron, der an den ›Starken Arm‹ glaubte, wäre vielleicht mit Ginevra abgehauen, allen Konzilien und Kirchenlehrern zum Trotz; denn seines Nächsten Weib an sich zu reißen, war ja eine Form der Anwendung von *Fort Mayne*. Der stärkere Stier gewann — darum ging es. Lanzelot jedoch hatte seine Jugend damit zugebracht, die ritterlichen Künste zu erlernen und König Arthurs Theorie für sich selber auszubauen. Er glaubte ebenso fest wie Arthur, ebenso unerschütterlich wie der unaufgeklärte Christ, daß es so etwas wie ›das Rechte‹ gab. Und schließlich behinderte ihn sein eigener Charakter. Irgendwo in seinem Gehirn, tief unten, gab es unglückliche und unauflösbare Verwicklungen, die er fühlte, die ihn hemmten und die wir nicht erklären können. Er selber hätte es auch nicht zu erklären vermocht, und für uns liegt's allzu weit zurück. Er liebte Arthur, und er liebte Ginevra, und er haßte sich selbst. Der beste Ritter der Welt: jeder neidete ihm die Selbstachtung, die daraus entspringen mußte. Lanzelot aber hielt sich nie für gut oder nett. Unter der grotesken und großartigen Schale mit dem Gesicht eines Quasimodo herrschten Scham und Ekel vor sich selbst, eingepflanzt in frühester Jugend, durch etwas, das sich heute nicht mehr aufspüren läßt. Es ist so entsetzlich leicht, kleinen Kindern einzureden, daß sie scheußlich sind.

»Mir scheint«, sagte Onkel Dap, »das hängt weitgehend von dem ab, was die Königin zu tun gedenkt.«

KAPITEL 11

Diesmal blieb Lanzelot mehrere Wochen bei Hofe, und mit jeder Woche wurde es schwieriger, wieder davonzureiten. Zu der mehr oder weniger gesellschaftlichen Schwierigkeit, in der er sich befand, kam ein persönliches Problem: er schätzte nämlich die Keuschheit höher ein, als es in unserm Jahrhundert der Brauch ist. Wie der Mann bei Lord Tennyson, so glaubte auch er, daß man nur dann die Stärke von zehnen haben kann, wenn man reinen Herzens ist. Es trifft zu, daß er die Stärke von zehnen besaß, und das Mittelalter hat sich das erstaunliche Faktum auf die genannte Weise erklärt. Folglich befürchtete der Held selber, er müsse seine zehnfache Stärke einbüßen, wenn er der Königin nachgäbe. Aus diesem Grunde, wie auch aus den anderen, setzte er sich mit dem Mute der Verzweiflung gegen sie zur Wehr. Für Ginevra war es gleichfalls nicht angenehm.

Eines Tages sagte Onkel Dap: »Es wär' besser, wenn du fortgingst. Du hast an die fünfundzwanzig Pfund Gewicht verloren. Wenn du gehst, entscheidet sich's. So oder so. Am besten bringst du's bald hinter dich.«

Lanzelot sagte: »Ich kann nicht gehn.«

Arthur sagte: »Bitte, bleibt.«

Ginevra sagte: »Geht.«

Die zweite Queste, auf die er sich begab, wurde zur Wende seines Lebens. In Camelot hatte man viel über einen gewissen König Pelles geredet, der gelähmt war und im Spukschloß Corbin lebte. Man hielt ihn für etwas übergeschnappt, da er behauptete, er sei mit Joseph von Arimathia verwandt. Heute würde er wohl ein Britischer Israelit werden, der den Rest seines Lebens damit verbringt, die Gänge in der Großen Pyramide zu vermessen und aufgrund der gewonnenen Zahlenverhältnisse das Ende der Welt zu errechnen. König Pelles war aber dennoch nur ein bißchen verdreht, und in seinem Schloß spukte es tatsächlich. Es hatte ein Geistergemach mit unzähligen Türen, durch die nächtens Dinge kamen und einen überfielen. Arthur war der Meinung, Lanzelot solle sich die Sache einmal ansehen.

Auf dem Wege nach Corbin hatte Lanzelot ein seltsames Abenteuer, dessen er sich viele Jahre mit großem Schmerz erinnerte. Es sollte das Ende seiner Unberührtheit bedeuten, und während der folgenden zwanzig Jahre mußte er Tag für Tag daran denken, gequält von der Überzeugung, daß er bis dahin ein Mann Gottes gewesen sei, seither aber nichts als eine wandelnde Lüge.

Unterhalb des Schlosses zu Corbin befand sich ein offenbar wohlhabendes Dorf. Es hatte gepflasterte Straßen und steinerne Häuser und alte Brücken. Das Schloß erhob sich auf der einen Seite des Tales, und auf der anderen stand ein ansehnlicher Turm. Alle Dorfbewohner waren auf der Gasse, als erwarteten sie ihn, und in der Luft lag etwas Unwirkliches, Traumhaftes, als hätte die Sonne einen Schauer Goldstaub versprüht. Lanzelot hatte ein eigenartiges Gefühl. Vielleicht hatte er zuviel Sauerstoff im Blut; denn er gewahrte jeden einzelnen Stein in jeder Mauer, und all die Farben im Tal, und den munteren Hufschlag seines Pferdes. Die Bewohner des verzauberten Dorfes kannten seinen Namen.

»Willkommen, Sir Lanzelot Dulac«, riefen sie, »die Blüte der Ritterschaft! Ihr werdet uns helfen aus aller Gefahr.«

Er zügelte sein Pferd und sprach zu ihnen.

»Weshalb sprecht Ihr mich an?« fragte er und dachte dabei an andere Dinge. »Woher kennt Ihr meinen Namen? Worum geht's?«

Die Antwort kam im Chor, feierlich und ohne Holpern.

»Ach, edler Ritter«, sagten sie. »Seht Ihr den Turm dort auf dem Hügel? Darinnen ist eine schmerzensreiche Dame gefangen und wird seit vielen Wintern durch Zauber in kochendem Wasser gehalten. Niemand vermag es, sie zu erlösen, außer dem besten Ritter der Welt. Sir Gawaine war hier, vergangene Woche, doch ist's ihm nicht gelungen.«

»Wenn es Sir Gawaine nicht gelungen ist«, sagte er, »dann wird es mir schon gar nicht gelingen.«

Diese Art des Wettstreits und Wettbewerbs behagte ihm nicht. War man der beste Ritter der Welt, wurde man stets auf die Probe gestellt, und so drohte unausweichlich jener Tag, an dem man sich des Titels nicht mehr würdig erwies.

»Ich werde besser weiterreiten«, sagte er und zuckte mit den Zügeln.

»Nein, nein«, sagten die Leute mit tiefem Ernst. »Ihr seid Sir Lanzelot — wir wissen's genau. Ihr werdet unsre Dame aus dem kochenden Wasser erlösen.«

»Ich muß weiter.«

»Sie leidet Schmerzen.«

Lanzelot beugte sich über den Widerrist seines Pferdes, hob sein linkes Bein über die Kruppe und stand auf dem Boden.

»Sagt mir, was ich tun muß«, sagte er.

Die Bevölkerung gruppierte sich wie zu einer Prozession, und der Bürgermeister nahm ihn bei der Hand. Schweigend stiegen sie den Hügel hinan zum Turm. Keiner sprach, außer dem Bürgermeister, der ihm unterwegs die Lage erklärte.

»Unsere Gutsherrin«, sagte der Bürgermeister, »war das allerschönste Mädchen im ganzen Land. Da sind Königin Morgan le Fay und die Königin von Northgalis eifersüchtig auf sie geworden und haben sie aus Rachsucht mit diesem Zauberbann belegt. Es tut entsetzlich weh, und sie kocht schon seit fünf Jahren. Nur der beste Ritter der Welt kann sie herausholen.«

Als sie zum Turmportal kamen, geschah wieder etwas Merkwürdiges. Das Tor war auf die altertümliche Art verrammelt und verriegelt. Das Mauerwerk zu beiden Seiten hatte tiefe Schlitze, in denen Schiebebalken lagerten, schwer genug, um auch einem Sturmbock zu widerstehen. Diese Balken nun zogen sich von selbst in die Mauern zurück, und die eisernen Schlösser drinnen drehten sich knirschend und quietschend. Lautlos ging die Tür auf.

»Geht hinein«, sagte der Bürgermeister, und das Volk blieb still draußen stehen und wartete ab, was geschehen würde.

Im Erdgeschoß des Turmes war der Ofen, der das Zauberwasser am Kochen hielt. Lanzelot ging weiter. Im ersten Stock war ein Raum voller Dampf, so daß er nichts sehen konnte. In diesen Raum ging er hinein und hielt, nach Art der Blinden, die Hände vor sich ausgestreckt, bis er ein Quieken hörte. Der Luftzug von der Tür, die so lange nicht geöffnet worden war, riß eine Schneise in die Dampfschwaden und zeigte ihm die Dame, die da gequiekt hatte. Sie saß scheu im Bad und sah ihn an. Sie war ein zauberhaftes Mädchen und — wie Malory schrieb — *as naked as a needle.*

»Ja so!« sagte er.

Das Mädchen errötete, soweit man erröten kann, wenn man gekocht wird, und sagte mit kleiner Stimme: »Gebt mir bitte Eure Hand.« Sie wußte, wie man den Zauber lösen mußte.

Lanzelot gab ihr die Hand, und sie stand auf und stieg aus dem Bad, und draußen begannen alle zu jubeln, als wüßten sie genau, was drinnen vor sich ging. Sie hatten ein Gewand mitgebracht, dazu die angemessene Unterkleidung, und die Frauen des Dorfes bildeten unterm Torbogen einen Kreis und kleideten das rosarote Mädchen an.

»Oh, wie hübsch, wieder angezogen zu sein!« sagte sie.

»Mein Püppchen!« rief eine fette alte Frau, die offenbar ihr Kindermädchen gewesen war, und weinte Freudentränen.

»Sir Lanzelot hat's geschafft«, schrien die Dörfler. »Ein dreifach Hoch auf Sir Lanzelot!«

Als der Jubel verebbt war, kam das gekochte Mädchen zu ihm und reichte ihm die Hand.

»Dank Euch«, sagte sie. »Sollten wir nicht jetzt zur Kirche gehn, um Gott sowohl als Euch zu danken?«

»Das müssen wir wohl.«

So gingen sie in die saubere kleine Kapelle des Dorfes und dankten Gott für seine Güte. Sie knieten zwischen den freskengeschmückten Wänden, auf denen wichtig dreinschauende Heilige mit blauen Heiligenscheinen auf Zehenspitzen standen, um nicht verkürzt zu erscheinen. Und die fröhlichen Farben der Buntglasfenster fielen auf ihre Häupter. Das Blau kam vom Kobalt, das Purpur vom Mangan, das Gelb vom Kupfer; dazu gab es ein Rot und weiterhin ein Grün, das gleichfalls vom Kupfer stammte. Das ganze Innere der Kapelle war ein Farbenzuber. Erst gegen Ende der heiligen Handlung wurde ihm bewußt, daß es ihm vergönnt gewesen war, ein Wunder zu tun — wie er's sich schon immer gewünscht hatte.

König Pelles kam von seinem Schloß auf der anderen Seite des Tales herabgehumpelt, um der Aufregung auf den Grund zu gehen. Er warf einen Blick auf Lanzelots Schild, küßte geistesabwesend das gekochte Kind, wobei er sich wie ein gehorsamer Storch vornüber beugte, um sich einen Schmatz auf die Wange geben zu lassen, und bemerkte: »Au je, Ihr seid Sir Lanzelot! Und wie ich sehe, habt Ihr meine Tochter aus diesem Kessel-Dingsda geholt. Sehr freundlich von Euch. Wirklich! Es war schon lange vorausgesagt. Ich bin König Pelles, Vetter um drei Ecken von Joseph aus Arimathia. Und Ihr seid natürlich ein Verwandter achten Grades von unsrem Herrn und Heiland Jesus Christus.«

»Ach du meine Güte!«

»Wahr, wahr«, sagte König Pelles. »Steht alles arithmetisch auf den Steinen von Stonehenge geschrieben, und in meinem Schloß zu Carboneck habe ich ein heiliges Gefäß und eine Taube, die in verschiedene Richtungen fliegt und ein güldenes Weihrauchfaß im Schnabel hält. Immerhin: es war äußerst freundlich von Euch, meine Tochter aus dem Kessel zu holen.«

»Papa«, sagte das Mädchen, »wollt Ihr uns nicht vorstellen?«

König Pelles winkte mit der Hand, als wolle er die Mücken verjagen.

»Elaine«, sagte er. (Wieder eine neue Person mit diesem Namen.) »Das ist meine Tochter Elaine. *How do you do?* Sehr angenehm. Und dies ist Sir Lanzelot vom See. *How do you do?* Steht alles auf den Steinen.«

Lanzelot, wohl ein bißchen befangen, weil er Elaine zuerst unbekleidet gesehen hatte, dachte: Sie ist das schönste Mädchen, das mir je vor Augen gekommen ist, ausgenommen Ginevra. Zugleich fühlte er seine eigene Scheu.

»Ihr müßt mitkommen und bei mir bleiben«, sagte der König. »Auch das steht auf den Steinen. Werd' Euch gelegentlich die heiligen Schlüssel zeigen und all das. Bring' Euch Arithmetik bei. Schönes Wetter. Man kriegt nicht jeden Tag seine Tochter aus dem Kochwasser. Das Essen sollt' wohl fertig sein.«

KAPITEL 12

Lanzelot blieb auf Schloß Corbin. Die Spukgemächer hielten, was ihr Ruf versprach. Sonst gab es nichts zu tun. Und die Gefühle, welche die Erinnerung an Ginevra ständig in ihm aufwühlte — Qualen hoffnungsloser Liebe —, waren derart, daß sie jede Tatenlust zersetzten. Er konnte sich nicht aufraffen, woanders hinzugehen. Zu Beginn seiner Liebe war er ruhelos gewesen und hatte geglaubt, er brauche nur in Bewegung zu bleiben und immer wieder etwas Neues zu unternehmen, um vielleicht einen Ausweg zu finden. Diese Regsamkeit war nun erschlafft. Es spielte keine Rolle mehr, wo er sich befand, jetzt, da er bloß noch erfahren wollte, ob sein Herz brechen würde oder nicht. In seiner Einfalt übersah er, daß man sich nicht vom besten Ritter der Welt aus einem Kessel kochenden Wassers retten läßt, gänzlich unbekleidet, ohne sich in ihn zu verlieben — wenn man achtzehn ist.

Eines Abends, als Pelles ihm mit seinem religiösen Stammbaum besonders auf die Nerven ging und er vor lauter Herzweh nicht richtig essen konnte und unruhig wurde, nahm der Kellermeister die Sache in die Hand. Er diente der Familie Pelles schon seit vierzig Jahren, war dem Kindermädchen angetraut, das Elaine mit Freudentränen begrüßt hatte, und hielt viel von der Liebe. Auch hatte er Verständnis für junge Leute wie Lanzelot — für junge Männer, die im heutigen England eben ihr Studium beginnen würden oder Düsenjägerpiloten wären. Er hätte einen ausgezeichneten College-Butler abgegeben.

»Noch einen Schluck Wein?« fragte der Butler.

»Nein, danke.«

Der Kellermeister machte eine höfliche Verbeugung und schenkte das Trinkhorn von neuem voll. Lanzelot leerte es, ohne hinzuschauen.

»Ein guter Jahrgang, Sir«, sagte der Kellermeister. »Seine Majestät pflegen einen vorzüglichen Weinkeller.«

König Pelles war in die Bibliothek gegangen, um irgend welche Vorhersagen auszuarbeiten, und sein Gast saß mit trüben Gedanken allein in der Halle.

»Ja.«

Es raschelte in der Getränkekammer, und der Butler ging zur Tür, während Lanzelot dem Wein zusprach.

»Hier habe ich ein ganz ausgezeichnetes Gewächs«, sagte der Butler. »Seine Majestät schätzen es besonders hoch, und meine Frau hat gerade eine neue Flasche aus dem Keller geholt. Achtet auf die Blume, Sir. Dieser Wein wird Euch gewiß vortrefflich munden.«

»Mir ist jeder Wein gleich.«

»Ihr seid zu bescheiden«, sagte der Butler und brachte ein größeres Trinkgefäß herbei. »Ihr macht Euch da einen Spaß — wenn ich mir diese Bemerkung erlauben darf. Ein Weinkenner ist leicht zu erraten.«

Lanzelot, der mit seinem Kummer gern allein gewesen wäre, wurde von dem Geschwätz belästigt, und er wurde sich dessen bewußt. Aus diesem Grunde fragte er sich automatisch, ob er in seiner Zerstreutheit dem Butler gegenüber unhöflich gewesen sei. Möglicherweise war der Butler ehrlich stolz auf seinen Wein und hatte selber Verdruß. Höflich trank er aus.

»Doch, doch«, sagte er anerkennend. »Ein hervorragender Jahrgang.«

»Ich freue mich, daß Ihr ihn lobt, Sir.«

»Seid Ihr jemals«, fragte Lanzelot, und stellte damit eine Frage, die junge Männer zu allen Zeiten stellen, ohne zu bemerken, daß sie etwas mit dem Wein zu tun hatte, »seid Ihr jemals verliebt gewesen?«

Der Butler lächelte diskret und schenkte neuerlich ein.

Gegen Mitternacht saßen Lanzelot und der Kellermeister am Tisch einander gegenüber, beide mit gerötetem Gesicht. Sie waren bei einem Piment-Gebräu angelangt, einer Mixtur aus Rotwein, Honig, Gewürzen und allerlei anderem, was die Butler-Frau hineingerührt hatte.

»Das sage ich Euch«, erklärte Lanzelot mit starrem Affenblick. »Würd's nicht jedem sagen, aber Ihr seid ein netter Kerl. Sehr verständnisvoll. Macht Spaß, mit Euch zu reden. Trinkt doch noch was.«

»Gesundheit«, sagte der Butler.

»Was soll ich tun?« rief er. »Was soll ich bloß tun?«

Er legte seinen scheußlichen Kopf zwischen den Armen auf die Tischplatte und fing an zu weinen.

»Nur Mut«, sagte der Butler. »Kopf hoch. So schnell stirbt sich's nicht.«

Mit der einen Hand klopfte er auf den Tisch, wobei er zur Tür der Getränkekammer blickte, und mit der anderen schenkte er wieder ein.

»Trinkt«, sagte er. »Trinkt aus. Seid ein Mann, Sir, wenn ich mir diese Bemerkung erlauben darf. Gute Nachricht steht ins Haus, und Ihr werdet den unwiederbringlichen Augenblick beim Schopfe packen können.«

»Worauf Ihr Euch verlassen könnt«, sagte Lanzelot. »Verdammt nochmal. Ihr seid ein guter Kerl.«

»Wie der Herr — so's G'scherr.«

»Stimmt«, sagte der junge Mann und schnitt eine Grimasse. »Und noch ein Stück besser, was, Kellermeister?«

Er schnitt Gesichter wie ein dummer Junge.

»Aha«, sagte der Butler, »da ist Brisen, meine Frau. Sie bringt eine Botschaft. Die dürfte für Euch sein. —

Was steht denn da?« fragte er und beobachtete den Jüngling, der das Papier anstarrte.

»Nichts«, sagte Lanzelot, warf das Papier auf den Tisch und ging schwankenden Schrittes zur Tür.

Der Butler las den Zettel.

»Hier steht: Königin Ginevra ist auf Schloß Case, fünf Meilen von hier, und erwartet Euch. Der König ist nicht bei ihr, steht da. Ein paar Küsse sind auch drauf.«

»Na, und?«

»Ihr könnt's nicht wagen«, sagte der Butler.

»Nicht wagen?« brüllte Lanzelot und stolperte in die Dunkelheit hinaus. Er lachte wie nicht recht gescheit und verlangte nach seinem Pferd.

Am Morgen erwachte er plötzlich in einem fremden Zimmer. Es war ziemlich dunkel, da die Fenster verhangen waren, und er hatte keine Kopfschmerzen, was auf seine gute Konstitution zurückzuführen war. Er sprang aus dem Bett und ging zum Fenster, um die Vorhänge aufzuziehen. Schlagartig wurde ihm bewußt, was in der vergangenen Nacht geschehen war — der Kellermeister, die Trinkerei, das Liebesmittel, das vielleicht im Wein gewesen war, die Botschaft von Ginevra und der dunkle, feste, kühl-feurige Körper im Bett, aus dem er gerade aufgestanden war. Er zog den Vorhang beiseite und lehnte seine Stirn an den kalten Stein des Mittelpfostens. Ihm war elend zumute.

»Jenny«, sagte er nach Minuten, die ihm wie Stunden schienen.

Vom Bett her kam keine Antwort.

Er drehte sich um und sah: das gesottene Mädchen, Elaine. Sie lag im

Bett und hielt mit kleinen, bloßen Armen die Decke an den Körper gepreßt. Mit ihren Veilchenaugen sah sie ihn unverwandt an.

Lanzelot war ein Märtyrer seiner Gefühle; es gelang ihm nie, sie zu verleugnen. Als er Elaine sah, fuhr sein Kopf herum. Dann nahm sein häßliches Gesicht einen Ausdruck tiefster Erniedrigung und derart ehrlichen Kummers an, daß seine Nacktheit im Fensterlicht würdevoll wirkte. Er fing an zu zittern.

Elaine regte sich nicht. Sie sah ihn nur an, mit ihren flinken, huschenden Augen, wie eine Maus.

Lanzelot ging zu der Truhe hinüber, auf der sein Schwert lag.

»Ich werde Euch töten.«

Sie sah ihn nur an. Sie war achtzehn, sie sah kläglich klein aus in dem gewaltigen Bett, und sie hatte Angst.

»Weshalb habt Ihr das getan?« fragte er. »Was habt Ihr getan? Weshalb habt Ihr mich getäuscht?«

»Ich mußte.«

»Aber das war Verrat!«

Er konnte es nicht von ihr glauben.

»Das war Verrat! Ihr habt mich verraten und betrogen.«

»Wieso?«

»Ihr habt ... Ihr habt mir meine ... Ihr habt sie mir genommen ... Ihr habt mich bestohlen —«

Er warf sein Schwert in die Ecke und setzte sich auf die Truhe. Als er anfing zu weinen, verzerrten sich die derben Züge seines Gesichts ins Phantastische. Elaine hatte ihn seiner Kraft beraubt. Sie hatte ihm die Kraft von zehnen gestohlen. Kinder glauben derlei noch immer: Um morgen beim Kricket zu glänzen, so meinen sie, müssen sie heute recht brav sein.

Lanzelot hörte auf zu weinen und starrte zu Boden.

»Als ich klein war«, sagte er, »habe ich zu Gott gebetet, daß er mich ein Wunder vollbringen lassen möge. Nur Jungfrauen können Wunder vollbringen. Ich wollte der beste Ritter der Welt sein. Ich war häßlich und einsam. Die Leute in unserm Dorf haben gesagt, ich wär' der beste Ritter der Welt, und mein Wunder habe ich vollbracht, indem ich Euch aus dem Wasser holte. Ich hab' ja nicht gewußt, daß es mein erstes und zugleich mein letztes sein würde.«

Elaine sagte: »Ach, Lanzelot, Ihr werdet noch viele weitere vollbringen.«

»Nein. Nie mehr. Ihr habt mir meine Wunder gestohlen. Euretwegen bin ich nicht mehr der beste Ritter der Welt. Elaine, weshalb habt Ihr das getan?«

Sie begann zu weinen.

Er stand auf, schlang sich ein Handtuch um die Hüfte und ging zum Bett.

»Ist ja gut«, sagte er. »Es war meine Schuld. Ich hab' mich betrunken. Mir war miserabel, und da hab' ich mich betrunken. Ich möcht' nur wissen, ob der Kellermeister seine Hand im Spiele hatte. Das wäre nicht sehr fair. Weint nicht, Elaine. Es war nicht Eure Schuld.«

»Doch. Doch: es war meine Schuld.«

»Vielleicht hat Euer Vater Euch dazu gebracht, um den achten Grad der Verwandtschaft mit Unsrem Herrn für seine Familie zu sichern. Oder es war diese Hexe Brisen, die Frau des Kellermeisters. Laßt's Euch nicht zu Herzen gehn. Es ist vorbei. Bestimmt. Ich geb' Euch auch einen Kuß.«

»Lanzelot!« rief Elaine. »Ich hab's getan, weil ich Euch liebe. Habe ich nicht auch etwas gegeben? Ich war unberührt, Lanzelot. Ich hab' Euch nicht beraubt. Ach, Lanzelot — es war meine Schuld. Ich verdiene den Tod. Warum habt Ihr mich nicht mit Euerm Schwert getötet? Aber es ist alles nur deshalb so gekommen, weil ich Euch liebte. Ich konnte nicht anders.«

»Na ja, na ja.«

»Lanzelot — und wenn ich nun ein Baby kriege?«

Er hörte auf, sie zu trösten, und ging wieder ans Fenster. Er machte den Eindruck eines Wahnsinnigen.

»Ich möchte ein Kind von Euch haben«, sagte Elaine. »Ich werde ihn Galahad nennen — nach Eurem ersten Namen.«

Sie hielt noch immer mit ihren kleinen, bloßen Armen die Decke an sich gepreßt. Lanzelot drehte sich wütend zu ihr um.

»Elaine«, sagte er, »wenn Ihr ein Kind bekommt, dann ist es Euer Kind. Es ist unfair, mich auf diese Weise festbinden zu wollen. Ich geh' jetzt. Und ich hoffe, Euch nie wiederzusehn.«

KAPITEL 13

Ginevra saß in ihrem düsteren Gemach über einer *Petit-point*-Stickerei, einer Arbeit, die sie nicht leiden konnte. Es sollte eine Schildhülle für Arthur werden; sie trug das Bild des roten, drohend aufgerichteten Drachen. Elaine war erst achtzehn, und es ist nicht allzu schwierig, die Gefühle eines Kindes zu ergründen — Ginevra hingegen war zweiundzwanzig. Sie hatte schon eine gewisse Individualität gewonnen, war der schlichten Gefühlswelt jener Kind-Königin entwachsen, der man einst Gefangene als Geschenk dargebracht hatte.

Es gibt so etwas wie ›Welterfahrung‹: etwas, das man erst in mittleren Jahren erlangt. Jüngeren kann man sie nicht beibringen, da sie nicht logisch ist und keinerlei konstanten Regeln folgt. Sie hat keine Gesetze. Aber während der langen Jahre, in denen Frauen der Lebensmitte entgegengehen, entwickelt sich ein Gefühl der Balance. Man kann ein Kind nicht das Gehen lehren, indem man ihm die Sache logisch erklärt — es muß einfach durch Erfahrung lernen, wie man, die Beine bewegend, das Gleichgewicht hält. Ähnlich ist's mit der Welterfahrung. Man kann sie einer jungen Frau nicht theoretisch beibringen. Im Lauf der Jahre muß sie selbst dahinterkommen. Und dann, wenn sie anfängt, ihren verbrauchten Leib zu hassen, dann entdeckt sie plötzlich, daß sie's gelernt hat: daß sie weiterleben kann — nicht vermöge eines Lehrsatzes, nicht dank einer Schlußfolgerung, nicht aufgrund der Erkenntnis von Gut und Böse, sondern einfach durch ein merkwürdiges und changierendes Gefühl für Balance, das häufig aller Kriterien spottet. Sie hofft nun nicht länger, durch Suche nach Wahrheit das Leben zu erringen (falls Frauen jemals derlei erhoffen), sondern lebt fortan unter der Leitung eines siebenten Sinnes weiter. Das Gleichgewicht war der sechste Sinn, den sie sich aneignete, als sie laufen lernte; und nun hat sie den siebenten: Welterfahrung.

Die allmähliche Entdeckung des siebenten Sinnes, mit dessen Hilfe Männer wie Frauen es fertigbringen, auf den Wogen einer Welt zu schwimmen, in der es Kriege gibt und Ehebruch, Kompromisse, Angst, Blamagen und Geheuchel — diese Entdeckung ist kein Anlaß zum Triumphieren. Das kleine Kind schreit vielleicht: Ich hab's, das Gleichgewicht! Den siebenten Sinn aber erfaßt man ohne Jubelschrei. Mit dieser unserer berühmten Welterfahrung oder Weltklugheit schwimmen wir nur weiter auf den wunderlichen Wellen des Lebens, wie gewohnt; denn wir haben ein Stadium der Erstarrung erreicht, einen toten Punkt, wo uns nichts anderes mehr einfällt.

Und in diesem Stadium nun beginnen wir zu vergessen, daß es jemals eine Zeit gab, da wir keinen siebenten Sinn hatten. Stumpfsinnig treiben wir weiter in schwankender Balance und vergessen, daß es eine Zeit gegeben haben könnte, da wir junge Leiber waren, lodernd vor Lebenslust. Es ist kaum tröstlich, sich eines solchen Gefühls zu erinnern — deshalb stirbt es langsam ab.

Doch es gab einmal eine Zeit, da jeder von uns nackt vor der Welt stand, dem Leben konfrontiert, als einem ernsten Problem, das uns zutiefst und leidenschaftlich betraf. Es gab eine Zeit, da es für uns von lebenswichtigem Interesse war, herauszufinden, ob es einen Gott gibt oder nicht. Die Möglichkeit oder Existenz eines künftigen Lebens ist zwangsläufig von allergrößter Bedeutung für jemanden, der sein gegenwärtiges, hiesiges Dasein erst zu durchleben hat; denn sein Lebensstil hängt von dieser Frage ab. Es gab eine Zeit, da die Kontroverse zwischen freier Liebe und katholischen Moralbegriffen für unsre hitzigen Körper so akut war wie, sagen wir, ein Pistolenlauf an der Schläfe.

Noch weiter zurück gab es Zeiten, da wir uns aus tiefster Seele fragten, was die Welt sei, was die Liebe, was wir selber seien.

All diese Probleme und Gefühle verblassen, sobald wir in den Besitz des siebenten Sinnes gelangen. Menschen in mittlerem Alter bringen ohne weiteres den Balanceakt fertig, an Gott zu glauben und gleichzeitig alle seine Gebote zu übertreten. Ja, der siebente Sinn tötet allmählich alle anderen ab, so daß es schließlich keine Schwierigkeiten mit den Geboten mehr gibt. Wir sehen und spüren und hören nichts mehr von ihnen. Die Leiber, die wir liebten, die Wahrheiten, die wir suchten, die Götter, die wir in Frage stellten: jetzt sind wir ihnen gegenüber taub und blind, da wir routiniert und automatisch dem unausweichlichen Grab entgegenbalancieren, geschützt und geleitet von unserem letzten Sinn. *Thank God for the aged,* sagt der Dichter.

Thank God for the aged
And for age itself, and illness and the grave.
When we are old and ill, and particularly in the coffin,
It is no trouble to behave.

Ginevra war erst zweiundzwanzig, als sie über ihrer Stickerei saß und an Lanzelot dachte. Sie hatte den Weg zum Sarg noch nicht mal zur Hälfte zurückgelegt, war nicht mal krank — und hatte nur sechs Sinne. Es fällt nicht leicht, sie sich vorzustellen.

Ein Chaos des Leibes und der Seele; Tränen bei Sonnenuntergang und im Schimmer des Mondscheins; Glaube und Hoffnung in verwirrender, überströmender Fülle: nach Gott verlangend, nach Wahrheit, Liebe, Ewigkeit; eine Fähigkeit, sich anrühren, sich hinreißen zu lassen von der Schönheit der Dinge; ein Herz, bereit, im Schmerz sich zusammenzupressen, vor Freude anzuschwellen: himmelhoch jauchzend und zu Tode betrübt; Ekstasen und Depressionen, durch Ozeane voneinander getrennt. Dann, im Gegensatz zu diesen reizvollen Zügen: Ausbrüche von Selbstsucht, peinlich zur Schau gestellt; Rastlosigkeit; die Unfähigkeit, in sich selbst zu ruhen und den Menschen mittleren Alters nicht auf die Nerven zu gehen; dreistes Gerede über abstrakte Dinge, wie die Schönheit, als sei das für die Älteren von Belang; Mangel an der Einsicht, wann aus Respekt vor den Älteren die Wahrheit zu verschweigen sei; allgemeiner Überschwang und Überdruß, untauglich, sich den Verhaltensformen des siebenten Sinnes anzubequemen — derlei muß zu den Eigenschaften der zweiundzwanzigjährigen Ginevra gehört haben, weil es jedermann in diesem Alter eigen ist. Darüber jedoch lagen die breiten und noch unsicheren Züge ihres persönlichen Charakters, durch die sie sich von der unschuldigen Elaine unterschied, welche vielleicht mehr pathetisch und weniger realistisch war — Züge auch der Stärke, die sie zu der unverwechselbaren Jenny machten, die Lanzelot liebte.

»Ach, Lanzelot«, sang sie, als sie an der Schildkrone stickte. »Ach, Lanz, so kommt doch endlich wieder. Ihr mit Euerm schiefen Lächeln, mit Euerm eigentümlichen Gang, an dem man gleich erkennt, ob Ihr zornig oder ratlos seid. Kommt zurück und sagt mir, daß es gar nichts ausmacht, ob die Liebe Sünde ist oder nicht. Kommt zurück und sagt mir, daß es nur uns beide gibt, Euch und mich — ganz gleich, was mit irgend jemand anderem geschieht.«

Das Erstaunliche war, daß er tatsächlich kam. Direkt von Elaine, direkt von ihrem Raubüberfall kam er dahergeschossen — wie ein Pfeil in den Herzpunkt fliegt. Der Getäuschte hatte ja vermeintlich bereits mit Ginevra geschlafen; er war bereits um seine zehnfältige Kraft betrogen worden. In den Augen Gottes, so meinte er, war er nun nichts als eine Lüge; also machte es auch nichts, wenn er wirklich zur Lüge wurde. Er war nicht mehr der beste Ritter der Welt, er würde nie mehr Wunder gegen Zauberei bewirken können, er hatte keinen Ausgleich mehr für seine Häßlichkeit und die Leere seines Herzens — so ritt er eilends zu seiner Geliebten, um bei ihr Trost zu finden.

Hufgeklapper auf dem Kopfsteinpflaster bewog Ginevra, ihre Stickerei beiseite zu legen und nachzusehen, ob Arthur von der Jagd heimgekehrt sei. Dann klirrten kettengepanzerte Füße auf den steinernen Stufen und klingelten wie Sporen. Und dann — ehe sie noch recht begriff, was geschehen war — lachte Ginevra oder weinte und war ihrem Gemahl untreu, wie sie es schon immer hatte kommen sehen.

KAPITEL 14

Arthur sagte: »Hier ist ein Brief von Eurem Vater, Lanz. Es heißt darin, er werde von König Claudas angegriffen. Ich habe ihm versprochen, ihm gegen Claudas zu helfen, falls es nötig ist, als Dank für seine Hilfe in Bedegraine. Ich werde aufbrechen müssen.«

»Ich verstehe.«

»Was wollt Ihr tun?«

»Was ich tun will?«

»Ich meine: möchtet Ihr mitkommen oder hierbleiben?«

Lanzelot räusperte sich und sagte: »Ich möchte das, was Ihr fürs Beste haltet.«

»Es wird Euch schwerfallen«, sagte Arthur. »Und ich bitte Euch ungern darum. Aber würde es Euch etwas ausmachen, wenn ich Euch hierzubleiben bäte?«

Lanzelot suchte verwirrt nach einer unverfänglichen Antwort, so daß der König sein Schweigen irrigerweise für Enttäuschung hielt.

»Natürlich habt Ihr ein Recht darauf, Euren Vater und Eure Mutter zu sehen«, sagte er. »Ich verlange nicht, daß Ihr hierbleibt, wenn es Euch zu sehr schmerzt. Wir werden dann schon eine andere Lösung finden.«

»Weshalb möchtet Ihr, daß ich in England bleibe?«

»Es muß jemand hier sein, der auf die Parteien achtgibt. Ich würde mich in Frankreich sicherer fühlen, wenn ich wüßte, daß ein starker Mann hier nach dem Rechten sieht. In Cornwall bahnt sich ein Unheil an, eine Auseinandersetzung zwischen Tristan und Marke, und die Orkney-Fehde ist ebenfalls zu bedenken. Ihr kennt ja die Schwierigkeiten. Und mir wäre auch wohler, wenn ich wüßte, daß sich jemand um Gin kümmert.«

»Vielleicht wär's besser«, sagte Lanzelot, nach den rechten Worten suchend, »wenn Ihr jemand anderem diese Aufgabe anvertrautet.«

»Nun seid aber nicht albern. Wem könnte ich mehr vertrauen als Euch? Ihr brauchtet Eure Visage nur draußen vor dem Hundegraben zu zeigen, und schon würden alle Diebe Reißaus nehmen.«

»Sie ist nicht grad besonders anziehend.«

»Alter Halsabschneider!« rief der König und schlug seinem Freund liebevoll auf die Schulter.

Alsdann widmete er sich den Vorbereitungen für die Expedition.

Sie hatten ein Jahr des Glücks, zwölf Monate jenes ungewöhnlichen Himmels, wie ihn der Lachs auf dem Geröllbett eines Flusses genießt, unter schnapsklarem Wasser. Vierundzwanzig Jahre lang sollten sie in Schuld leben, doch nur in diesem ersten fanden sie so etwas wie Glückseligkeit. Wenn sie später, im Alter, auf dieses Jahr zurückblickten, wußten sie nicht, ob es da je geregnet oder Frost gegeben hatte. Die vier Jahreszeiten waren für sie gerötet wie die Schneide am Blütenblatt einer Rose.

»Ich versteh' nur nicht«, sagte Lanzelot, »wieso Ihr mich liebt. Liebt Ihr mich wirklich? Irrt Ihr Euch nicht?«

»Mein Lanz.«

»Aber mein Gesicht«, sagte er. »Ich bin so gräßlich. Jetzt kann ich glauben, daß Gott die Welt liebt, wie sie auch aussehen mag.«

Manchmal freilich wurden sie von Entsetzen gepackt, das von ihm ausging. Ginevra fühlte keine Reue wegen ihres eigenen Tuns, doch sie ließ sich von ihrem Liebhaber anstecken.

»Ich darf nicht denken. Nur nicht denken. Küß mich, Jenny.«

»Weshalb denken?«

»Ich kann's nicht ändern.«

»Lieber Lanz!«

Und bisweilen zankten sie sich um nichts — doch auch diese Streitereien waren die von Liebenden, und wenn sie später daran zurückdachten, schienen sie ihnen schön.

»Deine Zehen sind wie die kleinen Ferkelchen, wenn sie zum Markt gebracht werden.«

»So was solltest du nicht sagen. Das ist nicht respektvoll.«

»Respektvoll?«

»Ja: respektvoll! Weshalb solltest du nicht respektvoll sein? Schließlich bin ich ja die Königin.«

»Meinst du das im Ernst? Soll ich dich wirklich mit Respekt behandeln? Erwartest du, daß ich die ganze Zeit auf einem Bein knie und dir die Hand küsse?«

»Warum nicht?«

»Ich wollte, du wärst nicht so ichsüchtig. Wenn es etwas gibt, was ich nicht ertrage, dann ist es das: wie ein Besitztum behandelt zu werden.«

»Ichsüchtig! Ja, in der Tat!«

Die Königin stampfte mit dem Fuß auf; vielleicht schmollte sie auch einen Tag lang. Aber sie verzieh ihm, wenn er überzeugend den Zerknirschten gespielt hatte.

Eines Tages, als sie so weit waren, ihre innersten Gefühle zu offenbaren — wobei sie mit einer Art unschuldiger Verblüffung ihre Übereinstimmung feststellten —, gab Lanzelot der Königin sein Geheimnis preis.

»Jenny, als ich klein war, hab' ich mich gehaßt. Ich weiß nicht, warum. Ich habe mich geschämt. Ich war ein sehr heiliger kleiner Junge.«

»Sehr heilig bist du jetzt nicht«, sagte sie lachend. Sie verstand nicht, was er ihr sagen wollte.

»Einmal hat mich mein Bruder gebeten, ihm einen Pfeil zu leihen. Ich hatte zwei oder drei, die besonders gerade waren und die ich sorgfältig hütete. Die seinen hatten sich ein bißchen geworfen. Ich hab' ihm gesagt, ich hätte meine geraden Pfeile verloren und könnt' sie ihm nicht leihen.«

»Kleiner Lügner!«

»Ich weiß. Hinterher fühlte ich die übelsten Gewissensbisse, weil ich ihn angelogen hatte, und mir war, als hätte ich Gott verraten. Da bin ich dann zum Burggraben gegangen und hab' meinen Pfeilarm zur Strafe in ein Brennesselgestrüpp gelegt. Ich hab' mir den Ärmel aufgerollt und den Arm richtig reingelegt.«

»Armer Lanz! Du mußt ein rechtes Unschuldslamm gewesen sein.«

»Ja. Aber, Jenny — sie haben mich nicht gebrannt! Ich erinnere mich ganz genau, daß sie mich nicht gebrannt haben.«

»Meinst du, das war ein Wunder?«

»Ich weiß nicht. Genau kann man's nicht wissen. Ich war völlig verträumt; ich lebte ganz und gar in einer Traumwelt, in der ich Arthurs größter Ritter war. Mag sein, daß ich mir das mit den Brennesseln nur eingebildet habe. Aber ich glaube mich des Schocks zu erinnern, den ich empfand, als sie nicht brannten.«

»Bestimmt war's ein Wunder«, sagte die Königin entschieden.

»Jenny, mein ganzes Leben lang hab' ich Wunder wirken wollen. Ich wollte heilig sein. Wahrscheinlich war's Ehrgeiz oder Stolz oder sonst etwas Erbärmliches. Mir genügte es nicht, die Welt zu erobern — ich wollte auch den Himmel erobern. Ich war derart besessen, daß ich nicht nur der stärkste Ritter sein wollte, nein, ich mußte auch der beste sein. Das ist das Schlimme bei Tagträumen. Deshalb habe ich versucht, mich von dir fernzuhalten. Ich wußte, daß ich keine Wunder tun könnte, wenn ich nicht rein bleiben würde. Und ich habe tatsächlich ein Wunder bewirkt: ein ganz richtiges. Ich hab' ein Mädchen aus kochendem Wasser rausgeholt, in das sie reingezaubert war. Sie hieß Elaine. Dann hab' ich meine Kraft verloren. Jetzt sind wir beide zusammen, und ich werde nie mehr irgend welche Wunder vollbringen können.«

Die volle Wahrheit über Elaine erzählte er ihr nicht, da er befürchtete, es könne sie verletzen, daß sie nicht die Erste war.

»Weshalb nicht?«

»Weil wir verderbt sind.«

»Ich persönlich habe nie ein Wunder vollbracht«, sagte die Königin, und zwar ziemlich kühl. »Also hab' ich nicht viel zu bedauern.«

»Aber Jenny. Ich bedaure doch nichts! Du bist mein Wunder, und für dich würd' ich alle anderen jederzeit über Bord werfen. Ich wollte dir doch nur erzählen, was ich so fühlte, als ich klein war.«

»Ich kann nicht behaupten, daß ich's begreife.«

»Kannst du nicht verstehn, daß man auf einem Gebiet überragend sein will? Nein, ich seh's ja: du brauchst es nicht. Nur Menschen, denen etwas fehlt, die schlecht oder minderwertig sind — die müssen irgendwo überragen. Du bist immer rund und vollkommen gewesen — da brauchtest du nichts wettzumachen. Aber ich habe immer etwas wettmachen müssen. Manchmal ist mir scheußlich zumute — sogar jetzt mit dir zusammen —, wenn ich daran denke, daß ich nie mehr der beste Ritter sein kann.«

»Dann hören wir am besten auf, und du gehst zur Beichte und vollbringst noch ein paar Wunder.«

»Du weißt genau, daß wir nicht aufhören können.«

»Das Ganze kommt mir reichlich wunderlich vor«, sagte die Königin. »Ich versteh's nicht. Mir scheint's unpraktisch und selbstsüchtig zu sein.«

»Ich weiß, daß ich selbstsüchtig bin. Ich kann's nicht ändern. Ich versuche, dagegen anzugehen. Aber wie kann ich's ändern, da ich nun einmal so gemacht bin? Ach, begreifst du denn nicht, was ich dir erzähle? Ich war einsam, als ich klein war, und ich habe die ritterlichen Übungen sehr ernst genommen. Ich hab' mir eingeredet, ich würde ein großer Entdecker, der die Chorasmische Wüste durchquert. Oder ein großer König, wie Alexander oder der heilige Ludwig. Oder ein großer Heilkundiger: ich würde ein Mittel finden, das alle Wunden heilt und das ich umsonst verteilen wollte. Vielleicht wäre ich ein Heiliger geworden, der alle Wunden durch Handauflegen heilt. Oder ich hätte etwas ganz Wichtiges gefunden — eine Reliquie, ein Stück vom echten Kreuz, den heiligen Gral oder so etwas. Das waren meine Träume, Jenny. Ich erzähl' dir doch nur, was mir so vorschwebte. Das meine ich, wenn ich ›meine Wunder‹ sage — mit denen es nun vorbei ist. All meine Hoffnung hab' ich dir gegeben, Jenny, als Gabe meiner Liebe.«

KAPITEL 15

Das Jahr ihres Glücks endete mit Arthurs Rückkehr. Es zerstob fast im selben Augenblick, ohne Zutun des Königs. Am Abend seiner Heimkunft berichtete er von dem Sieg über Claudas, wie ihm die Einzelheiten gerade einfielen. Da entstand Unruhe im Pförtnerhaus, und Sir Bors betrat die große Halle, wo man beim Essen saß. Er war Lanzelots Cousin, und er hatte auf Schloß Corbin Urlaub gemacht, um den Spuk zu erforschen. Er brachte Neuigkeiten für Lanzelot, die er ihm nach dem Essen zuflüsterte. Unglücklicherweise jedoch war er ein Weiberfeind, und wie die meisten Menschen dieser Sorte besaß er die weibliche Schwäche der Indiskretion. Er gab die Neuigkeiten auch an einige seiner Busenfreunde weiter. Alsbald wußte der ganze Hof Bescheid. Die Neuigkeit bestand darin, daß Elaine von Corbin einem prächtigen Knaben das Leben geschenkt hatte, der auf den Namen Galahad getauft worden war — den Namen, mit dem einst Lanzelot gerufen worden war.

»Deshalb also«, sagte Ginevra, als sie ihren Liebhaber das nächste Mal alleine sah, »deshalb also hast du deine Wunder verloren. Es war alles gelogen, als du sagtest, du hättest sie mir gegeben.«

»Was willst du damit sagen?«

Ginevra fing an, durch die Nase zu schnauben. Ihr war, als versuchten zwei rote Daumen, ihr von hinten die Augäpfel aus den Höhlen zu drükken. Sie wollte ihn nicht ansehen. Sie wollte keine Szene machen, und sie fürchtete um ihr Herz. Sie schämte sich dessen, was ihr auf der Zunge lag, und sie verabscheute es, aber es mußte heraus. Sie war wie einer, der in einer aufgewühlten See schwimmt.

»Du weißt genau, was ich damit sagen will«, sagte sie bitter und blickte fort.

»Jenny, ich hab's dir ja sagen wollen, aber es war zu schwierig zu erklären.«

»Die Schwierigkeit verstehe ich.«

»Es ist nicht, was du denkst.«

»Was ich denke!« rief sie aus. »Woher weißt du, was ich denke? Ich denke, was jeder denkt: daß du ein ganz gemeiner Verführer bist, ein Lügner — du mit deinen Wundern. Und ich war so dumm, dir zu glauben.«

Bei jedem ihrer Dolchstöße wandte Lanzelot den Kopf, als versuche er, sie an sich vorbeisausen zu lassen. Er blickte zu Boden, um seine Augen zu verbergen. Er hatte große Augen, die ihm gewöhnlich einen Ausdruck von Angst oder Überraschung verliehen.

»Elaine bedeutet mir nichts«, sagte er.

»Das sollte sie aber. Wie kannst du sagen, sie bedeute dir nichts, wenn sie die Mutter deines Kindes ist? Wenn du ihr Geheimnis wahren wolltest? Nein, faß mich nicht an. Geh.«

»Ich kann nicht gehen, solange es so mit uns steht.«

»Wenn du mich anrührst, geh' ich zum König.«

»Ginevra — in Corbin haben sie mich betrunken gemacht. Dann haben sie mir erzählt, du würdest in Case auf mich warten, und sie haben mich in ein dunkles Zimmer geführt, und da war's Elaine. Gleich am nächsten Morgen bin ich fortgeritten.«

»Eine plumpe Lüge.«

»Es ist wahr.«

»Das glaubt dir kein Mensch.«

»Ich kann dich nicht zwingen, es zu glauben, wenn du nicht willst. Ich habe mein Schwert gezogen, um Elaine zu töten, als ich dahinterkam.«

»Ich werde sie töten lassen.«

»Es war nicht ihre Schuld.«

Die Königin zupfte am Halsausschnitt ihres Gewandes, als wär's ihr zu eng.

»Du nimmst sie in Schutz«, sagte sie. »Du bist in sie verliebt, und mich betrügst du. Ich hab' mir's schon die ganze Zeit gedacht.«

»Ich schwöre dir, daß ich die Wahrheit sage.«

Plötzlich gab sie auf und brach in Tränen aus.

»Weshalb hast du's mir denn nicht schon früher gesagt?« fragte sie. »Weshalb hast du mir nicht gesagt, daß du ein Kind hast? Weshalb hast du mich die ganze Zeit angelogen? Wahrscheinlich war sie dieses sagenhafte Wunder, auf das du so stolz warst.«

Lanzelot, dem heftige Gefühlsregungen ebenfalls nicht fremd waren, brach seinerseits in Tränen aus. Er legte seine Arme um Ginevra.

»Ich wußte nicht, daß ich eins habe«, sagte er. »Ich hab' keins haben wollen. An mir hat's nicht gelegen.«

»Wenn du mir die Wahrheit gesagt hättest, so hätte ich dir glauben können.«

»Ich wollt's dir ja sagen, aber ich konnte nicht. Ich hatte Angst, es könnte dir wehtun.«

»So hat's mir noch weher getan.«

»Ich weiß.«

Die Königin trocknete sich die Tränen und sah ihn an, lächelnd wie ein Frühlingsschauer. Gleich darauf küßten sie sich. Es war, als wäre ein erfrischender Regen über die grüne Erde hinweggegangen. Sie glaubten, einander wieder zu verstehen — doch der Same des Zweifels war gelegt. Ihre Liebe war stärker geworden, gleichzeitig aber wuchs die Saat des Hasses und der Angst und der Verwirrung. Denn Liebe und Haß können miteinander bestehen: eins nagt am andern, und gerade dies erzeugt den wildesten Wahnsinn.

KAPITEL 16

Auf Schloß Corbin machte sich das Mädchen Elaine reisefertig. Sie war entschlossen, Lanzelot für sich zu erobern und ihn Ginevra wegzunehmen — ein Unterfangen, dessen rührende Pathetik nur ihr selbst verborgen blieb. Sie hatte keine Waffen, mit denen sie hätte kämpfen können, und überdies wußte sie nicht, wie man kämpft. Es mangelte ihr an Charakter. Lanzelot liebte sie nicht. Sie aber — und das machte ihre Lage noch hoffnungsloser — liebte ihn. Sie verfügte über nichts, das sie der Reife der Königin hätte entgegensetzen können, außer ihrer eigenen Unreife und ihrer demütigen Liebe, nichts außer dem dicken Baby, das sie zu seinem Vater brachte — der dieses Baby nur als faulen Trick betrachtete. Ihr Unternehmen ähnelte dem Aufmarsch eines Heeres, das ohne Waffen eine uneinnehmbare Festung erstürmen soll — eines Heeres, dem auch noch die Hände gebunden sind. Elaine hatte beschlossen, Ginevra auf deren eigenem Feld zu schlagen — ein Vorhaben, dessen Naivität wohl nur durch den Umstand zu erklären ist, daß sie den größten Teil ihres Lebens in der Abgeschlossenheit des Zauberkessels zugebracht hatte. Mit den prachtvollsten und raffiniertesten Gewändern — in denen sie nur um so einfältiger und provinzieller wirken würde —, wollte sie nach Camelot reisen, um sich mit der englischen Königin zu messen.

Wäre Elaine nicht Elaine gewesen, hätte sie Galahad als Waffe benutzt. Vielleicht wäre es ihr gelungen, Lanzelot damit an sich zu binden, daß sie seine Vaterschaft ins Feld führte. Elaine aber war nicht gewitzt; sie wußte nicht, wie sie es anstellen sollte, ihren Helden an sich zu fesseln. Sie nahm Galahad mit, weil sie an ihm hing. Sie nahm ihn nur deshalb mit, weil sie ihn nicht alleinlassen mochte und weil sie ihn seinem Vater zeigen wollte. Auch hatte sie den Wunsch, die beiden Gesichter miteinander zu vergleichen. Es war ein Jahr her, seit sie den Mann gesehen hatte, für den sie in ihrer Kindlichkeit lebte.

Lanzelot blieb unterdessen bei der Königin am Hof, nun aber ohne jenen Seelenfrieden, den er sich zeitweise hatte vorgaukeln können, solange der

König außer Landes gewesen war. Während seiner Abwesenheit hatte er sich jedem flüchtigen Augenblick hingeben können — doch jetzt war Arthur stets an seiner Seite, gemahnte ihn ständig an seinen Verrat. Die Leidenschaft für Ginevra hatte seine Liebe zu Arthur keinesfalls verschüttet. Für einen Mann des Mittelalters mit Lanzelots fataler Neigung, stets nur das Höchste anzustreben und zu lieben, war dies eine qualvolle Situation. Er konnte die Vorstellung nicht ertragen, sein Gefühl für Ginevra sei unedel oder gar gemein, denn es war das beherrschende Gefühl seines Lebens, und doch verschwor sich jetzt jeder Umstand, es unedel erscheinen zu lassen. Die hastigen Augenblicke des Beisammenseins, die verschlossenen Türen und unschönen Kniffe, die feigen Ausweichmanöver, zu denen die Anwesenheit des Ehemannes die Liebenden zwang — all dies beschmutzte das, wofür es keine Entschuldigung gab, außer der, daß es schön war. Hinzu kam das peinigende Wissen, daß Arthur freundlich und arglos und aufrecht war — das Wissen, daß er selber Arthur furchtbar verletzte, obwohl er ihn liebte. Und dann war da das Leiden um Ginevra selbst, das winzige Pflänzchen der Bitterkeit, das sie beide, einer in des andern Auge, hatten aufkeimen sehen, als sie ihren ersten Streit ausfochten. Es tat ihm weh, eine eifersüchtige und argwöhnische Frau zu lieben. Sie hatte ihm einen tödlichen Schlag versetzt, als sie ihm seine Erklärung wegen Elaine nicht sogleich glaubte. Trotz allem aber liebte er sie. Und schließlich ging es um die widerstrebenden Elemente seines eigenen Charakters, um sein sonderbares Verlangen nach Reinheit und Ehre und geistiger Erhabenheit. Dies alles, vermischt mit der unbewußten Angst, daß Elaine mit seinem Sohn kommen werde, verursachte ihm großes Unbehagen, dem er nicht zu entrinnen vermochte. Es kam selten vor, daß er irgendwo ruhig saß; meist irrte er mit nervösen Bewegungen umher, nahm Gegenstände in die Hand und stellte sie wieder hin, ohne sie anzusehen, und blickte zum Fenster hinaus, ohne irgend etwas wahrzunehmen.

Für Ginevra war die Angst vor Elaines Kommen nicht unbewußt. Ihr war vom ersten Augenblick an klar, daß Elaine kommen werde. Ihre Befürchtungen eilten, wie allemal die Ahnungen von Frauen, den männlichen Überlegungen weit voraus. Es kommt häufig vor, daß ein Mann behauptet, seine Frau würde ihn durch grundlose Eifersucht zur Untreue treiben, ehe er überhaupt auch nur daran gedacht habe. Dabei war der Gedanke vermutlich schon da, unbewußt und nur für eine Frau fühlbar. Die große Anna Karenina, zum Beispiel, manövrierte Wronsky durch grundlose, wahnwitzige Eifersucht in eine gewisse Lage — und doch war diese Lage die einzig wahre Lösung ihres Problems, die unausweichliche Lösung. Sie sah viel weiter in die Zukunft als er und drängte ihn leidenschaftlich dorthin; sie zerstörte die Gegenwart, weil die Zukunft ohnehin in Trümmer gehen mußte.

So verhielt es sich auch mit Ginevra. Wahrscheinlich belastete sie Elaines bevorstehender Besuch gar nicht einmal so sehr. Wahrscheinlich hatte sie Lanzelot in dieser Hinsicht gar nicht ernsthaft in Verdacht. Doch ahnte sie vermöge ihres Vor-Wissens Kümmernisse und Verhängnisse, die außerhalb des Gesichtskreises ihres Liebhabers lagen. Es wäre nicht ganz zutreffend, wollte man behaupten, das kommende Unheil sei ihr im logischen Sinne bewußt gewesen; nein, es lag in ihrem tiefsten Innern parat. Dummerweise ist die Sprache so starr, daß wir nicht sagen können, eine Mutter sei sich unbewußt gewesen, daß ihr Baby im Nebenzimmer schrie — in dem Sinne, daß die Mutter irgendwie unbewußt gewußt habe, daß es tatsächlich schrie. Ginevra war sich, in diesem Sinne, über die ganze Arthur-Lanzelot-Situation klar, auch über die künftige Tragödie am Hof (jedenfalls in groben Zügen), sowie über die traurige Tatsache ihrer eigenen Kindlosigkeit, an der sich auch später nichts ändern sollte.

Sie sagte sich, daß Lanzelot sie betrogen habe, daß sie das Opfer von Elaines Schläue geworden sei und daß ihr Liebhaber sie aufs neue betrügen werde. Sie quälte und marterte sich mit tausenderlei Gedanken. Was sie indessen wirklich fühlte, in den Dunkelzonen ihres Herzens, war etwas ganz anderes. Vielleicht war sie tatsächlich eifersüchtig: nicht auf Elaine, sondern auf das Kind. Vielleicht fürchtete sie auch Lanzelots Liebe zu Arthur. Möglicherweise ängstigte sie die gesamte Situation, ihre Brüchigkeit, die Nemesis, die darin lauerte. Frauen wissen gemeinhin viel besser als Männer, daß man der Gebote Gottes nicht ungestraft spottet. Sie haben dazu mehr Grund.

Wie man Ginevras Haltung auch erklären mag — für ihren Geliebten war das Ergebnis schmerzhaft. Sie wurde so ruhelos wie er, noch unvernünftiger und viel grausamer.

Arthurs Gefühle machten die heikle Lage bei Hofe vollkommen. Zu seinem eigenen Pech war er in schönster Weise aufgezogen worden. Sein Lehrer hatte ihn herangebildet, wie das Kind im Mutterleib herangebildet wird, wo es die ganze Geschichte der Menschheit vom Fisch zum Säugetier durchlebt — und wie ein Kind im Mutterleib war auch er all die Zeit von Liebe beschützt gewesen. Die Folge einer solchen Erziehung war, daß er groß wurde, ohne sich eine jener praktischen Fähigkeiten anzueignen, die zur Lebenstüchtigkeit gehören: Bosheit, Eitelkeit, Argwohn, Grausamkeit und die gewöhnlicheren Arten der Selbstsucht. Eifersucht schien ihm die unedelste aller Eigenschaften zu sein. Es war ihm schlechthin nicht möglich, seinen besten Freund zu hassen und seine Frau zu quälen. Ihm war zuviel Liebe und Vertrauen entgegengebracht worden, als daß er für derlei hätte Talent entwickeln können.

Arthur gehörte nicht zu jenen interessanten Charakteren, deren subtile, reich verästelte Motive sich sezieren lassen. Er war nur ein einfacher und liebevoller Mensch, da Merlin Liebe und Einfachheit für erstrebenswert gehalten hatte.

Jetzt, da er sah, wie sich vor seinen Augen eine Situation entwickelte, deren Bewältigung seit eh und je als äußerst schwierig gilt — als so schwierig, daß man das Ganze eigens mit einem Etikett versehen und als ›Ewiges Dreieck‹ klassifiziert hat, so, als handle es sich um ein geometrisches Problem wie bei der *pons asinorum* von Euklid —, jetzt blieb Arthur gar nichts anderes übrig, als sich zurückzuziehen. Gewöhnlich sind es die vertrauensvollen und optimistischen Menschen, die es sich leisten können, einen Rückzieher zu machen. Die lieblosen und treulosen werden meist von ihrem Pessimismus zum Angriff gezwungen. Arthur war stark und sanftmütig genug, um zu glauben, daß er Lanzelot und Ginevra nur zu vertrauen brauche, damit sich schließlich alles zum besten wende. Dies schien ihm ratsamer als der Versuch, die ganze Angelegenheit auf der Stelle zu bereinigen, etwa durch den Befehl, die Liebenden wegen Verrats zu enthaupten.

Arthur wußte nicht, daß Lanzelot Ginevras Liebhaber war. Er hatte sie nie zusammen entdeckt oder Beweise ihrer Schuld in die Hände bekommen. Es lag in seiner Natur, daß er unter diesen Umständen hoffte, sie nie zusammen zu entdecken, und keinen Augenblick daran dachte, eine Falle zu stellen, die den Eklat bewirkt hätte. Das heißt aber nicht, daß er als Ehemann in stillschweigendem Einverständnis ein Auge zugedrückt habe. Nein, er hoffte einfach, das Unheil vermeiden zu können, indem er sich weigerte, es in sein Bewußtsein eindringen zu lassen. Unbewußt war ihm natürlich völlig klar, daß sie zusammen schliefen — wie ihm auch klar war, daß seine Frau dies zugeben würde, wenn er sie danach fragte. Ihre drei großen Tugenden waren Mut, Großzügigkeit und Aufrichtigkeit. Also konnte er sie nicht fragen.

Eine derartige Haltung angesichts der Situation machte es dem König nicht gerade leicht, glücklich zu sein. Er wurde nicht reizbar wie Ginevra oder ruhelos wie Lanzelot, sondern reserviert. Er bewegte sich in seinem eigenen Palast wie eine Maus. Dennoch probierte er es ein einziges Mal, die Nessel zu packen.

»Lanzelot«, sagte der König, als er ihm eines Nachmittags im Rosengarten begegnete, »Ihr seht in letzter Zeit recht elend aus. Was ist los?«

Lanzelot hatte eine Rose abgerissen und zupfte an den Kelchblättern. Die Rosen der damaligen Zeit waren — wie man unlängst festgestellt hat

— so gebaut, daß die fünf Kelchblätter über die Kronblätter hinausragten: genau so, wie das an den Wappenrosen zu sehen ist.

»Hat es«, fragte der König in hoffnungsloser Hoffnung, »hat es mit dem Mädchen zu tun, das ein Kind von Euch bekommen haben soll?«

Hätte er es bei der ersten Frage bewenden und eine Pause eintreten lassen, dann wäre die Angelegenheit vielleicht ins reine gekommen. Arthur aber hatte Angst vor dem, was in der Pause ans Tageslicht kommen mochte, und als er erst einmal die zweite Frage gestellt hatte, war die Chance vertan.

»Ja«, sagte Lanzelot.

»Könnt Ihr's nicht über Euch bringen, sie zu heiraten?«

»Ich liebe sie nicht.«

»Hm. Ihr müßt's wissen.«

Lanzelot fühlte das unbezähmbare Verlangen, seine Last loszuwerden, indem er sie sich von der Seele redete — und war doch nicht in der Lage, ausgerechnet diesem Zuhörer die wahre Geschichte zu erzählen. So palaverte er über Elaine daher. Er berichtete Arthur die halbe Wahrheit: wie er in Schande geraten sei und wie er seine Wunder verloren habe. Aber er war gezwungen, Elaine zum Mittelpunkt seiner Beichte zu machen, und im Verlauf einer halben Stunde präsentierte er dem König, mehr durch Zufall als aus Berechnung, eine durchaus glaubhafte Geschichte — eine Geschichte, mit welcher der König sich zufrieden geben konnte, wenn er die ganze Wahrheit nicht erfahren wollte. Diese Halb-Wahrheit kam dem Armen sehr gelegen: in späteren Jahren nahm er sie für das eigentliche Problem. Wir zivilisierten Menschen, die wir unter solchen Umständen unverzüglich zum Scheidungsrichter rennen, um Alimente streiten und keine Form des Nervenkrieges scheuen würden, können es uns gestatten, mit der angemessenen Verachtung auf einen derart rückgratlosen Hahnrei herabzublicken. Arthur aber war nur ein mittelalterlicher Wilder. Er hätte unsere Zivilisation nicht verstanden; er wußte nur dies: daß er sich nicht durch Eifersucht erniedrigen dürfe.

Die nächste Person, der Lanzelot im Rosengarten begegnete, war Ginevra. Sie strahlte vor Liebenswürdigkeit und Vernunft.

»Lanz, hast du schon gehört? Eben ist ein Bote angekommen; er sagt, dies Mädchen, das dich verfolgt, kommt zum Hof und bringt das Baby mit. Sie wird heute abend hier sein.«

»Ich wußte, daß sie kommen würde.«

»Wir werden sie natürlich herzlich aufnehmen. Das arme Kind muß ziemlich unglücklich sein.«

»Es ist nicht meine Schuld, wenn sie unglücklich ist.«

»Natürlich nicht. Aber die Menschen werden nun einmal durch die Welt unglücklich gemacht, und wir müssen ihnen helfen, wenn wir können.«

»Jenny, ich finde es großartig, daß du's so aufnimmst.«

Er wandte sich ihr zu und wollte ihre Hand fassen. Ihre Worte hatten in ihm die Hoffnung keimen lassen, daß doch noch alles gut ausgehen werde. Ginevra aber zog ihre Hand zurück.

»Nein, mein Lieber«, sagte sie. »Lieben darfst du mich erst wieder, wenn sie fort ist. Du sollst ganz frei sein.«

»Frei?«

»Sie ist die Mutter deines Kindes, und sie ist nicht verheiratet. Wir beide können niemals heiraten. Du sollst sie heiraten können, wenn du möchtest, weil das der einzig mögliche Ausweg ist.«

»Aber Jenny —«

»Nein, Lanz. Wir müssen vernünftig sein. Solang sie hier ist, darfst du mir nicht nahekommen, damit du Gelegenheit hast herauszufinden, ob du sie nicht vielleicht doch heiraten kannst. Das muß ich schon für dich tun.«

KAPITEL 17

Ginevra empfing Elaine am Außenwerk und küßte sie kühl. »Ihr seid willkommen in Camelot«, sagte sie. »Tausendmal willkommen.«

»Dank Euch«, sagte Elaine.

Sie betrachteten einander lächelnd und feindselig.

»Lanzelot wird sich freuen, Euch zu sehen.«

»So?«

»Jeder weiß von dem Kind, meine Liebe. Ihr braucht Euch nicht zu genieren. Der König und ich, wir sind sehr gespannt, ob der Junge seinem Vater ähnlich sieht.«

»Ihr seid sehr freundlich«, sagte Elaine beklommen.

»Ich muß ihn unbedingt als erste sehn. Ihr habt ihn Galahad getauft, nicht wahr? Ist er kräftig? Reagiert er schon auf das, was um ihn herum vor sich geht?«

»Er wiegt fünfzehn Pfund«, verkündete das Mädchen voller Stolz. »Ihr könnt ihn jetzt gleich sehen, wenn Ihr wollt.«

Ginevra nahm sich zusammen, mit fast unmerklicher Anstrengung, und machte sich an Elaines Überwurf zu schaffen.

»Nein, meine Liebe«, sagte sie. »So egoistisch darf ich nicht sein. Erst einmal müßt Ihr Euch ausruhn, nach dieser langen Reise, und das Baby muß seine Ordnung haben. Ich kann's mir ja heute abend anschaun, wenn's ein bißchen geschlafen hat. Wir haben ja Zeit genug.«

Schließlich aber mußte sie sich das Baby trotzdem ansehn.

Als Lanzelot das nächste Mal der Königin begegnete, hatte sie alle Liebenswürdigkeit und Vernunft abgelegt. Sie war kalt und stolz und sprach, als habe sie einen Untergebenen vor sich.

»Lanzelot«, sagte sie, »ich glaube, Ihr solltet zu Euerm Sohn gehn. Elaine ist traurig, weil Ihr ihn Euch noch nicht angesehen habt.«

»Habt Ihr ihn gesehen?«

»Ja.«

»Ist er häßlich?«

»Er schlägt mehr Elaine nach.«

»Gott sei Dank. Ich geh' sofort.«

Die Königin rief ihn zurück.

»Lanzelot«, sagte sie, wobei sie heftig Luft durch die Nase einsog, »ich erwarte, daß Ihr unter meinem Dache nicht mit Elaine schlaft. Wenn wir beide nicht beieinander sind, bis alles geregelt ist, dann darf ich verlangen, daß Ihr Euch von ihr fernhaltet.«

»Ich habe nicht vor, mit Elaine zu schlafen.«

»Selbstverständlich nicht. Was anderes könntet Ihr sagen? Aber ich will Euch glauben. Wenn Ihr jedoch diesmal Euer Wort brecht, ist es zwischen uns aus. Endgültig.«

»Ich habe alles gesagt.«

»Lanzelot, Ihr habt mich einmal hintergangen. Wie kann ich jetzt sicher sein? Ich habe Elaine das Zimmer neben dem meinen geben lassen, so daß ich merke, wenn Ihr es betretet. Ich möchte, daß Ihr in Eurem eignen Zimmer bleibt.«

»Wie Ihr wünscht.«

»Ich werde Euch heute abend rufen lassen, falls ich abkommen kann. Ich sage nicht, wann. Seid Ihr nicht in Euerm Zimmer, wenn ich Euch rufen lasse, dann weiß ich, daß Ihr bei Elaine seid.«

Das Mädchen saß weinend in seinem Zimmer, während Frau Brisen die Wiege für den kleinen Jungen richtete.

»Ich hab' ihn am Schießstand gesehn, und er hat mich auch gesehn. Aber er hat fortgeblickt. Er hat eine Ausrede erfunden und ist weggegangen. Er hat sich nicht mal unser Baby angeschaut.«

»Aber so was«, sagte Frau Brisen. »Du lieber Gott.«

»Ich hätte nicht kommen sollen. Es macht mich bloß noch elender. Und ihn auch.«

»Die Königin da — die ist's.«

»Ist sie nicht schön?«

Die Frau sagte geheimnisvoll: »Schön von Angesicht — ihre Taten sieht man nicht.«

Elaine brach in hilfloses Schluchzen aus. Sie wirkte abstoßend, mit ihrer roten Nase; wie das eben so ist, wenn Menschen ihre Würde preisgeben.

»Ich wollt' ihm doch eine Freude machen.«

Es klopfte an die Tür, und Lanzelot kam herein. Sogleich trocknete sie sich die Tränen. Sie begrüßten einander befangen und gezwungen.

»Ich freue mich, daß Ihr nach Camelot gekommen seid«, sagte er. »Ich hoffe, Ihr fühlt Euch wohl.«

»Doch. Dank Euch.«

»Wie — wie geht es dem Baby?«

»Euer Sohn, gnädiger Herr«, sagte Frau Brisen mit Nachdruck. Sie drehte ihm die Wiege zu und trat zurück, so daß er sehen konnte.

»Mein Sohn.«

Sie betrachteten das kleine Ding, das so hilflos war und noch gar nicht recht lebendig. Sie waren stark, wie der Dichter singt, und es war schwach — eines Tages würden sie schwach sein, es aber stark.

»Galahad«, sagte Elaine und beugte sich über die Windeln und machte die törichten Bewegungen und Geräusche, die Mütter begeistert hervorbringen, sobald ihre Kinder zu reagieren beginnen. Galahad ballte die Faust und boxte sich ins Auge, was die Frauen zu entzücken schien. Lanzelot beobachtete sie verwundert. Mein Sohn, dachte er. Er ist schön, und doch ist er ein Teil von mir. Er sieht nicht häßlich aus. Aber bei Babies weiß man's nie so genau.

Er hielt Galahad seinen Finger hin, legte ihn in das kleine fette Pfötchen. Das Kind hielt ihn fest. Die Hand sah aus, als habe ein Puppenmacher sie mit viel Geschick am Arm befestigt. Rings um das Handgelenk lief eine tiefe Falte.

»Ach, Lanzelot!« sagte Elaine.

Sie wollte sich ihm in die Arme werfen, er aber schob sie von sich.

Über ihre Schulter hinweg blickte er ängstlich und verärgert zu Brisen hinüber. Er stieß einen wilden, sinnlosen Laut aus und verließ eilends den Raum. Elaine, der Stütze beraubt, sank neben dem Bett nieder und begann zu schluchzen, heftiger denn zuvor. Frau Brisen, die Sir Lanzelots Blick standgehalten hatte, blieb stehen, starr und streng, und blickte mit undurchdringlichem Gesicht auf die geschlossene Tür.

KAPITEL 18

Am nächsten Morgen wurden Lanzelot und Elaine ins Gemach der Königin gerufen. Lanzelot ging mit einem gewissen Glücksgefühl. Er dachte daran, daß Ginevra am vergangenen Abend Unpäßlichkeit vorgeschützt haben mußte, um das Gemach des Königs verlassen zu können. In der Dunkelheit war er zu ihr gerufen worden. Die gewohnte Hand hatte ihn heimlich beim Finger genommen, und auf Zehenspitzen war er zum erwählten Lager geführt worden. Das ihnen auferlegte Schweigen (des Königs Zimmer war gleich nebenan) hatten sie durch leidenschaftliche Zärtlichkeit wettgemacht. Lanzelot war heute glücklicher, als er es seit Beginn der Geschichte mit Elaine jemals gewesen war. Wenn es ihm nur gelingen wollte, Ginevra dazu zu überreden, daß sie dem König reinen Wein einschenkte und einen klaren Trennungsstrich zöge, dann bliebe vielleicht noch eine Möglichkeit, in Ehren zu bestehen.

Ginevra saß steif, wie zur Leiche erstarrt. Ihr Gesicht war blutleer. Nur zu beiden Seiten ihrer Nasenflügel zeigte sich ein roter Fleck. Sie sah aus, als sei sie seekrank. Sie war allein.

»Also«, sagte die Königin.

Elaine sah ihr unbeirrt in die blauen Augen, Lanzelot hingegen blieb stehen, als habe ihn ein Schuß getroffen.

»Also.«

Sie rührten sich nicht und warteten, bis Ginevra sprechen oder umsinken würde.

»Wo wart Ihr letzte Nacht?«

»Ich ...«

»Ihr braucht's mir nicht zu sagen!« rief die Königin und winkte heftig ab, so daß sie das zerrissene und zusammengeballte Taschentuch in ihrer Hand bemerkten. »Verräter! Verräter! Hinaus mit Euch, hinaus aus meinem Schloß, Ihr und Eure Hure!«

»Letzte Nacht ...« sagte Lanzelot. Ihm drehte sich der Kopf, verwirrt vor jäher Verzweiflung, die keine der beiden Frauen beachtete.

»Sprecht mich nicht an. Belügt mich nicht. Geht!«

Elaine sagte ruhig: »Sir Lanzelot war letzte Nacht in meinem Zimmer. Frau Brisen hat ihn im Dunkeln zu mir gebracht.«

Die Königin wies zur Tür. Mit ausgestrecktem Finger machte sie Stoßbewegungen und zitterte derart, daß ihr Haar herabfiel. Sie sah abschreckend aus.

»Hinaus! Hinaus! Du auch, du Biest! Wie könnt Ihr es wagen, in meinem Schlosse so zu reden? Wie könnt Ihr es wagen, so etwas zuzugeben? Nehmt Euern Kerl und geht!«

Lanzelot atmete ungestüm und sah die Königin fassungslos an. Er meinte, nicht ganz bei Bewußtsein zu sein.

»Er hat geglaubt, er ginge zu Euch«, sagte Elaine. Sie hielt die Hände gefaltet und beobachtete die Königin gleichmütig.

»Die alte Lüge!«

»Es ist keine Lüge«, sagte Elaine. »Ich konnte nicht ohne ihn leben. Brisen hat mir geholfen, ihn irrezuführen.«

Ginevra rannte mit unsicheren Schritten auf sie zu. Am liebsten hätte sie dem Mädchen eins auf den Mund gegeben. Elaine rührte sich nicht. Es war, als hoffe sie, daß Ginevra sie schlagen werde.

»Lügnerin!« schrie die Königin.

Sie lief zu Lanzelot. Der hatte sich auf einer Truhe niedergelassen und starrte, den Kopf zwischen den Händen, ausdruckslos zu Boden. Sie packte seinen Umhang und versuchte, ihn zur Tür zu zerren. Doch er rührte sich nicht von der Stelle.

»Die alte Geschichte! Ihr habt sie der Metze beigebracht. Weshalb habt Ihr Euch keine neue einfallen lassen? Ihr hättet mir ruhig etwas Interessantes bieten können. Aber Ihr habt wohl gedacht, das alte Zeug ist immer noch gut genug, wie?«

»Jenny —« sagte er, ohne aufzublicken.

Die Königin versuchte, ihn anzuspucken; aber sie hatte so was noch nie probiert.

»Wie könnt Ihr's wagen, mich Jenny zu nennen? Ihr riecht ja noch jetzt nach ihr. Ich bin die Königin, die Königin von England! Ich bin nicht Euer Flittchen!«

»Jenny —«

»Aus meinem Schloß mit Euch!« schrie die Königin mit äußerster Kraft. »Und laßt Euch nie wieder hier blicken. Ihr — mit Euerm bösen, häßlichen, tierischen Gesicht.«

Plötzlich sagte Lanzelot, zum Boden gewandt, mit lauter Stimme: »Galahad.«

Dann nahm er die Hände vom Kopf und blickte auf, so daß sie das Gesicht sehen konnten, von dem die Rede war. Es zeigte einen Ausdruck der Überraschung. Ein Augenlid zuckte.

Er sagte diesmal ruhiger: »Jenny.« Dabei wirkte er wie ein Blinder.

Die Königin öffnete den Mund, um etwas zu sagen; doch es kam nichts heraus.

»Arthur«, sagte er. Alsdann stieß er einen schrillen Schrei aus und sprang stracks durchs Fenster, das im ersten Stock war. Sie hörten, wie er krachend im Gesträuch landete, hörten Knacken und Knistern im Gezweig, und dann rannte er davon durch Busch und Baum, mit einem Jammerjodler, heulend, als wär's eine Meute hetzender Hunde. Der Spektakel verlor sich in der Ferne, und um die beiden Frauen war es still.

Elaine war jetzt ebenso bleich wie die Königin, behielt aber ihre stolze, aufrechte Haltung bei. Sie sagte: »Ihr habt ihn zum Wahnsinn getrieben. Sein Verstand muß schon recht angekränkelt gewesen sein.«

Ginevra sagte nichts.

»Weshalb habt Ihr ihn in den Wahnsinn getrieben?« fragte Elaine. »Ihr habt doch einen guten Gemahl, den besten im ganzen Land. Ihr seid Königin. Ihr habt Ehre, Glück und Heim. Ich habe kein Zuhause und keinen Gemahl gehabt, und meine Ehre war auch dahin. Weshalb habt Ihr ihn mir nicht gegönnt?«

Die Königin blieb stumm.

»Ich habe ihn geliebt«, sagte Elaine. »Ich habe ihm einen prächtigen Sohn geboren, der einst der beste Ritter der Welt sein wird.«

»Elaine«, sagte Ginevra, »verlaßt meinen Hof. Geht.«

»Ich gehe.«

Ginevra packte sie plötzlich beim Rock.

»Erzählt es niemandem«, sagte sie hastig. »Erzählt niemandem, was geschehen ist. Tut Ihr's doch, seid Ihr des Todes.«

Elaine machte sich los.

»Habt Ihr geglaubt, ich würde was sagen?«

»Aber was sollen wir tun?« fragte die Königin verzweifelt. »Ist er wahnsinnig geworden? Wird er sich wieder fangen? Was soll geschehn? Müssen wir nicht was tun? Was sollen wir nur sagen?«

Elaine ließ sich auf keine Unterhaltung ein. An der Tür jedoch drehte sie sich bebend um.

»Ja, er ist wahnsinnig«, sagte sie. »Ihr habt ihn für Euch gewonnen, und Ihr habt ihn zerbrochen. Was habt Ihr nun mit ihm vor?«

Als die Tür zugefallen war, setzte sich Ginevra hin. Sie ließ ihr zerfetztes Taschentuch fallen. Dann begann sie zu weinen — langsam, inbrünstig, ohne jede Hemmung. Sie legte ihr Gesicht in die Hände und schluchzte vor Kummer und Schmerz. (Sir Bors, der die Königin nicht sonderlich leiden konnte, sagte einmal zu ihr: »Laßt doch das lachhafte Weinen — Ihr habt ja nur Tränen, wenn Ihr was wollt.«)

Zwei Jahre danach saß König Pelles mit Sir Bliant im Söller. Es war ein schöner Wintermorgen; die Felder waren von Reif bedeckt, es ging kein Wind, und der leichte Nebel war so licht, daß er die Tauben nicht beirrte. Sir Bliant, der die Nacht auf der Burg zugebracht hatte, trug Scharlach, mit Hermelin verbrämt. Sein Knappe stand mit dem Pferd im Hof, bereit für den Heimweg nach Schloß Bliant; doch die beiden Männer verweilten über ihrem Imbiß. Sie reckten ihre Hände dem prachtvoll prasselnden Kaminfeuer entgegen, schlürften Glühwein, knabberten Gebäck und sprachen vom Wilden Mann.

»Er muß ein Gentleman gewesen sein, ganz gewiß«, sagte Sir Bliant. »Er hat Dinge getan, die nur ein Gentleman tut. Seine Neigung zum Waffenhandwerk ist ohne Zweifel angeboren.«

»Wo ist er jetzt?« fragte König Pelles.

»Das weiß Gott allein. Er ist eines morgens verschwunden, als die Hunde auf Schloß Bliant waren. Aber ich bin sicher, daß er ein Gentleman war.«

Sie tranken bedächtig und starrten in die Flammen.

»Wenn Ihr meine Meinung wissen wollt«, fügte Sir Bliant, die Stimme dämpfend, hinzu, »ich glaub', es war Sir Lanzelot.«

»Unsinn«, sagte der König.

»Er war groß und stark.«

»Sir Lanzelot ist tot«, sagte der König. »Gott sei ihm gnädig. Das weiß doch jeder.«

»Es ist nicht bewiesen.«

»Wenn's Sir Lanzelot gewesen wäre, hättet Ihr ihn todsicher erkannt. Er war der häßlichste Mann, den ich je gesehen habe.«

»Ich bin ihm nie begegnet«, sagte Sir Bliant.

»Es ist erwiesen, daß Lanzelot übergeschnappt und in Hemd und Hosen davongerannt ist, bis er dann von einem Keiler aufgespießt wurde und in einer Einsiedelei starb.«

»Wann war das?«

»Vergangene Weihnacht.«

»Um die Zeit ist auch mein Wilder Mann mit der Meute losgegangen. Wir waren auf der Sauhatz.«

»Sieh an«, sagte König Pelles. »Vielleicht war's tatsächlich derselbige. Das wäre allerdings sehr interessant. Wie ist denn der Eure bei Euch aufgetaucht?«

»Es war während der Sommer-Queste, vorletztes Jahr. Ich hatte mein Zelt auf einer schönen Wiese aufgeschlagen, wie gewöhnlich, und saß drinnen und harrte der Dinge, die da kommen sollten. Ja, stimmt: ich habe Schach gespielt. Dann gab's draußen einen lästerlichen Lärm, und ich raus, und da hieb dieser nackichte Irre auf meinen Schild. Mein Zwerg saß auf der Erde und rieb sich den Hals und schrie um Hilfe: der Wahnsinnige hatte ihn halb umgebracht. Ich bin zu dem Kerl hingegangen und habe gesagt: ›Nun hört mal zu, mein guter Mann; Ihr werdet doch nicht mit mir kämpfen wollen. Seid brav und legt mal schön das Schwert hin.‹ Er hatte sich eins von meinen Schwertern geschnappt, wißt Ihr, und ich konnt' ganz deutlich sehen, daß er völlig von Sinnen war. Ich habe gesagt: ›Laßt mal lieber das Kämpfen sein, alter Knabe. Euch tut was anderes not. Ihr braucht was zu essen, und Ihr braucht Schlaf.‹ Tatsächlich: er sah völlig heruntergekommen aus. Als hätte er drei Nächte lang gewacht. Seine Augäpfel waren hellrot.«

»Und was hat er gesagt?«

»Er hat bloß gesagt: ›Tretet mir nicht zu nahe. Denn so Ihr's tut, fürwahr, will ich Euch auf der Stelle erschlagen.‹

»Sonderbar.«

»Ja, äußerst sonderbar, nicht? Ich meine: daß er wie ein Ritter sprach.«

»Was habt Ihr getan?«

»Nun ja, ich war nur im Unterkleid, und der Mann sah wirklich gefährlich aus. Ich bin ins Zelt zurückgegangen und habe meine Rüstung angelegt.«

König Pelles reichte Sir Bliant ein weiteres Stück Gebäck, das dieser mit einem Nicken entgegennahm.

»Als ich gewappnet war«, fuhr er vollen Mundes fort, »ging ich mit einem Reserve-Schwert hinaus, um den Kerl zu entwaffnen. Ich wollt' ihm keinen Hieb versetzen, oder etwas in der Art, aber er war ein Amokläufer, und irgendwie mußte man ihm das Schwert ja abnehmen. Ich bin zu ihm hingegangen, wie zu einem Hund, und ich hab' die Hand ausgestreckt und gesagt: ›So's brav, laßt mal sehn, so's gut.‹ Ich hab' gedacht, es wär' ganz einfach.«

»Und?«

»In dem Augenblick, da er mich mit Rüstung und Schwert sah, ging er wie ein Tiger auf mich los. So eine Attacke hab' ich noch nie gesehn. Ich parierte ein bißchen, und ich hätt' ihn bestimmt in Notwehr umgebracht, wenn er mir dazu Zeit gelassen hätte. Aber da saß ich schon auf der Erde; meine Nase blutete, und meine Ohren auch. Er hatte mir einen Schlag versetzt, wißt Ihr, der mich völlig durcheinanderbrachte.«

»Meine Güte«, sagte König Pelles.

»Und dann? Dann wirft er sein Schwert weg und rennt geradeswegs ins Zelt. Meine arme Frau war drin, im Bett, ohne was an. Und er springt stracks zu ihr ins Bett, packt die Decke, wickelt sich hinein und schnarcht munter drauflos.«

»Muß verheiratet gewesen sein«, sagte König Pelles.

»Meine Frau hat fürchterlich geschrien, ist auf der andern Seite aus dem Bett gehopst und in ihren Kittel geschlüpft und zu mir gelaufen gekommen. Ich war noch ein bißchen durcheinander; ich lag auf der Erde und dachte schon, ich wäre tot. Es wurd' ein schönes Schauspiel — das kann ich Euch versichern.«

»Und er hat die ganze Zeit geschlafen?«

»Der hat geschlafen wie ein Klotz. Wir haben uns dann schließlich zusammengerafft, und meine Frau hat mir einen Stulphandschuh ins Genick gelegt, damit das Nasenbluten aufhört, und dann haben wir die Sache beredet. Mein Zwerg, der ein äußerst patenter Kerl ist, sagte, wir sollten ihm nichts zuleide tun, denn er sei von Gott angerührt. Ja: eigentlich ist der Zwerg auf den Gedanken gekommen, daß es Sir Lanzelot sein könnte. In dem Jahr war viel vom Lanzelot-Geheimnis die Rede.«

Sir Bliant legte eine Pause ein, um einen neuen Happen zu sich zu nehmen.

»Am Ende haben wir ihn nach Schloß Bliant gebracht«, sagte er, »mitsamt dem Bett, in einer Sänfte. Er hat sich überhaupt nicht geregt. Als wir ihn dort hatten, haben wir ihm Hände und Füße gebunden, da er ja mal wachwerden mußte. Jetzt tut's mir leid, aber damals konnten wir kein Risiko eingehen, nach allem, was wir wußten. Wir haben ihm einen gemütlichen Raum gegeben und saubere Kleider, und meine Frau hat ihn reichlich mit nahrhafter Kost versorgt, damit er wieder zu Kräften kommen sollte, aber vorsichtshalber haben wir ihm die ganze Zeit seine Handschellen dran gelassen. Anderthalb Jahre haben wir ihn da gehabt.«

»Wie ist er denn entflohen?«

»Darauf komme ich gleich. Das ist nämlich der Witz an der Geschichte. Eines Nachmittags war ich draußen im Wald auf einer kleinen Halbstunden-Queste, da gingen zwei Ritter von hinten auf mich los.«

»Zwei Ritter?« fragte der König. »Von hinten?«

»Ja. Zwei — und von hinten. Es war Sir Bruce Saunce Pité mit einem Freund.«

König Pelles schlug sich aufs Knie.

»Dieser Kerl«, rief er aus, »ist ein öffentliches Ärgernis. Ich versteh' nicht, weshalb ihn nicht mal jemand ein für allemal erledigt.«

»Erstmal muß man ihn kriegen. Aber ich wollt' ja von dem Wilden Mann erzählen. Sir Bruce und der andere, die hatten mich natürlich in eine ganz unvorteilhafte Lage gebracht, wie Ihr zugeben werdet, und mir blieb bedauerlicherweise nichts anderes übrig, als Reißaus zu nehmen.«

Sir Bliant machte eine Pause und starrte ins Feuer. Dann erheiterte sich seine Miene.

»Na ja«, sagte er, »schließlich können wir nicht alle Helden sein, wie?«

»Ganz recht«, sagte König Pelles.

»Außerdem war ich verwundet«, sagte Sir Bliant, froh, eine Entschuldigung gefunden zu haben, »und war nahe dran, ohnmächtig zu werden.«

»Klar.«

»Diese beiden sind also mit mir zum Schloß galoppiert, auf jeder Seite einer, und haben mir die ganze Zeit Hiebe verpaßt. Ich weiß bis zum heutigen Tage noch nicht, wie ich überhaupt mit dem Leben davongekommen bin.«

»Es stand in den Steinen geschrieben«, sagte der König.

»Wir sind an den Schießscharten des Außenwerks vorbeigeprescht wie der Teufel, und da muß uns der Wilde Mann gesehen haben. Wir hatten ihm eine Kammer im Vorwerk eingerichtet, versteht Ihr. Nun ja, auf jeden Fall hat er uns gesehen, und hinterher haben wir entdeckt, daß er mit bloßen Händen seine Fesseln gesprengt hat. Es waren eiserne Fesseln, und an den Fußgelenken hatte er auch welche. Er hat sich scheußlich dabei verletzt. Dann kam er aus der Hintertür gejagt, mit blutigen Händen und fliegenden Ketten, und hat Bruces Helfershelfer aus dem Sattel gezerrt und ihm sein Schwert abgenommen und Bruce eins auf den Schädel gegeben, daß der kopfüber vom Gaul purzelte. Der zweite Ritter wollte den Wilden Mann von hinten erdolchen — der war gänzlich ungerüstet —, aber da hab' ich dem Burschen die Hand abgeschlagen, als er grad zustieß. Dann retteten die beiden sich auf ihre Pferde und verschwanden wie der Wind. Die haben ein schönes Tempo vorgelegt, kann ich Euch sagen.«

»Das war Bruce, wie er leibt und lebt.«

»Mein Bruder war das Jahr bei mir zu Besuch. Ich hab' zu ihm gesagt: ›Wieso haben wir diesen guten Mann in Ketten gelegt?‹ Ich hab' mich geschämt, als ich seine verletzten Hände sah. ›Der ist doch glücklich und zufrieden‹, hab' ich gesagt, ›und jetzt hat er mir das Leben gerettet. Den dürfen wir nie wieder fesseln. Wir müssen ihm die Freiheit geben und für ihn tun, was wir können.‹ Wißt Ihr, Pelles, mir gefiel der Wilde Mann. Er war friedlich und dankbar, und mich hat er mit ›Herr‹ angeredet. Furchtbarer Gedanke, daß es vielleicht der große Dulac war — und wir haben ihn in Ketten gelegt, und er hat mich unterwürfig ›Herr‹ genannt.«

»Wie ist's denn ausgegangen?«

»Er hat sich etliche Monate ganz ruhig verhalten. Dann kamen die Hatzhunde aufs Schloß, und einer aus dem Gefolge ließ sein Pferd und seinen Speer an einem Baum stehen. Damit ist der Wilde Mann auf und davon. Irgend was hat da in seinem armen Hirn eingehakt, versteht Ihr: Rüstung, Kampf, Jagd, adlige Taten — oder so. Da wollt' er dann mitmachen.«

»Armer Kerl«, sagte der König. »Armer, armer Kerl! Es kann durchaus Sir Lanzelot gewesen sein. Letzte Weihnachten soll ihn ein Keiler getötet haben.«

»Die Geschichte möcht' ich gerne hören.«

»Wenn Euer Mann Lanzelot war, dann ist er dem Keiler nach, den sie auf dem Korn hatten. Es war ein berühmter Keiler, der die Hunde seit Jahren an der Nase herumführte, deshalb war das Feld nicht zu Fuß. Lanzelot stellte den Keiler, und der machte seinen Gaul hin. Ihn selber erwischte es furchtbar am Oberschenkel. Bis auf den Knochen wurde er aufgeschlitzt. Und dann hat er das Biest erledigt. Mit einem Hieb schlug er ihm den Kopf ab. Das war in der Nähe einer Einsiedelei. Der Einsiedler kam heraus, und Lanzelot war so wütend — wegen seiner Wunde und allem —, daß er sein Schwert nach dem Mann warf. Das habe ich von einem Ritter gehört, der dabeigewesen ist. Er hat gesagt, es sei todsicher Sir Lanzelot gewesen — richtig häßlich und alles —, und dann hat er gesagt, er und der Eremit hätten ihn in die Höhle getragen, nachdem er ohnmächtig geworden war. Er hat gesagt, *die* Wunde hätte kein Mensch überleben können, nun ja, und er hat auch wirklich gesehen, wie er gestorben ist. Daß der Wilde Mann ein großer Ritter gewesen sein müsse, das sei ihm ganz deutlich geworden, als dieser im Todeskampf neben dem toten Keiler gestanden und den Eremiten mit ›Gefährte‹ angeredet habe. Da seht Ihr: am Ende war er vielleicht doch eine Spur gesund.«

»Armer Lanzelot«, sagte Sir Bliant.

»Gott sei ihm gnädig«, sagte König Pelles.

»Amen.«

»Amen«, wiederholte Sir Bliant, ins Feuer blickend. Alsdann stand er auf und schüttelte sich.

»Ich muß gehn«, sagte er. »Wie geht's Eurer Tochter? Ich hab' ganz vergessen zu fragen.

König Pelles seufzte und stand ebenfalls auf.

»Sie ist zu Gast im Kloster«, sagte er. »Ich glaube, nächstes Jahr wird sie den Schleier nehmen. Nächsten Samstag werden wir sie jedoch sehen dürfen — da kommt sie zu einem kurzen Besuch nach Hause.«

KAPITEL 20

Nachdem Sir Bliant heimgeritten war, beschäftigte sich König Pelles wieder mit biblischer Genealogie. Die Sache mit Lanzelot ließ ihm keine Ruhe. Wegen seines Enkels Galahad war er persönlich an der Angelegenheit interessiert. Wir alle sind einmal von unserer Frau oder Freundin fast um den Verstand gebracht worden; König Pelles war sich jedoch darüber im klaren, daß es in der menschlichen Natur eine zähe Schicht gibt, die uns davor bewahrt, daß wir vollends in den Wahnsinn abdriften. Er hielt es, milde ausgedrückt, für exzentrisch, daß Lanzelot sich durch eine Laune seiner Geliebten ernstlich irremachen ließ — und er wollte herausfinden, ob sich in der Geschichte der Familie Ban Anzeichen von geistiger Umnachtung fänden, die man dafür verantwortlich machen konnte. Waren solche vorhanden, mochten sie sich auf Galahad vererbt haben. Vielleicht mußte man das Kind ins Hospital St. Mary of Bethlehem schicken (das die Londoner in späteren Zeiten nur noch »Bedlam« nannten, womit sie schließlich einfach »Tollhaus« meinten). Als gebe es nicht ohnehin schon Ärger genug.

»Bans Vater«, sagte König Pelles vor sich hin und putzte dabei seine Brillengläser, blies den Staub von zahlreichen Werken über Heraldik, Genealogie, Magie und mystische Mathematik, »Bans Vater war König Lanzelot von Benwick, der die Tochter des Königs von Irland ehelichte. König Lanzelots Vater aber war Jonas, der die Tochter des Manuel von Gallien heiratete. Und wer war der Vater von Jonas?«

Wenn man's recht bedenkt, besteht durchaus die Möglichkeit, daß Lanzelot einen gelinden geistigen Defekt hatte. Vielleicht war's das Zerrbild, das sich dem Jungen zehn Jahre zuvor in der Wölbung des Eisenhutes gezeigt hatte, als er im Arsenal von Schloß Benwick den Helm zwischen seinen Händen drehte.

»Nacien«, sagte König Pelles. »Dieser vermaledeite Nacien. Es scheint deren zwei gegeben zu haben.«

Er war, über Lisias und Hellias le Grosse und Nacien den Eremiten — von dem Lanzelot vermutlich seine visionären Anlagen geerbt hatte —, auf einen zweiten Nacien gestoßen, der, falls er tatsächlich existiert haben sollte, des Königs Theorie umstoßen würde, wonach Lanzelot ein Verwandter achten Grades von unserm Herrn und Heiland war. Es hat wirklich den Anschein, als hätten einst fast alle Eremiten Nacien geheißen.

»Verwünschter Kerl«, sagte der König erneut und blickte zum Fenster hinaus, um die Ursache des Lärms zu ergründen, der sich auf der Straße vor dem Schloß erhoben hatte.

Ein Wilder Mann (deren es heute morgen eine ganze Menge zu geben schien) wurde von den Dörflern durch Corbin gejagt — von denselben Dorfbewohnern, die Lanzelot einst willkommen geheißen hatten. Er war nackt, dürr wie ein Gerippe, und hielt die Hände über dem Kopf, um sich vor Schlägen zu schützen. Kleine Jungen liefen um ihn her und bewarfen ihn mit Torfplacken. Dann und wann hielt er inne und schleuderte einen der Jungen über die Hecke. Daraufhin bewarfen ihn die Jungen mit Steinen. König Pelles sah, wie ihm das Blut über die eingesunkenen Wangen rann. Seine Augen waren verängstigt, und zwischen den Rippen lagen tiefe Schatten. Er lief aufs Schloß zu.

Im Schloßhof hatte sich, als König Pelles Hals über Kopf die Stiege herabgedonnert kam, eine ansehnliche Menschenmenge voll Staunen und Bewunderung um den Wilden Mann geschart. Man hatte die Fallgatter herabgelassen, um den Dorfjungen den Zutritt zu verwehren, und begegnete dem Flüchtling mit Freundlichkeit.

»Seht Euch doch seine Wunden an«, sagte einer der Knappen. »Seht nur die große Narbe dort. Vielleicht war er ein fahrender Ritter, eh' er übergeschnappt ist. Wir sollten ihn gut behandeln.«

Der Wilde Mann stand inmitten des Ringes, während die Damen kicherten und die Pagen mit Fingern auf ihn wiesen. Er hielt seinen Kopf gesenkt und stand reglos da, ohne etwas zu sagen, als warte er ab, was weiter mit ihm geschehen werde.

»Vielleicht ist's Sir Lanzelot.«

Diese Bemerkung löste großes Gelächter aus.

»Nein, im Ernst! Noch keiner hat bewiesen, daß Lanzelot tot ist.«

König Pelles trat an den Wilden Mann heran und blickte ihm ins Gesicht. Zu diesem Behufe mußte er ihn schräg von unten ansehen.

»Seid Ihr Sir Lanzelot?« fragte er.

Ein abgezehrtes, schmutziges, bärtiges Gesicht. Nicht einmal die Augen ließen eine Regung erkennen.

»Sagt, seid Ihr's?« wiederholte der König.

Doch der gespenstische Mann gab keine Antwort.

»Der ist taubstumm«, sagte der König. »Wir werden ihn als Hofnarren hierbehalten. Komisch genug sieht er ja aus, muß man schon sagen. Holt ihm was zum Anziehn — was Verrücktes — und bringt ihn in den Taubenschlag. Gebt ihm frisches Stroh.«

Plötzlich hob der Fremde beide Hände und stieß ein Gebrüll aus, das alle zurückweichen ließ. Dem König fiel die Brille zu Boden. Dann gingen die Hände der Gliederpuppe wieder herunter, und er stand so dümmlich da, daß die Umstehenden verlegen kicherten.

»Am besten sperrt Ihr ihn ein«, sagte der König weise. »Sicher ist sicher. Und faßt ihn nicht an, wenn Ihr ihm zu essen gebt — werft's ihm hin. Man kann nie vorsichtig genug sein.«

So also wurde Sir Lanzelot in den Verschlag geführt, um König Pelles' Hofnarren zu spielen. Man schloß ihn ein und gab ihm frisches Stroh und warf ihm sein Essen durchs Gitter.

Als der Neffe des Königs, Castor geheißen, am folgenden Samstag zum Ritter geschlagen wurde — aus welchem Anlaß Elaine nach Hause kam —, herrschte eitel Freude im Schloß. Der König, dem ungeheuer viel an Feiern und Festlichkeiten lag, beging das Ereignis wahrhaft königlich, indem er jedermann auf dem Gut mit einem neuen Gewand bedachte. Bedauerlicherweise machte er auch allzu großzügig Gebrauch von seinem Weinkeller, der unter der Obhut von Frau Brisens Ehemann stand.

»Prosit«, rief der König.

»Gesundheit«, erwiderte Sir Castor, der ein gutes Benehmen an den Tag legte.

»Ham alle 'n Gewand?« schrie der König.

»Ja, vielen Dank, Euer Majestät«, antworteten die Anwesenden.

»Bestimmt?«

»Ganz bestimmt, Euer Majestät.«

»Dann isses ja gut. Schönes Gewand.«

Und der König hüllte sich mit großer Gemütsbewegung in sein eigenes Gewand. Bei solchen Gelegenheiten war er ein ganz anderer Mensch.

»Alle möchten Eurer Majestät für das noble Geschenk danksagen.«

»Schon gut.«

»Ein dreifach Hoch auf König Pelles!«

»Er lebe hoch, hoch, hoch!«

»Was issen mitn Hofnarrn?« erkundigte sich der König plötzlich. »Hatter Narr'n Gewand? Wo issen der arme Kerl?«

Hierauf entstand Schweigen, da niemand daran gedacht hatte, Sir Lanzelot ein Kostüm zu reservieren.

»Hatter keins? Hatter kein Gewand gekriegt?« rief der König. »Holten sofort her.«

Auf des Königs Geheiß wurde Sir Lanzelot aus seinem Verschlag geholt. Steif stand er im Schein der Fackeln, Strohhalme hingen an seinem Bart, und in der Flickenkleidung bot er einen bejammernswerten Anblick.

»Armer Narr«, sagte der König bekümmert. »Armer Narr. Hier, zieh meins an.«

Entgegen allen Vorhaltungen und Ratschlägen entstieg König Pelles umständlich seinem kostbaren Gewande und zog es Lanzelot über den Kopf.

»Lassten los«, rief der König. »Soll sichen schönen Tag machen. Man kann doch'n Menschen nicht ewig eingesperrt halten.«

Aufrecht stand Sir Lanzelot in diesem pompösen Aufzug mitten in der großen Halle. Er wirkte sonderbar stattlich. Wenn nur sein Bart gestutzt gewesen wäre — unsere glattrasierte Generation hat vergessen, was das Stutzen eines Bartes ausmachen kann —; wenn er nur nicht nach der Keilerjagd in der Zelle des armen Einsiedlers derart zum Skelett abgemagert wäre; wenn man ihn nur nicht totgesagt hätte . . . Trotzdem entstand in der Halle so etwas wie Ehrfurcht oder Scheu. Gemessenen Schrittes kehrte Sir Lanzelot in seinen Taubenschlag zurück, und die Leibwächter bahnten ihm durch die Gaffenden eine Gasse.

KAPITEL 21

Elaine hatte, wie üblich, das getan, was weder schick noch schicklich ist. Ginevra wäre unter ähnlichen Umständen sicherlich bleich und interessant geworden — Elaine hingegen wurde nur pummelig. In die weiße Tracht einer Novizin gekleidet, wandelte sie mit ihren Gefährtinnen im Schloßgarten umher, und ihr Wandeln hatte etwas Watschelndes. Galahad, unterdes drei Jahre alt, hielt ihre Hand.

Elaine wollte nicht deshalb Nonne werden, weil sie verzweifelt war. Sie hatte nicht vor, den Rest ihres Lebens als typische Kino-Nonne zu verbringen. Eine Frau kann in zwei Jahren viel Liebe verlernen und vergessen — zumindest kann sie's beiseiteschieben und sich derart daran gewöhnen, daß sie kaum mehr daran denkt, nur so, wie ein Geschäftsmann, der hin und wieder an eine verpaßte Chance denkt, die ihn zum Millionär gemacht hätte.

Elaine wollte ihren Sohn verlassen und Christi Braut werden, weil dies ihr der einzige Ausweg schien. Es war keine dramatische Angelegenheit — und vielleicht geschah das Ganze nicht mit der gebotenen Ehrfurcht —, aber sie wußte, daß sie nie wieder einen Menschen so würde lieben können, wie sie ihren Ritter geliebt hatte, der nun tot war. Also ergab sie sich in ihr Schicksal. Sie konnte nicht mehr gegen den Wind ankämpfen.

Sie jammerte nicht um Lanzelot; sie weinte nicht um seinetwillen ihr Kissen naß. Sie dachte kaum je an ihn. Er hatte sich in einen Winkel ihres Herzens eingegraben, wie eine Muschel sich allmählich in den Brandungsfelsen einbohrt. Dieser Vorgang war schmerzhaft gewesen. Nun aber ruhte die Muschel sicher im Gestein. Sie hatte ihren Platz und nagte nicht mehr. Elaine, die sich mit ihren Mädchen im Garten erging, dachte nur an den feierlichen Ritterschlag für Sir Castor, und überlegte dabei, ob auch genug Kuchen zum Fest vorhanden war und daß Galahads Strümpfe gestopft werden mußten.

Eines der Mädchen, das sich mit Ballspielen ergötzt hatte — wie weiland Nausikaa, als Odysseus erschien —, kam vom Gesträuch beim Brunnen gelaufen, wohin ihr Ball geflogen war.

»Da ist ein Mann«, flüsterte es, als hätte es eine Klapperschlange entdeckt. »Beim Brunnen schläft ein Mann!«

Elaine zeigte Interesse. Nicht, weil da ein Mann war, oder weil das Mädchen solche Angst hatte, sondern einfach deshalb, weil es ungewöhnlich war, daß einer im Januar draußen schlief.

»Pst«, sagte sie. »Wir werden mal nachsehn.«

Die dralle Novizin im weißen Gewand, die sich auf Zehenspitzen zu Lanzelot schlich, das hausbackene Mädchen, das gefaßt und mit rundem Gesicht (dem der Kummer keinen Stempel hatte aufdrücken können) zu ihm ging, die junge Mutter, deren Gedanken bei den zerrissenen Strümpfen ihres kleinen Sohnes waren — diese Frau dachte nicht an Verwundbarkeit oder Not. Sie näherte sich ruhig und unschuldig dem Brunnen, ganz andere Sachen im Sinn — ähnlich dem Kaninchen, das mümmelnd auf vertrautem Pfade hoppelt. Und plötzlich zieht sich die Schlinge zusammen.

Elaine erkannte Lanzelot zwischen zwei Herzschlägen. Der erste Schlag war eine aufsteigende Welle, die oben ins Taumeln gerät. Die zweite Welle holte sie ein, riß den Schwung auf dem Wogenkamm an sich, und gemeinsam brachen sie hernieder wie ein gebäumtes Pferd, das jäh zu Boden stürzt.

Lanzelot lag da, in seinem ritterlichen Gewand. Sir Bliant hatte mit seiner Bemerkung, daß adlige Dinge etwas in ihm anzurühren schienen, genau das Rechte getroffen. Der arme Wilde Mann war, durch Farbe oder Gewebe des Gewandes an etwas Fernliegendes gemahnt, von des Königs Tafel zum Brunnen gegangen. Dort, allein im Dunkel, ohne einen Spiegel, hatte er sein Gesicht gewaschen. Mit knochigen Fingern hatte er sich die Augenhöhlen gespült. Mit einem Striegel und einer Stallschere hatte er versucht, Ordnung in seine Haare zu bringen.

Elaine schickte ihre Gespielinnen fort. Einem der Mädchen gab sie Galahad an die Hand, und der ging ohne Murren mit. Er war schon ein merkwürdiges Kind.

Elaine kniete neben Sir Lanzelot nieder und sah ihn an. Sie berührte ihn nicht; sie weinte nicht. Sie hob die Hand, um sie auf seine abgezehrte zu legen, unterließ es jedoch. Sie kauerte sich nieder. Lange Zeit später brach sie dann doch in Tränen aus. Sie weinte um Lanzelot, um seine müden, vom Schlaf besänftigten Augen, um die weißen Narben auf seinen Händen.

»Vater«, sagte Elaine, »wenn Ihr mir jetzt nicht helft, kann mir keiner helfen.«

»Was gibt's denn, meine Liebe?« fragte der König. »Ich hab' arge Kopfschmerzen.«

Elaine ging nicht darauf ein.

»Vater, ich habe Sir Lanzelot gefunden.«

»Wen?«

»Sir Lanzelot.«

»Unsinn«, sagte der König. »Lanzelot wurde von einem Keiler getötet.«

»Er schläft im Garten.«

Mit einem Ruck stand der König von seinem Thronsessel auf.

»Ich hab's ja gewußt!« sagte er. »Ich war nur zu dumm, mir's klarzumachen. Der Wilde Mann. Gar keine Frage.«

Er taumelte ein wenig und hielt sich den Kopf.

»Überlaß das mal mir«, sagte der König. »Das nehm' ich schon in die Hand. Ich weiß genau, was da zu tun ist. Butler! Brisen! Wo sind denn alle hin, zum Henker? He! He! Ach, da seid Ihr ja. Kellermeister, geht und holt Brisen, Euer Weib, und treibt zwei Männer auf, denen man vertrauen kann. Laßt mal sehn. Ah ja, nehmt Humbert und Gurth. Was hast du gesagt — wo ist er?«

»Er schläft beim Brunnen«, sagte Elaine geschwind.

»Richtig. Also darf keiner den Rosengarten betreten. Butler, habt Ihr gehört? Alle sind fernzuhalten, auf daß niemand im Wege sei, wenn der König kommt. Und besorgt ein Laken. Ein kräftiges Laken. Wir werden ihn an vier Zipfeln hereintragen müssen. Und laßt das Turmzimmer richten. Sagt Brisen, sie soll die Decken lüften. Besser noch wäre ein Federbett. Bringt ein Feuer in Gang und holt den Doktor. Er soll im *Bartholomew Anglicus* unter ›Wahnsinn‹ nachschlagen. Oh ja — und laßt leichte Speise zubereiten. Auch werden wir ihm frische Kleidung anlegen müssen, solange er schläft.«

Als Lanzelot in dem sauberen Bette zu sich kam, stöhnte er auf. Er öffnete die Augen und sah König Pelles an. Dann ging sein Blick zu Elaine. Er betrachtete die beiden eine geraume Weile und bewegte seine Affenlippen, als wolle er sprechen. Dann schlief er wieder ein.

Als er neuerlich wach wurde, sahen sie, daß seine Augen klar waren. Sein Geist jedoch schien verwirrt zu sein. Er flehte sie an, ihn zu erretten.

Als er zum dritten Mal erwachte, sagte er: »Herr und Heiland, wie bin ich denn hierher gekommen?«

Sie redeten, was man halt unter solchen Umständen redet: Er solle sich ausruhen und erholen und nicht sprechen, bis er wieder zu Kräften gekommen sei, und so weiter. Der Arzt gab dem königlichen Orchester einen Wink; sogleich stimmte es an: *Jesu Christes Milde Moder* — denn Dr. Bartholomews Buch empfahl, Wahnsinnige mit Instrumtentalmusik zu erfreuen. Alle warteten hoffnungsvoll auf den Erfolg, doch Lanzelot packte des Königs Hand und rief gequält aus: »Um Himmelswillen, Herr, so sagt mir doch, wie ich hierher gekommen bin!«

Elaine legte ihm ihre Hand auf die Stirn und drückte ihn sanft ins Kissen zurück.

»Ihr seid wie ein Irrer hergekommen«, sagte sie, »und niemand wußte, wer Ihr wart. Ihr habt einen Zusammenbruch gehabt.«

Lanzelot wandte ihr ratlos und verwirrt die Augen zu und lächelte unsicher.

»Ich hab' mich zum Narren gemacht«, sagte er.

Später fragte er: »Haben mich viele Leute gesehn, während ich nicht bei Verstand war?«

KAPITEL 22

Lanzelots Körper rächte sich an seinem Geist. Jeder Knochen tat ihm weh. Zwei Wochen lang lag er zu Bett, in der gut gelüfteten Schlafkammer, die Elaine mehr oder weniger mied. Er war ihr ausgeliefert, und sie hätte ihn Tag und Nacht betreuen können. Etwas aber hielt sie davon zurück — Anstand oder Stolz oder Großmut oder Demut oder der Wille, kein Kannibale zu sein. Sie besuchte ihn nur einmal am Tag und machte ihm keinerlei Vorwürfe.

Eines Tages hielt er sie zurück, als sie gehen wollte. Ordentlich gekleidet, saß er in einem Sessel und hielt die Hände im Schoß.

»Elaine«, sagte er, »ich werde wohl irgend welche Pläne machen müssen.«

Sie wartete auf ihren Urteilsspruch.

»Ich kann nicht ewig hierbleiben«, sagte er.

»Ihr wißt, daß Ihr willkommen seid, solange Ihr mögt.«

»Ich kann nicht mehr an den Hof zurück.«

Elaine bemerkte zögernd: »Mein Vater würde Euch ein Schloß geben, wenn Ihr wolltet, und wir — wir könnten gemeinsam dort leben.«

Er sah sie an — und blickte fort.

»Ihr könntet das Schloß auch alleine haben.«

Lanzelot nahm ihre Hand und sagte: »Elaine, ich weiß nicht, was ich sagen soll. Was soll ich darauf sagen?«

»Ich weiß, daß Ihr mich nicht liebt.«

»Meint Ihr denn, wir könnten unter solchen Umständen glücklich sein?«

»Ich weiß nur, unter welchen Umständen ich unglücklich bin.«

»Ich will nicht, daß Ihr unglücklich seid. Aber haltet Ihr's nicht für möglich, daß Ihr noch unglücklicher wärt, wenn wir zusammen lebten?«

»Ich wär' die glücklichste Frau der Welt.«

»Elaine, wir müssen offen reden, auch wenn's wehtut. Ihr wißt, daß ich Euch nicht liebe. Ihr wißt, daß ich die Königin liebe. Das ist nun einmal so und läßt sich nicht ändern. Derlei gibt es; ich kann nichts dafür. Und Ihr habt mich zweimal in eine Falle gelockt. Ihr seid schuld, daß ich nicht mehr bei Hofe bin. Glaubt Ihr wirklich, das ergäbe ein glückliches Zusammenleben?«

»Ihr wart mein Mann«, sagte Elaine stolz, »lang ehe die Königin kam.«

Er fuhr sich mit der Hand über die Augen.

»Wollt Ihr unter diesen Bedingungen einen Gemahl haben?«

»Galahad ist ja auch noch da«, sagte Elaine.

Sie saßen nebeneinander und blickten ins Feuer. Sie weinte nicht, sie bettelte nicht um Mitleid oder Gnade — und er war sich wohl bewußt, daß sie ihm dies ersparte.

Er überwand sich und sagte: »Ich bleibe bei Euch, Elaine, wenn Ihr das wollt. Obwohl ich nicht verstehe, was Euch daran liegen kann. Ich hab' Euch gern. Ich habe Euch sehr gern. Ich weiß nicht, wieso — nach allem, was geschehen ist. Elaine, ich will Euch nicht wehtun, aber — aber heiraten kann ich Euch nicht.«

»Das ist mir einerlei.«

»Ich kann's nicht, weil — weil Heirat ein Vertrag ist. Ich bin immer stolz darauf gewesen, daß mein Wort gilt. Und wenn ich nicht ... und wenn ich das nicht für Euch empfinde ... und wenn ... Hol's der Henker, Elaine: schließlich wart Ihr's ja, die mich reingelegt hat; also habe ich keine Verpflichtung, Euch zu heiraten.«

»Keine Verpflichtung.«

»Verpflichtung!« rief Lanzelot mit verzerrtem Gesicht. Er spuckte das Wort geradezu ins Feuer, so, als habe es einen üblen Geschmack. »Ich muß sicher sein, daß Ihr's begreift und daß ich Euch nichts vormache. Ich werde Euch nicht heiraten, weil ich Euch nicht liebe. Ich hab' diese Geschichte nicht angefangen, und ich kann Euch nicht meine Freiheit opfern. Ich kann nicht versprechen, immer bei Euch zu bleiben. Ihr braucht diese Bedingungen nicht anzunehmen, Elaine; sie sind entwürdigend. Sie werden von den Umständen diktiert. Mehr kann ich nicht sagen. Alles andere wäre gelogen und würd's nur noch schlimmer machen ...«

Er schwieg und barg seinen Kopf in den Händen.

Elaine sagte: »Unter welchen Bedingungen auch immer — Ihr seid mein Herr und Gebieter.«

König Pelles gab ihnen ein Schloß, das Lanzelot bereits kannte. Sir Bliant, der bisherige Bewohner, mußte ausziehen, um ihnen Platz zu machen. Er tat es höchst bereitwillig, als er erfuhr, daß er damit dem Wilden Mann einen Gefallen tat, der ihm das Leben gerettet hatte.

»Ist er wirklich Sir Lanzelot?« fragte Bliant.

»Nein«, sagte König Pelles. »Er ist ein französischer Ritter, der sich *Le Chevalier Mal Fet* nennt. Ich hatt' schon recht, als ich Euch sagte, daß Sir Lanzelot tot sei.«

Es war abgemacht worden, daß Lanzelot incognito bleiben solle. Wenn nämlich bekannt würde, daß er noch lebte und auf Bliant Castle wohnte, hätte sich am Hof ein groß' Geschrei erhoben.

Bliant Castle war von einem so schönen Burggraben umgeben, daß es praktisch eine Insel darstellte. Man konnte sie nur von einem auf dem Festland gelegenen Vorwerk aus mit Hilfe eines Kahns erreichen; und das Schloß selber war zusätzlich von einem magischen Eisenzaun umgeben, wahrscheinlich einer Art *cheval de frise* (also einer Kette Spanischer Reiter). Dort standen Lanzelot zehn Ritter zur Verfügung, und Elaine wurde von zwanzig Damen bedient.

Sie war außer sich vor Freude.

»Wir werden's ›die Freudeninsel‹ nennen«, sagte sie. »Wir werden dort so glücklich sein! Und, Lanz« — er zuckte zusammen, als sie ihn beim Kosenamen nannte —, »Ihr müßt Eure Hobbies beibehalten. Wir wollen Turniere veranstalten und auf die Beiz gehn und alles mögliche. Ihr müßt Gäste einladen, damit wir Gesellschaft haben. Ich verspreche, daß ich nicht eifersüchtig sein werde, Lanz, und ich leg' Euch bestimmt nicht an die Leine. Meint Ihr nicht, wir könnten ganz glücklich sein, wenn wir uns Mühe geben? Findet Ihr ›Freudeninsel‹ nicht schön?«

Lanzelot räusperte sich und sagte: »Doch, ich find's sehr schön.«

»Ihr müßt Euch einen neuen Schild machen lassen, damit man Euch bei den Turnieren nicht erkennt. Was für ein Wappen wollt Ihr in Zukunft tragen?«

»Irgendeins«, sagte Lanzelot. »Das können wir uns später überlegen.«

»Le Chevalier Mal Fet. Ein herrlich romantischer Name! Was bedeutet er?«

»Verschiedenes. Man könnte sagen: ›der häßliche Ritter‹ oder ›der Ritter, der gefehlt hat‹.«

Er sagte ihr nicht, daß der Name auch ›der mißratene Ritter‹ bedeuten konnte, der ›Ritter mit dem bösen Stern‹, der ›fluchbeladene Ritter‹.

»Ich finde nicht, daß Ihr häßlich seid — oder gefehlt habt.«

Lanzelot nahm sich zusammen. Er wußte, daß es äußerst unfair wäre, mit Elaine zu leben, wenn er deshalb Trübsal blasen oder den ›großen Entsager‹ spielen würde. Andererseits jedoch war es sinnlos, etwas vortäuschen zu wollen.

»Ihr nicht«, sagte er. »Weil Ihr lieb seid.« Er küßte sie kurz und unbeholfen, um den falschen Ton wegzuwischen. Elaine entging das nicht.

»Ihr werdet Galahads Erziehung in die Hände nehmen können«, sagte sie. »Ihr werdet ihm alle Kniffe und Tricks beibringen, die Ihr kennt, und wenn er groß ist, wird er der beste Ritter der Welt.«

Er küßte sie noch einmal. Sie hatte gesagt: »wenn wir uns Mühe geben«. Und sie gab sich alle Mühe. Sie tat ihm leid — und gleichzeitig war er ihr dankbar. Er war zerstreut, abwesend, nicht ganz bei der Sache. Er tat zweierlei gleichzeitig: etwas Wesentliches und etwas Unwichtiges. Dem Unwichtigen fühlte er sich verpflichtet. Es hat nun einmal etwas Peinliches, einseitig geliebt zu werden. Und es widerstrebte ihm, eingedenk seiner eigenen Meinung von sich selbst, Elaines Demut zu akzeptieren.

Es kam der Morgen, da sie nach Bliant übersetzen wollten. Der vor kurzem zum Ritter geschlagene Sir Castor hielt Lanzelot in der Halle an. Er war erst siebzehn.

»Ich weiß, Ihr nennt Euch den ›mißratenen Ritter‹, sagte Sir Castor, »aber ich glaube, Ihr seid Sir Lanzelot. Seid Ihr's?«

Lanzelot nahm des Jünglings Arm.

»Sir Castor«, sagte er, »haltet Ihr das für eine ritterliche Frage? Gesetzt den Fall, ich wäre Sir Lanzelot und würde mich nur den Chevalier Mal Fet nennen — meint Ihr nicht, daß ich dafür meine Gründe hätte? Gründe, die ein Gentleman von Geblüt respektieren sollte?«

Sir Castor wurde über und über rot und ließ sich auf ein Knie nieder.

»Ich werd's keinem sagen«, versprach er.

Und er hielt sein Versprechen.

KAPITEL 23

Der Frühling kam zögernd, der neue Haushalt etablierte sich, und Elaine veranstaltete ein Turnier für ihren Chevalier. Der Preis sollte in einem hübschen Mädchen und einem Gerfalken bestehen.

Fünfhundert Ritter kamen aus allen Teilen des Königreichs, um sich im Turnier zu messen — der Chevalier Mal Fet aber hob jeden aus dem Sattel, der gegen ihn antrat. Er tat es mit einer Art abwesender Wildheit, und das Ganze endete mit einem Mißklang. Die Ritter kehrten verwirrt und verängstigt heim. Kein einziger war getötet worden: der Chevalier schenkte jedem das Leben, sobald er ihn besiegt hatte, wortlos und gleichgültig. Die besiegten Ritter, die mit ihren Blessuren heimwärts trotteten, vermißten die Geselligkeit, die bei Turnieren sonst abends üblich war, und fragten sich, wer der schweigsame Sieger wohl sein mochte, und bei all ihren Vermutungen war ihnen etwas unheimlich zumute.

Elaine, die tapfer gelächelt hatte, bis der letzte abgezogen war, ging in ihr Zimmer und weinte. Dann trocknete sie sich die Augen und begab sich auf die Suche nach ihrem Herrn und Gebieter. Gleich nach Beendigung der Kämpfe war er verschwunden. Jeden Abend bei Sonnenuntergang ging er fort. Sie wußte nicht, wohin.

Sie fand ihn bei den Zinnen, von Gold umglänzt. Ihrer beider Schatten, und der Schatten des Turmes, auf dem sie standen, und die Schatten all der brennenden Bäume warfen breite indigofarbene Streifen übers Parkgelände. Er blickte mit verzweifelten Augen gen Camelot. Sein neuer Schild, mit dem Wappen seines Inkognito, lehnte vor ihm. Das Kennzeichen war eine Frau in Silber auf schwarzem Felde, zu deren Füßen ein Ritter kniete.

In ihrer Einfalt hatte Elaine die Darstellung auf sich bezogen und war entzückt gewesen. Nun stellte sie auf einmal fest, daß die silberne Frau auf dem Schild eine Krone trug. Hilflos stand sie da und überlegte, was sie tun solle. Aber sie konnte nichts tun. Ihre Waffen waren stumpf, waren aus weichem Metall. Ihr blieben nur Geduld und Hoffnung und Zurückhaltung — armselige Waffen, wenn es darum ging, ins Feld zu ziehn gegen eine allesverzehrende Liebe, wie es sie in jenen Zeiten noch gab.

Eines Morgens saßen sie am grünen Ufer des Sees. Elaine war mit einer Stickerei beschäftigt; Lanzelot beobachtete seinen Sohn. Galahad, ein eingebildeter und verschlossener kleiner Knabe, spielte versonnen mit seinen Puppen, denen er sehr zugetan blieb, in einem Alter, wo andere Jungen sich schon längst mit Soldaten beschäftigten. Lanzelot hatte ihm zwei gewappnete Ritter aus Holz geschnitzt. Sie saßen auf Pferden, die Räder hatten und von denen man sie abnehmen konnte. Die Spielzeugritter hatten ihre Lanzen eingelegt. An den Plattformen, auf denen die Pferde standen, waren Bindfäden befestigt, und wenn man die Ritter gegeneinander zog, kam das einer Tilte gleich: es war wie ein richtiges Lanzenstechen. Sie konnten sich tatsächlich aus dem Sattel heben. Aber Galahad hatte nichts für sie übrig; er spielte lieber mit einer Lumpenpuppe, die er Heilig-Heilig nannte.

»Gwyneth wird den Sperber noch verderben«, bemerkte Lanzelot.

Eine der Edelfrauen des Schlosses kam, den Sperber auf der geballten Hand, mit weit ausgreifenden Schritten auf sie zu. Ihre Hastigkeit hatte den Falken erregt: er schlug unablässig mit den Flügeln. Gwyneth schüttelte ihn nur dann und wann, ohne auf ihn einzugehen.

»Gwyneth, was ist denn los?«

»Ach, Herrin, da sind zwei Ritter am Wasser, und die sagen, sie wollen mit dem Chevalier tilten.«

»Sagt ihnen, sie sollen gehn«, sprach Lanzelot. »Sagt, ich sei nicht daheim.«

»Herr, der Pförtner hat ihnen schon den Kahn gezeigt, und sie wollen einzeln übersetzen. Sie sagen, sie wollen nicht beide kommen, aber der zweite käme, wenn Ihr den ersten besiegtet. Er ist schon im Boot.«

Er stand auf und klopfte sich den Staub von den Knien.

»Sagt ihm, er möge auf dem Tiltefeld warten«, sagte er. »Ich komme gleich.«

Das Tiltefeld war ein langgestreckter sandiger Gang zwischen den Mauern; an jedem Ende befand sich ein Turm. An den Mauern waren Galerien, von denen herab man zuschauen konnte, und das Ganze lag unter freiem Himmel. Elaine und die Domestiken saßen auf diesen Galerien, um zuzusehen, und die beiden Ritter unter ihnen kämpften eine geraume Zeit. Das Lanzenstechen war ausgeglichen — jeder war einmal ausgehoben worden —, und der Schwertkampf währte zwei Stunden. Am Ende rief der fremde Ritter: »Halt!«

Lanzelot hielt sogleich inne, wie ein Gutsarbeiter, dem man die Erlaubnis gibt, eine Vesperpause einzulegen. Er stieß sein Schwert in die Erde, als wäre es eine Heugabel, und blieb geduldig stehen. Er hatte in der Tat nur mit der ruhigen Ausdauer eines Landmannes gearbeitet. Es war nicht seine Absicht gewesen, seinem Gegner Schaden zuzufügen.

»Wer seid Ihr?« fragte der Fremde. »Wollt Ihr mir nicht, bitte, Euern Namen sagen? Nie bin ich einem Mann von Eurer Art begegnet.«

Lanzelot hob plötzlich beide Stulphandschuhe an den Helm, als wolle er in ihnen sein Gesicht verbergen, das ohnehin unsichtbar war, und sagte elend: »Ich bin Sir Lanzelot Dulac.«

»Was!«

»Ich bin Lanzelot, Degalis.«

Degalis warf sein Schwert schwungvoll an die Mauer und lief zum Turm beim Graben. Seine Eisenfüße weckten Echos den Gang entlang. Im Laufen löste er seinen Helm und schleuderte ihn fort. Als er das Fallgatter erreicht hatte, legte er die Hände an den Mund und rief aus voller Kraft:

»Ector! Ector! Komm rüber! Es *ist* Lanzelot!«

Sogleich kam er wieder zu seinem Freund gelaufen.

»Lanzelot! Mein lieber guter Junge! Ich wußt' ja, daß du's warst! Ich wußt's ja!«

Mit unbeholfenen Fingern versuchte er, Lanzelots Helm zu lösen. Er zog seine Eisenhandschuhe aus und schmiß auch sie an die Mauer, daß es nur so schepperte. Er konnte es kaum erwarten, Sir Lanzelots Gesicht zu sehen. Lanzelot stand still — wie ein müdes Kind, das ausgezogen wird.

»Aber was hast du denn getrieben? Wieso bist du hier? Allgemein wurde behauptet, du seiest tot.«

Der Helm löste sich und flog zu dem übrigen.

»Lanzelot!«

»Was hast du gesagt — Ector ist bei dir?«

»Ja. Ector, dein Bruder. Seit zwei Jahren suchen wir dich. Ach, Lanzelot, wie bin ich froh, dich zu sehen!«

»Jetzt müßt ihr aber reinkommen und euch ausruhen«, sagte er.

»Was hast du bloß die ganze Zeit gemacht? Wo hast du dich versteckt? Zu Anfang hat die Königin drei Ritter ausgeschickt, dich zu suchen. Zum Schluß waren's dreiundzwanzig. Das muß sie zwanzigtausend Pfund gekostet haben.«

»Ich war mal da, mal dort.«

»Sogar die Orkneys haben mitgeholfen. Sir Gawaine gehört zu den Suchern.«

Mittlerweile war Sir Ector im Kahn herübergekommen — Sir Ector Demaris, nicht König Arthurs Pflegevater —, und man hatte für ihn das Fallgatter hochgezogen. Er lief auf den Chevalier zu, als gälte es, beim *football* den Gegner anzugreifen.

»Bruder!«

Elaine war von der Galerie herabgestiegen und wartete am Ende des Tiltefeldes. Es war jetzt ihre Aufgabe, die Menschen willkommen zu heißen, die ihr das Herz brechen würden, wie sie wohl wußte. Sie unterbrach die Begrüßungsszene nicht, sondern schaute zu — wie ein Kind, das nicht mitspielen darf. Unbeweglich stand sie da und nahm ihre ganze Kraft zusammen. Alle Grenzwächter ihres Wesens wurden herbeigerufen und sammelten sich in der Zitadelle ihres Herzens.

»Das ist Elaine.«

Sie drehten sich zu ihr um und verbeugten sich.

»Seid willkommen auf Bliant Castle.«

KAPITEL 24

Ich kann Elaine nicht verlassen«, sagte er.

Ector Demaris sagte: »Warum denn nicht? Du liebst sie nicht. Du bist ihr nicht verpflichtet. Ihr macht euch bloß das Leben schwer, wenn ihr zusammenbleibt.«

»Doch, Ector, ich bin ihr verpflichtet. Ich kann es nicht erklären, aber ich bin's.«

»Die Königin«, sagte Degalis, »ist verzweifelt. Sie hat ein Vermögen ausgegeben, um dich zu finden.«

»Ich kann's nicht ändern.«

»Es hat doch keinen Sinn, jetzt zu schmollen«, sagte Ector. »Wenn die Königin bereut, was sie getan hat — was es auch gewesen sein mag —, da solltest du großzügig sein und ihr vergeben.«

»Ich habe der Königin nichts zu vergeben.«

»Sag' ich doch. Du solltest an den Hof zurückkehren und deine Karriere fortsetzen. Das schuldest du schon Arthur. Vergiß nicht, daß du einer seiner eingeschworenen Ritter bist. Er braucht dich dringend.«

»Braucht mich?«

»Der übliche Zwist mit den Orkneys.«

»Was haben die Orkneys wieder angestellt? Ach, Degalis, du ahnst ja nicht, wie gut es tut, die alten Namen wiederzuhören. Erzähl mir allen Klatsch. Hat Kay sich mal wieder zum Narren gemacht? Lacht Dinadan noch immer? Was gibt's Neues von Tristan und König Marke?«

»Wenn dich das so interessiert, dann komm wieder mit an den Hof.«

»Ich hab' dir doch gesagt: ich kann nicht.«

»Lanzelot, du siehst das nicht realistisch. Meinst du im Ernst, du könntest incognito mit diesem Mädchen zusammenleben und du selber bleiben? Glaubst du denn, du kannst auf einem Turnier fünfhundert Ritter schlagen, ohne daß man dich erkennt?«

»Als wir von dem Turnier hörten«, sagte Ector, »sind wir gleich losgezogen. Degalis hat gesagt: ›Das ist Lanzelot, sonst will ich tot umfallen‹.«

»Wenn du darauf bestehst, hier zu bleiben«, sagte Degalis, »dann würde das bedeuten, daß du den Waffen entsagen mußt. Ein einziger Kampf noch, und du bist im ganzen Land bekannt. Ich glaub' allerdings, daß du's jetzt schon bist.«

»Wenn du bei Elaine bleibst, heißt das, daß du alles aufgeben mußt. Es würde absoluten Ruhestand bedeuten: keine Questen mehr, keine Turniere, keine Ehre, keine Liebe — und vielleicht mußt du sogar den ganzen Tag im Hause bleiben. Dein Gesicht vergißt man nicht so leicht, weißt du.«

»Ich weiß nicht, was du damit sagen willst, aber Elaine ist freundlich und gütig. Ector, wenn dir ein Mensch vertraut und sich auf dich verläßt, dann kannst du ihm nicht wehtun. Das tätest du nicht einmal einem Hunde an.«

»Man heiratet ja auch keinen Hund.«

»Verdammt, das Mädchen liebt mich.«

»Die Königin auch.«

Lanzelot drehte seine Kappe in den Händen.

»Beim letzten Mal«, sagte er, »hat mir die Königin gesagt, ich solle mich nie wieder in ihrer Nähe blicken lassen.«

»Aber sie hat zwanzigtausend Pfund ausgegeben, um dich zu suchen.«

Er wartete eine Weile und fragte dann — mit einer Stimme, die grob klang: »Geht's ihr gut?«

»Sie ist völlig am Ende.«

Ector sagte: »Sie weiß, daß es ihre Schuld war. Sie hat viel geweint, und Bors hat sie eine Närrin geheißen, aber sie hat sich nicht mit ihm in die Wolle gekriegt. Arthur ist auch am Ende, weil die ganze Tafelrunde kopfsteht.«

Lanzelot warf seine Kappe zu Boden und stand auf.

»Ich hab's Elaine gesagt«, sagte er, »daß ich nicht versprechen könne, bei ihr zu bleiben — also muß ich's.«

»Liebst du sie?« fragte Degalis und ging gleich mit der Axt an die Wurzel.

»Ja. Sie war gut zu mir. Ich hab' sie gern.«

Auf ihre Blicke hin änderte er seinen Ausdruck.

»Ich liebe sie«, sagte er trotzig.

Die Ritter waren seit einer Woche da, und Lanzelot lauschte begierig ihren Tafel-Neuigkeiten. Von Tag zu Tag geriet er mehr und mehr ins Schwanken. Elaine saß beim Essen neben ihrem Herrn am Hochtisch und schwamm in einem Strom von Gesprächen über Menschen, deren Namen sie nie zuvor gehört hatte, und über Ereignisse, die sie nicht verstehen konnte. Es blieb ihr nichts andres zu tun, als ihre Gäste zum Zugreifen zu ermuntern, was Ector jeweils unverzüglich tat, ohne den Lauf der Erzählung zu unterbrechen. Sie sprachen über sie hinweg und lachten, und Elaine lachte gezwungenermaßen mit. Jeden Abend bei Sonnenuntergang ging Lanzelot hinauf auf seinen Turm. Als sie ihn das erste Mal dort gefunden hatte, war sie auf Zehenspitzen davongeschlichen, und er wußte nicht, daß sein heimliches Rendezvous entdeckt war.

»Lanzelot«, sagte sie eines Morgens, »jenseits des Burggrabens wartet ein Mann mit Roß und Rüstung.«

»Ein Ritter?«

»Nein. Er sieht eher aus wie ein Schildknappe.«

»Möcht' bloß wissen, wer's diesmal ist. Sagt dem Pförtner, er soll ihn übersetzen.«

»Der Pförtner sagt, der Mann will nicht herüberkommen. Er sagt, er will drüben auf Sir Lanzelot warten.«

»Ich werde mal hingehn und nachsehn.«

Elaine hielt ihn zurück, als er zum Kahn hinunterging.

»Lanzelot«, sagte sie, »was soll ich mit Galahad tun, falls Ihr fortgeht?«

»Fortgehn? Wer sagt, daß ich fortgehe?«

»Niemand sagt es, aber ich möcht's gern wissen.«

»Ich weiß nicht, wovon Ihr redet.«

»Ich möchte wissen, wie Galahad erzogen werden soll.«

»Na ja, ich denke: wie üblich. Ich hoffe, daß er lernt, ein guter Ritter zu werden. Aber die ganze Frage ist rhetorisch.«

»Das wollte ich wissen.«

Sie hielt ihn jedoch aufs neue zurück.

»Lanzelot, könnt Ihr mir noch eine Frage beantworten? Wenn Ihr fortgehen solltet, wenn Ihr mich verlassen müßtet — würdet Ihr zurückkommen?«

»Ich hab' Euch doch gesagt, daß ich nicht fortgehe.«

Sie probierte die Bedeutung ihrer Worte aus, während sie formuliert wurden, ähnlich einem Menschen, der langsamen Schrittes übers Moor geht und im Gehen den Weg abtastet.

»Es würde mir bei Galahad helfen — es würde mir leben helfen —, wenn ich wüßte, daß es für etwas ist — wenn ich wüßte, daß Ihr — daß Ihr eines Tages wiederkommt.«

»Elaine, ich versteh' nicht, weshalb Ihr so redet.«

»Ich werde Euch nicht zurückhalten, Lanz. Vielleicht ist's für Euch das

Beste, wenn Ihr geht. Vielleicht ist's etwas, das geschehen muß. Ich wollte ja auch nur wissen, ob ich Euch wiedersehen würde — weil es so wichtig für mich ist.«

Er nahm ihre Hände.

»Wenn ich gehe«, sagte er, »dann komme ich auch wieder.«

Der Mann am anderen Ufer des Burggrabens war Onkel Dap. Er stand neben Lanzelots altem, inzwischen zwei Jahre älter gewordenen Streitroß, und seine vertraute Rüstung von einst war sorgsam auf dem Sattel verpackt, als stünde eine Inspektion bevor. Alles war ordnungsgemäß gefaltet und festgeschnallt. Das Panzerhemd war zu einem festen Bündel zusammengerollt. Helm, Schulterpanzer und Armschienen blinkten von wochenlangem Polieren und strahlten einen Glanz aus, wie man ihn sonst nur an nagelneuen Gegenständen findet, die noch mit keiner Hausmagd Bekanntschaft geschlossen haben. Es roch nach Lederseife, vermischt mit dem unverkennbaren persönlichen Geruch, der einer Rüstung anhaftet — unverwechselbar wie der Geruch einer Golf-Ausrüstung, und für einen Ritter äußerst erregend.

Lanzelots Muskeln spannten sich; sein Körper sehnte sich nach der altgewohnten Rüstung, die er seit seinem Weggang von Camelot nicht mehr gesehen hatte. Sein Zeigefinger erfühlte, wo der Schwertknauf ihn als Dreh- und Haltepunkt brauchte. Sein Daumen kannte genau den Druck, der auf die Oberkante des Griffs ausgeübt werden mußte, damit das Spiel um den Drehpunkt ins Gleichgewicht kam. Sein ganzer Arm erinnerte sich der Balance von Joyeux und lechzte danach, es durch die Luft zu schwingen.

Onkel Dap sah älter aus und sagte nichts. Er hielt nur die Zügel und legte die Ausrüstung bereit; er wartete darauf, daß der Ritter aufsitzen und losreiten werde. Seine scharfen Augen, denen eines Habichts ähnlich, behielten die Rüstung im Blick. Stumm hielt er den großen Tiltehelm empor: mit dem vertrauten Helmbusch aus Reiherfedern und dem silbernen Faden.

Lanzelot nahm den Helm beidhändig von Onkel Dap entgegen und drehte ihn herum. Seine Hände wußten, welches Gewicht sie erwartete: genau zweiundzwanzig und ein halbes Pound. Er sah die makellose Politur, die frische Polsterung und hinten den neuen Überhang. Er war aus azurblauem Taft, und darauf waren mit goldenem Faden die vielen kleinen *fleur-de-lis* des alten Frankreich gestickt. Er wußte sogleich, wessen Hand diese Stickerei zu verdanken war. Er hob den Helm an die Nase und roch an dem Überhang.

Alsbald war sie da: nicht die Ginevra, derer er sich bei den Zinnen erinnert hatte, sondern die richtige Jenny, in einer anderen Haltung — mit jedem Wimpernschlag und jeder Pore ihrer Haut, mit dem Klang ihrer Stimme und jeder Nuance ihres Lächelns.

Er blickte nicht zurück, als er von Bliant Castle fortritt. Und Elaine, die auf dem Turm des Vorwerks stand, winkte nicht. Sie sah zu, wie er davonzog, sah nur zu, konzentriert wie ein Schiffbrüchiger, der sich bemüht, so viel Frischwasser wie möglich in das kleine Rettungsboot zu schaffen. Sie hatte nur noch ein paar Sekunden, um sich einen Vorrat an Lanzelot zuzulegen, der über Jahre hinweg ausreichen mußte. Es blieb ihr nur dieser Vorrat und ihr Sohn und eine Menge Gold. Er hatte ihr sein ganzes Geld überlassen, so daß sie jährlich tausend Pfund für den Lebensunterhalt verwenden konnte — damals eine gewaltige Summe.

KAPITEL 25

Fünfzehn Jahre nach der Trennung von Elaine war Lanzelot noch immer am Hofe. Die Beziehungen des Königs zu Ginevra und ihrem Liebhaber hatten sich kaum verändert. Der große Unterschied zu früher aber war, daß sie nun alle älter waren. Lanzelots Haar, das sich schon dachsgrau verfärbt hatte, als der Sechsundzwanzigjährige von seiner Wahnsinnstour zurückkehrte, war jetzt schlohweiß. Auch Arthurs Mähne war vorzeitig silbern geworden — doch beider Männer Lippen leuchteten rot aus dem flaumweichen Bartnest. Ginevra allein hatte den rabenschwarzen Glanz auf ihrem Haupt zu wahren vermocht. Noch jetzt, mit vierzig, war sie eine blendende Erscheinung.

Ein weiterer Unterschied bestand darin, daß eine neue Generation an den Hof gekommen war. Im Herzen hegten die Hauptgestalten der Tafelrunde noch immer dieselben stürmischen Gefühle wie eh und je — doch sie waren jetzt nicht mehr Menschen, sondern Monumente. Sie wurden von jüngeren Männern umgeben, für die Arthur nicht mehr der Kreuzfahrer künftiger Tage war, sondern der anerkannte Eroberer von gestern. Lanzelot war in ihren Augen der Held von hundert Siegen, und Ginevra die romantische Herrin einer Nation. Wenn Arthur in den Wäldern jagte, war das für diese jungen Leute, als sähen sie die personifizierte Idee des Königtums. Sie sahen nicht einen einzelnen Menschen, sondern ganz England. Wenn Lanzelot vorüberritt und mit der Königin über einen Scherz lachte, wunderte sich das gemeine Volk, daß er überhaupt lachen konnte. »Seht mal«, sagten die Leute, »der lacht ja, als wär' er ein Gemeiner wie wir.

Wie herablassend, wie demokratisch von Sir Lanzelot, daß er lacht, als wär' er ein gewöhnlich Sterblicher! Vielleicht ißt und trinkt er auch und schläft gar des Nachts!« Im Herzen aber war die neue Generation fest davon überzeugt, daß der große Dulac nichts dergleichen tat.

Ja, in einundzwanzig Jahren war eine Menge Wasser unter den Brücken von Camelot hindurchgeflossen. Es waren die Jahre des Bauens gewesen. Als sie begannen, hatten sich *perrières* und Steinschleudermaschinen von einer Belagerung zur anderen über die zerfurchten Landstraßen gewälzt, um Zerstörung über Burgmauern zu bringen; bewegliche Holztürme holperten auf Rädern gegen die Bergfriede der Abtrünnigen, so daß die Bogenschützen von oben herab Tod und Verderben in die Bollwerke der Verräter schießen konnten; Kompanien von Pionieren marschierten, vom sommerlichen Staub umwölkt, Hacken und Schaufeln auf den Schultern, um die Wehr-Erker der Rebellen zu unterminieren, so daß die mächtigen Steingefüge in sich zusammensackten. Wenn es Arthur nicht gelungen war, eine Feste in direktem Angriff einzunehmen, hatte er Tunnels unter bestimmte Teile der Mauer graben lassen. Diese Gänge waren mit Holzbalken abgestützt, die zur rechten Zeit abgebrannt wurden. Brachen die Stützen, so zerbarsten die schuttgefüllten Ringmauern und sanken in die Tiefe.

Die frühen Jahre waren Zeiten des Kampfes gewesen, in denen jene, die darauf bestanden, vom Schwert zu leben, durch das Schwert umkamen. Es waren Jahre, erhellt von Brandschein, von lodernden Riesenflammen, in denen ganze Turmbesatzungen verschmorten; denn der große Nachteil eines Wehrturmes war der, daß er, einmal angezündet, einen vorzüglichen Kamin abgab — Jahre, widerhallend vom Dröhnen der Streitäxte gegen axtsichere Türen, deren Konstruktionsprinzip war, daß auf die erste horizontale Bretterlage eine zweite, vertikale genagelt wurde, das Holz also nicht mehr der Maserung nach gespalten werden konnte — Jahre, durchpoltert vom tollpatschigen Torkeln normannischer Riesen, denen man am besten zunächst mal die Beine abschlug, um ordentlich an ihre Köpfe heranzukommen — Jahre, durchzuckt von Schwertblitzen, die auf Helme und Ellbogenkappen niedersausten, von einem Prasseln und Funkeln, dem in extremen Fällen ein wahrer Funkenregen folgte, so daß die kämpfenden Ritter wahrhaft weißglühend wirkten.

Wo immer man in den ersten Jahren auch ging — stets fiel der Blick auf marschierende Söldner, die in den Marschen raubten und plünderten; oder auf einen Ritter des neuen Ordens, der mit einem konservativen Baron Hiebe austauschte, weil er ihn davon abhalten wollte, Leibeigene umzubringen; oder auf eine goldhaarige Maid, die soeben mit Hilfe lederner Strickleitern aus irgendeinem luftigen Gefängnis befreit wurde; oder auf

Sir Bruce Saunce Pité, welcher, verfolgt von Sir Lanzelot, in gestrecktem Galopp einhersprengte; oder auf ein paar Feldschere, die in den Wunden eines unglücklichen Kämpfers wühlten und ihn Zwiebeln und Knoblauch essen ließen, damit sie, wenn sie an der Wunde rochen, feststellen könnten, ob Eingeweide verletzt waren oder nicht. Hatten sie die Wunden untersucht, verbanden sie diese mit der öligen Wolle von Schafeutern, die einen natürlichen Lanolinverband abgab. Hier saß Sir Gawaine auf der Brust seines Gegners und erledigte ihn, indem er ihm den langen, scharfen *poignard* durchs Visier stieß, einen Dolch, der ›Gnade Gottes‹ geheißen wurde. Dort waren einige Ritter, die im Verlauf eines Kampfes unter ihren Helmen erstickt waren: ein Mißgeschick, das sich in jener Zeit des heftigen Gerangels und der kleinen Luftschlitze oft ereignete. Auf der einen Seite sah man einen geräumigen Galgen, errichtet von irgendeinem altmodischen Provinzpotentaten, um König Arthurs Ritter daran aufzuknüpfen, samt den gemeinen Saxen, die ihnen vertrauten — einen Galgen, fast ebenso prächtig wie der in Montfaucon, der sechzig Leiber zu tragen vermochte: wie fahle Fuchsien hingen sie zwischen seinen sechzehn steinernen Säulen herab. Die einfacheren Galgen hatten Sprossen, ähnlich den Griffen an Telephonmasten, so daß die Scharfrichter hinauf und herunter klettern konnten. Auf der anderen Seite war vielleicht ein Herrengut, von Gesträuch umwuchert, in dem so viele Fußangeln ausgelegt waren, daß sich keiner in die Nähe traute. Schaute man geradeaus, konnte man vielleicht einen albernen Rittersmann zappeln sehen, der in eine Bockfalle geraten war und im selben Moment, da die Sperrvorrichtung sich löste, am Ende eines starken, jäh zurückschnellenden Astes in die Luft geschleudert wurde, wo er nun hilflos zwischen Himmel und Erde schlenkerte. Blickte man aber hinter sich, so war da möglicherweise eine hitzige Tjoste im Gange, oder ein Buhurt, wobei alle Herolde den angreifenden Reitern ihr *Laissez les aller!* zuriefen, was genau dem Ruf *They're off!* entspricht, den man noch heute beim *Grand National* hören kann, wenn das Feld abgegangen ist.

Man hatte erwartet, daß die Welt im Jahre Eintausend untergehen werde, und als die Sache sich hinauszögerte, als eine neue Galgenfrist eingeräumt schien, brach eine Welle der Gesetzlosigkeit und Brutalität über Europa herein. So war die Doktrin der Macht entstanden, der Erzfeind der Tafelrunde. Die grimmigen Lords vom ›Starken Arm‹ machten die Wälder unsicher — natürlich gab es Ausnahmen, wie den guten Sir Ector vom Forest Sauvage —, so daß John of Salisbury sich schließlich gezwungen sah, seinen Leuten den Rat zu geben: »Wenn einer dieser großen und gnadenlosen Jagdleute an eurer Behausung vorüberkommt, so eilet, alles an Erfrischungen herbeizuholen, was ihr im Hause habt oder leicht kaufen oder von eurem Nachbarn borgen könnt: auf daß ihr nicht dem Ruin verfallet oder gar des Verrats angeklagt werdet.« Kinder, an den Schenkelsehnen aufgehängt, konnte man an Bäumen baumeln sehen, so weiß Duruy zu berichten. Und es war nichts Ungewöhnliches, wenn man einen Reisigen erblickte, der wie ein Hummer pfiff und aussah wie Haferbrei, da man ihm im Verlaufe einer Belagerung einen Eimer kochender Kleie über die Rüstung gegossen hatte. Andere, noch dramatischere Spektakel werden von Chaucer erwähnt: Der Lächler mit dem Messer im Gewande, die Buhlerin im Gebüsch mit durchschnittener Kehle, oder die erkalteten Toten mit aufwärts gähnendem Schlund. Überall Blut auf Stahl, und Rauch am Himmel, und ungezügelte Gewalt — und in der allgemeinen Verwirrung der Zeit hatte Gawaine es endlich zuwege gebracht, unsern lieben alten Freund, König Pellinore, zu ermorden, als Rache für den Tod seines eigenen Vaters, des Königs Lot.

Dergestalt war das England gewesen, das Arthur vorgefunden hatte; dies waren die Geburtswehen der Zivilisation, die er hatte einführen wollen. Nun, nach einundzwanzig Jahren geduldig errungenen Erfolgs, bot das Land ein gänzlich anderes Bild.

Wo einst die Schwarzen Ritter blutrünstig an irgendeiner Furt gelauert hatten, um Wegezoll von all jenen zu verlangen, die unbesonnen genug waren, des Wegs zu kommen, dort konnte nun jede Jungfrau ohne die mindeste Furcht einherwandeln, auch wenn sie Gold und Geschmeide trug. Wo einst die entsetzlichen Aussätzigen mit ihren weißen Kapuzen durch die Wälder gestreunt waren und ihre kläglichen Klappern geschwungen hatten, wenn sie einen warnen wollten — oder auch ohne Warnung unverhofft aufgetreten waren —, da befanden sich jetzt ordentliche Spitäler, geleitet von religiösen Orden der Ritterschaft, in der frommen Absicht, die Kreuzfahrer zu versorgen, die mit der Lepra am Leib heimgekehrt waren. All die tyrannischen Giganten waren tot, all die gefährlichen Drachen — von denen manche sich flirrend wie ein Wanderfalke herabstürzten — waren außer Dienst gesetzt worden. Wo einst marodierende Banden mit flatternden Wimpeln über die Landstraßen geströmt waren, da zogen jetzt die fröhlichen Gruppen von Pilgern und erzählten einander auf dem Weg nach Canterbury schmutzige Witze. Ernste Kleriker, die einen Tagesausflug zur Madonna von Walsingham unternahmen, sangen *Alleluja Dulce Carmen,* während die weniger ernsten das große, von ihnen selbst komponierte Trinklied des Mittelalters grölten: *Meum est propositum in taberna mori.* Da waren weltmännische Äbte, die im Paßgang auf Zeltern einhertänzelten, angetan mit Pelzkapuzen, was gegen die Regeln ihrer Orden verstieß, und Freisassen in eleganter Aufmachung mit Falken auf den Fäusten, und derbe Bauern, die sich mit ihren Frauen wegen eines neuen Rockes in den

Haaren lagen, und Trupps von ausgelassenen Waidmännern, die ohne jegliche Rüstung auf die Jagd zogen. Manch einer ritt zu diesem oder jenem Jahrmarkt, welcher so groß war wie der zu Troyes; andere befanden sich auf dem Weg zu Universitäten, die mit Paris wetteifern konnten, wo es zwanzigtausend Scholaren gab, aus deren Reihen sieben Päpste hervorgingen. In den Abteien malten Mönche die Initialen ihrer Manuskripte mit solch reichlich rankender Phantasie aus, daß es unmöglich war, die erste Seite überhaupt zu entziffern. Jene, die nicht mit der Buchmalerei zu tun hatten, kopierten sorgfältig die *Historia Francorum* des Gregor von Tours oder die *Legenda Aurea* oder den *Jeu d'Echecs Moralisé* oder ein Traktat von Hawkynge — falls sie nicht gerade mit der *Ars Magna* des Zauberkünstlers Lullus oder dem *Speculum Majus* des größten aller Magier beschäftigt waren. In den Küchen bereiteten die berühmten Köche fabelhafte Menüs, von denen ein einziger Gang folgende Gerichte bot: Ballock-Suppe, Warmbier mit Eiern, Brot, Zucker und Gewürzen, Neunauge *en gelantine,* Austern *in civey,* Aal *in sorré,* gebackene Forelle, Eberfleisch in Senf, Gescheide vom Hirsch, Ferkel mit Farce, *cockintryce,* Gans *in hoggepotte,* Wildbret in Weizenbrei mit Rosinen, Hühnchen *in brewet,* gebratene Eichhörnchen, Innereien, gedämpft im Hammelmagen, Kapaunenhals-Pastete, *garbage,* Kaldaunen, *blaundesorye, caboges,* Kräuterbutter, Apfelbrei, Ingwerkuchen, Obsttorte, Mandelsüßspeise, Quittenkonfitüre, Stilton-Käse und *causs boby* sowie sonstiges Konfekt. In den Speisesälen genossen die älteren Herrschaften, die sich den Gaumen mit Trinken verdorben hatten, jene sonderbaren Delikatessen des Mittelalters: Wal und Meerschwein. Ihre verwöhnten Damen versetzten ihre Speisen mit Rosen und Veilchen (gebackene Ringelblumen geben immer noch einen ausgezeichneten Aromastoff für *bread-and-butter-puddings* ab), während die Squires eine Schwäche für Schafskäse erkennen ließen. In den Kinderstuben beschworen alle Knaben ihre Mütter, es solle harte Erbsen zum Essen geben, die in Honigsirup und Weinessig zubereitet und mit Schlagsahne gegessen wurden. Auch die Tischsitten hatten einen Grad der Kultiviertheit erreicht, der weit überm Niveau unserer Gepflogenheiten war. Statt der Unterlagen aus Brot gab es jetzt zugedeckte Schüsseln, Schalen mit parfümiertem Wasser, kostbare Tafeltücher und ein Überangebot an Servietten. Die Speisenden trugen Blumenkränze und anmutige Gebinde. Die Pagen servierten die Speisen mit den rituellen Bewegungen eines Balletts. Weinflaschen wurden auf den Tisch gestellt, Ale jedoch wurde, weil geringer geachtet, unterm Tisch placiert. Die Musikanten mit ihren seltsamen Orchestern aus Glocken, großen Hörnern, Harfen, Gamben, Zithern und Orgeln spielten auf, während die Hungrigen schlemmten. Wo einst, ehe König Arthur seinen Ritterbund gegründet hatte, der Knight of the Tower Landry seine Tochter hatte davor warnen müssen, ihren eigenen Speisesaal des Abends unbegleitet zu betreten — aus Angst vor dem, was in den dunklen Winkeln geschehen mochte —, da herrschten jetzt Licht und Musik. In den rauchigen Gewölben, wo einst die schmierigen Barone mit blutigen Fingern ihre Knochen abgenagt hatten, aßen die Menschen jetzt mit sauberen Händen, die sie mit Kräuterduftwasser in Holzschalen gewaschen hatten. In den Kellern der Klöster zapften die Kellermeister jungen und alten Ale, Met, Portwein, Clarée, dry Sherry, Rheinwein, Bier, Metheglyn, Birnwein, Würzwein sowie den besten weißen Whisky. An den Gerichtshöfen hielten sich die Richter an des Königs neues Gesetz statt an die brutalen Regeln der *Fort Mayne*. In den Bauernhütten buken die Hausfrauen so viel heißes Griddle-Brot, daß einem der Mund davon wässerte, und legten guten Torf aufs Feuer und hüteten fette Gänse auf dem Anger — genug, um zwanzig Familien zwanzig Jahre lang zu beköstigen. Die Saxen und Normannen aus Arthurs Gefolge hatten begonnen, sich als Engländer zu fühlen.

Kein Wunder, daß die jungen ehrgeizigen Ritter Europas zu dem großen Hof strömten. Kein Wunder, daß sie einen König sahen, wenn sie Arthur zu Gesicht bekamen, und einen Eroberer, wenn sie Lanzelot vorgestellt wurden.

Einer der jungen Männer, die in jenen Tagen an den Hof kamen, war Gareth. Ein anderer war Mordred.

KAPITEL 26

»Wir sehen heutzutage nicht mehr so viele Pfeile in Menschenherzen beben«, bemerkte Lanzelot eines Nachmittags an den Schießständen der Bogenschützen.

»Beben!« rief Arthur aus. »Welch schönes, ausdrucksstarkes Wort, um das Vibrieren eines Pfeils zu beschreiben, der soeben getroffen hat.«

Lanzelot sagte: »Ich hab's in einer Ballade gehört.«

Sie gingen fort und setzten sich in einer Laube nieder, von wo aus sie die jungen Leute bei ihren Schießübungen beobachten konnten.

»Es stimmt schon«, sagte der König düster. »Viel von den alten Kämpfen ist in dieser dekadenten Zeit nicht mehr übriggeblieben.«

»Dekadent?« protestierte sein Oberbefehlshaber. »Weshalb seid Ihr so schwermütig? Ich dachte, so hättet Ihr's haben wollen.«

Arthur wechselte das Thema.

»Gareth macht sich gut«, sagte er, während er dem jungen Mann zusah. »Es ist merkwürdig: er kann nicht viele Jahre jünger sein als Ihr, und doch macht er immer den Eindruck eines Knaben.«

»Gareth ist ein lieber Kerl.«

Der König legte seine Hand auf Lanzelots Knie und drückte es freundschaftlich.

»Andere würden vielleicht sagen, daß Ihr der liebe Kerl seid«, sagte er, »was Gareth angeht. Es ist geradezu legendär geworden, wie der Junge anonym am Hofe auftauchte, so daß seine eigenen Brüder ihn nicht erkannten, und wie er in der Küche gearbeitet hat und den Spitznamen Beaumains bekam, als Kay boshaft sein wollte, und wie Ihr als einziger gut zu ihm wart, bis er sein großes Wagestück absolvierte und ein Ritter wurde.«

»Na ja«, sagte Lanzelot abwehrend, »seine Brüder hatten ihn fünfzehn Jahre nicht gesehn. Dafür könnt Ihr Gawaine nicht die Schuld geben.«

»Ich beschuldige doch niemanden. Ich habe ja nur gesagt, daß es nett von Euch war, einem Küchenpagen Beachtung zu schenken und ihm weiterzuhelfen und ihn schließlich zum Ritter zu schlagen. Aber davon ganz abgesehen — Ihr wart immer nett zu Euern Mitmenschen.«

»Es ist seltsam, wie sie alle herkommen«, sagte sein Freund.

»Ich glaube, sie können einfach nicht fernbleiben. Jeder Junge mit ein bißchen Schwung und Schneid hat das Gefühl, an Arthurs Hof kommen zu müssen, und sei's auch nur, um in der Küche zu arbeiten — weil dieser Hof der Mittelpunkt der neuen Welt ist. Deshalb ist Gareth seiner Mutter davongelaufen. Sie wollte ihn nicht weglassen, da ist er fortgelaufen und incognito hergekommen.«

»Unsinn. Morgause ist ein böses altes Weib. Mehr kann man über sie nicht sagen. Sie hat ihm verboten, an den Hof zu kommen, weil sie Euch haßte; aber er ist trotzdem gekommen.«

»Morgause ist meine Halbschwester, und ich habe ihr sehr wehgetan. Es kann für eine Frau nicht leicht sein, wenn alle ihre Söhne sie verlassen, um dem Mann zu dienen, den sie haßt. Sogar Mordred, ihr letzter.«

Lanzelot blickte unbehaglich drein. Er verspürte eine instinktive Abneigung gegenüber Mordred, und dabei hatte er kein gutes Gefühl. Er wußte nicht, daß Arthur Mordreds Vater war. Diese Geschichte war gleich zu Anfang vertuscht worden, noch ehe er und Ginevra an den Hof kamen — genau so, wie man Arthurs Geburt verhehlt hatte. Aber Lanzelot spürte, daß es zwischen dem jungen Mann und dem König irgendeine seltsame Beziehung geben müsse. Er mochte Mordred nicht, ohne vernünftige Gründe angeben zu können — wie ein Hund eine Katze nicht mag. Und er schämte sich seiner Abneigung, weil es zu seinen unausgesprochenen Prinzipien gehörte, den jüngeren Rittern zu helfen.

»Am meisten muß sie verletzt haben, daß Mordred kam«, fuhr der König fort. »Alle Frauen hängen ganz besonders an ihrem Letztgeborenen.«

»Soweit ich das überblicke, hat sie keins ihrer Kinder besonders gerngehabt. Wenn sie dadurch verletzt wurde, daß sie an den Hof kamen, dann nur deshalb, weil sie Euch haßte. Weshalb eigentlich?«

»Das ist eine böse Geschichte. Ich möchte lieber nicht darüber reden.«

Dann setzte der König hinzu: »Morgause ist eine Frau ... ist eine Frau mit sehr entschiedenem Charakter.«

Lanzelot lachte etwas gequält auf.

»Muß sie ja wohl sein«, sagte er, »so, wie sie sich aufführt. Wie ich höre, hat sie's jetzt auf Pellinores Sohn Lamorak abgesehn, obwohl sie bereits Großmutter ist.«

»Wer hat Euch das erzählt?«

»Man erzählt es sich am ganzen Hofe.«

Arthur stand auf und tat erregt drei Schritte.

»Großer Gott!« rief er aus. »Und Lamoraks Vater hat ihren Mann getötet! Und ihr Sohn hat Lamoraks Vater getötet! Und Lamorak ist kaum volljährig.«

Er setzte sich und sah Lanzelot an, als fürchte er sich vor dem, was noch kommen mochte.

»Jedenfalls ist es so.«

Plötzlich fragte der König heftig: »Wo ist Gawaine? Wo ist Agravaine? Wo ist Mordred?«

»Die sollen auf irgendeiner Queste sein.«

»Doch nicht im ... im Norden?«

»Ich weiß es nicht.«

»Wo ist Lamorak?«

»In Orkney, glaub' ich.«

»Lanzelot, wenn Ihr nur meine Schwester gekannt hättet! Wenn Ihr nur den Orkney-Clan daheim gekannt hättet! Die sind ganz verrückt mit ihrer Familie. Wenn Gawaine ... wenn Lamorak ... — Ach, mein Gott, sieh gnädig auf meine Sünden herab und auf die der anderen und auf das Durcheinander in dieser Welt!«

Lanzelot blickte ihn konsterniert an.

»Wovor habt Ihr Angst?«

Arthur stand zum zweiten Mal auf und begann hastig zu sprechen.

»Ich habe Angst um meine Tafelrunde. Ich habe Angst vor dem, was geschehen wird. Ich habe Angst, daß alles verkehrt war.«

»Unsinn.«

»Als ich mit der Tafelrunde anfing, ging es darum, der Anarchie Einhalt zu gebieten. Es sollte ein Kanal für die rohe Gewalt sein, so daß diejenigen, die Gewalt anwenden mußten, dahin gebracht werden konnten, dies auf nützliche Art und Weise zu tun. Aber das Ganze war ein Fehler. Nein, unterbrecht mich nicht. Es war ein Fehler, weil die Tafel selber auf Gewalt gegründet war. Recht muß durch Recht begründet werden — es kann nicht durch *Force Majeure* begründet werden. Und genau das ist es, was ich versucht habe. Jetzt suchen mich meine Sünden heim. Lanzelot, ich fürchte, ich habe Wind gesät und werde nun Sturm ernten.«

»Ich versteh' nicht, wovon Ihr redet.«

»Da kommt Gareth«, sagte der König, plötzlich ganz ruhig, als sei alles vorüber. »Ich glaube, Ihr werdet's gleich verstehn.«

Während sie miteinander gesprochen hatten, war ein Bote in Ledergamaschen zu den Schießständen gekommen. Der König hatte aus dem Augenwinkel beobachtet, wie er aufgeregt nach Sir Gareth Ausschau hielt und ihm einen Brief übergab. Er hatte beobachtet, wie der Junge den Brief las — einmal, zweimal, dreimal — und dann verwirrt zu dem Manne sprach. Nachdem Gareth dem Boten seinen Bogen in die Hand gedrückt hatte, ohne zu merken, was er tat, kam er langsam auf sie zu.

»Gareth«, sagte der König.

Der junge Mann kniete nieder und ergriff des Königs Hand. Er hielt sie fest, als sei sie ein Geländer oder ein Rettungsseil. Er sah Arthur mit matten Augen an und weinte nicht.

»Meine Mutter ist tot«, sagte Gareth.

»Wer hat sie getötet?« fragte der König, so, als sei das die natürlichste Frage.

»Mein Bruder Agravaine.«

»Was!«

Der Ausruf kam von Lanzelot.

»Mein Bruder hat unsre Mutter getötet, weil er dazukam, als sie mit einem Manne schlief.«

»Seid ruhig, Lanzelot, bitte«, sagte der König. Dann zu Gareth: »Was haben sie Sir Lamorak angetan?«

Doch Gareth hatte den ersten Teil seiner Geschichte noch nicht beendet.

»Agravaine hat ihr den Kopf abgeschlagen«, sagte er. »Wie einem Einhorn.«

»Einhorn?«

»Bitte, Lanzelot.«

»Er hat unsre Mutter blutig abgeschlachtet.«

»Entsetzlich.«

»Ich hab's schon immer gewußt«, sagte Gareth.

»Bist du sicher, daß die Nachricht stimmt?«

»Sie stimmt. Sie stimmt. Agravaine hat ja das Einhorn getötet.«

»War Lamorak das Einhorn?« fragte der König sanft. Er wußte nicht, wovon sein Neffe sprach, wollte jedoch unbedingt behilflich sein. »Ist Lamorak tot?«

»Ach, Onkel! Die Nachricht lautet, daß Agravaine sie nackt mit Sir Lamorak im Bett gefunden hat, und da schlug er ihr den Kopf ab. Jetzt haben sie auch Lamorak zur Strecke gebracht.«

Lanzelot war weniger geduldig als der König, da er weniger von den Nöten und Leiden der frühen Tage wußte.

»Wer waren sie?« fragte er.

»Mordred, Agravaine und Gawaine.«

»Also läuft es darauf hinaus«, sagte Sir Lanzelot, »daß Eure drei Brüder zuerst König Pellinore ermordet haben, der keiner Fliege etwas zuleide tun konnte. Sie ermordeten ihn, weil er ihren Vater bei einem Turnier zufällig getötet hatte. Dann ermordeten sie die Mutter im Bett. Und schließlich haben sie Pellinores jungen Sohn Lamorak abgeschlachtet, weil er von ihrer Mutter verführt wurde, die dreimal so alt war wie er. Vermutlich haben sich alle gemeinsam gegen einen gestellt?«

Gareth packte des Königs Hand fester und ließ den Kopf sinken.

»Sie haben ihn umzingelt«, sagte er tonlos, »und Mordred hat ihn von hinten erstochen.«

KAPITEL 27

Gawaine und Mordred kamen von ihrem Streifzug durchs Gebiet der ›Alten‹ geradeswegs nach Camelot zurück, Agravaine aber kam nicht mit. Sie hatten eine Auseinandersetzung gehabt, als Lamorak tot war — oder genauer: sobald sie Zeit fanden, sich klarzumachen, was passiert war. Die Ermordung von Königin Morgause war nicht mit Vorbedacht geschehen. Agravaine hatte sie unterm Zwang des Augenblicks umgebracht — in blinder Wut, wie er sagte —, aber sie ahnten instinktiv, daß pure Eifersucht das Motiv gewesen war. Also hatten sie die alte Anklage gegen ihn erhoben, daß er nur ein fetter Maulheld sei, dessen vornehmste Beschäftigung darin bestehe, wehrlose Männer und Frauen umzubringen. Dann hatten sie ihn nach einer heftigen Auseinandersetzung weinend zurückgelassen. Gawaine, der sich jetzt seiner ganzen Bewunderung für ihre sonderbare Mutter bewußt wurde — einer Bewunderung, die die Königin-Hexe jedem ihrer Söhne angezaubert hatte —, ritt in düsterer Bußstimmung an des Königs Hof. Er wußte, daß Arthur über die Art und Weise des Todes von Jung-Lamorak in Wut geraten werde, denn der Knabe war der drittbeste Ritter der Tafelrunde gewesen; und trotzdem schämte er sich nicht, ihn umgebracht zu haben. Seiner Ansicht nach verdiente Lamorak den Tod, wie ein Verbrecher, weil er und sein Vater den Orkney-Clan beleidigt hatten. Er wußte, daß der ganze Hof ihn wegen der Ermordung seiner Mutter schief ansehen werde, und außerdem würde das alte Gerede neu aufleben — die Frau betreffend, die er selber in einem Anfall von Raserei umgebracht hatte, als er jung gewesen war. Doch nicht einmal dies schreckte ihn sonderlich. Was ihn indes bedrückte und Reue empfinden ließ, war die Tatsache, daß seine liebe Orkney-Mutter nicht mehr lebte — erst langsam wurde ihm klar, wie es geschehen war —, und daß er Arthurs Ideale verletzt hatte; denn im Grunde seines Herzens war er großmütig. Er hoffte, der König möge ihn aufhängen lassen oder ins Exil schicken oder sonstwie streng bestrafen. Mit mürrischer Beschämung trat er in das königliche Gemach.

Mordred ging hinter Gawaine her in den Raum, als sei nichts geschehen. Er war ein spindeldürrer Kerl, dazu so weißblond, daß er fast schon einem Albino glich; seine Augen waren so hellblau, von solch verwaschenem Azur in ihrer trüben Tiefe, daß man nicht in sie hineinsehen konnte. Er war glattrasiert. Man hatte den Eindruck, als könne man keinen Teil von ihm zu fassen kriegen: seine Haare nicht, seine Augen nicht, seinen Backenbart nicht. Jegliche Farbe an ihm war ausgelaugt, um ja keine Handhabe zu bieten. Doch rings um die funkelnden Augen in seinem blaßrosa Totenkopfgesicht waren Krähenfüße, was einen Ausdruck ergab, den man für ein humorvolles Zwinkern halten konnte, wenn man wollte, oder für ein ironisches Feixen; vielleicht aber diente er auch nur dazu, die himmelblauen Augen fein und tief erscheinen zu lassen. Sein Gang war aufrecht — teils werbend, teils trotzig; aber eine Schulter war höher als die andere. Er war — wie Richard III. — leicht verkrüppelt zur Welt gekommen: Folge einer ungeschickten Entbindung durch die Wehmutter.

Arthur erwartete sie; Ginevra und Lanzelot saßen ihm zur Rechten und zur Linken.

Der stämmige, rothaarige Gawaine ließ sich unbeholfen auf ein Knie nieder. Er sah den König nicht an, sondern blickte zu Boden.

»Vergebung.«

»Vergebung«, sagte auch Mordred, doch er — neben seinem Halbbruder kniend — blickte dem König ins Gesicht. Er hatte eine unverbindliche Stimme; sie war wunderbar moduliert, und die von ihr artikulierten Worte mochten genausogut das Gegenteil ihres eigentlichen Sinnes bedeuten.

»Es sei Euch vergeben«, sagte Arthur. »Geht.«

»Gehn?« fragte Gawaine. Er war sich nicht sicher, ob dies Verbannung hieß.

»Ja, geht. Wir können uns beim Mahle treffen. Aber jetzt: geht. Verlaßt mich, bitte.«

Gawaine sagte trotzig: »Die Sach' war zur Hälfte aus glattem Mißgeschick passiert.«

Dieses Mal war Arthurs Stimme weder müde noch bekümmert.

»Geht!«

Er stampfte mit dem Fuß auf, wie ein Schlachtroß, und wies zur Tür, als wolle er sie hinauswerfen. In seine Augen kam ein grünes Blitzen, so daß selbst Mordred sich schnell erhob. Gawaine war verschreckt und stolperte verwirrt zur Tür hinaus; der Verkrüppelte jedoch fand seine Beherrschung wieder, ehe er ging. Er machte eine tiefe Verbeugung, eine komödiantisch übertriebene Ergebenheitsgeste. Dann richtete er sich auf, sah den König an, lächelte und ging.

Arthur setzte sich zitternd nieder. Lanzelot und Ginevra blickten sich über seinen Kopf hinweg an. Sie hätten gerne gefragt, weshalb er seinen Neffen vergeben wolle, oder eingewendet, daß es unmöglich sei, Muttermördern zu vergeben, ohne der Tafelrunde Schaden zuzufügen. Aber sie hatten Arthur nie zuvor in seinem königlichen Zorn gesehen. Sie spürten, daß hier etwas mitspielte, das sie nicht verstanden — also hielten sie sich zurück.

Da sagte der König: »Ich hatte Euch gerade etwas erklären wollen, Lanz, ehe dies geschah.«

»Ja.«

»Ihr beiden habt mir immer zugehört, wenn es um meine Tafelrunde ging. Ich möchte, daß Ihr's begreift.«

»Wir werden unser Bestes tun.«

»Vor langer Zeit, als mein Merlin mir noch zur Seite stand, da versuchte er, mir das Denken beizubringen. Er wußte, daß er mich irgendwann einmal verlassen mußte, also zwang er mich, selber zu denken. Laßt Euch niemals das Denken eintrichtern, Lanz: es ist der Fluch der Welt.«

Der König saß da und betrachtete seine Finger, und die beiden warteten, während ihm die alten Gedanken wie Krabben seitwärts über die Finger liefen.

»Merlin«, sagte er, »hat die Tafelrunde befürwortet. Offensichtlich war sie zu jener Zeit eine gute Sache. Es muß ein Schritt vorwärts gewesen sein. Und jetzt müssen wir daran denken, den nächsten zu tun.«

Ginevra sagte: »Ich seh' nicht ein, was an der Tafelrunde falsch sein sollte, nur weil der Orkney-Clan blutrünstig zu werden beliebt.«

»Ich hab's Lanz erklärt. Die Idee unserer Tafel war, daß das Recht das Wichtige sei, nicht die Macht. Unglücklicherweise haben wir versucht, Recht durch Macht zu etablieren, und das geht nicht.«

»Ich seh' nicht ein, weshalb das nicht gehen soll.«

»Ich habe versucht, die Macht in gewisse Bahnen zu lenken, so daß sie von Nutzen ist. Der Gedanke war, all jenen, denen das Kämpfen Spaß macht, eine bestimmte Richtung anzuweisen, damit sie für die Gerechtigkeit kämpften. Ich hatte gehofft, das Problem auf diese Weise lösen zu können. Es war keine Lösung.«

»Wieso nicht?«

»Einfach, weil wir nun Gerechtigkeit haben. Wir haben das erreicht, wofür wir gekämpft haben, aber die Kämpfer haben wir noch immer am Hals. Seht Ihr denn nicht, was geschehen ist? Wir haben nichts mehr, für das zu kämpfen sich lohnt — also gehen alle Kämpfer der Tafel vor die Hunde. Sie verkommen. Schaut Euch Gawaine und seine Brüder an. Solange es noch Riesen und Drachen und verruchte Ritter von der alten Brigade gab, konnten wir sie beschäftigen, konnten wir sie im Zaume halten. Jetzt aber, da das angestrebte Ziel erreicht ist, gibt es nichts mehr, wofür sie ihre Macht sinnvoll einsetzen könnten. Also wenden sie sie gegen Pellinore und Lamorak und meine Schwester an — Gott sei ihnen gnädig. Das erste Anzeichen des Niedergangs war die Wettkampfmanie unserer Ritterschaft — dieser ganze Unsinn: wer die beste Tilte-Punktzahl hat, und so weiter. Dies nun ist das zweite Anzeichen: daß das Morden wieder anhebt. Deshalb sage ich, daß der gute Merlin mir raten würde, jetzt mit dem Denken ganz von vorne zu beginnen, wenn er nur hier wäre und mir helfen könnte.«

»Es geht also ungefähr darum, daß Trägheit und Luxus uns entmannen — die Bogensehnen sind schlaff geworden und verstimmt.«

»Nein, darum geht es überhaupt nicht. Es geht einfach darum, daß ich mir etwas vorgemacht habe. Ich hätte die Macht ganz und gar ausrotten müssen, statt sie in Gebrauch nehmen und nutzen zu wollen. Wenn ich auch nicht weiß, wie man das Ausrotten hätte bewerkstelligen können. Nun ist die Macht da, ohne eine Anwendungsmöglichkeit, und so lenkt sie sich selbst in böse Bahnen.«

»Ihr solltet das bestrafen«, sagte Lanzelot. »Als Sir Bedivere seine Frau umbrachte, habt Ihr ihm befohlen, ihren Kopf zum Papst zu tragen. Jetzt sollte Ihr auch Gawaine zum Papst schicken.«

Der König lockerte seinen Griff und blickte zum ersten Male auf.

»Ich werde Euch alle zum Papst schicken«, sagte er.

»Was?«

»Nun, nicht eigentlich zum Papst. Unsere Schwierigkeiten liegen — nach meiner Ansicht — einfach darin, daß alle weltlichen Ziele, die wir unserer Macht setzen können, aufgebraucht sind. Also bleiben uns nur noch geistliche. Ich habe die ganze Nacht darüber nachgedacht. Wenn ich meine Kämpfer nicht mehr von Untaten abhalten kann, indem ich sie auf die Welt ansetze — denn sie haben die Welt aufgebraucht —, dann muß ich sie eben auf den Geist ansetzen.«

In Lanzelots Augen kam ein Leuchten, und er sah den König erwartungsvoll an. Im selben Augenblick zog Ginevra sich in sich selbst zurück. Sie warf ihrem Liebhaber einen kurzen, verstohlenen Blick zu und widmete ihre Aufmerksamkeit dann wieder ihrem Gemahl.

»Wenn nicht etwas geschieht«, fuhr der König fort, »dann verkommt die ganze Tafel. Es ist ja nicht nur, daß Fehden und offenes Morden begonnen haben: auch die alte Unzucht ist wieder da. Denkt an Tristans Affäre mit König Markes Frau. Die Leute scheinen auf Tristans Seite zu stehen. Die Moral ist ein schwieriges Thema, Tatsache aber ist nun mal, daß wir ein moralisches Empfinden entwickelt haben, das nun verkommt, weil wir's nicht anwenden können. Und wenn moralisches Empfinden anfängt zu verkommen, dann ist das schlimmer, als wenn es überhaupt keins gegeben hätte. Ich vermute, daß all unsre Bemühungen, die allein auf ein rein weltliches Ziel gerichtet sind — wie es meine berühmte Zivilisierung gewesen ist —, den Keim ihrer eigenen Korruption bereits in sich tragen.«

»Was war das — uns zum Papst schicken?«

»Ich habe mich metaphorisch ausgedrückt. Was ich damit sagen wollte, ist dies: daß das Ideal meiner Tafelrunde ein zeitlich-weltliches Ideal war. Wenn wir es retten wollen, muß es in ein geistliches umgewandelt werden. Ich hatte Gott vergessen.«

»Lanzelot«, sagte die Königin mit sonderbarer Stimme, »hat nie vergessen.«

Ihr Liebhaber jedoch war viel zu interessiert, um ihren Tonfall zu bemerken.

»Was habt Ihr im Sinn?« fragte er.

»Ich habe mir gedacht, wir könnten etwas zu erreichen versuchen, das dem Geist hilft, wenn Ihr mich versteht. Die körperlichen Dinge haben wir erreicht: Frieden und Wohlstand. Jetzt fehlt uns Arbeit. Wenn wir eine neue körperliche Beschäftigung finden, eine zeitliche Beschäftigung — ein bloßes Empire-Erbauen oder so etwas —, dann werden wir uns demselben, wenn nicht gar einem noch schwierigeren Problem gegenübersehen, sobald das Ziel erreicht ist. Aber weshalb können wir nicht unsere Tafel in den Griff bekommen, indem wir ihre Energien auf den Geist richten? Ihr wißt, was ich mit ›Geist‹ meine. Wenn unsere Macht in eine Bahn gelenkt würde, so daß sie für Gott arbeitete, statt für die Rechte des Menschen, dann würde das doch den Verfall verhindern und sicherlich der Anstrengung wert sein?«

»Ein Kreuzzug!« rief Lanzelot aus. »Schickt Ihr uns aus, das Heilige Grab zu befreien?«

»Das könnten wir versuchen«, sagte der König. »Ich hatte mir das noch nicht so genau überlegt, aber es lohnte sich wohl, den Versuch zu wagen.«

»Oder wir könnten Reliquien suchen«, rief sein Oberbefehlshaber, der Feuer gefangen hatte. »Wenn alle Ritter nach einem Stück des Wahren Kreuzes Ausschau hielten, brauchten sie vielleicht gar nicht einmal zu kämpfen. Ich meine, wenn wir auf einen Kreuzzug gehen sollten, würden wir immer noch Gewalt anwenden: wir würden die Macht gegen die Ungläubigen einsetzen. Wenn wir aber wirklich und wahrhaftig die ganze Tafel zusammenbrächten, um nach etwas zu suchen, das Gott allein gehört, ja, das wäre tatsächlich etwas unendlich Wertvolles. Dann wären wir beschäftigt und brauchten vielleicht trotzdem nicht zu kämpfen. Und überhaupt brauchten wir ja nicht unbedingt bloß nach einem einzigen Ding zu suchen. Nun, wenn all unsre Ritter — hundertfünfzig an der Zahl, sämtlich Spezialisten der Queste, mit sozusagen detektivischer Erfahrung —, wenn also all unsre Ritter ihre gesamten Energien darauf verwendeten, Dinge aufzuspüren, die Gott gehören — nun, dann könnten wir Hunderte und Hunderte von Dingen finden, die wahnsinnig wertvoll wären. Die Tafelrunde könnte zu genau diesem Zwecke ins Leben gerufen und ausgebildet worden sein. Vielleicht fänden wir sogar ein paar neue Evangelien. Der gesamten Christenheit könnte durch unsere Taten ein Dienst erwiesen werden. Stellt Euch vor: einhundertundfünfzig ausgebildete Männer begeben sich auf die Suche! Und für einen Versuch ist es gar nicht zu spät. Das Wahre Kreuz wurde 326 gefunden, doch das Heilige Leichentuch wurde erst 1360 in Lirey entdeckt! Vielleicht finden wir den Speer, der unsern Herrn getötet hat!«

»Daran habe ich gedacht.«

»Insbesondere müssen wir nach Manuskripten Ausschau halten.«

»Ja.«

»Wir müssen überall hingehen: ins Heilige Land — an jedweden Ort! Wir werden sein wie mein guter De Joinville!«

»Ja.«

»Ich glaube«, sagte Sir Lanzelot, »dies ist die beste Idee, die Ihr je hattet.«

»Ich habe Angst«, sagte der König, und diesmal klang seine Stimme seltsam. »Ich habe in der Nacht gedacht, vielleicht sei das zu hochgesteckt. Wer zur Vollkommenheit gelangt, der entschwindet, nicht wahr. Es könnte das Ende der Tafel bedeuten. Was wäre, wenn jemand Gott fände?«

Lanzelot aber war nicht metaphysisch eingestellt. Er bemerkte die Veränderung in Arthurs Stimme nicht. Er summte die große Kreuzfahrer-Hymne:

Lignum crucis,
Signum ducis,
Sequitur exercitus . . .

»Wir könnten nach dem Heiligen Gral suchen!« rief er triumphierend.

Just in diesem Augenblick kam ein Bote von König Pelles. Sir Lanzelot werde gebeten, sagte er, einen jungen Mann in einer Abtei zum Ritter zu schlagen. Es handle sich um einen prächtigen Jüngling, sittsam und sanft wie eine Taube. Er sei in einem Kloster aufgewachsen. Sein Name, so sagte der Bote, laute angeblich Galahad.

Königin Ginevra stand auf und setzte sich nieder. Sie öffnete die Hände und schloß sie wieder. Sie wußte, daß Sir Lanzelot zu seinem Sohn gehen werde, den er von einer anderen Frau hatte — doch das machte ihr kaum etwas aus.

KAPITEL 28

Wer etwas über den Beginn der Hohen Suche nach dem Gral lesen will, über die erstaunlichen Begebenheiten bei Galahads Ankunft (Ginevra machte in einer sonderbaren Mischung aus Neugier, Neid und Entsetzen den halbherzigen Versuch, sich als Vamp zu betätigen) und über das letzte Mahl am Hofe, als der Donner kam und der Sonnenstrahl und das verdeckte Gefäß und der süße Geruch in der großen Halle — nun, wer darüber etwas lesen will, der möge es bei Malory tun. Derart kann die Geschichte nur einmal erzählt werden. Faktum war, daß die Ritter der Tafelrunde kurz nach Pfingsten geschlossen auszogen — mit der erklärten Absicht, den Heiligen Gral zu finden.

Es dauerte zwei Jahre, bis Lanzelot an den Hof zurückkehrte, und für die Daheimgebliebenen war es eine einsame Zeit. Allmählich kamen die Ritter, die am Leben geblieben waren, zu zweit und zu dritt zurück: müde

Männer mit Verlustmeldungen oder Erfolgsgerüchten. Sie kamen humpelnd an Krücken oder mit ausgemergelten Gäulen am Zügel, die keinen Reiter mehr zu tragen vermochten. Einer, der im Kampf eine Hand verloren hatte, kam daher, die eine Hand in der anderen tragend. All diese Männer wirkten abgespannt und verwirrt. Ihre Gesichter waren fanatisch, und sie plapperten von Träumen. Schiffe, die sich aus eigener Kraft fortbewegten; silberne Tische, auf denen sonderbare Messen gehalten wurden; Speere, die von selber durch die Luft flogen; Visionen von Stieren und Dornbüschen; Dämonen in alten Gräbern und Grüften; Könige und Eremiten, die vierhundert Jahre lebten — solcherlei geisterte durch die Gerüchte, die den Palast bevölkerten. Eine von Sir Bedivere vorgenommene Zählung besagte, daß die Hälfte der Ritter fehlte. Mutmaßlich waren sie tot. Die ganze Zeit aber kam Sir Lanzelot nicht zurück.

Der erste heimkehrende Gewährsmann war Gawaine. In düsterer Stimmung kam er bei Hofe an: mit bandagiertem Kopf. Er war der einzige aus dem Orkney-Clan, der sich geweigert hatte, ordentliches Englisch zu lernen; er sprach mit einem nördlichen Akzent, was etwas gekünstelt klang. Er dachte noch immer halb auf gälisch. Er war stolz auf seine Rasse und trotzte den Südländern.

»Blindheit und Dunkelheit über die Queste«, sagte Gawaine. »Wenn ich jemals einen Metzgersgang getan hab', dann bei diesem Unternehmen.«

»Was ist geschehen?«

Arthur und Ginevra saßen da wie brave Kinder, die Hände im Schoß gefaltet, und lauschten den Geschichten. Wie Kinder horchten sie gespannt und versuchten, die Wahrheit herauszufiltern.

»Was geschehn ist, wie? Nun wohl, was geschehn ist, war, daß ich achtzehn Monate vertan hab' und vielleicht mehr, um nutzlos nach Aventiuren zu suchen — und bin am Ende halbtot gewesen mit was Ihr Schädelbruch nennt. Möge Gott mich vor dem Heil'gen Gral bewahren, sei ihm, wie ihm sei.«

»Erzählt von Anfang an.«

»Von Anfang an?«

Das Interesse seines Onkels überraschte ihn.

»Gar so viel wär's nicht, was ich zu berichten hätt'.«

»Berichtet's trotzdem.«

»Holt Sir Gawaine etwas zu trinken«, sagte die Königin. »Setzt Euch, Herr. Seid willkommen daheim. Macht es Euch bequem und berichtet — wenn Ihr nicht zu müde seid?«

»Müde bin ich nicht — nur noch im Kopfe. Ich kann die Geschichte berichten. Dank Euch, ja, ich werd' Whisky nehmen, Ma-am. Laßt sehn: Wo fing denn die Geschichte an?«

Der Herr der Orkneys setzte sich und dachte nach.

»Als wir die Burg von Vagon verließen ... Ihr müßt wissen, daß wir allesamt nach Vagon ritten, gleich den ersten Tag, und am nächsten Morgen uns trennten. Als wir von dort uns aufmachten, ritt ich nordwärts. Es tat nichts ausmachen, wohin. Lanzelot hat allen Männern einen Tip gegeben, den Tag, eh wir uns zerstreuten, daß der alte König Pelles ihm einmal eine geweihte Schüssel erwähnt hätt', in einer von seinen großen Burgen. Er hat dem keine Bedeutung beigemessen, hat den Männern nur gesagt, was ist. Gut die Hälfte ist dann in die Richtung gezogen, aber ich hab' mich nicht angeschlossen. Nordwest bin ich geritten.«

Er nahm einen ordentlichen Schluck.

»Die erste Fährte, auf die ich stracks gerate«, sagte er, »war Galahads. So ein unfreundlicher, eingebildeter Bursche ...« Sir Gawaine schwieg.

»Dieser Bursche«, fuhr er fort und nahm noch einen Schluck, was ihn sichtlich erwärmte, »dieser kleine Bursche da ist ohne Zweifel der übelste Kerl, dessen schlechter Geruch mir jemals in die Nase gestiegen ist — ja, das ist er.«

»Hat er Euch niedergeschlagen?« fragte der König.

»Nein. Nein, das war später. Seine Fährte hab' ich beim Aufbruch gekreuzt. —

In einem Kloster aufgezogen«, fuhr er wütend fort, »mitten in einem Haufen alter Hennen! Ich weiß allerhand über seine private Queste, von Leuten, die ihm begegnet sind, ja. Dieser heilige Weichling mit dem Herzen eines toten Puters ... Aber, nun wohl, das Kind ist ein Englischmann. Dem ging's an den Kragen, sollt' er's jemals wagen, die Grenze zu überqueren. —

Wenn es ihm nicht bereits an den Kragen gegangen ist«, schloß er, mit plötzlicher Erleuchtung.

»Was hat Sir Galahad denn Übles getan?«

»Ganz ein bißchen. Der Mann ist Vegetarier und Abstinenzler, und dann tut er, als wär' er noch Jungfrau, ja. Aber ich bin mit Sir Melias zusammengetroffen — wißt Ihr, daß Sir Melias ernstlich verstümmelt ist? Der hat mir erzählt, wie der Galahad sich aufgeführt hat. Aus irgendeinem Grunde hatte Melias an dem Burschen was gefunden und um Permission gefragt, mit ihm desselben Wegs zu ziehn, ja. Ich kann mir nicht erklären, wieso; denn der erste, der mit Galahad hat ziehen wollen, das war Uwaine gewesen. Sir Galahad hat abgelehnt! Sir Uwaine war ihm nicht gut genug! Nun wohl, nun wohl, er hat sich herabgelassen, daß Melias trotzdem mitgehn hat dürfen, und er hat ihn auch noch zum Ritter geschlagen! Meine Seele sei des Teufels: von einem Dreikäsehoch mit achtzehn zum Ritter geschlagen zu werden! Als er Melias zum Ritter geschlagen gehabt hatte, da hat er genau diese selbigen Worte gesagt: ›Jetzt, edler Sir‹, hat er gesagt, ›da du Königen und Königinnen bist gleichgestellt, jetzt siehe zu, daß du der Ehre würdig seiest, denn du sollest ein Vorbild sein für alle Ritterschaft!‹ — Wie wollt Ihr einen solchen benennen? Ja doch: einen Südland-Snob. Das nächste war, daß die zwei beiden eine Aventiure hatten bei dem Kreuzweg, wo Melias wünschte, nach links zu reiten. Galahad sagte: ›Besser wär's, du rittest nicht diesen Weg, denn mich dünkt, daß ich auf dem Wege besser entwischte als du.‹ — Falsche Bescheidenheit war seine Sache nicht, seht Ihr? Nun wohl, Melias ging dann doch nach links — und wurde von einem mysteriösen Ritter zu seinem Unglück durchs Kettenwams getroffen, wie Galahad vorhergesagt. Er war am Sterben: den abgebrochenen Schaft in seiner Seite. Wie der große Galahad ihn waidwund findet — was sagt da nicht mein Männlein: ›Dieserhalben wäre besser es gewesen, der andern Seite nach zu reiten!‹ Ein nettes Kind. Einem, wo halber tot ist, sein ›Hab' ich's dir nicht gleich gesagt‹ in die Ohren zu blasen! Und Hilfe ließ er ihm nicht angedeihn.«

»Was ist mit Sir Melias geschehn?«

»Er hat zu Galahad gesagt: ›Sir lasset den Tod kommen, wann's ihm gefällt.‹ Er hat den Schaft eigenhändig rausgezogen. Melias ist ein edler Ritter, und ich kann mit Freuden berichten, daß er noch im Leben ist.«

Arthur sagte: »Galahad ist schließlich noch ein Kind. Er hat Wachstumsschwierigkeiten, vermutlich. Ich bin nicht der Meinung, daß wir wegen kleiner Fehler im sozialen Verhalten hart über ihn urteilen sollten.«

»Wißt Ihr denn nicht, daß er seinen Vater hat attackiert und daß er ihn vom Pferde warf? Wißt Ihr denn nicht, daß er seinen Vater hat vor sich knien lassen, ihm seinen Segen abzubetteln? Wißt Ihr denn nicht, daß manche schon haben darum gebetet, in Galahads Armen sterben zu dürfen, und daß er's ihnen als Gunstbeweis hat zugestanden?«

»Vielleicht war es wirklich ein Gunstbeweis.«

»Den Teufel auch!« rief Gawaine aus und steckte seine Nase in den Becher.

»Ihr erzählt uns nichts von Euch selbst.«

»Die erste Aventiure, die mir widerfahren ist — und die einzige war's bei weitem nicht —, die geschah mir im Castle of Maidens. Doch wär's wohl besser, das nicht vor der Königin zu erzählen.«

Arthur sagte trocken: »Meine Frau ist weder ein Baby noch ein Blödkopf, Sir Gawaine. Jedermann weiß von den Gebräuchen jenes Schlosses.«

Ginevra sagte höflich: »Man nennt's auf Französisch *droit de seigneur.*«

»Nun wohl, ja, ich kam zum Castle of Maidens mit Uwaine und Sir Gareth. Es wurde bewacht von sieben Rittern, die auf dem Brauch bestanden. Wir trafen die sieben an, vor der Burg, in voller Rüstung, und wir haben mit ihnen gekämpft und haben sie allesamt erschlagen. Als alles getan war, kam's an den Tag, daß Galahad vor uns war dagewesen. Das war so: er hatte sie zuerst vertrieben, ohne daß er einen von ihnen hätt' getötet, und er selber war zu der Zeit auf der Burg. Wir hatten also bloß die Schlächter-Rolle gespielt, den Schlußpart in einer Geschichte, die gar nicht unser war.«

»Pech.«

»Galahad ritt auf und davon und tät' nicht mit uns reden. Das sollt' heißen, wir wären sündig — er wär' selig. Ja. Ich weiß nicht mehr, was dann noch kam.«

»Seid Ihr mit Uwaine und Gareth weitergeritten?«

»Nein, nach Maiden Castle haben wir uns getrennt. Ich bin geradeaus geritten, immer der Nase nach, bis ich eine Einsiedelei mit einem frommen Manne hab' gefunden. Ihr kennt gewißlich die Sorte: ein richtiger Bekehrer. Die erste Forderung war: ›Ich möcht' wohl wissen, wie es steht zwischen Gott und Euch?‹ — Ich bat ihn, daß er mir Unterkunft gewähre für die Nacht. Nun wohl, er war Gastgeber und Priester zugleich, und als er mich zur Beichte tat bedrängen, konnt' ich deshalb nicht gut abschlagen. Er lamentierte furchtbarlich wegen der sieben Ritter — sie seien die sieben Todsünden, sagt er — und bescheidet mir in aller Seelenruh, ich sei nichts anderes als ein Mordmensch.«

»Hat er Euch gesagt«, fragte der König mit Interesse, »daß es falsch sei, überhaupt Menschen zu töten, insbesondere, wenn man auf der Suche nach dem Heiligen Gral ist?«

»Zum Teufel mit meiner Seele, das hat er. Gepredigt hat er, daß Galahad hätt' die sieben Ritter unschädlich gemacht ohne jedes Morden; und gemeint hat er, der Heilige Gral wär' nicht zum Blutvergießen.«

»Was hat er sonst noch gesagt?«

»Ich weiß nicht mehr. Als er mir das dargelegt hatte, wie ich Euch erzählte, hat er mir den Rat gegeben, eine Buße auf mich zu nehmen. Wenn ein Mensch keine ehrliche Beichte ablegen täte — und ihm nicht vergeben wird —, dann wär's witzlos, nach dem Gral zu suchen, sagt er. Dieser Mensch war albern. Ein fahrender Ritter befindet sich in einer Lage, die Buße nicht nötig macht — was ich ihm zeigte —, gleich wie Handwerker in der Fastenzeit nicht fasten. Ich strafte den Mann Lügen und zog neuerlich des Wegs. Danach traf ich mit Aglovale und Griflet zusammen ... Was dann, was dann? Nun wohl, ich ritt vier Tag' mit ihnen, das weiß ich noch ... Ja, und dann trennten wir uns wieder, und Dunkelheit auf mich, wenn ich nicht bis Michaelis ohne Aventiure wär' gewesen! —

Wahrheit ist«, fügte Gawaine hinzu, »'s gibt keine Abenteuer mehr, heutigentags, in England. Die Zeiten sind vorüber.«

»Bringt Sir Gawaine noch etwas zu trinken.«

»Als Michaelis vorbei war und vergessen, traf ich auf Ector Demaris. Der war glücklos gewesen wie ich. Wir ritten zu einer winzigen Kapelle im Walde und schliefen, nach einem Trünklein, dort ein — und jeder Mann hatte des Nachts genau denselben Traum. Es ging um eine Hand und einen Arm, in Sammet, mit einem Zügel und einer Kerze in der Faust. Eine Stimme gab bekannt, wir beide täten sie brauchen. Danach bin ich einem zweiten Priester begegnet; der hat gesagt, der Zügel wär' für Enthaltsamkeit, und die Kerze wär' für den Glauben — scheint, als hätten Ector und ich selber diese nötig. Ihr wißt ja, wie man einen Traum verdrehen kann. Das nächste war dann ein elendigliches Mißgeschick, wie's mir die ganze Zeit über hat angehangen. Wir stießen, wir beiden, auf meinen Vetter Uwaine mit seinem Schilde im Überzug, und hab' sein Wappen nicht erkannt. Ector hat mir den ersten Gang überlassen, gegen meinen Vetter, gegen mein eigen Fleisch und Blut. Die Lanze ging Uwaine glattwegs durch die Brust. Sein Panzer muß eine schwache Stelle gehabt haben.«

»Ist Uwaine tot?«

»Mausetot. Das war das größte Mißgeschick, was mich verfolgt hat.«

Arthur räusperte sich.

»Ich würde sagen, für Uwaine war's ein noch größeres Mißgeschick. Gott geb' ihm Ruhe. Vielleicht wäre es nicht schlecht gewesen, wenn Ihr zu Beginn auf jenen Priester gehört hättet.«

»Ich habe doch nicht töten gewollt. Es war mein leibhaftiger Vetter von den Orkneys! Und denkt daran, daß der Südländer, der mit dem weißen Schilde, sich vorher hatte geweigert, mit ihm zu reiten!«

»Meint Ihr Galahad? Hat er den *vergescu* getragen?«

»Ja, Galahad. Es war nicht der *vergescu.* Er hat irgendwo einen Schild in die Hände bekommen, der soll Joseph von Arimathia gehört haben, hat er gesagt. Kennzeichen: auf Silbergrund ein T-Kreuz aus Heraldisch-Rot. Das Silber soll das Weiß von Jungfrauen bezeichnen, und das rote Kreuz war für den Gral ... Ich bin von meiner Geschichte abgekommen.«

»Ihr hattet eben Uwaine getötet«, sagte Arthur geduldig.

»Ja, und Ector und ich, wir sind zu einer weiteren Einsiedelei geritten, und der Priester dort erklärte uns den Zaum in unserm Traum. Dieser Priester war Vegetarier, kann ich Euch sagen! Er hat die alte Sache erzählt, vom Mord, glühendheiß. Und Reue hat er verlangt und Buße. Wir haben uns verdrückt und sind schnurstracks des Wegs geritten.«

»Hat er Euch erklärt, daß Ihr beide deshalb kein Glück hattet, weil Ihr nur auf Mord und Totschlag aus wart?«

»Ja, hat er. Er hat gesagt, Galahad sei ein besserer Mensch als wir, weil er kaum jemals seinen Gegner töten täte — und besonders, weil er's nicht auf dieser Queste getan hat. Und gesagt hat er, daß viele andere Ritter — Ector selber hat zwanzig getroffen — wegen ihrer Sünden in demselben Kasten säßen. Er hat gesagt, Totschlag, das vertrage sich nicht mit der Queste. Er hat viel geredet, und wir haben uns aus dem Staube gemacht, während er noch munter redete.«

»Und dann?«

»Dann sind wir an eine Burg gekommen, Ector und ich, und da ist ein Turnier im Gange gewesen. Wir haben uns den Angreifern angeschlossen und haben einen schönen Kampf gehabt und wollten uns grade den Weg ins Innere erzwingen — die Gemüter waren ein bißchen erhitzt —, da kommt Galahad an. Gott der Allmächtige allein weiß, was für ein unguter Wind den Burschen hat hergeweht. Wie es schien, gefielen ihm keine Ritter, die den Kampf als Sport betreiben. Er hat sich auf die gegnerische Seite geschlagen und uns von der Burg vertrieben, und mir hat er das hier vermacht.«

Gawaine berührte seinen Verband.

»Ector ist dagegen gewesen, mit ihm zu kämpfen. Sie sind anverwandt. Ich hab' aber trotzdem gekämpft, und das ist mir übel bekommen. Er hat mir einen Hieb versetzt, der hat mir meinen Helm gespalten und die eiserne Helmkappe zerschmettert, uih, und dann ist der Hieb abgeglitten und hat auch noch meinen Gaul getötet. Das war zuviel für mich, bei Gott. Für einen Monat und länger lag ich zu Bette.«

»Und seid dann heimgekommen?«

»Ja, bin ich.«

»Ihr müßt tatsächlich Unglück gehabt haben.«

»Unglück!«

Gawaine blickte kurz in seinen leeren Becher. Dann hellte sich sein Gesicht auf.

»Ich habe König Bagdemagus erschlagen«, sagte er. »Das werdet Ihr wohl noch nicht wissen. Ich hab's in meiner Geschichte vergessen.«

Arthur hatte aufmerksam zugehört und sich seine eigenen Gedanken gemacht. Jetzt machte er eine Bewegung der Ungeduld.

»Geht zu Bett, Gawaine«, sagte er. »Ihr müßt müde sein. Legt Euch zu Bett und geht in Euch.«

KAPITEL 29

Der nächste, der heimkehrte, war Sir Lionel, einer von Lanzelots Vettern. Lanzelot hatte einen Bruder namens Ector und zwei Cousins, Lionel und Bors. Lionel war schlechter Laune, wie Gawaine, doch der Grund seiner Verstimmung war nicht Galahad, sondern Bors, sein eigener Bruder.

»Moral«, sagte Lionel, »ist eine Art Geisteskrankheit. Gebt mir einen Mann mit Moral, der die ganze Zeit das Rechte tun will, und ich zeig' Euch einen Knoten, den nicht einmal ein Engel entwirren kann.«

Der König und die Königin saßen nebeneinander, wie stets, um die Geschichte des Fahrenden zu hören. Sie hatten es sich zur Gewohnheit gemacht, mit eigenen Händen Erfrischungen in die Große Halle zu bringen, wenn ein Ritter zurückkehrte. So konnten sie seine Neuigkeiten anhören, während er sich stärkte. Das Licht fiel zwischen ihnen auf den Tisch durch ein hohes Buntglasfenster, so daß ihre Hände und Teller und Gläser lauter Rubine oder Smaragde oder feurige Lachen schienen. Sie waren in einer Zauberwelt aus Juwelen, auf einer Lichtung unter Bäumen, deren Blätter Edelsteine waren.

»Hat Bors sich der Moral verschrieben?«

»Hat er immer schon getan«, sagte Lionel. »Fluch ihm. Meine ganze Familie scheint's mit der Moral zu haben. Lanzelot ist schon schlimm genug, aber Bors schlägt ihn um Längen. Wußtet Ihr, daß Bors überhaupt erst ein einziges Mal Geschlechtsverkehr hatte?«

»Wirklich?«

»Wirklich. Und was diese Hohe Suche nach dem Heiligen Gral betrifft, da scheint er so etwas wie einen Oberkurs für Katholisches Dogma mitgemacht zu haben.«

»Soll das heißen, daß er studiert?«

Lionel schwächte ein wenig ab. Im Grunde war er seinem Bruder zugeneigt, doch hatte er eine Erfahrung machen müssen, die ihre Beziehung störte. Jetzt, da er darüber reden konnte und Zeit gehabt hatte, das Problem zu überdenken, sah er die andere Seite des Streits.

»Nein«, sagte er. »Ihr dürft mich nicht ernstnehmen. Bors ist ein lieber Kerl, und wenn wir jemals einen Heiligen in die Familie bekommen sollten, dann ist er's. Er ist nicht sehr helle im Kopf, und außerdem ist er schon ein kleines Ekel, aber seine Vermutungen sind bisweilen unbezahlbar. Ich glaube, Gott hat ihn während dieser Queste in Versuchung geführt, und ich bin nicht sicher, ob er nicht als Sieger daraus hervorgegangen ist. Ich habe versucht, ihn zu töten.«

»Ihr solltet Eure Geschichte lieber von Anbeginn erzählen«, sagte Arthur, »sonst werden wir das Weitere kaum verstehen.«

»Meine Geschichte ist nichts. Ich habe wie Gawaine herumgealbert und bin von ein paar Eremiten ein Mörder genannt worden. Ich werde Euch die Geschichte von Bors erzählen, weil ich in der eine Rolle spiele. —

Gott«, begann Lionel, »Gott hat Bors eine Prüfung auferlegt, vermute ich. Es war so, als sollte er zum Priester geweiht werden, und sie wollten sich vergewissern, ob er orthodox ist. Wißt Ihr, ich glaube, daß Gawaine und ich und Ector und all die andern vom rechten Weg abkamen, weil wir am Anfang nicht zur Beichte gegangen waren. Bors hat gebeichtet, am ersten Tag, und er hat auch eine Buße auf sich genommen. Er hat sich verpflichtet, nur von Brot und Wasser zu leben und ein Gewand zu tragen und auf der Erde zu schlafen. Natürlich war nichts mit der holden Weiblichkeit — aber das hatte er ja überhaupt erst einmal. Das war seine Schwierigkeit. Na ja, das erste, was geschah, nachdem er sein Leben in Ordnung gebracht hatte: er fing an, Visionen zu haben. Er sah den Pelikan voll frommen Opfermuts und einen Schwan und einen Raben und verfaultes Holz und ein paar Blumen. Das hatte alles mit seiner Theologie zu tun, und er hat's mir auch erklärt, aber ich weiß es nicht mehr. Als nächstes widerfuhr ihm, daß ihn eine Dame anflehte, er möge sie aus der Gewalt eines Ritters mit Namen Sir Pridam erretten. Die Dame hat er gerettet, und er hatte Gelegenheit, Sir Pridam zu töten. Denkt Euch! Er hat mir die Geschichte nach unserm Kampf erzählt, und er war felsenfest davon überzeugt, dies sei seine erste Versuchung gewesen. Er sagte, er fühle sich wie ein Springpferd, das jedesmal höher springen müsse, und er habe Angst, in den Stall zurückgeholt zu werden, wenn er einen Sprung verpatze. Wenn er Sir Pridam getötet hätte, wär's mit ihm zu Ende gewesen. Sie hätten ihn wieder auf die Weide getrieben, genau wie Gawaine und uns andere. Er sagte, niemand habe ihm das gesagt — die Sprünge tauchten plötzlich vor ihm auf, und es sei, als sähe jemand zu, jemand, der weder hilft noch hindert, sondern nur zusieht, ob er drüberkäme. Nun ja, er hat Pridam nicht getötet. Er hat ihn bloß angepfiffen, daß er aufgeben solle, und hat ihn mit der flachen Klinge ins Gesicht geschlagen, bis er sich ergeben hat. Und der Sprung war geschafft. Meint Ihr, König, es könnte an dieser Queste etwas gewesen sein, was gegen das Töten ist? Wißt Ihr — so irgendeine Art von übernatürlichem ›Nein‹?«

»Ich glaube, Ihr seid ein kluger Mann, Lionel«, sagte der König, »auch wenn Ihr versucht habt, Euern Bruder zu töten. Fahrt mit der Geschichte fort.«

»Na ja, die nächste Versuchung hatte mit mir zu tun. Das war der

Grund, weshalb ich versucht habe, ihn zu töten. Jetzt tut's mir leid. Ist mir eben erst klargeworden, daß es mir leid tut. Damals habe ich's nicht verstanden.«

»Wie sah denn die zweite Versuchung aus?«

»Bors und ich, wir haben uns immer gemocht, wie Ihr wißt. Diese Händelei hatte nichts zu bedeuten. Wir haben uns immer auf unsere Weise geliebt, und Bors ritt durch den Wald, als er sich plötzlich zwei Erscheinungen gegenüber sah. Die eine war ich, nackicht auf einen Klepper gebunden, mit einem Ritter zur Rechten wie zur Linken, und die beiden schlugen mit Ruten auf mich ein. Die andere war eine Jungfer, die vor einem Ritter floh, der sie in gestrecktem Galopp verfolgte, weil es ihn nach ihrer Jungfernschaft gelüstete. Die beiden Konvois bewegten sich in entgegengesetzte Richtungen, und Bors war allein. —

Wenn ich's mir recht überlege«, bemerkte Sir Lionel klagend, »so hab' ich was dagegen, ausgepeitscht zu werden. Ich hatt's schon mal von Sir Turquine gekriegt.«

»Wofür hat Bors sich entschieden?«

»Er entschied sich, die Maid zu retten. Als ich ihn hinterher fragte — später, während unseres Kampfes —, was er, zum Teufel, sich dabei gedacht habe, seinen eigenen Bruder im Stich zu lassen, da hat er mir erklärt, er hätte mich zwar sehr gern, aber aus mir würde ohnehin nur ein Schweinehund, während die Maid schließlich eine Jungfer sei. Also hätte er sich dem bessern Teil gegenüber verpflichtet gefühlt. Das war's, weshalb ich ihn umbringen wollte. —

Aber jetzt«, fügte Lionel hinzu, »versteh' ich seinen Standpunkt. Ich sehe jetzt, daß es seine zweite Versuchung war, und das muß eine schwierige Entscheidung gewesen sein.«

»Armer Bors. Hoffentlich hat er's nicht gar so übel aufgenommen.«

»Er war richtig demütig. Diese Versuchungen tauchten einfach auf, und er stellte irgendeine Vermutung an, wobei er gewöhnlich dachte, er habe falsch getippt — und am Ende war er ganz verwirrt und stellte fest, daß er richtig geraten hatte. Na, er hat sich nach bestem Vermögen durchgeschlagen.«

»Und wie sah die dritte Versuchung aus?«

»Sie wurden immer schlimmer. In der dritten Versuchung kam ein Mann zu ihm, der als Priester gewandet war, und der erzählte, daß sich da auf einer Burg in der Nähe eine Dame befinde, die zum Tode verdammt sei, wenn Bors nicht in ihr Bett käme. Der vorgebliche Priester wies ihn darauf hin, daß er bereits das Leben seines eigenen Bruders geopfert habe — nämlich mich —, indem er sich irrigerweise entschlossen hätte, die Maid zu retten. Und wenn er jetzt nicht mit der neuen Dame sündige, dann hätte er ein zweites Menschenleben auf dem Gewissen. — Ich hätt' noch erwähnen müssen, daß die beiden Ritter mich für tot hatten liegenlassen, und daß Bors mich wie einen Toten vorgefunden und in eine Abtei zur Beerdigung befördert hatte. Ich hab' mich natürlich später wieder erholt. —

Na ja, die Lady erschien auf der Burg — wie von dem falschen Priester dargetan — und bestätigte die Geschichte. Sie sagte, da wär' ein Zauber, der sie aus Liebe sterben lasse, wenn mein Bruder nicht lieb zu ihr wäre. Bors machte sich jetzt klar, daß er entweder sündigen mußte, um die Dame zu retten, oder daß er nicht sündigte und sie sterben ließ. Hinterher hat er mir erzählt, ihm wären Teile aus seinem Katechismus und eine Predigt eingefallen, die mal gehalten worden sei, als ein Missionsfest in Camelot war. Er entschied, daß er für die Handlungen der Dame nicht verantwortlich sei, wohl aber für seine eigenen. Also wies er die Dame ab.«

Ginevra kicherte.

»Das war noch nicht das Ende. Die Dame war umwerfend schön, und sie ist auf den höchsten Turm der Burg gestiegen, zusammen mit zwölf hübschen Zofen, und sie sagte, wenn Bors nicht aufhören würde, so prüde zu sein, dann würden sie alle miteinander in die Tiefe springen. Sie sagte, sie würd' sie dazu zwingen. Sie sagte, er brauche nur eine Nacht bei ihr zu verbringen — und weshalb sollt's keinen Spaß machen? —, dann wären die Damen alle gerettet. Alle zwölf riefen zu Bors runter und bettelten um Gnade und weinten vor Kummer. —

Ich kann Euch sagen: mein Bruder steckte ganz schön in der Klemme. Die armen Dinger hatten solche Angst und waren so schön, und er brauchte bloß seine Halsstarrigkeit aufzugeben, um ihnen das Leben zu retten.«

»Was hat er getan?«

»Er hat sie springen lassen.«

»Eine Schande!« rief die Königin.

»Ach, das war doch nur eine Bande von Teufelinnen. Der ganze Turm stellte sich sogleich auf den Kopf und verschwand, und es ergab sich, daß sie die ganze Zeit unwirklich gewesen waren, den Priester einbegriffen.«

»Ich vermute«, sagte Arthur, »die Moral ist, daß man nicht sündigen darf, auch wenn zwölf Menschenleben davon abhängen. Dogmatisch gesprochen: ich glaube, daran ist etwas.«

»Ich habe von Dogma keine Ahnung, aber ich weiß, daß mein Bruder fast graue Haare davon gekriegt hat.«

»Und das mit gutem Grund. Welches war die vierte Versuchung, falls es noch eine gab?«

»Die vierte war ich, und das war die letzte Hürde. In der Abtei bin ich wieder zu mir gekommen, wo ich beerdigt werden sollte, und als ich wieder ziemlich wohlauf war, bin ich losgeritten, ihn zu suchen. Jetzt tut's mir leid — nebenbei bemerkt: ich muß Euch für ein paar Dinge um Vergebung bitten —, aber wenn man's recht bedenkt, dann ist es doch ziemlich hart, daß einen der eigene Bruder im Stiche läßt, wenn man zu Tode geprügelt wird. Da ist man am Abkratzen und versteht nicht, was zu der Zeit mit Bors los ist; und eh' ich das Bewußtsein verlor, sah ich, wie er mich meinem Schicksal überließ — na ja, ich gebe zu, daß ich ganz schön verbiestert war. Sagen wir's ruhig: ich war fuchsteufelswild. —

Ich entdeckte Bors in einer Kapelle im Wald, und ich habe ihm gleich gesagt, daß ich ihn umbringen würde. Ich hab' gesagt: ›Ich werd' dir tun wie einem Verbrecher oder Verräter, denn du bist der treuloseste Ritter, der je solch achtbarem Hause entsproß.‹ Bors weigerte sich zu kämpfen. Ich hab' gesagt: ›Wenn du nicht kämpfst, töte ich dich stehenden Fußes.‹ Bors sagte, er könne doch nicht gegen seinen eigenen und leibhaftigen Bruder kämpfen. Er sagte, er dürfe nicht mal gewöhnliche Kerls auf der Grals-Queste töten — wie also dann seinen Bruder? Ich hab' gesagt: ›Mir ist es völlig einerlei, was du darfst oder was du nicht darfst. Wenn du dich verteidigen möchtest, werde ich mit dir kämpfen; wenn nicht, werde ich dich auch so töten.‹ Ich war wütend. Bors kniete einfach nieder und bat um Gnade. —

Jetzt seh' ich ja ein«, fuhr er fort, »daß Bors' Handlungsweise richtig war. Er war hinter dem Gral her, er war in der Anti-Mord-Schwadron, und ich war sein Bruder. Außerdem war's tapfer. Aber damals sah ich das noch nicht. Ich hab' bloß gedacht, er wär' halsstarrig, und ich hab' ihm eine gelangt, daß er umfiel, wie er da so kniete. Dann habe ich mein Schwert gezogen, um ihm den Kopf abzuhauen.«

Lionel schwieg eine Weile und blickte vor sich auf die Tafel, wo im Licht vom Buntglasfenster ein ovaler, schimmernder Rubinsee lag.

»Wißt Ihr«, sagte er, »es ist ja ganz gut und schön, sich mit Moral und Dogmen abzugeben, wenn's einen nur selber betrifft. Aber was will man machen, wenn andere in diesen Wirrwarr einbezogen werden? Ich schätze, für Bors war's ein klarer Fall: er mußte niederknien und sich töten lassen. Aber gleich drauf kam ein Eremit aus der Kapelle gerannt und warf sich über meinen Bruder. Er sagte, er würd' mich unter allen Umständen daran hindern, ein Brudermörder zu werden. Ich hab' den Eremiten getötet.«

»Einen Wehrlosen getötet?«

»Es tut mir verzweifelt leid, König, aber so ist es. Vergeßt nicht, daß ich in schrecklicher Wut war, und der Kerl hat mich gehindert, an Bors ranzukommen, und ich bin nun mal ein Mann mit lockerer Hand. Sie sind mir mit einer Art moralischer Waffe entgegengetreten, und ich habe meine eigene Waffe dagegen eingesetzt. Ich hatte das Gefühl, Bors sei mir gegenüber unfair, und dieser Eremit half ihm dabei. Ich hatte das Gefühl, er setze seinen Willen gegen meinen. Wenn er den Eremiten retten wollte, sollte er doch aufhören, halsstarrig zu sein, und aufstehen und kämpfen. Versteht mich recht: ich war der Meinung, der Eremit sei seine Angelegenheit und nicht die meine. —

Ich fürchte, ich war einfach erregt«, gab Lionel nach einer Weile zu. »Ihr wißt ja, wie das so geht. Ich hatte mir's in den Kopf gesetzt zu kämpfen, und den Kampf wollt' ich jetzt haben. Ich hatte gesagt, ich würde ihn andernfalls töten, und ich wollte ihn töten. Ihr wißt ja, wie's ist. Es ist, wie wenn einen der Bock reitet.«

Es entstand ein unbehagliches Schweigen.

»Ich werd' wohl mal lieber meine Geschichte zu Ende bringen«, sagte er verlegen.

»Fahrt fort.«

»Nun ja, Bors ließ mich den Eremiten töten. Er lag einfach auf der Erde und bat um Liebe. Ich war wütender denn je, mittlerweile, teils aus Scham, und ich hob mein Schwert, um meinen Bruder zu enthaupten — da tauchte Sir Colgrevance von Gore auf. Er stellte sich zwischen uns und sagte: Pfui Teufel, ich sollte mich was schämen, meines Vaters Blut zu vergießen. Das hatte mir noch gefehlt, wo mir das Blut des Eremiten um die Füße floß, und da bin ich statt dessen auf Colgrevance losgegangen. Und ein paar Minuten später hatte ich ihm Beine gemacht.«

»Was hat Bors gemacht?«

»Der arme Bors. Wie dem in diesem Augenblick zumute war, da denk' ich nicht gerne dran. Er war ja wieder vor seiner Hürde, nicht, und er brauchte sie nur zu verweigern, um ein anderes Leben zu retten. Das des Eremiten hatte er vergeudet — augenscheinlich wegen seiner Halsstarrigkeit —, und jetzt war ich drauf und dran, den unschuldigen Colgrevance umzubringen, der ihm hatte helfen wollen. Colgrevance hat denn auch geschluchzt und gesagt: ›Steht auf und helft mir, Mann. Weshalb laßt Ihr mich statt Eurer töten?‹«

»Passiver Widerstand«, sagte Arthur mit reger Anteilnahme. »Eine neue Waffe. Scheint indes schwierig in der Anwendung zu sein. Fahrt fort, bitte.«

»Nun, ich habe Colgrevance in fairem Kampf getötet. Tut mir leid, hab' ich aber. Dann bin ich zu Bors zurück, um die Angelegenheit zu erledigen. Er hielt sich seinen Schild über den Kopf, wollte aber nicht kämpfen.«

»Was geschah dann?«

»Gott kam«, sagte der junge Mann feierlich. »Er trat zwischen uns und blendete uns und setzte unsre Schilde in Brand.«

Eine lange Pause trat ein, in der Arthur die ersten Vorzeichen gewisser Dinge verdaute, die er teils erhofft, teils befürchtet hatte.

»Seht Ihr«, sagte Lionel, »Bors hat gebetet.«

»Und Gott kam?«

»Ich weiß nicht genau, was geschehen ist, aber die Sonne flammte auf unsern Schilden. Irgendwas passierte. Plötzlich hörten wir auf zu kämpfen und fingen an zu lachen. Ich sah, daß Bors ein Idiot war, und er küßte mich, und wir haben uns ausgesöhnt. Dann hat er mir seine Geschichte erzählt, wie ich Euch berichtet habe, und dann ist er auf einem Zauberschiff mit weißen Seidensegeln fortgefahren. Wenn einer den Gral findet, dann Bors. Und das ist das Ende meiner Geschichte.«

Sie saßen stumm da; es war schwierig, über geistliche Dinge zu sprechen. Schließlich ergriff Sir Lionel zum letzten Mal das Wort.

»Was Bors angeht: schön und gut«, sagte er. »Aber was ist mit dem Eremiten? Was ist mit Sir Colgrevance? Weshalb hat Gott denn die nicht gerettet?«

»Dogmen sind eine heikle Angelegenheit«, sagte Arthur.

Ginevra sagte: »Wir wissen nicht, wie ihre Vergangenheit aussah. Das Töten hat ihren Seelen nicht geschadet. Vielleicht hat's sogar ihren Seelen geholfen, auf diese Weise zu sterben. Vielleicht hat Gott ihnen diesen guten Tod gegeben, weil's für sie das Beste war.«

KAPITEL 30

Der dritte bedeutende Heimkehrer war Sir Aglovale, der eines Nachmittags ziemlich spät erschien, als die Rubine bereits den Tisch verlassen hatten und an der Wand emporgeklettert waren. Er war ein junger Mann, nicht einmal zwanzig Jahre alt, mit edlem Gesicht und einem gewissen Sinn für Humor. Er war noch in Trauer um seinen Vater, König Pellinore, was er durch einen schwarzen Flor an seinem Schild-Arm kundtat. Zumindest glaubte man, dies Zeichen gelte dem Andenken König Pellinores. Doch auch seine Mutter war in der Zeit seiner Abwesenheit gestorben. Und er brachte die Nachricht vom Tode einer Schwester mit — fast die gesamte Familie Pellinore wurde vom Unglück verfolgt.

»Ist Gawaine hier?« fragte Aglovale. »Wo sind Mordred und Agravaine?«

Er schaute sich um, als könne er sie in der Halle entdecken. Über seinem

Kopf fiel der farbige Lichtstrahl auf ein kleines und primitives Stück Tapisserie: die Darstellung einiger Ritter im Kettenpanzer (mit Nasenschutz am bemalten Helm), die einen Eber jagen.

Arthur sagte: »Aglovale, sie sind hier. Mein Glück liegt in Euren Händen.«

»Verstehe.«

»Werdet Ihr sie töten?«

»Ich bin gekommen, erst Gawaine zu töten. Etwas komisch — nachdem man gerade den Heiligen Gral gesucht hat.«

»Aglovale, Ihr habt jedes Recht, Rache an den Orkneys zu üben, und ich will Euch nicht im Wege stehn. Aber ich möchte gern, daß Ihr genau wißt, was Ihr tut. Euer Vater hat ihren Vater getötet, und Euer Bruder hat mit ihrer Mutter geschlafen. Nein, Ihr braucht nichts zu erklären; laßt mich Euch nur an die Tatsachen erinnern. Dann haben die Orkneys Euern Vater und Euern Bruder getötet. Jetzt wollt Ihr ein paar Orkneys töten. Und Gawaines Söhne werden Eure Söhne töten. Und so wird das weitergehen. Das ist das Gesetz des Nordens. —

Aber, Aglovale, ich versuche, in Britannien ein neues Gesetz einzuführen, unter dem die Menschen nicht in alle Ewigkeit junges Blut vergießen müssen. Habt Ihr Euch überlegt, daß das für mich eine schwierige Aufgabe sein könnte? Es gibt ein Sprichwort, welches besagt, daß aus zwiefachem Unrecht noch lange kein Recht wird, und ich finde diesen Satz gut. Wendet ihn nicht auf Euch an — wendet ihn auf mich an. Ich hätte die Orkneys für den Mord an Euerm Bruder bestrafen können. Ich hätte ihnen die Köpfe abschlagen können. Wär's Euch recht gewesen, wenn ich das getan hätte?«

»Ja.«

»Vielleicht hätte ich's tun sollen.«

Arthur blickte auf seine Hände, wie er's oftmals tat, wenn schwierige Probleme zu bewältigen waren.

Dann sagte er: »Es ist schade, daß Ihr nie Gelegenheit hattet, die Orkneys daheim zu erleben. Sie haben kein so glückliches Familienleben gehabt wie Ihr.«

Aglovale sagte: »Glaubt Ihr, mein Familienleben ist jetzt sehr glücklich? Wißt Ihr, daß meine Mutter vor ein paar Wochen gestorben ist? Vater hat sie immer Piggy genannt.«

»Aglovale, mein Beileid. Das haben wir nicht gewußt.«

»Die Leute haben meinen Vater ausgelacht, König. Ich weiß, daß er kein großartiger Charakter war, kein toller Kerl. Aber er muß ein ganz brauchbarer Ehemann gewesen sein. Wäre sonst meine Mutter ihm nachgestorben? Sie hielt es nicht ohne ihn aus. Mutter war keine besonders verinnerlichte Person, König, doch als die Orkneys meinen Vater und Lamorak getötet hatten, da ist sie verblichen. Jetzt liegt sie im selben Grab.«

»Ihr müßt tun, was Ihr für recht haltet, Aglovale. Ich weiß: Ihr seid ein rechter Pellinore und werdet's tun. Für mich bitte ich um nichts. Aber darf ich drei Dinge erwähnen? Erstens: Euer Vater war der erste Ritter, der meine Zuneigung gewann — und noch habe ich Gawaine nicht gestraft. Zweitens: Alle Orkneys haben ihre Mutter verehrt und angebetet. Sie hat sich zu sehr lieben lassen, dabei jedoch nur sich selbst geliebt. Und drittens: Ach, Aglovale, bedenket doch, daß ein König nur mit seinem besten Werkzeug arbeiten kann.«

»Ich fürchte, das Dritte verstehe ich nicht.«

»Glaubt Ihr«, fragte Arthur, »daß Fehden zu etwas nütze sind? Bringen sie Glück in Eure beiden Familien?«

»Nicht unbedingt.«

»Wenn ich das Fehderecht beenden will — meint Ihr, es hätte Sinn, mich an Gawaine und Leute seines Schlages zu wenden?«

»Verstehe.«

»Was hätte es für einen Sinn gehabt, wenn ich die ganze Orkney-Familie exekutiert hätte? Wir hätten nur drei Ritter weniger, mit denen wir arbeiten können. Und sie haben ein unglückliches Leben gehabt, Aglovale. Deshalb ruht meine ganze Hoffnung auf Euch.«

»Ich muß mir's überlegen.«

»Tut das. Entscheidet nichts voreilig. Denkt nicht an mich. Tut nur, was Euch rechtens dünkt, weil Ihr ein Pellinore seid. Dann weiß ich, daß es gut sein wird. Nun erzählt mir von Euern Gral-Aventiuren und vergeßt die Orkneys für einen Abend.«

Aglovale stieß einen Seufzer aus und sagte: »Was mich betrifft, hat es keine Gral-Aventiuren gegeben. Aber die Sache hat mich meine Schwester gekostet. Vielleicht auch noch einen Bruder.«

»Ist Eure Schwester tot? Mein armer Junge. Ich hatte gedacht, sie sei in einem Kloster.«

»Man hat sie in einem Boot oder Schiff tot aufgefunden.«

»Tot aufgefunden?«

»Ja. In einem Zauber-Nachen. Sie hatte einen langen Brief in der Hand, mit allem über die Grals-Queste und über meinen Bruder Percy.«

»Schmerzt es Euch, wenn wir Fragen stellen?«

»Nein. Ich möchte darüber sprechen. Ich habe noch Dornar, und es scheint, als habe Percy sich ausgezeichnet.«

»Was hat Sir Percivale — oder Parzival, wie andre ihn wohl nennen — in der Zwischenzeit getan?«

»Vielleicht ist's besser, wenn ich Euch den Inhalt des Briefes erzähle. — Wie Ihr wißt«, so begann Sir Aglovale, »war Percy derjenige in unsrer Familie, der am meisten Daddy nachschlug. Er war sanft und bescheiden und ein bißchen unbestimmt. Schüchtern war er auch. Als er Bors auf dem Zauberkahn traf, da war er verlegen, so heißt es in dem Brief. Er war ein jungfräulicher Ritter, wißt Ihr? Ich habe oft gedacht, wenn ich sie beisammen sah, daß er und Papa ein gutes Gespann abgäben. Beide liebten Tiere, und konnten mit ihnen umgehn. Da war Daddys Queste-Biest, und jetzt scheint Percy sich besonders mit Löwen angefreundet zu haben, seit er auf Fahrt ist. Percy war auch sanftmütig und einfältig. Eines Tages, als sie versuchten, ein geweihtes Schwert aus seiner Scheide zu zerren — ich meine die drei in dem heiligen Boot —, da durfte Percy als erster vom Leder ziehn. Es ist ihm natürlich nicht gelungen — derlei blieb Galahad vorbehalten —, doch als es ihm mißglückt war, da hat er sich voller Stolz umgesehn und gerufen: ›Meiner Treu, jetzt hab' ich doch versagt!‹ Aber ich eile meiner Geschichte voraus. —

Es heißt in dem Brief, daß Percys erstes Abenteuer, nach dem Abschied von Vagon, sein Ausritt mit Sir Lanzelot gewesen sei. Dabei stießen sie auf Sir Galahad. Sie tjostierten mit ihm, und Galahad hat sie beide zu Fall gebracht. Dann hat Percy Lanzelot verlassen und ist in eine Einsiedelei gegangen, wo er die Beichte abgelegt hat. Der Eremit gab ihm den Rat, Galahad nach Goothe oder Carbonek zu folgen und sich nicht mit ihm zu schlagen. Irgendwie war Percy von einer Art enthusiastischer Heldenverehrung für Galahad gepackt worden, und so kam ihm der Ratschlag recht. Er ritt nach Carbonek weiter, wo er die Abtei-Glocke läuten hörte, als er durch den Wald strich, und da stieß er auf König Evelake, der an die vierhundert Jahre alt war. Aber das von König Evelake lasse ich lieber weg, weil ich's nicht ganz verstehe. Ich glaube, der alte Mann konnte nicht sterben, bis man den Heiligen Gral gefunden hatte, oder irgend so was. Aber König Pelles steckt auch mit drin, und dieser Teil des Briefes ist ein bißchen schwer zu begreifen. Jedenfalls hat Percy mit acht Rittern und zwanzig Reisigen gekämpft, die sich bei Carbonek auf ihn stürzten, und Galahad hat ihn im letzten Augenblick gerettet. Unglücklicherweise wurde sein Pferd getötet, und Galahad ist weitergeritten, ohne ihm auch nur den Morgengruß zu entbieten.

Wißt Ihr«, sagte Lionel nach einer Pause, »es mag ja alles ganz gut und schön sein, wenn man heilig und unbesiegbar ist, und ich nehm's Galahad nicht übel, daß er eine Jungfrau ist, aber meint Ihr nicht, daß man ruhig ein bißchen menschlich sein könnte? Ich will ja nicht nörgeln, aber der junge Mann ist mir nicht ganz geheuer. Weshalb konnt' er nicht guten

Morgen sagen oder so was, statt einen Mann zu retten und dann stumm und steif mit der weißen Nase in der Luft weiterzureiten?«

Arthur gab keinen Kommentar, und der Jüngling nahm seinen Bericht wieder auf.

»Percy hat versucht, sich mit Galahad zusammenzutun, den Instruktionen gemäß, und Galahad war fortgeritten, so daß der arme Kerl ihm nur nachlaufen konnte und schrein: ›Nun sagt bloß!‹ Er hatte etlichen heftigen Ärger, als er sich ein Pferd borgen wollte, und schließlich landete er auf dem Gaul eines Stallburschen und hetzte hinter Galahad her, so schnell der Klepper laufen wollte. Aber da tauchte ein Ritter auf und holte ihn von der Mähre runter — ich fürchte, unsre Familie ist nie besonders heldenhaft gewesen —, und da war er wieder zu Fuß und Galahad keinen Schritt näher. Na ja, an diesem Punkt erschien eine Dame — hinterher haben sie herausgefunden, daß sie eine Fee war, und keine sehr nette —, und die fragte ihn streng, was er denn täte. Percy sagte: ›Ich tue weder Gutes noch Böses, was?‹ Da lieh ihm die Dame einen Rappen, der sich als Unhold erwies und unter dramatischen Umständen verschwand, als der arme Percy sich an dem Abend glücklich preisen wollte. Er war zu der Zeit in einer Art Wüste, wo er mit einem Löwen Freundschaft schloß, den er vor einer Schlange rettete. Percy hatte immer schon eine Schwäche für unsre stummen Freunde, wie ich bereits sagte. —

Als nächstes kam dann eine zauberhafte Edelfrau, mit vollständiger Campingausrüstung, und lud Percy zum Picknick ein. Er hatte Hunger — kein Wunder bei der Wüste und so — und war das Weintrinken nicht gewöhnt, und so wurde das denn eine tolle Party. Da hat er wohl einen kleinen Schwips gekriegt, fürchte ich, und das Ende vom Liede war, daß er zuviel gelacht hat und sich erregt und der Dame ein Angebot gemacht hat ... Ihr wißt schon. Na, die Dame zeigte sich willfährig, und alles ließ sich wunderbar an, da bemerkte Percy zum Glück das Kreuz am Knauf seines Schwertes, das auf der Erde lag. Wiederum pries er sich glücklich, und das Zelt der Dame verkehrte sich, und sie entschwand auf einem Schiff mit Geschrei und Getöse, und das Wasser geriet in Flammen. —

Percy schämte sich so sehr und hatte am nächsten Morgen ein derartiges Kopfweh, daß er sich zur Strafe sein Schwert in den Schenkel stieß. Danach tauchte das heilige Boot auf, mit Bors darinnen, und die beiden segelten gemeinsam von dannen, wohin es sie tragen mochte.«

Ginevra sagte: »Wenn das heilige Boot dazu bestimmt war, Menschen zum Gral zu bringen, dann kann ich gut verstehen, wie Bors darauf kam. Wir wissen, daß er furchtbare Prüfungen zu bestehen gehabt hatte. Weshalb aber Sir Parzival? Ich möchte nicht unhöflich sein, Sir Aglovale, aber

Euer Bruder scheint doch nicht eben allzuviele Leistungen vollbracht zu haben.«

»Er hat seine Integrität gewahrt«, sagte Arthur. »Er war so rein wie Bors, ja, er war noch reiner. Er war absolut unschuldig. Gott sagt, man möge die Kindlein zu ihm kommen lassen.«

»Aber solch ein Wirrkopf!«

Arthur war verärgert.

»Wenn Gott barmherzig ist«, gab er zurück, »dann weiß ich nicht, weshalb er einen Menschen nicht in den Himmel hineinstolpern lassen sollte. Warum sollen bloß die Gipfelkletterer passieren dürfen? Fahrt fort mit Euerm Brief, Sir Aglovale.«

»An dieser Stelle tauchte meine Schwester auf. Sie war Nonne, wißt Ihr, und als sie ihr die Haare abschnitten, da gab es eine Vision, und da hieß es, sie sollten in einem Behälter aufbewahrt werden. Meine Schwester war eine gebildete Frau mit einer Berufung für religiöse Studien. Just zu der Zeit, als Percy und Bors das Boot betraten, da suchte wieder eine Erscheinung das Kloster heim, und die gebot, gewisse Dinge zu tun. Zunächst solle nach Sir Galahad Ausschau gehalten werden. —

Galahad verbrachte die Nacht in einer Einsiedelei bei Carbonek, nachdem er Sir Gawaine besiegt hatte, und dort fand ihn meine Schwester. Sie hieß ihn aufstehen und sich wappnen, und dann ritten sie gemeinsam zur Collibe-See, wo sie unterhalb einer festen Burg die geweihte Arche mit Bors und Percy fanden. Alle segelten gemeinsam fort, bis sie zu einem Meeresschlund gelangten, zwischen zwei hohen Felsen gelegen, und da wartete ein zweiter Nachen. Das Betreten des neuen Schiffes war mit allerlei Geheimnisvollem verbunden. Es trug nämlich eine Schriftrolle, die allen Menschen fernzubleiben gebot, die nicht reinsten Glaubens wären. Galahad mit seinem unverwüstlichen Selbstvertrauen, der ging an Bord. Sie folgten ihm und fanden ein pompöses Bett mit einer Krone aus Seide drauf und einem halbgezückten Schwert. Es war König Davids Schwert. Auch waren drei Zauberspindeln da, die aus dem Holz des Baumes im Garten Eden gemacht waren; außerdem zwei kleinere Schwerter für Percy und Bors. Das Hauptschwert war natürlich für Galahad. Der Knauf war aus wundervollem Stein, die Schalen des Hefts waren die Rippen von zwei wilden Tieren mit Namen Calidone und Ertanax, die Scheide war aus Schlangenhaut, und eine Seite des Schwertes war rot wie Blut. Der Gurt hingegen bestand aus simplem Hanf. —

Meine Schwester machte sich mit den Spindeln an die Arbeit und verfertigte aus ihren eignen Haaren einen neuen Gurt, wie ihr geheißen war. Sie klärte die andern über die Geschichte des Schwertes auf, die sie von ihren Studien her kannte, und wie es komme, daß die Spindeln aus Holz seien, das durch und durch gefärbt war; und endlich wurde Galahad das Schwert umgegürtet. Sie war eine Jungfrau, und sie hat es mit ihren eigenen Haaren einem jungfräulichen Manne angelegt. Dann sind sie zu dem ersten Schiff zurückgekehrt und nach Carlisle gesegelt. —

Auf dem Weg nach Carlisle retteten sie einen alten Herrn, der von einigen Bösewichtern auf seinem Schloß gefangen gehalten wurde. In dem Kampf töteten sie einen Haufen von diesen Männern, und Bors und Percy waren entsetzt, doch Galahad sagte, es sei völlig Rechtens, Menschen zu töten, die nicht getauft seien, und es stellte sich heraus, daß sie's tatsächlich nicht waren. Da bat der alte Herr vom Schloß, in Galahads Armen sterben zu dürfen, und Galahad gewährte ihm gnädig diese Bitte. —

Als sie nach Carlisle kamen, da fanden sie eine Burg, die einer Dame gehörte, welche die Masern hatte. Die Ärzte hatten ihr gesagt, sie könne nur geheilt werden, wenn sie in einem Bottich voll Blut von einer reinen Jungfrau aus königlichem Geschlechte baden würde. Jeder, der dieses Wegs kam, wurde von den Leuten auf der Burg zur Ader gelassen, und die Beschreibung traf auf meine Schwester zu. Die drei Ritter kämpften den ganzen Tag, um sie zu retten, aber des Abends wurde ihnen der Grund für diese Sitte erklärt, und meine Schwester sagte: ›Besser ein Schade allein als deren zwei.‹ Sie willigte ein, beendete den Kampf, und am nächsten Morgen haben sie's dann gemacht. Sie hat die Chirurgen gesegnet und angeordnet, daß ihr Leib auf dem heiligen Nachen mit diesem Brief in der Hand ausgesetzt werde. Daraufhin starb sie bei der Operation.«

Sir Aglovale kam zum König zurück, nachdem die üblichen Beileidsbezeugungen vorbei waren und er sich schon auf den Weg zur Schlafkammer gemacht hatte. Die Halle lag im Dunkeln, und die Licht-Juwelen waren verschwunden.

»Was ich noch sagen wollte —«, stammelte er. »Könntet Ihr die Orkneys fragen, ob sie morgen mit mir speisen wollen?«

Arthur sah ihn in der Düsternis durchdringend an — und strahlte dann übers ganze Gesicht. Er küßte Aglovale, wobei ihm eine Träne über das Lächeln rollte. Er sagte:

»Jetzt habe ich wieder einen Pellinore, den ich lieben kann.«

Noch immer kam keine Nachricht vom großen Dulac. Sein Name war zu einer Zauberformel geworden, die alle Herzen schneller schlagen ließ, insbesondere die der Frauen. Er war selber ein *maestro* geworden, den man so bewunderte, wie er selber einst zu Onkel Dap aufgeschaut hatte. Wer das Fliegen gelernt hat oder bei einem großen Musiker oder Fechtmeister in die Lehre gegangen ist, der braucht sich nur an seinen Lehrer zu erinnern, um zu wissen, wie die Menschen von Camelot mittlerweile zu Lanzelot standen. Sie wären für ihn in den Tod gegangen — für seine Meisterschaft. Und nun war er verschollen.

Die Überlebenden trafen tröpfelnd ein: Palomides, der jetzt getauft war, von dem Aventiuren-Tier die Nase voll hatte und stark gealtert schien infolge seines langen poetischen Wettstreits mit Sir Tristan um die Liebe der schönen Isolde, La Beale Isoud; Sir Grummore Grummursum, haarlosen Hauptes, glatt wie ein Ei, an die achtzig, von Podagra gequält, doch immer noch tapfer auf der Queste; Kay, scharfäugig und sarkastisch; Sir Dinadan, der Scherze über seine Niederlagen machte, obwohl er so müde war, daß er kaum die Augen offenhalten konnte; und sogar der alte Sir Ector vom Forest Sauvage kam daher, fünfundachtzig Jahre alt, ein Tattergreis.

Sie brachten gebrochene Arme und Gerüchte mit. Eines besagte, daß Galahad, Bors, der andere Ector und eine Nonne an einer Mirakel-Messe teilgenommen hätten. Sie sei von einem Lamm zelebriert worden, unter Beihilfe eines Mannes, eines Löwen, eines Adlers und eines Stiers. Nach der Messe sei der Zelebrant durch ein Lamm in einem der Buntglasfenster der Kirche verschwunden, ohne das Glas zu zerbrechen, dergestalt die unbefleckte Empfängnis versinnbildlichend. Ein anderes sprach davon, wie unbarmherzig Galahad mit einem Unhold in einer Gruft verfahren sei, wie er den Brunnen der Lust abgekühlt habe und wie das Schloß der leprösen Lady schließlich zusammengestürzt sei.

Diese Männer mit rostigen Rüstungen und zerhackten Schilden hatten Lanzelot da und dort gesehen. Sie sprachen von einem geharnischten häßlichen Mann, der vor einem Kreuz am Wege betete; von einem verhärmten Gesicht, eingeschlafen auf dem Schild, unterm Mondschein. Sie sprachen auch von schier unglaublichen Dingen: von einem Lanzelot, den man vom Pferd gehoben habe, der besiegt worden sei, der nach dem Abwurf niedergekniet sein solle.

Arthur stellte Fragen, sandte Boten aus, schloß seinen Hauptmann in seine Gebete ein. Ginevra wandelte in gefährlichem Geisteszustand mit ihren Worten am Rand eines Abgrunds entlang. Jeden Augenblick konnte sie etwas sagen oder tun, das sie und ihren Geliebten bloßstellen mochte. Mordred und Agravaine, die zu den ersten gehörten, welche von der Queste zurückkehrten, wachten und warteten mit funkelnd geweiteten Augen. Sie waren reglos, wie Lord Burleigh dies bei den Ratsversammlungen der Königin Elisabeth gewesen sein soll; oder geschmeidig wie eine Katze, die heimlich das Mauseloch belauert — ganz Geistesgegenwart, gesammelt zum Sprung.

Die Gerüchte sprachen dann von Lanzelots Tod. An einer Furt sei er von einem schwarzen Ritter getötet worden. Er habe mit seinem eigenen Sohn tjostiert, der ihm das Genick gebrochen habe. Er sei neuerlich wahnsinnig geworden, nachdem ihn sein Sohn besiegt hatte, und irre nun umnachtet ohne Ziel umher. Seine Rüstung sei von einem geheimnisvollen Ritter geraubt worden, und ein wildes Tier habe ihn gefressen. Er habe mit zweihundertfünfzig Rittern gekämpft, sei gefangengenommen und wie ein Köter aufgeknüpft worden. Nicht wenige am Hofe glaubten und munkelten, daß er im Schlaf von den Orkneys ermordet worden sei und unter einem Blätterhaufen begraben liege.

Der dünne Rest der Ritterschaft kam hinkend nach, zu zweit und zu dritt, später einzeln, und schließlich dauerte es Tage, bis wieder mal ein einsamer Reiter erschien. Die von Sir Bedivere geführte Liste der Getöteten und Vermißten wurde zum reinen Totenkatalog, da die Vermißten entweder erschöpft zurückkehrten oder aber durch Augenzeugen für tot erklärt wurden. Die Gerüchte um Lanzelot nahmen mehr und mehr den Charakter eines Nachrufs an. Er wurde von nahezu allen geliebt, so daß man von seinem möglichen Tod nur im Flüsterton sprach, um das Befürchtete nicht durch lautes Bereden Wirklichkeit werden zu lassen. Flüsternd rühmte man seine Güte, rätselte über sein merkwürdiges Gesicht; über den-und-den Hieb, den er dem-und-dem versetzt hatte; über die Eleganz seiner Beinhaltung. Ein paar Pagen und Küchenmägde, die sich lebhaft eines Lächelns oder eines Weihnachtsgeschenks aus seiner Hand erinnerten, sanken auf feuchten Kissen in Schlaf, obwohl sie wußten, daß der große Captain sich wohl nicht einmal ihrer Namen entsinnen konnte. Kay setzte jedermann dadurch in Erstaunen, daß er mit einem Schniefen erklärte, er selber sei immer ein elender Wicht gewesen, und dann, sich schneuzend, geschwind den Raum verließ. Am Hofe machte sich eine zunehmende Spannung bemerkbar und die Ahnung eines Verhängnisses.

Lanzelot kehrte in einem Unwetter heim, naß und klein. Er zog einen abgetakelten alten Schimmel nach, der kaum mehr die Hufe heben konnte.

Hinter den beiden hingen dunkle Herbstwolken am Himmel, und die hervorgewölbten Rippen des Kleppers hoben sich schieferweiß vom indigofarbenen Hintergrund ab. Ein Zauber, etwas wie Gedankenübertragung, eine Intuition mußte im Spiele sein: denn alle Zinnen und Türme der Burg und die Zugbrücke des Großen Tores waren dicht mit Menschen besetzt, die warteten und Ausschau hielten und mit den Fingern wiesen, noch ehe er überhaupt erschien. Als die winzige Gestalt sichtbar wurde, die müde zwischen den fernen Bäumen herantrottete, einsam auf weitem Plan, erhob sich unter den Wartenden ein Gemurmel. Es war Lanzelot! Lanzelot, in einem scharlachroten Gewand neben dem weißen Gaul. Er lebte! All seine Abenteuer waren bis in die Einzelheiten bekannt, bevor ein Wort gesprochen wurde. Arthur rannte umher wie ein Irrer und rief allen zu, sie sollten hineingehen, die Zinnen räumen, damit der Mann sich nicht scheue. Als er dann näherkam, war niemand da, der ihn hätte irritieren können. Nur — das große Tor stand offen, und Onkel Dap war da, weißhaarig und gebeugt, um sein Pferd in Empfang zu nehmen. Hunderte von Augenpaaren lugten hinter den Vorhängen hervor und sahen, wie der heruntergekommene Mann seinem Schildknappen die Zügel übergab — sahen ihn dastehen mit gesenktem Haupt, das er nicht für einen einzigen Augenblick gehoben hatte — sahen, wie er sich umdrehte, auf seine eigenen Gemächer zuging und in der Dunkelheit der Turmtreppe verschwand.

Zwei Stunden später meldete sich Onkel Dap in der Kammer des Königs. Er hatte Lanzelot entkleidet und zu Bett gebracht. Unter dem Scharlachgewand, so sagte er, habe der Ritter ein feines weißes Tuch getragen — und darunter ein scheußliches härenes Hemd. Sir Lanzelot hatte ihn mit einer Botschaft hergeschickt. Er sei sehr müde und erbitte des Königs Pardon. Er werde ihm morgen seine Aufwartung machen. Mittlerweile aber, um eine unnötige Verzögerung zu ersparen, solle Onkel Dap dem König die wichtigste Neuigkeit mitteilen: der Heilige Gral sei gefunden worden. Galahad, Bors und Percivale (den die Fremden Parzival nannten) hätten ihn gefunden und seien mit ihm und der Leiche von Percivales Schwester zu Sarras in Babylonien eingetroffen. Der Gral könne nicht nach Camelot gebracht werden. Bors komme später heim, die anderen jedoch würden nie mehr zurückkehren.

KAPITEL 32

Ginevra hatte sich für diesen Empfang ein bißchen zuviel geschmückt. Sie hatte sich geschminkt, was sie nicht nötig hatte, und sie hatte es nicht eben geschickt gemacht. Sie war zweiundvierzig.

Als Lanzelot sah, wie sie, an Arthurs Seite, bei Tisch auf ihn wartete, da barst der Herzbeutel in seiner Brust, und die Liebe, die darin gestaut war, durchschoß seine Adern. Es war seine alte Liebe zu einem zwanzigjährigen Mädchen, das stolz neben seinem Thron stand, umringt von Gefangenen, die man ihm als Geschenk dargebracht hatte. Jetzt jedoch war dasselbe Mädchen umringt von etwas anderem, umschlossen von schlechtem Make-up und vorlauter Seide, womit sie der Unabweisbarkeit des menschlichen Geschicks zu trotzen versuchte. Er sah sie als die leidenschaftliche Verkörperung unschuldiger Jugend, bedroht nun von dem bösen Trick, mit dem die Jugend hereingelegt wird — dem Trick des Verrats im Körper, der blühendes Fleisch zu grünen Knochen werden läßt. Ihren dummen Aufputz fand er nicht vulgär, sondern rührend. Das Mädchen war noch immer da, immer noch reizvoll hinter der bröckelnden Barrikade aus Rouge. Sie hatte den tapfersten Protest ausgedrückt: Ich lasse mich nicht besiegen. Hinter der unbeholfenen Koketterie, der würdelosen Kostümierung war der menschliche Hilfeschrei. Die jungen Augen blickten verstört, sagten: Ich bin's, hier drinnen — was haben sie mit mir gemacht? Ich ergebe mich nicht. Irgendwo wußte sie, daß der Puder sie zur Vogelscheuche machte, und sie haßte ihn und versuchte, ihren Liebhaber allein mit den Augen zu fesseln. Die sagten: Sieh all das andere nicht, sieh mich. Ich bin noch hier, in den Augen. Sieh mich an, hier in diesem Gefängnis, und hilf mir heraus. Ein anderer Teil sagte: Ich bin nicht alt, das ist Einbildung. Ich bin wunderhübsch zurechtgemacht. Sieh, wie ich die Bewegungen der Jugend beherrsche. Ich werde den gewaltigen Armen des Alters trotzen.

Lanzelot sah nur eine einzige Seele, ein verurteiltes und unschuldiges Kind, das seine unhaltbare Stellung mit den unzureichenden Waffen getönten Haares und orangefarbener Seide zu behaupten suchte, mit denen es ihm — aus welcher Angst heraus? — hatte gefallen wollen. Er sah

Die erregte Zwergenfaust,
Wolkenwärts geballt voll keckem Mut;
Der unbeugbare Stolz des Unterlegnen griff
Den geisterhaften Riesen.

Arthur sagte: »Seid Ihr jetzt ausgeruht? Wie fühlt Ihr Euch?«

»Wir sind so froh, Euch zu sehen«, sagte Ginevra, »so froh, Euch wiederzuhaben.«

Sie, ihrerseits, sahen einen Mann voll ruhiger Heiterkeit — einen Weisen, wie ihn Kipling in »Kim« beschrieben hat. Sie sahen ihren neuen Lanzelot als ein Wesen aus Stille und Wahrnehmungskraft. Von der Höhe seines Geistes war er zu ihnen herabgekommen.

Lanzelot sagte: »Ich bin gut ausgeruht, habt Dank. Ich vermute, Ihr werdet alles über den Gral erfahren wollen.«

Der König sagte: »Es war selbstsüchtig von mir, fürchte ich. Ich habe alle ferngehalten. Wir werden es niederschreiben lassen und in Salisbury aufbewahren. Aber zunächst wollten wir es unmittelbar von Euch selber hören, Lanz, im Zusammenhang. —

Seid Ihr bestimmt nicht zu müde, uns alles zu erzählen?«

Lanzelot lächelte und nahm beider Hände.

»Da ist nicht viel zu erzählen«, sagte er. »Schließlich habe ja nicht *ich* den Gral gefunden.«

»Setzt Euch und nehmt etwas zu Euch. Ihr könnt erzählen, wenn Ihr gegessen habt. Ihr seid viel dünner geworden.«

»Möchtet Ihr gern ein Glas Hippokras oder Birnwein?«

»Ich trinke zur Zeit nicht«, sagte er, »danke.«

Während er aß, saßen der König und die Königin rechts und links von ihm und sahen zu. Ehe er seine Finger nach dem Salz ausstrecken konnte, hatten sie es ihm schon gereicht. Er mußte über ihre ernsten Gesichter lachen, die ihm ein Gefühl der Unbehaglichkeit gaben, und tat so, als wolle er Arthur mit dem Wasser in seiner Schale anspritzen, um sie zum Lächeln zu bringen.

»Hättet Ihr gern eine Reliquie?« fragte er. »Ihr könntet meine Stiefel haben, wenn Ihr möchtet. Sie sind ganz schön ausgelatscht.«

»Lanzelot, darüber darf man keine Scherze machen. Ich glaube, Ihr habt den Heiligen Gral mit eigenen Augen gesehen.«

»Und wenn, so wäre es doch nicht nötig, daß Ihr mir das Salz reicht.«

Aber sie sahen ihn weiterhin unverwandt an.

Lanzelot sagte: »Bitte, versteht. Galahad und den anderen wurde der Gral gewährt. Mir wurde er nicht gewährt. Also wäre es verkehrt, und Ihr würdet mir wehtun, wenn Ihr Wesens davon machtet. Wie viele Ritter sind zurückgekehrt?«

»Die Hälfte«, sagte Arthur. »Wir haben ihre Geschichten gehört.«

»Ich glaube, dann wißt Ihr mehr darüber als ich.«

»Wir wissen nur, daß die Totschläger abgewiesen wurden und jene, die nicht beichten wollten. Und Ihr sagt, daß Galahad und Bors und Percivale zugelassen worden sind. Wie ich höre, waren Galahad und Percivale noch unberührt; und Bors, der nicht unbedingt jungfräulich war, hat sich als erstklassiger Theologe entpuppt. Ich vermute, daß Bors wegen seiner dogmatischen Stärke zugelassen wurde, und Percivale wegen seiner Unschuld. Von Galahad weiß ich kaum etwas, ausgenommen, daß keiner ihn leiden kann.«

»Keiner kann ihn leiden?«

»Sie beklagen sich darüber, daß er unmenschlich sei.«

Lanzelot blickte in seinen Becher.

»Er *ist* unmenschlich«, sagte er endlich. »Aber weshalb sollte er menschlich sein? Erwartet Ihr von Engeln, daß sie menschlich sind?«

»Da komme ich nicht ganz mit.«

»Meint Ihr, wenn der Erzengel Michael jetzt in diesem Augenblick herkäme, dann würde er sagen: ›Was für schönes Wetter heute! Wie wär's mit einem Whisky?‹«

»Wohl kaum.«

»Arthur, Ihr solltet mich nicht für ungehobelt halten, wenn ich solche Sachen sage. Ihr dürft nicht vergessen, daß ich fortgewesen bin, in seltsamen und verlassenen Gegenden, manchmal allein, manchmal in einem Boot mit niemandem als Gott und dem pfeifenden Meer. Versteht Ihr, daß ich das Gefühl hatte, verrückt zu werden, seit ich wieder unter Menschen bin? Nicht durchs Meer, sondern durch die Menschen. Inmitten der Menschen verliere ich wieder, was ich gewonnen hatte. Eine Menge von dem, was auch Ihr und Jenny sagt, scheint mir überflüssig — merkwürdige Geräusche — leer. Ihr wißt schon, was ich meine. ›Wie geht es Euch?‹ — ›Setzt Euch!‹ — ›Was haben wir für schönes Wetter!‹ — Was soll das? Die Menschen reden viel zu viel. Wo ich gewesen bin, und wo Galahad ist, da ist's reine Zeitvergeudung, ›Manieren‹ zu haben. Manieren sind nur zwischen Leuten erforderlich, die ihre nichtigen Geschäfte in Gang halten müssen. Manieren macht der Mensch, wißt Ihr, nicht Gott. So könnt Ihr denn vielleicht begreifen, wieso Galahad unmenschlich erscheinen mochte und ungesittet und so weiter — den Leuten, die über ihn geschwatzt und geklatscht haben. Er war im Geiste weit entfernt; er lebte auf einsamen Inseln, in der Stille, mit der Ewigkeit.«

»Ich verstehe.«

»Bitte, haltet mich nicht für roh, weil ich solche Sachen sage. Ich versuche, ein Gefühl zu erklären, eine Einstellung. Wärt Ihr in Patricks Purgatorium gewesen, würdet Ihr wissen, was ich meine. Die Menschen wirken lächerlich, wenn man herauskommt.«

»Ich verstehe. Jetzt verstehe ich auch Galahad.«

»Er war wirklich ein liebenswerter Mensch. Ich habe eine lange Zeit mit ihm auf dem Boot zugebracht, und ich muß es wissen. Aber das bedeutet doch nicht, daß wir uns dauernd gegenseitig den besten Platz im Boot angeboten hätten.«

»Es waren meine weltlichen Ritter, die ihn am wenigsten mochten. Ich verstehe. Aber wir wollten ja *Eure* Geschichte hören, Lanz ...«

»Ja, Lanz. Erzählt uns, wie es Euch erging, und laßt das mit den Engeln beiseite.«

»Da es mir nicht vergönnt war, irgend welchen Engeln zu begegnen«, sagte Sir Lanzelot mit einem Lächeln, »wird es wohl das beste sein.«

»Fahrt fort.«

»Als ich Vagon verließ«, begann der Oberkommandierende, »hatte ich die Idee, der rechte Ort für die Suche sei die Burg von König Pelles ...«

Er brach ab, denn Ginevra hatte eine jähe Bewegung gemacht.

»Ich bin nicht auf die Burg gegangen«, sagte er sanft, »weil ich einen Unfall hatte. Mir ist etwas widerfahren, das außerhalb meiner Pläne lag, und danach habe ich mich dem Schicksal überlassen.«

»Was war das für ein Unfall?«

»Eigentlich war's gar kein Unfall. Es war der erste Verweis, der mir zuteil wurde und für den ich dankbar bin. Ihr müßt wissen, daß ich ein Großteil von Gott reden werde, und dies ist ein Wort, das unfromme Menschen so abstößt, wie ›verdammt‹ und dergleichen die Frommen beleidigt. Wie sollen wir da verfahren?«

»Nehmt einfach an, wir wären die Frommen«, sagte der König, »und erzählt weiter von Euerm Unfall.«

»Ich ritt mit Sir Percivale, als wir auf meinen Sohn stießen. Er hat mich bei der ersten Tilte aus dem Sattel gehoben. Mein eigener Sohn!«

»Ein Überraschungsangriff«, sagte Arthur schnell.

»Es war eine faire Tilte.«

»Natürlich wolltet Ihr Euern Sohn nicht besiegen.«

»Ich *wollte* ihn besiegen!«

Ginevra sagte: »Jeder hat einmal Pech.«

»Ich bin gegen Galahad angeritten mit allem Können, das mir zur Verfügung stand, und er hat mich aus dem Sattel gehoben, wie's kaum einer schöner fertiggebracht hat. —

Eigentlich«, so fügte Lanzelot mit einem grotesken Grinsen hinzu, »könnte ich sogar sagen: er hat mich ausgehoben, wie es überhaupt keiner jemals fertiggebracht hat. Das erste, was ich empfand, war Verblüffung. Erst später wurde etwas anderes daraus.«

»Was habt Ihr getan?«

»Ich lag auf der Erde, und Galahad hielt sein Pferd neben mir an, ohne ein Wort zu sagen. Da kam eine Frau herbei, die als Klausnerin in einer Einsiedelei lebte, nahe beim Kampfplatz. Sie machte einen Hofknicks und sagte: ›Gott sei mit Euch, bester Ritter der Welt‹.

Lanzelot blickte auf den Tisch und wischte mit der Hand über das Tafeltuch. Dann räusperte er sich und sagte:

»Ich habe aufgeschaut, um zu sehn, wer da zu mir sprach.«

König und Königin warteten.

Lanzelot räusperte sich neuerlich. »Versteht mich recht«, sagte er, »ich versuche, Euch meine geistige Verfassung zu schildern, nicht mein Abenteuer. Da kann ich also nicht bescheiden sein. Ich bin ein schlechter Mensch, das weiß ich, aber mit den Waffen war ich immer gut. Es war mir manchmal ein Trost in meiner Schlechtigkeit, zu glauben — zu wissen, daß ich der beste Ritter der Welt war.«

»Ja, und?«

»Nun, die Dame sprach nicht zu mir.«

Schweigend verdauten sie diese Eröffnung und beobachteten ein Zittern an seinem rechten Mundwinkel.

»Galahad?«

»Ja«, sagte Sir Lanzelot. »Die Dame sah an mir vorbei und meinte meinen Sohn Galahad. Der zog alsbald im Handgalopp ab. Gleich darauf entfernte sich auch die Dame.«

»Wie kann man etwas so Abscheuliches sagen!« rief der König aus. »Was für eine bodenlose Unverschämtheit! Sie hätte die Peitsche verdient!«

»Es stimmte.«

»Aber herzukommen und Euch das ins Gesicht zu sagen!« rief Ginevra aus. »Und außerdem: nach einem einzigen Fall . . .«

»Sie hat ausgesprochen, was Gott ihr aufgetragen hatte. Sie war eine heilige Frau, versteht Ihr? Aber zu der Zeit konnte ich's noch nicht begreifen. —

Jetzt bin ich viel reifer«, fügte er rechtfertigend hinzu, »doch damals konnte ich's nicht ertragen. Mir war, als hätte man mir meine Stütze weggenommen; und ich wußte, daß sie einfach nur die reine Wahrheit gesagt hatte. Mir war, als hätte sie mir das letzte Stück meines Herzens zerbrochen. Da bin ich dann von Percivale fortgeritten, um mit meiner Verwundung allein zu sein, wie ein Tier. Percivale schlug mir vor, etwas zu unternehmen; aber ich habe nur gesagt: ›Tue, wie Dir beliebt.‹ Ich bin in trüber Stimmung fortgeritten, beklommen und benommen, um einen Ort zu finden, wo ich mit meinem Kummer für mich sein konnte. Schließlich ritt ich zu einer Kapelle und hatte das Gefühl, wieder wahnsinnig zu werden. Wißt Ihr, Arthur, ich hatte eine schwere Last auf der Seele, und der Gedanke, ein berühmter Kämpfer zu sein, machte das irgendwie ein bißchen wett, und als es damit nun vorbei war, da schien es, als sei mir nichts mehr geblieben.«

»Euch ist alles geblieben. Ihr seid immer noch der beste Kämpfer der Welt.«

»Das Merkwürdige war, daß die Kapelle keine Türe hatte. Ich weiß nicht, ob es meine Sünden waren oder das furchtbare Gefühl, vernichtet zu sein, jedenfalls konnte ich nicht hineingehn. Ich habe draußen auf meinem Schild geschlafen und geträumt, ein Ritter käme und nähme meinen Helm weg und mein Schwert und mein Pferd. Ich versuchte aufzuwachen, aber ich konnt's nicht. Meine ganze ritterliche Habe wurde mir weggenommen, und ich konnte nicht aufwachen, weil mein Herz voll bitterer Gedanken war. Eine Stimme sagte, daß ich keine Verehrung mehr genießen würde, nie mehr — aber ich habe nur gegen die Stimme rebelliert, und als ich erwachte, waren meine Sachen fort. —

Arthur, wenn es mir nicht gelingt, Euch jene Nacht verständlich zu machen, dann werdet Ihr den Rest nicht verstehn. Statt Schmetterlinge zu fangen, habe ich meine Kindheit damit zugebracht, alles zu lernen, was ich brauchte, um Euer bester Ritter zu werden. Hernach war ich böse, aber ich hatte etwas. Ich war so stolz, im Herzen, weil ich wußte, daß ich den Durchschnitt weit überragte. Es war ein unedles Gefühl, ich weiß. Aber ich hatte sonst nichts, auf das ich hätte stolz sein können. Zuerst hatte ich mein Wort und meine Wunder verloren, und jetzt, in dieser Nacht, von der ich erzähle, war auch dies hin. Als ich aufwachte und merkte, daß meine Waffen fort waren, bin ich betäubt umhergeirrt. Es ist ekelhaft, aber ich habe geheult und geflucht. Zu jener Zeit begannen sie, mich zu zerbrechen.«

»Mein armer Lanz.«

»Es war das beste, was geschehen konnte. Am Morgen, wißt Ihr, hörte ich die Vögel singen — und das heiterte mich auf. Komisch, von einem Schwarm Vögel getröstet zu werden. Als ich klein war, hatte ich nie die Zeit, mich um Vogelnester zu kümmern. Ihr hättet gewußt, was das für Vögel waren, Arthur, aber ich konnte sie nicht bestimmen. Da war ein ganz kleiner mit hochgestelltem Schwanz, der sah mich an. Er war ungefähr so groß wie das Rädchen an den Sporen.«

»Vielleicht war's ein Zaunkönig.«

»Gut, nehmen wir's an. Zeigt Ihr mir morgen einen? Was diese Vögel mich sehen lehrten, da mein schwarzes Herz es nicht alleine sehen konnte, war dies: wenn ich gestraft wurde, dann wegen meiner eigenen Natur.

Was den Vögeln geschah, lag in der Natur der Vögel. Sie lehrten mich sehen, daß die Welt schön ist, wenn man selber schön ist, und daß man nichts bekommt, wenn man nichts gibt. Und man muß geben, ohne etwas dafür bekommen zu wollen. So habe ich denn die Niederlage durch Galahad und den Verlust meiner Rüstung akzeptiert; und in einem lichten Augenblick ging ich los und suchte einen Beichtiger, um nicht mehr schlecht zu sein.«

»Alle Ritter«, sagte Arthur, »die zum Gral kamen, waren so klug, vorher zu beichten.«

»Ich hatte vormals nie eine rechte Beichte abgelegt. Fast mein ganzes Leben habe ich in Todsünde gelebt. Dieses Mal jedoch habe ich alles gebeichtet.«

»Alles?« fragte die Königin.

»Alles. Wißt Ihr, Arthur, ich hatte mein Leben lang eine Sünde auf dem Gewissen, die ich keinem erzählen zu können glaubte, weil ...«

»Ihr braucht sie uns nicht zu erzählen«, sagte die Königin, »wenn's Euch schmerzlich ist. Schließlich sind wir nicht Eure Beichtiger. Es genügt, daß Ihr sie dem Priester gestanden habt.«

»Ja, laßt sie in Frieden«, sagte der König beipflichtend. »Auf jeden Fall hat sie einen feinen Sohn geboren, der den Gral erreicht zu haben scheint.«

Er spielte auf Elaine an.

Lanzelot blickte, schmerzdurchzuckt, von einem zum anderen und ballte die Fäuste. Alle drei verhielten den Atem.

»Ich habe also gebeichtet«, sagte er schließlich, und sie atmeten wieder; seine Stimme jedoch war bleiern. »Mir wurde eine Buße auferlegt.« Er machte eine Pause, immer noch im Zweifel, halb erkennend, daß der Augenblick ein Kreuzweg seines Lebens war. Dies war — das wußten alle — der Zeitpunkt, wenn es jemals einen geben sollte, da er mit seinem Freund und König reinen Tisch hätte machen müssen — doch Ginevra stand ihm im Weg. Es war auch *ihr* Geheimnis.

»Die Buße bestand darin, das härene Hemd eines gewissen toten Ordensmannes zu tragen«, fuhr er schließlich fort, besiegt. »Ich durfte weder Fleisch noch Wein zu mir nehmen und mußte täglich die Messe hören. Nach drei Tagen habe ich dann das Haus des Priesters verlassen und bin zu einem Kreuz zurückgeritten, das nahe der Stelle stand, wo ich meine Waffen verloren hatte. Der Priester hatte mir inzwischen welche geliehen. Die Nacht habe ich bei dem Kreuz geschlafen, und da hatte ich wieder einen Traum — und am Morgen kam der Ritter zurück, der meine Rüstung gestohlen hatte. Ich habe mit ihm tjostiert und meine Rüstung zurückgewonnen. War das nicht sonderbar?«

»Ihr werdet in einem Zustand der Gnade gewesen sein, nach Eurer guten Beichte, so daß Euch Eure Macht anvertraut werden konnte.«

»Das habe ich auch geglaubt. Aber Ihr werdet gleich sehn. Ich hatte gedacht, daß ich jetzt, nachdem ich meine Sünde los war, wieder der beste Ritter der Welt sein dürfe. Ich bin sehr glücklich davongeritten, hab' ein bißchen zu singen versucht, bis ich auf eine wunderhübsche Ebene kam — mit einem Schloß und Zelten und allem. Dort war ein Turnier zwischen fünfhundert Rittern in Schwarz und Weiß im Gange. Die weißen Ritter waren am Gewinnen, und so habe ich mich den schwarzen angeschlossen. Ich meinte, eine große Rettungstat für die schwächere Partei unternehmen zu müssen, da mir doch vergeben worden war.« Er hielt inne und schloß die Augen. »Aber die weißen Ritter«, fügte er hinzu und öffnete die Augen wieder, »nahmen mich sehr bald gefangen.«

»Soll das heißen, daß Ihr wieder geschlagen wurdet?«

»Ich wurde geschlagen und entehrt. Ich hielt mich für sündiger denn je. Nachdem sie mich freigegeben hatten, ritt ich davon und fluchte genau wie an jenem ersten Abend, und als die Nacht hereinbrach, legte ich mich unter einen Apfelbaum und weinte mich in Schlaf.«

»Aber das ist ja Ketzerei«, rief die Königin aus, die theologisch gut beschlagen war, wie es die meisten Frauen sind. »Wenn Ihr gebeichtet hattet und losgesprochen wart . . .«

»Ich hatte Buße für *eine* Sünde getan«, sagte Lanzelot. »Aber eine andere hatte ich vergessen. In dieser Nacht nun hatte ich einen neuen Traum — von einem alten Mann, der zu mir kam und sagte: ›Ah, Lanzelot mit böser Treu' und wenig Glauben, wie kommt es, daß du so leichten Sinnes gegenüber deiner tödlichen Sünde wurdest?‹ — Jenny, ich habe mein ganzes Leben in einer anderen Sünde gelebt, in der schlimmsten von allen. Stolz war es, der mich danach streben ließ, der beste Ritter der Welt zu werden. Stolz ließ mich angeberisch werden und der schwächeren Partei beim Turnier zu Hilfe kommen. Man könnt's Prahlerei nennen. Daß ich wegen — wegen der Frau gebeichtet hatte, das machte mich noch nicht zu einem guten Menschen.«

»Also wurdet Ihr geschlagen.«

»Ja, ich wurde geschlagen. Und am nächsten Morgen ging ich zu einem anderen Eremiten, um noch einmal zu beichten. Diesmal habe ich's gründlich getan. Mir wurde gesagt, bei der Hohen Suche nach dem Heiligen Gral genüge es nicht, enthaltsam zu sein und keine Menschen zu töten. Alle Angeberei und aller Stolz müßten vergessen werden, denn Gott wolle solche Taten auf seiner Queste nicht. Ich mußte allem irdischen Ruhm abschwören. Und ich schwor ihm ab und wurde losgesprochen.«

»Was geschah dann?«

»Ich ritt zum Wasser von Mortoise, wo ein schwarzer Ritter mit mir tjostierte. Auch der hob mich aus dem Sattel.«

»Die dritte Niederlage!«

Ginevra rief: »Aber wenn Ihr doch diesmal wirklich losgesprochen wart?!«

Lanzelot legte seine Hand auf die ihre und lächelte.

»Wenn ein Knabe Süßigkeiten stiehlt«, sagte er, »und seine Eltern bestrafen ihn, dann kann ihm das vielleicht sehr leid tun, und er ist hinterher ein lieber Junge. Aber das berechtigt ihn doch nicht dazu, weitere Süßigkeiten zu stehlen, oder? Gott hat mich nicht dadurch gestraft, daß er mich von dem schwarzen Ritter ausheben ließ — er hat mir nur das besondere Geschenk des Sieges vorenthalten, das auszuteilen immer in seiner Macht gelegen hat.«

»Aber, mein armer Lanz, Euern Ruhm preiszugeben und nichts dafür wiederzubekommen! Als Ihr ein sündiger Mensch wart, seid Ihr stets siegreich gewesen — weshalb werdet Ihr dann geschlagen, nachdem Euch Erlösung zuteil geworden ist? Und weshalb wird Euch immer von den Dingen Schmerz zugefügt, die Ihr liebt? Was habt Ihr getan?«

»Ich bin im Wasser von Mortoise niedergekniet, Jenny, wo er mich abgeworfen hatte — und ich habe Gott für mein Abenteuer gedankt.«

KAPITEL 33

Arthur ertrug derlei nicht länger.

»Es ist abscheulich«, erklärte er indigniert. »Das kann ich nicht mehr mitanhören. Weshalb muß ein guter, freundlicher, lieber Mensch derart gequält werden? Ich schäme mich ja, wenn ich das nur höre. Was ...«

»Pst«, sagte Sir Lanzelot. »Ich bin sehr froh, der Liebe und dem Ruhm entsagt zu haben. Und was noch mehr zählt: Ich wurde praktisch dazu gezwungen. Gott hat sich mit Gawaine oder Lionel nicht solche Mühe gegeben, oder?«

»Bah!« sagte König Arthur in dem gleichen Tonfall, den Gawaine ihm gegenüber gebraucht hatte.

Lanzelot lachte.

»Na schön«, sagte er, »das ist eine überzeugende Bemerkung. Aber vielleicht solltet Ihr Euch lieber das Ende der Geschichte anhören. —

Ich lag also jenen Abend am Wasser von Mortoise, und ein Traum kam, der mir sagte, ich solle auf ein Schiff gehn. Und das Schiff war tatsächlich da, als ich erwachte; und als ich's bestieg, war alles da: die lieblichsten Düfte und freundliche Empfindungen und herrliche Speisen und — nun ja, alles, was man sich nur vorstellen kann. Ich war ›erfüllt mit allen Dingen, die ich erträumte und begehrte‹. Ich weiß, daß ich Euch die Sache mit dem Schiff im Augenblick nicht erklären kann, weil sie mir jetzt, da ich unter Menschen bin, etwas entschwindet. Aber Ihr dürft nicht denken, auf dem Schiff hätte es bloß Weihrauch gegeben und kostbare Stoffe. Die waren da, aber sie bildeten nicht die ganze Lieblichkeit. Ihr müßt auch an Teergeruch denken und an die Farben des Meeres. Bisweilen war es ganz grün, wie dickes Glas, und man konnte den Grund sehn. Bisweilen bildete es gewaltige, langsame Terrassen, und das Wassergeflügel, das drüber hinflog, verschwand in den Senken. Wenn es stürmte, rissen die riesigen Fangzähne der Brecher an den Felseninseln. Sie bleckten die weißen Hauer auf den Klippen — nicht im Moment des Aufschlags, sondern wenn das Wasser abfloß. Des Nachts, wenn es ruhig war, konnte man die Sterne auf dem nassen Sand sich spiegeln sehn. Zwei Sterne standen dicht beieinander. Der Sand war gerippt wie ein menschlicher Gaumen. Und dann war da der Geruch des Tangs, das Geräusch des einsamen Windes. Inseln gab es, mit Vögeln darauf wie Kaninchen, doch ihre Nasen waren Regenbogen. Der Winter war das Beste, weil dann die Gänse auf den Inseln waren — lange Rauchfahnen aus lauter Gänsen, singend wie Hunde, in der Kälteschicht des frühen Morgens. —

Es hat keinen Sinn, über das entrüstet zu sein, was Gott mir zu Beginn angetan hat, Arthur; denn er hat mir weit mehr zurückgegeben. Ich habe gesagt: ›Guter lieber Vater Jesu Christ, ich weiß nicht, in welcher Freude ich bin, denn diese Freude übersteigt alle irdischen Freuden, die ich je erlebt habe.‹

Etwas Sonderbares hatte das Schiff an sich, denn es befand sich eine tote Frau darinnen. Sie hielt einen Brief in der Hand, der mir Nachricht gab, wie die anderen vorangekommen waren. Noch sonderbarer war es, daß ich mich nicht vor ihr ängstigte, da sie doch tot war. Sie hatte ein so ruhiges Gesicht, daß sie mir gute Gesellschaft war. Wir bildeten eine Art Gemeinschaft auf dem Schiff und auf dem Meer. Ich weiß nicht, wovon ich mich nährte. —

Als ich einen Monat mit dieser toten Dame auf dem Schiffe war, da wurde Galahad zu uns gebracht. Er gab mir seinen Segen und ließ mich sein Schwert küssen.«

Arthur wurde rot wie ein Truthahn.

»Habt Ihr etwa seinen Segen erbeten?« fragte er fordernd.

»Natürlich.«

»So etwas!« sagte Arthur.

»Wir sind insgesamt sechs Monate auf dem heiligen Schiff gefahren. Ich habe meinen Sohn in jener Zeit sehr gut kennengelernt, und er schien mir zugetan. Häufig hat er die artigsten Dinge gesagt. Die ganze Zeit über hatten wir auf den Äußeren Inseln viele Abenteuer mit Tieren. Da gab es Seewiesel, die hübsch pfiffen, und Galahad zeigte mir Kraniche über dem Wasser, deren Schatten umgedreht unter ihnen herflogen. Er erzählte mir, daß die Fischersleute den Kormoran ›The Old Black Hag‹ nennen, die ›alte schwarze Hexe‹, und daß die Kolkraben so alt werden wie ein Mensch. Krächzend flogen sie hoch in der Luft und ließen sich dann zum Spaß herunterfallen. Eines Tages haben wir ein Pärchen Alpenkrähen gesehen — die waren hübsch! Und die Seehunde! Sie kamen ans Schiff heran und redeten wie Menschen. —

An einem Montag kamen wir an ein bewaldetes Ufer. Ein weißer Ritter kam an den Strand geritten und sagte zu Galahad, er solle vom Schiffe steigen. Ich wußte, daß man ihn holte, damit er den Heiligen Gral finde; und da war ich traurig, daß ich nicht mitgehen konnte. Erinnert Ihr Euch, wie die Kinder Spielparteien wählten, als Ihr klein wart, und wie es war, wenn keine der beiden Seiten Euch haben wollte? So fühlte ich mich, nur viel schlimmer. Ich bat Galahad, für mich zu beten. Ich bat ihn, zu Gott zu beten, daß er mich in seinen Diensten behalten möge. Dann küßten wir uns und nahmen Abschied voneinander.«

Ginevra bemängelte: »Wenn Ihr im Zustand der Gnade wart, dann kann ich nicht verstehen, weshalb man Euch zurückgelassen hat.«

»Es ist schwierig«, sagte Lanzelot.

Er öffnete seine Hände und blickte zwischen ihnen auf den Tisch.

»Vielleicht waren meine Absichten schlecht«, sagte er endlich. »Vielleicht hatte ich zuinnerst — unbewußt, könnte man sagen — nicht die rechte Bereitschaft zur Besserung . . .«

Die Königin strahlte, kaum wahrnehmbar, während sie zuhörte.

»Unsinn«, flüsterte sie und meinte das Gegenteil. Warm drückte sie seine Hand, und Lanzelot entzog sie ihr.

»Als ich darum bat, in Diensten gehalten zu werden«, sagte er, »war das vielleicht, weil ich . . .«

»Mir will scheinen«, sagte Arthur, »daß Ihr Euch den Luxus eines unnötig empfindlichen Gewissens leistet.«

»Kann sein. Auf jeden Fall wurde ich nicht auserwählt.«

Er saß da und sah, wie das Meer zwischen seinen Händen wogte, und hörte das hölzerne Geklapper der Baßtölpel auf einer Inselklippe.

»Das Schiff brachte mich wieder aufs Meer hinaus«, sagte er nach einer Weile. »Mit einer steifen Brise. Ich habe nicht viel geschlafen, aber ich habe viel gebetet. Ich habe darum gebeten, daß mir — wenn ich schon nicht auserwählt war — vergönnt sein möge, wenigstens ein bißchen neue Kunde vom Heiligen Gral zu erfahren.«

In der Stille, die daraufhin den Raum erfüllte, hing jeder seinen Gedanken nach. Arthur malte sich das mitleiderregende Schauspiel aus: ein irdischer, sündiger Mann, aber der beste seiner Gattung, mühsam hinter diesen drei übernatürlichen männlichen Jungfrauen einherstapfend — welch verdammte, wackere, vergebliche Plackerei.

»Komisch«, sagte Lanzelot, »wie die Menschen, die nicht beten können, behaupten, daß Gebete nicht erhört würden — so sehr auch die Menschen, die beten können, behaupten, daß sie erhört werden. Mein Schiff brachte mich um Mitternacht in einem Sturm an die Rückseite von Carbonek Castle. Sonderbar auch, daß dies ausgerechnet der Ort war, nach dem ich mich zu Anfang aufgemacht hatte. —

In dem Augenblick, da mein Schiff längsseits kam, wußte ich, daß mir ein Teil meines Wunsches erfüllt werden würde. Ich konnte natürlich nicht alles sehen, weil ich kein Galahad oder Bors bin. Aber die waren sehr freundlich zu mir. Sie taten, was sie konnten, um sich mir entgegenkommend zu zeigen. —

Hinter der Burg war es schwarz wie der Tod. Ich legte meine Rüstung an und stieg hinauf. Am Zugang zur Treppe waren zwei Löwen, die mir den Eintritt verwehrten. Ich zog mein Schwert, um mir den Einlaß zu erkämpfen, doch da schlug mir eine Hand auf den Arm. Natürlich war es töricht von mir, mich auf mein Schwert zu verlassen, da ich mich auf Gott hätte verlassen können. Also beglückwünschte ich mich zu meinem lahmen Arm und ging hinein, und die Löwen taten mir nichts. Alle Türen standen offen, mit Ausnahme der letzten, und dort kniete ich nieder. Als ich betete, ging sie auf. —

Arthur, dies muß Euch erfunden vorkommen, wie ich's erzähle. Ich weiß nicht, wie ich's in Worte fassen soll. Hinter der letzten Türe lag eine Kapelle. Die Messe wurde zelebriert. —

Ach, Jenny, die wunderschöne Kapelle mit den Lichtern und allem! Ihr würdet sagen: ›Die Blumen und die Kerzen‹. Aber die waren es nicht. Vielleicht waren überhaupt keine da. —

Es war einfach das Überwältigende — die Kraft und die Herrlichkeit. Es packte mich bei allen Sinnen und wollte mich hineinziehen. —

Aber ich konnte nicht hinein, Arthur und Jenny — ein Schwert hielt mich zurück. Galahad war drinnen, und Bors und Percivale. Dazu neun andere

Ritter aus Frankreich und Dänemark und Irland. Und die Dame von meinem Schiff war ebenfalls da. — Und der Gral war da, Arthur, auf einer silbernen Tafel! Und noch anderes. Mir jedoch war es verwehrt, die Schwelle zu überschreiten, so sehr es mich auch danach verlangte. Ich weiß nicht, wer der Priester war. Es kann Joseph von Arimathia gewesen sein, es kann ... es kann ... nun ja. Jedenfalls bin ich hineingegangen, um ihm zu helfen — trotz dem Schwert —, weil das, was er trug, zum Tragen viel zu schwer war. Ich wollte bloß helfen, Arthur; Gott ist mein Zeuge. Aber da schlug mir ein Atem ins Gesicht, an der letzten Tür, wie ein feuriges Gebläse, und ich stürzte betäubt nieder.«

KAPITEL 34

In der dunklen Kammer herrschte ein Kommen und Gehen von Mägden. Die Kanister und Eimer klapperten auf den Stufen, und überall war Dampf. Wenn die Mägde in die Pfützen auf dem Boden traten, platschte es, und aus dem benachbarten Raum konnte man Flüstern hören und heimliches Seidenrascheln.

Die Königin hatte die sechs Sprossen der hölzernen Leiter erklommen, die zu ihrem Bade führten, und nun saß sie auf der drinnen angebrachten Planke, wobei ihr Kopf über die Brüstung ragte. Der Badezuber ähnelte einem großen Bierfaß, und ihr Haupt war in einen weißen Turban gehüllt. Sie war nackt, abgesehen von einer Perlenkette. In einer Ecke befand sich ein Spiegel — ein höchst kostspieliges Stück —, und ein kleiner Tisch in der anderen barg die Parfüms und Öle. Anstelle einer Puderquaste gab es einen Beutel aus Sämischleder voll Kreidepulver, parfümiert mit Rosenessenz, die jemand vom Kreuzzug mitgebracht hatte. Auf dem mit Pfützen übersäten Boden herrschte ein Durcheinander von leinenen Tüchern zum Abtrocknen, von Juwelenkästchen, Brokatstoffen, Gewändern, Strumpfbändern, und Hemden, die man ihr aus dem anderen Raum zum Aussuchen hergebracht hatte. Allerlei ausrangierter Kopfputz lag da: seltsame, steif gestärkte Gebilde, die aussahen wie Kerzenlöscher oder Meringen oder doppelt geschwungene Kuhhörner. Die Haarnetze, die dies alles zusammenhielten, waren mit Perlen besetzt, und die Halstücher waren aus orientalischer Seide. Eine der Zofen stand vor dem Zuber der Königin und hielt ihr einen bestickten Umhang zur Begutachtung hin. Er war mit den Wappen ihres Gatten und ihres Vaters gezeichnet: mit dem *dragon rampant*, dem aufgerichteten Drachen von England, und den sechs reizvollen *lioncels passant regardant* von König Leodegrance, der, seinem Namen gemäß, die jungen, im Schreiten zurückblickenden Löwen als Zeichen trug. Dieser Umhang hatte eine schwere Seidenkordel, ähnlich einer Gardinenquaste, womit man ihn über der Brust zusammenziehen konnte. Die seidene Bordüre war mit blausilbernem Pelzwerk verbrämt.

Ginevra hatte keine Rötelspuren mehr im Gesicht, und sie akzeptierte die ihr empfohlene Kleidung ohne Widerspruch. Die Kammerfrauen freuten sich. Über ein Jahr lang hatten sie einer Königin gedient, die launisch, grausam, widerspruchsvoll und kreuzunglücklich gewesen war. Jetzt fand sie an allem Gefallen und hetzte sie nicht mehr umher. Jede der Dienerinnen glaubte fest, daß Lanzelot wieder ihr Liebhaber geworden sein müsse. Dies aber war nicht der Fall.

Ginevra blickte auf die sechs *lioncels passant regardant:* sie marschierten mit roten Zungen und Pranken einher, blinzelten keck über die Schultern und wedelten mit ihren flammenden Schweifen. Sie nickte, mit einem zufriedenen und schläfrigen Gesichtsausdruck. Die Zofe machte einen Knicks und trug den Umhang in den Ankleideraum. Die Königin sah ihr nach.

Der Leser meint vielleicht, Ginevra sei selber eine menschenfressende *lioncelle* gewesen, eine jener selbstsüchtigen Frauen, die immer und überall herrschen wollen. Und bei oberflächlicher Betrachtung wirkte sie tatsächlich so. Sie war schön, heißblütig, fordernd, impulsiv, herrisch, bezaubernd — sie hatte alle Eigenschaften eines männerverschlingenden Raubtiers. Aber solch wohlfeile Deutungen scheitern an der Tatsache, daß sie keine erotische Freibeuterin war. Außer Lanzelot und Arthur gab es keinen Mann in ihrem Leben. Außer diesen beiden fraß sie niemanden. Und auch diese beiden verschlang sie nicht im wörtlichen Sinne. Personen, die von einer männermordenden Löwin verschlungen werden, pflegen nicht mehr existent zu sein; sie leben kein anderes Leben mehr als das in den Eingeweiden des Fressers. Doch sowohl Arthur als auch Lanzelot, die sie scheinbar verschlang, lebten ein volles Leben und vollbrachten eigene Taten.

Ginevras Wesen läßt sich vielleicht damit erklären, daß sie das war, was man einen ›wirklichen‹ Menschen nennen könnte. Sie gehörte nicht zu jenen, die man damit abtun kann, daß man ihnen ein Etikett anhängt, wie ›treu‹ oder ›untreu‹ oder ›aufopfernd‹ oder ›eifersüchtig‹. Bisweilen war sie treu, und bisweilen war sie untreu. Sie war immer sie selbst. Und an diesem Selbst muß etwas gewesen sein, eine Aufrichtigkeit des Herzens, sonst hätte sie nicht zwei Männer wie Arthur und Lanzelot halten können. Gleich und gleich gesellt sich gern, so sagt man; und zumindest über eins ist man sich einig: daß ihre Männer großmütig waren. Auch sie muß großmütig gewesen sein. Es ist schwierig, über einen wirklichen Menschen zu schreiben.

Sie lebte in kriegerischen Zeiten, wo das Leben für junge Männer so kurz war wie für die Flieger im zwanzigsten Jahrhundert. In solchen Zeiten lockern die älteren Moralisten ihre Moralgesetze ein wenig, zum Dank dafür, daß sie verteidigt werden. Die dem Tod geweihten Piloten mit ihrer Lebenslust, ihrem Liebeshunger, dem vielleicht nur eine so kurze Frist gegönnt ist, rühren an die Herzen junger Frauen oder rufen gar ein keckes, kühnes Entgegenkommen hervor. Generosität, Tapferkeit, Aufrichtigkeit, Mitleid, die Fähigkeit, einem kurzen Leben ins Gesicht zu sehen, gewiß Kameradschaftlichkeit und Zärtlichkeit — diese Eigenschaften können vielleicht erklären, weshalb Ginevra sowohl Lanzelot als auch Arthur nahm. Mut stand an der Spitze — der Mut, aus vollem Herzen zu nehmen und zu geben, solange noch Zeit war. Poeten fordern von den Frauen allemal diese Art von Mut. Jedenfalls pflückte sie die Rosenknospen beizeiten, und das Erstaunliche ist, daß sie nur zwei an sich nahm, die sie für immer behielt, und daß diese beiden die besten waren.

Ginevras Tragödie bestand im Grunde darin, daß sie kinderlos war. Arthur hatte zwei illegitime Kinder, und Lanzelot hatte Galahad. Ginevra hingegen — und sie war von den dreien diejenige, die am dringendsten hätte Kinder haben müssen und die mit Kindern gut hätte umgehen können und die von Gott augenscheinlich dazu prädestiniert war, schöne Kinder zu gebären —, sie blieb ein leeres Gefäß, ein unbemanntes Schiff, ein Ufer ohne Meer. Das war es, was sie zerbrach, als sie in das Alter kam, in dem ihr Meer schließlich austrocknen mußte. Dies verwandelte sie für eine kurze Zeitspanne in eine Rasende. (Doch das war erst später.) Es könnte eine mögliche Erklärung für ihre zwiefache Liebe sein — vielleicht liebte sie Arthur als Vater und Lanzelot wegen des Sohnes, den sie nicht haben konnte.

Die Menschen lassen sich leicht von Tafelrunden und Waffentaten blenden. Man liest von Lanzelot, wie er irgendeine noble Tat vollbringt, und kehrt er dann heim zu seiner Geliebten, so nimmt man es dieser übel, daß sie die Heldenkarriere stört oder gar zunichte macht. Aber Ginevra konnte nicht auf die Suche nach dem Gral gehen. Sie konnte nicht für ein Jahr mit dem Speer zu einem Abenteuer im englischen Urwald verschwinden. Ihr Teil war es, daheim zu sitzen, wenn auch voll Leidenschaft, wenn auch wirklich und hungrig in ihrem ungestümen und zärtlichen Herzen. Für sie gab es keine erlaubten Zerstreuungen — ausgenommen solche, die an die heutigen Bridge-Kränzchen älterer Damen erinnern: Sie konnte mit einem Zwergfalken auf die Beiz gehen oder Blindekuh spielen oder *pince-merille.* Dies waren die Amüsements erwachsener Frauen in jenen Tagen. Die großen Falken indes, die Jagdhunde, die Wappenkunde, die Turniere — das alles blieb Lanzelot vorbehalten. Für sie gab es, falls ihr nicht der Sinn nach ein wenig Spinnen oder Sticken stand, keine Beschäftigung — außer Lanzelot.

Wir müssen uns die Königin demnach als eine Frau vorstellen, die ihrer wichtigsten Möglichkeit beraubt war. Als sie in ihre schwierigen Jahre kam, tat sie allerlei Absonderliches. Sie geriet sogar in den Verdacht, einen Ritter vergiftet zu haben. Ja, sie wurde unbeliebt. Unpopularität jedoch ist oftmals ein Kompliment, und Ginevra war niemals unbedeutend (obwohl sie ungestüm lebte und schließlich unausgesöhnt starb; denn für Religion hatte sie wenig Sinn, im Gegensatz zu Lanzelot). Sie tat, was Frauen tun, ganz und gar königlich; und damit war sie, im Badezuber, die Wappenlöwen vor Augen, vollauf beschäftigt.

Wenn ein Mann Gott gesehen zu haben glaubt, darf man ihn, und sei er noch so menschlich, nicht unmittelbar darauf als Liebhaber erwarten. Wenn dieser Mann auch noch Lanzelot heißt und in Gott vernarrt ist, dann muß man schon heißblütig und grausam zugleich sein, um überhaupt derlei von ihm zu verlangen. Aber Frauen sind in dieser Hinsicht nun einmal grausam. Sie lassen da keine Entschuldigungen gelten.

Ginevra wußte, daß Lanzelot zu ihr zurückkehren werde. Sie hatte es von dem Augenblick an gewußt, da er darum gebetet hatte, ›behalten‹ zu werden. Dieses Wissen hatte sie wieder zum Leben erweckt, wie eine Pflanze, der man nach allzulanger Dürre Wasser gibt. Schminke und Seidenprunk verschwanden, die bei der Rückkehr sein Mitgefühl erregt hatten. Nun blieb ihr nur noch die Aufgabe, behutsam die vollkommene Wiedervereinigung herbeizuführen. Es eilte nicht.

Lanzelot, der nicht wußte, daß er seinen vielgeliebten Gott wegen der Königin erneut betrügen würde, fühlte sich durch ihr Verhalten beglückt — obgleich es ihn überraschte. Er hatte entsetzliche Eifersuchtsszenen und Anklagen befürchtet. Er hatte sich gefragt, wie er es dem gequälten Kind, das gefangen lag hinter den bemalten Augenlidern, klarmachen könnte, daß er nicht zu ihr kommen dürfe — daß er eine andere Aufgabe vor sich sehe, eine süßere Pflicht, auch wenn er ihr damit wehtun müsse. Er hatte befürchtet, sie würde ihn attackieren, würde ihm Schlingen legen — Schlingen, die eben wegen ihrer Kläglichkeit ein verführerisches Mitleid erregen konnten. Er hatte wirklich nicht gewußt, wie er mit dem eigenen Erbarmen fertigwerden sollte.

Statt dessen war Ginevra erblüht und hatte ihre Bemalung aufgegeben. Sie hatte keinen Angriff unternommen, keine Beschuldigung vorgebracht.

Sie hatte vor echter Freude gelächelt. Frauen, so sagte er sich, sind eben unberechenbar. Es war sogar möglich gewesen, die Angelegenheit in voller Offenheit mit ihr zu erörtern, und sie hatte allem, was er vorbrachte, zugestimmt.

Ginevra sah, im Bade sitzend, die jungen Löwen vor sich, sah und sah doch nicht. In ihrem Gesicht war der schläfrige Ausdruck heimlichen Glücks, als sie sich ihrer Unterhaltung erinnerte. Sie sah das liebreizende häßliche Gesicht, das so ernsthaft von den Interessen seines ehrlichen Herzens sprach. Sie liebte diese Interessen — liebte es, wie der alte Soldat seiner unschuldigen Gottesliebe so unerschütterlich treu blieb. Sie wußte, daß diese eines Tags versagen mußte.

Lanzelot hatte sich entschuldigt und sie gebeten, seine Worte nicht als Kränkung zu verstehen. Dann hatte er gesagt, daß sie 1. nach dem Gral nicht mehr gut in die alten Geleise zurückkehren könnten; daß es ihm 2. möglicherweise vergönnt gewesen wäre, den Gral zu erlangen, wenn ihre schuldige Liebe nicht dazwischengestanden hätte; daß es 3. auf jeden Fall gefährlich wäre, da die Orkneys begönnen, sie argwöhnisch zu beobachten, insbesondere Agravaine und Mordred; und daß es 4. für sie und auch für Arthur eine große Schande wäre. Er hatte seine Punkte sorgfältig numeriert.

Bei anderen Gelegenheiten versuchte er, ihr mit wirren Sätzen und in großer Ausführlichkeit zu erklären, wie er Gott entdeckt habe. Er war der Meinung, das moralische Problem sei gelöst, wenn es ihm gelänge, Ginevra zu Gott zu bekehren. Wenn sie gemeinsam zu Gott gehen könnten, würde er seine Geliebte nicht im Stich lassen und brauchte ihr Glück nicht dem eigenen zu opfern.

Die Königin lächelte übers ganze Gesicht. Er war ein herzlieber Kerl. Sie hatte allem beigepflichtet, was er gesagt hatte — sie war schon jetzt regelrecht bekehrt.

Alsdann hob sie einen weißen Arm aus dem Bade und langte nach einer Wurzelbürste mit Elfenbeinstiel.

KAPITEL 35

Im ersten Überschwang seiner Wiederkehr hatte sich alles vorzüglich angelassen. Königinnen können womöglich weiter vorausschauen als gewöhnlich Sterbliche, doch scheinen auch ihrem Sehvermögen Grenzen gesetzt zu sein. Es war schön, mit warmem Gefühl eine Woche oder einen Monat lang zu warten, während Lanzelot seiner Gottheit die Treue hielt. Als die Monate jedoch allmählich zu einem Jahr aufliefen, wurde das etwas anderes. Vielleicht würde er am Ende doch noch rückfällig werden — vielleicht. Aber eine Frau konnte zu lange auf den Sieg warten — sie konnte dann zu alt sein, um ihn zu genießen. Es konnte sinnlos sein, immer weiter auf eine Freude zu warten, wenn die Freude vor der Tür stand und die Zeit vorübereilte.

Ginevra wurde langsam ärgerlich, was ihrer Schönheit keinen Abbruch tat. Ein Sturm sammelte sich tief in ihrer Brust, da die Monate der Heiligkeit sich mehrten. Heiligkeit? Selbstsüchtigkeit, sagte sie sich — es war selbstsüchtig, eine Seele im Stich zu lassen, nur um die eigene zu retten. Die Geschichte von Bors, der es zugelassen hatte, daß die zwölf vermeintlichen Edelfrauen vom Burgturm gestürzt wurden, weil er die Todsünde nicht begehen wollte, durch die er sie hätte retten können, hatte sie zutiefst erschüttert. Jetzt tat Lanzelot das gleiche. Für ihn, mit seinem Rittertum und seinem Mystizismus und all den Kompensationen der Männerwelt, war es ja gut und schön, den großen Entsager zu mimen. Aber zur Entsagung gehörten zwei, wie zur Liebe oder zum Streit zwei gehören. Sie war kein gefühlloses Besitzstück, das er je nach Lust und Laune aufnehmen oder hinlegen mochte. Man konnte doch ein menschliches Herz nicht aufgeben, wie man das Trinken aufgibt. Das Trinken war jedermanns höchsteigene Sache, und die konnte man aufgeben; die Seele der Geliebten aber war kein persönliches Eigentum: mit ihr konnte man nicht nach Belieben verfahren; ihr gegenüber hatte man Pflichten.

Lanzelot sah diese Dinge ebenso klar wie die kühne Ginevra — und als sich ihre Beziehungen allmählich verschlechterten, hatte er alle Mühe, bei Verstand zu bleiben. Es war für ihn das gleiche Problem wie damals für Bors, als der unbewaffnete Eremit sich einmischte. Was ihn selber betraf, so hatte er jedes Recht, sich dem Gott zu unterwerfen, den er liebte, wie Bors sich Lionel unterworfen hatte. Wenn aber Ginevra sich über ihn warf, wie der Eremit sich über Bors geworfen hatte — hatte er dann das Recht, seine alte Liebe zu opfern, wie der Eremit geopfert worden war? Lanzelot war, wie die Königin, von der Lösung schockiert, die Bors gewählt hatte. Die

Herzen dieser beiden Liebenden waren instinktiv zu großmütig, um in ein Dogma zu passen. Großmut ist die achte Todsünde.

Zur Krise kam es eines Morgens, während sie allein auf dem Söller sangen. Zwischen ihnen auf dem Tisch stand ein Musikinstrument, eine kleine tragbare Orgel, die man Regal nannte. Sie sah aus wie zwei große Bibeln. Ginevra hatte ein kleines Liedchen gesungen, ›French Mary‹, und Lanzelot gab sich mit dem ›Buckligen von Arras‹ redliche Mühe — da legte die Königin ihre rechte Hand auf alle Tasten, die sie greifen konnte, und drückte beide Bibeln mit ihrer Linken. Das Regal stieß ein schreckliches Hohngelächter aus und verendete.

»Warum habt Ihr das getan?«

»Es wäre besser, wenn Ihr ginget«, sagte sie. »Geht fort. Fangt eine Queste an. Seht Ihr denn nicht, daß Ihr mich zermürbt?«

Lanzelot holte tief Luft und sagte: »Ja, ich sehe es, Tag für Tag.«

»Dann wär's besser, wenn Ihr ginget. Nein, ich mache keine Szene. Ich will keinen Streit, und ich verlange keinen Sinneswandel von Euch. Aber ich glaube, es wäre ein Entgegenkommen von Euch, wenn Ihr gehen wolltet.«

»Das klingt ja, als würde ich Euch mit Vorbedacht wehtun.«

»Nein. Es ist nicht Eure Schuld. Aber ich möcht' halt gern, daß Ihr geht, Lanz, damit ich ein wenig zur Ruhe komme. Für eine kleine Weile. Wir brauchten uns deswegen nicht zu zürnen.«

»Wenn Ihr möchtet, daß ich gehe, dann gehe ich natürlich.«

»Ich möchte es.«

»Vielleicht wär's besser.«

»Lanz, Ihr müßt wissen, daß ich nicht versuche, Euch mit List in irgend etwas hineinzulocken oder zu zwingen. Es geht nur darum, daß ich meine, es täte uns gut, wenn wir für ein oder zwei Monate getrennt wären, als Freunde. Nur darum geht es.«

»Ich weiß, daß Ihr niemals versuchen würdet, mich zu überlisten, Jenny. Ich selber fühle mich ja auch völlig durcheinander. Ich hatte gehofft, Ihr würdet's verstehn. Das, was mir widerfahren ist. Es wär' einfach gewesen, wenn Ihr ebenfalls auf dem Boot gewesen wärt oder es selber gespürt hättet. Aber ich kann's Euch nicht empfinden lassen, weil Ihr nicht dort wart, und so ist's schwierig für mich. Ich habe das Gefühl, als würde ich Euch — oder uns, wenn Ihr so wollt — einer neuen Liebe opfern . . .— Und dabei«, sagte er und wandte sich ab, »ist es gar nicht so, als sehnte ich mich nicht auch nach meiner alten Liebe.«

Schweigend stand er am Fenster und blickte hinaus; seine Hände hingen unnatürlich ruhig herab. Nach einer Weile fügte er mit heiserer Stimme hinzu, ohne sich umzudrehen: »Wenn Ihr wollt, können wir von vorn anfangen.«

Als er sich vom Fenster abwandte, war der Raum leer. Nach dem Essen bat er, die Königin sprechen zu dürfen. An der Tür zu ihren Gemächern wurde ihm jedoch die Nachricht zuteil, daß er, bitte, das tun solle, um was sie ihn gebeten habe. Er packte seine Siebensachen, ohne recht zu begreifen, was vorgefallen war, doch mit dem Gefühl, um Haaresbreite einer Katastrophe entronnen zu sein. Er verabschiedete sich von seinem gebeugten greisen Schildknappen, dessen Alter es nun wirklich nicht mehr erlaubte, als Begleiter mitzureiten, und verließ Camelot am nächsten Morgen.

KAPITEL 36

Wenn die Kammerzofen von den vermuteten neuerlichen Liebeshändeln der Königin entzückt sein mochten, so gab es andere am Hofe, die es nicht waren. Oder wenn sie es waren, dann mit einem hämischen, lauernden Entzücken. Der Ton bei Hofe hatte sich zum vierten Mal gewandelt.

Zuerst hatte ein Gefühl der Zusammengehörigkeit geherrscht, ein jugendlicher Mannschaftsgeist, mit dem Arthur seinen großen Kreuzzug startete. Dann war die ritterliche Rivalität aufgekommen, die am größten Hof Europas von Jahr zu Jahr immer schaler wurde, bis sie fast zur Fehde und zum leeren Wettbewerb entartete. Der Grals-Enthusiasmus hatte die üblen Gase verbrannt, in einer Stichflamme von Schönheit. Und nun war die reifste oder die traurigste Phase gekommen, in der jegliche Begeisterung endgültig verbraucht war und nur unser berühmter siebenter Sinn noch wirksam werden konnte. Der Hof besaß jetzt ›Welterfahrung‹, ›Weltklugheit‹: er verfügte über die Früchte seiner Taten, über Zivilisation, *savoir-vivre*, Klatsch, Mode, Bosheit und die ganze Palette des Skandals.

Die Hälfte der Ritter war getötet worden — die bessere Hälfte. Was Arthur seit Beginn der Gralsfahrt befürchtet hatte, war eingetroffen. Wer zur Vollkommenheit gelangt, der stirbt. Galahad konnte von Gott nichts anderes mehr erbitten als den Tod. Die besten Ritter hatten Vollkommenheit erreicht und den schlimmsten ihr Erbe überlassen. Ein Sauerteig der Liebe war geblieben, gewiß: Lanzelot, Gareth, Aglovale und ein paar Tattergreise wie Sir Grummore und Sir Palomides — der Ton aber wurde anderswo bestimmt. Er kam aus dem bärbeißigen Grimm von Gawaine, der Scharlatanerie von Mordred und dem Sarkasmus von Agravaine.

Tristan hatte in Cornwall auch nichts zu seiner Verbesserung beigetragen. Ein Zaubermantel hatte die Runde gemacht, den nur eine treue Ehefrau tragen konnte; oder vielleicht war's ein Zauberhorn, aus dem nur eine treue Ehefrau trinken konnte. Ein Schild war mit stimmlosem Kichern als Geschenk dargebracht worden, ein Schild, dessen Wappen auf Hahnreie anspielte. Eheliche Treue war zur ›Sensation‹ geworden. Die Bekleidung wurde phantastisch. Die langen Spitzen von Agravaines Schuhen waren mit goldenen Ketten an Strumpfbändern unterhalb der Knie befestigt, und Mordreds Schuhschnabel-Ketten reichten bis zum Hüftgürtel. Die Umhänge, ursprünglich dazu bestimmt, die Rüstung zu bedecken, waren nun hinten lang und vorne kurz. Man konnte kaum in ihnen gehen, ohne über seine Ärmel zu stolpern. Die Damen waren gezwungen, sich die Stirn zu scheren und keine Haare zu zeigen, wenn sie modisch sein wollten; in ihre Ärmel aber mußten sie Knoten machen, damit sie nicht auf dem Boden schleiften. Die Herren präsentierten ihre Beine in verblüffender Länge. Die Stoffe waren bunt. Manchmal war ein Bein rot und das andere grün. Und ihren geschlitzten Mantel, den *gaycoat,* trugen sie nicht ohne Anmut, mit einer Gebärde des Überflusses. Mordred trug seine lächerlichen Schuhe voller Geringschätzung: sie waren eine Satire auf ihn selber. Der Hof war modern.

So waren die Augen nun auf Ginevra gerichtet — nicht die Augen des strengen Argwohns oder der stillschweigenden Duldung, sondern die gelangweilten Blicke der Berechnung, die kalten Blicke der Gesellschaft. Die geschniegelten Katzen vor dem Mauseloch verhielten sich still.

Mordred und Agravaine hielten Arthur für einen Heuchler: Wer nicht daran glaubt, daß es Anstand geben kann, muß wohl alle anständigen Menschen für Heuchler halten. Ginevra kam ihnen barbarisch vor.

La Beale Isoud, die schöne Isolde, so sagten sie, habe auf zivilisierte Art und Weise aus König Marke einen Hahnrei gemacht. Sie habe es mit Würde getan, öffentlich, elegant, im besten Geschmack. Jedem sei es möglich gewesen, den König damit aufzuziehen und den Spaß auszukosten. Sie habe eine Vorliebe für ausgefallene Kleider und komische Hüte, die ihr das Aussehen einer beschwipsten Färse gäben. Millionen von Markes Geld habe sie für Pfauenzungen-Menüs ausgegeben.

Ginevra dagegen ziehe sich wie eine Zigeunerin an, bewirte wie eine Pensionsmutter und halte ihren Geliebten geheim. Sie sei ein Ärgernis. Sie habe kein Stilgefühl. Sie altere ohne Anmut und flenne und mache Szenen wie ein Fischweib. Es hieß, sie habe Lanzelot nach einem fürchterlichen Streit fortgeschickt, in dessen Verlauf sie ihn beschuldigt habe, er laufe anderen Frauen nach. Es wurde behauptet, sie habe geschrien: »Ich seh' und spür' es täglich, daß deine Liebe erlöschet.« Mordred sagte in seinem zweideutigen, musikalischen Tonfall, ein Fischweib könne er verstehen, aber keine Fischmätresse. Dieses Bonmot wurde eifrig zitiert.

Arthur, zurückhaltend und unglücklich in der neuen Atmosphäre, die von ihm wegstrebte, statt ihm zu folgen, ging in seiner unauffälligen Kleidung durch den Palast und gab sich Mühe, höflich zu sein. Die Königin, aggressiver — sie war ein kühnes Mädchen gewesen, wie er sich erinnerte, mit dunklem Haar und roten Lippen, mit stolz erhobenem Kopf —, sie stellte sich den Gegebenheiten und versuchte, mit ihnen fertigzuwerden, indem sie Gastmähler gab und sich bemühte, selber modern zu erscheinen. Sie kehrte zu Bemalung und Putz zurück. Ihr Benehmen ließ langsam den Verdacht aufkommen, daß sie ein bißchen übergeschnappt sei. Alle ruhmreichen Regenten haben solche trübe Phasen, während derer die Krone unpopulär ist.

Plötzlich gab es Unannehmlichkeiten, als Lanzelot fort war. Das Gefühl von Gefahr, das seit dem Gral in der Luft gehangen hatte, kristallisierte sich plötzlich bei einem Gelage, das die Königin gab.

Gawaine muß ein Freund von Obst gewesen sein. Am liebsten aß er Äpfel und Birnen — und die arme Königin, die in ihrer neuen Rolle als modische Gastgeberin unbedingt Erfolg haben wollte, sorgte dafür, daß es bei dem Essen für vierundzwanzig Ritter, zu denen auch Gawaine gehörte, schöne Äpfel gab. Sie wußte, daß die Cornwalls und die Orkneys stets eine Bedrohung für die Pläne ihres Gemahls gebildet hatten — und nun war Gawaine das Oberhaupt des Clans. Sie hoffte, daß dieses Essen ein Erfolg werden würde; es sollte ihr Hilfe in der neuen Atmosphäre bringen; es mußte ein äußerst kultiviertes Essen werden. Sie versuchte, ihre Kritiker dadurch versöhnlich zu stimmen, daß sie sich als eine ebenso exzellente Gastgeberin erwies wie La Beale Isoud.

Unglücklicherweise wußten auch andere von Gawaines Vorliebe für Äpfel, und von der Ermordung Pellinores her gab es noch böses Blut. Arthur war es zwar gelungen, Sir Aglovale von seiner Rache abzubringen, und die alte Fehde schien vernarbt zu sein. Doch gab es einen Ritter mit Namen Sir Pinel, einen entfernten Verwandten der Pellinores, und dieser hielt Rache für erforderlich. Sir Pinel vergiftete die Äpfel.

Gift ist eine üble Waffe. In diesem Falle traf's den Falschen, wie es häufig vorkommt. Ein irischer Ritter namens Patrick aß den Apfel, der für Gawaine bestimmt war.

Man kann sich die Situation vorstellen: die bleichen Ritter, wie sie im Kerzenschein aufspringen, ihre fruchtlosen Versuche zu helfen, die Blicke, mit denen einer den anderen voller Scham und Argwohn mustert. Jeder kannte Gawaines Schwäche. Seine Familie hatte nie ein besonders gutes Verhältnis zu der nunmehr unpopulären Königin gehabt. Sie selbst hatte das Essen gegeben. Und Pinel war außerstande, den Vorfall aufzuklären. Irgend jemand in diesem Raum hatte versehentlich Sir Patrick anstelle von Gawaine ermordet, und bis der Mörder gefunden war, standen sie alle in diesem furchtbaren Verdacht. Sir Mador de la Porte — hochtrabender als die andern, oder böswilliger, oder zänkischer — brachte schließlich zum Ausdruck, was sie alle dachten. Er beschuldigte die Königin des Verrats.

Wenn heutzutage ein Rechtsfall dunkel und schwierig ist, nimmt sich jede Seite einen Anwalt, oder mehrere, und die machen die Sache unter sich aus. In jenen Tagen nahmen sich die oberen Klassen Kämpfer, um die Sache auszufechten — was auf das gleiche herauskommt. Sir Mador beschloß, die Ausgaben für einen stellvertretenden Kämpfer einzusparen, indem er die Sache eigenhändig ausfocht, und er bestand darauf, daß Ginevra einem Kämpfer das Mandat zu ihrer Verteidigung erteile. Arthur, dessen gesamte Herrschaftsphilosophie auf dem Prinzip ›Gerechtigkeit statt Macht‹ basierte, konnte nichts unternehmen, um seine Gemahlin zu retten. Wenn Mador das Ehrengericht verlangte, mußte er's bekommen. Und Arthur konnte nicht kämpfend in den Streit seiner Gemahlin eingreifen, sowenig wie heutzutage Eheleute als Zeugen in Sachen ihres Partners auftreten dürfen.

Dies nun war eine hübsche Staatsaffaire. Verdächtigungen und Gerüchte und Gegenbeschuldigungen hatten die Angelegenheit schon verdunkelt, ehe sie recht in Erscheinung getreten war. Die Pellinore-Fehde, die alte Pendragon-Cornwall-Fehde, die Lanzelot-Verwicklung, und dann der plötzliche Tod einer mit dieser ganzen Geschichte augenscheinlich nicht zusammenhängenden Person — all dies vermischte sich zu einem Giftbrodem, der die Königin umwölkte. Wäre Lanzelot dagewesen, hätte er als ihr Ritter gekämpft. Aber sie hatte ihn fortgeschickt; niemand wußte, wohin; einige meinten, zu seinen Eltern nach Frankreich. Wenn er anwesend gewesen wäre, hätte Sir Mador seine Anschuldigung sicherlich heruntergeschluckt.

Im Sinne der Rücksicht auf den Leser ist es vielleicht besser, wenn wir nicht zu lange bei den Tagen vor der ritterlichen Gerichtsentscheidung verweilen; wenn wir nicht die Frau schildern, wie sie völlig verwirrt vor Sir Bors kniete, der sie nie gemocht hatte und der sie jetzt, kurz nach seinem jungfräulichen Grals-Erfolg, noch weniger mochte. Sie flehte ihn an, für sie zu kämpfen, falls man Lanzelot nicht finden könne. Regelrecht betteln mußte sie, die Arme; denn die Stimmung bei Hofe hatte sich so verdüstert, daß niemand ihr Mandat übernehmen wollte. Die Königin von England war nicht in der Lage, einen Ritter zu finden, der ihre persönlichen Belange vertrat.

Die Nacht vor dem Kampf war die schlimmste. Ginevra und Arthur fanden keinen Schlaf. Er glaubte fest an ihre Unschuld, doch durfte er nicht in ein Rechtsverfahren eingreifen. Sie beteuerte pathetisch und wiederholt ihre Unschuld, obwohl sie in das andere Ärgernis verwickelt war. Sie wußte, daß sie in der kommenden Nacht vielleicht schon verbrannt werden würde. Gemeinsam sahen sie die Tragödie, die Demütigung ihrer Tafelrunde, vor der keiner sie retten wollte. Beide wußten sie, daß die Königin dieser Tafel von aller Welt eine Verderberin guter Ritter genannt wurde. In der bitteren Dunkelheit schrie Arthur plötzlich verzweifelt auf: »Was ist dir nur, daß du Sir Lanzelot nicht halten kannst an deiner Seiten?« Und so ging's fort bis zum Morgen.

KAPITEL 37

Sir Bors, der Weiberfeind, hatte sich widerstrebend bereit erklärt, für die Königin zu kämpfen, wenn sich denn kein andrer fände. Er hatte gesagt, daß dies regelwidrig sei, da er selber an dem Essen teilgenommen habe — doch als Arthur dazugekommen war, wie die Königin zu seinen Füßen kniete, war er errötet, hatte sie aufgerichtet und zugestimmt. Dann war er für zwei oder drei Tage verschwunden, da die Entscheidung erst in zwei Wochen stattfinden sollte.

Eine Wiese bei Westminster war für den Kampf hergerichtet worden. Man hatte um den großen Platz herum eine Schranke aus starken Stämmen gemacht, ähnlich einem Pferdegatter. In der Mitte hatte man keine Barriere angebracht. Bei einer gewöhnlichen Tjoste wäre eine solche erforderlich gewesen, in diesem Fall jedoch sollte der Kampf *à outrance* stattfinden, was bedeutete, daß er mit dem Schwert und zu Fuß beendet werden konnte; deshalb sparte man sich die Barriere. Auf der einen Seite hatte man einen Pavillon für den König errichtet, auf der anderen einen für den Konnetabel. Die Barrikaden und die Pavillons waren mit Tüchern geschmückt. An jedem Ende befand sich ein Gang, den ein Vorhang verschloß — erregend wie die geheimnisvolle Öffnung, durch die die Zirkusleute in ihre Arena reiten. In einer Ecke des Korrals war, für alle sichtbar, ein gewaltiger Reisighaufen mit einem eisernen Pfahl in der Mitte, der weder brennnen noch schmelzen konnte. Der war für die Königin bestimmt, falls das Urteil gegen sie ausfallen sollte. Bevor Arthur sein Lebenswerk begonnen hatte, wäre jedermann, der die Königin der geringsten Verfehlung beschuldigt hätte, kurzerhand hingerichtet worden. Jetzt aber mußte er, um seines eigenen Werkes willen, bereit sein, die eigene Frau zu verbrennen.

Denn in des Königs Kopf hatte eine neue Idee Gestalt angenommen. Seine Bemühungen, die Gewalt zu kanalisieren, waren fehlgeschlagen, auch dann, als sie ins Geistige gelenkt wurden; und nun befand er sich auf dem Wege, sie vollends abzuschaffen. Er hatte beschlossen, der Macht keinerlei Zugeständnisse mehr zu machen — er wollte sie mit der Wurzel ausreißen, sie mit Stumpf und Stiel ausrotten, indem er eine gänzlich andere Norm einführte. Er tastete sich vor zu einem Punkt, wo das Recht ein unabhängiges Kriterium wäre, wo die Gerechtigkeit als ein Absolutum bestünde, das sich nicht an die Macht anlehnte. In ein paar Jahren wollte er das Civil Law, das Bürgerliche Gesetz, einführen.

Es war ein kalter Tag. Die Tücher zwischen dem Gestänge der Schranken und Pavillons waren prall gespannt, und die Wimpel lagen steif im Wind. Der Scharfrichter in der Ecke hauchte seine Fingerspitzen an; er stand neben der Kohlenpfanne, der er das Feuer für die große Loderlohe entnehmen würde. Die Herolde im Zelt des Konnetabels befeuchteten sich die rauhen, in der eisigen Zugluft aufgesprungenen Lippen, ehe sie ihre Trompeten zum Tusch hoben. Ginevra, die zwischen Wächtern im Gewahrsam des Konnetabels saß, mußte um einen Schal bitten. Allgemein wurde bemerkt, daß sie dünner geworden war. Ein bleiches, freudloses Gesicht mittleren Alters, das gespannt und stoisch zwischen den Bullengesichtern der Soldaten abwartete.

Natürlich war's Lanzelot, der sie errettete. Bors war es gelungen, ihn während der zwei Tage, die er weg war, in einer Abtei aufzuspüren. Nun also kam der Wiedergefundene gerade noch zur rechten Zeit zurück, um für die Königin gegen Sir Mador zu kämpfen. Niemand, der ihn kannte, hätte etwas anderes von ihm erwartet, ob er nun in Ungnade gefallen war oder nicht — doch die Tatsache, daß man ihn außer Landes gewähnt hatte, machte sein Auftreten zu einem dramatischen Ereignis.

Sir Mador kam aus seiner Nische am südlichen Ende und proklamierte die Anschuldigung, während sein Herold blies. Sir Bors kam aus der nördlichen Öffnung, um mit dem König und dem Konnetabel zu unterhandeln. Eine lange Begründung oder Erklärung schien er vorzutragen, deren Sinn das Volk wegen des Windes nicht mitbekam. Die Zuschauer wurden störrisch; sie fragten sich, was denn los sei und weshalb der Gerichtsentscheid durch Zweikampf nicht endlich wie üblich in Szene gehe. Nach mehrmaligem Hin und Her zwischen dem Zelt des Königs und dem des Konnetabels kehrte Sir Bors dann in sein eigenes Loch zurück. Es entstand eine unbehagliche Pause, während derer ein schwarzer Schoßhund mit Mopsnase sich losriß, auf die Kampfbahn rannte und dort hinter irgend etwas herjagte, das nur ihm selber bekannt war. Einer der Ordnungshüter fing das Tier ein und band es fest, was ihm den ironischen Beifall des Publikums eintrug. Dann trat Stille ein — unterbrochen nur von den Rufen der Nuß- und Pfefferkuchen-Verkäufer.

Lanzelot kam aus dem nördlichen Ausgang geritten, der mit Bors Wappenschild gekennzeichnet war — und alsbald wußte jeder im Amphitheater, daß er es war, obwohl er verkleidet erschien. Die Stille war so beklemmend, als hätten alle gleichzeitig den Atem angehalten.

Er war nicht aus Herablassung zur Königin zurückgekommen. Die rohe Erklärung, er habe sie ›aufgegeben‹, um seine Seele zu retten, und sei nun zurückgekehrt mit der Absicht, einen Akt theatralischer Großmut vorzuführen, entsprach nicht den Tatsachen. Es war doch etwas komplizierter.

Das nie bewältigte Kindheitsproblem dieses Ritters bestand darin, daß Gott für ihn eine wirkliche Person war. Es war keine Abstraktion, die einen bestrafte, wenn man böse war, oder einen belohnte, wenn man gut war, sondern eine richtige Person wie Ginevra oder Arthur oder sonst wer. Natürlich hielt er Gott für besser als Ginevra oder Arthur, doch das Entscheidende war, daß es sich um ein persönliches Wesen handelte. Lanzelot hatte eine ganz bestimmte Vorstellung von dessen Aussehen und dessen Empfindungsweise — und irgendwie war er in diese Person verliebt.

Der Mißratene Ritter war nicht in ein Ewiges Dreieck verstrickt. Es war ein Ewiges Viereck, das ebenso ewig wie viereckig war. Er hatte seine Geliebte nicht aufgegeben, weil er befürchtete, von einer Art *Holy Bogy*, einem Schwarzen Mann im Himmel, bestraft zu werden, sondern weil er sich zwei Personen gegenübergestellt sah, die er liebte. Die eine war Arthurs Königin, die andere eine wortlose Erscheinung, die auf Castle Carbonek die Messe zelebriert hatte. Unglücklicherweise waren die beiden Objekte seiner Zuneigung unvereinbar, wie dies in Liebesgeschichten so oft der Fall ist. Fast war es, als sei er vor die Wahl zwischen Jane und Janet gestellt worden — und als sei er zu Janet gegangen, nicht, weil er befürchtete, daß sie ihn strafen werde, wenn er bei Jane bliebe, sondern weil er voller Wärme und Mitleid fühlte, daß er sie mehr liebte. Möglicherweise hatte er auch das Gefühl, daß Gott ihn dringender brauche als Ginevra. Dies war das Problem — mehr ein emotionales denn ein moralisches —, das ihn bewogen hatte, sich in seine Abtei zurückzuziehen, wo er zu einer Klärung hatte kommen wollen.

Es wäre jedoch auch nicht ganz richtig, wenn man behaupten wollte, gewisse Motive der Großmut hätten bei seiner Rückkehr keine Rolle gespielt. Er war ein großmütiger Mensch. Er war ein *maestro.* Mochte Gott seiner in normalen Zeiten dringender bedürfen, so war es nun doch offenkundig, daß seine erste Liebe ihn im Moment am dringendsten brauchte. Vielleicht hat ein Mann, der Janets wegen Jane verläßt, genug Wärme übrigbehalten, um zu Jane zurückzukehren, wenn sie seiner verzweifelt bedarf; und diese Wärme könnte man mit Großmut, Mitleid oder Freizügigkeit in Beziehung bringen — wäre es nicht unmodern und sogar ein bißchen unanständig, heutzutage an derlei Gefühlsregungen zu glauben. Lanzelot jedenfalls, der mit seiner Liebe zu Ginevra wie auch mit seiner Liebe zu Gott rang, kehrte unverzüglich zu ihr zurück, sobald er hörte, daß sie in Schwierigkeiten war; und als er sah, wie sie, in beschämender Haft, ihn mit strahlendem Gesicht erwartete, da pochte sein Herz im Panzerhemd plötzlich so heftig — vor Liebe oder Mitleid. Nennt's, wie ihr wollt.

Auch Sir Mador de la Porte klopfte das Herz — aber für einen Rückzug war's nun zu spät. Sein Gesicht hinterm Visier, wo niemand es sehen konnte, wurde purpurrot, und er verspürte ein Glühen unter dem Strohpolster auf seinem Schädel. Dann ritt er in seine Ecke zurück und gab seinem Gaul die Sporen.

Es ist reizvoll zu sehen, wie eine zerbrochene Lanze in die Lüfte segelt. Unter ihr, auf der Erde, herrscht geschäftiges Treiben. Die geruhsame Bewegung, mit der die Lanze aufsteigt, sich stumm und träge drehend, bildet einen hübschen Kontrast. Sie scheint allen irdischen Überlegungen enthoben, und man glaubt, sie würde sich gar nicht schnell bewegen. Die schnelle Bewegung — in diesem Falle war's Sir Mador, der Hals über Kopf vom Pferde flog — spielt sich unterhalb der Lanze ab, die ihre eigene, unabhängige Pirouette in graziöser Losgelöstheit dreht und irgendwo herunterkommt, wenn sie von allen vergessen ist. Sir Madors Lanze kam, mit der Spitze voraus, dank einer ballistischen Laune just hinter dem Ordnungshüter herab, der den schwarzen Mops hielt. Als er sich später umdrehte und sie senkrecht hinter sich stehen sah, ihm gleichsam über die Schulter spähend, machte er vor Schreck einen Hopser.

Sir Lanzelot stieg ab, um nicht den Vorteil auszunutzen, den er als Mann zu Pferd hatte. Sir Mador erhob sich und ging mit wilden Schwerthieben auf seinen Gegner los. Er war wütend.

Es bedurfte zweier Niederschläge, um Sir Mador zu erledigen. Als er das erste Mal am Boden lag und Lanzelot auf ihn zuging, um seine Unterwerfung entgegenzunehmen, da wurde er nervös und stieß von unten gegen den Stehenden. Es war ein hinterhältiger Streich, denn er ging von unten in die Leiste, eine Stelle, an der die Rüstung naturgemäß am schwächsten sein mußte. Als Lanzelot zurückgetreten war, um Mador aufstehen zu lassen, falls er weiterkämpfen wollte, sah man das Blut an seinen Beinschienen herablaufen. Es war furchtbar mitanzusehen, wie ruhig, wie geduldig er zurückging, obwohl er übel in den Schenkel gestochen worden war. Es wäre leichter zu ertragen gewesen, wenn er die Beherrschung verloren hätte.

Das zweite Mal schlug der Ritter der Königin Sir Mador härter nieder. Dann riß er seinen Helm ab.

»Nun wohl«, sagte Sir Mador. »Ich gebe auf. Ich habe mich geirrt. Laßt mir mein Leben.«

Lanzelot tat etwas Feines. Den meisten Rittern hätte es genügt, für die Königin gewonnen zu haben, und sie hätten es dabei bewenden lassen. Lanzelot jedoch übte eine sozusagen methodische Rücksichtnahme — er war sehr empfindsam im Blick auf das, was andere fühlen mochten oder möglicherweise zu fühlen fähig waren.

»Ich laß' Euch Euer Leben«, sagte er, »wenn Ihr versprecht, daß nichts hiervon auf Sir Patricks Grab geschrieben wird. Nichts über die Königin.«

»Ich versprech's«, sagte Mador.

Während dann der besiegte Verfechter fortgeschafft wurde, ging Lanzelot zur königlichen Loge. Die Königin war sofort freigelassen worden und saß an Arthurs Seite.

Arthur sagte: »Nehmt Euern Helm ab, Fremdling.«

Liebe überwallte sie, als er ihn abnahm, und heißes Mitgefühl, als sie das schreckliche und so wohlbekannte Gesicht wiedersahen, wie er da, heftig blutend, vor ihnen stand.

Arthur kam aus der Loge herab. Er hieß Ginevra aufstehen und nahm ihre Hand und führte sie in die Arena. Er machte vor Sir Lanzelot eine korrekte Verbeugung und zog Ginevra an der Hand, auf daß sie einen Knicks mache. Dies tat er angesichts seines Volkes. Er sprach auf die überlieferte Weise und sagte mit tönender Stimme: »Sir, zeigt Gnade ob der großen Mühsal, die Ihr heut gehabt, für mich und meine Königin.«

Ginevra trug ein lächelndes Gesicht zur Schau. Dahinter schluchzte sie, als wolle ihr das Herz zerspringen.

KAPITEL 38

Der Fall Patrick wurde schon am nächsten Tage aufgeklärt, als Nimue ankam und mit Hilfe des Zweiten Gesichts die Sache erhellte. Merlin hatte, ehe er sich von ihr in die Höhle einschließen ließ, die Belange Britanniens in ihre Hände gelegt. Er hatte ihr das Versprechen abgenommen — das war alles, was er noch tun konnte —, daß sie über Arthur wachen werde, nun, da sie mit seiner Magie vertraut war. Dann hatte er sich, nach einem langen letzten liebevollen Blick auf sie, fügsam in sein Gefängnis begeben. Nimue war zwar zerstreut und unpünktlich, ansonsten jedoch ein gutes Kind. Sie tauchte einen Tag zu spät auf, berichtete, wie und wozu der Apfel vergiftet worden war, und ging wieder ihren eigenen Angelegenheiten nach. Sir Pinel bestätigte die Richtigkeit ihrer Aussage, indem er noch am selben Morgen fortlief und ein schriftliches Geständnis hinterließ. Jedermann mußte zugeben, welch glückliche Fügung es war, daß Lanzelot sich noch rechtzeitig gezeigt hatte.

Der Königin schien der Lauf der Dinge nicht ganz so glücklich. Sie lebte und war gerettet, gewiß — doch das Unglaubliche trat ein: Trotz ihren Tränen, trotz dem Springquell der Gefühle, der aufs neue zwischen ihnen emporgesprudelt war, bestand Lanzelot beharrlich darauf, seinem Gral die Treue zu halten.

Für ihn sei das ja ganz gut und schön, erklärte sie — die mit jedem Tage wütender wurde, wie die Menschen in ihrer Umgebung mit Kummer gewahrten —, gut und schön für ihn, sich in seiner neuen Wonne zu wiegen. Er habe ein hohes Gefühl, ganz ohne Zweifel, eine Kompensation für Lebenskraft und Mannhaftigkeit und Stärke des Herzens. Vielleicht gebe ihm sein berühmter Gott etwas, das sie ihm nicht geben könne. Vielleicht sei er glücklicher mit Gott und werde demnächst selber massenhaft Wunder tun. Was aber sei mit ihr? Er bedenke nicht, was Gott ihr gebe. Es sei doch, warf sie ihm heftig vor, als habe er sie um einer anderen Frau willen verlassen. Er habe das Beste von ihr genommen, und nun, da sie alt und wehrlos geworden sei, habe er sich anderem zugewendet. Er verfahre mit der brutalen Eigensucht des Mannes, der alles aus dem einen Brunnen hole und dann, wenn dieser erschöpft sei, zu einem andern laufe. Er sei ein windiger Kerl, der mitgehen lasse, was ihm gerade unter die Finger komme. Und sich vorzustellen, daß sie an ihn geglaubt habe! Sie liebe ihn nicht mehr, würde ihn nicht an sich herankommen lassen, und wenn er sie auf Knien anflehen sollte. Ja, sie habe ihn schon verachtet, ehe die Suche nach dem Gral begonnen habe — ja, ihn verachtet, und habe schon damals beschlossen, ihm den Laufpaß zu geben. Er solle nur nicht glauben, daß er sie verdiene — mitnichten! Sie schmeiße ihn weg wie einen dreckigen Lappen, weil sie nur Verachtung für ihn empfinde. Für seine Posen und seine Überheblichkeit und seine Bosheit und sein kindisches Wesen und seine Einbildung. Für seinen unnützen kleinen Gott und sein allerliebstes Lügengelalle. Um ihm die Wahrheit zu sagen — und es liege ihr nicht mehr daran, das zu verbergen —: es gebe einen jungen Ritter bei Hofe, der bereits ihr Liebhaber sei, lange vor dem Gral schon ihr Liebhaber gewesen sei! Der sei unendlich viel besser als Lanzelot. Was solle sie mit einer tauben Schote anfangen, wenn sie einen aufblühenden Jüngling zu Füßen liegen habe, der sie verehre, ja, die Erde verehre, auf der sie gehe? Lanzelot solle doch lieber zu Elaine zurückkehren, der Mutter seines berühmten Sohnes. Vielleicht könnten sie zusammen ihre Gebete hersagen, Vogelscheuche bei Vogelscheuche, die ganze Nacht lang. Sie könnten sich über ihr Baby unterhalten, ihren Galahad, der den ekelhaften Gral gefunden habe, und sie könnten über sie selber lachen, wenn es ihnen Spaß mache, ja, sie könnten sie liebendgern auslachen, schon allein deshalb, weil sie's nicht fertiggebracht habe, einen Sohn zu gebären.

Dann begann Ginevra mit dem Gelächter — während ein Teil ihrer selbst unverwandt aus den Augen-Fenstern schaute und den Lärm haßte, den sie machte —, und nach dem Lachen kamen die Tränen, und sie weinte aus tiefstem Herzen.

Seltsam war's, daß Arthur, der zur Feier des Freispruchs für die Königin ein Turnier veranstalten wollte, einen Platz nahe Corbin wählte, wo das Turnier stattfinden sollte. Der Ort mag Winchester oder Brackley gewesen sein, wo man eines der vier noch vorhandenen englischen Tilte-Felder anschauen kann. Es spielt keine Rolle, wo es war — bedeutsam aber ist, daß Corbin die Burg war, auf der die jetzt kindlose Elaine ihre mittleren Jahre verbrachte.

»Ich vermute, daß Ihr zu diesem Turnier geht?« fragte die Königin bitter. »Ich vermute, daß Ihr geht, um Eurer Schlampe nahezusein?«

Lanzelot sagte: »Jenny, könnt Ihr ihr denn nicht vergeben? Mittlerweile ist sie wahrscheinlich häßlich und elend. Sie hat ja nie viel Rückhalt gehabt.«

»Der großmütige Lanzelot!«

»Wenn Ihr nicht wollt, daß ich gehe«, sagte er, »dann gehe ich nicht. Ihr wißt doch, daß ich keinen Menschen je geliebt habe außer Euch.«

»Nur Arthur«, sagte die Königin. »Nur Elaine. Nur Gott. Wenn nicht noch ein paar andere da sind, von denen ich nichts gehört habe.«

Lanzelot zuckte mit den Schultern — was zum Dümmsten gehört, das man tun kann, wenn die Gegenpartei eine Auseinandersetzung wünscht.

»Geht Ihr?« fragte er.

»Ich? Soll ich vielleicht zusehn, wie Ihr mit diesem Flittchen flirtet? Natürlich werde ich *nicht* gehen, und ich verbiete Euch zu gehen.«

»Nun gut«, sagte er. »Ich werde Arthur sagen, daß ich krank bin. Ich könnte sagen, daß meine Wunde noch nicht verheilt ist.«

Er ging, den König aufzusuchen.

Alle waren zum Turnier aufgebrochen, und der Hof war leer. Da änderte Ginevra ihre Ansicht. Vielleicht hatte sie Lanzelot zurückgehalten, um mit ihm allein zu sein, und vielleicht hatte sie gemerkt, daß es nicht gut sei, mit ihm allein zu sein, und deshalb ihre Entscheidung revidiert — aber wir wissen den Grund nicht.

»Besser wär's, Ihr ginget«, sagte sie. »Wenn ich Euch hier halte, werdet Ihr sagen, ich tät's aus Eifersucht, und Ihr werdet's mir zu spüren geben. Außerdem könnte es Skandal erregen, wenn Ihr bei mir bliebet. Und ich will Euch nicht. Ich will Euer Gesicht nicht sehn. Erspart es mir. Geht!«

»Jenny«, sagte er einsichtig, »jetzt kann ich nicht gehn. Wenn ich jetzt noch ginge, wäre der Skandal um so größer, weil ich doch gesagt habe, daß meine Wunde das unmöglich macht. Sie werden denken, wir hätten Krach gehabt.«

»Sollen sie doch denken, was sie wollen. Ich sag' Euch nur eins: Ihr habt zu gehen, sonst macht Ihr mich verrückt.«

»Jenny.«

Er spürte, daß sein Herz in zwei Stücke zerbrach und daß der Irrsinn, in den sie ihn gestürzt hatte, sehr wohl noch einmal ausbrechen könnte. Vielleicht bemerkte sie dies auch. Jedenfalls milderte sie plötzlich ihr Verhalten. Sie entließ ihn nach Corbin mit einem liebevollen Kuß.

»Ich verspreche, daß ich zurückkomme«, hatte er gesagt, und nun hielt er sein Versprechen. Es war undenkbar, daß er an dem Turnier teilnahm, ohne Elaine zu besuchen. Er hatte nicht nur versprochen, zu ihr zurückzukehren, sondern er war auch alleiniger Verwahrer der letzten Botschaften ihres gemeinsamen und einzigen Sohnes, der jetzt tot war oder zumindest ins Geistliche versetzt. Nicht einmal der grausamste Mensch hätte es unterlassen, ihr diese Botschaften zu überbringen.

Er würde in Corbin wohnen, ihr von Galahad berichten und verkleidet am Turnier teilnehmen. Arthur würde er erklären, daß er die Verwundung vorgeschützt habe, um unerwartet kommen zu können, incognito, da dies gerade modern sei. Diese Ausflucht wurde dadurch erleichtert, daß er auf Corbin Castle wohnte und nicht direkt am Ort des Turniers. So konnte auch jedes Gerede über einen frischen Krach mit der Königin vermieden werden.

Als er auf dem breiten Weg zum Burggraben ritt und die Spanischen Reiter passierte, stellte er zu seiner Überraschung fest, daß Elaine auf den Zinnen stand und ihn erwartete — in der gleichen Haltung wie vor zwanzig Jahren, als er fortgeritten war. Sie begrüßte ihn am Großen Tor.

»Ich habe auf Euch gewartet.«

Sie war jetzt pummelig und plump, etwa wie Queen Victoria, und sie empfing ihn vertrauensvoll. Er hatte gesagt, er werde wiederkommen, und hier war er. Sie hatte nichts anderes erwartet.

Mit ihren nächsten Worten traf sie ihn ins Herz.

»Ihr werdet jetzt für immer bleiben«, sagte sie, und es klang kaum wie eine Frage. So hatte sie seine Antwort aufgefaßt, als sie sich trennten vor langer Zeit.

KAPITEL 39

Wer über das Turnier von Corbin lesen will, sollte sich an Malory halten. Er war ein leidenschaftlicher Turniergänger — ähnlich jenen alten Herren, die heutigentags den Kricketpavillon bei Lord's frequentieren — und hatte möglicherweise Zugang zu einigen alten *Wisden* oder gar den Punkte-Protokollen selbst. Er reportiert die berühmten Turniere ausführlich, dazu die Punktzahl jedes Ritters und den Namen des Mannes, der ihn überrannte oder sonstwie erledigte. Doch die Berichte über alte *Cricket-Matches* langweilen all jene, die nicht an ihnen teilgenommen haben, und deshalb müssen wir darauf verzichten. Das einzige, was einen bei Malory anöden könnte, sind die ausführlichen Treffer-Notierungen, die er zwei- oder dreimal gibt — indessen sind auch sie nicht öde für jemanden, der die Form der verschiedenen kleineren Ritter kennt. Für unsere Zwecke genügt es, wenn wir feststellen, daß Lanzelot die Gegenpartei rund um den Platz jagte — sein Können war nach dem Gral zu ihm zurückgekehrt — und daß es für ihn und sein Schwert kein Halten gegeben hätte, wäre die von Sir Mador empfangene Wunde nicht neuerlich aufgebrochen. Es ist erstaunlich, daß er unter den gegebenen Umständen so gut spielte — denn er wurde ja durch das dreifache Elend Ginevra-Gott-Elaine abgelenkt —; doch große Leistungen sind auch von anderen unter ähnlich ungünstigen Verhältnissen vollbracht worden. Schließlich, als er trotz der alten Wunde dreißig oder vierzig Punkte gemacht (und nebenher Mordred und Agravaine ausgehoben) hatte, gingen drei Ritter gleichzeitig auf ihn los, und der Speer eines von ihnen fand eine schwache Stelle. Der Schaft brach ab, und die Spitze blieb in seiner Seite stecken.

Lanzelot verließ den Platz, solange er sich noch zu Pferde halten konnte, und galoppierte davon; er hing im Sattel und suchte nach einem Ort, wo er alleinsein konnte. Wenn er schwer getroffen war, suchte er instinktiv die Einsamkeit auf. Für ihn war der Tod eine Privatangelegenheit. Mußte er denn sterben, dann versuchte er, es möglichst für sich allein zu tun. Nur ein einziger Ritter ging mit ihm — er war zu schwach, ihn abzuschütteln —, und dieser Ritter half ihm, die Speerspitze aus den Rippen zu ziehen, und sorgte für ihn, als er schließlich ohnmächtig wurde, indem er ihn ›in den Wind‹ drehte. Dieser Ritter war es auch, der die verstörte Elaine holen ließ, nachdem man den Verwundeten zu Bett gebracht hatte.

Die Bedeutung des Turniers von Corbin lag nicht in einer ungewöhnlichen Waffentat, auch nicht in Lanzelots ernsthafter Verletzung (von der er sich im Lauf der Zeit erholte). Es tangierte das Leben unserer vier Freunde besonders durch einen Umstand, von dem wir noch zu sprechen haben. Denn Lanzelot, der sich plötzlich mit Elaines unbegründeter Überzeugung konfrontiert sah, daß er für immer bei ihr bleiben werde, hatte es nicht vermocht, der Armen die Wahrheit zu sagen. Vielleicht war er zumeist ein schwacher Mann: schwach, als er Ginevra seinem besten Freunde wegnahm; schwach, als er versuchte, seine Geliebte gegen seinen Gott einzutauschen; und besonders schwach, als er Elaine mit dem Versprechen seiner Wiederkehr helfen wollte. Jetzt, angesichts ihrer simplen Hoffnung, fehlte ihm der Mut, ihre Illusion mit einem einzigen Schlag zu zerstören.

Der Umgang mit Elaine war, trotz ihrer Einfalt oder Unwissenheit, nicht ganz einfach, weil sie sehr sensibel war — sensibler als Ginevra. Freilich fehlten ihr die Kräfte der extrovertierten und kühnen Königin. Sie war sensibel genug, ihn nicht mit Willkommensbezeugungen zu überschütten, als er nach so langer Abwesenheit heimgekehrt war. Sie machte ihm auch keine Vorwürfe: sie hatte nie das Gefühl gehabt, ihm gegenüber irgendeinen Grund für Vorwürfe zu haben. Und vor allem fiel sie ihm nicht mit Selbstbemitleidung auf die Nerven. Während alle in Corbin auf den Ausgang des Turniers warteten, hatte sie ihr Herz fest in der Hand gehalten und sorgsam die langen Jahre verborgen, während derer sie auf ihren Herrn und Gebieter gehofft hatte, und die absolute Einsamkeit in der sie lebte, seit ihr Sohn seiner Wege gezogen war. Lanzelot wußte genau, was sie verbarg. Er war selber unsicher und sensibel und hatte vergessen, auf welche Art und Weise ihre sonderbare Beziehung begonnen hatte. Er war dazu übergegangen, Elaines Kummer ausschließlich als seine eigene Schuld zu betrachten.

Was also konnte er tun, nachdem sie ihre kleine Bitte geäußert — und ihm alle Tränen, allen Willkommensüberschwang erspart hatte —, was konnte er andres tun, als ihr zu Gefallen zu sein? Er mußte ihr ja immer noch beibringen, daß ihre unbeugsame Hoffnung jeder Grundlage entbehrte. Er schob es von sich. Wie ein Scharfrichter, der weiß, daß er morgen töten muß, so versuchte er, heute noch ein wenig Freude zu spenden.

»Lanz«, sagte sie vor dem Turnier und brachte ihre ungewöhnliche Bitte demütig und kindlich vor, »werdet Ihr, da wir jetzt beisammen sind, beim Kampf mein Zeichen tragen?«

Da wir jetzt beisammen sind! Und aus ihrer Stimme hatte er die zwanzig Jahre der Verlassenheit herausgehört; und zum ersten Mal machte er sich klar, daß sie in dieser ganzen Zeit seine ritterliche Laufbahn verfolgt hatte, wie ein Schulkind, das auf seinen Schwarm schwört. Das arme Häschen hatte sich alle Kämpfe vorgestellt — und mit ziemlicher Sicherheit völlig falsch. Sie hatte heimlich auf Berichte aus zweiter Hand gehorcht, um ihrem darbenden Herzen Nahrung zu geben; hatte sich bangend und hoffend gefragt, wessen Zeichen heute wohl den Ehrenplatz einnehmen mochte. Vielleicht hatte sie sich zwanzig Jahre lang eingeredet, daß der große Champion eines Tages unter ihrem Zeichen kämpfen werde — einer der lächerlichen Wunschträume, mit denen die unglückliche Seele sich zu trösten sucht, wenn Handfesteres nicht zu haben ist.

»Ich trag' nie Zeichen«, sagte er wahrheitsgemäß.

Sie bettelte nicht und klagte nicht, und ihre Enttäuschung versuchte sie zu verbergen.

»Ich werde Eures tragen«, sagte er sogleich. »Ich werde es mit Stolz tragen. Außerdem wird's meiner Verkleidung sehr zuträglich sein. Weil jedermann weiß, daß ich kein Angebinde trage, wird's alle irreführen, wenn ich's trotzdem tue. Ein guter Gedanke von Euch! Und ich werd' dann besser kämpfen können. Was soll mein Zeichen sein?«

Es war ein mit großen Perlen bestickter scharlachroter Ärmel. In zwanzig Jahren kann man allerlei an Stickerei zuwege bringen.

Vierzehn Tage nach dem Turnier von Corbin — Elaine pflegte ihren darniederliegenden Helden hingebungsvoll — hatte Ginevra bei Hofe eine Auseinandersetzung mit Sir Bors. Als Weiberfeind hatte Bors häufig unliebsame Szenen mit Frauen. Er sagte, was er dachte, und sie sagten, was sie dachten, und keiner verstand den anderen auch nur im geringsten.

»Ach, Sir Bors«, sagte die Königin, die ihn in größter Eile hatte herbeirufen lassen, nachdem sie von dem roten Ärmel erfahren hatte (Bors war einer der nächsten Anverwandten von Lanzelot). »Ach, Sir Bors, habt Ihr vernommen, mit welchem Falsch Sir Lanzelot mich hat betrogen?«

Bors bemerkte, daß die Königin vor Zorn fast außer sich war. Er errötete heftig und sagte mit übertriebener Friedfertigkeit: »Wenn hier jemand betrogen wurde, dann Lanzelot. Er ist von drei Rittern gleichzeitig tödlich verwundet worden.«

»Und ich bin froh«, schrie die Königin, »froh, das zu hören! Gut wär's, wenn er stürbe. Ein falscher, verräterischer Ritter ist er!«

Bors zuckte mit den Schultern und drehte ihr den Rücken zu, als wolle er ihr sagen, daß er auf derlei Reden nicht höre. Als er zur Tür ging, zeigte sein breiter Rücken genau an, was er von Frauen hielt. Die Königin eilte ihm nach, um ihn notfalls mit Gewalt zurückzuhalten. So leicht wollte sie sich nicht um diese Szene bringen lassen.

»Wieso sollt' ich ihn nicht Verräter nennen«, kreischte sie, »wenn er den roten Ärmel auf dem Kopfe trug, bei den großen Tjosten?«

Bors befürchtete, tätlich angegriffen zu werden, und sagte: »Das mit dem Ärmel bedaure ich. Hätte er ihn nicht als Verkleidung getragen, wären sie vielleicht nicht zu dritt auf ihn losgegangen.«

»Pfui ihm«, stieß die Königin hervor. »Jedenfalls hat er ordentlich Prügel bekommen — bei all seinem Stolz und seiner Angeberei. Er ist in fairem Kampf geschlagen worden.«

»Nein, ist er nicht. Drei gegen einen. Und dazu kam, daß seine alte Wunde wieder aufgebrochen ist.«

»Pfui ihm«, wiederholte die Königin. »Ich hab' Sir Gawaine vor dem König sagen hören, wie wunderbar es doch sei, daß er Elaine so liebe.«

»Ich kann Gawaine nicht daran hindern, zu sagen, was er will«, entgegnete Sir Bors hitzig, verzweifelt, pathetisch, wütend und voll Entsetzen. Dann ging er hinaus und schlug die Tür hinter sich zu, so daß die Punkte ziemlich gleich verteilt waren.

In Corbin hielten sich Elaine und Lanzelot bei den Händen. Er lächelte sie unbeholfen an und sagte mit matter Stimme: »Arme Elaine. Ihr scheint mich immer nur in Pflege zu haben, hinterher. Mich selber habt Ihr nur dann, wenn ich halblebig bin.«

»Jetzt hab' ich Euch für immer«, sagte sie strahlend.

»Elaine«, sagte er, »ich möcht' mit Euch reden.«

Als der Mißratene Ritter von Corbin zurückkam, war Ginevra immer noch voll Wut. Aus irgendeinem Grunde hatte sie es sich in den Kopf gesetzt, daß Elaine wieder seine Geliebte geworden sein müsse; vielleicht, weil sie auf diese Weise ihren Liebhaber am tiefsten verletzen konnte. Sie behauptete, er habe seine religiösen Gefühle nur vorgetäuscht — was dadurch bewiesen sei, daß er sich bei erstbester Gelegenheit schnurstracks zu Elaine begeben habe. Dies, so sagte sie, sei die ganze Zeit über sein heimliches Ziel gewesen. Er sei ein Heuchler, und ein schwacher Heuchler dazu. Sie hatten hysterische Dispute miteinander, über seine Schwäche, seine Heuchelei, und diese Szenen wechselten mit anderen, die freundlicherer Natur waren und dazu bestimmt, die Vorstellung auszubalancieren, daß sie ihr ganzes Leben lang einen Heuchler geliebt habe. Allmählich sah sie gesünder aus, infolge dieser Streitereien, ja sogar wieder schön. Doch bildeten sich zwischen ihren Augenbrauen zwei Furchen, und bisweilen hatte sie einen beängstigenden Blick; dann funkelten und glitzerten ihre Augen gleich Diamanten. Lanzelot bekam einen verbissenen Ausdruck. Beide wurden unsicher, ziellos, zerfahren.

Elaine hatte man die Sachlage erklärt, und Elaine war es, die nun den einzigen kräftigen Schlag ihres Lebens tat, unbeabsichtigt, indem sie Selbstmord beging.

Ein Toten-Nachen kam den Fluß herab zur Hauptstadt — dazumal bildeten die Flüsse die Hauptverbindungswege —, und er wurde unterhalb der Burgmauern verankert. Sie war darauf: das immer hilflose Häschen. Wahrscheinlich begehen Menschen Selbstmord aus Schwäche, nicht aus Stärke. Elaines sanfte Bemühungen, die Hand der Vorsehung zu leiten, indem sie ihren Herrn und Meister mit dürftigen Tricks verlockte und sich dann mit heimlichen Gegenleistungen revanchierte — all dies hatte nicht ausgereicht, im Despotismus des Lebens sich durchzusetzen. Ihr Sohn war fort, ihr Geliebter war fort, und nichts war ihr geblieben. Sogar das Versprechen der Wiederkehr war ihr entglitten, als sie danach greifen wollte. Einst war es etwas gewesen, für das zu leben sich lohnte, eine Art von Geländer — kein besonders großartiges Geländer, doch stabil genug, sich daran festzuhalten. Sie hatte es mit Erfolg benutzt. Da sie niemals hochfahrend oder heischend gewesen war, hatte sie sich auf weite Strecken mit Wenigem begnügt. Nun aber gab es auch dies Wenige nicht mehr.

Jedermann ging hinab, den Nachen anzusehen. Es war keine Lilienmaid von Astolat, was sie da sahen, sondern eine Frau in mittleren Jahren, deren Hände, in steifen Handschuhen, gehorsam den Rosenkranz hielten. Der Tod ließ sie älter und anders erscheinen. Das strenge, graue Gesicht auf dem Nachen war offensichtlich nicht Elaine — die war entweder woanders hingegangen oder gänzlich entschwunden.

Ob Lanzelot nun ein Schwächling war oder ein Wettspielnarr oder jene unausstehliche Person, die ständig versucht, anständig zu sein: jedenfalls scheint er keine leichte Zeit gehabt zu haben. Mit seiner ererbten Neigung zum Wahnsinn und seinem Albtraumgesicht, mit dem ständigen Durcheinander seiner Treuepflichten und ethischen Standpunkte muß es schwierig genug gewesen sein, die Lebensbalance zu halten — auch ohne die diversen Schläge, die ihn obendrein noch trafen. Sogar diese Extraschläge hätte er ertragen können, wenn er ein Herz mit Hornhaut gehabt hätte. Doch sein Herz war dem von Elaine ähnlich, und nun war es unfähig, die Last zu tragen, die das ihre hatte niederlegen müssen. All die Dinge, die er für das eine Geschöpf hätte tun können, nun aber nicht mehr tun konnte, und all die von Scham und Schande begleiteten Fragen nach der Verantwortung, die mit dem Unwiderruflichen einhergehen, drängten sich ihm auf.

»Weshalb wart Ihr nicht netter zu ihr?« fragte die Königin. »Weshalb konntet Ihr ihr nicht etwas geben, für das sie hätte leben können? Ihr hättet ihr doch etwas Großmut und Freundlichkeit zukommen lassen können, das ihr Leben erhalten hätte!«

Ginevra, der noch nicht aufgegangen war, daß sich Elaine jetzt wirksamer denn je zwischen sie geschoben hatte, sagte dies ganz impulsiv und meinte es völlig ehrlich. Sie empfand tiefstes Mitgefühl mit ihrer Rivalin auf dem Nachen.

KAPITEL 41

Trotz dem Selbstmord ging die neue Lebensweise auf Camelot ihren Gang. Niemand hätte sie als besonders glücklich bezeichnen können, doch halten die Menschen nun einmal zäh am Leben fest und leben weiter. Es war nicht gerade ein Leben mit zwingendem Handlungsablauf, sondern eher eine lockere Folge von Geschichten, eine Reihe von Zufällen. Ein grotesker Zwischenfall, der sich um diese Zeit ereignete, ist der Erwähnung wert — nicht, weil er irgend welche Konsequenzen oder eine bedeutsame Vorgeschichte gehabt hätte, sondern weil er bezeichnend ist für das, was Lanzelot widerfuhr. Er reagierte auf die ihm eigene Art und Weise.

Eines Tages lag er im Wald auf dem Bauch und hing traurigen Gedanken nach, als eine Bogenschützin vorüberkam, die auf der Jagd war. Es ist nicht überliefert, ob es sich um einen maskulinen Damentyp mit Oberlippenbart und Krawatte gehandelt hat, oder um ein leichtgeschürztes Wesen aus der Welt des Films, das sich dem Bogenschießen verschrieb, weil es nun mal schick ist. Jedenfalls erspähte sie Lanzelot und hielt ihn für ein Kaninchen. Es muß wohl doch eine maskuline Lady gewesen sein, möchte man meinen, denn es ist zwar keß, auf Männer zu schießen, die man fälschlich für Kaninchen hält, aber ein Filmstar hätte schwerlich genau ins Ziel getroffen. Lanzelot sprang auf — etwa sechs Zoll Pfeil steckten in seinem Körper — und benahm sich genau wie Colonel Bogey beim Golf am zweiten Abschlagmal. Erregt sagte er: »Frau oder Fräulein, was Ihr auch sein mögt — zur Unzeit schnelltet Ihr die Sehne; der Teufel machte Euch zum Schützen!«

Trotz der Rückenwunde kämpfte Lanzelot im nächsten Turnier — das wichtig wurde, weil sich dabei allerlei ereignete. Die wahre Spannung bei Hofe — die jedermann spürte, außer Lanzelot, der zu arglos war, um derlei zu bemerken — wurde bei den Westminster-Tjosten deutlich sichtbar. Zunächst mal begann Arthur, seine Position in ihrem unheilvollen Dreieck zu markieren. Dies tat er, der arme Kerl, indem er beim *grand mêlée* sich plötzlich gegen Lanzelot stellte. Er wandte sich gegen seinen besten Freund, versuchte, ihn zu verwunden, und geriet aus der Fassung. Er tat nichts Unritterliches, und Lanzelot kam auch nicht zu Schaden. Trotzdem war der sonderbare Gefühlsumschwung passiert. Vorher und hinterher waren sie Freunde. In diesem einen Augenblick des Zorns jedoch war Arthur der Hahnrei und Lanzelot sein Verräter. Die Erklärung scheint nahezuliegen: eine unterbewußte Erkenntnis ihrer Beziehung; doch es mag noch etwas anderes dahintergesteckt haben. Lang war es her, daß Arthur der glückliche Wart war, und lange her, daß sein Heim und sein Königreich sich auf dem Höhepunkt des Glücks befanden. Vielleicht war er des Kampfes müde, hatte alles satt, die Orkney-Clique und die seltsamen neuen Moden und die Schwierigkeiten mit der Liebe und der modernen Gerechtigkeit. Vielleicht kämpfte er gegen Lanzelot in der Hoffnung, von ihm getötet zu werden — nicht eigentlich Hoffnung, natürlich, kein bewußter Versuch. Dieser rechtschaffene und großmütige und gütige Mann mag unbewußt erraten haben, daß die Lösung für die beiden, die er liebte, einzig in seinem eigenen Tode lag — nach dem Lanzelot die Königin heiraten und in Frieden mit seinem Gott leben könnte. Vielleicht wollte er Lanzelot die Chance geben, ihn in fairem Kampf zu töten, weil er selber erschöpft war, am Ende. So könnte es gewesen sein. Nun, daraus wurde nichts. Die Gemüter erhitzten sich zwar, doch hernach war ihre Liebe wie neugeboren.

Ein weiteres wichtiges Ereignis des Turniers war, daß Lanzelot in blöder

Unschuld sich die Orkneys endgültig zu Feinden machte. Außer Gareth hob er den ganzen Clan, einen nach dem anderen, aus dem Sattel, Mordred und Agravaine sogar zweimal. Nur ein Heiliger konnte närrisch genug sein, ihnen wieder und wieder das Leben zu retten — doch diesen Edelmut damit zu krönen, daß man sie bei einer solchen Gelegenheit nach Belieben in den Staub beförderte, das war die diplomatische Glanzleistung eines Naturtalents. Gawaine, das muß man ihm lassen, besaß Anstand genug, die Teilnahme an einer Verschwörung zur Beseitigung von Lanzelot zu verweigern; und Gaheris war stumpfsinnig. Doch von da an war es nur noch eine Frage der Zeit, wie lange Mordred und Agravaine mitsamt ihrem neumodischen Anhang das Leben des Oberkommandierenden respektieren würden.

Als Drittes kam hinzu, daß Gareth in Westminster auf Lanzelots Seite focht. Alle bemerkten dieses merkwürdige Über-Kreuz-Spiel: der König kämpfte gegen sein anderes Ich, und Gareth gegen seine eigenen Brüder. Bei solcher Gegenströmung konnte ein Sturm kaum ausbleiben. Und er kam — bezeichnenderweise aus einer Ecke, wo niemand ihn vermutet hatte.

Es handelte sich um einen Ritter bescheidener Herkunft mit Namen Sir Meliagrance, der am Hofe nie recht glücklich gewesen war. Hätte er in früheren Tagen gelebt, wo ein Mann noch als Mann beurteilt wurde, wäre er zurechtgekommen. Unglücklicherweise aber gehörte er zu der späteren Generation, von Mordreds Façon, und wurde nach den neuen Maßstäben bewertet. Jedermann wußte, daß Sir Meliagrance nicht unbedingt zur ersten Garnitur gehörte. Er wußte es selber — die ›erste Garnitur‹ war eine Erfindung von Mordreds Gnaden —, und dieses Wissen machte ihn nicht glücklich. Darüber hinaus hatte Sir Meliagrance einen besonderen Kummer, der ihm die Gesellschaft vergiftete. So weit er zurückdenken konnte, war er verzweifelt und hoffnungslos in Ginevra verliebt.

Die Nachricht kam, während Arthur und Lanzelot sich im Kegel-Hof aufhielten. Sie hatten sich angewöhnt, jeden Tag diesen unmodernen Ort aufzusuchen, um sich im Gespräch zu erheitern.

Arthur sagte: »Nein, nein, Lanz. Ihr habt den armen Tristan nie verstanden.«

»Er war ein Rüpel«, sagte Lanzelot eigensinnig.

Sie sprachen in der Vergangenheitsform, da Tristan schließlich ermordet worden war, und zwar von dem erbitterten König Marke, während der Liebhaber La Beale Isoud auf der Harfe vorspielte.

»Auch wenn er tot ist«, fügte der Ritter hinzu.

Der König jedoch schüttelte heftig den Kopf.

»Kein Rüpel«, sagte er. »Er war ein Possenreißer, ein großer Komiker. Er hat sich immer wieder in die unwahrscheinlichsten Situationen gebracht.«

»Ein Possenreißer?«

»Nicht ganz bei der Sache«, sagte der König. »Das ist die große groteske Tragik. Denkt an seine Liebesgeschichten.«

»Meint Ihr Isoud Weißhand?«

»Ich bin davon überzeugt, daß Tristan diese beiden Isolden völlig durcheinandergeworfen hat. Da ist er verrückt nach La Beale Isoud, und dann vergißt er sie. Eines Tages geht er mit der anderen Isoud ins Bett, und dabei erinnert ihn irgend etwas an etwas anderes. Es dämmert ihm, daß da zwei Isouds sind, nicht eine — und er ist völlig perplex. Hier geh' ich mit Isoud Weißhand ins Bett, sagt er, wo ich die ganze Zeit La Beale Isoud geliebt habe! Da war er natürlich perplex! Und dann noch von der Königin von Irland im Bad fast ermordet zu werden! Den jungen Mann umgab stets der Glanz höheren Komödienspiels. Das Rüpelhafte solltet Ihr ihm verzeihen.«

»Ich . . .« begann Lanzelot, doch in diesem Augenblick kam der Bote.

Es war ein kleiner, atemloser Junge, dessen eng anliegendes Wams unter dem rechten Arm von einem Pfeil aufgeschlitzt worden war. Er hielt den Riß mit seinen Fingern zusammen und sprach schnell drauflos.

Es ging um die Königin, die zum Maien gegangen war (man schrieb den 1. Mai). Sie war, wie üblich, früh aufgebrochen und wollte gegen zehn Uhr daheim sein: mit all den taufrischen Schlüsselblumen und Veilchen und Hagedornblüten und ergrünenden Zweigen, die man an einem solchen Morgen zu pflücken pflegte. Ihre Leibwache hatte sie zurückgelassen — die Ritter der Königin, die alle ein heraldisches Amtszeichen trugen — und hatte nur zehn Ritter in Zivilkleidung mitgenommen. Die waren grün gewandet, zur Feier des Frühlings. Agravaine gehörte zu ihnen — er hatte sich Ginevra seit kurzem attachiert, um sie zu beobachten —, und Lanzelot war absichtlich ausgelassen worden.

Nun, sie waren alle fröhlich heimgeritten, plaudernd, mit Blumen und Zweigen beladen, da hatte Sir Meliagrance sie aus einem Hinterhalt überfallen. Die Sache mit der ›ersten Garnitur‹ hatte solange an ihm genagt, bis er sich entschloß, nun wirklich und wahrhaftig unfein zu werden, wenn ihn nun schon jeder der Barbarei beschuldigte. Er hatte gewußt, daß die Begleitung der Königin unbewaffnet war und daß Lanzelot nicht dabei war. Er hatte eine starke Mannschaft von Bogenschützen und Reisigen mitgebracht, um sie gefangenzunehmen.

Es hatte einen Kampf gegeben. Die Ritter in Zivil hatten sie nach besten

Kräften verteidigt, mit Schwertern und Krummdolchen, bis sie allesamt verwundet waren, sechs von ihnen schwer. Dann hatte Ginevra sich ergeben, um ihnen das Leben zu retten. Sie hatte ein Abkommen mit Sir Meliagrance geschlossen — der sich in seiner Schurkenrolle gar nicht so wohlfühlte —, in dem Sinne, daß er, wenn sie ihre Verteidiger zurückrufe, dafür garantiere, die verwundeten Ritter mit ihr zusammen auf seine Burg zu bringen, wo sie im Vorraum ihres Gemachs schlafen dürften. Meliagrance, der Ginevra liebte, seine eigene halbherzige Verruchtheit nicht mehr wahrhaben wollte und wohl wußte, daß es hoffnungslos war, sich die Geliebte gegen ihren Willen zu eigen zu machen — nun, er hatte den Bedingungen zugestimmt. Der arme Kerl war halt nicht zum Buschklepper geboren.

In der Verwirrung, die es gab, bis die traurige Prozession der verwundeten, quer über ihre Pferde gebundenen Männer in Gang gebracht war, behielt die Königin einen kühlen Kopf. Sie winkte den kleinen Pagen herbei, der ein frisches und schnelles Pony hatte, und gab ihm insgeheim ihren Ring und eine Botschaft an Lanzelot. Flüsternd bat sie den Knaben, davonzugaloppieren, falls er eine Chance sähe. Und das hatte er getan, verfolgt von den Bogenschützen. Hier war der Ring.

Lanzelot rief schon vor Ende des Berichts lauthals nach seiner Rüstung. Zeitgenössischen Überlieferungen zufolge soll Arthur vor ihm niedergekniet sein, um ihm die Beinschienen anzulegen.

KAPITEL 42

Als die berittenen Bogenschützen niedergeschlagen zurückkehrten und berichteten, daß es ihnen nicht gelungen sei, den Jungen niederzustrecken, da wußte Sir Meliagrance, was er zu erwarten hatte. Ihm war gar nicht wohl in seiner Haut, nicht nur, weil er wußte, daß er unklug und hinterhältig gehandelt hatte, sondern auch, weil er die Königin wirklich liebte. Doch in ihm steckte noch etwas Mumm; er sah ein, daß er zu weit gegangen war, um noch umkehren zu können. Lanzelot würde auf die Kunde hin todsicher herbeikommen. Man mußte Zeit gewinnen. Die Burg war auf eine Belagerung nicht vorbereitet — könnte man sie aber dafür in Eile herrichten, so bestünde gute Aussicht, mit den Belagerern einen Kompromiß zu schließen, da ja immerhin die Königin sich als Pfand in seinem Gewahrsam befand. Sir Lanzelot mußte unter allen Umständen aufgehalten werden, bis die Burg in Verteidigungsbereitschaft gebracht war. Meliagrance vermutete richtig, daß Lanzelot Hals über Kopf der Königin zu Hilfe eilen werde, sobald er nur in seiner Rüstung steckte. Die beste Möglichkeit, ihn aufzuhalten, war ein weiterer Hinterhalt, und zwar bei einer schmalen Waldblöße, durch die er reiten mußte. Diese Lichtung war so eng, daß die Bogenschützen gewiß sein Pferd würden töten können, ja, vielleicht gelang es ihnen sogar, seine Rüstung zu durchbohren. Seit den *troubled times*, den Unsicheren Jahren, waren alle Straßen zu beiden Seiten auf Bogenschußweite frei von Gestrüpp, aber diese Lichtung hatte man wegen besonderer Geländegegebenheiten übersehen. Und Meliagrance wußte, daß ein wohlgezielter, aus geringer Entfernung abgeschossener Pfeil die beste Rüstung durchschlagen konnte.

Also wurde der Hinterhalt eiligst gelegt und die Burg in Verteidigungsbereitschaft gesetzt. Hirten trieben das Vieh in den Hof — und alles Viehzeug drängte auseinander oder verbiß sich ineinander oder wollte nicht durch die Tore. Junge Burschen kamen mit Eimern gerannt und füllten fieberhaft die großen Tröge — es war eine dieser praktischen Burgen irischen Stils, die nicht innerhalb der eigenen Mauern einen Brunnen hatten. Mägde liefen halbhysterisch umher — denn Sir Meliagrance war, wie bei Menschen der zweiten Garnitur kaum anders zu erwarten, fest entschlossen, seine gefangene Königin auf eine Art und Weise zu empfangen, die über jede Kritik erhaben ist. Man richtete Boudoirs für sie her, man nahm die Tapisserien aus seinem Junggesellen-Schlafgemach, um sie in dem ihren anzubringen, man putzte und polierte und ließ vom nächsten Nachbarn güldnes Geschirr ausleihen. Ginevra war unterdessen in einen kleinen Wartesaal geführt worden, um dort auszuharren, bis die Staatsgemächer fertig sein würden, und sie vergrößerte die allgemeine Verwirrung dadurch, daß sie für ihre verwundeten Krieger Verbände und heißes Wasser und Liegen forderte. Sir Meliagrance lief treppauf und treppab und rief: »Ja doch, Ma'am, gleich!« und: »Marian, Marian, wo habt Ihr'n die Kerzen gelassen, Teufel-noch-eins?« und: »Murdoch, jagt mir augenblicklich die Schafe vom Söller!« Und in all diesem Trubel fand er noch die Zeit, seine Stirn an den kalten Stein einer Fensterleibung zu legen, um seiner Verwirrung Herr zu werden, seine Torheit zu verwünschen und seine ohnehin durcheinandergeratenen Pläne noch weiter zu verwirren.

Die Königin kam als erste mit ihren Angelegenheiten zurecht. Sie hatte nur das Bandagieren zu überwachen, und ihre Wünsche wurden natürlich vorrangig erfüllt. Sie saß mit ihren Zofen an einem der Burgfenster — gleichsam die ruhige Mitte des Wirbelsturms —, als eine der Frauen rief, daß etwas die Straße herabkomme.

»Es ist ein Karren«, sagte die Königin. »Er wird Proviant bringen.«

»Ein Ritter ist auf dem Karren«, sagte die Zofe, »ein Ritter in Rüstung. Wahrscheinlich bringt ihn jemand fort, weil er aufgehängt werden soll.«

In jenen Tagen galt es als schimpflich, auf einem Karren zu fahren.

Später sahen sie, daß hinter dem Karren ein Pferd galoppierte, dessen Zügel im Sande schleiften. Und noch etwas später sahen sie mit Entsetzen, daß auch die Eingeweide des Pferdes im Sande schleiften. Das Roß war mit Pfeilen gespickt wie ein Stachelschwein, und wirkte dabei sonderbar unbeteiligt. Vielleicht war es vom Schock betäubt. Es war Lanzelots Pferd, und Lanzelot war auf dem Karren und schlug mit seiner Säbelscheide auf den Karrengaul ein. Er war, wie geplant, in den Hinterhalt geraten und hatte eine Zeitlang versucht, an seine Angreifer heranzukommen. Die aber konnten dem schweren Eisenmann, der abgestiegen war, leicht entkommen, indem sie über Hecken und Gräben sprangen. Da machte er sich auf, um den Rest des Weges zu Fuß zurückzulegen, trotz seiner Rüstung. Meliagrance hatte die Unmöglichkeit eines solchen Fußmarsches einkalkuliert: wog doch die Ausrüstung ungefähr noch einmal soviel wie der Mann. Womit er jedoch nicht gerechnet hatte, das war der von Lanzelot requirierte Karren. Wie sehr der große Mann um die Königin besorgt war, läßt sich daraus ersehen, daß er zu Beginn des Ritts auf seinem Pferd durch die Themse geschwommen sein soll, von Westminster Bridge bis nach Lambeth, trotz der Tatsache, daß seine Rüstung ihn unweigerlich in die Tiefe gerissen hätte, wenn etwas schiefgegangen wäre.

»Wie könnt Ihr's wagen, zu sagen, daß es ein Ritter ist, der aufgehängt werden soll?« rief die Königin. »Ihr seid ein liederliches Frauenzimmer. Wie könnt Ihr Sir Lanzelot mit einem Verbrecher vergleichen?«

Die unglückliche Zofe errötete und schwieg, während sie sahen, wie Lanzelot dem verängstigten Fuhrmann die Zügel zuwarf und die Zugbrücke heraufstürmte, wobei er aus Leibeskräften brüllte.

Sir Meliagrance hörte von der Ankunft in dem Augenblick, da Lanzelot durchs Große Tor stürmte. Ein nervöser, überraschter Pförtner versuchte, es ihm vor der Nase zuzuschlagen, bekam jedoch einen Hieb mit der Eisenfaust, der ihn niederstreckte. Das Tor ging auf. Keine Gegenwehr. Lanzelot befand sich, was selten vorkam, in wilder Erregung, vielleicht wegen der Leiden seines Pferdes.

Meliagrance, der gerade ein paar Reisige beaufsichtigte, welche die Holzschuppen im Großen Hof abrissen (eine Verteidigungsmaßnahme gegen Brandfackeln), verlor die Nerven. Er rannte zur Hintertreppe und kniete bereits zu Füßen der Königin, als Lanzelot noch in der Vorburg raste und nach der Königin verlangte.

»Was ist denn nun los?« fragte Ginevra und blickte auf den sonderbaren, gewöhnlichen Mann nieder, der ihr zu Füßen lag. Ihr Blick war seltsamerweise nicht ohne Zuneigung. Aber schließlich ist es ein Kompliment, aus Liebe geraubt zu werden, besonders dann, wenn alles gut ausgeht.

»Ich ergebe mich, ich ergebe mich!« rief Sir Meliagrance. »Oh, ich ergeb' mich Euch, liebe Königin. Rettet mich vor diesem Sir Lanzelot!«

Ginevra sah strahlend schön aus. Vielleicht lag's am Maien, vielleicht an dem Kompliment, das der Ritter ihr gemacht hatte, vielleicht aber auch an einer freudvollen weiblichen Ahnung. Auf jeden Fall war sie glücklich und ihrem Entführer nicht gram.

»Nun wohl«, sagte sie wohlgelaunt und überlegen. »Je weniger Aufsehen dies macht, desto besser ist's für meinen Ruf. Ich werde versuchen, Sir Lanzelot zu beruhigen.«

Sir Meliagrance seufzte erleichtert auf, so daß er fast schon pfiff.

»Recht so, recht so«, sagte er. »Bloß die Leut' kein' Fehltritt wissen lassen, ehem, ehem. Bitte um Vergebung. Würd's Eurer gnädigen Majestät gefallen, die Nacht auf Meliagrance Castle zuzubringen, wenn Ihr Sir Lanzelot beruhigt habt — Euern verwundeten Rittern zuliebe?«

»Das weiß ich nicht«, sagte die Königin.

»Ihr könntet alle des Morgens gehn«, drängte Sir Meliangrace, »und wir könnten die ganze Geschichte begraben. Das wär' doch ganz or'ntlich. Ihr könntet ja sagen, Ihr wärt zu Besuch hier gewesen.«

»Nun wohl«, sagte die Königin und ging zu Lanzelot hinunter, während Sir Meliagrance sich den Schweiß von der Stirne wischte.

Er stand im Inneren Hof und rief seinen Gegner. Als Ginevra ihn sah, und als er sie sah, da ging der Funke zwischen ihren Augen hinundher, noch ehe sie ein Wort sprachen. Es war, als hätte es Elaine und die Grals-Queste nie gegeben. Soweit wir das beurteilen können, hatte sie ihre Niederlage akzeptiert. Er muß in ihren Augen gesehen haben, daß sie ihm nachgab, daß sie ihm zugestand, er selbst zu sein — seinen Gott zu lieben und zu tun, was ihm behagte —, solange er nur Lanzelot blieb. Sie war wieder heiter und bei Verstand. Sie hatte ihre krankhaft besitzheischende Haltung aufgegeben und freute sich, ihn am Leben zu sehen, was immer er auch tun mochte. Sie waren wieder jung — waren wieder die, deren Blicke sich magnetisch angezogen hatten, damals, vor so langer Zeit, in der rauchigen Halle von Camelot. Und indem sie sich ehrlichen Herzens unterwarf, hatte sie den Kampf unabsichtlich gewonnen.

»Was soll denn all der Aufruhr?« fragte die Königin.

Sie sprachen in spielerischem Tonfall. Ihre Liebe war zurückgekehrt.

»Das könnt Ihr wohl fragen.«

Alsdann fügte er, vor Zorn rot anlaufend, hinzu: »Er hat mein Pferd totgeschossen.«

»Dank Euch fürs Kommen«, sagte die Königin. Ihre Stimme war sanft. Sie war so, wie er sie zuerst gehört hatte. »Dank Euch, daß Ihr so schnell und so mutig kamt. Aber er hat sich unterworfen, und wir müssen ihm vergeben.«

»Es war schandbar, mein armes Pferd zu morden.«

»Wir haben uns geeinigt.«

»Hätt' ich gewußt, daß Ihr Euch einigen würdet«, sagte Lanzelot, leicht eifersüchtig, »dann hätte ich mich nicht fast totgehetzt.«

Die Königin nahm seine Hand. Den Stulphandschuh hatte er ausgezogen.

»Bedauert Ihr's«, fragte sie, »daß Ihr Euch so gut geschlagen habt?«

Er schwieg.

»Ich mache mir nichts aus ihm«, sagte die Königin und errötete leicht. »Ich hab' mir nur gedacht, es wäre besser, wenn's nicht zu einem Skandal käme.«

»Mir ist an einem Skandal genausowenig gelegen wie Euch.«

»Ihr müßt tun, was Ihr für richtig haltet«, sagte die Königin. »Kämpft mit ihm, wenn Ihr wollt. Die Wahl liegt ganz allein bei Euch.«

Lanzelot sah sie an.

»Madam«, sagte er, »wie's Euch beliebt, so soll mir's recht sein. Und was Euch recht ist, soll mir belieben.«

Wenn er bewegt war, fiel er stets in die Erhabenheit der Hochsprache zurück.

KAPITEL 43

Die verwundeten Ritter wurden im Vorraum auf Tragbahren gelegt. Das innere Gemach, in dem Ginevra schlief, hatte ein Fenster mit Eisenstäben. Glas gab es nicht.

Lanzelot hatte im Garten eine Leiter entdeckt, die für seine Zwecke lang genug war — und die Königin wartete, obwohl sie keine Verabredung getroffen hatten. Als sie sein zerknittertes Gesicht am Fenster sah, die neugierige Nase vor den Sternen, da hielt sie es nicht für einen Wasserspeier oder einen Dämon. Ein paar Atemzüge lang stand sie da und spürte ein Klopfen im Hals; dann ging sie stumm ans Fenster: das Schweigen einer Komplicin.

Niemand weiß, was sie miteinander sprachen. Malory meint, »sie führten gegenseitig Klage über mancherlei Dinge«. Wahrscheinlich kamen sie überein, daß es unmöglich sei, Arthur zu lieben und ihn gleichzeitig zu betrügen. Wahrscheinlich machte er ihr endlich klar, was es mit seinem Gott auf sich habe, und sie ihm, wie sehr ihr Kinder fehlten. Wahrscheinlich kamen sie überein, daß ihre sündige Liebe beendet sein müsse.

Später flüsterte Sir Lanzelot: »Ich wünscht', ich dürft' hereinkommen.«

»Mir wär' es recht.«

»Wünscht Ihr aus ganzem Herzen, Madam, daß ich bei Euch wäre?«

»Wahrhaftig.«

Als er die letzte Eisenstange herausbrach, durchschnitt er sich die Sehne der Hand bis auf den Knochen.

Eine Weile später verstummte das Geflüster, und es herrschte Stille in der Dunkelheit der Kammer.

Königin Ginevra blieb am nächsten Morgen lang im Bett. Sir Meliagrance, der die ganze Angelegenheit so schnell wie möglich bereinigt sehen wollte, fuhrwerkte im Vorzimmer umher und wünschte, sie wäre schon fort. Teils auch, weil ihm daran lag, die Qual zu verkürzen, daß er die Königin, die er liebte, unter seinem Dach beherbergte — und doch nicht haben konnte.

Schließlich ging er — um sie zur Eile zu mahnen, wohl aber auch mit der unbezähmbaren Neugier des Liebenden — in die Schlafkammer, um sie zu wecken. Ein Vorgang, der in den Tagen des *Lever* möglich war.

»Barmherzigkeit«, sagte Sir Meliagrance, »was fehlt Euch, Ma'am, daß Ihr so lange schlaft?«

Er blickte auf seine verlorene Schöne im Bett und tat, als sähe er nicht hin. Die Laken waren mit dem Blut von Lanzelots Hand beschmiert.

»Verräterin!« rief Sir Meliagrance plötzlich. »Verräterin! Ihr habt Verrat an König Arthur verübt!«

Er war außer sich vor Wut und Eifersucht und hielt sich für betrogen. Da sein eigenes Unternehmen fehlgeschlagen war, hatte er angenommen, daß die Königin eine reine Frau sei und daß er, indem es ihn nach ihr gelüstete, gefehlt habe. Nun sah er, daß sie ihn die ganze Zeit hintergangen hatte; sie hatte vorgegeben, zu tugendhaft zu sein, um ihn zu lieben, und dabei hatte sie's vor seiner Nase mit ihren verwundeten Rittern getrieben. Er war voreilig zu dem Schluß gekommen, daß das Blut von einem der Blessierten stammen müsse — weshalb sonst hatte sie darauf bestanden, sie im Vorzimmer zu haben? In seinen Zorn mischte sich der wildeste Neid. Die Gitterstäbe des Fensters sah er nicht: sie waren so sorgfältig wie möglich wieder angebracht.

»Verräterin! Verräterin! Ich klage Euch des Hochverrats an!«

Auf Sir Meliagrances Schreien hin kamen die verwundeten Ritter zur Tür gehumpelt. Der Tumult breitete sich aus: Kammerzofen, Mägde, Pagen, Knappen, einige Reitburschen — alle kamen aufgeregt an den Ort des Geschehens geeilt.

»Die sind alle treulos«, rief Sir Meliagrance, »alle oder einige. Ein verwundeter Ritter ist hiergewesen.«

Ginevra sagte: »Das ist nicht wahr. Sie können es beweisen.«

»Eine Lüge ist es!« riefen die Ritter. »Wählt einen von uns aus, mit dem Ihr kämpfen wollt. Wir werden mit Euch kämpfen.«

»Das werdet Ihr nicht!« schrie Sir Meliagrance. »Hinweg mit Euerm hochtrabenden Gerede. Ein verwundeter Ritter hat mit Ihrer Majestät geschlafen!«

Und er zeigte weiter auf das Blut als den stichhaltigen Beweis, bis Sir Lanzelot bei der mittlerweile dümmlich dreinblickenden Leibwache auftauchte. Niemand merkte, daß er einen Handschuh trug.

»Was geht vor?« fragte Lanzelot.

Meliagrance erzählte es ihm, wild gestikulierend. Dankbar ergriff er die Gelegenheit, alles von neuem erzählen zu können. Es war, als wäre er vor Kummer übergeschnappt.

Lanzelot sagte kühl: »Darf ich Euch an Euer eigenes Verhalten der Königin gegenüber erinnern?«

»Ich weiß nicht, was Ihr meint. Was soll's? Ich weiß nur, daß ein Ritter die Nacht in diesem Raum gewesen ist.«

»Gebt acht auf Eure Worte.«

Lanzelot sah ihn scharf an; er wollte ihn warnen und wieder zu sich bringen. Beide wußten sie, daß diese Anschuldigung eine Entscheidung durch Kampf zur Folge hatte, und Lanzelot wollte ihn dahin bringen, daß er begriff, mit wem er zu kämpfen haben würde. Sir Meliagrance machte sich dies schließlich klar. Er sah Lanzelot mit unerwarteter Würde an.

»Und auch Ihr gebt acht, Sir Lanzelot«, sagte er ruhig. »Ich weiß, Ihr seid der beste Ritter der Welt; aber gebt acht, wenn Ihr für die falsche Seite kämpft. Gott möcht' für die Gerechtigkeit einen Schlag austeilen, Sir Lanzelot.«

Der wahre Liebhaber der Königin biß die Zähne zusammen.

»Das müssen wir Gott überlassen«, sagte er.

Dann fügte er, recht armselig, hinzu: »Was mich angeht, so sage ich klipp und klar, daß keiner dieser verwundeten Ritter in der Kammer der Königin war. Und wenn Ihr darum kämpfen wollt, werde ich mit Euch kämpfen.«

Lanzelot schlug sich insgesamt dreimal für die Königin: zuerst in dem guten Kampf mit Sir Mador, dann in diesem recht zweifelhaften Wortgefecht mit Sir Meliagrance, und schließlich in einem Streit, der ganz und gar unrecht war — und jeder Kampf brachte sie dem Untergang näher.

Sir Meliagrance warf seinen Handschuh zu Boden. Er war so von der Wahrheit seiner Behauptung überzeugt, daß er halsstarrig wurde, wie es in heftigen Auseinandersetzungen geschehen kann. Er war eher bereit zu sterben, als einen Rückzieher zu machen. Lanzelot nahm den Handschuh — was anders hätte er tun sollen? Alle begannen, sich mit den Formalitäten einer Herausforderung zu beschäftigen: die Fehdehandschuhe wurden mit Petschaften gesiegelt, und dann einigte man sich auf ein Datum. Sir Meliagrance wurde zusehends ruhiger. Jetzt, da er in der Maschinerie des Rechtsverfahrens gefangen war, hatte er Zeit zu überlegen, und seine Überlegungen bewegten sich, wie gewöhnlich, in der entgegengesetzten Richtung. Er war ein widerspruchsvoller Mensch.

»Sir Lanzelot«, sagte er, »da wir den Kampf festgelegt haben, werdet Ihr mir bis dahin doch nichts Heimtückisches antun?«

»Natürlich nicht.«

Lanzelot blickte ihn mit ehrlichem Erstaunen an. Im Herzen war er wie Arthur. Stets brachte er sich in Ungelegenheiten (indem er, zum Beispiel, die Orkneys bei Westminster aushob), weil er die Bosheit der Welt unterschätzte.

»Werden wir bis zum Kampfe Freunde sein?«

Der alte Kämpe verspürte den wohlvertrauten Anfall von Scham. Er mußte mit diesem Manne kämpfen, weil er etwas gesagt hatte, was der Wahrheit entsprach.

»Ja«, sagte er begeistert, »Freunde.«

Von Gewissensbissen geplagt, ging er auf Meliagrance zu.

»Dann haben wir bis dahin Frieden«, sagte Meliagrance beruhigt. »Alles offen und ehrlich. Würdet Ihr gern meine Burg besichtigen?«

»In der Tat.«

Meliagrance führte ihn durch die ganze Burg, von einem Raum zum anderen, bis sie zur Kammer mit der Falltür kamen. Das Brett rollte, und die Falle ging auf. Lanzelot fiel sechzig Fuß tief und landete auf weichem Stroh im Verlies. Dann ordnete Meliagrance an, daß man eines der Pferde verstecke, und ging zur Königin zurück, um ihr mitzuteilen, daß ihr Kämpe vorausgeritten sei. Da Lanzelots Neigung zu abrupten Aufbrüchen bekannt war, klang die Geschichte nicht unwahrscheinlich. Meliagrance schien dies der beste Weg, dafür zu sorgen, daß Gott in diesem Kampf nicht die falsche Seite wähle — denn Meliagrance war seiner Sache ebenfalls nicht sicher.

KAPITEL 44

Die zweite Rechtsentscheidung durch Kampf war ebenso sensationell wie diejenige mit Mador. Wieder kam Lanzelot erst im allerletzten Augenblick, und diesmal war's noch knapper. Sie hatten auf ihn gewartet und ihn aufgegeben und Sir Lavine überredet, statt seiner zu kämpfen. Sir Lavine ritt bereits in den Ring, als der große Mann angaloppiert kam, und zwar auf einem Schimmel, der Meliagrance gehörte. Er war bis zum Morgen im Verlies gefangen gewesen — als das Mädchen, das ihm sein Essen brachte, ihn schließlich in Abwesenheit ihres Herrn freiließ, zum Dank für einen Kuß. Dieser Kuß hatte ihn komplizierte Skrupel gekostet, am Ende jedoch hatte er ihn für vertretbar gehalten.

Meliagrance ging beim ersten Angriff zu Boden und wollte nicht wieder aufstehen.

»Ich ergebe mich«, sagte er. »Ich bin erledigt.«

»Steht auf, steht auf. Ihr habt überhaupt noch nicht gekämpft.«

»Werd' ich nicht«, sagte Sir Meliagrance.

Lanzelot stand über ihm und war verwirrt. Wegen der Sache mit dem Pferd und wegen des Verrats mit der Falltür hatte der Mann eine gehörige Tracht Prügel verdient. Andrerseits war seine Anschuldigung im Grunde richtig, und der Gedanke, ihn zu töten, behagte Lanzelot nicht.

»Gnade«, sagte Sir Meliagrance.

Lanzelot blickte zum Zelt der Königin hinüber, wo sie im Gewahrsam des Konnetabels saß. Wegen des großen Helms konnte niemand den fragenden Blick sehen.

Ginevra jedoch sah ihn; zumindest spürte sie ihn im Herzen. Über das Geländer hinweg zeigte sie mit dem Daumen nach unten und stieß ihn insgeheim noch mehrmals abwärts. Ihrer Meinung nach war Meliagrance zu gefährlich, um geschont zu werden.

In der Arena entstand Schweigen, während jedermann atemlos wartete und sich vorbeugte und auf die Kombattanten starrte — einem Kreis von Geiern gleich, deren Beute noch nicht ganz tot ist. Jedermann wartete auf den *coup de grâce* — wie das Volk in einem römischen Amphitheater oder bei einem spanischen Stierkampf —, und jedermann war überzeugt, daß Lanzelot ihm den Todesstoß versetzen werde. Ihrer Ansicht nach war die Anschuldigung, die Meliagrance gewagt hatte, sehr viel schlimmer als die von Mador, und gleich Ginevra meinten sie, daß er den Tod verdiene. Denn in jenen Tagen galten andere Konventionen für die Liebe als in unsern. In jenen Tagen war sie ritterlich, erwachsen, ausdauernd, religiös, fast platonisch. Da durfte man keine leichtfertigen Anschuldigungen machen. Sie war nichts, was, wie heutzutage, an einem verlängerten Wochenende anfängt und aufhört.

Die Zuschauer sahen, wie Lanzelot über dem Manne zögerte. Sie hörten seine Stimme gedämpft durch den Helm dringen. Er machte Angebote.

»Ich geb' Euch Vorteil«, sagte er, »wenn Ihr aufsteht und richtig mit mir kämpft, auf Leben und Tod. Ich werde meinen Helm abnehmen und die ganze Rüstung an meiner linken Körperseite, und ich werde ohne Schild kämpfen, dazu die linke Hand auf dem Rücken festgebunden. Das dürfte doch wohl fair sein, wie? Steht Ihr auf und kämpft unter dieser Bedingung?«

Sir Meliagrance stieß ein schrilles, hysterisches Kreischen aus, während er zur Richterloge kroch und dabei heftige Gesten machte.

»Vergeßt nich', was er gesagt hat«, schrie er. »Alle ha'm ihn gehört. Ich nehm' seine Bedingungen an. Sorgt, daß er sie nich' rückgängig macht. Keine Rüstung für die linke Seite, kein Schild un' Helm, un' die linke Hand im Rücken festgebunden. Alle ham's gehört! Alle ham's gehört!«

Der Kampfrichter rief: »Es bleibt dabei!«

Die Herolde und Ordnungshüter kamen herbei, und Meliagrance wurde zum Schweigen gebracht. Jedermann schämte sich für ihn. In der schrecklichen Stille, während der er murmelnd darauf bestand, daß die Bedingungen eingehalten würden, gingen zögernde Hände daran, Sir Lanzelot die Wehr abzunehmen und ihn zu binden. Ihnen war, als assistierten sie bei der Exekution eines Menschen, den sie über alles liebten, denn die Vorgabe war allzu groß. Als sie ihn gebunden und ihm sein Schwert gegeben hatten, klopften sie ihm auf die Schulter, schoben ihn mit diesen groben Schlägen zu Meliagrance hin und wandten ihre Gesichter ab.

Es gab ein Blitzen auf dem sandigen Boden, als springe ein Lachs übers Wehr. Lanzelot war's, der seine entblößte Seite zeigte, um den Hieb anzulocken. Und als der Hieb kam, wechselte das Bild, so rasch, wie in einem Kaleidoskop die Formen sich verändern. Der Hieb, den Meliagrance austeilte, hatte sich in den Hieb verwandelt, den Lanzelot führte.

Sir Meliagrance wurde mit Pferden vom Felde geschleift. Sein Helm und Haupt waren in zwei Teile gespalten.

KAPITEL 45

Dies also ist die lange Geschichte, wie der Fremdling aus Benwick Königin Ginevras Liebe stahl, wie er sie seinem Gott zuliebe verließ und wie er schließlich zu ihr zurückkehrte, trotz dem Tabu. Es ist eine Liebesgeschichte aus alten Tagen, wo Erwachsene treu und hingegeben liebten — keine Geschichte aus der Gegenwart, wo Jugendliche sich die billige Hektik des Kinematographen zum Vorbild nehmen. Jene Menschen hatten ein Vierteljahrhundert darum gekämpft, sich zu verständigen, sich selbst zu verstehen, und nun lag der Spätsommer vor ihnen. Lanzelot hatte Ginevra seinen Gott gegeben, und sie hatte ihm dafür seine Freiheit gegeben. Elaine, die in diesem Wirrwarr immer nur eine Zufallsrolle spielte — sie hatte ihren eigenen Frieden gefunden. Arthur, dessen Stellung in diesem Dreieck am unglücklichsten erscheint, war nicht ganz und gar unglücklich. Merlin hatte ihn nicht für privates Glück bestimmt. Er war für königliche Freuden gemacht, für das Wohlergehen einer Nation. Dieses war durch die beiden sensationellen Siege Lanzelots wiederhergestellt. Mode, Modernität und Verfall, welche die Tafelrunde im Kern zersetzt hatten, schienen verbannt, und seine großartige Idee befand sich neuerlich auf dem Vormarsch. Er führte Recht als Macht ein. Auch privat hatte Arthur keinen Grund zu Vorwürfen; er hatte sich von den Problemen Ginevras und Lanzelots ferngehalten, indem er insgeheim hoffte, daß sie ihm diese Angelegenheit nicht zum Bewußtsein bringen würden — nicht aus Angst oder schwächlicher Duldung, sondern aus höchst achtbaren Motiven. Die Macht hatte in der Hand des Königs gelegen. Er war in der Lage eines Ehemannes gewesen, der das Problem des Ewigen Dreiecks mit einer simplen Handbewegung hätte lösen können: Henker oder Scheiterhaufen. Seine Frau und deren Liebhaber waren allein auf seine Gnade angewiesen gewesen: und das war der Grund — nicht Feigheit —, weshalb sein großmütiges Herz sich entschieden hatte, im Unbewußtsein zu verbleiben.

Der Nachsommer nahte, Gerüchte waren zum Verstummen gebracht, Unhöflichkeit war bezähmt. Der Orkney-Clan konnte nur murren: ein fernes und fast unterirdisches Grollen. In den *scriptoria* der Abteien und auf den Schlössern und Burgen der Adligen saßen die Schreiber an ihren Meßbüchern und Abhandlungen über das Rittertum, während die Illuminatoren die Initialen ausmalten und sorgsam die Wappenschilde zeichneten. Die Goldschmiede und Silberschmiede hämmerten munter drauflos; mit kleinen Hämmerchen bearbeiteten sie Blattgold; sie drehten Silberdraht und verzierten die Bischofsstäbe mit kunstvoll verschlungenen Einlegearbeiten. Hübsche Damen hielten sich Rotkehlchen und Sperlinge als Haustiere und mühten sich hingebungsvoll, ihren Elstern das Sprechen beizubringen. Auf Vorratshaltung bedachte Hausfrauen füllten ihre Schränke mit Sirup, einer Arznei gegen schlechtes Aussehen, mit selbstgemachtem Pflaster, *Flos Unguentorum* genannt, gegen Rheuma, und mit Moschuskugeln für den guten Geruch. Sie wappneten sich für die Fastenzeit, indem sie Datteln kauften und grünen Mandel-Ingwer und Heringe zu 4s. 6d. die Pferdeladung. Falkoniere und Austringer beschimpften wechselweise ihre Falken nach Herzenslust. An den neuen Gerichtshöfen — mit *Fort Mayne* war's vorbei — eiferten die Rechtsgelehrten mit Bienenfleiß und erließen Vorladungen wegen Ehrenschändung, Vormundschaft, widerrechtlicher Aneignung von Besitz, Pfändung, Zwangsvollstreckung, Bestechung, *fieri facias,* Unterhaltspflicht, Rückgabe von Besitz, Durchgangsrecht, Untersuchung und Entscheidung, Abgaben auf Heller und Pfennig, *Quorum bonorum, Sic et non, Pro et Contra, Jus primae noctis* und *Questio quid juris?* Diebe konnten — das ist wahr —, wenn sie Güter im Wert von einem Schilling gestohlen hatten, gehenkt werden, (die Kodifizierung des Rechts war noch schwach und verworren); aber das war nicht so schlimm, wie es klingt, wenn man bedenkt, was alles man für einen Schilling kaufen konnte: zwei Gänse oder vier Gallonen Wein oder achtundvierzig Brote — gewiß eine recht beschwerliche Last für einen Dieb. Bei Sonnenuntergang spazierten die Liebenden, wenn sie nicht zu den besseren Ständen gehörten, auf den Landwegen einher und hielten sich um die Taille gefaßt, weshalb sie, von hinten betrachtet, wie ein großes X aussahen.

In Arthurs Gramarye herrschte Frieden, und die Freuden des Friedens dehnten sich vor Lanzelot und Ginevra weithin aus. Aber ihr schwieriges Dreiecksverhältnis hatte ja noch eine vierte Ecke.

Gott war Lanzelots Totem. Er war die andere Person in ihrem Kampf, und jetzt wählte Er den entscheidenden Augenblick, ihren Weg zu kreuzen. Der kleine Bub, der in die Wölbung des Eisenhutes guckte und von Brunnenwasser träumte, das stets seinen Lippen entschwand, hatte den Ehrgeiz gehegt, Wunder zu tun. Ein Wunder hatte er zustandegebracht, indem er, als bester Ritter der Welt, Elaine aus ihrer Wanne rettete — ehe er Elaine an jenem schrecklichen Abend ins Garn ging und sein Tabu brach. Ein Vierteljahrhundert lang hatte er sich dieser Nacht mit Gram erinnert, und die Erinnerung hatte ihn auf der Hohen Suche nach dem Gral begleitet. Vorher hatte er sich für einen Mann Gottes gehalten, hernach war's Schwindel gewesen. Jetzt aber, schließlich und endlich, war die Zeit gekommen, da er gezwungen wurde, seinem Schicksal ins Auge zu blicken.

Es gab einen Ritter aus Ungarland mit Namen Sir Urre, der sieben Jahre zuvor bei einem Turnier Verletzungen davongetragen hatte. Er hatte mit einem Manne namens Sir Alphagus gekämpft, den er tötete, nachdem er diese Wunden empfangen hatte: drei am Kopf, vier am Leib und an der linken Hand. Nun war aber die Mutter des toten Alphagus eine spanische Hexe gewesen, und die hatte Sir Urre aus Ungarland mit einem Fluch belegt, dergestalt, daß keine seiner Wunden jemals heilte. Fortwährend mußten sie bluten, bis der beste Ritter der Welt sie mit seinen Händen heile und ihn erlöse.

Diesen Sir Urre aus Ungarland hatte es von Land zu Land getrieben — vielleicht litt er an einer Art Bluterkrankheit —, immer auf der Suche nach dem besten Ritter, der ihm helfen würde. Am Ende hatte er den Kanal überquert und dies fremde Nordland erreicht. Alle hatten ihm überall erzählt, daß Lanzelot seine einzige Chance sei, und schließlich hatte er sich dann zu ihm aufgemacht.

Arthur, der von jedem stets das Beste dachte, war sicher, daß Lanz den Bann brechen werde, doch hielt er's für fair, wenn jeder Ritter der Runde seine Chance bekäme. Vielleicht steckte irgendwo im Verborgenen eine Fürtrefflichkeit, wie man's ja schon erlebt hatte.

Die Hofgesellschaft hielt sich zu der Zeit in Carlisle auf, um Pfingsten zu feiern, und dort wurde beschlossen, daß alle sich auf der Stadtwiese treffen sollten. Sir Urre wurde auf einer Bahre herbeigetragen und auf ein goldbezogenes Kissen gelegt, und der Heilungsversuch sollte beginnen. Einhundertundzehn Ritter — vierzig waren auf Questen unterwegs — umgaben ihn, aufgestellt in Reih und Glied, mit ihren besten Kleidern angetan. Teppiche waren ausgerollt, und für die großen Damen hatte man Zelte errichtet. Arthur liebte seinen Lanzelot so sehr, daß er ihm für die alles krönende Großtat eine prächtige Kulisse schaffen wollte.

Dies ist das Ende des Buchs über Sir Lanzelot; wir begegnen ihm darin nun zum letzten Mal. Er hielt sich in der Rüstkammer der Burg versteckt, von wo aus er insgeheim das Feld überschauen konnte. Es hingen reichlich Lederzügel in der Kammer, ordentlich aufgereiht zwischen Sätteln und Zaumzeug. Er hatte festgestellt, daß sie kräftig genug waren, ihn zu tragen. Hier wartete er nun, verborgen, und betete, daß es irgendeinem — Gareth vielleicht? — gelingen möge, schnell das Wunder zu vollbringen. Wenn nicht, dann sollten sie ihn übersehen, seine Abwesenheit nicht bemerken.

Mancher mag es reizvoll finden, der beste Ritter der Welt zu sein. Doch sollte man bedenken, daß der Titel verteidigt werden muß. Man sollte an die Prüfungen denken, an die wiederholten, unbarmherzigen, skandalumwitterten Prüfungen, die Tag für Tag zu bestehen sind — bis zu jenem sichern Tag der Niederlage. Man sollte an den guten Grund des Versagens denken, den man fünfundzwanzig Jahre lang zu verbergen versucht, unbedingt geheimhalten will. Man stelle sich vor, daß man jetzt vor das größte und ehrenwerteste Publikum treten muß, das sich denken läßt, um eine öffentliche Schaustellung seiner Sünde zu bieten. Alle erwarten von einem, daß man siegt, und dabei steht die Niederlage schon fest: der Betrug wird offenbar, der ein Vierteljahrhundert lang geübt worden ist, und alle werden sogleich die Ursache erkennen — jenen Grund der Schande, den man vor sich selbst geheimzuhalten versucht hat und der, wenn er sich im stillen Kämmerlein bemerkbar machte, einen selbst zu einer Kopfbewegung des Abschüttelns veranlaßte. Die Wunder, die man vor so langer Zeit vollbringen wollte, können nur von jenen vollbracht werden, die reinen Herzens sind. Die Menschen draußen warten auf dieses Wunder, weil man sie in dem Glauben gelassen hat, man sei reinen Herzens — und nun geht es, nach Verrat und Ehebruch und Mord, ins helle Tageslicht hinaus zum Ehren-Test.

Lanzelot stand in der Rüstkammer, bleich wie der Tod. Er wußte, daß Ginevra draußen war, und auch sie war blaß. Er verschränkte die Finger und blickte auf die kräftigen Zügel und betete so innig, wie er nur konnte.

»Sir Servause le Breuse!« riefen die Herolde, und Sir Servause trat vor, ein Ritter, der auf der Liste der Konkurrenten tief unten stand. Er war ein scheuer Mann, der nur an Naturgeschichte interessiert war und in seinem ganzen Leben noch mit niemandem gekämpft hatte. Er ging zu Sir Urre hinüber, der von der vielen Behandlung schon ächzte, und kniete nieder und tat sein Bestes.

»Sir Ozanna le Cure Hardy!«

So ging es die ganze Liste der Einhundertundzehn hinab, deren klangvolle Namen von Malory in der richtigen Reihenfolge aufgeführt werden, so daß man sie fast vor sich sieht: den edlen Schnitt ihrer schweren Schuppenpanzer, die Bemalung ihrer Wappenschilde und die fröhlichen Farben eines jeden Helmbuschs. Mit ihren befiederten Köpfen wirkten sie wie Indianerhäuptlinge. Beim Gehen klirrten ihre Sporen erregend. Sie knieten nieder, und Sir Urre zuckte zusammen, und der Erfolg blieb aus.

Lanzelot erhängte sich nicht mit den Zügeln. Er hatte sein Tabu verletzt und seinen Freund betrogen, er war zu Ginevra zurückgekehrt und hatte Sir Meliagrance in unrechtem Kampf gemordet. Jetzt war er bereit, seine Strafe zu empfangen. Er ging zu der langen Reihe der Ritter, die in der Sonne warteten. Durch sein Bemühen, unbemerkt zu bleiben, war er an den exponierten letzten Platz gekommen. Er schritt den Reigen der Neugierigen ab, häßlich wie eh und je, befangen, schamvoll: ein alter Kämpe auf seinem letzten Gang. Mordred und Agravaine rückten vor.

Als Lanzelot vor Urre niederkniete, sagte er zu König Arthur: »Muß ich's tun, nachdem alle andern versagten?«

»Natürlich müßt Ihr's tun. Ich befehl's Euch.«

»Wenn Ihr's mir befehlt, muß ich's tun. Aber es wäre anmaßend, es zu versuchen — nach allen andern. Könnt' ich nicht ausgelassen werden?«

»Das seht Ihr falsch«, sagte der König. »Es ist mitnichten anmaßend, es zu versuchen. Wenn Ihr's nicht könnt, kann's keiner.«

Sir Urre, schon recht geschwächt, stützte sich auf einen Ellbogen.

»Bitte«, sagte er. »Zu Euch bin ich gekommen, daß Ihr mich heilt.«

Lanzelot hatte Tränen in den Augen.

»Ach, Sir Urre«, sagte er, »könnt' ich Euch doch helfen — wie gerne würd' ich's tun. Aber Ihr versteht nicht, Ihr versteht nicht.«

»Um der Barmherzigkeit willen«, sagte Sir Urre.

Lanzelot blickte gen Osten, wo er Gott vermutete, und sprach im Innern zu ihm. Mehr oder weniger war es dies: »Ich will keinen Ruhm, doch kannst Du, bitte, unsre Ehre retten? Und wenn Du diesen Ritter um des Ritters willen heilen möchtest, dann tu's, bitte.« Alsdann bat er Sir Urre, ihm seinen Kopf zu zeigen.

Ginevra, die in ihrem Pavillon wie ein Habicht auf der Lauer war, sah die beiden Männer beisammen. Dann sah sie, wie Bewegung in die Umstehenden kam; Murmeln wurde laut, Schreie ertönten. Edelleute warfen ihre Kappen in die Luft und jubelten und schüttelten sich die Hände. Arthur rief immer wieder dieselben Worte aus, hielt den groben Gawaine am Ellbogen gepackt und schrie sie ihm ins Ohr: »Zugeklappt wie eine Kiste! Zugeklappt wie eine Kiste!« Einige ältere Ritter tanzten umher, schlugen ihre Schilde gegeneinander wie übermütige Burschen und knufften sich gegenseitig in die Rippen. Knappen lachten wie Wahnsinnige und schlugen sich auf die Schultern. Sir Bors küßte König Anguish von Irland, der das nicht mochte. Sir Galahalt, der *hault prince*, war über seine Säbelscheide gestolpert. Der großmütige Sir Belleus, der nicht grollte, daß man ihm an jenem fernen Abend neben dem Pavillon aus roter Seide die Leber aufgeschlitzt hatte, brachte ein scheußliches Geräusch hervor, indem er auf einem zwischen die Daumen geklemmten Grashalm blies. Sir Bedivere, seit seinem Besuch beim Papst rastlos reuig, klapperte mit ein paar heiligen Gebeinen, die er als Souvenir von seiner Pilgerfahrt mitgebracht hatte und auf denen in verschlungenen Buchstaben stand: GRUSS AUS ROM. Sir

Bliant umarmte in der Erinnerung an seinen feinen Wilden Mann Sir Castor, der des Chevaliers ritterliche Rüge nicht vergessen konnte. Der König und der sensible Aglovale, der die Pellinore-Fehde vergeben und vergessen machen wollte, tauschten mit dem schönen Gareth Püffe aus. Mordred und Agravaine blickten finster drein. Sir Mador rangelte, rot wie ein Truthahn, mit Sir Pinel, dem Vergifter, der inkognito zurückgekehrt war. König Pelles versprach allen rings umher ein neues Gewand auf seine Kosten. Der schneehaarige Onkel Dap, mittlerweile märchenhaft alt, versuchte ständig, über seinen Gehstock zu springen. Die Zelte wurden niedergelegt, die Banner flatterten. Die Hochrufe, die nun, Runde um Runde, erklangen, rauschten wie Trommelwirbel oder Donnerhall um die Türme von Carlisle. Das ganze Feld, und alle Leute auf dem Feld, und alle Burgtürme — alles schien auf und nieder zu hüpfen wie die Oberfläche eines Sees bei Regen.

In der Mitte, ganz vergessen, kniete einsam ihr Geliebter. Diese verlorene und reglose Gestalt kannte ein Geheimnis, das den anderen verborgen war. Das Wunder bestand darin, daß ihm erlaubt worden war, ein Wunder zu tun. »Und lange weinte Sir Lanzelot«, schreibt Malory, »als wie ein Kind, das man geprügelt.«

EXPLICIT LIBER TERTIUS

DIE KERZE IM WIND

Er überlegte ein Weilchen
und sagte:
Ich habe die Erfahrung gemacht,
daß Zoologische Gärten vielen
meiner Patienten wohltun.
Ich würde Mr. Pontifex
einen Kursus Höhere Säugetiere
verordnen.
Laßt ihn nicht glauben, er nehme
sie als Medizin...

KAPITEL 1

Die zurückliegenden Jahre hatten Agravaine übel mitgespielt. Schon mit vierzig hatte er so alt ausgesehen, wie er jetzt war: fünfundfünfzig. Er war selten nüchtern.

Mordred, dieser kalte Irrwisch von einem Mann, schien überhaupt alterslos zu sein. Seine Jahre waren nichtssagend, wie die Tiefe seiner blauen Augen und die Modulationen seiner musikalischen Stimme.

Die beiden standen im Kreuzgang des Orkney-Palastes zu Camelot und blickten zu den Falken hinaus, die im grünen Hofraum auf ihren Blöcken in der Sonne saßen. Der Kreuzgang hatte die neumodischen ornamentierten Bögen, in deren reizvollen Rahmen die Beizvögel mit stolzem Gleichmut hockten: ein Gerfalke, ein Habicht, ein Zwergfalkenpärchen und vier junge Merline, die man den ganzen Winter über dabehalten hatte und die dennoch am Leben geblieben waren. Die Blöcke waren sauber: die Sportsleute jener Tage hegten die Meinung, daß man, wenn man schon einen blutigen Sport betreibt, dessen Brutalität peinlichst verbergen müsse. Alle Tiere waren mit scharlachrotem spanischem Leder und Goldgerät geschmückt. Die Koppelleinen der Falken waren aus weißem Roßleder geflochten. Der Ger hatte eine schneeweiße Koppel und Fußriemen aus garantiert echter Einhornhaut — womit seine Sonderstellung betont wurde. Er war den ganzen weiten Weg übers Meer gebracht worden, aus Island, und diese Auszeichnung nun war das mindeste, was man ihm schuldete.

Mordred sagte wohltönend: »Laß uns hier verschwinden, um Gottes willen. Der Laden stinkt.«

Als er sprach, bewegten sich die Falken ein wenig, so daß ihre Glöckchen ein wisperndes Geläut anstimmten. Die Glöckchen waren, ungeachtet der Kosten, eigens aus Indien angeschafft worden, und das Paar, das der Ger trug, war aus Silber gemacht. Ein gewaltiger Uhu, der bisweilen als Lockvogel benutzt wurde, jetzt aber im Schatten des Kreuzgangs auf einer Sitzstange hockte, öffnete beim Klingeln der Glöckchen seine Augen. Ehe er sie öffnete, hätte man ihn für eine ausgestopfte Eule halten können, für ein struppiges Federbündel. In dem Augenblick aber, da sie aufgingen, war's ein Geschöpf von Edgar Allan Poe. Man traute sich kaum, es anzusehen. Rot glühten die Augen, mörderisch, furchterregend; sie schienen tatsächlich Licht auszustrahlen. Sie waren wie Rubine, in denen Flammen loderten. Das Tier trug den Namen ›der Großherzog‹.

»Ich rieche nichts«, sagte Agravaine. Er schnupperte argwöhnisch, witterte. Aber sein Geruchssinn war verkümmert, sein Geschmackssinn desgleichen, und er hatte Kopfschmerzen.

»Es stinkt nach ›Sport‹«, sagte Mordred, gleichsam in Anführungszeichen. »Und nach ›vollbrachten Taten‹, nach ›Edelmenschentum‹. Komm, wir gehn in den Garten.«

Agravaine kehrte beharrlich zu dem Thema zurück, das sie diskutiert hatten.

»Es hat keinen Sinn, so viel Wesens davon zu machen«, sagte er. »Wir wissen, was gespielt wird, aber sonst weiß es keiner. Niemand hört auf uns.«

»Aber sie müssen auf uns hören.« Kleine Fleckchen in der Iris von Mordreds Augen brannten mit türkisfarbenem Feuer, so hell wie das Eulengefunkel. Der geckenhafte Mann mit seiner verkrüppelten Schulter, der sich extravagant kleidete, verwandelte sich ganz und gar zur ›Sache‹. Er wurde alles, was Arthur nicht war — das unversöhnliche Gegenteil des Engländers. Er wurde der unbezwingliche Gäle, der Sprößling entrechteter Rassen, die älter waren als Arthurs Sippschaft, älter und gewitzter. Nun, da er für seine ›Sache‹ entflammt war, erschien ihm Arthurs Gerechtigkeit stumpfsinnig und *bourgeois*. Sie nahm sich wie fade Selbstzufriedenheit aus, verglichen mit der Barbarei und dem urwüchsig-wilden Witz der Pikten. Seine mütterlichen Vorfahren lebten in ihm auf, wenn er Arthur verächtlich abwies — Vorfahren, bei denen, wie in Mordreds Kindheit, das Matriarchat geherrscht hatte; Vorfahren, die auf blanken Pferderücken ritten, in Streitwagen angriffen, mit vielerlei Kriegslist kämpften und ihre schaurigen Feste mit den Köpfen ihrer Feinde schmückten. Marschiert waren sie, langhaarig und blutgierig, wie uns ein alter Schriftsteller berichtet, ›das Schwert in der Hand, gegen überflutete Flüsse oder gegen den sturmgepeitschten Ozean‹. Sie waren jene Rasse, die jetzt eher von der Irisch-Republikanischen Armee repräsentiert wird als von den schottischen Nationalisten; eine Rasse von Leuten, die allezeit ihre Gutsherrn ermordeten und dann sagten, die Ermordeten seien schuld, nicht die Mörder; eine Rasse, die aus einem Manne wie Lynchahaun einen Nationalhelden machte, weil er einer Gallierin die Nase abgebissen hatte; eine Rasse, die vom Vulkan der Geschichte in die letzten Winkel des Erdballs getrieben worden war, wo sie noch heute mit giftigem Groll, aus einem dumpfen Gefühl der Benachteiligung und Minderwertigkeit, ihren alten Größenwahn proklamiert. Es war die Rasse von Katholiken, die jedem Papst oder Heiligen ins Gesicht springen konnten — Hadrian, Alexander oder St. Hieronymus —, wenn des Heiligen Politik nicht ihren Vorstellungen entsprach, den Interessen der hysterisch empfindlichen, traurigen, geschundenen Verteidiger eines zerrütteten Erbes. Sie waren die Rasse, deren barbarisch gewitzter, tapferer Trotz vor langen Jahrhunderten von den Fremden gebrochen worden war, die Arthur repräsentierte. Dies war eine der Barrieren zwischen dem Vater und seinem Sohn.

Agravaine sagte: »Mordred, ich muß mit dir reden. Man kann hier, scheint's, nirgends sitzen. Setz dich auf das Ding da, und ich setz' mich hierher. Keiner kann uns hören.«

»Ich habe nichts dagegen, wenn sie uns hören. Das wollen wir doch gerade! Es sollte laut ausgesprochen werden, nicht in Kreuzgängen geflüstert.«

»Das Geflüster wird ihn schließlich doch erreichen.«

»Nein, das wird's eben nicht! Er will's nicht hören, und solange wir flüstern, kann er immer vorgeben, nichts gehört zu haben. Man ist doch nicht all die Jahre König von England, ohne zu wissen, wie man Heuchelei handhabt.«

Agravaine war's nicht wohl in seiner Haut. Sein Haß auf den König war keine Realität wie der Haß Mordreds — ja, er hatte eigentlich gegen niemanden etwas, nur gegen Lanzelot. Seine Haltung war eher die einer allgemeinen, ungezielten Bosheit.

»Ich glaube nicht, daß es Sinn hat, gegen etwas Klage zu führen, das in der Vergangenheit geschehen ist«, sagte er düster. »Wir können nicht erwarten, daß die Leute unsere Partei ergreifen, wenn alles so kompliziert ist und schon so lange zurückliegt.«

»Es mag ja lange zurückliegen, aber das ändert nichts an der Tatsache, daß Arthur mein Vater ist und daß er mich, als ich ganz klein war, in einem Schiff ausgesetzt hat.«

»Für dich mag es vielleicht nichts ändern«, sagte Agravaine, »aber für andere ändert es was. Es ist ein solcher Kuddelmuddel, daß niemand mehr weiß, worum's eigentlich geht. Du kannst nicht erwarten, daß gewöhnliche Menschen sich an Großväter und Halbschwestern und derlei Dinge erinnern. Überhaupt zieht heutzutage keiner mehr wegen privater Fehden in den Krieg. Du brauchst einen nationalen Notstand — irgend etwas Politisches, das auf den Ausbruch wartet. Du mußt dich der Werkzeuge bedienen, die zur Hand liegen. Dieser John Ball, zum Beispiel, der auf den Kommunismus schwört: der hat Tausende von Anhängern, die bei einer Unruhe gerne helfen würden, um ihre eigenen Zwecke dabei zu verfolgen. Oder da sind die Saxen. Wir könnten sagen, wir träten für eine nationale Bewegung ein. Ja, wir könnten sie miteinander verbinden und das Ganze ›Nationalkommunismus‹ nennen. Aber es muß etwas Allgemeines und Populäres sein, das jedem etwas sagt. Und es muß gegen einen großen Haufen gerichtet sein, gegen die Juden oder die Normannen oder die Saxen, so daß jeder ordentlich wütend sein kann. Wir müssen die Anführer der ›Alten‹ werden und mit dem Schrei nach Gerechtigkeit wider die Saxen streiten, oder die Saxen gegen die Normannen hetzen, oder die Leibeigenen gegen die Gesellschaft. Ein Banner brauchen wir, ja, und ein Abzeichen auch. Man könnte das Fylfot, die Swastika, nehmen. Kommunismus, Nationalismus, irgend so was. Aber bloß ein Privatkrach mit dem alten Herrn, das gibt nichts her. Überhaupt: es würd' dich eine halbe Stunde kosten, bis du's erklärt hast, auch wenn du's von den Dächern brüllen würdest.«

»Ich könnte brüllen, daß meine Mutter seine Schwester war und daß er mich deshalb hat ersäufen wollen.«

»Das könntest du«, sagte Agravaine.

Sie hatten, bevor der Uhu erwachte, über das gesprochen, was in früheren Zeiten ihrer Familie angetan worden war — über ihre Großmutter Igraine, der Arthurs Vater Unbill zugefügt hatte; über die ganze längst vergangene Fehde der Gälen und Gallier, wie sie ihnen von ihrer Mutter im alten Dunlothian erzählt worden war. Diese Übeltaten, das erkannte der kaltblütigere Agravaine, lagen viel zu weit zurück, waren viel zu verschwommen, als daß man sie jetzt als Waffe gegen den König hätte einsetzen können. Inzwischen aber waren sie zu Freveln neueren Datums gekommen: zu der Sünde, die Arthur mit seiner Halbschwester begangen hatte und damit aus der Welt schaffen wollte, daß er versuchte, den daraus hervorgegangenen Bastard umzubringen. Dies wären stärkere Waffen gewesen — dummerweise jedoch war Mordred selber der Bastard. Des älteren Bruders Feigheit sagte ihm, in seinem praktischer arbeitenden Gehirn, daß ein Sohn schwerlich seine Illegitimität zum Banner erheben kann, um unter diesem Feldzeichen seinen Vater zu stürzen. Außerdem war die ganze Geschichte von Arthur schon vor langer Zeit vertuscht worden. Es dünkte ihn nicht gut, daß ausgerechnet Mordred sie wieder hervorkramen sollte.

Stumm saßen sie da, blickten zu Boden. Agravaine war nicht in bester Verfassung und hatte Ringe unter den Augen. Mordred war schlank wie eh und je, schlank und rank und nach der neuesten Mode herausgeputzt.

Das Übertriebene seiner Kleidung war eine gute Tarnung, unter der man seine verkrüppelte Schulter kaum bemerkte.

Er sagte: »Ich bin nicht stolz.«

Mit Bitterkeit sah er seinen Halbbruder an, wobei er mehr Bedeutung in diesen Blick legte, als der andere erkennen konnte. Mit den Augen sagte er: ›Sieh dir meinen Buckel an. Ich hab' keinen Grund, stolz auf meine Geburt zu sein.‹

Agravaine erhob sich ungeduldig.

»Auf jeden Fall brauch' ich was zu trinken«, sagte er und klatschte in die Hände, um den Pagen herbeizurufen. Dann strich er sich mit zitternden Fingern über die Augen, stand müde da und betrachtete die Eule mit Widerwillen. Mordred beobachtete ihn, während sie auf den Würzwein warteten, voller Verachtung.

»Wenn du den alten Kohl wieder aufwärmst«, sagte Agravaine, vom Hippokras belebt, »verbrennst du dir die Finger. Wir sind nicht in Lothian, mußt du bedenken. Wir sind in Arthurs England, und seine Engländer lieben ihn. Entweder werden sie sich weigern, dir zu glauben; oder, wenn sie dir glauben, werden sie dir die Schuld geben, und nicht ihm, weil du die Sache aufgebracht hast. Es ist absolut sicher, daß kein einziger sich einer solchen Rebellion anschließen würde.«

Mordred sah ihn an. Er haßte ihn, wie die Eule, und verfluchte ihn, den Feigling. Er konnte es nicht ertragen, daß dieser seine Racheträume durchkreuzte. Also konzentrierte er in Gedanken seinen Groll auf Agravaine und stempelte ihn zum besoffenen Familienverräter.

Agravaine spürte es. Getröstet von der halben Flasche, die er sich schon einverleibt hatte, lachte er dem Jüngeren ins Gesicht. Er klopfte ihm auf die gesunde Schulter und drängte ihn, sich ein Glas zu füllen.

»Trink«, sagte er glucksend. Mordred nippte widerwillig, wie eine Katze, die man in die Pfütze drückt.

»Hast du«, fragte Agravaine flapsend, »je von einem mächtigen Heiligen namens Lanzelot gehört?«

Er zwinkerte mit einem seiner verschwollenen Augen und blickte leutselig vor sich hin.

»Red' weiter.«

»Ich nehme also an, daß du von unserm *preux chevalier* vernommen hast.«

»Natürlich kenne ich Sir Lanzelot.«

»Ich irre wohl nicht, wenn ich sage, daß dieser edle Herre uns hat zu Fall gebracht, ein- oder zweimal?«

»Das erste Mal, daß Lanzelot mich ausgehoben hat«, sagte Mordred,

»ist so lange her, daß ich's gar nicht mehr weiß. Aber das bedeutet nichts. Wenn dich ein Mann mit einem Stock vom Pferd stoßen kann, dann bedeutet das doch nicht, daß er ein besserer Mensch ist als du.«

Es war sonderbar: nun, da Lanzelot ins Gespräch kam, veränderte sich Mordreds lebhafte Anteilnahme zu Gleichgültigkeit. Agravaine indes, der bisher zurückhaltend gewesen war, wurde redselig.

»Genau«, sagte er. »Und unser edler Ritter ist die ganze Zeit über der Geliebte der Königin von England gewesen.«

»Jedermann weiß, daß Gin die Geliebte Lanzelots seit vor der Sintflut ist. Aber was hilft uns das? Der König weiß es selbst. Dreimal ist's ihm gesagt worden, das weiß ich sicher. Ich wüßte nicht, was wir tun könnten.«

Agravaine legte einen Finger an die Nase, wie ein besäuselter Stadtpfeifer; dann bewegte er ihn vor seinem Bruder hin und her.

»Es ist ihm gesagt worden«, verkündete er, »aber auf Umwegen. Die Leute haben ihm Andeutungen gemacht, haben ihm Schilde mit zweideutigen Symbolen geschickt, oder Hörner, aus denen nur treue Ehefrauen trinken können, und so was. Aber niemand hat's ihm in der Öffentlichkeit gesagt, gradheraus, von Angesicht zu Angesicht. Meliagrance hat nur allgemeine Anklage erhoben, und sogar das war noch in den Tagen des Gerichtsentscheids durch Kampf. Überleg doch, was geschehen würde, wenn wir Sir Lanzelot persönlich anprangern würden — unter diesen neumodischen Gesetzen —, so daß der König gezwungen wäre, eine Untersuchung einzuleiten.«

Mordreds Augen klappten auf wie die der Eule.

»Nun?«

»Ich wüßte nicht, was geschehen würde. Allenfalls gäb's einen Riß. Arthur ist auf Lanzelot angewiesen, er braucht ihn als Kommandeur, als Befehlshaber seiner Truppen. Daher stammt seine Macht — weil jedermann weiß, daß gegen nackte Gewalt niemand ankann. Aber wenn wir einen hübschen kleinen Krach zwischen ihnen anzetteln könnten, wegen der Königin, dann würde ihre Macht in zwei Teile zerbrechen. Und dann käme der Zeitpunkt für die Politik. Dann käme der Zeitpunkt für die Unzufriedenen: für die Gammler und die Kommunisten und die Nationalisten und all das Gesindel. Dann käme der Zeitpunkt für deine berühmte Rache.«

»Wir könnten sie zerschlagen, weil sie untereinander zerstritten sind.«

»Aber es bedeutet noch mehr.«

»Es bedeutet, daß die Cornwalls wegen Großvater quitt sind, und ich wegen Mutter ...«

»... nicht, indem wir Gewalt gegen Gewalt setzen, sondern indem wir unsern Verstand benutzen.«

»Das heißt, daß ich mich an dem Manne rächen könnte, der mich als kleines Kind hat ersäufen wollen ...«

»... indem wir uns zuerst an den Prahlhans machen und dann ein bißchen vorsichtig sind.«

»An unsern berühmten ...«

»... Sir Lanzelot!«

Die Situation — vielleicht zum letzten Mal sei daran erinnert — war die, daß Arthurs Vater den Grafen von Cornwall getötet hatte. Er hatte den Mann getötet, weil ihn nach dessen Weib gelüstete. In der Nacht, da der Earl getötet worden war, hatte die unglückliche Gräfin einen Sohn empfangen, nämlich Arthur. Da dieser zu früh geboren wurde, nach Maßgabe der gültigen Konventionen wie Trauerfrist, Heirat und so weiter, gab man ihn insgeheim bei Sir Ector vom Forest Sauvage in Pflege. Dort war er aufgewachsen, ohne seine Herkunft zu kennen, bis er sich als Jüngling von neunzehn Lenzen mit Morgause einließ, ohne zu wissen, daß sie eine seiner Halbschwestern, eine Tochter der Gräfin und des ermordeten Grafen, war. Diese Halbschwester — bereits Mutter von vier Söhnen: Gawaine, Agravaine, Gaheris und Gareth — war doppelt so alt wie der junge König, und sie hatte ihn mit Erfolg verführt. Das Ergebnis dieser Verbindung war Mordred, der von seiner Mutter in der rauhen Abgeschiedenheit der Äußeren Inseln großgezogen wurde. Er war deshalb allein mit Morgause aufgewachsen, weil er so viel jünger war als die andern. Die Brüder waren bereits ausgeflogen und an den Hof des Königs geeilt — vom Ehrgeiz getrieben, weil's der größte Hof der Welt war, oder schlicht aus dem Grund, weil sie ihrer Mutter entkommen wollten. Mordred war übriggeblieben, und ihn beherrschte sie — mit ihrem angestammten Groll gegen den König und ihrem ureigenen Mißmut. Denn sie hatte es zwar vermocht, den minderjährigen Arthur zu verführen, doch er hatte sich ihr entzogen, um Ginevra zu ehelichen. Morgause, über dem einzigen Kinde brütend, dem letzten, das ihr geblieben war, hatte ihre ganze mütterliche Macht auf den verkrüppelten Knaben konzentriert. Sie verzärtelte und vergaß ihn abwechselnd: eine unersättliche Fleischfresserin, die von der Zuneigung ihrer Hunde, ihrer Kinder und ihrer Liebhaber lebte. Zum guten Schluß hatte einer ihrer eigenen Söhne in einem Eifersuchtsanfall ihr den Kopf abgeschlagen, weil er die Siebzigjährige mit einem jungen Manne namens Sir Lamorak im Bette antraf. Mordred — verwirrt, hin und her gerissen von den Liebes- und Haßgefühlen, die ihn mit seinem schrecklichen Hause verbanden — hatte damals an dem Meuchelmord teilgenommen. Jetzt, am Hofe seines Vaters, der rücksichtsvoll genug war, die Geschichte seiner

Geburt zu verheimlichen, fand sich der unglückliche Sohn als der anerkannte Bruder von Gawaine, Agravaine, Gaheris und Gareth — fand er sich vom König-Vater liebevoll behandelt, den aus vollem Herzen zu hassen seine Mutter ihn gelehrt hatte — fand er sich mißgestaltet, intelligent, kritisch, inmitten einer Zivilisation, die für die Begriffe eines bloßen Intellektualisten zu gradlinig organisiert war — fand sich schließlich als Erbe einer nördlichen Kultur, die den tumben Moralvorstellungen des Südens stets entgegengesetzt gewesen war.

KAPITEL 2

Der Page, der Sir Agravaine den Würzwein gebracht hatte, kam zur Tür des Kreuzgangs herein. Er machte eine doppelte Verbeugung, mit jener übertriebenen Höflichkeit, wie man sie von Pagen erwartete, die auf dem Weg zur Ritterschaft noch nicht den Grad eines Schildknappen erworben hatten. Dann meldete der Knabe: »Sir Gawaine, Sir Gaheris, Sir Gareth.«

Die drei Brüder folgten ihm ungestüm, angeregt von der frischen Luft und dem, was sie soeben getan hatten. Der Clan war nun also komplett. Alle hatten, mit Ausnahme von Mordred, eine Ehefrau, die sie irgendwo im Verborgenen hielten; zu Gesicht bekam man sie nie. Die Männer selber sah man selten einzeln. Sie hatten irgendwie etwas Kindliches an sich, wenn sie beieinander waren, was jedoch eher anziehend denn abstoßend wirkte. Vielleicht hatten alle Paladine in Arthurs Geschichte eine gewisse Kindlichkeit — wenn man darunter Einfalt versteht.

Gawaine, das Oberhaupt der Familie, ging voran und trug einen weiblichen Falken im Dunenkleid auf der Faust. Der stämmige Bursche hatte jetzt fahle Strähnen in seinem roten Schopf. Über den Ohren war sein Haar gelblich getönt, wie ein Frettchenfell, und bald würde es weiß werden. Gaheris sah ihm ähnlich, jedenfalls ähnlicher als die anderen. Er stellte eine gemilderte Kopie dar: nicht so rot, nicht so derb, nicht so kraftvoll, nicht so eigensinnig. Ja, eigentlich war er ein wenig närrisch. Gareth, der jüngste der Brüder, hatte die frischen Züge seiner Jugend behalten. Etwas Hüpfendes war in seinem Gang, so, als freue er sich seines Lebens.

»Sieh an!« sagte Gawaine mit heiserer Stimme unter der Tür. »Wird schon getrunken?« Obwohl er nur englische Wörter benutzte, war in seiner Redeweise noch der gälische Tonfall; aber er dachte nicht mehr gälisch. Sein Englisch hatte sich gegen seinen Willen verbessert. Er wurde alt.

»Na klar, Gawaine, na klar.«

Agravaine, der wußte, daß seine Morgenschlückchen nicht gern gesehen waren, fragte höflich: »Hast du einen guten Tag gehabt?«

»Nicht so übel.«

»Es war ein famoser Tag«, erklärte Gareth. »Wir haben die Falkin auf dem *haut vollay* mit Lanzelots *passager* abgerichtet, und sie hat sich wirklich geschickt angestellt. Ich hätte nie gedacht, daß sie's ohne weiteres schaffen würde! Gawaine hat sie vorzüglich geführt. Sie hat losgelegt, als wäre sie zeitlebens auf Reiher geflogen; sie hat einen herrlichen Zirkel um die neuen Schober von Castle Blanc geschlagen und ist dann auf der Ganis-Seite des Pilgerwegs genau über ihn gegangen ...«

Gawaine, der bemerkt hatte, daß Mordred absichtsvoll gähnte, sagte: »Spar dir die Worte.«

»Es war ein famoser Flug«, schloß Gareth lahm. »Als sie ihre Beute geschlagen hatte, dachten wir, man sollte ihr einen Namen geben.«

»Und wie habt ihr sie genannt?« fragten sie herablassend.

»Da sie von Lundy stammt, der Name also mit einem ›L‹ anfangen muß, haben wir gedacht, es sei eine gute Idee, sie nach Lanzelot zu nennen. Wir könnten sie Lanzelotta rufen, oder so ähnlich. Sie wird ein erstklassiger Jagdfalke.«

Agravaine blickte Gareth unter gesenkten Augenlidern an. Gedehnt sagte er: »Dann hättest du sie besser Gin nennen sollen.«

Gawaine kam aus dem Hof zurück, wo er den Wanderfalken auf seinen Block gesetzt hatte.

»Laß das«, sagte er.

»Tut mir leid, wenn ich nicht die Wahrheit sage.«

»Mich kümmert's wenig, ob Wahrheit oder nicht. Ich sage nur: Halt deinen Mund.«

»Gawaine«, sagte Mordred in die Luft, »ist solch ein *preux chevalier*, daß niemand etwas Übles sagen darf, sonst gibt es Ärger. Ihr seht doch, daß er stark ist — und er äfft den großen Sir Lanzelot nach.«

Der Rote wandte sich ihm mit Würde zu.

»So stark bin ich nun auch nicht, Bruder, und ich hab' nicht darauf angespielt. Ich seh' nur zu, daß meine Leute anständig bleiben.«

»Und anständig«, sagte Agravaine, »ist es natürlich, mit der Frau des Königs zu schlafen, auch wenn des Königs Familie unsre Familie vernichtet hat, auch wenn sie einen Sohn von unsrer Mutter bekommen hat, den diese Sippschaft ertränken wollte.«

Gaheris protestierte. »Arthur ist immer gut zu uns gewesen«, sagte er. »Hör endlich auf mit deiner Jammerei.«

»Weil er Angst vor uns hat.«

»Ich wüßte nicht«, sagte Gareth, »weshalb Arthur Angst vor uns haben sollte, wo er doch Lanzelot an seiner Seite hat. Und wir wissen alle, daß Lanzelot der beste Ritter der Welt ist und jeden bezwingen kann. Stimmt's nicht, Gawaine?«

»Ich tät' nicht gern darüber reden.«

Gereizt von Gawaines herrischem Tonfall, legte Mordred sich ins Zeug.

»Nun wohl, aber ich tu's. Vielleicht bin ich beim Tjostieren ein schwacher Ritter, aber ich hab' immerhin den Mut, für meine Familie und für mein Recht einzustehen. Ich bin kein Heuchler. Jedermann an diesem Hofe weiß, daß die Königin und der Oberbefehlshaber ein Verhältnis haben. Aber wir, wir sollen reine Ritter sein und Beschützer der Frauen, und niemand redet von was anderem als vom sogenannten Heiligen Gral. Agravaine und ich haben beschlossen, jetzt zu Arthur zu gehen und ihn, vor dem ganzen Hof, ins Gesicht zu fragen, was es mit der Königin und Lanzelot auf sich hat.«

»Mordred!« schrie das Oberhaupt des Clans. »Du wirst nichts dergleichen tun! Das wäre sündig.«

»Er wird«, sagte Agravaine. »Und ich werde mit ihm gehn.«

Gareth schwankte zwischen Kummer und Verwunderung.

»Aber sie meinen's wirklich ernst«, sagte er.

Gawaine übernahm, nach einem Moment der Verblüffung, wieder die Führung und mimte Tatkraft.

»Agravaine, ich bin das Oberhaupt des Clans, und ich untersag's dir.«

»Du untersagst es mir?«

»Ja, ich untersag's dir; denn sonst machst du dich zum Narren.«

»Der ehrenwerte Gawaine«, warf Mordred ein, »hält dich für einen Narren.«

Diesmal ging der Große auf ihn los wie ein wildgewordener Gaul.

»Nichts dergleichen!« schrie er. »Du denkst, ich tu' dir nichts, weil du verkrüppelt bist, und da nimmst du dir was raus. Aber ich werd' dir was tun, Kerlchen, wenn du herumhöhnst.«

Mordred hörte die eigene Stimme, als komme sie hinter seinen Ohren hervor. In kühlem Ton sagte sie:

»Gawaine, du überraschst mich: du hast eine Gedankenfolge hervorgebracht!«

Dann, als der Riese auf ihn zukam, sagte dieselbe Stimme: »Nun los. Schlag mich schon. Das beweist deinen Mut.«

»Ach, hör doch auf, Mordred«, bat Gareth. »Kannst du mit der Stichelei nicht mal Schluß machen?«

»Mordred tät' nicht sticheln, wie du's nennst«, warf Agravaine ein, »wenn du dich nicht aufspielen würdest.«

Gawaine donnerte los wie eine der neumodischen Kanonen. Er ließ von Mordred ab, ein aufgestachelter Stier, und schrie sie beide an.

»Meine Seel' dem Teufel! Werdet ihr still sein oder verschwinden? Können wir denn niemals in der Familie Frieden wahren? Haltet die Klappe, Gott im Himmel, und laßt dies blöde Geplapper um Sir Lanzelot.«

»Es ist nicht blöd«, sagte Mordred, »und lassen tun wir's auch nicht.« Er stand auf.

»Nun, Agravaine«, fragte er, »gehn wir zum König? Kommt noch einer mit?«

Gawaine vertrat ihnen den Weg.

»Mordred, du wirst nicht gehn.«

»Wer will mir das verbieten?«

»Ich.«

»Ach nein«, bemerkte die eisige Stimme, immer noch von irgendwo aus der Luft, und der Bucklige wollte vorüber.

Gawaine streckte seine rote Hand aus, auf deren Fingerrücken goldne Härchen wuchsen, und stieß ihn zurück. Gleichzeitig legte Agravaine seine eigene weiße Hand mit ihren fetten Fingern an seinen Schwertknauf.

»Keine Bewegung, Gawaine. Ich hab' ein Schwert.«

»Das sieht dir ähnlich, du Teufel!« rief Gareth.

Der jüngere Bruder hatte plötzlich seinen Standpunkt gefunden und war sich seiner Lebensordnung bewußt geworden. Ihre ermordete Mutter, und das Einhorn, und der Mann, der jetzt sein Schwert zog, und ein Kind in der Vorratskammer mit blitzendem Dolch: dies alles hatte seinen Aufschrei bewirkt.

»Nun gut, Gareth«, knurrte Agravaine, weiß wie ein Bettlaken, »ich weiß, was du sagen willst, und jetzt zieh' ich.«

Die Situation geriet außer Kontrolle: sie begannen sich wie Marionetten zu benehmen, so, als wäre alles schon einmal geschehen — was zutraf. Beim Anblick des blanken Stahls bekam Gawaine einen seiner wilden Wutanfälle. Er ließ von Mordred ab, stieß einen Wortschwall aus, zog sein Jagdmesser, da er keine andere Waffe trug, und ging auf Agravaine los — all dies gleichzeitig. Der fette Mann zog sich zurück, als hätte ihn die Raserei seines Bruders in die Defensive gedrängt, und hielt sein Schwert mit zitternder Hand vor sich hin.

»*Aye*«, brüllte Gawaine, »wohl weißt du, was er sagen will, du braver Bluthund. Gegen dein' eigen' Bruder ziehst du, denn nur zu gerne mordest du, wenn einer ungewappnet. Fluch und Leichentuch über dich! Steck dein

Schwert ein, Mann! Steck's ein! Was hast du vor? Ist's nicht genug, daß du unsre Mutter tat'st erschlagen? Verdammt, schmeiß dein Schwert weg, oder hab' den Mumm, damit zu kämpfen. Agravaine . . .«

Mordred schob sich in seinen Rücken, die Hand am eigenen Dolch. Eine Sekunde später blitzte der Stahl im Schatten auf, angeleuchtet von den Augen der Eule, und im selben Augenblick sprang Gareth herzu, bereit zur Verteidigung. Er packte Mordred am Handgelenk und schrie: »Genug jetzt! Gaheris, sieh nach den andern!«

»Agravaine, steck das Schwert ein! Gawaine, laß ihn in Ruhe.«

»Fort, Mann! Ich kann den Hund schon selber lehren.«

»Agravaine, schnell, tu das Schwert weg, sonst bringt er dich um. Los doch, Mann. Sei kein Narr. Gawaine, laß ihn in Ruh'. Er hat's doch nicht so gemeint. Gawaine! Agravaine!«

Agravaine jedoch hatte einen matten Ausfall gegen das Familienoberhaupt gemacht, den Gawaine verächtlich mit seinem Messer parierte. Jetzt stürmte der alte Recke mit den frettchenfarbenen Schläfen los und packte ihn um die Hüfte. Das Schwert klapperte zu Boden, als Agravaine rücklings über den Weintisch fiel und Gawaine auf ihn stürzte. Der Dolch zuckte böse empor, um das Werk zu vollenden, doch Gaheris packte ihn von hinten. Plötzlich ein *tableau* absoluter Stille und Reglosigkeit. Gareth hielt Mordred. Agravaine, der seine Augen mit der Hand schützte, schreckte vor dem Messer zurück. Und Gaheris hielt den rächenden Arm in der Höhe fest.

In diesem kritischen Augenblick öffnete sich abermals die Tür zum Kreuzgang, und der artige Page meldete in ungetrübtem Ton: »Seine Majestät, der König!«

Alle entspannten sich. Sie ließen los, was sie gerade hielten, und regten sich. Agravaine setzte sich keuchend auf. Gawaine ließ von ihm ab, fuhr sich mit der Hand übers Gesicht.

»Ach Gott«, murmelte er. »Wenn ich doch bloß nicht solch krankhafte Ausbrüche kriegen tät'!«

Der König stand auf der Schwelle.

Er kam herein, der ruhige alte Mann, der so lange sein Bestes getan hatte. Er sah älter aus, als er war, obwohl schon hoch in den Jahren. Sein königliches Auge überblickte die Lage. Er sagte nichts. Er durchschritt den Kreuzgang, küßte Mordred sanft auf die Stirn und lächelte allen zu.

KAPITEL 3

Lanzelot und Ginevra saßen am Söllerfenster. Ein Beobachter von heute, der die Arthur-Sage nur von Tennyson und Poeten seines Schlages kennt, hätte mit Schrecken festgestellt, daß die berühmten Liebenden über ihre besten Jahre hinaus waren. Unsere Vorstellung von Liebe ist bestimmt durch das Bildungsklischee »Romeo und Julia«, durch das Bild einer Romanze, die sich zwischen einem Knaben und einem jungen Mädchen abspielt. Wir wären daher verblüfft, wenn wir einen Schritt ins Mittelalter tun könnten — wo der Dichter des Rittertums vom Manne schreiben konnte, er habe *en ciel un dieu, par terre une déesse*. Liebende wurden dazumal nicht als Jugendliche, nicht als Heranwachsende dargestellt: es waren reife Menschen, die wußten, wer sie sind und was sie tun. In jenen Zeiten liebte man sich ein Leben lang, ohne den Komfort eines allzeit dienstbeflissenen Scheidungsanwalts oder Psychiaters. Man hatte »im Himmel einen Gott, auf Erden eine Göttin« — und weil Menschen, die sich Göttinnen weihen, einige Bedachtsamkeit gegenüber den Wesen aufbringen müssen, denen sie ergeben sind, so erwählten sie diese nicht allein im Blick auf den vergänglichen Reiz des Leibes — und verließen sie auch nicht leichtfertig, wenn die Pracht zu verblühen begann.

Lanzelot und Ginevra saßen an einem Fenster des Bergfrieds, und unter ihnen dehnte sich Arthurs England im flachen Schein der untergehenden Sonne.

Es war das Gramarye des Mittelalters, einer Zeit, die manche Leute das ›finstere Mittelalter‹ nennen. Arthur hatte es zu dem gemacht, was es war. Als der König den Thron bestiegen hatte, war's ein England gepanzerter Barone gewesen, des Hungers und des Krieges. Es war das Land der Gottesurteile mittels glühender Eisen gewesen, des *Law of Englishry* und der traurigen, wortlosen Gesänge von Morfa-Rhuddlan. An der Küste, in Reichweite fremder Schiffe, hatte es kein Tier mehr gegeben, keinen Obstbaum. In den Mooren und weiten Wäldern hatten sich die letzten Saxen gegen das harte Regiment von Uther dem Eroberer verteidigt; die Wörter ›Normanne‹ und ›Baron‹ entsprachen dem modernen ›Sahib‹; das Haupt von Llewellyn ap Griffith, unter der Efeu-Krone, war auf den gebündelten Stacheln des Tower vermodert. Damals wäre man Bettlern am Straßenrand begegnet, verstümmelten Männern, die ihre rechte Hand in der Linken trugen; und an ihrer Seite wären ›Waldhunde‹ getrottet, gleichfalls verstümmelt, denn man hatte ihnen einen Zeh abgeschnitten, damit sie in den Forsten des gnädigen Herrn nicht mehr wildern konnten. Als Arthur kam, verbarrikadierten sich die Leute auf dem Lande des Nachts noch in ihren Katen, als gälte es, einer Belagerung zu widerstehen, und sie baten Gott um Frieden in den Stunden der Dunkelheit; der Hausvater wiederholte die Gebete, die auf See gesprochen werden, wenn ein Sturm heranzieht, und er endete mit der Bitte: »Der Herr segne und behüte uns«, worauf alle Anwesenden mit »Amen« antworteten. Auf den Burgen der Barone wurden in jenen frühen Jahren arme Menschen ausgeweidet — die Innereien verbrannte man vor ihren Augen —: man hatte sie aufgeschlitzt, um nachzusehen, ob sie ihr Gold verschluckt hätten. Menschen wurden da mit scharfkantigen Eisenbrocken geknebelt; Menschen hingen da mit dem Kopf nach unten im Rauch; Menschen lagen da in Schlangengruben oder hatten lederne ›Aderpressen‹ um den Kopf oder wurden in Kisten gequetscht, die voller Steine waren, so daß ihnen die Knochen brachen. Man braucht sich nur der Literatur jener Periode zuzuwenden, den Geschichten von den mythischen Familien jener Zeit, den Plantagenets, den Capets und so weiter, um zu sehen, wie es um das Land bestellt war. Legendäre Könige wie John waren es gewohnt, achtundzwanzig Geiseln vor dem Essen aufzuhängen; sie wurden, wie Philipp, von *sergeants-at-mace* verteidigt, einer Art Schutzstaffel, die den hohen Herrn mit Streitkolben bewachte; sie enthaupteten, wie Louis, ihre Feinde auf dem Schafott und zwangen deren Kinder, unter dem Gerüst zu stehen, so daß das Blut auf sie herabströmte. So jedenfalls hat's Ingulf von Croyland erzählt, bis man's als Fälschung entlarvte. Auch hatte es damals Erzbischöfe gegeben, die als Leuteschinder berüchtigt waren; Kirchen, die man als Festungen benutzte — mit Wehrgräben auf dem Friedhof, zwischen den Gebeinen; Preislisten gab's für die Bestrafung von Mördern; die Leichen der Exkommunizierten blieben unbeerdigt; hungernde Bauern aßen Gras oder Baumrinde oder fraßen sich gegenseitig. (Einer brachte es auf achtundvierzig.) Hier wurden Ketzer verbrannt — an einem Tage waren's fünfundvierzig Templer —, und dort schleuderte man die Köpfe von Gefangenen mittels Katapulten in belagerte Burgen. Ein Anführer rebellischer Bauern krümmte sich in seinen Ketten, da er mit einem rotglühenden Dreifuß gekrönt wurde. Ein Papst beklagte sich, da man ihn gefangennahm, um Lösegeld zu erpressen; ein anderer wand sich, weil man ihn vergiftet hatte. Schätze wurden in Form von Goldbarren in Burgmauern einzementiert und die Arbeiter hinterher exekutiert. Gassenkinder in Paris trieben ihren Scherz mit der Leiche eines Konstablers; andere Kinder starben, zusammen mit Frauen und Greisen, vor den Mauern belagerter Städte — aber innerhalb des Belagerungsringes. Hus und Jerome, die Mitren der Abtrünnigkeit auf dem Haupte, schmorten und schmurgelten auf dem Scheiterhaufen. Die Schwachsinnigen von Jumièges waren mit durchschnittenen Flechsen die Seine hinabgetrieben. Auf der Burg von Giles de Retz entdeckte man nicht weniger als eine Tonne von kalziniertem Kindergebein, nachdem er die Kleinen, zwanzig Dutzend pro Jahr, ermordet hatte. Der Duc de Berry verlor ein Königreich infolge der Unpopularität, die ihm sein Mitleid mit achthundert im Kampf getöteten Fußsoldaten eingetragen hatte. Den jungen Grafen von St. Pol hatte man in die Kriegskünste eingeführt, indem man ihm vierundzwanzig lebende Gefangene überließ, die er zu Übungszwecken auf verschiedene Arten massakrieren durfte. Louis der Elfte, ein weiterer erdichteter König, hatte verhaßte Bischöfe in recht kostspieligen Käfigen gefangengehalten. Herzog Robert hatte von seinen Nobeln den Beinamen ›der Herrliche‹ bekommen, von seinen Untertanen hingegen wurde er ›Robert der Teufel‹ genannt. Und ehe Arthur kam, hatten die gemeinen Sterblichen — von denen vierzehn aus *einer* Stadt während einer einzigen Woche von Wölfen gefressen wurden, von denen ein Drittel am Schwarzen Tod starb (die Leichen wurden ›gleich Schweinespeck‹ in Gruben gepackt), für die in der Nacht häufig Wälder und Marschen und Höhlen als Zufluchtsorte dienten, für die von siebzig Jahren achtundvierzig Hungerjahre gewesen waren — diese Menschen hatten zu einer feudalen Oberschicht aufgeschaut, den ›Herren des Himmels und der Erden‹, und wurden von Bischöfen totgeschlagen, die, weil sie kein Blut vergießen durften, mit Eisenkeulen auf sie losgingen. Laut hatten diese Menschen hinausgesungen, daß Christus und seine Heiligen schliefen.

Pourquoi, hatten die armen Wesen in ihrem Elend gesungen: Warum?

Pourquoi nous laisser faire dommage?
Nous sommes hommes comme ils sont.

So war die verblüffend moderne Zivilisation beschaffen gewesen, deren Erbe Arthur angetreten hatte. Doch war es nicht die Zivilisation, worauf die Liebenden jetzt schauten. Vor ihnen erstreckte sich, geruhsam im apfelgrünen Sonnenuntergang liegend, das zur Fabel gewordene Merry England des Mittelalters, als es nicht so finster war. Lanzelot und Ginevra blickten auf das Zeitalter der Individuen.

Was für eine erstaunliche Zeit war das Zeitalter des Rittertums! Ein jeder war zunächst und vor allem er selbst, war leidenschaftlich und lärmend damit beschäftigt, den Launen menschlicher Natur zu geben, was sie verlangten. Die Landschaft, die sich unter ihnen ausbreitete, war von freudvoller Vielfältigkeit, und die Menschen und Begebenheiten waren derart turbulent und abwechslungsreich, daß man kaum weiß, wo man mit der Beschreibung beginnen soll.

Finsteres Mittelalter! Das neunzehnte Jahrhundert war mit seinen Etikettierungen reichlich dreist. Denn hier, unterm Fenster, in Arthurs Gramarye, funkelten die Strahlen der Sonne auf Hunderten von Juwelen aus Buntglas in Klöstern und Konventen oder tanzten auf den Spitztürmchen der Kathedralen und Kastelle, die von ihren Erbauern wahrhaft geliebt worden waren. Die Architektur in jenen dunklen Zeitläuften war eine derart lichtvolle Leidenschaft, daß die Männer ihren Festungen Kosenamen gaben. Lanzelots *Joyous Gard* war nichts Einmaliges in einem Zeitalter, das uns *Beauté* hinterlassen hat, *Plaisance* oder *Malvoisin* (der böse Nachbar für seine Feinde), in einem Zeitalter, da sogar ein Tölpel wie der imaginäre Richard (Löwenherz), der an Furunkeln krankte, seine Burg *Gaillard* nennen konnte und von ihr als seiner »schönen einjährigen Tochter« sprach. Sogar jener legendäre Schurke Wilhelm der Eroberer hatte einen zweiten Beinamen: ›Der Große Erbauer‹.

Man denke an das Glas, durch und durch getönt mit den fünf Hauptfarben. Es war gröber als unseres, dicker, für kleinere Stücke geeignet. Sie liebten ihre Fenster mit derselben Hingabe, wie sie ihre Schlösser und Burgen liebten, und Villars de Honnecourt, beeindruckt von einem besonders schönen Exemplar, unterbrach seine Reise, um es zu zeichnen — mit der Erläuterung: »Ich war auf dem Wege, einem Ruf nach Ungarland zu folgen, da ich dies Fenster zeichnete, weil es mich das schönste aller Fenster dünkte.«

Man male sich das Innere jener alten Kirchen aus, nicht die grauen, tristen Innenräume, wie wir sie kennen, sondern farbendurchlohte Hallen voller Fresken, deren Gestalten stets auf Zehenspitzen standen; voller Tapisserien oder flatternder Brokate aus Bagdad. Man male sich auch das Innere der Burgen aus, die von Ginevras Fenster aus zu sehen waren. Es waren nicht mehr die trutzigen Zitadellen wie vor Arthurs Zeiten. Jetzt füllten sie sich mit Mobiliar, das nicht mehr vom Zimmermann angefertigt wurde, sondern vom Tischler; jetzt wellten sich ihre türlosen Wände, überspielt von den lockenden Lustbarkeiten aus Arras: Tapisserien wie die der Jousts von St. Denis, mehr als vierhundert Quadratellen groß, und doch in weniger als drei Jahren gewebt — so wild war der Schaffenseifer. Wenn man in Burgruinen sorgsam Ausschau hält, kann man bisweilen auch heute noch die Haken entdecken, an denen solch schimmernde Bildteppiche aufgehängt waren. Auch denke man an die Goldschmiede aus Lothringen, die Schreine in Gestalt kleiner Kirchen fertigten, samt Gängen, Statuen, Querschiffen und allem sonstigen, als wären's Puppenstuben. Man denke an die Emailleure aus Limoges, an die Grubenschmelzarbeiten und an die deutschen Elfenbeinschnitzer.

Und ist man endlich willens, sich die Gärkraft kreativer Kunst zu vergegenwärtigen, die in unserm berühmten Zeitalter der Finsternis wirksam war, so muß man die Vorstellung fahren lassen, die schriftliche Kultur sei erst nach dem Fall von Konstantinopel über Europa gekommen. Jeder Schreiber in jedem Lande war in jenen Tagen ein Mann der Kultur — das war seine Profession. »Jeder geschriebene Brief«, so sagte ein mittelalterlicher Abt, »ist eine dem Teufel zugefügte Wunde.« Die Bibliothek von St. Piquier umfaßte bereits im neunten Jahrhundert 256 Bände, darunter Virgil, Cicero, Terenz und Macrobius. Charles der Fünfte hatte nicht weniger als 910 Bände — seine Sammlung war also etwa so umfangreich wie unsere moderne Klassikerreihe *Everyman Library*.

Schließlich waren unter den Fenstern auch noch die Menschen selber — eine quirlige, sprühende Mischung von wimmelnden Absonderlichkeiten, die der Meinung waren, daß sie nicht nur einen Körper hätten, sondern auch etwas, das man ›Seele‹ nannte — und beides gebrauchten sie auf höchst wunderliche Weise. In der Gestalt Sylvesters des Zweiten bestieg ein bekannter Zauberer den päpstlichen Thron, obwohl er als Erfinder der Pendeluhr berühmt und berüchtigt war. Ein Fabelkönig von Frankreich mit Namen Robert, dem das Mißgeschick widerfahren war, exkommuniziert zu werden, bekam daheim die übelsten Ärgernisse, weil die letzten beiden Köchinnen, die man zum Weiterarbeiten hatte überreden können, darauf bestanden, daß die Tiegel nach dem Mahle ins Feuer müßten. Ein Erzbischof von Canterbury, der alle Domherren von St. Paul's in einem Anfall übler Laune mit dem Kirchenbann belegt hatte, stürmte in die Priorei von St. Bartholomew und schlug mitten in der Kapelle den Subprior nieder, was so viel Empörung auslöste, daß man ihm die Gewandung vom Leibe riß — und eine Rüstung zum Vorschein kam. Zu Schiff mußte der Gute nach Lambeth fliehen.

Die Gräfin von Anjou pflegte im feierlichsten Moment der Messe stets durch ein Fenster zu entschwinden. Madame Trote de Salerno benutzte ihre Ohren als Taschentücher und ließ ihre Augenbrauen im Nacken herunterhängen, wie Silberketten. Einen Bischof von Bath hielt man, in der Regierungszeit des imaginären Eduard I., nach gründlicher Erwägung für nicht geeignet zum Amt des Erzbischofs, weil er zu viele illegitime Kinder hatte — nicht ein paar, sondern zu viele. Aber selbst dieser Bischof konnte wohl kaum der Gräfin von Henneberg das Wasser reichen, die in einem Wochenbett plötzlich 365 Kindern das Leben schenkte.

Es war das Zeitalter der Fülle, das Zeitalter, da man in alles so tief eindrang, daß man bis zum Hals darin stak. Vielleicht zwang Arthur dies Ideal dem Christentum auf, weil seine Lehrzeit unter Merlin derart reich und vielfältig gewesen war.

Denn der König war — zumindest ist dies Malorys Deutung — der Schutzpatron des Rittertums. Er war kein bedrängter Brite, der im fünften Jahrhundert in einem blauen Färberwaid-Kittel durch die Gegend sauste — und auch keiner jener *nouveaux riches de la Poles*, die allem Anschein nach Malory selber die letzten Lebensjahre vergällt haben. Arthur war der Herzkönig eines Rittertums, das seine Blüte vielleicht zweihundert Jahre vor dem Zeitpunkt erlebte, da unser altertümlicher Autor sich ans Werk machte. Er war die Kennmarke all dessen, was im Mittelalter gut war, und alles hatte er selbst geschaffen.

Malorys Schilderung zufolge war Arthur von England der Kämpe einer Zivilisation, die in den Geschichtsbüchern falsch dargestellt wird. Der Leibeigene der Ritterschaft war kein Sklave, für den es niemals Hoffnung gab. Er hatte, ganz im Gegenteil, mindestens drei legitime Möglichkeiten des Aufstiegs, deren größte die katholische Kirche war. Mit Hilfe von Arthurs Politik war diese Kirche — immer noch die größte aller Korporationen, die jedem Lernwilligen offensteht — zu einer Durchgangsstraße für den niedersten Sklaven geworden. Ein Saxen-Bauer wurde als Hadrian IV. Papst, der Sohn eines Zimmermanns als Gregor VII. In diesem so verachteten Mittelalter konnte man der größte Mann der Welt werden — allein durch Bildung. Und es ist ein Irrtum, wenn man glaubt, daß Arthurs Zivilisation in wissenschaftlichen Dingen schwach entwickelt gewesen sei, verglichen mit unserer famosen Wissenschaft. Die Forscher wurden damals allerdings ›Magier‹ genannt, doch sie haben fast ebenso furchtbare Dinge entdeckt und erfunden wie wir — der Unterschied ist nur, daß wir uns an ihre Erfindungen längst durch Gebrauch gewöhnt haben. Die größten Magier, wie Albertus Magnus, Roger Bacon und Raimundus Lullus, waren im Besitz etlicher Geheimnisse, die uns verlorengegangen sind, und entdeckten nebenbei noch etwas, das der Hauptbedarfsartikel der Zivilisation zu sein scheint, nämlich das Schießpulver. Man ehrte sie für ihr Wissen, und Albert der Große wurde zum Bischof ernannt. Einer jener Männer, namens Baptista Porta, scheint das Kino erfunden zu haben, obwohl er sich klüglich entschied, es nicht weiter zu entwickeln.

Was die Luftfahrt angeht, so experimentierte im zehnten Jahrhundert ein Mönch namens Aethelmaer mit Flugmaschinen, und er hätte möglicherweise Erfolg gehabt, wenn ihm bei der Adjustierung des Hecks nicht ein Mißgeschick passiert wäre. Er stürzte ab, *quod* — sagt William of Malmesbury — *caudam in posteriori parte oblitus fuerat adaptare.*

Nicht einmal im Blick auf modischen Schick und flotte Modernität stand uns das Zeitalter der Finsternis gar so weit nach. Zumindest hatten sie ein paar zündende Namen für ihre feurigen Cocktails — die hießen beispielsweise *Huffe Cap* (Zorndeckel), *Mad Dog* (Tollwütiger Hund), *Father Whoresonne* (Pater Hurensohn), *Angel's Food* (Engelsfutter), *Dragon's Milke* (Drachenmilch), *Go to the Wall* (Geh an die Mauer), *Stride Wide* (Stake stolz) und *Lift Leg* (Hoch das Bein).

Die Aussicht, die das Fenster bot, war ergötzlich, wenn auch in manchem etwas sonderbar. Wo wir heute von Hecken eingefaßte Felder und Parklandschaften haben, gab es damals dörfliche Siedlungen, Ödland, Marschen und Wälder von ungeheuren Ausmaßen. Sherwood erstreckte sich über Hunderte von Meilen, von Nottingham bis zur Mitte von York. Die Geschäftigkeit, die auf der Insel herrschte, die Bienenzucht und das Krähenscheuchen und das Pflügen mit Ochsen — das muß man sich im *Lutterell Psalter* ansehen, wo alles hübsch dargestellt ist.

Wer sich für Besonderheiten interessiert, hätte damals vielleicht das Glück gehabt, einen unterm Fenster vorüberreitenden Ritter zu gewahren, dessen Kopf recht auffällig war: rings um die Ohren und im Nacken war er glattrasiert, oben jedoch türmte sich das Haar — wie die Frisur einer japanischen Puppe. Der Schädel insgesamt hatte so die Form eines Zuckerhutes. Und der Dutt bildete einen ausgezeichneten Stoßdämpfer unterm Helm. Als nächster zöge vielleicht ein Kirchenschreiber vorbei, möglicherweise auf einem Zelter, und mit einer Haartracht, die genau das Gegenstück zu der des Ritters abgäbe: oben völlig kahl, wegen der Tonsur. Als der Laie den Bischof aufgesucht hatte, um sich von ihm zum kirchlichen Beamten machen zu lassen, war die Schere das wichtigste Stück in seinem Reisenecessaire. Die nächste sonderbare Gestalt, die vorbeikäme, wäre vielleicht ein Kreuzfahrer, der sich geschworen hatte, das Grab Gottes zu befreien. Natürlich erwartet man, daß er auf seinem Umhang das Kreuzeszeichen trägt; doch er war von der Sache derart angetan, daß er dieses Symbol auch an allen möglichen anderen Stellen angebracht hatte. Von Enthusiasmus beflügelt wie ein frischgebackener Pfadfinder, hatte er das Kreuz auf sein Wappenschild geheftet, an sein Wams, seinen Helm, seinen Sattel und auf die Kandare seines Rosses. Der nächste, der unter dem Fenster vorübergehen würde, mochte ein Laienbruder aus dem Orden der Zisterzienser sein, den man seiner Kleidung wegen für einen gebildeten Mann hätte halten können. Aber nein: er war *ex officio* ein Analphabet. Seine Aufgabe bestand darin, die päpstlichen Bullen zu versiegeln, und um die Geheimhaltung der Dokumente des Papstes zu gewährleisten, wählte man nur solche aus, die kein Wort lesen konnten. Alsdann käme vielleicht ein Saxe, der als Zeichen trutzigen Widerstandswillens einen Bart und eine Art phrygischer Mütze trug. Jetzt ein Ritter aus den Marschen an der Nordgrenze, der auf seinem azurblauen Mantel Mond und Sterne hatte, weil er sich vom Ertrag nächtlicher Überfälle nährte. Irgendwo in der Landschaft stieg eine Rauchsäule auf, die vom Blasebalg eines Alchimisten stammte, der den löblichen Versuch unternahm, Blei in Gold zu verwandeln — eine Kunst, die unsre Kräfte bis zum heutigen Tage übersteigt, wenngleich wir ihr durch die Kernfusion ein wenig näherkommen. Und dort hinten, weit weg, in der Umgebung eines Klosters, hätte man eine Prozession verärgerter Mönche sehen können, die barfuß um ihr Anwesen marschierten; möglicherweise mußten sie, halblaute Verwünschungen ausstoßend, gegen die Sonne gehen, da sie sich mit ihrem Abt entzweit hatten.

Bei einem Blick in diese Richtung hätte man vielleicht einen mit Knochen eingezäunten Wengert entdeckt — in Arthurs Frühzeit hatte man nämlich herausgefunden, daß Gebeine ausgezeichnete Zäune für Weingärten, Friedhöfe und sogar für Festungsvorwerke abgaben. Auf der anderen Seite mochte man ein Burgtor erblicken, das wie die Trophäensammlung eines Oberförsters aussah: es war über und über mit den Schädeln von Wölfen, Bären, Hirschen und anderem Wild bestückt. Links in der Ferne ging vielleicht, strikt nach den von Geoffrey de Preully festgelegten Regeln, ein Turnier vonstatten, und die *Kings-at-arms* examinierten sorgsam die Kombattanten — wie die Unparteiischen vor einem Boxkampf —, um sich zu vergewissern, daß sie nicht auf ihren Sätteln festgebunden waren. Die Kampfrichter bei dem Schiedsduell zwischen einem gewissen Earl of Salisbury und einem Bischof von Salisbury, zur Zeit des vermeintlichen Königs Edward III., entdeckten, daß der Champion des Bischofs unter seiner Rüstung überall Gebete und Zauberformeln angenäht trug — was ungefähr so schlimm war, wie wenn ein Boxer ein Hufeisen in seinem Handschuh versteckt. Direkt unterm Fenstersims schaukelten vielleicht zwei hartleibige päpstliche Nuntien vorbei, die düsteren Gemüts heimwärts gen Rom ritten. Ein solches Paar wurde einst mit Bannbullen ausgeschickt, Barnabas Visconti zu exkommunizieren. Barnabas zwang sie jedoch, ihre Bulle zu verspeisen: Pergament, Verschnürung, bleierne Siegel und alles. Warum sollte nicht dicht hinter ihnen ein professioneller Pilger des Weges kommen, der sich auf einen knorrigen, eisenbeschlagenen Stab stützt, eine Art ›Alpenstock‹, und unter einer Ladung geweihter Medaillen, Reliquien, Muscheln, Schweißtücher und sonstiger Devotionalien stöhnt? Er würde sich als *palmer* oder Pilgrim bezeichnen, und wenn er weitgereist war, gehörte zu seinem heiligen Kram eine Feder des Erzengels Gabriel; ein paar der Kohlen, auf denen St. Laurentius gegrillt wurde; ein Finger des Heiligen Geistes, »heil und ganz wie eh und je«; »ein Fläschlein

Schweißes von St. Michael, da er mit dem Teufel gekämpft«; ein Zweiglein »des Busches, aus dem der Herr zu Moses sprach«; eine Weste von St. Peter oder ein paar Tropfen der zu Walsingham aufbewahrten Milch der Gebenedeiten Jungfrau. Auf den Pilgrim folgte vielleicht eine eher finstere Gestalt, einer jener Menschen, die »des Tages schlafen und wachsam sein bei Nacht, gut essen und gut trinken, aber nichts besitzen«. Ein *outlaw* also, ein Geächteter, über den geschrieben steht:

Dem, der in Acht, sei zugedacht, daß man ihn faß und bind
Und sonder Gnad am Baume frei ihn baumeln laß im Wind.

Ehe es jedoch zum Aufknüpfen kam, zu seinem letzten Baumeln im Wind, führte er ein freies Leben. Seine Gefährtin marschierte stramm neben ihm her; auch auf ihren Kopf war ein Preis ausgesetzt, und sie war kahlgeschoren worden, ehe sie sich in die Wälder geflüchtet hatte. Höchstwahrscheinlich drehte sie sich häufig um, immer in der Furcht vor dem Hetzgeschrei einer Menschenmeute, die hinter ihnen her war.

Vielleicht kam nun ein Baron des Wegs, der vor sich her eine heiße Pastete tragen ließ, weil er einmal des Jahrs dem König eine solche Pastete darzubringen hatte, als kulinarischen Lehnszins sozusagen, den König Arthur beschnuppern konnte. Ein anderer Baron ging vielleicht in voller Rüstung auf einen Drachen oder ein anderes Ungetüm los, und — rumms! — unten lag er, während sein Gaul sich in leichtem Galopp entfernte. In einem solchen Falle aber ließ ihn einer der Diener sogleich auf seinem eigenen Pferde aufsitzen — wie wir's heutigentags mit einem *Master-of-hounds* tun würden —, denn so wollte es das Feudalrecht. Fern im Norden, im letzten Dämmerschein, zuckte vielleicht ein Licht in der Hütte einer geschäftigen Hexe auf, die sich nicht damit begnügte, das wächserne Ebenbild eines Menschen anzufertigen, den sie nicht leiden konnte, sondern dies Ebenbild auch noch taufen ließ — das war der wirksame Faktor! —, ehe sie ihre Nadeln hineinsteckte. Einer ihrer priesterlichen Freunde fand sich möglicherweise bereit, die Totenmesse gegen jemanden zu lesen, den man loswerden wollte, und wenn er zum *Requiem aeternum dona ei, Domine* kam, meinte er's ganz wörtlich, obwohl der Betreffende noch lebte. Nicht minder weit entfernt, im Westen, unterm selben Abendhimmel, hätte man Enguerrand de Marigy erblicken können, den Erbauer des Riesengalgens zu Mountfalcon, wie er an ebendiesem Galgen nun selber moderte und klapperte, da er der Schwarzen Magie für schuldig befunden worden war. Die Herzöge von Berry and Brittany, zwei anständige Männer, trotteten irgendwo ihrer Wege und trugen Atlas-Kürasse, die Stahl vortäuschten.

Diese beiden hielten nichts von den Vorteilen der Rüstung, und da sie fanden, daß Atlasseide auf dem Kopf beträchtlich kühler sei als solch ein Ding aus Metall, waren sie entschlossen, hübsch brav zu sein. Lanzelot hätte es ihnen gleichtun können. Über ihnen am Bergeshang, von ihnen unbemerkt, saß vielleicht Joly Joly Wat mit seinem Teerkasten. Er war die typischste Gestalt in Gramarye, und der Teer war das Antisepticum für seine Schafe. Wenn man zu ihm gesagt hätte: »Laß das Schiff nicht untergehn wegen einem halben Pott Teer!«, dann hätte er ohne Zögern zugestimmt — denn er war es, der das Sprichwort erfunden hat, das wir von Schafen auf Schiffe übertragen haben.

Noch weiter weg mochte ein Bankrotteur auf einem moskowitischen Marktplatz eine kolossale Tracht Prügel bekommen — nicht, weil man persönlich etwas gegen ihn hatte, sondern weil man die hehre Hoffnung hegte, daß einer seiner Freunde oder Angehörigen in der Menge sich bereit finde, seine Schulden aus Mitleid zu bezahlen, wenn er nur laut genug schrie. Mehr gen Süden, zum Mittelmeerbecken hin, wurde vielleicht ein Matrose wegen Spielens bestraft, nach einem Gesetz von Richard Löwenherz. Die Strafe bestand darin, daß er dreimal vom Hauptmast ins Meer geworfen wurde — und bei jeder Bauchlandung brachen seine Kameraden in Hochrufe aus. Eine weitere sinnreiche Art der Bestrafung wurde möglicherweise auf dem Marktplatz direkt zu Füßen der Burg praktiziert: Ein Weinhändler, dessen Ware von schlechter Qualität war, wurde an den Pranger gestellt und gezwungen, ungeheure Mengen seines eigenen Gesöffs zu trinken, wonach man ihm den Rest über den Kopf goß. Was für ein Kater am nächsten Morgen! War man weitherzig genug, mochte man sich am Anblick der kessen Alisoun ergötzen, wie sie »Ti-Hi!« rief, nachdem sie den ungewohnten Kuß erhalten hatte, von dem Chaucer berichtet. Ein Schüler, der die Keckheit und das Glück gehabt hatte, einen Earl of Salisbury mit einer der neumodischen Kanonen totzuschießen, wurde dort drüben gerade von seinen Mit-Scholaren auf dem Spielfeld der Klosterschule zum Idol erhoben. Die Pflaumenbäume — wie Merlins Maulbeerbäume eben erst eingeführt — ließen im Abendlicht am Rand des Spielfeldes vielleicht gerade ihre Blüten fallen. Ein anderer Knabe, diesmal ein vierjähriger König von Schottland, übergab betrübt seiner Amme ein königliches Mandat, das sie ermächtigte, ihn zu verdreschen, ohne sich des Hochverrats schuldig zu machen. Eine verrufene Armee, die als ausgebildete Bande vom Schwert gelebt hatte, erbettelte sich ihr Brot von Tür zu Tür — ein Schicksal, das alle Armeen verdienten —, und einem Manne, der dort im Osten in einer Kirche Zuflucht gesucht hatte, wurde ein Bein abgeschlagen, weil er einen halben Schritt vor die Türe tat. Im selben Gotteshaus tummelte sich ein sauberes Sammelsurium von Fälschern, Dieben, Mördern und Schuldnern, die in der friedvollen Abgeschiedenheit der Kirche, wo sie nicht verhaftet werden durften, eifrig drauflos fälschten und die Messer schliffen für ihre nächtlichen Ausflüge. Das Schlimmste, was ihnen widerfahren konnte, nachdem sie diese Freistatt erst einmal erreicht hatten, war Verbannung. Dann mußten sie zu Fuß nach Dover gehen, mußten immer in der Straßenmitte gehen und ihr Kruzifix umklammert halten — ließen sie es auch nur für einen Augenblick los, so durfte man über sie herfallen —, und wenn sie beim Hafen ankamen und nicht sogleich ein Schiff fanden, mußten sie täglich bis zum Hals ins Meer steigen, als Beweis dafür, daß sie sich ernsthaft Mühe gaben.

Weiß der Leser, daß es in diesen finsteren Zeiten, die man von Ginevras Fenster aus überschauen konnte, so viel Anstand auf der Welt gab, daß die katholische Kirche allem Kämpfen Einhalt gebieten konnte — durch *The Truce of God,* den ›Waffenstillstand Gottes‹, der von Mittwoch bis Montag dauerte und auch für die ganze Advents- und Fastenzeit galt? Waren sie mit ihren Schlachten, ihrem Hunger, ihrem Schwarzen Tod und ihrer Leibeigenschaft weniger aufgeklärt als wir mit unseren Kriegen, unseren Blokkaden, unserer Influenza und unserer Wehrpflicht? Und wenn sie auch so töricht waren, die Erde für den Mittelpunkt des Universums zu halten — halten wir selber nicht den Menschen für die Krone der Schöpfung? Wenn es eine Million Jahre braucht, bis aus einem Fisch ein Reptil wird — hat sich da der Mensch, in diesen paar Jahrhunderten, bis zur Unkenntlichkeit verändert?

KAPITEL 4

Lanzelot und Ginevra schauten vom Turmfenster in die Abenddämmerung des Rittertums. Ihre schwarzen Profile standen als Schattenrisse vor dem sinkenden Licht. Lanzelots, des alten häßlichen Mannes Silhouette glich der Kontur eines Wasserspeiers. Er hätte, greulich meditierend, herabblicken können von Notre Dame, der Kirche seiner Zeit. Gereift, wie es war, wirkte sein Antlitz jedoch edler als früher. Die Züge der Häßlichkeit hatten sich zu Zügen der Stärke verfestigt. Ihm war, gleich der Bulldogge, der man oft schändlich tut, ein Gesicht gewachsen, dem die Leute vertrauen konnten.

Rührend war, daß die beiden sangen. Ihre Stimmen, die nicht mehr die

Fülle jugendlicher Frische hatten, waren noch immer sicher in der Höhe des Tons. Waren sie auch dünn, so klangen sie doch rein. Sie stützten einander.

Wenn erst der Maien naht (sang Lanzelot)
Auf lichtem Pfad,
Geht unser Weh —
Kampf fürcht ich nimmermehr.

Wenn erst (sang Ginevra),

Wenn erst die Sonn
Versinkt in dunklem Bronn
Samt ihrer Pracht,
Fürcht nimmer ich die Nacht.

Doch ach (sie sangen zusammen),

Doch Tag und Nacht, auch sie,
Bialx doux amis,
Nicht ewig dauren an —
Sind bald vertan.

Sie hielten inne, mit einem überraschenden melodischen Schnörkel auf dem Portativ, und Lanzelot sagte: »Eure Stimme ist gut. Ich fürchte, meine wird allmählich rostig.«

»Ihr solltet keine geistigen Getränke zu Euch nehmen.«

»Wie unfair, so etwas zu sagen! Seit dem Gral hab' ich nahezu enthaltsam gelebt.«

Nun, mir wär's lieber, wenn Ihr überhaupt nicht trinken würdet.«

»Dann werd' ich nicht mehr trinken — nicht einmal Wasser. Ich werde zu Euern Füßen verdursten, und Arthur wird mir ein Staatsbegräbnis geben und Euch nie verzeihen.«

»Ja, und ich werde für meine Sünden ins Kloster gehn und dortselbst glücklich bis ans Ende meiner Tage leben. Was wollen wir jetzt singen?«

Lanzelot sagte: »Nichts. Ich möchte nicht singen. Kommt und setzt Euch zu mir, Jenny.«

»Betrübt Euch etwas?«

»Nein. Ich war noch nie so glücklich. Und ich werde wohl nie wieder so glücklich sein.«

»Weshalb so glücklich?«

»Ich weiß es nicht. Weil's schließlich doch noch Frühling geworden ist, und weil der strahlende Sommer vor uns liegt. Eure Arme werden wieder braun sein — knusprig frisch hier oben, der Ellbogen rund und rosig. Ich weiß nicht, vielleicht mag ich Euch da am meisten, wo Ihr Euch biegt — das Innere Eurer Ellbogen.«

Ginevra scheute vor diesen charmanten Komplimenten zurück.

»Ich möcht' wissen, was Arthur wohl tut?«

»Arthur besucht die Gawaines, und ich rede von Euern Ellbogen.«

»Ach ja.«

»Jenny, ich bin glücklich, weil Ihr mich herumkommandiert. Das ist die Erklärung. Ihr nörgelt, daß ich zuviel trinke. Ich hab's gern, wenn Ihr Euch um mich kümmert und mir sagt, was ich tun soll.«

»Ihr scheint's zu brauchen.«

»Ich brauch's«, sagte er. Und dann, mit einer Plötzlichkeit, die beide überraschte: »Darf ich heute abend kommen?«

»Nein.«

»Warum nicht?«

»Lanz, fragt bitte nicht. Ihr wißt, daß Arthur da ist. Es ist viel zu gefährlich.«

»Arthur macht es nichts aus.«

»Sollte Arthur uns erwischen«, sagte sie im Ton der Vernunft, »müßte er uns töten.«

Er bestritt es.

»Arthur weiß genau Bescheid über uns. Merlin hat ihn vorgewarnt, mit vielen Worten, und Morgan le Fay hat ihm zweimal einen deutlichen Wink gegeben, und dann gab's da den Ärger mit Sir Meliagrance. Aber er will es nicht zum Eklat kommen lassen. Er wird uns niemals ertappen, es sei denn, man zwingt ihn dazu.«

»Lanzelot«, sagte sie ärgerlich, »ich dulde es nicht, daß Ihr von Arthur redet, als sei er ein Kuppler.«

»Ich rede ganz und gar nicht so von ihm. Er ist mein erster Freund gewesen, und ich liebe ihn.«

»Dann sprecht Ihr von mir, als ob ich noch etwas Schlimmeres wäre.«

»Und jetzt führt Ihr Euch auf, als wärt Ihr's.«

»Nun gut. Wenn das alles ist, was Ihr zu sagen habt, dann solltet Ihr gehn.«

»Auf daß Ihr ihm Euch in Liebe darbringen könnt, nehme ich an.«

»Lanzelot!«

»Ach, Jenny!« Er sprang auf, behend wie eh und je, und umschlang sie. »Seid nicht bös'. Es tut mir leid, wenn ich unfreundlich gewesen bin.«

»Geht! Laßt mich allein.«

Er aber hielt sie weiterhin fest, wie jemand, der ein wildes Tier am Fortlaufen hindern will.

»Seid mir nicht bös'. Es tut mir leid. Ihr wißt, ich hab's nicht so gemeint.«

»Ihr seid ein Biest.«

»Nein, ich bin kein Biest. Und Ihr seid auch keins. Jenny, ich werd' Euch so lange festhalten, bis Ihr nicht mehr böse mit mir seid. Ich hab's gesagt, weil ich unglücklich bin.«

Ihre gedämpfte, verhaltene Stimme stellte bekümmert fest: »Eben erst habt Ihr gesagt, Ihr wäret glücklich.«

»Nun ja, ich bin nicht glücklich. Ich bin sehr unglücklich; die ganze Welt ist mir verleidet.«

»Glaubt Ihr, Ihr wärt der einzige?«

»Nein, das glaube ich nicht. Und mir tut's leid, was ich gesagt habe. Es macht mich noch unglücklicher, daß ich's gesagt hab'. Seid doch bitte wieder gut und macht mich nicht weiterhin unglücklich.«

Sie ließ sich erweichen. Die Jahre hatten ihre frühere Heftigkeit gemildert.

»Nun gut.«

Doch ihr Lächeln und ihr Nachgeben ermutigten ihn nur, von neuem zu beginnen.

»Kommt Ihr mit mir, Jenny?«

»Bitte, fangt nicht wieder von vorne an.«

»Ich kann's doch nicht ändern«, sagte er verzweifelt. »Ich weiß nicht, was ich tun soll. Gott, wir haben's unser ganzes Leben lang damit gehabt, aber im Frühling scheint's schlimmer zu sein. Weshalb wollt Ihr nicht mit mir nach Joyous Gard kommen, damit wir die ganze Geschichte hinter uns bringen?«

»Lanz, laßt mich los und seid vernünftig. So, setzt Euch hin, und jetzt singen wir noch ein Lied.«

»Ich will aber nicht singen.«

»Und ich will nichts von dem andern hören.«

»Wenn Ihr mit mir nach Joyous Gard kämet, wär's ausgestanden, ein für allemal. Zumindest könnten wir unsre alten Tage gemeinsam verbringen und glücklich sein, ohne jeden Tag betrügen zu müssen, und wir würden in Frieden sterben.«

»Ihr sagtet, Arthur wisse alles«, sagte sie, »von Betrug könne also keine Rede sein.«

»Ja, aber es ist doch anders. Ich liebe Arthur, und ich ertrag's nicht, wenn ich sehe, wie er mich anblickt, wenn ich weiß, daß er weiß. Wißt Ihr — Arthur liebt uns.«

»Aber, Lanz, wenn Ihr ihn so liebt, wie könnt Ihr dann mit seiner Frau durchbrennen wollen?«

»Ich will, daß Klarheit herrscht«, sagte er störrisch, »wenigstens zum Schluß.«

»Und ich will es nicht.«

»Ja«, und jetzt war er wieder wütend, »weil Ihr in Wahrheit zwei Männer haben wollt. Frauen wollen immer alles.«

Sie beschwichtigte mit großer Geduld.

»Ich will keine zwei Männer, und ich fühl' mich genauso unbehaglich wie Ihr. Aber was versprecht Ihr Euch von der Klarheit? Was passiert, wenn's öffentlich bekannt wird? Die Lage, in der wir jetzt sind, ist entsetzlich, aber zumindest weiß Arthur innerlich Bescheid, und wir lieben uns weiterhin und sind sicher. Würde ich aber mit Euch weglaufen, so ginge alles in Scherben. Arthur müßte Euch den Krieg erklären und Joyous Gard belagern, und dann würde einer von Euch getötet werden, wenn nicht Ihr beide, und Hunderte von andern Leuten müßten sterben, und keinem wär' damit gedient. Abgesehen davon — ich will Arthur nicht verlassen. Als ich ihn heiratete, habe ich gelobt, bei ihm zu bleiben, und er ist immer gut zu mir gewesen, und ich habe ihn gern. Das mindeste, was ich für ihn tun kann, ist dies: daß ich ihm weiterhin ein Zuhause gebe und ihm helfe — auch, wenn ich Euch ebenfalls liebe. Ich sehe keinen Sinn darin, jetzt die Sache in die Öffentlichkeit zu zerren. Warum sollten wir Arthur vor aller Welt unmöglich machen?«

Keiner der beiden hatte in der dichter werdenden Dämmerung bemerkt, daß der König eingetreten war, während Ginevra sprach. Da sie am Fenster standen, konnten sie kaum wahrnehmen, was hinter ihnen im Gemach vor sich ging. Doch er war eingetreten. Für den Bruchteil einer Sekunde hatte er dagestanden und seine Gedanken gesammelt, die weit weg gewesen waren, bei den Orkneys oder irgend welchen anderen Staatsgeschäften. Er war im Vorraum stehengeblieben, den ein Vorhang vom Zimmer trennte, und seine blasse Hand mit dem königlichen Siegelring schimmerte in der Dunkelheit, als sie den Bildteppich beiseite schob — und dann hatte er, ohne auch nur einen Moment gehorcht zu haben, die Tapisserie fallenlassen und war verschwunden. Er suchte einen Pagen, damit dieser ihn anmelde.

»Das einzig Anständige wäre«, sagte Lanzelot und rang die Hände zwischen den Knien, »das einzig Anständige für mich wäre, wenn ich fortginge und nie mehr wiederkäme. Aber mein Hirn hat's schon das erste Mal nicht ausgehalten, als ich's versuchte.«

»Mein armer Lanz, hätten wir doch bloß nicht aufgehört mit Singen! Jetzt erregt Ihr Euch wieder und bekommt einen Eurer Anfälle. Warum lassen wir nicht einfach alles, wie es ist? Soll doch Euer berühmter Gott sich darum kümmern. Es hat keinen Sinn, sich den Kopf zu zerbrechen und dies oder das zu tun, weil's recht oder falsch ist. Ich weiß nicht, was richtig und was falsch ist. Aber können wir nicht auf uns selbst vertrauen und das tun, was sich eben ergibt, und darauf hoffen, daß es schon gut wird?«

»Ihr seid seine Frau, und ich bin sein Freund.«

»Nun«, sagte sie, »wie kommt es dann, daß wir uns lieben?«

»Jenny, ich weiß nicht, was ich tun soll.«

»Dann tut gar nichts. Kommt her und küßt mich lieb, und Gott wird uns beiden beistehn.«

»Mein Liebes!«

Da polterte der Page die Treppe herauf mit dem Donnergetrampel, wie es bei Pagen nun mal üblich ist. Er brachte Kerzen mit. Arthur hatte Licht befohlen.

Der Raum um die Liebenden erglühte in Farben. Sie hatten sich hastig losgelassen. Die volle Pracht der Tapisserien sprang in die Augen, als der Knabe die Dochte entzündete. Die blumenreichen Wiesen und Vögel tragenden Gehölze der Knüpfkunstwerke aus Arras wogten, wimmelnd von Leben, über die vier Wände. Der Türvorhang hob sich aufs neue, und der König befand sich im Gemach.

Er sah alt aus, älter als die beiden. Aber es war das noble Alter der Selbstachtung. Bisweilen findet man sogar heutigentags noch einen Mann von sechzig, der sich gerade hält wie eine Gerte und dessen Haar schwarz ist. Sie waren von dieser Art. Lanzelot erschien jetzt, da er deutlich zu sehen war, als das leibhaftige Inbild verfeinerter Humanität — ein Fanatiker menschlicher Verantwortlichkeit. Ginevra — und dies mag den überraschen, der sie aus ihren stürmischen Tagen kennt — wirkte sanft und hübsch. Fast hätte man sie beschützen mögen. Derjenige aber unter den dreien, dessen Anblick unmittelbar ans Herz des Betrachters rührte, war Arthur. Er war so schlicht gekleidet, war so gutmütig, so geduldig im Großen wie im Kleinen. Wenn die Königin illustre Gäste unter dem Kronleuchter der Großen Halle bewirtete, hatte Lanzelot ihn oftmals in einem kleinen Nebenraum angetroffen, wo er, ganz alleine, Strümpfe stopfte. Jetzt stand er in seinem blauen Hausrock — das Blau war Königen oder Heiligen oder Engelsbildern vorbehalten, weil diese Farbe damals kostbar war — auf der Schwelle des erleuchteten Gemachs.

»Nun, Lanz. Nun, Gin.«

Ginevra, deren Atem noch schnell ging, erwiderte seinen Gruß. »Nun, Arthur. Ihr habt uns überrascht.«

»Das tut mir leid. Ich bin eben erst zurückgekehrt.«

»Wie waren die Gawaines?« fragte Lanzelot in dem alten kameradschaftlichen Ton, der ihm nie mehr natürlich über die Lippen kommen wollte.

»Sie schlugen sich, als ich ankam.«

»Typisch!« riefen sie aus. »Was tatet Ihr? Weshalb schlugen sie sich?« Sie gaben sich, als ginge es um Tod oder Leben, und verfielen in eine falsche Tonart, weil sie noch zu sehr mit sich selbst beschäftigt waren.

Der König blickte unverwandt vor sich hin.

»Ich hab' nicht gefragt.«

»Irgendeine Familienaffäre«, sagte die Königin, »ganz gewiß.«

»Gewiß ging's um so was.«

»Hoffentlich ist keiner zu Schaden gekommen?«

»Keiner ist zu Schaden gekommen.«

»Wohl denn«, sagte sie laut, wobei sie selber merkte, daß ihre Erleichterung seltsam ungereimt klang, »dann ist's ja gut.«

»Ja, das ist gut.«

Sie sahen, daß er mit den Augen zwinkerte. Ihre Verwirrtheit amüsierte ihn. Die Atmosphäre war wieder normal.

»Und jetzt«, sagte der König, »brauchen wir wohl nicht mehr über die Gawaines zu reden. Kriege ich von meiner Frau keinen Kuß mehr?«

»Lieber.«

Sie zog seinen Kopf an sich und küßte ihn auf die Stirn — den treuen alten Kerl, ihren freundlichen Bären.

Lanzelot stand auf. »Vielleicht sollt' ich mich verziehn.«

»Geht nicht, Lanz. Es ist so nett, Euch für ein Weilchen bei uns zu haben. Kommt, setzt Euch ans Feuer und singt uns ein Lied. Bald werden wir ohne Kamin auskommen können.«

»Ja, wirklich«, sagte Ginevra. »Stellt Euch vor: bald wird es Sommer.«

»Trotzdem ist's nett, am Feuer zu sitzen — zu Haus.«

»Für Euch ist's nett — bei Euch zu Haus«, sagte Lanzelot mit seltsamer Betonung.

»Wie meint Ihr das?«

»Ich habe kein Zuhause.«

»Keine Bange, Lanz, Ihr werdet's haben. Wartet, bis Ihr so alt seid wie ich; dann könnt Ihr Euch darüber Sorgen machen.«

»Läuft Euch etwa«, sagte die Königin, »nicht jede Frau, der Ihr begegnet, meilenweit nach?«

»Mit einer Axt«, ergänzte Arthur, »um Euch zur Strecke zu bringen.«

»In Wirklichkeit macht nur jede zweite einen Antrag.«

»Und dann klagt Ihr, weil Ihr kein Zuhause habt.«

Lanzelot lachte. Der letzte Rest von Spannung schien beseitigt.

»Würdet Ihr«, fragte er, »eine Frau heiraten, die mit der Axt hinter Euch herrennt?«

Der König überlegte sich die Sache ernsthaft, ehe er Antwort gab.

»Ich könnt's nicht tun«, sagte er schließlich, »weil ich bereits verheiratet bin.«

»Mit Gin«, sagte Lanzelot.

Es war sonderbar. Sie hatten anscheinend begonnen, auf eine Weise zu reden, die etwas anderes meinte, als das, was die Wörter besagten. Es war, als ob Ameisen sich mit ihren Fühlern unterhielten.

»Mit Königin Ginevra«, sagte der König korrigierend.

»Oder Jenny?« meinte die Königin.

»Ja«, stimmte er zu, doch erst nach einer langen Pause. »Oder Jenny.«

Schweigen entstand, bis Lanzelot sich zum zweiten Mal erhob.

»Nun, ich muß gehn.«

Arthur legte eine Hand auf seinen Arm.

»Nein, Lanz, bleibt noch einen Augenblick. Ich möchte Ginevra heute abend etwas erzählen, und mir wär's lieb, wenn Ihr's Euch auch anhörtet. Wir sind seit so langer Zeit zusammen. Ich möchte eine alte Geschichte bereinigen, die Euch beide angeht; Ihr gehört ja zur Familie.«

Lanzelot setzte sich.

»So ist's recht. Nun gebt mir Eure Hände, Ihr beiden, und ich werde mich zwischen Euch setzen. So. Seht Ihr? Meine Königin und mein Lanz. Keiner von Euch sollte mich schelten, wenn ich Euch nun etwas erzähle.«

Lanzelot sagte bitter: »Wir haben keinerlei Recht, irgend jemanden zu schelten, König.«

»Nein? — Nun, ich weiß nicht, was Ihr damit meint, aber ich möchte Euch erzählen, was ich tat, als ich jung war. Es geschah, ehe ich mich mit Gin verheiratete, und lange bevor Ihr zum Ritter geschlagen wurdet. Habt Ihr etwas dagegen?«

»Natürlich haben wir nichts dagegen, wenn's Euer Wunsch ist.«

»Aber wir glauben nicht, daß Ihr etwas Falsches getan habt.«

»Eigentlich fing es an, ehe ich geboren wurde, denn mein Vater verliebte sich in die Gräfin von Cornwall und tötete den Grafen, um sie zu bekommen. Sie war meine Mutter. Diesen Teil der Geschichte kennt Ihr.«

»Ja.«

»Vielleicht habt Ihr nicht gewußt, daß ich zu einem recht unglücklichen Zeitpunkt zur Welt kam. Nämlich zu früh nach der Heirat meines Vaters und meiner Mutter. Deshalb hat man meine Existenz geheimgehalten, mich im Wickelkissen verschickt und Sir Ector dazu bestimmt, mich aufzuziehen. Merlin war's, der mich zu ihm gebracht hat.«

»Und dann«, sagte Lanzelot fröhlich, »wurdet Ihr an den Hof zurückgebracht, als Euer Vater starb, und habt ein Zauberschwert aus einem Stein gezogen, was bewies, daß Ihr der rechtmäßige König von England wart, und da Ihr nicht gestorben seid, lebt Ihr noch heute in Herrlichkeit und Freude. Ich find' das gar keine so üble Geschichte.«

»Leider ist sie noch nicht zu Ende.«

»Wieso?«

»Nun ja, meine Lieben: Ich wurde meiner Mutter fortgenommen, als ich gerade geboren war, und sie wußte nicht, wo man mich hinbrachte. Und ich wußte nicht, wer meine Mutter war. Die einzigen, die darüber Bescheid wußten, waren Uther Pendragon und Merlin. Viele Jahre später, als ich schon König war, lernte ich die Familie meiner Mutter kennen, ohne zu wissen, wer sie waren. Uther war tot, und Merlin kam immer mit seinem Zweiten Gesicht derart durcheinander, daß er ganz vergaß, mich darüber aufzuklären, und so begegneten wir uns als Fremde. Eine von ihnen fand ich klug und hübsch.«

»Die berühmten Cornwall-Schwestern«, bemerkte die Königin kühl.

»Ja, meine Liebe, die berühmten Cornwall-Schwestern. Es waren die drei Töchter des Grafen und somit meine Halbschwestern, was ich natürlich nicht wußte. Sie hießen Morgan le Fay, Elaine und Morgause und galten als die schönsten Frauen Britanniens.«

Sie warteten darauf, daß er mit seiner ruhigen Stimme fortfahre. Er tat es ohne Zaudern.

»Ich habe mich in Morgause verliebt«, setzte er hinzu, »und wir haben ein Kind bekommen.«

Es war ihnen nicht anzumerken, ob sie überrascht waren, ob sie Groll, Mitleid oder Neid empfanden. Das einzig Überraschende für sie war, daß dies Geheimnis so lange hatte gewahrt bleiben können. Arthurs Stimme aber verriet ihnen, daß er litt und daß er nicht unterbrochen werden wollte, bis er sein Herz vollends ausgeschüttet hatte.

Lange starrten sie schweigend ins Feuer. Dann zuckte der König mit den Schultern.

»So«, sagte er, »jetzt wißt Ihr's. Ich bin Mordreds Vater. Gawaine und die andern sind Neffen, aber er ist mein leiblicher Sohn.«

Lanzelot sah an seinem Blick, daß er reden dürfe.

»Ich finde, Eure Geschichte ist nicht schlimm, trotz allem. Ihr wußtet nicht, daß sie Eure Halbschwester war. Ihr kanntet Gin noch nicht. Und wahrscheinlich war's ohnehin Morgauses Schuld, wenn man bedenkt, was es mit ihr für ein Ende nahm. Die Frau war eine Teufelin.«

»Sie war meine Schwester — und die Mutter meines Sohnes.«

Ginevra streichelte ihm die Hand.

»Es tut mir leid.«

»Außerdem«, sagte er, »war sie ein bezaubernd schönes Geschöpf.«

»Morgause ...« begann Lanzelot.

»Morgause hat ihren Anteil bezahlt: Der Kopf wurde ihr abgeschlagen. Also wollen wir sie in Frieden ruhen lassen.«

»Abgeschlagen«, sagte Lanzelot, »von ihrem eigenen Kind, weil er sie mit Sir Lamorak im Bette fand ...«

»Bitte, Lanzelot.«

»Vergebung.«

»Ich glaub' immer noch nicht, Arthur, daß Euer Tun böse war. Schließlich wußtet Ihr nicht, daß sie Eure Schwester war.«

Der König holte tief Atem und fuhr mit rauherer Stimme fort:

»Das Schlimmste, das Schlimmste habe ich Euch noch nicht erzählt.«

»Was war das?«

»Ich war jung, müßt Ihr wissen. Ich war neunzehn. Und da kam Merlin, aber zu spät. Er kam, um mir zu sagen, was früher war. Und jedermann sagte mir, was für eine furchtbare Sünde es sei, und daß nur Leids daraus entstehen könne. Sie schwatzten auf mich ein: wie Mordred einmal würde, wenn er zur Welt käme, und so. Sie haben mich mit scheußlichen Prophezeiungen geängstigt, bis ich etwas tat, das mich seither verfolgt. Unsere Mutter hatte Morgause versteckt, sobald es bekannt geworden war.«

»Was habt Ihr getan?«

»Ich ließ sie eine Verordnung proklamieren, daß alle Kinder, die zu einer bestimmten Zeit geboren würden, auf ein großes Schiff gebracht und auf hoher See ausgesetzt werden müßten. Ich wollte Mordred vernichten, ihm selbst zuliebe, und ich wußte nicht, wo er zur Welt kommen würde.«

»Haben sie's getan?«

»Ja, das Schiff wurde hinausgezogen und der Strömung überlassen. Mordred war darauf, und es zerschellte an einer Insel. Die meisten der armen Kinder ertranken, Mordred jedoch wurde von Gott errettet und später zu mir gesandt, um mich zu beschämen. Morgause hat ihn mir auf den Hals gehetzt — nachdem er lange Zeit wieder bei ihr gewesen war. Aber anderen Leuten gegenüber hat sie immer so getan, als wär' er ein richtiger Sohn von Lot, wie Gawaine und die übrigen. Natürlich wollte sie zu Freunden nicht darüber reden — seine Brüder ebensowenig.«

»Nun wohl«, sagte Ginevra, »wenn's außer den Orkneys und uns niemand weiß, dann hat Mordred doch nichts zu befürchten ...«

»Ihr dürft die anderen Kinder nicht vergessen«, sagte er elend. »Ich träum' von ihnen.«

»Warum habt Ihr's nicht früher erzählt?«

»Ich habe mich zu sehr geschämt.«

Diesmal fuhr Lanzelot aus der Haut.

»Arthur«, sagte er energisch, »es gibt nichts, dessen Ihr Euch schämen müßtet. Was Ihr getan habt, wurde Euch angetan, als Ihr zu jung wart, um es besser zu wissen. Wenn ich die Untiere erwische, die Kinder mit Geschichten über Sünde ängstigen — ich würde ihnen das Genick brechen. Was kommt denn Gutes dabei heraus? Denkt an all das Leiden — und für nichts! Und die armen Kinder!«

»Alle ertrunken.«

Wieder saßen sie da und blickten in die Flammen, bis Ginevra sich ihrem Mann zuwandte.

»Arthur«, fragte sie, »warum erzählt Ihr die Geschichte heute?«

Er wartete, suchte nach Worten.

»Weil ich Angst habe, daß Mordred etwas gegen mich hat, der arme Junge. Und mit Recht.«

»Verrat?« fragte der Oberkommandierende.

»Nun, nicht gerade Verrat, Lanz. Aber ich glaube, er ist unzufrieden.«

»Schlagt dem Jammerlappen den Kopf ab — dann hat sich's.«

»Nein, das kommt nicht in Frage! Ihr vergeßt, daß Mordred mein Sohn ist. Ich hab' ihn gern. Ich habe dem Jungen viel Übles angetan, und meine Familie hat die Cornwalls immerzu gekränkt. Ich kann dem alten Unheil nicht noch eine neue Untat hinzufügen. Außerdem bin ich sein Vater. Ich kann mich in ihm wiedererkennen.«

»Ich sehe keine große Ähnlichkeit.«

»Sie ist aber da. Mordred ist ehrgeizig und ruhmsüchtig, so, wie ich's immer war. Nur sein schwacher Körperbau ist daran schuld, daß er bei unseren Spielen versagt hat, und das mußte ihn natürlich verbittern, genau so, wie es mich wahrscheinlich verbittert hätte, wenn mir das Glück nicht zu hold gewesen wäre. Auf eine sonderbare Weise ist er sogar tapfer, und seinen Leuten gegenüber verhält er sich loyal. Wißt Ihr: seine Mutter hat ihn gegen mich aufgehetzt, was verständlich ist, und für ihn bin ich nun die Verkörperung alles Schlechten. Er ist sich fast sicher, daß er mich am Ende noch umbringen wird.«

»Wollt Ihr dies ernsthaft als Grund anführen, warum man ihn jetzt nicht umbringen sollte?«

Der König blickte plötzlich erstaunt drein, überrascht, vielleicht schokkiert. Er hatte entspannt zwischen ihnen gesessen, weil er müde war und unglücklich, und jetzt richtete er sich auf und sah seinem Hauptmann in die Augen.

»Vergeßt nicht, daß ich der König von England bin. Wenn man König ist, kann man nicht nach Lust und Laune Menschen exekutieren. Ein König ist das Oberhaupt seines Volkes; er muß ihm als Beispiel vorstehen und nach des Volkes Wunsch und Willen handeln.«

Er nahm die Verblüffung, die sich in Lanzelots Gesicht ausdrückte, nicht übel und ergriff wieder seine Hand.

»Es ist«, erklärte er, »folgendermaßen: Wenn die Könige Tyrannen sind, die an Macht glauben, dann sind auch ihre Untertanen Tyrannen. Wenn ich nicht für das Gesetz eintrete, dann lebt auch mein Volk gesetzlos. Und ich will natürlich, daß mein Volk das neue Gesetz sich zu eigen macht, weil es dann allen besser geht, also auch mir besser geht.«

Sie beobachteten ihn und fragten sich, was er damit wohl sagen wolle. Er hielt ihren Blicken stand und versuchte, ihre Augen anzusprechen.

»Seht Ihr, Lanz, ich muß absolut gerecht sein. Ich kann's mir nicht leisten, mir noch so etwas wie diese ertränkten Kinder aufs Gewissen zu laden. Nur durch Gerechtigkeit kann ich mich freihalten von Gewalt. Ein richtiger König darf nicht seine Feinde hinrichten wollen, im Gegenteil: er muß bereit sein, die eigenen Freunde zu exekutieren.«

»Auch seine Frau?« fragte Ginevra.

»Auch seine Frau«, sagte er ernst.

Lanzelot rutschte unbehaglich auf der Sitzbank hin und her und bemerkte, um einen scherzhaften Ton bemüht: »Ich hoffe doch, Ihr werdet der Königin nicht jetzt gleich den Kopf abschlagen?«

Der König hielt noch immer seine Hand, sah ihn noch immer an.

»Sollte einer von Euch, Ginevra oder Lanzelot, für schuldig befunden werden, meinem Königreich ein Unrecht zugefügt zu haben, würde ich Euch beiden die Köpfe abschlagen müssen.«

»Du meine Güte!« rief sie aus. »Hoffentlich wird mir das keiner nachsagen können!«

»Das hoffe ich auch.«

»Und Mordred?« fragte Lanzelot nach einer Weile.

»Mordred ist ein unglücklicher junger Mann, und ich fürchte, ihm könnte jedes Mittel recht sein, mich zu stürzen. Wenn er, zum Beispiel, eine Möglichkeit sähe, durch Euch, mein Lieber, an mich heranzukommen, oder durch Gin, so bin ich sicher, daß er's versuchen würde. Ist Euch klar, was ich meine?«

»Ist mir klar.«

»Also: sollte jemals der Augenblick kommen, da einer von Euch ... nun, ihm eine Art Handhabe böte ... Ihr werdet dann an mich denken, ja? — Ich bin in Euren Händen, meine Lieben.«

»Aber das ist doch alles...«

»Ihr wart gut zu ihm«, sagte Lanzelot, »seit er hergekommen ist. Weshalb sollte er da...«

Der König faltete die Hände im Schoß, schien unter gesenkten Lidern in die Flammen zu blicken.

»Ihr vergeßt«, sagte er sanft, »daß es mir nicht gelang, Gin einen Sohn zu schenken. Vielleicht wird, wenn ich tot bin, Mordred König von England.«

»Sollte er auf Verrat aus sein«, sagte Lanzelot und ballte die Fäuste, »bringe ich ihn eigenhändig um.«

Sogleich legte sich die blaugeäderte Hand auf seinen Arm.

»Genau dies dürft Ihr nie und nimmer tun, Lanz. Was Mordred auch unternehmen mag — und sei es der Versuch, mich zu töten —: Ihr müßt mir versprechen, stets im Auge zu behalten, daß er durch Blut und Geburt gewissermaßen mein Erbe ist. Ich bin ein schlechter Mensch gewesen...«

»Arthur«, sagte die Königin laut, »so etwas dürft Ihr nicht sagen. Es ist so lächerlich, daß ich mich wirklich geniere.«

»Ihr würdet mich nicht einen schlechten Menschen nennen?« fragte er überrascht.

»Natürlich nicht.«

»Aber ich hätte gedacht... nach der Geschichte mit den Kindern...«

»Niemand«, rief Lanzelot aus, »niemand käme auch bloß im Traum auf einen solchen Gedanken.«

Der König erhob sich, vom Widerschein des Feuers umspielt; er blickte verwirrt und erfreut. Die Mutmaßung, daß er kein schlechter Mensch sei, schien ihm lachhaft, doch er war dankbar für ihre Liebe.

»Wohl denn«, sagte er. »Ich werde also nicht mehr so tun, als sei ich verderbt. Die Aufgabe eines Königs ist es, Blutvergießen zu vermeiden — nicht, es zu provozieren.«

Wieder sah er sie an, unter seinen Augenbrauen hervor.

»Dann also, meine Lieben«, schloß er frohgemut, »werde ich zum Appelationsgericht eilen, um unsere berühmte Gerechtigkeit zu praktizieren. Ihr bleibt hier bei Gin, Lanz, und heitert sie auf nach dieser gräßlichen Geschichte — noch gibt's einen, auf den Verlaß ist.«

KAPITEL 5

Als Arthur sagte, daß er seine berühmte Gerechtigkeit praktizieren wolle, hatte er nicht gemeint, daß er wirklich zu Gericht sitzen werde. Könige saßen zwar im Mittelalter persönlich zu Gericht, sogar noch zu Zeiten des sogenannten Henry IV., der sowohl im Finanztribunal als auch im Oberhofgericht gesessen haben soll. An diesem Abend aber war es für richterliche Entscheidungen zu spät. Arthur ging, die Einsprüche für den kommenden Tag zu lesen; eine Tätigkeit, der er gewissenhaft oblag. Dem ›Gesetz‹ galt nunmehr sein Hauptinteresse — mit ihm unternahm er seinen letzten Versuch, gegen Macht und Gewalt anzugehen.

Zu Zeiten Uther Pendragons hatte es keine nennenswerten Gesetze gegeben, ausgenommen einc kindische und einseitige Art von Etikette, die den oberen Klassen vorbehalten war. Sogar noch jetzt, da der König die Rechtsprechung ermuntert hatte, darauf zu achten, daß die Macht der *Fort Mayne* ein für allemal gebändigt werde, gab es drei verschiedene Arten von Recht, mit denen man sich abquälen mußte. Er versuchte, sie zu komprimieren; aus dem Gewohnheitsrecht, dem Kanonischen Recht und dem Römischen Recht wollte er einen einzigen Kodex machen, der ›Zivilrecht‹ heißen sollte. Diese Aufgabe war es — neben der Lektüre der Einsprüche —, was ihn jeden Abend in die Abgeschiedenheit des Gerichtssaales rief.

Der Gerichtssaal befand sich am anderen Ende des Palastes. Er war nicht so leer, wie er eigentlich hätte sein sollen.

Obwohl fünf Personen in dem Raum waren, die auf den König warteten, hätte ein Besucher von heute vielleicht zuerst die Örtlichkeit an sich beachtet. Das Überraschende daran war, daß die Hängeteppiche den Raum quadratisch machten. Es war Nacht, die Fenster waren also verdeckt; die Türen blieben immer verhängt. Das Ergebnis: man fühlte sich wie in einer Kiste. Man hatte das seltsame Empfinden, sich in einem symmetrischen Gehäuse zu befinden — ein Schmetterling, eingesperrt im Tötungsfläschchen, mag ähnlich empfinden. Fassungslos, als stünde man vor einem chinesischen Rätselspiel, fragte man sich, wie die fünf Personen überhaupt hier hereingekommen sein mochten. An allen Wänden ringsum, vom Boden bis zur Decke, in Doppelreihen, wurden die Geschichten von David und Bathseba, von Susanna und den beiden Alten erzählt, in bewegten Bildern, deren frohe Farben in satten, kräftigen Tönen leuchteten. Das verblaßte Zeug, das wir heutzutage sehen, hat keinerlei Verwandtschaft mit der strahlenden Festlichkeit der Tapisserien, die den Gerichtssaal zur bunten Wunderkiste machten.

Die fünf Männer funkelten im Kerzenlicht. Es gab kaum Mobiliar, das den Blick von ihnen hätte ablenken können — nur einen langen Tisch, auf dem die Pergamente zur Inspektion durch den König bereitlagen, den erhöhten Königsstuhl und, in der Ecke, ein hohes Lesepult mit dazugehörigem Sitz. Die Farben des Raumes befanden sich an den Mauern und an den Männern. Jeder trug ein eng anliegendes Seidenwams, geschmückt mit dem Wappen, dem Sparren und den drei Disteln; der jüngste hatte ein paar zusätzliche Abstammungsbänder am heraldischen Schild. Die Fünfe sahen daher aus wie eine Handvoll aufgefächerter Spielkarten. Es war die Sippe Gawaine, und wie üblich lagen die Brüder miteinander im Streit.

Gawaine sagte: »Zum letzten Mal, Agravaine: Hältst du endlich die Klappe? Ich will damit nix zu schaffen haben.«

»Ich auch nicht«, sagte Gareth.

Gaheris sagte: »Und ich nicht.«

»Wenn du's durchboxen willst, spaltest du bloß den Clan. Ich hab' dir klipp und klar gesagt, daß keiner dir dabei n' Finger reicht. Die Sach' mußt du allein ausfechten. Da hilft dir keiner aus 'm Dreck.«

Mordred hatte mit höhnischer Geduld gewartet.

»Ich bin auf Agravaines Seite«, sagte er. »Lanzelot und meine Tante sind für uns alle eine Schande. Agravaine und ich werden die Verantwortung übernehmen, wenn sonst keiner dazu bereit ist.«

Gareth drehte sich wütend nach ihm um.

»Für Schändliches warst du ja schon immer zu haben.«

»Dank Euch.«

Gawaine machte einen Versuch, die Gemüter zu beschwichtigen. Da er nicht der geborene Versöhnungskünstler war, wirkte sein Bemühen eher umwerfend, wie ein Erdbeben.

»Mordred«, sagte er, »um Himmels willen, grapsch doch nach deinem Grips. Reiß dich am Riemen, komm, sei schön brav. Ich bin doch dein älterer Bruder. Ich seh', da kommt nix Gutes bei raus.«

»Was auch immer kommt: ich gehe zum König.«

»Aber, Agravaine, wenn du das tust, heißt das: Krieg. Siehst du denn nicht, daß Arthur und Lanzelot dann aufeinander losgehen müssen? Und daß die Hälfte der Könige Britanniens die Partei von Lanzelot ergreift, seiner Berühmtheit wegen, und daß es dann ein Bürgerkrieg wird?«

Der Häuptling des Clans stapfte zu Agravaine hinüber, wie ein gutmütiges Tier, das seine Dressurnummer vorführt, und schlug dem Bruder mit seiner gewaltigen Pranke auf die Schulter.

»Pah, Mann. Vergiß den kleinen Tupfer vom Vormittag. In jedem Kerl steckt nun mal ein bißchen Temperament, und schließlich und endlich sind wir doch Brüder. Ich versteh' nich', wie du's fertigbringst, etwas gegen Sir Lanzelot zu tun, wo du doch weißt, was er vor langem für uns getan hat. Denkst du denn nimmer dran, wie er dich, und Mordred dazu, vor Sir Turquine gerettet hat? Ihm verdankt ihr's, daß ihr noch am Leben seid, genauso wie ich, Mann — damals hat er mich auch rausgehauen, bei Sir Carados und seinem Dolorous Tower.«

»Das hat er zu seiner eigenen Ehre getan.«

Gareth wandte sich Mordred zu.

»Solange wir unter uns sind, kannst du über Lanzelot und Ginevra sagen, was du willst, weil's leider wahr ist; aber ich lasse nicht zu, daß du herumhöhnst. Wie ich an den Hof kam, als Küchenpage, da war er der einzige, der nett zu mir war. Er hatte nicht den blassesten Dunst, wer ich war, aber er hat mir Trinkgelder gegeben, hat mich aufgemuntert und mich vor Kay in Schutz genommen; und schließlich war er es, der mich zum Ritter geschlagen hat. Jedermann weiß, daß er in seinem ganzen Leben niemals etwas Krummes gemacht hat.«

»Als ich ein junger Ritter war«, sagte Gawaine, »Gott vergeb's, und in Händel geriet, da hab' ich mich wieder und wieder vom Koller hinreißen lassen — *aye,* und hab' einen Kerl umgebracht, nachdem er sich schon ergeben hatte. Ja, und auch ein junges Ding, ein Mädel, hab' ich mal umgebracht. Aber Lanzelot tut keinem was, der schwächer ist als er.«

Gaheris fügte hinzu: »Er hat was übrig für die jungen Ritter und hilft ihnen, sich die Sporen zu verdienen. Ich begreif's nicht, warum du einen solchen Groll gegen ihn hast.«

Mordred zuckte mit den Schultern, schnippte etwas von seinem Ärmel und tat, als müsse er gähnen.

»Was Lanzelot angeht«, bemerkte er, »den hat Agravaine auf dem Kieker. Meine Fehde gilt dem munteren Monarchen.«

»Lanzelot«, behauptete Agravaine, »wird furchtbar überschätzt.«

»Keineswegs«, sagte Gareth. »Er ist der größte Mann, den ich kenne.«

»Ich kann mich nicht wie ein Schulbub für ihn begeistern . . .«

Eine Tür hinterm Gobelin quietschte in den Angeln. Der Griff knarrte.

»Sei friedlich, Agravaine«, sagte Gawaine leise, »laß das Geschrei.«

»Ich denke nicht daran.«

Arthurs Hand hob den Vorhang.

»Bitte, Mordred«, flüsterte Gareth.

Der König war im Gemach.

»Es ist nur recht und billig«, sagte Mordred, und zwar so laut, daß er nicht überhört werden konnte, »nur recht und billig, daß in unsrer Tafelrunde endlich Gerechtigkeit geübt wird.«

Agravaine, der ebenfalls tat, als habe er keinen kommen hören, antwortete: »Es ist an der Zeit, daß jemand die Wahrheit ausspricht.«

»Mordred, sei still!«

»Und nichts als die Wahrheit!« schloß der Bucklige in triumphalem Ton.

Arthur, der mit hallenden Schritten durch die steinernen Korridore seines Palastes gegangen war, in Gedanken schon ganz bei der Arbeit, die er vor sich hatte, blieb abwartend im Vorraum stehen, ohne ein Zeichen des Erstaunens. Die Männer mit Sparren und Distel erblickten, als sie sich umwandten, den alten König in der letzten Minute seiner Herrlichkeit, seines Glücks. Ein paar Herzschläge lang standen sie stumm da, und Gareth sah ihn, in schmerzlichem Erkennen, wie er wirklich war. Er sah keinen romantischen Helden, sondern einen schlichten Mann, der sein Bestes getan hatte — keinen Anführer der Ritterschaft, sondern den Schüler, der sich bemüht hatte, seinem sonderbaren Lehrer, dem Zauberer, treu zu bleiben, indem er *dachte,* all die Zeit; er sah nicht Arthur von England, sondern einen einsamen alten Herrn, der seine Krone ein halbes Menschenalter hindurch getragen hatte, unter der Klaue des Schicksals.

Gareth warf sich aufs Knie.

»Es hat nichts mit uns zu tun!«

Gawaine, der sich langsamer auf ein Knie niederließ, schloß sich ihm an.

»Sir, ich kam, meine Brüder in Zucht zu nehmen, aber sie wollen nicht auf mich hören. Ich möcht' nich' hören, was sie sagen mögen.«

Gaheris kniete als letzter nieder.

»Wir möchten gehn, bevor sie sprechen.«

Arthur kam herein und half Gawaine zuvorkommend auf.

»Natürlich könnt Ihr gehn, mein Lieber«, sagte er, »wenn Ihr's wirklich wollt. Hoffentlich verursache ich keinen Familienzwist?«

Gawaine wandte sich finster an die andern.

»Es ist ein Zwist«, sagte er und zog die alte Rittersprache wie einen Mantel um sich, »ein Zwist, ach, der die Blüte des Rittertums auf der ganzen Welt zerstören wird; ein Unheil für unsre noble Gemeinschaft — und alles nur zweier unsel'ger Ritter wegen!«

Als Gawaine voller Verachtung den Raum verlassen hatte, Gaheris vor sich her schiebend und gefolgt von Gareth, der eine hilflose Geste machte, schritt der König schweigend zu seinem Thron. Er nahm zwei Kissen vom Sitz und legte sie auf die Stufen.

»Nun wohl, meine Neffen«, sagte er gelassen, »setzt Euch nieder und sagt mir, was Ihr wünscht.«

»Wir würden lieber stehenbleiben.«

»Ihr könnt's halten, wie Ihr wollt, natürlich.«

Ein solcher Beginn behagte Agravaine durchaus nicht. Er widersprach: »Ach, Mordred, komm! Wir werden uns doch nicht mit unserm König streiten. Kommt nicht in Frage.«

»Ich werde stehen.«

Agravaine setzte sich ergeben auf eines der Kissen.

»Mögt Ihr nicht beide Kissen benutzen?«

»Nein, habt Dank, Sir.«

Der alte Mann wog ab und wartete — wie jemand, der gehenkt werden soll und sich dem Henker fügt, doch keine Notwendigkeit sieht, beim Anbringen der Schlinge zu helfen. Er beobachtete sie mit müder Ironie und überließ die Arbeit ihnen.

»Vielleicht wär's klüger«, sagte Agravaine mit wohlgespieltem Widerstreben, »nicht weiter davon zu reden.«

»Vielleicht wär's das.«

Mordred fuhr dazwischen.

»Das ist ja lächerlich. Wir sind gekommen, unserm Onkel etwas zu sagen, und es ist nur Rechtens, daß er's erfährt.«

»Es ist unangenehm.«

»In diesem Falle, meine lieben Jungen, wenn's Euch so lieber ist, wollen wir über die Angelegenheit nicht weiter reden. Diese Frühlingsnächte sind zu schön, als daß wir uns mit unangenehmen Dingen plagen sollten. Weshalb also geht Ihr beiden nicht zu Gawaine, um wieder einzurenken? Ihr könntet ihn bitten, daß er Euch für morgen seinen talentierten Habicht leiht. Die Königin erwähnte eben, wie gern sie zu Mittag einen schönen zarten Junghasen essen würde.«

Er kämpfte für Ginevra — vielleicht für sie alle.

Mordred starrte seinen Vater mit funkelnden Augen an und verkündete ohne Einleitung: »Wir sind hergekommen, Euch zu sagen, was jedermann an diesem Hofe schon immer weiß: Königin Ginevra ist Sir Lanzelots Mätresse.«

Der alte Mann beugte sich vor, um seinen Mantel in Ordnung zu bringen. Er legte ihn über seinen Füßen zusammen, um sie warmzuhalten, richtete sich wieder auf und blickte ihnen ins Gesicht.

»Seid Ihr bereit, diese Anschuldigung zu beweisen?«

»Das sind wir.«

»Wißt Ihr«, fragte er sie freundlich, »daß sie früher schon mal erhoben worden ist?«

»Es wär' verwunderlich, wenn's noch keiner getan hätte.«

»Als das letzte Mal Gerüchte dieser Art zirkulierten, waren sie von einem gewissen Sir Meliagrance in die Welt gesetzt worden. Da die Angelegenheit auf keine andere Weise bewiesen werden konnte, wurde beschlossen, die Entscheidung im Zweikampf zu fällen. Sir Meliagrance beschuldigte die Königin des Verrats und erbot sich, für seine Meinung zu kämpfen. Zum Glück hatte Sir Lanzelot die Freundlichkeit, für Ihre Majestät einzustehen. Ihr werdet Euch erinnern, welches Ende die Sache nahm.«

»Wir erinnern uns genau.«

»Als der Kampf schließlich stattfand, lag Sir Meliagrance flach auf dem Rücken und wollte partout sich ihm ergeben. Es war unmöglich, ihn zum Aufstehen zu bewegen, bis Lanzelot sich erbot, seinen Helm und die linke Hälfte seines Panzers abzulegen und sich eine Hand im Rücken festbinden zu lassen. Sir Meliagrance nahm das Angebot an und wurde in Stücke gehauen, wie ihm gebührte.«

»All das wissen wir«, rief der jüngste Bruder ungeduldig. »Ein Zweikampf besagt gar nichts. Das ist eine unfaire Methode der Rechtsprechung. Die Strolche sind's, die dabei gewinnen.«

Arthur seufzte und faltete die Hände. Er fuhr mit der gleichen ruhigen Stimme wie bisher fort.

»Ihr seid noch sehr jung, Mordred. Ihr müßt noch lernen, daß nahezu alle Arten der Rechtsprechung unfair sind. Wenn Ihr ein Verfahren vorschlagen könnt, wie man, anders als durch Zweikampf, strittige Fälle beilegen kann, dann will ich es gern damit versuchen.«

»Weil Lanzelot stärker ist als die andern und immer für die Königin eintritt, so heißt das doch nicht, daß die Königin immer im Recht ist.«

»Gewiß nicht. Aber strittige Fälle müssen nun einmal beigelegt werden, wenn wir damit konfrontiert sind. Falls eine Behauptung nicht bewiesen werden kann, muß die Affäre eben auf irgendeine andere Art und Weise bereinigt werden, und fast alle verfügbaren Methoden sind irgend jemandem gegenüber unfair. Es ist nicht so, daß Ihr gegen den Champion der Königin in eigener Person würdet kämpfen müssen, Mordred. Ihr könntet Konditionsschwäche geltend machen und den stärksten Mann, den Ihr kennt, an Eurer Statt kämpfen lassen — und die Königin würde sich natürlich den stärksten Mann aussuchen, den sie kennt, damit der für sie kämpfe. Es wäre nicht prinzipiell anders, wenn jeder von Euch den besten Disputanten, den er kennt, in Dienst nähme, damit der im Rededuell Eure Sache ausfechte. Letzten Endes gewinnt meistens der Reichste, ob er nun den teuersten Anwalt oder den teuersten Kämpfer angeheuert hat. Es hat also nicht viel Sinn, so zu tun, als sei dies einfach eine Frage der Kraft, der brutalen Gewalt. —

Nein, Agravaine«, fuhr er fort, als dieser sich anschickte, das Wort zu ergreifen, »unterbrecht mich im Augenblick nicht. Ich möchte klarstellen, was es mit diesen Entscheidungen durch Zweikampf auf sich hat. So weit ich das sehen kann, ist's eine Frage des Reichtums — des Reichtums und des schieren Glücks. Und dann ist da natürlich noch der Wille Gottes. Wenn die Reichtümer gleichmäßig verteilt wären, könnten wir sagen, daß die glücklichere Partei gewinnt — wie beim Münzenwerfen. Nun, seid Ihr beiden sicher, daß Eure Partei, wenn Ihr Königin Ginevra des Verrats beschuldigen wolltet, die vom Glück begünstigte Partei sein würde?«

Agravaine schaltete sich mit seiner geheuchelten Schüchternheit in das Gespräch ein. Er hatte sich im Trinken zurückgehalten, und seine Hände zitterten nicht.

»Um Vergebung, Onkel. Was ich sagen wollte, ist dies: Wir hofften, die Angelegenheit lasse sich ohne jeden Zweikampf klären.«

Arthur blickte rasch auf.

»Ihr wißt ganz genau«, sagte er, »daß Gerichtsentscheide durch Gottesurteil abgeschafft worden sind; und falls man es mit der ›Reinigung durch Eideshelfer‹ versuchen wollte, bekäme man für eine Königin niemals die erforderliche Anzahl von Gleichrangigen zusammen.«

Agravaine lächelte.

»Wir wissen über das neue Gesetz nicht allzu gut Bescheid«, sagte er schmeichlerisch, »aber wir dachten: Falls eine Behauptung vor einem Eurer neuen Gerichtshöfe bewiesen werden kann, so erübrigt sich ein Zweikampf von vornherein. Mag sein, daß diese unsere Überlegung falsch gewesen ist.«

»*Schwurgerichtsverfahren*«, bemerkte Sir Mordred geringschätzig, »nennt Ihr's nicht so? Gerichtsentscheid durch Geschworene — also eine Angelegenheit für fliegende Händler.«

Agravaine frohlockte innerlich, auf seine kalte Weise, indem er sich sagte: Nun tappt er in die eigene Falle.

Der König trommelte mit den Fingern auf die Lehne seines Stuhls. Sie bedrängten ihn, trieben ihn in die Enge. Langsam sagte er: »Ihr versteht eine Menge vom Gesetz.«

»Zum Beispiel, Onkel — wenn man Lanzelot tatsächlich in Ginevras Bett finden sollte, in Gegenwart von Augenzeugen, dann wäre doch ein Kampf überflüssig, nicht wahr?«

»Wenn ich das sagen darf, Agravaine: ich würde es vorziehen, wenn Ihr von Eurer Tante mit ihrem Titel sprächet, zumindest in meiner Gegenwart — auch in diesem Zusammenhang.«

»Tante Jenny«, bemerkte Mordred.

»Ja, ich meine gehört zu haben, daß Sir Lanzelot sie mit diesem Namen angesprochen hat.«

»›Tante Jenny‹! ›Sir Lanzelot‹! ›Wenn ich das sagen darf‹! Und wahrscheinlich küssen sie sich grade.«

»Ihr müßt höflich sprechen, Mordred, oder Ihr verlaßt den Raum.«

»Ich bin sicher, daß er nicht vermessen sein will, Onkel. Er erregt sich nur darüber, daß Euerm guten Ruf Unehre angetan wird. Wir wollten um Gerechtigkeit bitten, und Mordred ist so besorgt um sein — nun ja — um sein Haus. Ist's nicht so, Mordred?«

»Ich scher' mich den Teufel um mein Haus.«

Der König, dessen Gesicht plötzlich hagerer wirkte, seufzte auf und wahrte seine Geduld.

»Nun wohl, Mordred«, sagte er, »wir wollen lieber nicht anfangen, uns über weniger wichtige Dinge zu streiten. Ich habe nicht mehr die Kraft, mich deswegen aufzuregen. Ihr erzählt mir, daß meine Frau die Mätresse meines bestes Freundes sei, und offenbar wollt Ihr dies beweiskräftig demonstrieren. Also laßt uns dabei bleiben. Ich nehme an, daß Ihr Euch über die Tragweite dieser Beschuldigung im klaren seid.«

»Nein, das bin ich mir nicht.«

»Auf jeden Fall aber Agravaine, des bin ich sicher. Die Implikationen sind die folgenden. Wenn Ihr auf einem zivilrechtlichen Verfahren besteht, statt Euch mit einer Appellation ans Ehrengericht zu wenden, dann durchläuft die Sache alle Stadien der zivilrechtlichen Beweisaufnahme und Urteilsfindung. Solltet Ihr Euren Fall gewinnen, so würde das bedeuten, daß dem Manne, der Euch beide vor Sir Turquine gerettet hat, der Kopf abgeschlagen wird — und meine Frau, die ich über alles liebe, müßte wegen Verrats verbrannt werden. Solltet Ihr jedoch Euern Fall verlieren, würde ich Euch verbannen, Mordred, was bedeutet, daß Ihr alle Hoffnung auf eine Nachfolge fahrenlassen müßtet. Agravaine würde ich zum Feuertod verurteilen, da er, indem er die falsche Anklage erhob, seinerseits Verrat geübt hat.«

»Jedermann weiß, daß wir unsere Sache durchbringen würden; und zwar auf der Stelle.«

»Nun gut, Agravaine. Ihr seid ein eifriger Anwalt des Rechts, und Ihr seid entschlossen, das Recht zu bekommen. Ich vermute, daß es keinen Sinn hat, Euch daran zu erinnern, daß es darüber hinaus so etwas wie Barmherzigkeit gibt?«

»Jene Art von Barmherzigkeit«, fragte Mordred, »mit der Säuglinge in einem Schiff auf dem Meere ausgesetzt werden?«

»Dank Euch, Mordred. Fast hätte ich's vergessen.«

»Wir wollen keine Barmherzigkeit«, sagte Agravaine, »wir wollen Gerechtigkeit.«

»Ich erfasse die Situation.«

Arthur stützte seine Ellbogen auf die Knie und bedeckte seine Augen mit den Fingern. Eine kurze Weile saß er versunken da, sammelte Kraft, sich seiner Pflicht und Würde zu vergewissern; dann sagte er, aus dem Schatten seiner Hand hervor:

»Wie wollt Ihr sie überführen?«

Der schwere Mann war reine Höflichkeit.

»Falls Ihr einverstanden wärt, Onkel, und über Nacht fernbliebet, würden wir eine bewaffnete Schar zusammenbringen und Lanzelot im Gemach der Königin gefangennehmen. Ihr müßt fort sein, sonst kommt er nicht.«

»Ich kann nicht gut meiner eigenen Frau eine Falle stellen, Agravaine. Ich bin der Meinung, man könnte Rechtens sagen, daß die Beweislast bei Euch liegt. Ja, ich meine: das ist gerecht. Ich habe wohl eindeutig das Recht, mich zu weigern, ein — nun, eine Art von Komplize zu werden. Es gehört nicht zu meinen Pflichten, absichtlich mich zu entfernen, um Euch behilflich zu sein. Nein, dies könnte ich reinen Herzens verweigern.«

»Aber Ihr könnt Euch nicht in alle Ewigkeit weigern, einmal fortzugehen. Ihr könnt doch nicht den Rest Eures Lebens an die Königin gekettet bleiben, nur um Lanzelot fernzuhalten. Was ist mit der Jagdpartie, an der Ihr nächste Woche teilnehmen wollt? Wenn Ihr da nicht mitmacht, ändert Ihr bewußt Eure Pläne, um den Gang der Gerechtigkeit zu behindern.«

»Niemand kann den Gang der Gerechtigkeit aufhalten, Agravaine.«

»Also werdet Ihr auf die Jagdpartie gehen, Onkel Arthur, und wir haben die Erlaubnis, ins Gemach der Königin einzudringen, falls Lanzelot sich dort befinden sollte?«

Die Schadenfreude in seiner Stimme war so schamlos, daß sie sogar Mordred mißfiel. Der König stand auf und zog sein Gewand um sich, als brauche er Wärme.

»Wir wollen gehen.«

»Und Ihr werdet's ihnen nicht vorweg verraten?« Seine Stimme überschlug sich vor Erregung. »Ihr werdet sie nicht warnen, jetzt, nachdem wir die Anschuldigung vorgebracht haben? Das wäre nicht fair.«

»Fair?« fragte er.

Er sah sie an, wie aus weiter Ferne. Er schien alles abzuwägen: Wahrheit, Gerechtigkeit, Bosheit und das Menschlich-Allzumenschliche.

»Ihr habt unsere Erlaubnis.«

Seine Augen kehrten aus der Ferne zurück und fixierten die beiden mit durchdringendem Falkenblick.

»Darf ich aber, Mordred und Agravaine, kurz als Privatperson sprechen, so sage ich Euch: Die einzige Hoffnung, die ich noch habe, ist die, daß Lanzelot Euch beide und alle Zeugen töten möge — eine Tat, deren mein Lanzelot noch immer fähig ist, wie ich voll Stolz behaupten darf. Und auch dies darf ich, als Diener der Gerechtigkeit, noch hinzufügen: Solltet Ihr bei dem Versuch, diese ungeheuerliche Anklage zu beweisen, auch nur den geringsten Fehler begehen, so werde ich Euch beide mit der ganzen Strenge jenes Gesetzes verfolgen, das Ihr selber in Bewegung gesetzt habt.«

KAPITEL 6

Lanzelot wußte, daß der König im New Forest auf die Jagd gegangen war; deshalb schien es ihm sicher, daß die Königin ihn holen lassen werde. Es war dunkel in seinem Schlafgemach; nur das Licht vor dem heiligen Bilde brannte. Er ging in einem Morgenrock auf und ab. Abgesehen von diesem locker-luftigen Gewand und einer Art Turban, den er sich um den Kopf geschlungen hatte, war er bereit fürs Bett — das heißt: er war nackt.

Der Raum, in dem er sich befand, war düster und ohne jeden Luxus. Die Wände waren kahl, und die kleine, harte Liegestatt wurde von keinem Baldachin überdacht. Die Fenster waren nicht verglast; sie waren mit einem öligen Linnen bespannt. Große Heerführer benutzen gern solch karge Feldbett-Kammern (von Wellington etwa erzählt man, er habe in Walmer Castle gemeinhin auf einer Pritsche genächtigt): leere Zellen, in denen, neben dem Lager, nur noch ein Stuhl oder vielleicht ein alter Überseekoffer zu finden ist. In Lanzelots Raum stand eine sargartige Truhe mit Metallbeschlägen. Außer dieser Kiste und dem Bett gab es nichts zu sehen — nur sein gewaltiges Schwert, das an der Wand lehnte, mit herabhängenden Gurten.

Auf der Truhe lag ein Eisenhut. Nach einer Weile nahm er ihn in die Hand und trug ihn zum heiligen Licht, wo er mit dem gleichen verwirrten Ausdruck sein Spiegelbild im gewölbten Metall betrachtete, wie er's als Junge getan hatte. Er legte den Helm weg und ging von neuem auf und ab.

Als es an der Tür klopfte, hielt er dies für das erwartete Zeichen. Er packte sein Schwert, langte nach dem Riegel — da öffnete sich die Tür von selbst. Gareth kam herein.

»Darf ich?«

»Gareth!«

Überrascht sah er ihn an und sagte dann ohne große Begeisterung: »Kommt herein. Wie schön, Euch zu sehen.«

»Lanzelot, ich bin gekommen, Euch zu warnen.«

Nach einem prüfenden Blick grinste der alternde Mann.

»Du meine Güte!« sagte er. »Ihr werdet mich doch wohl nicht vor etwas Ernsthaftem warnen wollen?«

»Doch. Es ist ernst.«

»Nun, so kommt herein und schließt die Tür.«

»Lanzelot, es ist wegen der Königin. Ich weiß nicht, wie ich anfangen soll.«

»Dann spart Euch die Mühe.«

Er faßte den Jüngeren bei den Schultern und schob ihn zur Tür.

»Es war reizend von Euch, mich zu warnen«, sagte er, wobei er die Schultern preßte, »doch Ihr könnt mir, glaube ich, nichts erzählen, was ich nicht schon wüßte.«

»Ach, Lanzelot. Ihr wißt doch, daß ich alles tun würde, um Euch zu helfen. Ich weiß nicht, was die andern sagen, wenn sie erfahren, daß ich bei Euch war. Aber ich konnt' nicht anders.«

»Was tut sich?«

Er hielt inne und blickte ihn wieder an.

»Agravaine und Mordred. Sie hassen Euch. Jedenfalls Agravaine. Er ist eifersüchtig. Mordred haßt mehr Arthur. Wir haben alles versucht, sie abzuhalten, aber sie lassen sich nichts sagen. Gawaine sagt, er will nichts damit zu tun haben, so oder so, und Gaheris hat sich nie richtig entscheiden können. Also mußte ich selber kommen. Ich habe kommen müssen, auch wenn's gegen meine eigenen Brüder ist und gegen den Clan, weil ich Euch alles verdanke, und weil ich nicht zulassen kann, daß es passiert.«

»Mein armer Gareth! Was regt Ihr Euch so auf?«

»Sie waren beim König und haben ihm glattweg erzählt, daß Ihr — daß Ihr ins Schlafgemach der Königin geht. Wir haben versucht, sie davon abzuhalten, und wir wollten's nicht mitanhören, aber sie haben's ihm erzählt.«

Lanzelot ließ die Schultern los. Er tat zwei Schritte durch den Raum.

»Laßt Euch das nicht anfechten«, sagte er, zurückkommend. »Das haben schon viele behauptet, aber es ist nichts dabei herausgekommen. Das gibt sich.«

»Diesmal nicht. Ich spür's — in mir.«

»Unsinn.«

»Es ist kein Unsinn, Lanzelot. Sie hassen Euch. Einen Kampf werden sie dieses Mal nicht wagen — nicht nach Meliagrance. Dafür sind sie zu schlau. Sie werden irgend etwas tun, um Euch in eine Falle zu locken. Sie werden Euch in den Rücken fallen.«

Aber der alte Kämpe lächelte nur und klopfte ihm auf die Schulter.

»Das bildet Ihr Euch bloß ein«, erklärte er. »Geht zu Bett, mein Freund, und vergeßt das Ganze. Es war nett von Euch, daß Ihr zu mir gekommen seid — aber jetzt geht heim und vergeßt Eure Sorgen und schlaft wohl. Wenn der König sich viel daraus gemacht hätte, wäre er nicht auf die Jagd gegangen.«

Gareth biß sich in die Finger, blickte ihm dann voll ins Gesicht.

Endlich sagte er: »Bitte, geht heute nacht nicht zur Königin.«

Lanzelot hob eine seiner ungewöhnlichen Augenbrauen — und ließ sie alsbald wieder sinken.

»Und weshalb nicht?«

»Ich bin sicher, daß es eine Falle ist. Ich bin sicher, daß der König mit Absicht die Nacht über wegbleibt, damit Ihr zu ihr geht. Und dann wird Agravaine da sein, um Euch zu schnappen.«

»Arthur würde so etwas nie und nimmer tun.«

»Doch.«

»Unsinn. Ich kannte Arthur schon, als Ihr noch in den Windeln lagt. So etwas würde er nicht tun.«

»Aber es ist doch ein Risiko!«

»Wenn's ein Risiko ist, werde ich's genießen.«

»Bitte!«

Diesmal legte er Gareth die Hand in den Nacken und schob ihn ernstlich zur Tür.

»Mein lieber Küchenpage, nun hört einmal zu. Erstens kenne ich Arthur, zweitens kenne ich Agravaine. Meint Ihr, ich müßte vor ihm Angst haben?«

»Aber Hinterlist und Tücke . . .«

»Gareth, als ich ein junger Bursche war, ist mir eine Dame begegnet, die einem Wanderfalken nachlief, der sich losgerissen hatte. Die Leine verfing sich in einem Baum, und der Peregrin hing oben im Geäst. Die Dame überredete mich, auf den Baum zu klettern, um ihren Falken herunterzuholen. Ich bin nie ein guter Kletterer gewesen. Als ich oben ankam und den Falken freibekommen hatte, galoppierte der Ehemann der Dame in voller Rüstung herbei und sagte, er werde mir den Kopf abschlagen. Die ganze Falken-Sache war eine Falle gewesen, eine Finte, damit ich meine Rüstung ablege und ihm auf Gnad' und Verderben ausgeliefert bin. Im Hemde hockte ich auf dem Baum und hatte nicht mal einen Dolch zur Hand.«

»Ja, und?«

»Nun, ich habe ihm einen Ast über den Schädel gehauen. Und er war ein weit besserer Mann als der arme Agravaine. Obschon wir seit jenen herrlichen Tagen ein bißchen rheumatisch geworden sind ...«

»Ich weiß, daß Ihr mit Agravaine fertigwerdet. Was aber, wenn er Euch mit einer bewaffneten Schar attackiert?«

»Er wird nichts dergleichen tun.«

»Er wird es tun.«

An der Tür war ein Kratzen zu hören, ein sanftes Trommeln. Es mochte eine Maus sein, doch Lanzelots Augen weiteten sich.

»Und wenn schon«, sagte er kurz. »Dann werde ich mit der ganzen Bande kämpfen müssen. Aber die Szene malen wir uns nur aus.«

»Könntet Ihr nicht heute nacht fortbleiben?«

Sie hatten die Tür erreicht, und des Königs Hauptmann sprach mit Entschlossenheit.

»Seht mal«, sagte er, »wenn Ihr's denn wissen müßt: Die Königin hat nach mir geschickt, und ich kann ihr ja nicht gut eine Absage erteilen, wenn sie nach mir schickt, oder?«

»Also ist mein Verrat an den ›Alten‹ vergebens?«

»Nicht vergebens. Jeder, der davon erführe, müßte Euch mögen, weil Ihr's gewagt habt. Aber wir können Arthur vertrauen.«

»Und Ihr geht, trotz allem?«

»Ja, Küchenpage. Und zwar sofort. Um Himmels willen, schaut nicht so niedergeschlagen drein! Überlaßt es ruhig dem altgedienten Schurken und marschiert ins Bett.«

»Das heißt: Lebwohl, adieu.«

»Quatsch. Es heißt: Gute Nacht. Und überdies: Die Königin wartet.«

Der alte Mann warf sich einen Umhang über die Schultern — mit schwungvoller Leichtigkeit, als befinde er sich noch in der Blüte seiner Jugend. Er hob den Riegel und stand im Vorraum und überlegte, was er vergessen haben mochte.

»Wenn ich Euch nur zurückhalten könnte!«

»Je nun, Ihr könnt's nicht.«

Er trat in die Dunkelheit des Gangs, schüttelte seine Überlegungen ab und verschwand. Was er vergessen hatte, war sein Schwert.

Ihr graues Haar bürstend, wartete Ginevra im Kerzenschimmer ihres prächtigen Schlafgemachs auf Lanzelot. Sie sah ungewöhnlich liebreizend aus, nicht wie ein Filmstar, sondern wie eine Frau, die eine voll entwickelte Seele hat. Sie sang vor sich hin. Sie sang, ausgerechnet, das schöne *Veni, Sancte Spiritus* — ein Lied, das von einem Papst stammen soll.

Die Kerzenflammen, die still in der Nachtluft standen, wurden von den goldnen Löwen widergespiegelt, die den tiefblauen Betthimmel trugen. Reich facettiertes Schmuckwerk funkelte auf den Kämmen und Bürsten. Ein großer, blinkender Schrein war getäfelt mit Heiligen und Engeln aus Emaille. Die brokatenen Wandbehänge erstrahlten in weichem Faltengewoge, und auf dem Boden lag — welch irrer, sündhafter Luxus! — ein Teppich, ein wirklicher Teppich. Wer ihn betrat, tat dies nur mit Scheu; denn Teppiche waren ursprünglich nicht für den Fußboden bestimmt. Arthur pflegte einen Bogen um ihn zu machen.

Ginevra sang und bürstete ihr Haar. Ihre leise Stimme paßte sich der Stille der Kerzen an, als plötzlich lautlos die Tür aufging. Der Oberbefehlshaber warf seinen schwarzen Umhang auf den Schrein und trat hinter die Königin. Sie erblickte ihn, ohne Überraschung, im Spiegel.

»Darf ich das für Euch tun?«

»Wenn Ihr mögt.«

Er nahm die Bürste und strich über die silbrig fallende Fülle mit erfahrenen Fingern, während die Königin ihre Augen schloß.

Nach einer Weile ergriff er das Wort.

»Es ist wie . . . ich weiß nicht, was. Nicht wie Seide. Es ist mehr wie strömendes Wasser, nur, daß es auch etwas Wolkenhaftes an sich hat. Die Wolken sind ja aus Wasser, nicht wahr? Ist es ein blasser Nebel, ein winterliches Meer, ein Wasserfall oder ein Heuschopf im Rauhreif? Ja, ein Heuschopf, tief und weich und voller Duft.«

»Ein Ärgernis ist's«, sagte sie.

»Das Meer«, sagte er feierlich, »in dem ich geboren wurde.«

Die Königin öffnete die Augen und fragte: »Seid Ihr unbemerkt hergekommen?«

»Niemand hat mich gesehn.«

»Arthur hat gesagt, er wolle morgen zurückkommen.«

»So? Hier ist ein weißes Haar.«

»Zupft es heraus.«

»Armes Haar«, sagte er. »Es ist so fein. Weshalb sind Eure Haare so schön, Jenny? Ich müßte fünf oder sechs von den Euren zusammenflechten, damit sie so dick sind, wie eines von mir ist. Soll ich's auszupfen?«

»Ja, zupft.«

»Hat's wehgetan?«

»Nein.«

»Weshalb nicht? Als ich klein war, hab' ich meine Schwestern an den Haaren gezogen, und sie haben an meinen gezogen, und das hat fürchterlich wehgetan. Büßen wir unsre Empfindungsfähigkeit ein, indem wir älter werden, so daß wir weder Schmerz noch Freude richtig fühlen können?«

»Nein«, erklärte sie. »Es kommt daher, daß Ihr nur ein einzelnes Haar ausgezogen habt. Wenn Ihr eine Strähne ausreißt, tut's weh. Seht her.«

Er beugte seinen Kopf vor, so daß sie ihn erreichen konnte. Mit weißem Arm nach hinten in die Höhe langend, wickelte sie sich seine Stirnlocke um den Finger. Sie zupfte daran, bis er das Gesicht verzog.

»Doch, es tut noch weh. Welche Wohltat!«

»Hat so Eure Schwester gezerrt?«

»Ja, aber ich habe viel heftiger gezerrt. Wenn ich in die Nähe einer meiner Schwestern kam, hielten sie ihre Rattenschwänze mit beiden Händen fest und starrten mich an.«

Sie lachte auf.

»Ich bin froh, daß ich nicht eine Eurer Schwestern war.«

»Ach, Euch hätt' ich ja nicht an den Haaren gezogen. Dafür sind sie viel zu schön. Ich hätte was anderes mit ihnen gemacht.«

»Und was wäre das gewesen?«

»Ich hätte . . . nun ja, ich hätte mich in ihnen eingerollt wie eine Haselmaus und wär' drin eingeschlafen. Das möchte ich jetzt gerne tun.«

»Erst, wenn wir soweit sind.«

»Jenny«, fragte er plötzlich, »glaubt Ihr, daß dies lange dauert?«

»Was meint Ihr?«

»Gareth ist eben zu mir gekommen und hat mich gewarnt: Arthur sei absichtlich fortgegangen, um eine Falle zu stellen, und Agravaine oder Mordred würden uns auflauern.«

»So etwas würde Arthur niemals tun.«

»Das hab' ich auch gesagt.«

»Es sei denn, man zwingt ihn dazu«, meinte sie nachdenklich.

»Wie sollte man ihn dazu zwingen?«

Sie wich vom Thema ab.

»Es war nett von Gareth, sich gegen seine Brüder zu stellen.«

»Wißt Ihr, ich halte ihn für einen der nettesten Menschen bei Hofe. Gawaine ist anständig, aber er ist hitzig und ziemlich nachträgerisch.«

»Er ist treu.«

»Ja. Arthur hat oft gesagt: Ist man kein Orkney, so sind sie furchtbar; ist man aber einer, dann kann man sich gratulieren. Sie rangeln zwar wie die Katzen, aber sie hängen wirklich aneinander. Es ist eben ein Clan.«

Auf Umwegen war die Königin irgendwie wieder zur Hauptsache gelangt.

»Lanz«, fragte sie ängstlich, »glaubt Ihr, daß sie den König vielleicht gezwungen haben könnten?«

»Wie meint Ihr das?«

»Arthur hat einen entsetzlichen Gerechtigkeitssinn.«

»Ja. — Ich weiß es nicht.«

»Und dieses Gespräch letzte Woche. Ich glaube, er hat uns warnen wollen. — Da! Hört!«

»Ich höre nichts.«

»Mir war, als hätte jemand an der Tür gehorcht.«

»Ich werde mal nachsehn.«

Er ging zur Tür und öffnete sie, aber es war niemand da.

»Blinder Alarm.«

»Verriegelt sie.«

Er schob den Holzbalken vor — eine schwere Eichenbohle, fünf Zoll stark, die in ein tiefes Loch im dicken Gemäuer glitt. Er kehrte in den Kerzenschein zurück, teilte das schimmernde Haar in handliche Strähnen und begann, sie zu Zöpfen zu flechten. Seine Hände bewegten sich wie Weberschiffchen.

»Es ist töricht, nervös zu sein«, bemerkte er.

Sie aber dachte immer noch nach und antwortete mit einer Frage.

»Erinnert Ihr Euch an Tristan und Isolde?«

»Natürlich.«

»Tristan hat mit König Markes Frau geschlafen, und der König hat ihn dafür umgebracht.«

»Tristan war ein Tölpel.«

»Ich fand ihn nett.«

»Darauf hatte er's angelegt. Aber er war ein Ritter aus Cornwall. Wie die andern.«

»Es hieß, er sei der zweitbeste Ritter der Welt. Sir Lanzelot, Sir Tristan, Sir Lamorak . . .«

»Schnickschnack.«

»Wieso haltet Ihr ihn für einen Tölpel?«

»Das ist eine lange Geschichte. Ihr könnt Euch nicht erinnern, wie es um das Rittertum bestellt war, ehe Arthur mit seiner Tafelrunde anfing, und so wißt Ihr nicht, was für ein Genie Ihr geheiratet habt. Ihr begreift nicht den Unterschied zwischen Tristan und — nun ja, und Gareth, zum Beispiel.«

»Welchen Unterschied?«

»In den alten Tagen war's eine Sache, die jeder nach seinem Gusto verstand. Die alten Haudegen, Leute wie Sir Bruce Saunce Pitié, waren Raubritter. Sie wußten, daß sie in ihrer Rüstung unverletzbar waren, und sie taten, wie ihnen beliebte. Es herrschte Mord und Totschlag. Als Arthur auf den Thron kam, waren sie wütend. Er glaubte nämlich an Recht und Unrecht.«

»Das tut er noch immer.«

»Zum Glück hatte er nicht nur diese Idee, sondern auch einen starken Charakter. Es dauerte an die fünf Jahre, bis er's durchsetzte. Es bedeutete, daß die Menschen freundlich sein sollten. Ich muß einer der ersten Ritter gewesen sein, der die Idee der Freundlichkeit begriffen hat; ich war jung, und er machte es mir zu einem Teil meiner selbst. Alle sagen immer, was für ein perfekter, edler Ritter ich sei; aber das hat nichts mit mir zu tun. Das ist Arthurs Idee. So wollte er die gesamte jüngere Generation haben, und jetzt ist's Mode geworden. Es führte zur Grals-Queste.«

»Und wieso war Tristan ein Tölpel?«

»Nun ja, er war's halt. Arthur sagt, er sei ein Possenreißer gewesen. Er lebte in Cornwall. Er war nicht von Arthur erzogen worden, hatte aber von der neuen Mode Wind bekommen. Er hatte mitgekriegt, daß berühmte Ritter sanft zu sein hätten, und so hat er sich wie wild abgemüht, dieser Mode nachzueifern, ohne sie richtig zu verstehen oder sie als etwas Neues zu erfühlen. Er war so etwas wie ein Nachahmer. Ein Nachäffer. Innerlich war er kein bißchen sanft. Zu seiner Frau ist er ekelhaft gewesen; den armen alten Palomides hat er miserabel behandelt, weil der ein Nigger sei; und König Marke gegenüber war er höchst unverschämt. Die Ritter aus Cornwall sind ›Alte‹, und im Grunde waren sie immer gegen Arthurs Idee, auch wenn sie mitgemacht haben.«

»Wie Agravaine.«

»Ja. Agravaines Mutter stammte aus Cornwall. Der Grund, weshalb Agravaine mich haßt, ist der, daß ich für die Idee einstehe. Es klingt komisch, aber wir drei, die wir von den andern als die besten Ritter bezeichnet werden — ich meine Lamorak und Tristan und mich —, wir werden von den ›Alten‹ gehaßt. Sie waren entzückt, als Tristan ermordet wurde, weil er die Idee kopierte; und natürlich war's die Sippe Gawaine, die Sir Lamorak getötet hat, hinterrücks.«

»Ich glaube«, sagte sie, »der Grund, weshalb Agravaine Euch haßt, ist die alte Geschichte von den sauren Trauben. Die Idee kümmert ihn überhaupt nicht, glaube ich, aber er ist natürlich neidisch auf jeden, der besser kämpft als er. Gegen Tristan hat er etwas gehabt, weil er auf dem Weg nach Joyous Gard Prügel von ihm bezog; und bei der Ermordung von Lamorak war er behilflich, weil der Junge ihn bei den Ausscheidungskämpfen geschlagen hat. Und wie oft habt Ihr ihn verärgert?«

»Ich weiß nicht.«

»Lanz, macht Euch doch klar, daß zwei andere Menschen, die er gehaßt hat, tot sind!«

»Jedermann stirbt, früher oder später.«

Plötzlich hatte die Königin ihre Zöpfe aus seinen Fingern gezogen. Sie hatte sich auf dem Stuhl umgedreht und starrte ihn nun, einen ›Rattenschwanz‹ in der Hand, mit runden Augen an.

»Ich glaube, es stimmt, was Gareth gesagt hat. Ich fürchte, sie wollen uns heute abend erwischen.«

Sie sprang vom Stuhl auf und schob Lanzelot zur Tür.

»Geht! Geht, solange noch Zeit ist.«

»Jenny —«

»Nein. Keine Widerrede. Ich weiß, daß es so ist. Ich spür's. Hier ist Euer Umhang. Oh, Lanz, bitte, geht geschwind. Sir Lamorak haben sie von hinten erdolcht.«

»Erregt Euch doch nicht wegen nichts und wieder nichts, Jenny. Ihr seht Gespenster.«

»Ich sehe keine Gespenster. Hört! Hört!«

»Ich höre nichts.«

»Schaut auf die Tür.«

Der Griff, der den Drücker in Bewegung setzte, war ein schmiedeeisernes Gebilde in Form eines Hufeisens, das sich langsam nach links bewegte. Es bewegte sich zögernd — wie eine Krabbe.

»Was ist mit der Tür?«

»Seht doch: der Griff!«

Sie standen da und beobachteten gebannt, wie das Stück Metall sich tastend, ruckweise bewegte: ein schlauer, scheuer Erkundungsversuch.

»O Gott«, flüsterte sie. »Jetzt ist's zu spät!«

Der Griff fiel zurück in seine Ausgangsstellung, und nun wurde laut und eisern an das Türholz geklopft. Es war eine gute Tür mit einer doppelten Lage Holz; die eine Schicht war senkrecht, die andere waagrecht angebracht. Von außen wurde mit einem Stulphandschuh dagegen gepocht. Agravaines Stimme, widerhallend in der Höhlung seines Helms, rief: »Öffnet die Tür, im Namen des Königs!«

»Es ist aus mit uns«, sagte sie.

»Verräter-Ritter«, schrie die wiehernde Stimme, während das Holz unter dem Eisen erbebte. »Sir Lanzelot, es ist um Euch geschehen!«

Viele Stimmen wurden hörbar. Viele Rüstungen klirrten, jetzt, da keine Vorsicht mehr nötig war, auf der steinernen Treppe. Die Tür prallte gegen den Sperrbalken.

»Ist irgend eine Rüstung in der Kammer«, fragte Lanzelot, »daß ich meinen Leib damit decke?«

»Nein, wir haben nichts. Nicht einmal ein Schwert.«

Da stand er, das Gesicht zur Tür gerichtet, mit angestrengt-verlegener Geschäftsmiene und nagte an seinen Fingerkuppen. Mehrere Fäuste hämmerten auf das Holz, und die Stimmen waren wie eine Hundemeute.

»Ach, Lanzelot«, sagte sie. »Ihr habt nichts zum Kämpfen, und Ihr seid fast nackt. Sie sind bewaffnet, und es sind ihrer viele. Ihr werdet getötet, ich werde verbrannt, und unsere Liebe hat ein bitteres Ende gefunden.«

Er war wütend, daß er keine Möglichkeit sah, mit der Lage fertigzuwerden.

»Wenn ich nur meine Rüstung hätte«, sagte er gereizt. »Es ist doch lächerlich, wie eine Ratte in der Falle gefangen zu werden.«

Er blickte sich im Zimmer um, sich selbst verfluchend, weil er seine Waffe vergessen hatte.

»Verräter-Ritter«, dröhnte die Stimme, »kommt aus dem Gemach der Königin!«

Eine andere Stimme, musikalisch und selbstbewußt, rief in gefälligem Ton: »Nur daß Ihr's wißt: hier sind vierzehn Gewappnete; und entfliehen könnt Ihr nicht.« Es war Mordred. Das Hämmern wurde lauter.

»Verflucht soll'n sie sein«, sagte Lanzelot. »Die machen zuviel Lärm. Ich werde gehen müssen, sonst wecken sie den ganzen Palast auf.«

Er wandte sich zur Königin um und nahm sie in die Arme.

»Jenny, ich werd' Euch meine edle christliche Königin nennen. Werdet Ihr stark sein?«

»Mein Lieber.«

»Meine gute alte Jenny. Komm, noch einen Kuß. Ihr seid stets meine Herzensdame gewesen, und wir haben bisher nicht versagt. Seid nun ohne Furcht. Wenn sie mich töten, denkt an Sir Bors. Alle meine Brüder und Neffen werden für Euch da sein. Laßt Bors oder Demaris eine Nachricht zukommen, und sie werden Euch retten, wenn nötig. Sie werden Euch sicher nach Joyous Gard bringen. Dort könnt Ihr auf meinem eignen Grund und Boden leben — als die Königin, die Ihr seid. Begreift Ihr?«

»Wenn Ihr getötet werdet, will ich nicht gerettet werden.«

»Doch«, sagte er streng. »Es ist wichtig, daß jemand überlebt, um in Anstand über uns Auskunft zu geben. Das ist die schwere Aufgabe, die Ihr zu übernehmen haben werdet. Überdies, es wäre mir lieb, wenn Ihr beten wolltet.«

»Nein. Die Gebete wird jemand anderes sprechen müssen. Wenn sie Euch töten, können sie mich verbrennen. Ich werde meinen Tod demütig hinnehmen, wie es einer christlichen Königin geziemt.«

Er küßte sie zärtlich und setzte sie auf den Stuhl.

»Zum Diskutieren ist's nun zu spät«, sagte er. »Ich weiß, daß Ihr Jenny bleiben werdet, was auch geschieht; und ich bin nun mal Lanzelot.«

Dann, noch immer mit den Augen die Kammer durchsuchend, fügte er geistesabwesend hinzu: »Was sie mit mir machen, ist nicht wichtig. Aber es ist nicht recht, daß sie's Euch anlasten.«

Sie beobachtete ihn und bemühte sich, die Tränen zurückzuhalten.

»Ich gäb' meinen Fuß«, sagte er, »hätt' ich dafür nur eine lumpige Rüstung. Und wär's bloß ein Schwert — damit sie an mich denken könnten.«

»Lanz, wenn sie mich töten würden und Euch am Leben ließen — dann wär' ich glücklich.«

»Und mir wäre hundselend«, gab er zur Antwort, wobei er fühlte, daß ihn ganz unvermittelt eine fabelhafte Stimmung überkam. »Nun ja, nun ja, wir werden eben das Beste draus machen müssen. Schade, daß meine Knochen schon so klapprig sind; aber ich glaub', mir wird's trotzdem Spaß machen!«

Er stellte die Kerzen auf den Deckel der Limoges-Truhe, so daß sie hinter seinem Rücken waren, wenn er die Tür öffnete. Er nahm seinen schwarzen Umhang und legte ihn der Länge nach sorgfältig vierfach zusammen; dann wickelte er ihn zum Schutz um seine linke Hand und den linken Unterarm. Er griff sich die Fußbank, die neben dem Bett stand, wog sie in der Rechten und blickte sich noch einmal im Raume um. Währenddessen waren die Geräusche draußen immer lauter geworden, und zwei Männer versuchten offenbar, mit ihren Streitäxten das Holz zu durchschlagen — ein Unterfangen, dem das über Kreuz vernagelte Holz zähen Widerstand leistete. Er ging zur Tür und erhob seine Stimme, worauf alsbald Stille entstand.

»Werte Herren«, sagte er, »laßt das Gelärme und Getobe. Ich werde die Tür auftun, und dann könnt Ihr mit mir verfahren, wie's Euch beliebt.«

»Dann komm raus«, schrien sie durcheinander. »Mach die Tür auf!« — »Tu's endlich!« — »Es nützt dir nichts, wenn du versuchst, es mit uns allen aufzunehmen.« — »Laß uns ins Gemach.« — »Wir werden dein Leben schonen, wenn du mitkommst zu König Arthur.«

Er stemmte seine Schulter gegen die sich wölbende Tür und schob behutsam den Balken zurück, in die Mauer hinein. Die Männer auf der anderen Seite hatten aufgehört mit dem Hacken, da sie spürten, daß etwas geschehen würde. Noch immer gegen die Tür gestemmt, setzte Lanzelot seinen rechten Fuß fest auf den Boden, etwa zwei Fuß vom Türpfosten entfernt, und ließ die Tür aufspringen. Sie knallte gegen seinen Fuß, wurde gestoppt, und durch den Spalt polterte ein einzelner, schwer gewappneter Ritter herein — wie eine Marionette, die gehorsam dem Fadenzug folgt. Lanzelot schmetterte die Tür hinter ihm zu, schob den Balken vor, packte den Schwertknauf des Ritters mit seiner gepolsterten Linken, zerrte ihn zu sich heran, stellte ihm ein Bein, schlug ihm die Fußbank auf den Kopf und saß ihm im Nu auf dem Brustkasten — gelenkig wie eh und je. All dies vollzog sich anscheinend in lässiger Leichtigkeit, als wäre der Bewaffnete der Wehrlose gewesen. Der Turm von einem Kerl, der, gepanzert von Kopf bis Fuß, hereingedonnert war und eine Sekunde lang durch den Helmschlitz nach seinem Gegner Ausschau gehalten hatte — dieser Mann machte den Eindruck braver Gelehrigkeit: er war eingetreten, hatte Lanzelot sein Schwert übergeben und sich anschließend hingelegt. Jetzt lag dies eiserne Ungetüm, gehorsam wie immer, auf dem Boden, während der Barfüßige ihm die eigene Schwertspitze durchs Visier drückte. Es gab ein paar gurgelnde Geräusche, als er mit beiden Händen den Knauf des Schwertes niederpreßte.

Lanzelot erhob sich, wischte seine Hände am Morgenrock ab.

»Tut mir leid, daß ich ihn töten mußte. Es ging nicht anders.«

Er öffnete das Visier. »Agravaine von Orkney!«

Ein gräßlicher Aufschrei ertönte jenseits der Türe, begleitet von Gehämmer, Geheule und Gefluche, während Lanzelot sich der Königin zuwandte. »Helft mir mit der Rüstung«, sagte er knapp. Sie kam sogleich, ohne Widerstreben, und gemeinsam knieten sie neben dem Toten nieder und entledigten ihn seiner wichtigsten Stücke.

»Hört zu«, sagte er, während sie noch damit beschäftigt waren. »Jetzt haben wir eine Chance. Gelingt es mir, sie zu vertreiben, komme ich zurück und hole Euch nach Joyous Gard.«

»Nein, Lanz. Wir haben genug Unrecht getan. Wenn Ihr Euch durchkämpfen könnt, dann bleibt fern, bis Gras darüber gewachsen ist. Ich werde hierbleiben. Falls Arthur mir verzeiht und alles vertuscht werden kann, dürft Ihr später wiederkommen. Vergibt er mir nicht, könnt Ihr mich retten. — Wohin gehört dies da?«

»Gebt her.«

»Hier ist das andere.«

»Es wäre weit besser, wenn Ihr mitkämt«, drängte er und mühte sich in das Panzerhemd hinein, wie ein Fußballer sich in sein Trikot zwängt.

»Nein. Wenn ich mitkomme, ist alles aus, für immer. Wenn ich bleibe, können wir's vielleicht einrenken. Ihr könnt mich ja immer noch retten, falls nötig.«

»Ich laß' Euch nicht gern zurück.«

»Wenn ich verurteilt werde und Ihr mich rettet, komme ich nach Joyous Gard. Ich versprech's Euch.«

»Und wenn nicht?«

»Wischt den Helm mit Euerm Mantel ab«, sagte sie. »Wenn nicht, dann könnt Ihr später zurückkommen, und alles wird wieder wie früher.«

»Nun gut. — So, den Rest brauch' ich nicht.«

Er richtete sich auf, das blutige Schwert in der Hand, und blickte auf den Toten nieder, der seine Mutter umgebracht hatte.

»Gareths Bruder«, sagte er nachdenklich. »Vielleicht war er betrunken. Gott gebe ihm Frieden — auch wenn's etwas absurd klingt.«

Die alte Dame drehte ihn zu den Kerzen hin.

»Das heißt Lebewohl«, flüsterte sie. »Für eine Weile.«

»Das heißt Lebwohl.«

»Gebt Ihr mir einen Kuß?« fragte sie.

Er küßte ihr die Hand, da er gerüstet war, mit Blut beschmiert und in Metall gehüllt. Gleichzeitig dachten sie an die dreizehn Männer draußen.

»Ich hätte gern, daß Ihr etwas von mir mitnehmt, Lanz; und ich würde gern etwas von Euch behalten. Wollen wir die Ringe tauschen?«

Sie wechselten die Ringe.

»Möge Gott mit meinem Ring sein«, sagte sie, »wie ich mit ihm bin.«

Lanzelot wandte sich ab und ging zur Tür. Draußen riefen sie: »Kommt aus dem Gemach der Königin!« — »Verräter am König!« — »Öffnet die Tür!«

Sie lärmten so laut wie möglich, damit der Skandal an sämtliche Ohren dringe. Er stellte sich dem Tumult, die Beine gespreizt, und gab ihnen Antwort in der Sprache der Ehre.

»Lasset Euer Lärmen, Sir Mordred, und nehmt meinen Rat. Geht alle weg von der Tür des Gemachs, schreit nicht so und unterlaßt die Verleumdungen. Wenn Ihr fortgeht und keinen Lärm mehr macht, werde ich morgen vor dem König erscheinen. Und dann werden wir sehn, wer von Euch, einzeln oder gemeinsam, mich des Verrats beschuldigen will. Dort werd' ich Euch Rede und Antwort stehn, wie es ritterliche Art ist; werde dartun, daß ich nicht schlechter Absicht wegen hierher kam. Und ich werd' es dortselbst beweisen und es mit meinen Händen an Euch gutmachen.«

»Pfui dir, du Verräter«, klang Mordreds Stimme. »Wir werden deinen Kopf verlangen und dich um dein Leben bringen, so es uns gefällt.«

Eine andre Stimme schrie: »Wisse, daß König Arthur uns die Wahl gegeben hat, dich zu schonen oder zu erschlagen.«

Lanzelot senkte das Visier über sein beschattetes Gesicht und schob den Türbalken beiseite. Das schwere Holz ging krachend auf — im Türrahmen erschien ein Gedränge von Eisenmännern und flackernden Fackeln.

»Ah, Ihr Herren«, sagte er grimmig, »habt Ihr sonst niemanden zu Eurer Hilfe? Dann seht Euch vor.«

KAPITEL 8

Der Gawaine-Clan wartete im Gerichtssaal, eine Woche danach. Der Raum wirkte bei Tageslicht anders, da die Fenster nun nicht verhängt waren. Er war jetzt keine Kiste mehr, kein Kubus aus unheimlich weich drapierten Wänden, keine Arras-Falle, die Hamlet gereizt hätte, mit dem Rapier nach Ratten zu stochern. Die Nachmittagssonne strömte durch die hohen Fenster herein und ließ die Tapisserie erstrahlen, auf der Bathseba zu sehen war, wie sie mit ihren beiden runden Brüsten in einem Zuber auf den Zinnen einer Burg saß, die aussah, als sei sie aus Kinderklötzchen erbaut. Das Weib lächelte David zu, der sich auf dem Nachbardach befand, mit Krone und Bart und Harfe. Hundert Pferde jagten einher, parallel gerichtete Lanzen stürmten voran, unzählige Helme und Rüstungen drängten zum Kampf, in dem Uria getötet werden sollte. Uria selber stürzte vom Pferd — wie ein Taucher, der seine Technik noch nicht beherrscht —, unter der Wirkung eines Hiebs, den einer der gegnerischen Ritter ihm in die Leibesmitte versetzt hatte. Das Schwert hatte seinen Körper zur Hälfte durchschnitten, so daß der arme Mann in zwei Teile auseinanderklaffte und eine gewaltige Menge realistisch gemalter, zinnoberroter Würmer, welche die Gedärme sein sollten, gräßlich seinem Innern entquoll.

Gawaine saß mißmutig auf einer der Seitenbänke, die für Bittsteller bestimmt waren; er hatte die Arme gekreuzt, sein Gesicht war dem Arras-Teppich zugewandt. Gaheris spielte, auf dem Langtisch hockend, mit den Bändern einer ledernen Falkenhaube. Er versuchte, sie so zu verändern, daß sie enger anlagen, und da die Anordnung der Schnüre äußerst kompliziert war, hatte er sich völlig verheddert. Gareth stand neben ihm, begierig, die Haube in seine Hände zu bekommen, da er sicher war, die Sache in Ordnung bringen zu können. Mordred, weißen Gesichts, den Arm in der Schlinge, lehnte an einer Fensterbrüstung und blickte hinaus. Er hatte noch immer Schmerzen.

»Es müßt' unterm Schlitz durchgehn«, sagte Gareth.

»Ich weiß, ich weiß. Aber ich versuche, dies zuerst durchzuschieben.«

»Laß mich's doch mal versuchen.«

»Augenblick. Ich krieg's gleich hin.«

Vom Fenster her sagte Mordred: »Der Scharfrichter tritt bald in Aktion.«

»Ja?«

»Es wird ein grausamer Tod«, sagte er. »Sie verwenden abgelagertes Holz, und da gibt's keinen Rauch. Sie wird also verbrennen, ehe sie erstickt.«

»So also glaubst du«, bemerkte Sir Gawaine mürrisch.

»Arme alte Frau«, sagte Mordred. »Fast könnte sie einen dauern.«

Gareth wandte sich ihm wütend zu.

»Daran hättest du früher denken sollen.«

»Jetzt ganz oben«, sagte Gaheris.

»Meines Wissens«, fuhr Mordred fort, fast nur mit sich selber sprechend, »meines Wissens muß unser Lehnsherr der Exekution von seinem Fenster aus zusehn.«

Gareth verlor die Beherrschung.

»Kannst du denn nicht eine Minute den Mund halten? Man könnt' ja meinen, es mache dir Spaß, zuzusehen, wie Menschen verbrannt werden.«

Mordred entgegnete geringschätzig: »So ist es. Du hältst es nur nicht für schicklich, dir das einzugestehn. Man wird sie verbrennen, wie's ihr gebührt.«

»Um Gottes willen, sei still.«

Gaheris sagte auf seine ruhige Art: »Ich glaube nicht, daß du dir Sorgen zu machen brauchst.«

Blitzschnell drehte Mordred sich zu ihm um.

»Was meinst du damit — er braucht sich keine Sorgen zu machen?«

»Natürlich braucht er sich keine Sorgen zu machen«, sagte Gawaine ärgerlich. »Glaubst du vielleicht, daß Lanzelot ihr nicht zu Hilfe kommt? *Der* ist kein Feigling — das steht fest.«

Mordred überlegte rasch. Seine ruhevolle Pose am Fenster hatte nervöser Erregtheit Platz gemacht.

»Wenn er versucht, sie zu retten, gibt's einen Kampf. König Arthur wird gegen ihn kämpfen müssen.«

»König Arthur wird von hier aus zusehn.«

»Aber das ist doch unglaublich!« rief er aus. »Willst du damit sagen, daß es Lanzelot erlaubt sein soll, unter unsern Nasen mit der Königin zu verschwinden?«

»Genau das wird passieren.«

»Aber dann wird ja keiner bestraft!«

»Guter Gott, Mann«, sagte Gareth laut. »*Willst* du die Frau denn verbrennen sehn?«

»Ja. Das will ich. Ja, genau. Gawaine, wirst du vielleicht hier sitzen und zusehn, wie es dahin kommt — nachdem dein eigner Bruder getötet worden ist?«

»Ich hab' Agravaine gewarnt.«

»Ihr Feiglinge! Gareth! Gaheris! Los, bringt ihn dazu, daß er was unternimmt! Ihr könnt doch dies nicht geschehen lassen. Lanzelot hat Agravaine gemordet, euern Bruder!«

»Wenn ich die Sache recht verstanden habe, Mordred, ist Agravaine mit dreizehn andern Rittern losgezogen, alle voll gerüstet, um Lanzelot zu töten, als der bloß seinen Morgenrock anhatte. Das Ergebnis war, daß Agravaine getötet wurde, mitsamt den andern Rittern — einen ausgenommen, der weglief.«

»Ich bin nicht weggelaufen.«

»Du bist am Leben geblieben, Mordred.«

»Gawaine, ich schwör's: ich bin nicht weggelaufen. Ich hab' mit ihm gekämpft, so gut ich's vermochte. Aber er hat mir den Arm gebrochen, und da konnte ich nichts mehr tun. Bei meiner Ehre, Gawaine: ich hab' versucht zu kämpfen.«

Er war den Tränen nahe.

»Ich bin kein Feigling.«

»Wenn du nicht weggelaufen bist«, fragte Gaheris, »wie kommt's dann, daß Lanzelot dich ungeschoren ließ, nachdem er die andern getötet hatte? Es lag doch in seinem ureigensten Interesse, euch allesamt zu töten, weil's dann keine Zeugen mehr gegeben hätte.«

»Er hat mir den Arm gebrochen.«

»Ja. Aber getötet hat er dich nicht.«

»Ich sage die Wahrheit.«

»Aber getötet hat er dich nicht.«

Der Schmerz im Arm war so heftig und die Wut so groß, daß der Mann anfing zu flennen wie ein Kind.

»Ihr Verräter! So ist das immer. Weil ich nicht stark bin, ergreift ihr Partei gegen mich. Ihr haltet's mit den dummen Muskelprotzen und glaubt nicht, was ich sage. Agravaine ist tot, und ihm wird die Totenwache gehalten, und Ihr wollt niemanden dafür strafen. Verräter! Verräter! Und alles wird wieder so sein, wie es gewesen ist.«

Als der König hereinkam, brach er ab. Arthur, der müde aussah, schritt langsam zum Thron und setzte sich nieder. Er bedeutete ihnen, ihre Plätze wieder einzunehmen. Gawaine ließ sich auf die Bank plumpsen, von der er sich erhoben hatte, während Gareth und Gaheris stehenblieben und den König mitleidig beobachteten. Mordreds Geschluchze bildete die Hintergrundmusik.

Arthur fuhr sich mit der Hand über die Stirn.

»Weshalb weint er?« fragte er.

»Er wollt' uns erklären«, sagte Gawaine, »wieso Lanzelot dreizehn Ritter getötet hat und sich dann entschloß, unsern Mordred hier am Leben zu lassen. Offenbar ist da zwischen den beiden so was wie eine Freundschaft gewesen.«

»Ich glaube, ich kann's erklären. Ich habe nämlich Lanzelot vor zehn Tagen gebeten, meinen Sohn nicht zu töten.«

Mordred sagte bitter: »Ergebensten Dank.«

»Du brauchst mir nicht zu danken, Mordred. Wenn schon — dann solltest du dich bei Lanzelot bedanken.«

»Ich wollte, er hätte mich getötet.«

»Ich bin froh, daß er's nicht getan hat. Sei ein bißchen nachsichtig, mein Sohn, jetzt, da wir in diesen Schwierigkeiten sind. Denk dran, daß ich dein Vater bin. Du bist der einzige Sproß der Familie — ich habe sonst niemanden.«

»Ich wollt', ich wär' überhaupt nicht geboren.«

»Da geht's dir wie mir, mein armer Junge. Aber du bist nun einmal geboren, und so müssen wir halt zusehn, daß wir das Beste daraus machen.«

Mordred eilte auf ihn zu — in geheuchelter Verlegenheit.

»Vater«, sagte er, »wißt Ihr, daß Lanzelot kommen wird, um sie zu retten?«

»Es würde mich nicht überraschen.«

»Und habt Ihr Ritter zur Hand, daß sie ihn aufhalten? Habt Ihr starke Wachen aufgestellt, ihn festzunehmen?«

»Die Wachen sind da, Mordred, und sie sind so stark wie möglich. Ich habe versucht, gerecht zu sein.«

»Vater«, sagte er eifernd, »schickt Gawaine und diese beiden zu ihrer Verstärkung. Er wird mit einer großen Streitmacht kommen.«

»Wie ist's, Gawaine?« fragte der König.

»Dank Euch, Onkel. Mir wär's lieber, Ihr hättet nicht gefragt.«

»Ich habe Euch gerechterweise fragen müssen, Gawaine — der Wachen wegen, die bereits aufgestellt sind. Es wäre ja unfair, schwache Posten aufzustellen, wenn ich wüßte, daß Lanzelot kommt; denn das würde Verrat an meinen eigenen Leuten bedeuten. Es hieße: sie einfach opfern.«

»Ob Ihr mich bittet oder nicht, Euer Majestät — ich werd' nich' gehn. Ich hab' den beiden gleich gesagt, ich tät' nich' mitmachen. Ich hab' kein' Verlangen, Königin Ginevra brennen zu sehn. Und ich darf wohl sagen, daß ich hoffe, sie wird auch nicht. Jedenfalls werd' ich dabei nicht helfen. Da habt Ihr's.«

»Das klingt nach Verrat.«

»Und laßt es Verrat sein — ich fühle mich der Königin verbunden.«

»Auch ich bin der Königin sehr verbunden, Gawaine. Schließlich habe ich sie geheiratet. Wenn jedoch die allgemeine Gerechtigkeit auf dem Spiele steht, haben persönliche Belange zu schweigen.«

»Ich fürcht', ich kann meinen Belang nich' vergessen.«

Der König wandte sich an die anderen.

»Gareth? Gaheris? Würdet Ihr mir den Gefallen tun, Eure Rüstung anzulegen, um die Wache zu verstärken?«

»Onkel, bittet uns nicht darum.«

»Ich bitt' Euch nicht gerne, Gareth.«

»Ich weiß. Doch, bitte, zwingt uns nicht. Lanzelot ist mein Freund — wie also könnt' ich gegen ihn kämpfen?«

Der König berührte seine Hand.

»Lanzelot hätte es von Euch erwartet, mein Lieber. Gegen wen es auch sein mag. Auch er glaubt nämlich an Gerechtigkeit.«

»Onkel, ich kann nicht gegen ihn kämpfen. Er hat mich zum Ritter geschlagen. Ich werd' gehen, wenn Ihr's wünscht, aber ich geh' ohne Rüstung. Ich fürchte, das ist ebenfalls Verrat.«

»Ich bin bereit, in voller Rüstung zu gehen«, sagte Mordred, »auch wenn mein Arm gebrochen ist.«

Gawaine bemerkte sarkastisch: »Dir kann auch nichts passieren, mein Kerlchen. Wir wissen ja, daß der König Lanzelot gebeten hat, dir nichts anzutun.«

»Verräter!«

»Und Gaheris?« fragte der König.

»Ich geh' mit Gareth — ungewappnet.«

»Nun wohl. Ich glaube, das wär's. Ich hoffe nur, daß ich alles, was in meinen Kräften steht, versucht habe.«

Gawaine erhob sich von seiner Bank und stapfte mit tapsiger Sympathie auf den König zu.

»Ihr habt mehr getan, als man überhaupt erwarten konnt'«, sagte er herzlich, die geäderte Hand mit seiner Pranke drückend. »Und jetzt müssen wir zusehn, daß es weitergeht. Laßt meine Brüder gehn — unbewaffnet. Er wird ihnen nichts tun — wenn er ihr Gesicht sieht. Ich möcht' lieber bei Euch bleiben.«

»Also geht.«

»Soll ich dem Scharfrichter das Zeichen geben?«

»Ja. Wenn's denn sein muß, Mordred. Gib ihm meinen Ring und hol die Vollmacht von Sir Bedivere ein.«

»Dank Euch, Vater. Danke. Es wird nicht lange dauern.«

Das bleiche Gesicht, von Begeisterung überflammt, für einen Moment von seltsam echter Dankbarkeit erfüllt, verließ eilig den Raum. Mordred folgte seinen Brüdern, die sich der Wache beigesellen sollten, mit blitzenden Augen und einem nervösen Zucken um den Mund. Der alte König, der mit Gawaine zurückgeblieben war, ließ seinen Kopf in die Hände sinken.

»Er hätt's ein bißchen anständiger machen können. Er hätte sein Vergnügen nicht gar so deutlich zu zeigen brauchen.«

Gawaine legte eine Hand auf die gebeugte Schulter.

»Keine Bange, Onkel«, sagte er. »Es wird sich schon weisen. Lanzelot wird sie retten, zur rechten Zeit. Und keiner wird zu Schaden kommen.«

»Ich habe versucht, meine Pflicht zu tun.«

»Ihr habt's wahrhaft bewunderungswürdig getan.«

»Ich habe sie verurteilt, weil sie dem Gesetze nach verurteilt werden mußte. Ich habe dafür gesorgt, daß dieses Urteil vollstreckt wird.«

»Aber das wird nicht passieren. Lanzelot wird sie schon in Sicherheit bringen.«

»Gawaine, Ihr dürft nicht denken, daß ich versuche, sie retten zu lassen. Ich bin die Gerechtigkeit und der Richter von England, und unsere Aufgabe ist es jetzt, sie zu verbrennen — ohne Gnade und Barmherzigkeit.«

»*Aye*, Onkel. Und jedermann weiß, wie wacker Ihr Euch ums Recht bemüht habt. Das ändert aber nichts an der Tatsache, daß wir beide von Herzen wünschen, sie möge davonkommen!«

»Ach, Gawaine«, sagte er. »Ich bin all die Jahre mit ihr verheiratet gewesen.«

Der andere kehrte ihm den Rücken zu und ging zum Fenster.

»Grämt Euch nicht. Das Ganze wird schon ein gutes Ende nehmen.«

»Was ist gut?« rief der alte Mann und sah ihm elend nach. »Was ist richtig, was ist falsch? Was ist Recht, und was Unrecht? Wenn Lanzelot tatsächlich zu ihrer Rettung kommt, tötet er vielleicht die unschuldigen

Wachtposten, denen ich aufgetragen habe, sie zu verbrennen. Sie vertrauen mir, und ich habe sie dort postiert, um ihn fernzuhalten, weil das Gerechtigkeit ist. Wenn er sie errettet, werden sie getötet. Wenn sie nicht getötet werden, wird sie verbrannt. Lebendigen Leibes verbrannt, Gawaine, in entsetzlich brennenden Flammen — sie, meine liebe, liebe Gin.«

»Denkt nich' dran, Onkel. Dazu wird's nich' kommen.«

Doch der König sank zusammen.

»Weshalb kommt er dann nicht sofort? Weshalb wartet er so lang?«

Gawaine sagte sachlich: »Er muß warten, bis sie im Freien ist, auf dem Hof, weil er sonst die Burg stürmen müßt'.«

»Ich habe sie gewarnt, Gawaine. Ein paar Tage, ehe sie erwischt wurden, habe ich versucht, sie zu warnen. Aber es war schwierig, alles klar auszusprechen, ohne jemanden zu verletzen. Und ich war ebenfalls ein Narr. Ich wollte es nicht wahrhaben. Ich hatte gehofft: wenn ich's mir nicht ganz bewußt werden ließe, würde am Ende doch alles gut ausgehen. Meint Ihr, es war mein Fehler? Meint Ihr, ich hätte sie retten können, wenn ich irgend etwas anders gemacht hätte?«

»Ihr tatet, was Ihr konntet.«

»Als ich ein junger Mann war, habe ich etwas getan, was nicht recht war, und daraus ist das Elend meines Lebens entstanden. Glaubt Ihr, daß man die Konsequenzen einer üblen Tat verhindern kann, indem man hinterher Gutes tut? Ich nicht. Ich habe versucht, die Folgen aufzuhalten durch gute Taten, all die Zeit her. Aber das Böse zieht immer weitere Kreise. Es läßt sich nicht aufhalten. Meint Ihr, daß auch das von daher kommt?«

»Ich weiß nicht.«

»Wie entsetzlich, so warten zu müssen!« rief er aus. »Für Gin muß es noch schlimmer sein. Warum kann man sie nicht gleich bringen, damit's ein Ende hat?«

»Werden sie gleich tun.«

»Und es ist nicht ihre Schuld. Ist's meine? Hätte ich mich weigern sollen, Mordreds Beweise anzuerkennen? Hätte ich die ganze Affäre in der Versenkung verschwinden lassen sollen? Hätte ich sie freisprechen müssen? Mein neues Gesetz hätte ich ignorieren können. Hätte ich das tun sollen?«

»Hättet Ihr tun können.«

»Ich hätte tun können, wie mir beliebt.«

»*Aye.*«

»Was aber wäre dann aus der Gerechtigkeit geworden? Was wäre die Konsequenz gewesen? Konsequenzen, Gerechtigkeit, böse Taten, Kinder ertränkt. Ich hab' sie die ganze Nacht um mich gesehen.«

Gawaine sprach ruhig, mit veränderter Stimme.

»Ihr müßt die üblen Dinge vergessen. Ihr müßt Eure Kräfte auf das Wichtige konzentrieren. Werdet Ihr das tun?«

Der König packte die Armlehnen seines Thronsessels.

»Ja.«

»Ich fürchte, Ihr müßt ans Fenster kommen. Sie wollen sie grad rausbringen.«

Der alte Mann machte keine Bewegung, doch seine Finger umklammerten noch fester das Holz. Er blieb sitzen und starrte vor sich hin. Dann, sein ganzes Gewicht auf die Handgelenke nehmend, drückte er sich nach oben, stellte sich auf die Füße und ging, seine Pflicht zu tun. Wenn er bei der Hinrichtung nicht zugegen wäre, würde sie ungesetzlich sein.

»Sie ist in einem weißen Untergewand.«

Stumm standen sie nebeneinander und sahen zu, wie Menschen, denen Gefühle nicht erlaubt sind. Im schlimmsten Moment überkam sie eine Benommenheit, die ihre Redeweise zur flauen Konversation absacken ließ.

»*Aye.*«

»Was tun sie?«

»Ich kann's nicht sehn.«

»Sie werden wohl beten.«

»*Aye.* Da vorne ist der Bischof.«

Sie schauten dem Beten zu.

»Wie fremd sie aussehn.«

»Ganz normal sind sie.«

»Meint Ihr, ich könnte mich hinsetzen?« fragte er wie ein Kind. »Ich habe mich ja gezeigt.«

»Ihr müßt bleiben.«

»Ich glaube nicht, daß ich's kann.«

»Ihr müßt.«

»Aber, Gawaine — und wenn sie heraufblickt?«

»Wenn Ihr nicht bleibt, ist's nicht nach dem Gesetz.«

Draußen, auf dem Marktplatz unter dem Fenster, schienen sie einen Choral zu singen. Es war unmöglich, die Worte oder die Melodie zu erkennen. Sie sahen die Geistlichen, die sich amtlich-eifrig um die Anstandsformen des Todes mühten, sahen die reglos harrenden, blitzenden Ritter und die Köpfe der gewöhnlichen Zuschauer, Körbe voller Kokosnüsse, rings um den Hofraum. Es war nicht leicht, die Königin zu sehen. Wieder und wieder ging sie im Strudel der Zeremonien unter; sie wurde in diese und jene Richtung geführt, von Beamten oder Beichtigern umgeben; sie wurde dem Scharfrichter vorgestellt; sie wurde bewogen, niederzuknien und zu beten; wurde ermahnt, aufzustehen und etwas zu sagen; sie wurde besprengt, nachdem man ihr Kerzen zu halten gegeben hatte; ihr wurde vergeben, und sie wurde aufgefordert, ihrerseits zu vergeben; sie wurde mit Umständlichkeit und Würde aus dem Leben befördert. Im finsteren Zeitalter haftete einem gesetzlichen Mord jedenfalls nichts Schmieriges an.

Der König fragte: »Könnt Ihr Rettung nahen sehn?«

»Nein.«

»Es kommt mir reichlich lange vor.«

Das Singen unter dem Fenster endete und machte einer beängstigenden Stille Platz.

»Wie lange noch?«

»Paar Minuten.«

»Wird man sie beten lassen?«

»*Aye,* man wird sie lassen.«

Der alte Mann fragte plötzlich: »Meint Ihr, wir sollten beten?«

»Wenn Ihr wollt.«

»Sollen wir niederknien?«

»Macht wohl nichts.«

»Was sollen wir sagen?«

»Weiß nicht.«

»Soll ich das Vaterunser hersagen? Es ist das einzige, was ich noch im Kopf habe.«

»Dann tut's.«

»Sollen wir's gemeinsam hersagen?«

»Wenn Ihr wollt.«

»Gawaine, ich glaube, ich muß niederknien.«

»Ich bleib' stehn«, sagte der Herr von Orkney.

»Lasset uns beten —«

Sie begannen ihr laienhaftes Bittgestammel, als aus der Ferne ein Hornsignal zu hören war.

»Hört, Onkel!«

Das Gebet brach mitten im Wort ab.

»Soldaten kommen. Pferde, glaub' ich!«

Arthur stand auf, war am Fenster.

»Wo?«

»Eine Trompete!«

Und nun, klar, schrill, jubilierend zerspliß der Messingklang den Raum. Der König schüttelte Gawaine am Ellbogen und rief mit bebender Stimme: »Mein Lanzelot! Ich hab's ja gewußt!«

Gawaine zwängte seine breiten Schultern durch den Fensterrahmen. Sie machten sich die Aussicht streitig.

»*Aye.* Es ist Lanzelot!«

»Schaut ihn an. In Silber.«

»Silbergrund und roter Schrägbalken!«

»Der kraftvolle Reitersmann.«

»Seht doch!«

Es war in der Tat ein bemerkenswerter Anblick. Der Marktplatz glich einer Schlucht, einer Wild-West-Szenerie. Die Kokosnüsse rollten auseinander. Die Ritter der Wache versuchten aufzusitzen und hüpften, einen Fuß im Steigbügel, neben ihren Streitrossen her, während die Pferde sich um jeden Reiter drehten. Die Chorknaben warfen ihre Weihrauchfässer weg. Die Priester bahnten sich eine Gasse durch die Menge. Der Bischof, der dableiben wollte, wurde zur Kirche gedrängt, wobei irgendein treuer Diakon den Krummstab wie ein Banner hoch über dem Tumult hinter ihm hertrug. Ein Baldachin, der an vier Stangen über jemandem oder etwas gehalten worden war, ging mit gespreizten Stäben unter wie ein torkelnder Liniendampfer im Atlantik. Die heranbrausende Flutwelle aus blinkender Kavallerie mit rasselnden Waffen und Messing-Musik überströmte den Platz mit flatternden Federbüschen, als galoppierte ein Heer von Indianerhäuptlingen daher, während die Schwerter auf und nieder gingen wie eine merkwürdige Maschinerie. Verlassen von den Ministranten, die sie bei den letzten Riten verdeckt hatten, stand Ginevra da wie ein Fanal. Sie blieb reglos in der allgemeinen Bewegung, in ihrem weißen Gewande, an den hohen Pfahl gebunden. Sie stand hoch über allen. Der Kampf wogte zu ihren Füßen.

»Was für ein Getümmel!«

»Kein andrer hat je so attackiert wie er.«

»Ach, die arme Wache.«

Arthur rang die Hände.

»Einer ist gestürzt.«

»Das ist Segwarides.«

»Was für ein Handgemenge!«

»Seine Attacken«, behauptete der König hingerissen, »waren immer unwiderstehlich. Immer. Ah, welche Wucht!«

»Da hat's Sir Pertilope erwischt.«

»Nein, es ist Perimones, sein Bruder.«

»Seht die Schwerter in der Sonne funkeln. Seht die Farben. Gut gemacht, Sir Gillimer. Sehr gut gemacht!«

»Nein, nein! Seht Euch Lanzelot an. Seht, wie waghalsig, wie tollkühn er ist. Aglovale stürzt vom Pferd. Seht, er kämpft sich an die Königin heran.«

»Priamus wird ihn aufhalten.«

»Priamus? Unsinn! Wir werden siegen, Gawaine — wir werden siegen!«

Der kräftige Mann drehte sich um, vor Begeisterung grinsend.

»Wer ist ›wir‹?«

»Na schön, dann eben ›er‹, Ihr Schlaumeier. Sir Lanzelot, natürlich. Er wird siegen. Da geht Sir Priamus hin.«

»Sir Bors ist zu Boden gegangen.«

»Macht nichts. Bors werden sie gleich wieder auf dem Gaul haben. Hier ist er, kommt zur Königin. Oh, seht nur! Er hat ihr Kleidung mitgebracht.«

»*Aye,* tatsächlich!«

»Mein Lanzelot wird natürlich nicht zulassen, daß man meine Ginevra im Unterkleid sieht.«

»Der nich'.«

»Er legt sie ihr an.«

»Sie lächelt.«

»Gott segne sie beide. — Aber das Fußvolk!«

»Es ist getan, könnt' man sagen.«

»Er wird doch nicht mehr umbringen, als unbedingt nötig?«

»Bestimmt nich'.«

»Ist das Damas unter dem Pferd?«

»*Aye.* Damas hat immer eine rote Schabracke. Ich glaub', sie ziehen sich zurück. Wie rasch das ging!«

»Ginevra sitzt auf.«

Wieder durchstießen Signalhorntöne den Raum — diesmal mit einer anderen Melodie.

»Sie sind fort. Das ist der Zapfenstreich. Meine Güte — seht Euch die Verwirrung an!«

»Hoffentlich sind nicht allzu viele blessiert. Könnt Ihr's erkennen? Hätten wir ihnen zu Hilfe kommen müssen?«

»Das haben viele nicht überlebt«, sagte Gawaine.

»Die getreue Garde.«

»Über ein Dutzend.«

»Meine tapferen Männer! Und ich trage die Schuld.«

»Ich seh' nich' ein, daß es die Schuld eines einzelnen sein soll. Es sei denn die meines Bruders. Und der ist jetzt tot. *Aye,* da ziehen die letzten ab. Ihr könnt das weiße Gewand der Königin über dem Gedränge sehn.«

»Soll ich ihr zuwinken?«

»Nein.«

»Wär's nicht Rechtens?«

»Nein.«

»Nun, gut. Vielleicht darf ich's nicht. Trotzdem wär's hübsch gewesen, irgend etwas zu tun, jetzt, wo sie geht.«

Gawaine wandte sich ihm zu, in plötzlich aufwallender Herzlichkeit.

»Onkel Arthur«, sagte er, »Ihr seid ein großer Mann. Ich hab' Euch ja gesagt: am Ende wird's gut ausgehn.«

»Auch Ihr seid ein großer Mann, Gawaine. Ein guter Mann und ein gütiger.«

Sie küßten sich nach altem Brauch fröhlich auf beide Wangen.

»So«, sagten sie. »So.«

»Und was soll jetzt geschehn?«

»Das liegt an Euch.«

Der alte König schaute sich um, als suche er das, was jetzt zu geschehen habe. Sein Alter, seine Gebresten waren verschwunden. Er wirkte gerader. Sein Gesicht war gerötet. Die Krähenfüße um die Augen strahlten.

»Ich finde, zuerst mal sollten wir einen guten Schluck nehmen.«

»Ausgezeichnet. Ruft den Pagen.«

»Page! Page!« rief er in der Tür. »Wo steckst du, zum Teufel? Page! Hier, du Racker, bring uns was zu trinken. Was hast du gemacht? Zugesehn, wie deine Herrin verbrannt werden sollte? Nun spute dich.«

Der Knabe stieß einen Juchzer aus und polterte die Treppe hinunter, die er zur Hälfte erstiegen hatte.

»Und dann — wenn wir getrunken haben?« fragte Gawaine.

Arthur kam aufgekratzt zurück und rieb sich die Hände.

»Das habe ich mir noch nicht überlegt. Es wird sich schon etwas finden. Vielleicht könnten wir's erreichen, daß Lanzelot um Vergebung bittet — oder irgendeine Abmachung treffen, so daß er zurückkehren kann. Wir könnten ihn dahin bringen, zu sagen, er sei im Schlafgemach der Königin gewesen, weil sie ihn habe kommen lassen, um ihm das Honorar für den Kampf mit Meliagrance auszuzahlen, für den sie ihn ja engagiert hatte; und sie habe nicht gewollt, daß es über die Bezahlung ein Gerede gebe. Und überdies mußte er sie natürlich retten, weil er ja wußte, daß sie unschuldig war. Doch, ich glaube, wir könnten so etwas arrangieren. Aber in Zukunft werden sie sich anständig aufführen müssen.«

Gawaines Begeisterung war vor der seines Onkels geschwunden. Er sprach langsam, die Augen zu Boden gerichtet.

»Ich bezweifle . . .« begann er.

Der König sah ihn an.

»Ich bezweifle, daß Ihr's je wieder ganz ins Lot bringen könnt, solange Mordred am Leben ist.«

Von bleicher Hand wurde der Gobelin am Eingang beiseitegeschoben; auf der Schwelle stand eine geisterhafte Gestalt, in halber Rüstung, den ungewappneten Arm in einer Schlinge.

»Niemals«, sagte die Stimme, als habe sie in einem Drama ihr Stichwort erhalten, »solange Mordred lebt.«

Arthur drehte sich überrascht um. Er betrachtete die fiebrigen Augen und sagte dann besorgt zu seinem Sohn:

»Ja, aber! Mordred!«

»Ja, Arthur.«

»Sprich nich' so zum König. Wie kannst du so was wagen?«

»Sprich du mit mir überhaupt nicht.«

Seine tonlose Stimme hatte den König erschreckt. Jetzt nahm er sich zusammen.

»Komm«, sagte er freundlich. »Es ist ein furchtbares Blutbad gewesen. Wir haben's vom Fenster aus gesehen. Aber es ist doch besser so, daß deine Tante gerettet wurde und alle Formen des Rechts gewahrt blieben . . .«

»Es war ein furchtbares Blutbad.«

Die Stimme war die eines Automaten — doch höchst bedeutungsschwer.

»Das Fußvolk.«

»Quatsch.«

Gawaine drehte sich um nach seinem Bruder, gleichsam mechanisch. Sein ganzer Körper drehte sich.

»Mordred«, fragte er schwerfällig, »Mordred, wo hast du Sir Gareth gelassen?«

»Wo ich die beiden gelassen habe?«

Der Rote schleuderte seine Worte hinaus.

»Äff mich nich' nach!« schrie er. »Red nich' rum wie'n Papagei. Sag, wo sie sind.«

»Geh und sieh nach, Gawaine — auf dem Platz.«

Arthur sagte fragend: »Gareth und Gaheris . . .«

»Liegen auf dem Marktplatz. Es war schwer, sie zu erkennen — wegen des Bluts.«

»Sie sind doch nicht ernstlich verwundet? Sie waren unbewaffnet. Sie sind doch nicht verletzt?«

»Sie sind tot.«

»Des Himmels, Mordred.«

»Des Himmels, Gawaine.«

»Sie trugen aber doch keine Rüstung«, warf der König ein.

Gawaine sagte, mit beängstigender Betonung: »Mordred, wenn du mich anlügst . . .«

». . . wird der ehrenwerte Gawaine den Letzten seiner Familie umbringen.«

»Mordred!«

»Arthur«, entgegnete er. Und zeigte ihm ein Gesicht aus Stein, eine üble Mixtur aus Gift, Glätte und Erbärmlichkeit.

»Wenn es stimmt, ist's entsetzlich. Wer sollte ein Interesse daran gehabt haben, Gareth zu töten, der nicht einmal bewaffnet war?«

»Wer schon?«

»Sie wollten gar nicht kämpfen. Sie sollten dabei sein, weil ich's angeordnet hatte. Außerdem ist Lanzelot Gareths bester Freund. Der Knabe war mit der Familie Ban befreundet. Das ist doch unmöglich. Seid Ihr sicher, daß Ihr Euch nicht irrt?«

Plötzlich füllte Gawaines Stimme den Raum: »Mordred, wer hat meine Brüder getötet?«

»Wer schon?«

Er eilte auf den Buckligen zu wie ein Rasender.

»Wer, wenn nicht Sir Lanzelot, mein strammer Freund.«

»Lügner! Ich muß gehn und nachsehn.«

Er polterte aus dem Gemach, so vehement, wie er auf seinen Bruder losgestürmt war.

»Aber, Mordred, bist du sicher, daß sie tot sind?«

»Gareths Kopf war halb ab«, sagte er ohne Gefühlsregung, »und er hatte einen überraschten Ausdruck auf dem Gesicht. Gaheris hatte keinen Ausdruck, weil sein Schädel in der Mitte gespalten war.«

Der König war eher verwirrt denn entsetzt. Nachdenklich und bekümmert sagte er: »Lanz kann's nicht gewesen sein. Er hat sie gekannt . . . Er hat sie geliebt. Sie hatten keinen Helm auf — also konnte er sie gut erkennen. Gareth hat er zum Ritter geschlagen. So etwas hätte er nie und nimmer getan.«

»Nein, natürlich nicht.«

»Ihr sagtet doch, er hätte es getan.«

»Das habe ich.«

»Es muß ein Irrtum gewesen sein.«

»Es muß ein Irrtum gewesen sein.«

»Was wollt Ihr damit sagen?«

»Ich will damit sagen, daß der reine und furchtlose Ritter vom See, der Euch mit Eurer Erlaubnis Hörner aufgesetzt und Eure Frau entführt hat — daß der sich das Vergnügen machte, vor seinem Abgang meine beiden Brüder zu ermorden. Beide waren unbewaffnet, und beide waren seine geliebten Freunde.«

Arthur ließ sich auf der Bank nieder. Der kleine Page, der mit den gewünschten Getränken kam, verbeugte sich.

»Euer Wein, Sir.«

»Ich will ihn nicht haben.«

»Sir Lucan, der Butler, fragt an, Sir, ob er Hilfe haben kann, die Verwundeten hereinzubringen, Sir, und ob Verbandstoff da ist?«

»Frag Sir Bedivere.«

»Ja, Sir.«

»Page«, rief er, als der Knabe sich zum Gehen anschickte.

»Sir?«

»Wie viele Verluste?«

»Es heißt: zwanzig Ritter tot, Sir. Sir Belliance der Stolze, Sir Segwarides, Sir Griflet, Sir Brandiles, Sir Aglovale, Sir Tor, Sir Gauter, Sir Gillimer, Sir Reynolds drei Brüder, Sir Damas, Sir Priamus, Sir Kay der Fremde, Sir Driant, Sir Lambegus, Sir Herminde, Sir Pertilope.«

»Und Gareth und Gaheris?«

»Von denen habe ich nichts gehört, Sir.«

Schluchzend, noch im Laufen, war der rote, riesige Mann wieder im Saal aufgetaucht. Wie ein Kind rannte er auf den König zu.

»Es stimmt«, brachte er hervor, vom Weinen geschüttelt, »es stimmt! Ich hab' ein' Mann gesehn, der dabei gewesen ist. Der arme Gaheris und unser Brüderchen Gareth — er hat sie beide umgebracht. Und sie waren ohne Waffen.«

Er fiel auf die Knie. Er begrub seinen sandweißen Kopf im Mantel des alten Königs.

KAPITEL 9

An einem hellen Wintertag, sechs Monate später, wurde Joyous Gard eingeschlossen. Die Sonne schien im rechten Winkel zum Nordwind; die Ostseite der Ackerfurchen blieb also weiß, von Rauhreif bedeckt. Außerhalb der Burg suchten die Stare und Kiebitze im erstarrten Gras emsig nach Nahrung. Die Laubbäume standen als Skelette da, wie Lehrtafeln zur Veranschaulichung der Adern oder des Nervensystems. Die Kuhfladen knarrten, wenn man darauf trat, wie Holz. Alles hatte die Farbe des Winters: das ausgebleichte Flechtengrün, gleich einem einstmals grünen Samtkissen, das jahrelang in der Sonne gelegen hat. Die Adern-Bäume hatten an den

Stämmen einen Flor, wie das Kissen. Die Koniferen trugen ihn über ihrer ganzen Begräbnis-Draperie. Auf den Pfützen und im gefrorenen Burggraben knisterte das Eis. Joyous Gard selber ragte empor — ein schönes Bild, beleuchtet von einer matten Sonne.

Lanzelots Burg war kein drohendes Bauwerk. Die altmodischen Forts aus der Zeit von Arthurs Thronbesteigung hatten einer Festungsarchitektur von festlicher Fröhlichkeit Platz gemacht, die man sich heutzutage nur schwer vorstellen kann. Man darf nicht an die zerfallenen Bollwerke denken, die man in unsern Tagen sieht, an Ruinen, wo der Mörtel zwischen den Steinen rieselt. Die Mauern von Joyous Gard waren verputzt. Man hatte Chrom in die Tünche gemengt, so daß sie einen leichten Goldschimmer erhielt. Ihre schiefergedeckten Türme, kegelförmig nach französischer Mode, entsprossen dem komplizierten Gefüge der Wehrbauten in überraschungsreicher Vielfalt. Es gab phantastische Brückchen — überdacht wie die Seufzerbrücke in Venedig —, die von dieser oder jener Kapelle zu diesem oder jenem Turme führten. Außentreppen gab's, die weiß-der-Himmel-wohin führten — vielleicht in den Himmel. Kamine ragten urplötzlich aus Pechnasen hervor. Richtige Buntglasfenster, hoch droben, der Gefahrenzone entrückt, leuchteten voll Pracht, wo einst nackte Mauern gewesen waren. Fähnlein, Kreuze, Wasserspeier, Wetterhähne, Spitztürmchen und Glockenstühle drängten sich in tollem Gewimmel auf den verwinkelten Dächern — Dächern, die sich hierhin und dorthin erstreckten, bisweilen aus roten Ziegeln, bisweilen aus bemoostem Stein, bisweilen aus Schiefer. Der Gebäudekomplex war eher eine Ortschaft denn eine Burg. Ein luftig-lockeres Konditorkunstwerk war's, nicht das harte, ungesäuerte Brot von Dunlothian.

Rings um die Freudenburg zog sich das Camp der Belagerer. Könige nahmen in jenen Tagen ihre Gobelins auf den Feldzug mit — die Beschaffenheit ihrer Feldlager ist damit wohl hinreichend charakterisiert. Die Zelte waren rot, grün, kariert, gestreift. Manche waren aus Seide. In einem Irrgarten aus Farben und Halteseilen, Zeltpflöcken und Speeren, aus Schachspielern und Marketendern, aus Gobelins und goldenem Geschirr hatte Arthur von England sich niedergelassen, um seinen Freund auszuhungern.

Lanzelot und Ginevra standen an einem offenen Feuer in der Halle. Es war nicht mehr üblich, das Feuer in der Mitte eines Raumes zu entfachen und den Rauch, so gut's eben ging, einfach durch die Oberlichter abziehen zu lassen. Hier war ein richtiger Kamin, reich verziert mit den eingemeißelten Wappenschildern und Wappenträgern des Hauses Benwick, und auf dem Rost schwelte ein halber Baum. Der Boden draußen war durch das Eis zu glitschig für die Pferde geworden. Also gab's einen Tag Waffenstillstand — auch wenn ihn keiner erklärt hatte.

Ginevra sagte: »Ich begreife noch immer nicht, wie Ihr das fertiggebracht habt.«

»Ich auch nicht, Jenny. Ich weiß nicht einmal, daß ich's überhaupt wirklich getan habe. Aber jedermann sagt es.«

»Könnt Ihr Euch an nichts mehr erinnern?«

»Ich war erregt, nehme ich an. Und ich hatte Angst um Euch. Dann war da eine Menge Leute mit Waffen, und Ritter versuchten, mich zurückzuhalten. Da mußt' ich mich durchhauen.«

»Das sieht Euch nicht ähnlich.«

»Ihr glaubt doch nicht etwa, ich hätt's gern getan?« fragte er bitter. »Gareth mochte mich mehr als einen seiner Brüder. Ich war fast so was wie sein Pate. — Ach, lassen wir das, ich bitte Euch.«

»Nun gut«, sagte sie. »Ich möcht' beinah behaupten, daß er's so besser hat, der arme Kerl.«

Lanzelot stieß gedankenverloren mit dem Fuß gegen den Baumstamm und blickte, einen Arm auf den Kaminsims gestützt, in die aschige Glut.

»Er hatte blaue Augen . . .«

Er brach ab, sah sie vor sich im Feuer.

»Als er an den Hof kam, wollte er den Namen seiner Eltern nicht nennen. Zunächst mal deshalb, weil er von daheim ausreißen mußte, um kommen zu können. Zwischen seiner Mutter und Arthur herrschte eine Fehde, und die alte Frau war ganz und gar dagegen, daß er kam. Aber er konnt's nicht lassen. Er war auf der Suche nach Romantik und Ritterschaft und Ruhm. Also ist er fortgelaufen und zu uns gekommen und wollt' nicht sagen, wer er war. Er wollte gar nicht unbedingt zum Ritter geschlagen werden. Ihm genügte es, am großen Mittelpunkt zu sein, bis er seine Stärke bewiesen haben würde.«

Er schubste einen hervorspringenden Ast auf den Rost zurück.

»Kay ließ ihn in der Küche arbeiten und gab ihm den Spitznamen ›Schönhand‹. Kay war immer ein Tyrann. Und dann . . . Ach, es ist schon so lange her.«

Schweigen. Beide standen sie, einen Ellbogen auf dem Kaminsims, einen Fuß zum Feuer hin. Die schwerelose Asche fiel in sich zusammen.

»Ich hab' ihm manchmal ein Trinkgeld gegeben, damit er sich ein paar Kleinigkeiten kaufen konnte. *Pretty Hands, Beaumains,* der Küchenpage. Aus irgendeinem Grunde hat er sich mir angeschlossen. Ich hab' ihn mit meinen eigenen Händen zum Ritter geschlagen.«

Verwundert betrachtete er seine Fingerspitzen und bewegte sie hin und her, als hätte er sie noch nie gesehen.

»Dann bestand er das Abenteuer mit dem Grünen Ritter, und da merkten wir, was in ihm steckte ...

Der feine Gareth«, sagte er, fast erstaunt. »Und ich hab' ihn auch getötet, mit derselben Hand. Weil er sich weigerte, gewappnet gegen mich anzutreten. Was sind die Menschen nur für scheußliche Geschöpfe! Sehen sie eine Blume, wenn sie über die Felder gehn, schlagen sie ihr mit einem Stock den Kopf ab. Genau so ist Gareth ums Leben gekommen.«

Gequält ergriff Ginevra seine schuldbehaftete Hand.

»Ihr konntet's doch nicht ändern.«

»Ich hätt's ändern können.« Er war wieder in seinem religiösen Elend. »Es war meine Schuld. Ihr habt recht: Es war mir nicht ähnlich. Es war meine Schuld, meine Schuld, meine elende Schuld. Es kam, weil ich in der Menge um mich hieb.«

»Ihr mußtet das Rettungswerk vollbringen.«

»Ja, aber ich hätte nur gegen die gewappneten Ritter zu kämpfen brauchen. Statt dessen habe ich mich mit den halbbewaffneten Fußsoldaten angelegt, die keine Chance hatten. Ich war *cap-à-pied,* und sie waren in *cuir-bouillé:* bloß Leder und Piken. Aber ich hab' auf sie eingeschlagen, und Gott hat uns gestraft. Das kam, weil ich meine Ritterlichkeit vergessen hatte, und so ließ Gott mich den armen Gareth töten und Gaheris desgleichen.«

»Lanz!« sagte sie scharf.

»Jetzt stecken wir in diesem teuflischen Dilemma«, fuhr er fort, ohne auf sie zu hören. »Jetzt muß ich gegen meinen eigenen König kämpfen, der mich zum Ritter geschlagen und mir alles beigebracht hat, was ich kann. Wie kann ich gegen ihn kämpfen? Wie kann ich gegen Gawaine kämpfen? Ich habe drei seiner Brüder getötet. Was kann ich dem noch hinzufügen? Aber Gawaine wird nicht ablassen. Jetzt wird er nicht mehr verzeihn. Ich nehm's ihm gar nicht übel. Arthur würde uns vergeben, aber Gawaine wird's verhindern. Ich muß mich in diesem Loch belagern lassen wie ein Feigling, da außer Gawaine keiner kämpfen will, und dann kommen sie draußen mit ihren Fanfaren und singen:

Falscher Wicht,
Komm ans Licht!
Ha! Ha! Ha!

»Es ist doch ganz einerlei, was sie singen. Ihr werdet doch nicht dadurch zum Feigling, daß sie so etwas singen.«

»Und meine eigenen Mannen fangen langsam auch an, so zu denken. Bors, Blamore, Bleoberis, Lionel — sie fordern ständig, daß ich hinausgehn und kämpfen soll. Und wenn ich tatsächlich hinausgehe — was geschieht dann?«

»Nach meiner Erfahrung«, sagte sie, »geschieht folgendes: Ihr schlagt sie, gebt sie dann frei und bittet sie, nach Hause zu gehen. Jedermann achtet Eure Güte.«

Er barg sein Gesicht in der Armbeuge.

»Wißt Ihr, was im letzten Kampf geschah? Bors hatte eine Tilte mit dem König und hob ihn aus. Er sprang vom Pferd und stellte sich mit gezogenem Schwert über Arthur. Ich sah das und galoppierte wie wild dorthin. Bors sagte: ›Soll ich diesem Krieg ein Ende machen?‹ — ›Untersteh dich!‹ hab' ich geschrien. ›Hüte dich ja, wenn dir dein Leben lieb ist.‹ — So haben wir Arthur wieder auf sein Pferd gehoben, und ich habe ihn angefleht, hab' ihn auf den Knien angefleht, er solle fortgehn. Arthur fing an zu weinen. Seine Augen füllten sich mit Tränen, und er starrte mich an und sagte nichts. Er sieht viel älter aus. Er will nicht gegen uns kämpfen — Gawaine aber will's. Gawaine war einst auf unsrer Seite, aber ich habe in meiner Verderbtheit seine Brüder erschlagen.«

»Vergeßt Eure Verderbtheit. Es ist Gawaines schwarzes Wesen und Mordreds Tücke.«

»Wenn's nur Gawaine wäre«, klagte er, »dann gäb's immer noch Hoffnung auf Frieden. Er ist im Grunde anständig. Er ist ein guter Mensch. Aber Mordred ist immer um ihn herum und stichelt, bis er außer sich ist. Und dann ist da der gesammelte Haß der Gälen und Gallier; dazu dieser ›Neue Orden‹ von Mordred. Ich seh' kein Ende ab.«

Zum hundertsten Male schlug die Königin vor: »Wär's nicht richtig, wenn ich zu Arthur zurückkehren und mich ihm ausliefern würde?«

»Wir haben's ihnen angeboten, und sie haben abgelehnt. Es hat keinen Sinn, es noch einmal zu versuchen. Und wahrscheinlich würden sie Euch, trotz allem, dann doch noch verbrennen.«

Sie ging vom Kamin zu der großen Schießscharte hinüber. Draußen, tief drunten, erstreckten sich die Belagerungswerke. Im feindlichen Lager spielten, winzig klein, ein paar Soldaten auf einem gefrorenen Teich ›Fuchs und Gans‹. Ihr helles Gelächter klang herauf — gedämpft durch die Entfernung, längst gelöst von den Stürzen dort, die den Heiterkeitsausbruch bewirkt hatten.

»Die ganze Zeit geht der Krieg weiter«, sagte sie, »und Fußsoldaten werden getötet, die keine Ritter sind. Aber kein Hahn kräht danach.«

»Die ganze Zeit.«

Ohne sich umzuwenden, sagte sie: »Ich glaube, ich werde zurückgehn, Lieber, und es riskieren. Auch wenn ich verbrannt würde, wär's immer noch besser als dies allgemeine, endlose Elend.«

Er folgte ihr ans Fenster.

»Jenny, ich würde mit Euch gehn, wenn's irgendeinen Sinn hätte. Wir könnten miteinander gehn und uns den Kopf abschlagen lassen, wenn Hoffnung bestünde, dadurch den Krieg zu beenden. Aber alle sind übergeschnappt. Wenn wir uns ergäben und getötet würden — Bors und Ector und die andern würden die Fehde weiterführen. Außerdem stehen noch hundert Neben-Fehden aus: wegen der Leute, die wir auf dem Marktplatz und auf der Treppe getötet haben, und wegen aller möglichen Dinge, die im letzten halben Jahrhundert geschehen sind und zu Arthurs Geschichte gehören. Bald werde ich sie ohnehin nicht mehr zurückhalten können. Hebes le Renoumes, Villiers the Valiant, Urre vom Ungarland — sie würden anfangen, uns zu rächen, und alles würde noch schlimmer. Urre ist schrecklich dankbar.«

»Die Zivilisation scheint durchgedreht zu sein«, sagte sie.

»Ja, und es scheint, als hätten wir dazu beigetragen. Bors und Lionel und Gawaine verwundet, und jedermann blutrünstig. Ich muß mit meinen Rittern einen Ausfall machen und so tun, als wollte ich angreifen. Vielleicht wird Arthur gegen mich aufgestachelt, oder Gawaine kommt, und dann muß ich mich mit meinem Schilde schützen und mich verteidigen, ohne zurückzuschlagen. Die Männer bemerken es und sagen, daß ich mir keine Mühe gebe und so den Krieg verlängere, was die Sache für sie noch schlimmer macht.«

»Was sie sagen, stimmt.«

»Natürlich stimmt's. Die Alternative aber wäre, daß ich Arthur und Gawaine töten müßte — und wie könnte ich das? Wenn Arthur Euch zurücknähme und abzöge, wär's immer noch besser als dies.«

Zwanzig Jahre zuvor wäre sie bei einem solch taktlosen Vorschlag vermutlich aufgebraust. Jetzt jedoch, im Herbst ihres Lebens, war sie allenfalls belustigt.

»Jenny, es ist schlimm, so etwas zu sagen. Aber es stimmt.«

»Natürlich stimmt's.«

»Es sieht ganz so aus, als behandelten wir Euch wie eine Attrappe.«

»Wir sind allesamt Attrappen.«

Er legte seinen Kopf an den kalten Stein der Leibung, bis die Königin seine Hand ergriff.

»Denkt nicht daran. Bleibt auf der Burg und habt Geduld. Vielleicht hat Gott ein Einsehen mit uns.«

»Das habt Ihr schon einmal gesagt.«

»Ja. In der Woche, ehe sie uns überraschten.«

»Und wenn Gott uns nicht hilft«, bemerkte er bitter, »dann tut's vielleicht der Papst.«

»Der Papst!«

Er blickte auf.

»Was ist?«

»Was Ihr da gesagt habt, Lanz ... Wenn der Papst nun an beide Seiten Bullen schickte, des Inhalts, daß er uns exkommunizieren werde, falls wir uns nicht einigen? Wenn wir um eine päpstliche Entscheidung nachkämen? Bors und die andern müßten sie akzeptieren. Er könnte doch ...«

Er sah sie an, während sie ihre Worte wählte.

»Er könnte den Bischof von Rochester dazu berufen, die Friedensbedingungen festzulegen ...«

»Aber was für Bedingungen?«

Sie hatte an ihrer eigenen Idee Gefallen gefunden und war Feuer und Flamme.

»Lanz, wir beide müßten sie annehmen, wie auch immer sie aussehen mögen. Auch, wenn sie schlecht wären ... auch dann, wenn sie schlimm für uns wären, würden sie dem Volke Frieden bringen. Und unsre Ritter hätten keinen Vorwand mehr, die Fehde fortzuführen. Sie müßten der Kirche gehorchen ...«

Er fand keine Worte.

»Also?«

Sie wandte sich ihm zu, mit einem Ausdruck der Gefaßtheit und Erleichterung — mit dem tüchtigen und unpathetischen Gesichtsausdruck, den Frauen bekommen, wenn sie ihr Kind stillen oder einer anderen befriedigenden Tätigkeit nachgehen. Er wußte nicht, was er sagen sollte.

»Wir könnten morgen einen Boten schicken«, meinte sie.

»Jenny.«

Es war ihm unerträglich, daß sie, die nicht mehr die Jüngste war, sich von einem zum andern schieben ließ; unerträglich, daß er sie verlieren oder nicht verlieren sollte. Zwischen dem Männerleben und ihrer Liebe und seinen alten Totems fand er sich hilflos verstrickt — was ihm blieb, war nichts als Scham und Schande. Dies sah sie, und damit half sie ihm auch. Sie küßte ihn behutsam. Draußen begann der tägliche Singsang.

Feiger Wicht,
Komm ans Licht!
Ha! Ha! Ha!

»Laßt sie doch«, sagte sie und strich ihm über das weiße Haar. »Hört nicht auf sie. Mein Lanzelot muß in der Burg bleiben, und am Ende wird alles gut.«

KAPITEL 10

So, Seine Heiligkeit will also Frieden für sie machen«, sagte Mordred sarkastisch.

»*Aye.*«

Sie befanden sich im Gerichtssaal, Gawaine und Mordred, und warteten auf die Schlußphase der Verhandlungen. Beide trugen Schwarz, mit dem merkwürdigen Unterschied jedoch, daß Mordred vornehm wirkte, wie eine Art von Hamlet, während Gawaine eher wie ein Totengräber aussah. Mordred hatte angefangen, sich mit dieser theatralischen Schlichtheit zu kleiden, seit er der Führer der populären Partei geworden war. Deren Programm war so etwas wie Nationalismus. Sie forderte die gälische Autonomie sowie ein Judenpogrom, als Rache für einen mythischen Heiligen namens Hugh of Lincoln. Tausende waren es bereits, im ganzen Land, die sein Abzeichen trugen: eine scharlachrote Faust mit einer Peitsche. Sie nannten sich *Thrashers* — ›Schläger‹. Der Ältere aber, der die Uniform nur seinem Bruder zuliebe trug, war in echte, tiefe, dunkle Trauer versunken.

»Stell dir vor«, fuhr Mordred fort. »Wenn der Papst nicht gewesen wäre, hätten wir diese hübsche Prozession nicht gehabt, das Ölzweig-Defilee mit dem unschuldigen, lämmchenweiß gekleideten Liebespaar.«

»Ja, es war eine großartige Prozession.«

Gawaine war auf den Pfaden der Ironie nicht sonderlich bewandert, so daß er den Hohn als reine Feststellung nahm.

»Sie war gut inszeniert.«

Der ältere Bruder rückte unbehaglich hin und her, so, als wolle er's sich leichter machen; zum Schluß jedoch saß er wieder auf seinem alten Platz.

Zweifelnd — es klang fast wie eine Frage oder wie eine Bitte — sagte er: »Lanzelot behauptet in seinen Briefen, daß er unsern Gareth aus Versehen getötet habe. Er sagt, er hätt' ihn nich' erkannt gehabt.«

»Das säh' Lanzelot gerade ähnlich — unbewaffnete Männer umzulegen, ohne überhaupt nachzusehen, wer sie sind. Dafür war er immer schon berühmt.«

Diesmal war die Ironie so dick aufgetragen, daß sogar Gawaine sie erkannte.

»Ich tät' sagen, daß ihm das nicht ähnlich sieht.«

»Natürlich nicht! Das sieht Lanzelot überhaupt nicht ähnlich! Er war immer der *preux chevalier*, der stets Menschenleben schonte, der niemals jemanden erschlug, der schwächer war als er selber. Das hat ihn doch so populär gemacht. Glaubst du, er wäre plötzlich seinem Prinzip untreu geworden und hätte unbewaffnete Männer blindlings getötet?«

Mit einer heldenhaften Bemühung, fair zu sein, sagte Gawaine: »Ich möcht' doch meinen, daß er keinen Grund gehabt hat, sie zu töten.«

»Grund? War Gareth unser Bruder? Er hat ihn zur Vergeltung getötet, aus Rache, weil es unsere Familie gewesen ist, die ihn mit der Königin erwischt hat.«

Bedachtsamer fügte er hinzu: »Er hat's getan, weil Arthur dich gern hat. Und weil er auf deinen Einfluß eifersüchtig war. Er hat's genau geplant, um den Orkney-Clan zu schwächen.«

»Er hat sich selber geschwächt.«

»Außerdem war er eifersüchtig auf Gareth. Er hat Angst gehabt, unser Bruder könne ihm ins Gehege kommen. Unser Gareth hat ihn kopiert, und das paßte ihm nicht, dem *preux chevalier*. Zwei Ritter ohne Furcht und Tadel — das darf's nun mal nicht geben.«

Den Gerichtssaal hatte man für die Schlußzeremonie hergerichtet. Solange sich nur die beiden Männer darin befanden, wirkte er öde. Ihre Sitzordnung war sonderbar: sie saßen auf den Stufen zum Throne hintereinander, was bedeutete, daß sie sich nicht ansahen. Mordred sah Gawaines Genick, und Gawaine blickte auf den Boden. Mit einem Räuspern sagte er:

»Gareth war der Beste von uns.«

Hätte er sich schnell umgedreht, wäre ihm vielleicht die Intensität aufgefallen, mit der er beobachtet wurde. Die Miene des Jüngeren stimmte nicht mit der Musikalität seiner Stimme überein. Einem wachsamen Auge wäre nicht entgangen, daß Mordreds Manieren in den vergangenen sechs Monaten sehr sonderbar geworden waren.

»Ein guter Kerl«, sagte er. »Und dann wird er ausgerechnet von dem Mann getötet, dem er vertraut hat.«

»Das wird mir eine Lehre sein, den Südlern nich' zu traun.«

Mordred änderte das Pronomen, verschob unmerklich die Betonung.

»Ja, es wird uns eine Lehre sein.«

Der alte Rauhbauz fuhr herum. Er packte die weiße Hand, als wolle er sie drücken, und sprach mit einiger Verwirrung.

»Ich hab' immer gedacht, Agravaines Teufelei wär' schuld gewesen — Agravaines und deine. Ich hab' geglaubt, du wärst voreingenommen gewesen gegen Sir Lanzelot. Ich bin beschämt.«

»Blut ist dicker als Wasser.«

»Das ist es, Mordred. Da kann jemand von Idealen schwätzen, von Recht und Unrecht und all dem — aber am Ende kommt's auf die eigenen Leute an. Ich erinner' mich noch, wie Gareth den winzigen Obstgarten des Pfaffen geplündert hat, dort beim Kliff . . .«

Er verlor sich in Gedanken, bis der Hagere ihn wieder auf die richtige Spur brachte.

»Seine Haare waren fast weiß, als er ein Junge war — so hellblond waren sie.«

»Kay hat ihn Schönhand genannt.«

»Das sollte eine Beleidigung sein.«

»*Aye*, aber es stimmte. Schöne Hände hat er gehabt.«

»Und jetzt liegt er unter der Erde.«

Gawaine lief rot an, bis unter die Augenbrauen; an den Schläfen schwollen die Adern.

»Gott's Fluch auf sie! Ich will diesen Frieden nich'. Ich werd' ihnen nich' vergeben. Wieso sollt' König Arthur dies beiseitefegen wollen? Was hat der Papst damit zu schaffen? Mein Bruder war's, den sie gemetzelt haben, nicht ihrer. Und bei Gott: ich werd' Vergeltung üben!«

»Lanzelot wird dir durch die Finger schlüpfen. Der ist zu glatt, als daß man ihn halten könnte.«

»Der wird mir nicht entschlüpfen. Diesmal halten wir ihn fest. Die Cornwalls haben zuviel vergeben.«

Mordred rutschte weiter vor.

»Hast du je daran gedacht, was die Tafel an Cornwall und Orkney verbrochen hat? Arthurs Vater hat unseren Großvater umgebracht. Arthur hat unsere Mutter verführt. Und Lanzelot hat drei unserer Geschwister getötet, alle außer Florence und Lovel. Und hier sitzen wir und verkaufen unsere Ehre, damit die zwei Engländer sich versöhnen. Das ist doch feige!«

»Nein, feig ist's nich'. Der Papst kann den König zwingen, seine Königin zurückzunehmen. Aber von Sir Lanzelot steht in den Bullen kein einzig Wort. Wir haben ihm freies Geleit gewährt, die Frau zu bringen, und wir werden ihn auch gehen lassen. Aber danach . . .«

»Weshalb sollten wir ihn jetzt noch entkommen lassen?«

»Weil er freies Geleit hat. Herr des Himmels, Mordred, Mann, wir sind Rittersleut!«

»Wir dürfen uns nicht schmutzigen Waffen beugen — auch wenn unsre Feinde das tun.«

»*Aye*, genau. Wir werden den Keiler laufen lassen und ihn dann zu Tode hetzen. Arthur ist schwach geworden; er wird uns zu Willen sein.«

»Es ist traurig«, sagte Sir Mordred, »wie dem armen König alles aus den Händen gleitet, seit diese ganze Geschichte begonnen hat.«

»*Aye*, traurig ist's. Aber den Unterschied zwischen Recht und Unrecht kennt er noch.«

»Es ist eine Abwechslung für ihn.«

»Du meinst — seine Macht zu verlieren?«

»Du bist heute so schnell im Erraten.«

Seine Sarkasmen kamen ihm leicht über die Lippen, so leicht, wie man einen Blinden in die Irre führt.

»Er kann doch nich' mal so, mal so. Er hätt' sich von Anfang an nich' auf die Seite des Verräters schlagen soll'n.«

»Und er hätte Gin nicht heiraten dürfen.«

»*Aye*. Die Schuld liegt bei ihnen. Wir sind's ja nicht, die den Streit haben wollten.«

»Ganz richtig.«

»Der König muß auf Gerechtigkeit bestehn. Auch wenn Seine Heiligkeit ihn zwingen würde, die Frau wieder ins Bett zu nehmen — wir haben immer noch unser Recht gegenüber Sir Lanzelot. Mann, er hat schweren Verrat geübt, als er die Königin nahm, und ebenso, als er unsre Brüder gemeuchelt.«

»Und ob wir im Recht sind!«

Der stämmige Bursche packte wieder die Hand des anderen, nahm die blasse Flosse zwischen seine schwieligen Totengräberpratzen. Mühsam brachte er hervor: »Traurig, todtraurig wär's, allein zu sein.«

»Wir haben dieselbe Mutter gehabt, Gawaine.«

»*Aye*.«

»Und Gareth's Mutter war sie auch —«

»Da kommt der König.«

Das Festspiel der Versöhnung hatte seinen letzten Akt erreicht. Unter dem Schmettern der Drommeten im Hof stiegen die Würdenträger der Kirche und des Staates die Stufen herauf. Die Höflinge, Bischöfe, Herolde, Pagen, Richter und Zuschauer parlierten, während sie Einzug hielten. Der Kubus der Gobelins, zuvor ein leeres Gefäß, erblühte mit ihrer Gegenwart. Er erblühte mit kahlgesichtigen Damen, deren Kopfbedeckungen wie Mondsicheln aussahen oder wie Kegel oder wie die wunderliche Haartracht der Herzogin aus *Alice im Wunderland*. Mit hellen Miedern, die Taille unter den Achseln, mit langen Röcken und wallenden Ärmeln, in *carmelin de Tripoli* oder Taft oder *rosete*, fluteten die lieblichen Geschöpfe zu ihren Plätzen — in einer Duftwolke aus Myrrhen und Honig, womit sie sich den Mund gespült hatten. Ihre Galane — junge Knappen, nach neuester Mode gekleidet, viele von ihnen mit Mordreds Schläger-Abzeichen — schritten geziert in ihren langschnäbligen Schuhen herein, mit denen man unmöglich eine Treppe ersteigen konnte. Sie hatten sie unten ausgezogen, und ihre Pagen hatten sie ihnen nach oben getragen. Der nachhaltigste Eindruck, den die jungen Leute vermittelten, war der von Beinen in Strümpfen. (Man hatte es sogar für nötig befunden, ein Gesetz zu erlassen, welches vorschrieb, die Jäckchen der Herren müßten so lang sein, daß sie wenigstens die Hinterbacken bedecken.) Dann erschienen würdige Ratsmitglieder mit ungewöhnlichen Hüten, die teils wie Teewärmer aussahen, teils wie Turbane, Vogelschwingen oder Muffs. Die Gewänder dieser Herren waren plissiert und wattiert, hatten gekräuselte Kragen und Epauletten und juwelenbesetzte Schärpen. Geistliche traten auf, mit adretten kleinen Käppchen, die ihnen die Tonsur warmhalten sollten; sie trugen nüchterne Kleidung, deren Strenge seltsam abstach vom Stil der Laienschaft. Ein von weither angereister Kardinal zeigte sich mit dem glorreichen, troddelgeschmückten Hut, der noch heute das Briefpapier des Wolsey's College zu Oxford ziert. Pelze jeder Art gab es, sogar ein hübsches Arrangement von schwarzer und weißer Schafwolle, in kontrastierenden Rhomben vernäht. Die Menge der Plaudernden machte einen Lärm wie ein Starenschwarm.

Dies war der erste Teil der Veranstaltung. Der zweite begann mit neuerlichen, diesmal näher erschallenden Drommetenstößen. Alsdann kamen etliche Zisterzienser, Sekretäre, Diakone und anderes geistliches Volk, alle mit Tinte beladen (aus der Rinde des Schwarzdorns gekocht), mit Pergament, Streusand, päpstlichen Bullen, Federn und Federmessern, wie sie die Schreiber in der linken Hand zu halten pflegten, während sie mit der rechten schrieben. Auch Kerbhölzer hatten sie, sowie die Protokolle der letzten Zusammenkunft.

Als nächster betrat der Bischof von Rochester, frisch zum Nuntius ernannt, den Saal. Er kam im vollen Staat eines päpstlichen Gesandten, wenngleich er seinen Baldachin unten gelassen hatte. Er war ein seidenhaariger alter Herr mit Chorrock und Bischofsstab, Albe und Ring — so weltklug wie priesterlich, der geistlichen Macht vollauf bewußt.

Endlich waren die Drommeten an der Tür: England kam. Im schweren Hermelin, der seine Schultern und seinen linken Arm bedeckte und als schmaler Streifen am rechten herabwallte, im Mantel aus blauem Samt und mit der erdrückenden Krone, gewichtig vor Würde und unterstützt, fast im wörtlichen Sinne unterstützt, von dienstbaren Begleitern — so wurde der König zum Thron auf der Estrade geführt, dessen Baldachin golden erstrahlte, bestickt mit roten, riesig gereckten Drachen. Und hier, indes die Menge sich teilte, wurden Gawaine und Mordred ihm vorgeführt. Er sank nieder, wo man ihn hinsetzte. Der Nuntius, der stehend verharrt war, setzte sich ebenfalls, dem König gegenüber, auf einen mit Weiß und Gold behangenen Thron. Das Stimmengewirr erstarb.

»Sind wir bereit zu beginnen?«

Rochesters priesterliche Stimme linderte die Spannung:

»Die Kirche ist bereit.«

»Der Staat desgleichen.«

Das war Gawaines Gegroll, eine Spur aggressiv.

»Sollten wir noch irgend etwas regeln, ehe sie kommen?«

»Ist alles geregelt.«

Rochester wandte dem Laird von Orkney seine Augen zu.

»Wir sind Sir Gawaine verbunden.«

»Seid uns willkommen.«

»In diesem Falle«, sagte der König, »werden wir Sir Lanzelot melden, daß der Hof ihn erwartet.«

»Bedivere, laßt die Gefangenen holen.«

Es fiel auf, daß Gawaine sich angewöhnt hatte, für den Thron zu sprechen, und daß Arthur ihn gewähren ließ. Der Nuntius jedoch war weniger willfährig.

»Einen Augenblick, Sir Gawaine. Ich muß darauf hinweisen, daß die Kirche diese Personen nicht als Gefangene betrachtet. Die Mission Seiner Heiligkeit, die ich vertrete, ist eine der Befriedung — keine der Rache.«

»Die Kirche mag die Gefangenen gern betrachten, wie ihr beliebt. Wir sind bereit, zu tun, wie die Kirche sagt, doch werden wir's auf unsre eigne geringe Weise tun. Bringt die Gefangenen.«

»Sir Gawaine . . .«

»Blast für Ihre Majestät. Der Hof tagt.«

Beim Volksfestgeschmetter, das von draußen erwidert wurde, drehten sich alle Köpfe den Türen zu.

Geraschel von Pelz und Seide. Ein Gang wurde freigemacht. Unterm gewölbten Portal, das jetzt offenstand, warteten Lanzelot und Ginevra auf ihr Stichwort.

Ihre Aufmachung hatte etwas Pathetisches, als seien sie für eine Scharade verkleidet, doch nicht ganz passend. Sie trugen weiße, golddurchwirkte Gewänder, und die Königin, die nicht mehr jung und lieblich war, hielt ihren Ölzweig ohne Anmut. Scheu kamen sie den Gang herab, wie Schauspieler, die sich zwar nach Kräften bemühen, aber kein Talent für die Bühne besitzen. Vor dem Thron knieten sie nieder.

»Mein gefürchteter, erhabener König.«

Mordred bemerkte die Regung von Sympathie.

»Charmant!«

Lanzelot blickte den älteren Bruder an.

»Sir Gawaine.«

Orkney kehrte ihm den Rücken zu.

Er wandte sich an die Kirche.

»Mein Lord of Rochester.«

»Willkommen, mein Sohn.«

»Ich habe Königin Ginevra gebracht — kraft Befehl des Königs und des Papstes.«

Es entstand ein peinliches Schweigen, in welchem keiner wagte, ihnen weiterzuhelfen.

»Wenn also niemand Antwort gibt, ist's meine Pflicht, die Unschuld der Königin von England zu bestätigen und zu bezeugen.«

»Lügner!«

»Ich bin gekommen, mit meinem Körper dafür Zeugnis zu leisten, daß die Königin dem König gegenüber redlich, treu, gut und rein gewesen ist, und dies zu beweisen, nehme ich jede Herausforderung an — ausgenommen nur den König und Sir Gawaine. Es ist meine Pflicht der Königin gegenüber, dies Anerbieten zu machen.«

»Der Heilige Vater hat uns aufgetragen, Euer Anerbieten anzunehmen.«

Das Pathos, das im Saale aufkam, wurde zum zweiten Mal von den Orkneys gestört.

»Pfui auf seine stolzen Worte«, sagte Gawaine laut. »Was die Königin angeht: sie soll bleiben, und ihr wird vergeben sein. Du aber, falscher, abtrünniger Ritter, was Ursach' hattest du, den Bruder mir zu erschlagen, den Bruder, der dich mehr geliebt als irgendeinen von meiner Sippe?«

Beide waren, gemäß dem Ort und den Umständen, in die Hochsprache geschlüpft.

»Es hilft mir nicht, Gott weiß, mich zu entschuldigen, Sir Gawaine. Eher hätt' ich meinen Neffen getötet, Sir Bors. Aber ich hab' sie nicht gesehn, Gawaine, und ich hab' dafür bezahlt.«

»Mir und Orkney zum Tort ward es getan.«

»Es reut mich im Herzen«, sagte er, »daß Ihr so denken könnt, mein edler Herr Gawaine; denn ich weiß, nie wieder werde ich eines Sinnes mit dem König sein, solange Ihr gegen mich seid.«

»Wahre Worte, Lanzelot. Ihr hattet freies Geleit, die Königin herzubringen; doch Ihr werdet von hier fortgehn als der Mörder, der Ihr seid.«

»Vergeb mir Gott, wenn ich ein Mörder wäre, Herr. Aber ich hab' keinen je verräterisch erschlagen.«

Der Widerspruch war arglos gemeint, wurde aber doppeldeutig aufgefaßt. Gawaine schlug mit einer Hand auf seinen Dolch und rief: »Ich weiß wohl, was Ihr sagen wollt. Ihr meint Sir Lamorak —«

Der Bischof von Rochester hob seinen Handschuh.

»Gawaine, können wir diesen Streit nicht auf eine andre Zeit verschieben? Unsere Aufgabe ist es, die Königin wieder einzusetzen. Ohne Zweifel wird Sir Lanzelot eine Erklärung der Vorkommnisse abgeben wollen, so daß die Kirche sich zu einer Aussöhnung berechtigt sehen mag.«

»Dank Euch, Herr.«

Gawaine warf wütende Blicke um sich, bis des Königs müde Stimme das Verfahren wieder in Gang brachte. Schwerfällig und sprunghaft ging's voran.

»Ihr wurdet bei der Königin angetroffen.«

»Sir, man hat mich zu meiner Dame, Eurer Königin, holen lassen; zu welchem Zwecke, das vermag ich nicht zu sagen. Doch war ich kaum in der Tür ihres Gemachs, als schon Sir Agravaine und Sir Mordred an die Bretter schlugen und mich Verräter nannten und einen abtrünnigen Ritter.«

»Zu Recht haben sie Euch so genannt.«

»Mein werter Sir Gawaine, durch den Streit, den sie vom Zaun brachen, haben sie nicht bewiesen, daß sie im Rechte waren. Ich spreche für die Königin — nicht für mein eigen Ansehen.«

»Wohl, wohl, Sir Lanzelot.«

Der Mißratene Ritter wandte sich an seinen ältesten Freund, den ersten Menschen, den er von ganzem Herzen geliebt hatte. Er wechselte aus der Sprache der Ritterschaft in die Umgangssprache.

»Kann man uns nicht vergeben? Können wir nicht wieder Freunde sein? Wir sind reumütig zurückgekehrt, Arthur, obwohl wir überhaupt nicht hätten zu kommen brauchen. Wollt Ihr nicht der alten Tage gedenken, da wir gemeinsam gekämpft haben und Freunde waren? All dies Böse könnte weggewischt werden durch den guten Willen von Sir Gawaine, wenn Ihr Barmherzigkeit walten lassen wolltet.«

»Der König übt Gerechtigkeit«, sagte der Rote. »Ließet Ihr denn Erbarmen walten bei meinen Brüdern?«

»Bei Euch allen hab' ich Barmherzigkeit walten lassen, Sir Gawaine. Ich darf wohl sagen, daß ich ohne Überheblichkeit spreche, wenn ich behaupte, daß viele in diesem Raume mir ihre Freiheit verdanken — wenn nicht ihr Leben. Ich habe für die Königin gekämpft, als andere den Streit herausforderten, weshalb also nicht jetzt, wo ich selbst die Ursache bin? Auch für Euch hab' ich gekämpft, Sir Gawaine, und Euch vor einem elenden Tod bewahrt.«

»Und doch sind jetzt«, sagte Mordred, »nur noch zwei Orkneys übrig.«

Gawaine warf den Kopf zurück.

»Der König mag tun, wie ihm beliebt. Meine Meinung steht seit sechs Monaten fest, als ich Sir Gareth in seinem Blute liegend fand — unbewaffnet.«

»Gott geb's, er wäre bewaffnet gewesen; dann hätt' er mir Widerstand leisten können. Vielleicht hätte er mich getötet und uns dies Leid erspart.«

»Gar edel gesprochen.«

Der alte Kriegsmann rief allen, die es hören mochten, mit Leidenschaft zu: »Wieso könnt Ihr glauben, daß ich ihn töten wollte? Ich habe Gareth zum Ritter geschlagen. Ich habe ihn geliebt. Als ich hörte, daß er tot sei, habe ich gewußt, daß Ihr mir nie vergeben werdet. Ich wußte: dies bedeutet das Ende aller Hoffnung. Es ging gegen meine Interessen, Sir Gareth zu töten.«

Mordred zischelte: »Es ging gegen unser Herz.«

Lanzelot machte den letzten Versuch, sie umzustimmen.

»Gawaine, vergebt mir. Mein Herz blutet, wenn ich dran denke, was ich tat. Ich weiß, wie sehr ich Euch wehgetan habe; denn es tut mir selber weh. Wollt Ihr unserm Lande nicht Frieden geben, wenn ich Buße tue? Zwingt mich nicht, um mein Leben zu kämpfen, sondern laßt mich um Gareths willen eine Pilgerfahrt machen. Ich will im härenen Hemd mich auf den Weg machen und barfuß von Sandwich nach Carlisle pilgern, und unterwegs werd' ich ihm alle zehn Meilen eine Messe stiften.«

»Gareths Blut«, sagte Mordred, »kann man nicht mit Messen abzahlen, meinen wir — so sehr's den Bischof von Rochester auch freuen würde.«

Da riß dem alten Ritter die Geduld.

»Haltet Euern Mund!«

Gawaine fuhr sofort auf.

»Bleibt friedlich, Mordbürschchen, sonst erdolchen wir Euch zu des Königs Füßen!«

»Dazu braucht's mehr . . .«

Wieder intervenierte der Nuntius.

»Sir Lanzelot, bitte. Einige von uns wollen doch wohl Ruhe und Anstand bewahren. Gawaine, setzt Euch. Eine Buße wurde für Gareths Blut geboten, auf daß der Krieg beendet werden könne. Gebt uns Eure Antwort.«

In einem Augenblick erwartungsvoller Stille erhob sich der Riese mit dem sandfarbenen Schopf zu voller Größe.

»Ich hab' Sir Lanzelots Rede wohl gehört, sein hehres Angebot. Doch er hat meine Brüder gemeuchelt. Das werd' ich nie und nimmer vergeben, vor allem nich' seinen Verrat an Sir Gareth. Sollt' es meines Onkels — König Arthurs — Wunsch sein, mit ihm wieder eins zu werden, so wird der

König meiner Dienste verlustig gehn, nebst denen aller Gälen. Was auch hier geredet wird — wir kennen die Wahrheit. Der Mann ist ein entlarvter Verräter — Verräter am König und an mir.«

»Es lebt keiner, Gawaine, der mich einen Verräter genannt hat. Was die Königin angeht, so habe ich mich erklärt.«

»Damit hat sich's. Ich mach' keine Anspielungen auf die Frau, wenn sich das nicht gehört. Ich sprech' von dem, was Euer eigen Urteil sein soll.«

»Wenn's des Königs Urteil ist, nehme ich's an.«

»Der König war mit mir schon einig, noch eh Ihr gekommen seid.«

»Arthur . . .«

»Redet den König mit seinem Titel an!«

»Sir, ist das wahr?«

Der alte Mann aber senkte nur den Kopf.

»Laßt es mich wenigstens aus dem Munde des Königs hören!«

Mordred sagte: »Sprecht, Vater.«

Der schüttelte den Kopf wie ein geköderter Bär. Er bewegte ihn mit den schweren Bewegungen eines Bären, schaute jedoch weiterhin zu Boden.

»Sprecht.«

»Lanzelot«, hörte man ihn sagen, »Ihr wißt, wie die Wahrheit zwischen uns steht. Meine Tafelrunde ist zerbrochen, meine Ritter sind fortgegangen oder tot. Nie hab' ich Streit mit Euch gesucht, Lanz, noch Ihr mit mir.«

»Kann man ihn denn nicht beenden?«

»Gawaine sagt . . .« begann er matt.

»Gawaine!«

»Gerechtigkeit . . .«

Gawaine reckte sich, schlau, stämmig, riesenhaft.

»Mein König, mein Herr und mein Onkel. Ist's des Hofes Wille, daß ich das Urteil sprechen soll über diesen abtrünnigen Ritter?«

Es trat Totenstille ein.

»Wisset denn, Ihr alle, daß dieses ist des Königs Wort. Die Königin soll zurückkehren zu ihm, frei, wie sie ehmals gewesen, und keine Gefahr soll ihr erwachsen aus all dem, was an übler Verdächtigung gegen sie vorgebracht ward, bis zum heutigen Tag. Dies ist des Papstes Wille. Ihr aber, Sir Lanzelot, Ihr sollt aus diesem Königreich vertrieben sein binnen vierzehn Tagen, als einer, der des Treubruchs überführt ist. Und, bei Gott, wir werden Euch nach dieser Frist folgen und die stärkste Festung Frankreichs über Euren Ohren in Trümmer schlagen.«

»Gawaine«, bat er gequält, »verfolgt mich nicht. Ich nehme die Verbannung an. Ich werd' in Frankreich auf meinen Burgen leben. Aber folgt mir nicht, Gawaine. Laßt den Krieg nicht ewig dauern.«

»Das überlasse andern. Die Burgen sind des Königs.«

»Wenn Ihr mir folgt, Gawaine, dann fordert mich nicht heraus. Laßt Arthur nicht gegen mich antreten. Ich kann nicht gegen meine Freunde kämpfen. Gawaine, um des Himmels willen, macht doch nicht, daß wir gegeneinander kämpfen müssen.«

»Laßt das Gerede, Mann. Liefert die Königin aus und entfernt Euch eilends von diesem Hofe.«

Lanzelot raffte sich auf. Er blickte England an, dann seinen Peiniger. Langsam wandte er sich zur Königin, die kein Wort gesagt hatte. Er sah ihren lächerlichen Ölzweig, ihre Unbeholfenheit und ihre dumme Gewandung. Das Haupt erhebend, verlieh er ihrer Tragödie Größe und Adel.

»Nun wohl, Herrin. Es scheint, als müßten wir scheiden.«

Er nahm sie bei der Hand, führte sie in die Mitte des Raumes, machte sie zu seiner Dame von ehemals. Etwas an seinem Händedruck, in seinen Schritten, in seiner vollklingenden Stimme ließ sie noch einmal zur Rose von England erblühen, im letzten Moment der Gemeinsamkeit. Er hob sie auf eine Höhe der Helligkeit, die sie vergessen hatten. Würdevoll, wie im Tanz, leitete der Wasserspeier sie ins Zentrum. Dort, ihre frische Röte in der Schwebe haltend, ließ er es enden, er, der Eckstein des Reiches. Es war das letzte Mal, daß sie beisammen waren: Sir Lanzelot, König Arthur und Königin Ginevra.

»Mein König und meine alten Freunde. Ein Wort nur, eh ich gehe. Ich bin dazu verurteilt, diese Gemeinschaft zu verlassen, der ich zeit meines Lebens gedient habe. Ich muß Euer Land verlassen und werde mit Krieg verfolgt. So stehe ich denn hier zum letzten Male als der Ritter der Königin. Ich stehe hier, edle Dame und Herrin, um Euch zu sagen, im Angesicht des ganzen Hofes: Falls irgendeine Gefahr Euch in Zukunft bedroht, so wird ein schwacher Arm aus Frankreich kommen, Euch zu verteidigen. Und alle mögen daran denken.«

Bedachtsam küßte er ihr die Hand, drehte starr sich um und schritt stumm den ganzen langen Raum hinab. Seine Zukunft umschloß ihn, als er hinausging.

Vierzehn Tage bis Dover — das war die Zeit, die jedem Verbrecher gewährt wurde, der eine Freistatt aufgesucht hatte. Er mußte den Weg auf Verbrecherweise zurücklegen: »ungegürtet, barfuß, barhäuptig, im bloßen Hemmet, als würde er gehenkt«. Er mußte in der Mitte der Landstraße marschieren, das kleine Kreuz mit den Händen umklammernd, Symbol der gewährten Schonfrist. Wahrscheinlich folgten Gawaine oder dessen Gefolgsleute ihm schon auf den Fersen und lauerten nur darauf, daß er den Talisman für einen Augenblick beiseitelege. Und dennoch, ob im Hemd oder in der Rüstung — er würde ihr alter Oberbefehlshaber sein. Er würde unbeirrbar vorwärts gehen, ohne Eile, den Blick geradeaus gerichtet. Als er die Türschwelle überschritt, hatte sein Gesicht schon den Ausdruck der Geduld angenommen. Die Menschen im Gerichtssaal fühlten sich fehl am Platze, als die alten Soldaten ihn verlassen hatten, und viele warfen, voll geheimer Furcht, einen Seitenblick auf die roten Geißeln.

KAPITEL 11

Ginevra saß in der Königlichen Kemenate von Carlisle Castle. Das gewaltige Bett war zu einem Kanapee umgebaut worden. Unter seinem Baldachin sah es so schmuck und adrett aus, daß man Angst hatte, sich darauf niederzulassen. Ein Kamin war da, seitlich ein kleiner Topf zum Anwärmen, ein Lehnstuhl und das Lesepult. Auch gab's ein Buch zum Lesen, vielleicht den Galeotto, auf den Dante anspielt. Es hatte den Preis von neunzig Ochsen gekostet, doch war es nicht mehr sehr spannend, da Ginevra es bereits siebenmal gelesen hatte. Ein später, letzter Schnee warf das Abendlicht zurück, in die Kammer herauf, mehr die Decke als den Boden erhellend, wodurch die gewohnte Ordnung der Schatten verändert wurde. Sie waren blau — und lagerten an den falschen Stellen. Die große Dame nähte. Sie saß, ziemlich formell, in dem hohen Stuhle und hatte das Buch neben sich. Eine ihrer Kammerzofen, die auf den Stufen des Bettes saß, nähte ebenfalls.

Ginevra stichelte drauflos, wie eine Nähfrau, nur mit halben Gedanken bei der Arbeit; die andere Hälfte ihres Geistes erging sich ziellos im Labyrinth ihrer Kümmernisse. Sie wollte, sie wäre nicht in Carlisle. Es lag zu weit im Norden — in Mordreds Land. Zu ferne von den Sicherheiten der Zivilisation. Sie wäre, zum Beispiel, gerne in London gewesen — vielleicht im Tower. Wie gerne hätte sie den Ausblick auf diese Schneewüste mit einem Blick aus dem Tower vertauscht, mit der Sicht auf den lustigen Trubel der Metropole, auf London Bridge und die schwankenden Häuser darauf, die fortwährend in den Fluß fielen. Die Brücke lebte in ihrer Erinnerung als ein Bauwerk von besonderem Charakter, wozu die Häuser gehörten und die aufgespießten Rebellenhäupter und die Stätten, wo Sir David eine Gala-Tjoste mit Lord Welles ausgetragen hatte. Die Keller der Häuser befanden sich in den Pfeilern der Brücke, und sie hatte eine eigene Kapelle und zur Verteidigung einen Turm. Es war eine regelrechte Spielzeugstadt, mit Hausfrauen, die ihre Köpfe aus den Fenstern streckten oder Eimer an langen Seilen in den Fluß hinabließen oder Spülwasser ausschütteten oder die Wäsche hinaushängten oder ihren Kindern warnend zuriefen, daß die Zugbrücke gleich gehievt werde.

O ja, es wäre schon hübsch gewesen, jetzt im Tower zu sein. Hier in Carlisle war alles totenstill. Dort aber, im Turm des Eroberers, würde das ständige Kommen und Gehen der Cockneys die Winterkälte beleben. Sogar Arthurs Menagerie, die er jetzt im Tower hielt, würde einen angenehmen Hintergrund von Verläßlichkeit und Gestank bieten. Der letzte Zugang war ein ausgewachsener Elefant, ein Geschenk des Königs von Frankreich. Matthew Paris, der unermüdliche Bildreporter, hatte das Ungetüm eigens konterfeit, für die Chronik. Als Ginevra beim Elefanten angelangt war, legte sie das Nähzeug nieder und rieb sich die Finger. Sie waren taub. Sie tauten nicht mehr so schnell auf wie früher.

»Habt Ihr die Krumen für die Vögel ausgelegt, Agnes?«

»Ja, Madam. Das Rotkehlchen war heute ziemlich keck. Es trällerte einfach drauflos, schmetterte aus vollem Halse gegen eine von den Amseln, die besonders gefräßig war.«

»Arme Tierchen. Aber in ein paar Wochen werden sie alle wieder singen.«

»Es kommt einem so lange vor, daß die Leute alle fort sind«, sagte Agnes. »Bei Hofe ist's jetzt wie bei den Vögeln — so still, so herzlos.«

»Sie kommen bestimmt zurück.«

»Ja, Madam.«

Die Königin nahm ihre Nadelarbeit wieder auf und stach sorgsam durchs Gewebe.

»Sir Lanzelot soll ungemein tapfer gewesen sein, heißt es.«

»Sir Lanzelot ist stets ein tapferer Gentleman gewesen.«

»Im letzten Brief heißt es, daß Gawaine ein Duell mit ihm ausgefochten hat. Es muß furchtbar gewesen sein, gegen ihn zu kämpfen.«

Agnes sagte nachdrücklich: »Ich versteh' nicht, wie der König damit einverstanden sein kann, daß Sir Gawaine gegen seinen besten Freund kämpft. Jeder kann doch sehn, daß es blinde Wut ist. Und dann ganz Frankreich zu verwüsten, nur, um Sir Lanzelot zu ärgern. Und all diese furchtbaren Morde zu begehen und solche Sachen zu sagen, wie's die ›Schläger‹ tun. Es kommt doch für keinen was dabei raus, wenn die's so weitertreiben. Weshalb können die bloß nicht vergessen, was vergangen ist, möcht' ich wissen.«

»Ich glaube, der König hält zu Sir Gawaine, weil er versucht, gerecht zu sein. Er glaubt, daß die Orkneys ein Recht haben, für Gareths Tod Gerechtigkeit zu fordern — und ich glaub's auch. Außerdem — wenn der König sich nicht an Sir Gawaine hält, dann hat er niemanden mehr. Auf die Tafelrunde war er stolzer als auf irgend etwas anderes. Und nun löst sie sich auf, und er möchte jemanden behalten.«

»Ist doch traurig«, sagte Agnes, »die Tafel beieinander zu halten, indem man Sir Lanzelot bekämpft.«

»Sir Gawaine hat ein Recht auf Gerechtigkeit. Zumindest sagt man so. Und der König hat ja auch keine freie Hand. Er wird von den Leuten mitgerissen — von Leuten, die in Frankreich Eroberungen machen wollen und einen Anspruch darauf erhoben haben, oder die des langen Friedens überdrüssig sind, den er bewahren konnte, oder die befördert werden möchten und Rache für das Gemetzel auf dem Marktplatz nehmen wollen. Es sind die jungen Ritter um Mordred, die an Nationalismus glauben und denen man eingehämmert hat, daß mein Gemahl ein komischer alter Kauz sei. Und es sind die Anverwandten derer, die auf der Treppe gekämpft haben. Und es ist der Orkney-Clan mit seinem uralten Haß. Krieg ist wie Feuer, Agnes. Ein Mann fängt damit an — und sogleich breitet es sich überall aus. Es braucht dafür nicht einmal einen besonderen Grund.«

»Ach, diese großen Sachen, Madam — die sind für uns arme Frauen viel zu hoch. Aber laßt hören. Was stand in dem Brief?«

Ginevra saß eine Weile ruhig da und schaute auf den Brief, ohne ihn richtig zu sehen, während sie in Gedanken die Probleme ihres Gatten erwog. Alsdann sagte sie bedächtig:

»Der König liebt Lanzelot so sehr, daß er gezwungen ist, ihm gegenüber ungerecht zu sein — aus Angst, anderen Menschen gegenüber ungerecht sein zu müssen.«

»Ja, Madam.«

»Es heißt hier«, sagte die Königin und blickte auf den Brief, den sie in der Hand hielt. »Es heißt hier, Sir Gawaine sei jeden Tag vor die Burg geritten und habe gerufen, daß Lanzelot ein Feigling sei und ein Verräter. Lanzelots Ritter wurden wütend und gingen einzeln auf ihn los, aber er hat sie allesamt niedergeritten und ein paar schwer verwundet. Beinah hätt' er Bors und Lionel getötet, bis Sir Lanzelot schließlich selber losgehn mußte. Die Leute in der Burg haben ihn dazu gebracht. Er hat Sir Gawaine gesagt, er sei dazu gezwungen worden wie ein gestelltes Wild.«

»Und was hat Sir Gawaine gesagt?«

»Sir Gawaine hat gesagt: ›Laßt das Brabbeln un' kommt her un' laßt uns die Herzen erleichtern‹.«

»Und haben sie's getan?«

»Ja. Sie haben vor der Burg ein Duell ausgefochten. Alle versprachen, sich nicht einzumischen, und so haben sie in der Früh um neune angefangen. Du weißt, daß Sir Gawaine morgens immer am besten kämpfen kann. Deshalb haben sie so zeitig angefangen.«

»Armer Sir Lanzelot! Sein Gegner war da so stark wie drei! Ich hab' nämlich sagen hören, die ›Alten‹ hätten Zauberblut in sich — durch die roten Haare, wißt Ihr, Madam, und dadurch wird der Laird vor Mittag so stark wie drei Männer in einem, weil die Sonne für ihn kämpft.«

»Es muß entsetzlich gewesen sein, Agnes. Aber Sir Lanzelot war zu stolz, ihm nicht den Vorteil zu geben.«

»Erstaunlich, daß er nicht getötet wurde.«

»Fast wär' er's. Aber er hat sich mit seinem Schild geschützt und die ganze Zeit ruhig pariert und Boden gegeben. Es heißt, er habe viele schwere Stöße abbekommen, habe sich jedoch bis Mittag verteidigen können. Dann, als die Zauberkraft nachließ, ist er in die Offensive gegangen. Und aufgehört hat's damit, daß er Gawaine einen Schlag auf den Kopf gegeben hat, der ihn umwarf. Er konnte nicht mehr aufstehn.«

»O weh!«

»Ja. Er hätt' ihn an Ort und Stelle töten können.«

»Hat er aber nicht getan.«

»Nein. Sir Lanzelot ist zurückgetreten und hat sich auf sein Schwert gestützt. Gawaine hat ihn angefleht, er möge ihn töten. Er war so wütend wie noch nie und hat gerufen: ›Weshalb hört Ihr auf? Kommt schon — tötet mich und laßt's mit Euerm Abschlachten genug sein. Ich werd' mich nich' ergeben. Tötet mich sogleich — denn wenn Ihr mir mein Leben schenkt, werde ich wieder mit Euch kämpfen.‹ Er hat geweint.«

»Vermutlich«, sagte Agnes, »hat Sir Lanzelot sich geweigert, einen gestürzten Ritter zu töten.«

»Ja, vermutlich.«

»Er ist immer ein freundlicher, gütiger Herr gewesen, wenn auch nicht unbedingt eine Schönheit.«

»Er war der Größte von allen.«

Sie schwiegen, aus Scheu vor den eigenen Gefühlen, und nähten weiter. Dann sagte die Königin:

»Das Licht wird schlecht, Agnes. Meinst du, wir sollten die Binsendochte anzünden?«

»Gewiß, Madam. Ich hab' auch schon dran gedacht.«

Sie entzündete sie am Kaminfeuer und brummelte über die Rückständigkeit und die nackten Wilden im Norden, die keine Kerzen hatten, während Ginevra gedankenverloren vor sich hin summte. Es war das Duett, das sie so gerne mit Lanzelot gesungen hatte. Als ihr dies bewußt wurde, brach sie jäh ab.

»So, Madam. Sieht aus, als würden die Tage wieder länger.«

»Ja, bald wird's wieder Frühling.«

Agnes setzte sich und nähte im rauchigen Licht weiter und nahm ihre Betrachtungen dort wieder auf, wo sie sie unterbrochen hatte.

»Und was hat der König dazu gesagt?«

»Er hat geweint, als er sah, wie Gawaine geschont wurde. Da sind ihm Erinnerungen gekommen, und ihm ist regelrecht übel geworden.«

»War das ein ›Nervenzusammenbruch‹, oder wie man das nennt, Madam?«

»Ja, Agnes. Er ist aus Kummer krank geworden. Und Gawaine hat eine Gehirnerschütterung gehabt. Da ging's ihnen beiden nicht gut. Die Ritter aber halten die Belagerung aufrecht.«

»Ein sehr erfreulicher Brief ist's also wohl nicht, Madam?«

»Nein, wirklich nicht.«

»Ich hab' mal einen Brief gekriegt — aber es heißt ja: Schlechte Nachrichten reisen am schnellsten.«

»Heute sind's immer nur Briefe — jetzt, wo der Hof leer ist und die Welt geteilt und niemand übrig als der Reichsstatthalter.«

»Ja, Sir Mordred. Ich hab' ihn und sein Benehmen noch nie ausstehn können. Wieso geht er unter die Leut', hält große Reden und schwenkt den Hut, bis sie heil und hurra schreien? Weshalb kann er sich nicht 'n bißchen fröhlicher anziehn, statt dauernd in Schwarz rumzulaufen, als ob er der Büttel des Jüngsten Gerichts wär'? Er hat's Sir Gawaine abgeguckt, möcht' ich meinen.«

»Die Uniform soll eine Trauerkleidung sein, wegen Gareth.«

»Dem hat Sir Gareth doch niemals was bedeutet, dem doch nicht. Ich glaub' nicht, daß dem überhaupt jemand was bedeutet.«

»Seine Mutter hat ihm viel bedeutet, Agnes.«

»*Aye*, und dafür hat sie die Kehle aufgeschlitzt gekriegt. Ist schon ein sonderbares Pack, die ganze Horde.«

»Königin Morgause«, sagte Ginevra nachdenklich, »muß eine merkwürdige Person gewesen sein. Es ist ja allgemein bekannt, jetzt, da Mordred Reichsstatthalter ist; also kann man ruhig darüber reden. Aber sie muß eine kraftvolle Person gewesen sein, daß sie unsern König in ihren Bann ziehen konnte, als sie selber schon vier große Söhne hatte. Nun ja, und Sir Lamorak hat sie sich gekapert, als sie bereits Großmutter war. Für ihre Söhne muß sie eine ungeheure Faszination gehabt haben, wenn einer von ihnen sich ihretwegen derart enragierte, daß er sie umbrachte. An die siebzig war sie damals. Agnes, ich glaube, sie hat Mordred gefressen, ausgesogen wie eine Spinne.«

»Eine Zeitlang hat man darüber gemunkelt, daß die Cornwall-Schwestern Hexen seien. Die schlimmste von ihnen war natürlich Morgan le Fay. Aber die Morgause da, die hat ihr nich' viel nachgegeben.«

»Man könnte Mitleid mit Mordred haben.«

»Ihr solltet Euer Mitleid für Euch behalten, Herrin, denn von ihm kriegt Ihr keins.«

»Er hat sich immer höflich gegeben, seit er in unsrer Obhut ist.«

»Ach, höflich, das schon. Stille Wasser gründen tief.«

Ginevra dachte darüber nach, während sie ihr Nähzeug ans Licht hielt. Mit einiger Besorgnis fragte sie: »Du glaubst doch nicht, daß Sir Mordred etwas im Schilde führt, Agnes?«

»Er ist ein Finsterling.«

»Er wird doch nichts Böses tun, wenn der König ihn eigens eingesetzt hat, nach dem Land zu sehen und auf uns achtzugeben?«

»Den König, Madam, den versteh' ich sowieso nich' die Spur, wenn Ihr mir die Freiheit erlaubt. Zuerst geht er los und kämpft gegen seinen besten Freund, weil Sir Gawaine ihm das eingeredet hat, und dann macht er seinen erbittertsten Feind zum Statthalter. Wieso handelt er denn bloß derart blind?«

»Mordred hat nie die Gesetze gebrochen.«

»Weil er zu gerissen ist.«

»Der König hat gesagt, Mordred solle der Thron-Erbe sein, und man könne nicht zur gleichen Zeit den König und seinen Erben aus dem Lande lassen. Also mußte Mordred natürlich als Protektor zurückbleiben. Das war doch nur recht und angemessen.«

»Ach, Madam, da kommt doch nie und nimmer was Gutes dabei raus.«

Sie nähten.

Agnes fügte hinzu: »Der König hätte dann eben dableiben müssen, ja, und Sir Mordred hätte er gehenlassen sollen.«

»Ich wollte, er hätt's getan.«

Später erklärte sie: »Ich glaube, der König will in der Nähe von Gawaine bleiben — für den Fall, daß er zwischen ihnen vermitteln kann.«

Beunruhigt stichelte sie weiter; die Nadeln fuhren blinkend durchs dunkle Gewebe, lange nachglimmend, wie ein Sternschnuppenschweif.

»Hast du Angst vor Sir Mordred, Agnes?«

»Ja, Madam. Hab' ich.«

»Ich auch. Er schleicht neuerdings so leis umher. Und er sieht die Menschen so merkwürdig an. Und all diese Reden über Gälen und Saxen und Juden, und das ganze Geschrei und die Hysterie. Vergangene Woche hab' ich ihn allein lachen hören, ganz für sich. Es war unheimlich.«

»Er ist hinterlistig. Vielleicht horcht er jetzt.«

»Agnes!«

Ginevra ließ die Nadel sinken, wie vom Blitz getroffen.

»Aber, aber, Madam, Ihr dürft Euch nicht aufregen. Ich hab's ja bloß im Scherz gemeint.«

Die Königin jedoch blieb starr.

»Geh zur Tür. Ich glaube, du hast recht.«

»Oh, Madam, das könnt' ich nie und nimmer.«

»Öffne auf der Stelle, Agnes.«

»Madam, stellt Euch nur vor, er wäre da!«

Die unheimliche Empfindung war auf sie übergesprungen. Die kärglichen Binsendochte gaben nicht genug Licht. Er konnte wirklich im Raum sein, in einem dunklen Winkel. Sie stob auf in flatternder Unruhe, wie ein Rebhuhn, über dem der Habicht ist, und zupfte an ihrem Rock. Beiden Frauen war die Burg plötzlich zu düster, zu leer, zu einsam, zu weit im Norden, zu voll von Nacht und Winter.

»Wenn du sie aufmachst, geht er fort.«

»Aber wir müssen ihm Zeit lassen, daß er fortgehen kann.«

Sie rangen mit ihren Stimmen, fühlten sich unter einer schwarzen Schwinge.

»Stell dich neben sie und sprich laut, eh du öffnest.«

»Was soll ich denn sagen, Madam?«

»Sag: ›Soll ich die Türe öffnen?‹ Dann werd' ich sagen: ›Ja, ich glaube, es ist Zeit, zu Bett zu gehn‹.«

»Ich glaube, es ist Zeit, zu Bett zu gehn.«

»Mach schon!«

»Sehr wohl, Madam. Soll ich anfangen?«

»Ja, schnell.«

»Ich weiß nicht, ob ich's kann.«

»Ach, Agnes, versuch's!«

»Nun wohl, Madam. Ich glaub', jetzt kann ich's.«

Agnes stellte sich vor die Tür, als könne sie von ihr angegriffen werden, und sprach sie mit lauter Stimme an.

»Ich werd' die Türe öffnen!«

»Es ist Zeit, zu Bett zu gehn!«

Nichts geschah.

Sie drückte auf die Klinke und riß die Tür auf — und Mordred stand lächelnd auf der Schwelle.

»Guten Abend, Agnes.«

»Sir!«

Das verstörte Weib sackte zusammen, machte mit zitternden Knien einen Hofknicks, wobei sie sich mit einer Hand an die Brust faßte, und drückte sich an ihm vorbei zur Treppe. Er ging höflich beiseite. Als sie verschwunden war, trat er ins Gemach, prunkvoll in schwarzen Samt gekleidet; im Binsenlicht erglühte ein Diamant auf seinem Scharlach-Abzeichen. Jeder, der ihn ein oder zwei Monate nicht gesehen hatte, hätte sofort gemerkt, daß er krank war — sein Geisteszustand hatte sich jedoch so langsam verschlimmert, daß es niemandem aus seiner Umgebung aufgefallen war. Hinter ihm kam sein kleiner schwarzer Mops mit funkelnden Augen und geringeltem Schwanz.

»Unsere Agnes scheint mit den Nerven herunter zu sein«, sagte er. »Guten Abend, Ginevra.«

»Guten Abend, Mordred.«

»Eine hübsche kleine Handarbeit? Ich dachte, Ihr würdet Strümpfe für Soldaten stricken.«

»Weshalb seid Ihr gekommen?«

»Ich wollt' nur mal vorbeischaun. Den Theatercoup müßt Ihr mir verzeihn.«

»Steht Ihr immer vor Türen herum?«

»Man muß schon eine Tür benutzen, um hereinzukommen, Madam. Das ist bequemer, als durchs Fenster zu steigen — obgleich auch das schon vorgekommen sein soll, wie ich gehört habe.«

»Ich verstehe. Wollt Ihr Euch setzen?«

Er ließ sich mit größter Sorgfalt nieder; der Mops hüpfte ihm auf den Schoß. Den Mann zu beobachten, war irgendwie traurig, tragisch — denn er tat das, was seine Mutter getan hatte. Er schauspielerte und hatte aufgehört, wirklich zu sein.

Man hat Tragödien gedichtet, in denen unwiderstehliche Blondinen ihre Verehrer umgarnen und in den Abgrund ziehen. Da bringen Cressidas, Kleopatras, Delilas und manchmal sogar unbotmäßige Töchter wie Jessica ihre Liebhaber oder Eltern zur Verzweiflung. Aber diese Gestalten sind nicht der Kern der Tragödie. Flitterkram sind sie — für die Seele des Mannes. Was bedeutet es schon, wenn Antonius in sein Schwert stürzte? Es tötete ihn bloß. Der Mutter Lust ist es, nicht die der Geliebten, was den Geist vergiftet. Das ist es, was die tragische Gestalt zu ihrem Tod verdammt. Jokaste ist's, nicht Julia, die in der innersten Kammer haust. Gertrude ist es, nicht die dümmliche Ophelia, die Hamlet in den Wahnsinn treibt. Der Grund der Tragödie ist nicht das Stehlen oder Wegnehmen. Jedes Tingeltangel-Girl kann ein Herz stehlen. Nein, das Geben ist's, das Dazutun, das Überhäufen, das Zudecken, das Ersticken — ohne Kissen.

Desdemona, um Leben oder Ehre gebracht, ist nichts im Vergleich mit Mordred, der um sich selbst betrogen wurde, seiner Seele beraubt, erdrückt und ausgedörrt — während die Mutter-Figur im Triumphe lebt, im Luxus einer Liebe, die ihm die Brust zerquetscht, in aller Unschuld, wie es scheint, ganz ohne böse Absicht. Mordred war der einzige Sohn von Orkney, der nicht heiratete. Er war der einzige, der — als seine Brüder nach England geflohen waren — zwanzig Jahre lang bei ihr blieb: ihr leibhaftiges Labsal. Nun, da sie tot war, war er zu ihrem Grabe geworden. Sie existierte in ihm wie ein Vampir. Wenn er sich bewegte, wenn er sich die Nase schneuzte, tat er's mit ihren Bewegungen. Wenn er schauspielerte, wurde er so unwirklich, wie sie's gewesen war, als sie die reine, für das Einhorn bestimmte Jungfrau mimte. Er trieb die gleiche magische Pfuscherei, mit der gleichen Grausamkeit. Er hatte sogar angefangen, sich nach ihrem Vorbild Schoßhunde zu halten — obwohl er die ihren stets gehaßt hatte, mit derselben bitteren Eifersucht, die ihre Liebhaber in ihm erregt hatten.

»Verspüre ich heute abend eine gewisse Kälte in der Luft?«

»Im Februar ist's nun einmal kalt.«

»Ich spielte auf unsre so delikaten persönlichen Beziehungen an.«

»Der Statthalter, den mein Gemahl ernannt hat, muß der Königin nun mal willkommen sein.«

»Doch nicht der Bastard des Gemahls, wie ich vermute?«

Sie ließ ihre Nadel sinken und blickte ihm ins Gesicht.

»Ich versteh' nicht, was ein solcher Auftritt soll; und ich weiß nicht, was Ihr wollt.«

Sie hatte nicht die Absicht, feindselig zu sein, aber er zwang sie dazu. Sie hatte noch vor niemandem Angst gehabt.

»Ich hatte ein Schwätzchen über die politische Lage im Sinn — nur ein kleines Schwätzchen.«

Sie wußte, daß sie an einen kritischen Punkt gelangt waren, und das machte sie schwach. Sie war nunmehr zu alt, um sich mit Irren abzugeben. Sie hatte zwar noch nie an der Gesundheit seines Geisteszustandes gezweifelt, aber die lästige Ironie seines Tonfalls gab ihr das Gefühl, als ob sie selber unwirklich wäre — nahm ihr die Fähigkeit, sich selbst mit einfachen Worten auszudrücken. Doch sie wollte nicht klein beigeben.

»Ich will Euch gerne zuhören.«

»Das ist außerordentlich großmütig von Euch . . . Jenny.«

Es war ungeheuerlich. Er bezog sie einfach in seine Phantastereien ein. Er sprach gar nicht zu einem wirklichen Menschen.

Indigniert sagte sie: »Würdet Ihr die Freundlichkeit haben, mich mit meinem Titel anzureden, Mordred?«

»Gewiß doch. Ich bitte um Vergebung, falls ich in Lanzelots Revier eingedrungen sein sollte.«

Der Hohn wirkte wie ein Stärkungsmittel, ließ sie ganz zu der königlichen Dame werden, die sie war, zur aufrechten Matrone, deren rheumatische, von Ringen blitzende Finger seit fünfzig Jahren die Welt am Zügel zu halten vermochten.

»Ich glaube«, sagte sie sogleich, »das würde Euch einige Mühe machen.«

»Oho. Nun, ich hätte es wissen müssen. Ihr habt schon immer ein paar Härchen auf der Zunge gehabt . . . Königin Jenny.«

»Sir Mordred, wenn Ihr Euch nicht wie ein Gentleman benehmen könnt, werde ich gehn.«

»Und wohin wollt Ihr gehen?«

»Ganz gleich — irgendwohin, an einen Ort, wo eine Frau, die Eure Mutter sein könnte, vor solcher Ungebührlichkeit sicher ist.«

»Die Frage ist nur«, bemerkte er nachdenklich, »wo Ihr sicher wäret? Der Plan dürfte kaum realisierbar sein, wenn Ihr bedenkt, daß alle gen Frankreich gesegelt sind und daß ich der Regent des Königreichs bin. Natürlich, Ihr könntet nach Frankreich gehen — wenn Ihr dorthin gelangen könntet.«

Sie begriff, oder begann zu begreifen.

»Ich weiß nicht, was Ihr meint.«

»Dann müßt Ihr darüber nachdenken.«

»Wenn Ihr mich entschuldigt«, sagte sie und erhob sich, »werde ich meine Zofe rufen.«

»Aber gerne! Tut das. Ich müßte sie allderdings wieder fortschicken.«

»Agnes empfängt ihre Orders von mir.«

»Das bezweifle ich. Wir können's ja ausprobieren.«

»Mordred, wollt Ihr mich jetzt, bitte, verlassen?«

»Nein, Jenny«, sagte er. »Ich möchte bleiben. Aber wenn Ihr Euch für ein Minütchen still hinsetzen wolltet, um mir zuzuhören, verspreche ich Euch, daß ich mich als perfekter Gentleman betragen werde — ganz wie Eure *preux chevaliers*.«

»Ihr laßt mir keine Wahl.«

»Kaum eine.«

»Was wollt Ihr?« fragte sie. Sie setzte sich und faltete die Hände im Schoß. Sie war es gewohnt, mit Gefahren zu leben.

»Aber, aber«, sagte er in bester Laune, sein Katz-und-Maus-Spiel mit einem irrwitzigen Lächeln genießend. »Wir wollen's doch nicht derart forcieren. Wir sollten uns zunächst mal ein bißchen entspannen, ehe wir mit unserer Konversation beginnen, sonst wirkt sie so verkrampft.«

»Ich höre.«

»Nein, nein. Ihr müßt mich Mordy nennen, oder mir einen anderen Kosenamen geben. Dann kommt es einem viel natürlicher vor, wenn ich Euch Jenny nenne. Und alles wird sich viel angenehmer entwickeln.«

Sie gab keine Antwort.

»Ginevra, habt Ihr eine Vorstellung von Eurer Position?«

»Meine Position ist die der Königin von England — wie die Eure die des Statthalters ist.«

»Während Arthur und Lanzelot einander in Frankreich bekämpfen.«

»So ist es.«

»Und was wäre, wenn ich Euch sagte«, fragte er, seinen Mops streichelnd, »daß ich heute früh einen Brief erhalten habe? Des Inhalts, daß Arthur und Lanzelot tot sind?«

»Ich würde Euch nicht glauben.«

»Sie haben einander im Kampf getötet.«

»Das ist nicht wahr«, entgegnete sie ruhig.

»Ist es auch nicht. Woher wißt Ihr?«

»Wenn es nicht wahr ist, war's grausam, es zu behaupten. Weshalb habt Ihr das gesagt?«

»Viele Menschen hätten es geglaubt, Jenny. Und ich bin sicher: sehr viele *werden* es glauben.«

»Wieso sollten sie?« fragte sie, ehe ihr klar wurde, worauf er hinauswollte. Da hielt sie inne und holte tief Luft. Zum ersten Mal stieg Angst in ihr auf — Angst um Arthur.

»Ihr könnt doch nicht . . .«

»O doch, ich kann«, erklärte er fröhlich. »Und ich tu's. Was, glaubt Ihr, würde geschehen, wenn ich Arthurs Tod verkünden ließe?«

»Aber, Mordred, so etwas könnt Ihr doch nicht tun! Sie leben . . . Ihr verdankt alles . . . Der König hat Euch zu seinem Stellvertreter ernannt . . . Eure Lehnstreue . . . Es wäre unwahr und ungerecht! Arthur hat Euch stets mit der sorgsamsten Gerechtigkeit behandelt . . .«

Kalt sie anblickend, sagte er: »Ich habe nie darum gebeten, mit Gerechtigkeit behandelt zu werden. Das läßt er Hinz und Kunz zuteil werden, um sich selbst daran zu vergnügen.«

»Aber er ist doch Euer Vater!«

»Was das betrifft — ich habe nicht darum gebeten, daß man mich in die Welt setzt. Ich vermute, daß er auch das zum eigenen Vergnügen getan hat.«

»Ich verstehe.«

Sie saß da, knüllte den Stoff zusammen und versuchte zu denken.

»Weshalb haßt Ihr meinen Gemahl?« fragte sie, fast verwundert.

»Ich hasse ihn nicht — ich verachte ihn.«

»Er wußte es nicht«, erklärte sie freundlich, »daß Eure Mutter seine Schwester ist — damals nicht, als es passierte.«

»Und wahrscheinlich hat er auch nicht gewußt, daß ich sein Sohn bin, als er uns auf dem Schiff aussetzte?«

»Er war knapp neunzehn, Mordred. Sie hatten ihn mit Prophezeiungen geängstigt — man hat ihn dazu getrieben.«

»Meine Mutter war eine gute Frau, bis König Arthur ihr begegnete. Sie lebte glücklich mit Lot of Orkney, und sie gebar ihm vier tapfere Söhne. Und was kam danach?«

»Aber sie war mehr als doppelt so alt wie er! Ich würde meinen ...«

Er unterbrach sie, indem er die Hand hob.

»Ihr sprecht von meiner Mutter.«

»Verzeihung, Mordred, aber es ist doch ...«

»Ich habe meine Mutter geliebt.«

»Mordred ...«

»König Arthur kam zu einer Frau, die ihrem Manne treu war. Als er ging, war sie eine Buhlerin. Sie endete ihr Leben auf der Matratze bei Sir Lamorak — zu Recht erschlagen von ihrem eigenen Kind.«

»Mordred, es hat keinen Sinn, irgend etwas zu sagen, solange Ihr nicht einseht ... solange Ihr nicht glauben könnt, daß Arthur freundlich ist, daß es ihm leid tut und er sich Sorgen macht. Er ist Euch sehr zugetan. Erst zwei oder drei Tage, eh dies Unglück begann, hat er gesagt, wie er Euch liebe ...«

»Seine Liebe kann er behalten.«

»Er ist so anständig gewesen«, sagte sie bittend.

»Der gerechte und edle König! Ja, es ist leicht, gerecht zu sein, hinterher, wenn alles vorbei ist. Das ist die vergnügliche Rolle. Gerechtigkeit! Auch die kann er behalten.«

Sie versuchte, ruhig zu bleiben, und sagte: »Wenn Ihr Euch zum König proklamiert, werden sie aus Frankreich kommen, um gegen Euch zu kämpfen. Dann haben wir einen doppelten Krieg, statt eines einzigen, und der wird in England ausgefochten. Die ganze Gemeinschaft wird ausgelöscht.«

Er lächelte, hellauf entzückt.

»Unglaublich«, sagte sie und preßte das bestickte Tüchlein zusammen.

Es gab nichts, was sie hätte tun können. Einen Augenblick lang ging es ihr durch den Kopf, ob er sich nicht vielleicht besänftigen ließe, wenn sie sich vor ihm erniedrigen würde, wenn sie vor ihm auf ihre steifen alten Knie fiele und um Gnade bettelte. Aber das war augenscheinlich hoffnungslos. Er war auf eine Linie fixiert, die man ihm vorgeschrieben hatte. Was er sagte, war ein fertiger Rollentext. Er würde seinen Part zu Ende spielen, exakt nach dem Manuskript.

»Mordred«, sagte sie hilflos, »habt Mitleid mit den Leuten im Land, wenn Ihr's schon nicht mit Arthur oder mir habt.«

Er schob den Mops von seinem Schoß, stand auf und lächelte sie mit irrer Befriedigung an. Er reckte sich und blickte auf sie herab, ohne sie anzusehen.

»Mit Euch sollt' ich natürlich Mitleid haben«, sagte er, »wenn schon nicht mit Arthur.«

»Was heißt das?«

»Ich habe an etwas Musterhaftes gedacht, Jenny, an ein schlicht-klassisches Muster.«

Sie beobachtete ihn, ohne etwas zu sagen.

»Ja. Mein Vater hat mit meiner Mutter Blutschande getrieben. Meinst du nicht, Jenny, es wäre musterhaft, wenn ich, zur Antwort darauf, meines Vaters Frau heiraten würde?«

KAPITEL 12

In Gawaines Zelt war es dunkel — abgesehen von einer flachen Pfanne mit Holzkohlenglut, die es von unten her spärlich erhellte. Das Zelt war, verglichen mit den prächtigen Pavillons der englischen Ritter, dürftig und schäbig. Auf der harten Lagerstatt befanden sich ein paar Decken mit dem Karo des Orkney-Clans, und die einzigen Zierstücke im Raum waren eine Bleiflasche mit heiligem Wasser, das er als Arznei einnahm (*Optimus egrorum, medicus fit Thomas bonorum*, stand auf dem Gefäß), und ein Büschel verdorrten Heidekrauts, das an den Zeltpfosten gebunden war. Diese beiden Dinge waren seine Hausgötter.

Gawaine lag, das Gesicht nach unten, ausgestreckt auf den Plaids. Der Mann weinte, langsam und hoffnungslos, während Arthur, der neben ihm saß, seine Hand streichelte. Seine Verwundung mußte ihn wohl geschwächt haben, sonst hätte er nicht geweint. Der alte König versuchte, ihn zu besänftigen, ihn zu trösten.

»Grämt Euch nicht, Gawaine«, sagte er. »Ihr tatet Euer Bestes.«

»Es ist das zweite Mal, daß er mich schonte. Das zweite Mal in einem Monat.«

»Lanzelot war immer schon stark. Die Jahre scheinen ihm nichts anhaben zu können.«

»Weshalb kann er mich da nich' töten? Ich hab' ihn angefleht, er sollt's gutsein lassen. Ich hab' ihm gesagt: wenn er mich verschonen tät', würden sie mich wieder zusammenflicken, und wenn ich halbwegs gesund wär', tät ich neuerlich mit ihm kämpfen.«

Unter Tränen fügte er hinzu:

»Ach Gott, mein Kopf tut wirklich und wahrhaftig weh!«

Arthur sagte mit einem Aufseufzen: »Weil Ihr beide Hiebe auf dieselbe Stelle bekommen habt. Das war Pech.«

»Man schämt sich.«

»Denkt nicht daran. Liegt still, sonst fiebert Ihr wieder und werdet lange Zeit nicht kämpfen können. Was sollen wir dann anfangen? Ohne unsern Gawaine, der den Kampf für uns führt, wären wir verloren.«

»Ich bin nur ein Mann aus Stroh, Arthur«, sagte er. »Ich bin bloß ein Kerl, dem sein Temperament durchgehn tut, un' ich kann ihn nich' töten.«

»Die Menschen, die von sich behaupten, sie taugten nichts, sind stets die besten. Laßt uns das Thema wechseln und über etwas Angenehmes reden. Zum Beispiel über England.«

»England werden wir nimmer wiedersehn.«

»Unsinn! Genau zum Frühling werden wir in England sein. Und beinahe ist's schon Frühling. Die Schneeglöckchen werden längst rausgekommen sein, und ich möcht' wetten, daß Ginevra schon Krokusse hat. Sie ist eine gute Gärtnerin.«

»Ginevra war mir wohlgesinnt.«

»Meine Gin ist jedem wohlgesinnt«, sagte der König stolz. »Ich würde gern wissen, was sie jetzt tut. Wird wohl zu Bette gehn, nehme ich an. Oder vielleicht ist sie noch auf und unterhält sich mit Euerm Bruder. Es wäre doch ganz hübsch, wenn sie sich jetzt gerade über uns unterhielten. Vielleicht sprechen sie mit Bewunderung von Gawaines Tapferkeit. Oder Gin sagt vielleicht, sie wünsche, ihr alter Mann käme bald heim.«

Gawaine regte sich ruhelos auf der Bettstatt.

»Ich hätt' Lust, nach Hause zu gehn«, murmelte er. »Wenn Lanzelot den Orkney-Clan haßt, wie Mordred sagt, warum verschont er dann dessen Oberhaupt? Vielleicht hat er Gareth aus Versehen umgebracht?«

»Ich bin sicher, daß es ein Versehen war. Wenn Ihr mir helft, den Krieg zu beenden, können wir vielleicht ganz bald einen Strich ziehen. Für Euer Recht, sozusagen, kämpfen wir jetzt, wie Ihr wißt. Ich und die anderen, die kämpfen wollen, würden uns Eurer Gerechtigkeit beugen müssen. Wenn's Euch genehm ist, ein Ende zu machen, wäre keiner glücklicher als ich.«

»*Aye*, aber ich hab' mir geschworen, ihn bis zum Tode zu bekämpfen.«

»Ihr seid zweimal gut zum Zuge gekommen.«

»Und hab' jed's Mal ein' guten Hieb aufs Haupt gekriegt«, sagte er bitter. »Er hätt' den Krieg zwei Malen beenden können. Nein, es würd' wie Feigheit aussehn, wenn ich mich vergleichen tät'.«

»Die Tapfersten sind die, denen es nichts ausmacht, wie Feiglinge dazustehn. Denkt daran, wie Lanzelot sich monatelang in Joyous Gard verborgen hielt, während wir draußen unsre Spottlieder sangen.«

»Ich kann Gareths Gesicht nich' vergessen.«

»Es war für uns alle traurig.«

Gawaine versuchte zu denken — eine Bemühung, die ihm nicht durch Gewohnheit erleichtert wurde. An diesem dunklen Abend war es doppelt so schwierig wie sonst, seines Kopfes wegen. Seit der Zeit, da Galahad ihm auf der Gralsfahrt eine Gehirnerschütterung beigebracht hatte, neigte er zu Kopfschmerzen, und jetzt hatte Lanzelot ihm durch einen seltsamen Zufall bei zwei verschiedenen Duellen zwei Hiebe auf dieselbe Stelle versetzt.

»Weshalben sollt' ich nachgeben?« fragte er. »Weil er mich schlägt? Es hieße doch, vor ihm weglaufen, wenn ich jetzt aufgeben tät'. Sollt' ich ihn in einem dritten Treffen zu Fall bringen — dann vielleicht. Wenn ich ihn verschonen würd' ... dann wär'n wir quitt.«

»Auf den Wiesen Englands«, sagte der König gedankenverloren, »blühen bald die Hahnenfüße und die Gänseblümchen. Es wär' schon schön, wenn wir Frieden bekämen.«

»*Aye*. Und die Frühlingsbeiz.«

Der Mann auf seinem trüben Lager drehte sich bei dieser belebenden Erinnerung herum, doch der Schmerz, der seinen Schädel durchschoß, ließ ihn mitten in der Bewegung erstarren.

»Allmächtiger, aber mein Kopf tut teuflisch weh.«

»Soll ich Euch ein feuchtes Tuch holen? Oder einen Schluck Milch?«

»*Nay*. Laßt's sein. Es hülfe doch nich'.«

»Armer Gawaine. Ich hoffe, daß nichts gebrochen ist.«

»Was gebrochen is', das is' das, was drinnen steckt. Laßt uns von anderm reden.«

Zweifelnd sagte der König: »Ich sollte nicht zuviel reden. Ich glaube, ich sollte gehn und Euch schlafen lassen.«

»Ach, bleibt. Laßt mich nich' allein. Es verdrießt mich, wenn ich so ganz alleine bin.«

»Der Doktor hat gesagt ...«

»Zum Teufel mit dem Doktor. Bleibt noch ein klein' Weilchen bei mir. Haltet meine Hand. Erzählt mir von England.«

»Morgen müßte Post eintreffen, dann werden wir über England lesen können. Dann haben wir die neuesten Nachrichten, und von Jung-Mordred wird ein Brief dabei sein, und vielleicht hat meine Gin an mich geschrieben.«

»Mordreds Briefe sind der blanke, kalte Hohn, sozusagen.«

Arthur nahm ihn eilig in Schutz.

»Das kommt doch nur daher, daß er ein unglückliches Leben gehabt hat. Ihr könnt Euch drauf verlassen: inwendig lodert er, vor Liebe. Gin hat immer gesagt, all seine Wärme gelte seiner Mutter.«

»Unsre Mutter hat er gerngehabt.«

»Vielleicht war er verliebt in sie.«

»Das würd' erklären, weshalb er eifersüchtig auf Euch war.«

Gawaine fühlte sich überrascht von seiner eigenen Entdeckung. Dieser Gedanke war ihm noch nie gekommen.

»Vielleicht hat er's deshalb Sir Agravaine erlaubt, sie zu töten, als sie die Affäre mit Lamorak hatte ... Armer Junge. Von der ganzen Welt ist er schlecht behandelt worden.«

»Er is' der einzige Bruder, wo ich noch hab'.«

»Ich weiß. Was Lanzelot tat, war ein tragischer Unglücksfall.«

Der Laird of Lothian zupfte an seinem Verband.

»Aber es kann kein Unglück gewesen sein. Ich würd's verstehn, wenn sie ihre Helme hätten aufgehabt — aber sie hatten keine. Er muß sie erkannt haben.«

»Wir haben schon so oft darüber gesprochen.«

»*Aye*, es ist nutzlos.«

Der alte Mann fragte mit rührender Schüchternheit: »Ihr könntet Euch nicht überwinden, ihm zu vergeben, Gawaine, ganz gleich, wie das damals geschehen sein mag? Ich will mich nicht der Pflicht entziehen — doch wenn man die Gerechtigkeit durch Barmherzigkeit mildern könnte ...«

»Ich werd' sie mildern, wenn er meiner Barmherzigkeit ausgeliefert ist. Vorher nicht.«

»Nun wohl. Es liegt bei Euch. — Da kommt der Arzt und wird mir sagen, daß ich zu lange geblieben bin. — Kommt herein, Doktor, kommt herein!«

Aber es war der Bischof von Rochester, der mit Paketen und einer eisernen Laterne geschäftig ins Zelt trat.

»Ihr seid's, Rochester. Wir dachten, es sei der Arzt.«

»Guten Abend, Sir. Und einen guten Abend Euch, Sir Gawaine.«

»Guten Abend.«

»Was macht der Kopf?«

»Es wird schon besser. Dank Euch, Herr.«

»Nun, das ist eine vorzügliche Nachricht. — Und ich«, fügte er schelmisch hinzu, »habe ebenfalls gute Neuigkeiten. Die Post ist heute früher eingetroffen!«

»Briefe!«

»Einen für Euch.« Er reichte ihn dem König. »Ein langer.«

»Und für mich?« fragte Gawaine.

»Diesmal leider nichts. Nächste Woche werdet Ihr sicher mehr Glück haben.«

Arthur ging mit dem Brief zur Laterne und erbrach das Siegel.

»Ihr entschuldigt mich, wenn ich lese?«

»Aber natürlich. Bei Nachrichten aus England können wir auf großes Zeremoniell verzichten. — Du meine Güte, Sir Gawaine, ich hätte nie gedacht, daß ich in meinen Jahren noch zum Pilger würde und mich in fremden Ländern umhertreiben müßte ...«

Des Bischofs Stimme erstarb. Arthur hatte keine Bewegung gemacht. Er war weder rot noch blaß geworden; er ließ den Brief nicht sinken und starrte auch nicht vor sich hin. Er las. Rochester hingegen hörte auf zu reden, und Gawaine stützte sich auf einen Ellbogen. Offnen Mundes beobachteten sie ihn beim Lesen.

»Sir —«

»Nichts«, sagte er und winkte ab, wischte sie weg. »Entschuldigt. Die Nachrichten.«

»Hoffentlich ...«

»Laßt mich, bitte, zu Ende lesen. Unterhaltet Euch mit Sir Gawaine.«

Gawaine fragte: »Sind's schlimme Nachrichten — darf ich sehn?«

»Bitte, noch einen Augenblick.«

»Mordred?«

»Nein. Es ist nichts. Der Arzt sagt ... — Hochwürden, ich möcht' draußen mit Euch reden.«

Gawaine versuchte, sich aufzurichten.

»Ich will's wissen.«

»Ihr braucht Euch nicht zu erregen. Legt Euch hin. Wir kommen wieder.«

»Geht Ihr, ohne mir's zu sagen, werd' ich nachkommen.«

»Es ist nichts. Ihr werdet Euerm Kopf bloß Schaden antun.«

»Was ist los?«

»Nichts. Nur ...«

»Was?«

»Nun ja, Gawaine«, sagte er und sank plötzlich zusammen, »es scheint, als habe Mordred sich zum König von England proklamiert — mit Hilfe seines ›Neuen Ordens‹.«

»Mordred!«

»Er hat seinen ›Schlägern‹ erzählt, wir seien tot, versteht Ihr?« Arthur sagte es erklärend, als handle es sich um eine Denkaufgabe. »Und ...«

»Mordred sagt, wir sind tot?«

»Er sagt, wir sind tot, und ...«

Aber er konnte es nicht aussprechen.

»Und was?«

»Er will Gin heiraten.«

Einen Augenblick lang herrschte Totenstille. Des Bischofs Hand tastete nach dem Kreuz auf seiner Brust, und Gawaine klammerte sich an sein Bettzeug. Dann sprachen sie beide auf einmal.

»Der Reichsstatthalter ...«

»Das kann nich' wahr sein. Das ist ein Scherz. Mein Bruder täte so was nie un' nimmer nich'.«

»Leider stimmt's«, sagte der König geduldig. »Dieser Brief ist von Ginevra. Weiß der Himmel, wie sie's geschafft hat, ihn rauszuschmuggeln.«

»Der Königin Alter ...«

»Nach der Proklamation hat er ihr einen Heiratsantrag gemacht. Sie hatte niemanden, der ihr hätte beistehen können. Die Königin hat seinen Antrag angenommen.«

»Hat Mordred angenommen?!«

Gawaine war es gelungen, seine Beine über die Kante der Bettstatt zu bringen.

»Onkel, gebt mir den Brief.«

Er nahm ihn aus der schlaffen Hand, die ihn automatisch freigab, und begann zu lesen, das Blatt ans Licht haltend.

Arthur fuhr fort zu erklären.

»Die Königin hat Mordreds Antrag angenommen und um Erlaubnis gebeten, sich in London ihre Aussteuer zu besorgen. Als sie in London war — mit den Wenigen, die ihr die Treue hielten —, hat sie sich schnellstens in den Tower begeben und die Tore verbarrikadiert. Gottseidank ist's eine starke Festung. Jetzt belagert man sie im Tower zu London, und Mordred verwendet Kanonen.«

Bestürzt fragte Rochester: »Kanonen?«

»Kanonen.«

Das war zu viel für das Fassungsvermögen des alten Priesters.

»Unglaublich!« sagte er. »Zu sagen, wir seien tot, und die Königin zu ehelichen! Und dann Kanonen einzusetzen —«

»Jetzt, da die Kanonen da sind«, sagte Arthur, »ist's mit der Tafel aus. Wir müssen schnellstens heim.«

»Kanonen gegen Menschen einzusetzen!«

»Wir müssen ihr sogleich zu Hilfe eilen, Hochwürden. Gawaine kann hierbleiben . . .«

Doch der Laird of Orkney war bereits aus dem Bett.

»Gawaine, was soll das? Legt Euch sofort wieder hin.«

»Ich komme mit.«

»Gawaine, legt Euch hin. Rochester, helft mir.«

»Mein letzter Bruder hat seine Lehnstreue gebrochen.«

»Gawaine . . .«

»Und Lanzelot . . . — O Gott, mein Kopf!«

Schwankend stand er im trüben Laternenlicht und hielt seinen Verband mit beiden Händen, während sein Schatten sich grotesk um den Zeltmast drehte.

KAPITEL 13

Anguish of Ireland hatte einst von einem Sturmwind geträumt, der all seine Burgen und Städte hinwegwehen würde — und dieser nun tat alles, um den Traum in die Tat umzusetzen. Er brauste um Burg Benwick mit dem Tutti sämtlicher Orgelregister. Das rauschte, als würden unausdenkbare Mengen von Seide durch Bäume gezerrt; rauschte, als rönne Sand von einer Riesenschaufel herab auf feinen Sand. Das ratschte, als würden gigantische Laken in Fetzen zerrissen, rollte und grollte wie Trommeln in fernem Kampf, raschelte wie eine endlose Schlange, die sich durchs Weltunterholz der Bäume und Häuser windet. Es klang wie das Seufzen alter Männer, wie das Greinen von Weibern, wie das Gerenne eines Rudels von Wölfen. Es pfiff, summte, schluchzte, dröhnte in den Kaminen. Vor allem aber klang es wie ein lebendiges Wesen: wie ein monströses Elementargeschöpf, das seine Verdammnis beklagt. Es war Dantes Sturm, der verlorene Liebende und Kraniche wirbelnd in die Ferne entführt: Satan ohne Sabbat, ruhlos sich plagend und rumorend.

Auf dem westlichen Ozean marterte er das Meer, hob Wogenberge aus dem Wasser und trug sie als stiebenden Schaum davon. Auf dem trockenen Lande beugte und brach er die Bäume. Die verkrüppelten Dornbüsche, doppelstämmig gewachsen, rieben sich stöhnend und krächzend aneinander. Im Peitschen und Pfeifen der Zweige streckten die Vögel ihre Schädel gegen den Wind, die Körper waagrecht geduckt, die Krallen in Anker verwandelt. Die Wanderfalken hockten stoisch in den Kliffs; ihre Backenbärte waren vom Regen streifig geworden, und ihr Kopfgefieder stand in die Höhe. Die Wildgänse, die in der Dämmerung ihre Rastplätze suchten, ruderten mühsam gegen die rasche Strömung der Luft; ihre wilden Schreie wurden ihnen nach rückwärts entrissen, so daß die Tiere schon vorbei waren, wenn man sie hörte, obgleich sie dicht über dem Boden flogen. Die Stockenten und Pfeifenten, die hoch vor dem Winde sich treiben ließen, waren weg, noch ehe sie angekommen waren.

Böen stoben unter den Türen der Burg hindurch und trieben mit flatternd flüchtenden Binsenmatten ein grausames Spiel. Sie randalierten in den Röhren der Wendeltreppen, rüttelten an den hölzernen Läden, jagten mit Gejaul durch die Schießscharten, brachten die fröstelnden Tapisserien in Wallung, drangen eisig ins Knochenmark. Die steinernen Türme erbebten unter ihnen, leibhaftig vibrierend, wie die Baßsaiten von Musikinstrumenten. Die Schieferplatten flogen fort und zerschellten krachend.

Bors und Bleoberis beugten sich über ein loderndes Feuer, dem der bitterkalte Wind die Besonderheit verliehen zu haben schien, daß es Helligkeit verbreitete ohne Hitze. Selbst das Feuer schien gefroren, als wären's gemalte Flammen. Beider Gemüt war beirrt vom Toben der Luft.

»Aber weshalb sind sie so geschwind abgezogen?« fragte Bors vorwurfsvoll. »Ich habe noch nie erlebt, daß eine Belagerung auf diese Weise aufgehoben wurde. Über Nacht haben Sie's aufgegeben. Sie sind fort, als wären sie weggeblasen.«

»Sie müssen schlechte Nachrichten bekommen haben. In England muß was schiefgegangen sein.«

»Vielleicht.«

»Wenn sie sich entschlossen hätten, Lanzelot zu vergeben, dann hätten sie eine Botschaft gesandt.«

»Sonderbar, daß sie auf einmal abziehen, ohne auch nur ein Wort zu sagen.«

»Glaubst du, es könnte in Cornwall eine Revolte gegeben haben? Oder in Wales? Oder in Irland?«

»Da sind immer noch die ›Alten‹«, sagte Bleoberis zustimmend.

»Ich glaub' nicht, daß es eine Revolte ist. Ich glaub' eher: der König ist erkrankt und mußte rasch heimgebracht werden. Oder vielleicht ist Gawaine krank geworden. Der Schlag, den Lanzelot ihm beim zweiten Mal versetzt hat — vielleicht hat der seinem Gehirnkasten Schaden zugefügt?«

»Vielleicht.«

Bors trat gegen die Holzscheite.

»Einfach abzuhauen und keinen Ton zu sagen!«

»Weshalb tut Lanzelot denn nicht irgend was?«

»Was kann er denn tun?«

»Ich weiß nicht.«

»Der König hat ihn verbannt.«

»Ja.«

»Dann gibt's nichts zu tun.«

»Trotzdem«, sagte Bleoberis. »Ich wollte, er täte was.«

Unten, am Fuß der Turmstiege, öffnete sich klappernd eine Tür. Die Gobelins flatterten, die Binsen sträubten sich, das Feuer im Kamin gab einen Rauchschwall von sich, und Lanzelot rief im Sturmgebraus: »Bors! Bleoberis! Demaris!«

»Hier.«

»Wo?«

»Hier oben.«

Als die ferne Tür geschlossen wurde, kehrte Ruhe in den Raum zurück. Die Binsen legten sich, und Lanzelots Schritte erklangen auf den steinernen Stufen, nachdem man vorher kaum sein Geschrei hatte hören können. Er kam, einen Brief in der Hand, hastig herein.

»Bors, Bleoberis. Ich habe Euch gesucht.«

Sie waren aufgestanden.

»Aus England ist ein Brief gekommen. Die Boten sind fünf Meilen weiter nördlich ans Ufer getrieben worden. Wir brechen sofort auf.«

»Nach England?«

»Ja, ja. Natürlich nach England. Ich habe Lionel als Transportoffizier beauftragt, und Ihr, Bors, kümmert Euch um die Fourage. Wir werden warten müssen, bis der Sturm sich legt.«

»Weshalb das Ganze?« fragte Bors.

»Du solltest uns die Neuigkeiten berichten . . .«

»Neuigkeiten?« sagte er. »Dafür haben wir keine Zeit. Ich erzähl's Euch auf dem Schiff. Hier, lest den Brief.«

Er reichte ihn Bors, und ehe sie antworten konnten, war er gegangen.

»So was!«

»Lies doch mal vor.«

»Ich weiß nicht einmal, von wem er ist.«

»Vielleicht steht's im Brief.«

Lanzelot kehrte zurück, ehe sie mit ihren Forschungen über das Datum hinausgelangt waren.

»Bleoberis«, sagte er, »etwas hab' ich vergessen. Ich möchte, daß Ihr Euch um die Pferde kümmert. Auf, gib mir das Schreiben. Wenn Ihr beiden erst mit dem Buchstabieren anfangt, habt Ihr die ganze Nacht zu tun.«

»Was steht denn drin?«

»Der größte Teil der Neuigkeiten stammt von den Boten. Es scheint, als habe Mordred gegen Arthur revoltiert, sich zum Herrn über England proklamiert und Ginevra einen Heiratsantrag gemacht.«

»Aber sie ist doch schon verheiratet!« sagte Bleoberis empört.

»Deshalb ist die Belagerung aufgehoben worden. Und dann — so scheint es — hat Mordred in Kent ein Heer ausgehoben, um die Landung des Königs zu verhindern. Er hatte verkünden lassen, daß Arthur tot sei. Er belagert die Königin im Tower zu London. Und verwendet Kanonen.«

»Kanonen!«

»Er ist Arthur in Dover entgegengetreten und hat eine Schlacht geschlagen, um ihn aufs Meer zurückzujagen. Es war ein böser Kampf, halb zu See und halb zu Lande. Aber der König hat gesiegt. Er hat sich aufs Land durchgeschlagen.«

»Wer hat denn den Brief geschrieben?«

Lanzelot setzte sich.

»Gawaine, der arme Gawaine. Er ist tot.«

»Tot?!«

»Wie kann er denn dann schreiben . . .« begann Bleoberis.

»Es ist ein furchtbarer Brief. Gawaine war ein guter Mensch. Ihr alle, die Ihr mich gezwungen habt, ihn zu bekämpfen, Ihr hattet keine Ahnung, was für ein gutes Herz er hatte.«

»Lies vor«, sagte Bors ungeduldig.

»Es scheint, als ob ein Hieb, dem ich ihm auf den Kopf gegeben habe, gefährlich gewesen sei. Er hätt' nie und nimmer reisen dürfen. Aber er war einsam und elend, und man hatte ihn betrogen. Sein letzter Bruder war zum Verräter geworden. Er bestand darauf, mit dem König zurückzukehren und ihm zu helfen. Und bei der Landungsschlacht hat er dann versucht, seinen Hieb anzubringen. Dabei hat er unglücklicherweise einen Schlag auf die alte Wunde bekommen, und ein paar Stunden später ist er gestorben.«

»Ich versteh' nicht, wieso Ihr beunruhigt seid.«

»Hört zu, was im Brief steht.«

Lanzelot ging mit ihm zum Fenster und versank in Schweigen, betrachtete stumm das Schriftstück. Es hatte etwas Rührendes, weil die Handschrift so gar keine Ähnlichkeit mit dem Schreiber hatte. Gawaine war kaum der Mensch gewesen, dem man schreiberische Fähigkeiten zugetraut haben würde. Ja, es wäre einem natürlicher vorgekommen, wenn er, wie die meisten anderen, Analphabet gewesen wäre. Aber hier waren seine Schriftzüge — nicht die damals üblichen spitzigen gotischen Buchstaben; nein, er hatte die reizenden alten gälischen Minuskeln verwendet, so sauber, rund und klein, als hätte er sie einst bei einem alten Heiligen im dunklen Dunlothian erlernt. So selten hatte er in späteren Jahren geschrieben, daß die Schreibkunst ihre Schönheit behalten hatte. Es war die Schrift einer alten Jungfer, oder die eines jungen Burschen von einst, der auf seinem Schemel hockt, die Füße um die Stuhlbeine gehakt, die Zunge zwischen den Zähnen, ganz dem Schreiben hingegeben. Diese unschuldige Präzision, diese zarten, aus der Mode geratenen Bögen hatte er sich, trotz Elend, Leid und Leidenschaft, bis ins hohe Alter bewahrt. Es war, als sei ein heller Junge aus der schwarzen Rüstung getreten: ein kleiner Junge mit einem Tropfen an der Nasenspitze, barfüßig und mit bläulichen Zehen.

An Sir Lanzelot, den Größten aller edlen Ritter, welche ich zeit meines Lebens jemalen gesehen oder von welchen ich gehört habe: Ich, Sir Gawaine, Sohn König Lots von Orkney, Schwestersohn dem edlen König Arthur, sende Euch Grüße.

Und ich will, daß alle Welt soll wissen, daß ich, Sir Gawaine, Ritter der Tafelrunde, sucht' meinen Tod durch Eure Hände — und nicht als Euer Verdienst, sondern als mein eigen Begehr. Weshalb ich Euch, Sir Lanzelot, ersuche, in dies Reich zurückzukehren und mein Grab zu sehen und zu beten ein Gebet oder zween für meine Seele.

Und dieses selbigen Tages, da ich diesen Zettel geschrieben, bin ich zum Tode verwundet worden in der selbigen Wunde, die ich empfangen hatte von Eurer Hand, Sir Lanzelot — denn von keinem edleren Manne könnt' ich geschlagen sein.

Auch, Sir Lanzelot, bei all der Liebe, die jemalen zwischen uns gewesen . . .

Lanzelot hörte auf zu lesen und warf den Brief auf den Tisch.

»Hier«, sagte er. »Ich kann nicht weiterlesen. Er bittet mich dringend, sofort zu kommen, um dem König gegen seinen Bruder zu helfen: seinen letzten Anverwandten. Gawaine hat seine Familie geliebt, Bors, und am Ende bleibt er alleine zurück. Trotzdem hat er geschrieben, daß er mir verzeiht. Er hat sogar gesagt, es sei seine eigene Schuld. Gott weiß: er war ein richtig guter Bruder.«

»Was sollen wir wegen des Königs unternehmen?«

»Wir müssen so schnell wie möglich nach England. Mordred hat sich nach Canterbury zurückgezogen, wo er sich neu zur Schlacht stellen will. Vielleicht ist sie jetzt schon vorbei. Die Nachrichten sind verspätet eingetroffen wegen des Sturms. Jetzt hängt alles von unsrer Eile ab.«

Bleoberis sagte: »Ich werde gehn und nach den Pferden sehn. Wann segeln wir los?«

»Morgen. Heute abend. Jetzt. Sobald der Sturm sich legt. Beeilt Euch.«

»Gut.«

»Und Ihr, Bors: die Fourage.«

»Ja.«

Lanzelot folgte Bleoberis zur Treppe, wandte sich jedoch unter der Türe um.

»Die Königin belagert«, sagte er. »Wir müssen sie heraushauen.«

»Ja.«

Bors, alleingelassen mit dem Wind, hob den Brief neugierig auf. Er neigte ihn im schwindenden Licht und bewunderte das dem ›z‹ ähnliche ›g‹, das gekräuselte ›b‹ und das kurvige, einer Pflugschar gleichende ›t‹. Jede dünne Zeile war eine Ackerfurche, duftend wie frisch aufgebrochene Erde. Aber die Furche wanderte dem Ende entgegen. Er drehte den Brief um und betrachtete die braune Unterschrift. Er entzifferte den letzten Satz und machte Sprechbewegungen mit seinem Munde — indes die Binsenmatten klatschten und der Rauch paffte und der Wind jaulte.

Und diesen Tages ist mein Brief geschrieben, gegen zwei Stunden und eine halbe vor meinem Tode, geschrieben mit meiner eignen Hand und also unterschrieben mit Tropfen meines Herzbluts.

Gawaine of Orkney

Zweimal sprach er den Namen aus und klopfte sich an die Zähne: Gawaine. »Ich glaube«, sagte er laut, »im Norden werden sie's wie Cuchullain ausgesprochen haben, oder so ähnlich. Bei den alten Sprachen weiß man ja nie, woran man ist.«

Dann legte er den Brief nieder, ging zu dem düsteren Fenster hinüber und summte eine Melodie, die man *Brume, brume on hil* nennt und deren Worte längst im Wogengang der Zeit versunken sind. Vielleicht lauteten sie so ähnlich wie das neuere Lied, in dem es heißt:

Stark ist noch das Blut, das Herze Hochland,
Und träumend sehn wir die Hebriden.

KAPITEL 14

Derselbe wütende Klagewind umkreischte das Königszelt zu Salisbury. Drinnen herrschte tiefe Stille, im Gegensatz zu dem Getöse draußen. Es war ein prächtiges Interieur, dank den königlichen Gobelins — Uria wurde noch immer halbiert —, dank der Liegestatt, die üppig mit Pelzwerk bedeckt war, und dank dem Lichterglanz der Kerzen. Es war eher ein Pavillon denn ein Zelt. Des Königs Kettenpanzer schimmerte matt an einem Gestell im Hintergrund. Ein ungezogener Falke, der das Zetern nicht lassen wollte, stand behaubt und reglos auf einer Stange, als wär's ein Papagei, und dämmerte vor sich hin, bedrückt von einem uralten Albtraum. Ein Windhund, weiß wie Elfenbein, kauerte auf Hachsen und Ellbeugen, den Schwanz nach Windhundart zur knöchernen Sichel gebogen, und beobachtete den alten Herrn mit den rehsanften Augen des Mitgefühls. Ein herrlich emaillierter Schachtisch mit Figuren aus Jaspis und Kristall befand sich neben dem Bett und präsentierte ein Schachmatt. Überall lagen Papiere. Sie bedeckten den Sekretärstisch, das Lesepult, die Hocker — öde Papiere der Regierungsarbeit, die mit zäher Beharrlichkeit noch immer geleistet wurde; Gesetzestexte, die noch kodifiziert werden mußten; Berichte über Verpflegung und Bewaffnung; Anweisungen und Tagesbefehle. Ein großes Hauptbuch war aufgeschlagen; die Eintragung auf der freiliegenden Seite betraf einen armen Delinquenten, William atte Lane, der wegen Plünderns zum Erhängen verurteilt worden war: *suspendatur.* Am Rande war, in der adretten Handschrift des Sekretärs, der lakonische Nachruf *susp.* angebracht — lakonisch, wie es die traurige Sache erfordert. Auf dem Lesepult stapelten sich Petitionen und Denkschriften, alle mit der königlichen Entscheidung und Signatur versehen. Die vom König genehmigten Eingaben trugen die Bemerkung: *Le roy le veult;* auf den abgelehnten war die höfliche, von Herrschern allezeit verwendete Ausweichfloskel zu lesen: *Le roy s'advisera.* Das Lesepult und der dazugehörige Sitz waren aus einem Stück gemacht, und hier saß der König selber, in sich zusammengesunken. Sein Kopf lag zwischen den Papieren, die in Unordnung geraten waren. Es sah aus, als sei er tot — und fast war er's.

Arthur war erschöpft. Er war gebrochen durch die beiden Schlachten, die er bereits geschlagen hatte: die bei Dover und die andere bei Barham Down. Seine Frau war gefangen. Sein ältester Freund war verbannt. Sein Sohn trachtete ihm nach dem Leben. Gawaine war beerdigt. Seine Tafelrunde war auseinandergebrochen. Sein Land befand sich im Krieg. Und doch hätte er mit all diesen Dingen auf irgendeine Weise fertigwerden können, wenn nicht die Grundhaltung seines Lebens zerstört worden wäre. Vor langer Zeit, als er ein munterer Knabe mit dem Spitznahmen Wart — »die Warze« — gewesen war, da hatte ihn ein betagter Herr mit wehendem weißen Bart wohlwollend in die Lehre genommen. Merlin hatte ihn gelehrt, daß der Mensch vervollkommnet werden könne; daß er, aufs Ganze gesehen, eher anständig als bestialisch sei; daß es drauf ankomme, das Gute zu erstreben; daß es so etwas wie Ursünde nicht gebe. Er war zu einer Waffe geschmiedet worden, die dem Menschen dienlich sein sollte, auf Grund der Überzeugung, daß die Menschen gut seien. Er war von jenem versponnenen alten Lehrmeister so erzogen worden, als ob aus ihm ein Pasteur oder Curie oder der geduldige Entdecker des Insulins hätte werden sollen. Der Dienst, für den er bestimmt worden war, galt dem Kampf gegen die Gewalt, die Geisteskrankheit der Menschheit. Seine Tafel, seine Idee der Ritterlichkeit, sein Heiliger Gral, seine Hingabe an die Gerechtigkeit — das waren Schritte gewesen, die ihn dem gewiesenen Ziel näherbringen sollten. Er glich einem Forscher, der sein Leben lang dem Erreger des Krebses nachspürt. Es ging um die Macht, der Macht ein Ende zu bereiten — die Menschen glücklicher zu machen. Doch das ganze Unterfangen beruhte auf der Voraussetzung, daß der Mensch im Grunde ganz annehmbar sei.

Blickte er auf sein Leben zurück, schien es ihm, als habe er sich die ganze Zeit abgezappelt, eine Flut einzudämmen, die, sobald er sie unter Kontrolle gebracht hatte, stets an einer neuen Stelle durchbrach, so daß er wieder von vorn anfangen mußte. Es war die Flut der *Force Majeure.* In der frühesten Zeit, vor seiner Heirat, hatte er versucht, durch Gewalt mit der Gewalt fertigzuwerden — bei seinen Kämpfen gegen die gälische Konföderation —, und hatte doch nur entdeckt, daß aus doppeltem Unrecht kein Recht wird. Aber es war ihm gelungen, den Traum vom feudalen Kriegsspiel zu zerschlagen. Mit seiner Tafelrunde dann hatte er den Versuch unternommen, weniger schlimme Spielarten der Gewaltherrschaft vor seinen Karren zu spannen, so daß ihre Kraft zu nützlichen Zwecken verwendet werden konnte. Er hatte die Männer der Macht ausgesandt, die Unterdrückten zu befreien und Unrecht wiedergutzumachen — die Privatmacht der Barone zu brechen, wie er die Macht der Könige gebrochen. Dies hatten sie getan — bis endlich, im Lauf der Zeit, die Ziele erreicht werden konnten, die Gewalt aber noch immer ungeläutert um ihn war. Also hatte er einen neuen Kanal erdacht, hatte sie mit einem geistlichen Geschäft betraut, sie auf die Suche nach dem Heiligen Gral geschickt. Aber auch das war ein Fehlschlag gewesen, weil diejenigen, die den Sinn der Heilsfahrt erlangt hatten, vollkommen geworden und so der Welt verlorengegangen waren, während die anderen, die versagt hatten, alsbald zurückgekehrt waren — kein Haar besser denn zuvor. Schließlich hatte er sich bemüht, die Gewalt, wie sie nun mal war, gleichsam kartographisch zu erfassen, um sie dann durch Gesetze zu bändigen. Er hatte versucht, die Formen individuellen Machtmißbrauchs zu kodifizieren, so daß er ihm mit der unpersönlichen Rechtsprechung des Staates Schranken setzen konnte. Er war bereit gewesen, seine Frau und seinen besten Freund der Unpersönlichkeit staatlicher Rechtsordnung zu opfern. Und dann, als die Macht des Einzelnen eben an die Kandare genommen zu sein schien, war das Machtprinzip in anderer Gestalt hinter seinem Rücken wieder aufgestanden: in Gestalt der kollektiven Macht, der organisierten Bandenwut, der zahlreichen Armeen, denen mit Gesetzen, die sich auf Individuen bezogen, nicht zu begegnen war. Er hatte die Macht des Einzelnen gebändigt und entdeckte nun, daß Mehrheiten sie an sich gerissen hatten. Den Mord hatte er bezwungen, und jetzt sah er sich Kriegen gegenüber. Dafür gab's keine Gesetze.

Die Kriege seiner frühen Jahre, die gegen Lot und den Diktator von Rom, hatte er geführt, um dem Adel endgültig die Lust am konventionellen Feudalkriegsspiel zu verderben, um den militärischen Fuchsjagdstil, den blutigen Poker um Lösegeld ein für allemal zu erledigen. Für diesen Zweck hatte er die Idee des totalen Krieges entwickelt. Jetzt, da er alt war, kam eben dieser totale Krieg zurück als totaler Haß, als die modernste Form der Feindseligkeit.

Die Stirn auf die Papiere gelegt, die Augen geschlossen, versuchte der König nun, dem Erkennen auszuweichen. Denn wenn es etwas wie Ursünde gab, wenn der Mensch insgesamt ein Schurke war, wenn die Bibel recht hatte mit ihrer Behauptung, daß die Herzen der Menschen unsäglich trügerisch und grauenhaft verderbt seien — dann war der Zweck des Lebens eitel gewesen. Ritterlichkeit und Gerechtigkeit wurden zu kindlichen Illusionen, wenn der Stamm, auf den er sie hatte pfropfen wollen, der ›Schläger‹ war, der *homo ferox*, nicht der *homo sapiens*.

Hinter diesem Gedanken lauerte ein noch schlimmerer, mit dem er sich nicht einzulassen wagte. Vielleicht war der Mensch weder gut noch böse, sondern nur eine Maschine in einem empfindungslosen Universum — war sein Mut nur ein Reflex auf Gefahr, wie das automatische Aufspringen bei einem Nadelstich. Vielleicht gab es keine Tugenden; es sei denn, das Aufspringen bei Nadelstichen sei eine Tugend — und Menschlichkeit nur ein mechanischer Esel, den die eiserne Möhre der Liebe weiter und weiter trotten heißt, immer im Kreis, in der sinnlosen Tretmühle der Fortpflanzung von Generation zu Generation. Vielleicht war die Macht ein Naturgesetz — erforderlich, um die Überlebenden fit zu halten. Vielleicht ihn selber.

Aber er konnte sie nicht länger herausfordern. Er hatte das Gefühl, als sei zwischen seinen Augen etwas geschrumpft, abgestorben, dort, wo die Nasenwurzel in den Schädel wächst. Er konnte nicht schlafen. Er hatte üble Träume. Morgen war die entscheidende Schlacht. Bis dahin mußten all diese Papiere gelesen und unterzeichnet werden. Aber er konnte sie weder lesen noch unterschreiben. Er konnte den Kopf nicht vom Pult heben.

Weshalb kämpften die Menschen gegeneinander?

Der alte Mann war schon immer ein Denker aus Pflichtgefühl gewesen, nie ein inspirierter Kopf. Jetzt glitt sein erschöpftes Hirn in die gewohnten Kreise: die ausgetretene Bahn, gleich der des Esels am Göpel, wo er vergebens Runde um Runde gedreht hatte, vieltausendmal.

Waren die bösen Anführer schuld, die arglose Völkerschaften ins Gemetzel führten, oder lag's an der Bosheit von Menschenmassen, die sich Anführer nach ihrem Herzen aussuchten? Auf den ersten Blick schien es unglaubhaft, daß es einem einzelnen Führer möglich sein sollte, eine Million Engländer gegen ihren Willen zu etwas zu zwingen. Wäre es, zum Beispiel, Mordreds Bestreben gewesen, Englands Mannen künftig in Unterröcken marschieren oder auf dem Kopf stehen zu lassen, dann hätten sie sich doch sicherlich nicht seiner Partei angeschlossen — so clever oder überzeugend, hinterlistig oder gar einschüchternd seine Bemühungen auch sein mochten? Ein Führer war doch wohl gezwungen, denen, die er führte, etwas Ansprechendes zu bieten? Er konnte dem wankenden Gebäude den letzten Stoß geben — aber es mußte ohnehin schon baufällig gewesen sein, wenn es daraufhin zusammenkrachte. Traf dies zu, dann waren Kriege keine Kalamitäten, in die liebenswerte Unschuldslämmlein von bösen Männern hineingetrieben wurden. Kriege waren also Phantasiebewegungen von dunklerer, tieferer Art, deren Anlaß nicht so leicht zu ergründen war. Und es kam ihm wirklich nicht so vor, als hätten er oder Mordred ihr Land ins Elend geführt. Wäre es so einfach gewesen, sein Volk in diese oder jene Richtung zu führen, wie ein Schwein am Strick, dann hätte es ihm doch gelingen müssen, es zur Ritterlichkeit zu führen, zur Gerechtigkeit und zum Frieden? Versucht hatte er's.

Andersherum gefragt — dies war der zweite Kreis, dem Inferno ähnlich —: wenn weder er noch Mordred das Elend ausgelöst hatten — wer oder was war die Ursache? Wie begann gemeinhin ein Krieg? Jeder Krieg schien aus einem vorangegangenen zu erwachsen. Mordred ging zurück auf Morgause, Morgause auf Uther Pendragon, Uther auf seine Vorfahren. Es war so, als hätte Kain seinen Bruder Abel erschlagen und dessen Land an sich gerissen, wonach Abels Mannen versucht hatten, ihr väterliches Erbteil für immer zurückzugewinnen. Und so war es weitergegangen, durch die Jahrhunderte und Jahrtausende; Übles wurde mit Üblem gerächt, Gemetzel mit Gemetzel. Niemand hatte etwas davon, da stets beide Seiten litten, und doch kam keiner aus dem Teufelskreis heraus. Der gegenwärtige Krieg mochte Mordred oder ihm selber angelastet werden, gleichzeitig jedoch waren Millionen ›Schläger‹ daran schuld, Lanzelot, Ginevra, Gawaine — jedermann. Wer durchs Schwert lebte, würde zwangsläufig durchs Schwert umkommen. Es war, als führe alles ins Leid, solange man nicht bereit war, das Vergangene zu vergessen. Das Unrecht von Uther und das Unrecht von Kain war ein Unrecht, das nur durch den Segen des Vergessens hätte in Ordnung gebracht werden können.

Schwestern, Mütter, Großmütter — alles war in der Vergangenheit verwurzelt. Handlungen dieser oder jener Art in der einen Generation konnten unvorhersehbare Folgen in der nächsten haben. Man brauchte nur zu niesen, und es war wie ein Kiesel, der in einen Teich geworfen wird — die entstehenden Wellenkreise konnten die fernsten Ufer überfluten. Es schien, als bestehe die einzige Hoffnung darin, überhaupt nicht zu handeln, kein Schwert für irgend etwas zu ziehen, sich still zu verhalten — wie ein nichtgeworfener Kieselstein. Das aber wäre abscheulich.

Was war Recht, was war Unrecht? Was unterschied Tun von Nicht-Tun? Hätte ich meine Zeit noch einmal zu leben, dachte der alte König, würde ich mich in ein Kloster begeben — aus Angst vor einem Tun, das vielleicht zu Leid und Weh führen könnte.

Der Segen des Vergessens: das war die erste Voraussetzung. Wenn alles, was man tat, oder was die Väter getan hatten, eine endlose Folge von Taten war, die blutig weitergingen, dann mußte die Vergangenheit ausgelöscht und ein neuer Anfang gemacht werden. Der Mensch mußte bereit sein zu sagen: Ja, seit Kain hat es Ungerechtigkeit gegeben, aber wir können das Elend nur bereinigen, wenn wir einen *status quo* akzeptieren. Länder sind geplündert worden, Menschen erschlagen, Nationen gedemütigt. Laßt uns jetzt von neuem beginnen, ohne Erinnerung, statt gleichzeitig vorwärts und rückwärts zu leben. Wir können die Zukunft nicht bauen, indem wir das Vergangene rächen. Laßt uns niedersitzen als Brüder und den Frieden Gottes annehmen.

Unglücklicherweise sagten Menschen dies tatsächlich — in jedem der aufeinanderfolgenden Kriege. Stets sagten sie, der gegenwärtige sei der letzte, und danach werde der Himmel auf Erden sein. Immer wollten sie solch eine neue Welt aufbauen, wie es sie noch nie gegeben hatte. Wenn jedoch die Zeit kam, waren sie zu dumm dafür. Wie Kinder schrien sie, daß sie ein Haus erbauen wollten — wenn's aber ans Bauen ging, wußten sie nicht, was zu machen war, welches Material sie benutzen mußten.

Die Gedanken des alten Mannes arbeiteten. Sie führten ihn nirgendwohin: sie kehrten zu sich selbst zurück und liefen dieselbe Strecke noch einmal. Aber sie waren ihm so zur Gewohnheit geworden, daß er nicht aufzuhören vermochte. Er geriet in einen weiteren Kreis.

Vielleicht war die Hauptursache des Krieges der Besitz, wie John Ball, der Kommunist, gesagt hatte. »Die Dinge gehn nich gut in Englonde«, hatte er erklärt, »noch wern sie gut gehn, bys alls wird gemeyn, un denn sin keine Gemeyne mehr noch Edelleut.« Vielleicht wurden Kriege geführt, weil die Menschen sagten: *mein* Königreich, *meine* Frau, *mein* Geliebter, *mein* Eigentum. Dies war's, was er und Lanzelot und all die anderen insgeheim gedacht hatten. Solange die Menschen versuchten, einzelne Dinge nur für sich zu besitzen, sogar Ehre und Seele, würde es möglicherweise ewig Kriege geben. Der hungrige Wolf würde stets das fette Rentier überfallen, der arme Mann würde den Bankier berauben, der Leibeigene würde Aufstände gegen die höhere Klasse anzetteln, und die mittellose Nation würde die wohlhabende bekämpfen. Vielleicht gab es Kriege nur zwischen denen, die hatten, und denen, die nicht hatten. Dagegen sprach jedoch die Tatsache, daß niemand den Zustand des ›Habens‹ exakt definieren konnte. Ein Ritter in silberner Rüstung würde sich augenblicklich als Habenichts bezeichnen, wenn er einen Ritter mit goldener träfe.

Aber, dachte er, nehmen wir vorläufig mal an, daß dieses ›Haben‹, wie immer definiert, der Kern des Problems wäre.

Ich habe, und Mordred hat nicht. Er widersprach sich selbst sogleich mit Nachdruck: Es ist nicht fair, es so auszudrücken, als ob Mordred oder ich die Urheber des Sturmes wären. Denn in Wirklichkeit sind wir bloß Galionsfiguren vermischter Mächte, hinter denen eine geheime Antriebskraft am Werke scheint. Es ist, als wirke ein Impuls im Gefüge der Gesellschaft. Mordred wird jetzt, fast hilflos, von Leuten vorangedrängt, die so zahlreich sind, daß man sie nimmer zählen kann: von Leuten, die an John Ball glauben, in der Hoffnung, sie könnten über ihre Mitmenschen Gewalt gewinnen, indem sie erklären, daß alle gleich seien — oder von Leuten, die in jedem Aufruhr eine Chance sehen, ihre eigene Macht zu vergrößern. Es scheint von unten zu kommen. Balls Leute und Mordreds Leute sind die Benachteiligten, die nach oben wollen; genauso die Ritter, die keine Anführer der Tafelrunde waren und sie deshalb haßten; oder die Armen, die reich werden möchten; oder die Machtlosen, die nach Macht streben. Und meine Männer, für die ich nichts weiter bin als eine Standarte oder ein Talisman, sind die Ritter, die Führer waren — die Reichen, die ihren Besitz verteidigen, die Mächtigen, die ihre Macht nicht loslassen wollen. Es ist ein Zusammenprall der Habenden und der Habenichtse, ein wahnwitziger Zusammenstoß von Menschenmassen, nicht von Führern. Aber lassen wir das. Nehmen wir einmal an, Krieg entstehe allgemein aus dem ›Haben‹. In diesem Falle wäre es das einzig Richtige, überhaupt jedes ›Haben‹ zu verweigern. Dies, so hatte Rochester bisweilen gepredigt, sei Gottes Rat. Er hatte auf den reichen Mann verwiesen, der mit dem Nadelöhr bedroht wird. Auch die Geldwechsler hatte er erwähnt. Deshalb dürfe die Kirche sich nicht zu sehr in die trübseligen Angelegenheiten der Welt einmischen; denn die Völker und die Klassen und die Einzelnen schrien stets: ›mein, mein‹, wo die Kirche, gemäß ihrem Auftrag, sagen müsse: ›unser‹.

War dies richtig, dann ging es nicht nur darum, den Besitz als solchen mit anderen zu teilen. Es galt dann, alles zu teilen, auch Gedanken, Gefühle, Leben. Gott hatte den Menschen geboten, daß sie aufhören müßten, als Individuen zu leben. Sie müßten im Strom des Lebens aufgehen, wie ein Tropfen, der in den Fluß fällt. Gott hatte verkündet, daß nur diejenigen, die fähig sind, ihr eigensüchtiges Selbst aufzugeben, ihre unwichtige Individualität voll Glück und Leid, einst in Frieden sterben und den Kreis betreten würden. Er, der sein Leben hatte, wurde aufgefordert, es zu verlieren.

Doch in dem alten weißen Haupt war etwas, das die göttliche Ansicht nicht akzeptieren mochte. Ein Magenkrebs läßt sich freilich leicht ausschalten, wenn man überhaupt auf den Magen verzichtet. Entschloß man sich zu Radikalkuren, konnte man alles ausschneiden — auch das Leben, mit ein und demselben Schnitt. Eine Idealempfehlung, der naturgemäß niemand folgen konnte, war so gut wie keine Empfehlung. Der Erde den Himmel anzuraten, war nutzlos.

Eine weitere ausgetretene Kreisbahn drehte sich vor ihm. Vielleicht war Krieg eine Folge von Angst, eine Auswirkung der Furcht vor Unzuverlässigkeit. Es mußte eine Wahrheit geben, und die Menschen mußten die Wahrheit sagen; ohne Treu und Glauben war alles voller Gefahr, was sich außerhalb des Individuums befand. Sich selber sagte man die Wahrheit — für seinen Nachbarn jedoch konnte man sich nicht verbürgen. Diese Ungewißheit läßt den Nachbarn allmählich zu einer Bedrohung werden. So hätte jedenfalls Lanzelot sich das Entstehen des Krieges erklärt. Er hatte immer gesagt, des Menschen wichtigster Besitz sei sein Wort. Armer Lanz — er hatte sein eignes Wort gebrochen (obgleich es wenige Menschen jemals gab, deren Wort so viel wert war wie das seine).

Vielleicht brachen Kriege aus, weil die Völker kein Vertrauen in das Wort hatten. Sie hatten Angst, also kämpften sie. Völker waren wie einzelne Menschen — sie hatten Gefühle der Unterlegenheit oder der Überlegenheit, der Rache oder der Furcht. Zu Recht wurden Nationen personifiziert.

Argwohn und Angst, Besitzerstolz und Habgier, Ärger über Untaten der Vorfahren — all dies schien daran beteiligt. Und doch war's nicht die Lösung. Er sah keine wahre Lösung. Er war zu alt und zu müde und zu elend, um konstruktiv zu denken. Er war nur ein Mensch, der es gut gemeint hatte, der von einem exzentrischen Geisterbeschwörer mit humanitärem Tick auf diese Denkfährte gesetzt worden war. Gerechtigkeit war sein letzter Versuch gewesen — nichts zu tun, was nicht gerecht war. Aber es war ein Fehlschlag geworden. Überhaupt etwas zu tun — das hatte sich als zu schwierig erwiesen. Nun war er selber am Ende.

Arthur bewies, daß er doch noch nicht ganz erledigt war, indem er den Kopf hob. Etwas Unbezwingbares war in seinem Herzen, etwas Unbesiegbares, eine Spur von Größe in der Einfachheit. Er richtete sich auf und griff nach der eisernen Glocke.

»Page«, sagte er, als der Knabe, sich die Augen reibend, hereingetrabt kam.

»*My lord.*«

Der König sah ihn an. Trotz seiner eigenen Not war er noch in der Lage, die Nöte anderer zu erkennen, besonders dann, wenn die anderen frisch oder anständig waren. Als er den zusammengebrochenen Gawaine getröstet hatte, war *er* derjenige gewesen, welcher der Tröstung bedurft hätte.

»Mein armes Kind«, sagte er, »du gehörtest ins Bett.«

Er betrachtete den Jungen mit mühsamer, müder Aufmerksamkeit. Es war lange her, seit er solch jugendliche Unschuld, Gewißheit und Gradlinigkeit gesehen hatte.

»Schau her«, sagte er. »Bringst du dem Bischof dies Schreiben? Aber weck ihn nicht auf, wenn er schläft.«

»*My lord.*«

»Dank dir.«

Als der lebhafte Knabe verschwand, rief er ihn zurück.

»Page!«

»*My lord?*«

»Wie heißt du?«

»Tom, *my lord*«, sagte er höflich.

»Und wo bist du zu Hause?«

»In der Nähe von Warwick, *my lord.*«

»In der Nähe von Warwick.«

Der alte Mann schien sich die Gegend vorstellen zu wollen, als sei sie das Irdische Paradies oder ein Land, das Mandeville beschrieben hat.

»In einem Ort namens Newbold Revell. Es ist hübsch dort.«

»Und wie alt bist du?«

»Im November werd' ich dreizehn, *my lord.*«

»Und ich habe dich die ganze Nacht wachgehalten.«

»Nein, *my lord.* Ich hab' eine ganze Zeitlang auf einem der Sättel geschlafen.«

»Tom aus Newbold Revell«, sagte der König mit einiger Verwunderung. »Wir scheinen eine Menge Leute hineingezogen zu haben. — Sag mal, Tom, was hast du morgen vor?«

»Ich werde kämpfen, Sir. Ich hab' einen guten Bogen.«

»Und wirst du mit deinen Pfeilen Menschen töten?«

»Ja, *my lord.* Eine Menge, hoff' ich.«

»Und wenn sie nun dich töten?«

»Dann bin ich tot, *my lord.*«

»Verstehe.«

»Soll ich jetzt den Brief hinbringen?«

»Nein, warte noch ein bißchen. Ich möchte mit jemandem reden. Aber mein Kopf ist durcheinander.«

»Soll ich ein Glas Wein holen?«

»Nein, Tom. Setz dich und versuche zuzuhören. Nimm die Schachfiguren vom Hocker. Kannst du gewisse Dinge verstehen, wenn man sie dir sagt?«

»Ja, *my lord.* Im Verstehen bin ich gut.«

»Könntest du's verstehen, wenn ich dich bäte, morgen nicht zu kämpfen?«

»Ich möcht' aber gern kämpfen«, sagte er tapfer.

»Alle wollen sie kämpfen, Tom, aber keiner weiß, warum. Was würdest du sagen, wenn ich dich bäte, nicht zu kämpfen — dem König zuliebe? Würdest du das tun?«

»Ich tue, was mir aufgetragen wird.«

»Dann hör zu. Setz dich ein Weilchen hin, und ich werde dir eine Geschichte erzählen. Ich bin ein sehr alter Mann, Tom, und du bist jung. Wenn du alt bist, wirst du das weitererzählen können, was ich dir heute nacht erzähle; und ich wünsche, daß du das tust. Verstehst du diesen Wunsch?«

»Ja, Sir. Ich glaub' schon.«

»Erzähle es folgendermaßen. Es war einmal ein König, der hieß King Arthur. Das bin ich. Als er auf den Thron von England kam, stellte er fest, daß sich alle Könige und Barone untereinander wie Wahnsinnige bekriegten, und da sie sich's leisten konnten, in teuren Rüstungen zu kämpfen, gab es praktisch nichts, was sie davon hätte abhalten können, das zu tun, was ihnen gerade beliebte. Sie taten eine Menge schlimmer Dinge, denn sie lebten gewalttätig. Da hatte dieser König eine Idee, und diese

Idee war, daß Gewalt, wenn überhaupt, nur der Gerechtigkeit wegen angewendet werden dürfe, nicht um ihrer selbst willen. Höre gut zu. Er dachte, wenn er diese Barone dazu bringen könnte, für die Wahrheit zu kämpfen und den Schwachen zu helfen und Übeltaten abzustellen, dann würde ihr Kämpfen vielleicht nicht mehr so schlimm sein, wie es einst gewesen war. Also versammelte er alle aufrichtigen und gütigen Leute, die er kannte, und steckte sie in Rüstungen und machte sie zu Rittern und lehrte sie seine Idee und setzte sie um eine runde Tafel. In den glücklichen Tagen waren es einhundert und fünfzig, und König Arthur liebte seine Tafelrunde aus ganzem Herzen. Er war stolzer auf sie als auf sein eigen lieb Weib, und viele Jahre lang zogen seine neuen Ritter aus, Ungeheuer zu erlegen und Damen zu retten und arme Gefangene zu befreien und zu versuchen, die Welt wieder in Ordnung zu bringen. Das war des Königs Idee.«

»Ich finde, das war eine gute Idee, *my lord.*«

»Das war sie. Und auch wieder nicht. Weiß der Himmel.«

»Wie ging's mit dem König am Ende aus?« fragte das Kind, als die Geschichte keinen Fortgang zu nehmen schien.

»Aus irgendeinem Grunde ging alles schief. Die Tafelrunde zersplitterte in Gruppen, ein erbitterter Krieg begann, und alle wurden getötet.«

Der Knabe unterbrach zutraulich.

»Nein«, sagte er, »nicht alle. Der König hat gewonnen. Wir werden gewinnen.«

Arthur lächelte leicht und schüttelte den Kopf. Er wollte der Wahrheit nicht ausweichen.

»Alle wurden getötet«, wiederholte er. »Ein gewisser Page ausgenommen. Ich weiß, was ich sage.«

»*My lord?*«

»Dieser Page hieß Tom aus Newbold Revell in der Nähe von Warwick, und der alte König schickte ihn bei Strafe schrecklicher Schande vor der Schlacht fort. Verstehst du: der König wollte, daß einer übrigbleibe, der sich seiner berühmten Idee erinnern würde. Er wollte unbedingt, daß der junge Tom nach Newbold Revell heimkehre, wo er zum Manne heranwachsen und sein Leben im Frieden von Warwickshire leben sollte. Und er wollte, daß er allen, die zu hören bereit waren, von dieser uralten Idee erzähle, die sie beide einmal für gut gehalten hatten. Meinst du, das könntest du, Thomas, um dem König einen Gefallen zu tun?«

Das Kind sagte mit den reinen Augen absoluter Wahrhaftigkeit: »Für König Arthur würde ich alles tun.«

»Du bist ein braver Kerl. Nun hör mal zu, junger Mann. Bring diese legendären Leute nicht durcheinander. Ich bin's, der dir von meiner Idee erzählt. Ich bin's, der dir befehlen wird, auf der Stelle nach Warwickshire zu reiten und morgen nicht mit deinem Bogen zu kämpfen. Verstehst du das alles?«

»Ja, König Arthur.«

»Willst du mir versprechen, gut auf dich achtzugeben? Wirst du nicht vergessen, daß du eine Art Schiff bist, die Idee weiterzutragen, wenn etwas schiefgeht, und daß die ganze Hoffnung davon abhängt, daß du am Leben bleibst?«

»Ich werde es tun.«

»Mir will's selbstsüchtig scheinen, dich dafür zu verwenden.«

»Eine Ehre ist's für Euern untertänigen Pagen, mein lieber Herr.«

»Thomas, meine Idee mit jenen Rittern war eine Art von Kerze, wie diese hier. Ich habe sie viele Jahre lang in der einen Hand getragen und sie mit der anderen vor dem Wind geschützt. Oft hat sie geflackert. Jetzt übergebe ich diese Kerze dir. Und du wirst sie nicht ausgehn lassen?«

»Sie wird brennen.«

»Gut. Tom, der Lichtbringer. Was hast du gesagt — wie alt bist du?«

»Fast dreizehn.«

»Also vielleicht noch sechzig Jahre. Ein halbes Jahrhundert.«

»Ich werde sie an andere weitergeben, König. An Engländer.«

»Du wirst denen in Warwickshire sagen: Ah, er trug eine wunderfeine Kerze —?«

»Ja doch, werd' ich wohl.«

»Dann also. Jetzt mußt du geschwind fort, Tom. Nimm den besten Gaul, den du auftreiben kannst, und reite auf schnellstem Weg nach Warwickshire.«

»Schnellstens werd' ich reiten, und so, daß die Kerze brennt.«

»Gut denn, Tom. Gott segne dich. Vergiß nicht den dicken Bischof von Rochester, eh du gehst.«

Der kleine Knabe kniete nieder, die Hand seines Herrn zu küssen. Sein Wappenrock mit dem Zeichen derer von Malory sah lächerlich neu aus.

»*My lord of England*«, sagte er.

Arthur hob ihn sanft auf und küßte ihn auf die Wange.

»Sir Thomas of Warwick«, sagte er — und der Knabe war fort.

Das Zelt war leer, lohfarben und prunkvoll. Der Wind jaulte, und die Kerzen tropften. Der alte, uralte Mann setzte sich an sein Lesepult und wartete auf den Bischof von Rochester. Alsbald sank sein Kopf auf die Papiere. In den Augen des Windhunds, der ihn beobachtete, fing sich der Schein der Kerzen; sie leuchteten gespenstisch und glichen zwei funkelnden Bernsteinen. Mordreds Kanonade, die während der Dunkelheit bis zur Schlacht am Morgen andauern sollte, begann draußen mit ihrem dumpfen Dröhnen. Der König, von seiner letzten Anstrengung erschöpft, überließ sich seinem Kummer. Als die Hand seines Besuchers die Zeltklappe hob, liefen ihm die Tropfen an der Nase herab und fielen auf das Pergament, gleichmäßig tickend, wie eine antike Uhr. Er drehte den Kopf zur Seite, da er so nicht gesehen werden wollte, aber nicht anders konnte. Die Klappe fiel, und die seltsame Gestalt in Mantel und Hut kam behutsam herein.

»Merlin?«

Doch niemand war da: er hatte ihn sich in einem Greisenschlummer herbeigeträumt.

Merlin? —

Er begann wieder nachzudenken; aber jetzt war alles so klar wie eh und je. Er erinnerte sich des betagten Nekromanten, der ihn erzogen hatte — ihn mit Tieren erzogen hatte. Es gab, so erinnerte er sich, ungefähr eine halbe Million verschiedener Tierarten, und die Menschheit war nur eine einzige davon. Natürlich war der Mensch ein Tier — er war doch keine Pflanze, kein Mineral? Und Merlin hatte ihn über die Tiere belehrt, damit die eine Spezies etwas lerne, indem sie die Probleme der Tausende von anderen Arten wahrnimmt. Er erinnerte sich der streitbaren Ameisen, die Grenzen beanspruchten, und der friedfertigen Wildgänse, die das nicht taten. Er erinnerte sich seiner Lektion beim Dachs. Er dachte an Lyo-lyok und an die Insel, die sie auf ihrer Wanderung gesehen hatten: wo all die Papageitaucher, Tordalken, Trottellummen und Dreizehenmöwen friedlich zusammenlebten und ihre jeweils eigene Art von Zivilisation ohne Kriege bewahrten — weil sie keine Grenzen in Anspruch nahmen. Er sah das Problem so deutlich vor sich wie eine Landkarte. Das Phantastische am Kriege war, daß er um nichts geführt wurde — buchstäblich um nichts. Grenzen waren imaginäre Linien. Es gab keine sichtbare Linie zwischen Schottland und England, obwohl Flodden und Bannockburn um ihretwillen bekriegt worden waren. Geographie war die Ursache — politische Geographie. Nichts andres war es. Nationen brauchten nicht dieselbe Art von Zivilisation zu haben, oder die gleiche Art Führer, genausowenig wie die Papageitaucher und die Trottellummen dies brauchen. Sie mochten ihre eigene Zivilisation behalten wie die Eskimos und die Hottentotten, wenn sie einander Handelsfreiheit zugestanden und freie Durchfahrt und Zugang zur Welt. Länder sollten Landschaften werden — nicht Staaten, sondern offene Provinzen, die imstande wären, ihre eigene Kultur und die angestammten Gesetze zu bewahren. Die gedachten Linien auf der Erdoberfläche brauchten nur ungedacht zu sein. Die luftgeborenen Vögel flogen ja sowieso mit natürlicher Mißachtung darüber hinweg. Lyo-lyok waren die Grenzen irre vorgekommen — und wie irre erst würden sie dem Menschen vorkommen, wenn er einmal das Fliegen lernen könnte ...

Der alte König fühlte sich erfrischt, klar im Kopfe, fast zu neuem Beginn bereit.

Ein Tag würde kommen — ein Tag mußte kommen —, da er nach Gramarye zurückkehren würde mit einer runden Tafel, einer neuen Tafelrunde, die keine Ecken hatte, wie auch die Erde keine hatte — eine Tafel ohne Grenzen zwischen den Nationen, die dort sitzen und festlich tafeln würden. Die Hoffnung, dies zu erreichen, würde in der Kultur liegen. Wenn die Menschen dafür gewonnen werden könnten, zu lesen und zu schreiben, statt nur zu essen und sich zu begatten, dann gäbe es immer noch eine Chance, daß sie zur Vernunft kämen.

Jetzt aber war es für einen neuen Anlauf zu spät. Diesmal war es seine Bestimmung zu sterben oder, wie manche sagen, nach Avilion gebracht zu werden, wo er auf bessere Tage warten mochte. Diesmal war's Lanzelots Schicksal und Ginevras, Tonsur und Schleier zu nehmen, während Mordred erschlagen werden mußte. Das Geschick dieses Mannes oder jenes Mannes war weniger als ein Tropfen, ein hellauf funkelnder Tropfen in der großen blauen Bewegung der sonnenbeschienenen See.

Die Kanonen seines Gegners zerfetzten dröhnend den Morgen. Da machte die Majestät von England sich auf, der Zukunft mit friedvollem Herzen zu begegnen.

EXPLICIT LIBER REGIS QUONDAM REGISQUE FUTURI

ANFANG